OS 120 DIAS DE SODOMA
OU A ESCOLA DA LIBERTINAGEM

DONATIEN ALPHONSE FRANÇOIS, MARQUÊS DE SADE, nasceu em Paris em 2 de junho de 1740. Passou a infância no castelo da família, na Provença, e a adolescência num colégio dirigido por jesuítas, em Paris. Aos dezessete anos, integrou um regimento de carabineiros que combateu a Prússia na Guerra dos Sete Anos. Sua vida de libertino provocou diversos escândalos e o levou à prisão pela primeira vez aos 23 anos. Em Paris e no interior, passou 27 anos encarcerado ou internado em hospícios, por crimes de incesto, estupro, sacrilégio, dívidas, sodomia. Escreveu e encenou várias peças de teatro, mas seus textos devassos foram, na maioria, publicados com pseudônimo ou anonimamente, como *Justine ou As desgraças da virtude* (1791), *A filosofia de alcova* (1795) e *Aline e Valcour* (1795). Em 1785, quando estava preso na Bastilha, redigiu *Os 120 dias de Sodoma*, sua primeira grande obra, que, deixada na cela, só foi publicada pela primeira vez na Alemanha, em 1904. Sade participou dos comitês revolucionários implantados pela Revolução Francesa e foi delegado na Convenção. Morreu em 3 de dezembro de 1814, em Charenton. Vinte anos depois o termo "sadismo" era dicionarizado como sinônimo de perversão sexual e crueldade extrema.

ROSA FREIRE D'AGUIAR nasceu no Rio de Janeiro. Formou-se em jornalismo pela PUC-Rio e nos anos 1970 e 1980 foi correspondente em Paris das revistas *Manchete* e *IstoÉ* e do *Jornal da República*. Em 1986 retornou ao Brasil e desde então trabalha no mercado editorial. Traduziu do francês, espanhol e italiano cerca de cem títulos nas áreas de literatura e ciências humanas, de autores como Céline, Lévi-Strauss, Sabato, Balzac, Montaigne, Stendhal e Flaubert. É autora de *Memória de tradutora* (2004) e editora da coleção Arquivos Celso Furtado (Contraponto/ Centro Celso Furtado), na qual já publicou seis títulos. Entre os prêmios que recebeu estão o da União Latina de Tradução Técnica e Científica (2001) por *O universo, os deuses, os homens*, de Jean-Pierre Vernant, e o Jabuti (2009) por *A elegância do ouriço*, de Muriel Barbery, ambos da Companhia das Letras.

ELIANE ROBERT MORAES é professora de literatura brasileira na FFLCH-USP e pesquisadora do CNPq. Publicou diversos ensaios sobre o imaginário erótico nas artes e na literatura, e a tradução de *História do olho*, de Georges Bataille (Companhia das Letras, 2018). É autora de, entre outros: *Sade: a felicidade libertina* (Imago, 1994), *O corpo impossível: A decomposição da figura humana, de Lautréamont a Bataille* (Iluminuras/ Fapesp, 2002), *Lições de Sade: Ensaios sobre a imaginação libertina* (Iluminuras, 2006) e *Perversos, amantes e outros trágicos* (Iluminuras, 2013). Organizou a primeira *Antologia da poesia erótica brasileira* (Ateliê, 2015).

MARQUÊS DE SADE

Os 120 dias de Sodoma ou a Escola da Libertinagem

Tradução e notas de
ROSA FREIRE D'AGUIAR

Posfácio de
ELIANE ROBERT MORAES

6ª reimpressão

Copyright © 2018 by Penguin-Companhia das Letras
Copyright do posfácio © 2018 by Eliane Robert Moraes

Grafia atualizada segundo o Acordo Ortográfico da Língua Portuguesa de 1990, que entrou em vigor no Brasil em 2009.

Penguin and the associated logo and trade dress are registered and/or unregistered trademarks of Penguin Books Limited and/or Penguin Group (USA) Inc. Used with permission.

Published by Companhia das Letras in association with Penguin Group (USA) Inc.

TÍTULO ORIGINAL
Les 120 Journées de Sodome, ou l'École du libertinage

PREPARAÇÃO
Mariana Delfini

REVISÃO
Valquíria Della Pozza
Dan Duplat

Dados Internacionais de Catalogação na Publicação (CIP)
(Câmara Brasileira do Livro, SP, Brasil)

Sade, Marquês de, 1740-1814.
  Os 120 dias de Sodoma ou a Escola da Libertinagem/ Marquês de Sade ; tradução e notas de Rosa Freire d'Aguiar ; posfácio de Eliane Robert Moraes. — 1ª ed. — São Paulo: Penguin Classics Companhia das Letras, 2018.

  Título original: Les 120 Journées de Sodome, ou l'École du libertinage.
  ISBN 978-85-8285-060-2

  1. Ficção 1. Literatura francesa erótica 3. Sade, Marquês de, 1740-1814 — Crítica e interpretação I. d'Aguiar, Rosa Freire. II. Moraes, Eliane Robert. III. Título. IV. Título: A escola da libertinagem

17-11974   CDD-843

Índice para catálogo sistemático:
1. Ficção : Literatura erótica francesa 843

Todos os direitos desta edição reservados à
EDITORA SCHWARCZ S.A.
Rua Bandeira Paulista, 702, cj. 32
04532-002 — São Paulo — SP
Telefone: (11) 3707-3500
www.penguincompanhia.com.br
www.companhiadasletras.com.br
www.blogdacompanhia.com.br

Sumário

Nota da tradutora   7

OS 120 DIAS DE SODOMA
OU A ESCOLA DA LIBERTINAGEM

Introdução   15
Primeira Parte   89
Segunda Parte   385
Terceira Parte   411
Quarta Parte   439

Posfácio — Eliane Robert Moraes   489
Cronologia   501

Nota da tradutora

O Marquês de Sade ocupava uma cela na Bastilha quando iniciou, em 22 de outubro de 1785, o manuscrito de *Os 120 dias de Sodoma*. Tratava-se, na verdade, de passar a limpo os rascunhos que vinha escrevendo nas sucessivas prisões. Estava confinado desde fevereiro de 1777, primeiro no castelo de Vincennes e depois na Bastilha, acusado de crimes como sodomia, tentativa de envenenamento, estupro, sequestro de menores, dívidas — alguns, passíveis de pena de morte. Dos 74 anos que viveu, passou 27 atrás de grades ou em asilos para doentes mentais. Foram anos dedicados a muita leitura e à escrita de opúsculos obscenos em que não se sabe o que eram recordações de sua vida de libertino e o que eram fantasias de uma imaginação delirante exacerbada no interminável cativeiro.

Nos cinco anos que passou na fortaleza-prisão da Bastilha, de fevereiro de 1784 a julho de 1789, Sade recebeu um tratamento razoável, em troca de dinheiro pago pela família. Se escreveu muito, nada podia circular com seu nome, pois estava condenado por *lettre de cachet*, essa prerrogativa régia e símbolo do poder discricionário do Antigo Regime pela qual o rei podia mandar prender ou exilar sem julgamento quem bem entendesse.

Em 1785, Sade estava com 45 anos. Imaginava que *Os 120 dias de Sodoma* seria sua primeira grande obra. Também sabia que o manuscrito, se descoberto, corria sério risco de ser recolhido e destruído, e até de lhe valer mais algum processo. Daí a decisão de acelerar a correção dos rascunhos. Pronta a obra, guardou-a em algum esconderijo, que seus estudiosos especulam que podia ser tanto entre as pedras da cela como dentro do estojo de um consolo com o qual se dedicava a sessões de autoerotismo. A pressa em terminar o manuscrito levou-o a sacrificar o desenvolvimento do que deveria ser o projeto inicial, a julgar pelas observações que dirige a si mesmo, em pleno texto, com vistas a futuras revisões. *Os 120 dias de Sodoma* é obra inacabada. Traz na íntegra apenas a Introdução e a Primeira Parte. As outras três são apresentadas, esquematicamente, como um rol de manias e paixões dos personagens, algumas descritas numa só frase.

Encontrado na prisão por um certo Arnoux, de Saint-Maximin, o manuscrito foi vendido à família Villeneuve-Trans, da Provença, que por sua vez o vendeu no início do século xx a um colecionador alemão. Em 1904, *Os 120 dias de Sodoma* foi publicado em Berlim pelo psiquiatra Iwan Bloch, sob o pseudônimo de Eugen Dühren. Em 1929, a pedido do visconde de Noailles, cuja mulher era aparentada de Sade, o editor francês Maurice Heine comprou o cobiçado manuscrito, levando-o de volta para a França. Publicou-o em três volumes, entre 1931 e 1935. Ainda em 1958 o editor Jean-Jacques Pauvert viu-se condenado ao confisco de vários títulos de Sade que publicara, entre eles *Os 120 dias de Sodoma*, por ultraje à moral pública e religiosa. Em 1982, o rolo foi roubado e vendido em Genebra para um colecionador de raridades eróticas, Gérard Nordmann, que o expôs pela primeira vez em 2004. Dez anos depois, o manuscrito retornou à França, comprado por 7 milhões de euros por Gérard Lhéritier, administrador de um fundo de investimento de obras raras. Com a falência do negócio, em 2015, a obra deveria ir a leilão, em dezembro de 2017, mas dois dias antes o governo francês a retirou da venda, declarando-a "tesouro nacional" e garantindo assim sua permanência na França.

Em 1990 *Os 120 dias de Sodoma* integrou o primeiro volume das obras de Sade publicadas na prestigiosa coleção Bibliothèque de la Pléiade. É a edição que serve a esta tradução.[1] Embora o título do romance aí apareça com letras — *Os cento e vinte dias de Sodoma* —, retomamos o título original, que Sade escreve com algarismos: *Os 120 dias de Sodoma*. A pontuação segue a da edição original. A ordenação dos parágrafos, por vezes muito longos, foi conservada, abrindo-se com travessão os diálogos da estrutura narrativa. As notas de rodapé basearam-se em edições anteriores, e a elas acrescentamos outras destinadas ao leitor brasileiro.

A história contada neste romance se passa pouco depois da morte de Luís XIV, em 1715. Quatro amigos libertinos — o duque de Blangis, seu irmão bispo, o magistrado Curval e o banqueiro Durcet — se isolam por quatro meses num castelo na Floresta Negra onde quatro alcoviteiras contarão suas vidas nos bordéis e as taras de seus clientes. Nessa "escola da libertinagem", os amigos têm à disposição suas esposas e filhas e um séquito de meninos, meninas e rapazinhos, todos obrigados a se submeter às paixões descritas pelas historiadoras do sexo. Ao todo, elas narrarão seiscentas paixões, entre simples, duplas, criminosas e assassinas.

Sade recebeu a formação literária de um nobre do século XVIII. Sua escrita, embora influenciada pelo classicismo do século anterior, tem perífrases e metáforas do preciosismo e traços de um romantismo nascente, como as frases longas, as pausas marcadas por reticências e pontos de exclamação. Transpor um texto do século XVIII sobre libertinagem supõe adaptá-lo ao léxico da língua portuguesa usado na mesma época. Em *Os 120 dias de Sodoma* Sade não recorre a meias palavras. Seu vocabulário obsceno é cru e explícito, embora praticamente sem variações nem sinônimos: um substantivo, raramente dois, designa cada parte do corpo, cada posição sexual, cada mania, cada suplício.

Dois poetas portugueses, cujas obras são contemporâneas de *Os 120 dias de Sodoma*, foram de grande auxílio para evitar anacronismos linguísticos e abonar o vocabulário libertino a que demos preferência. Manuel Maria de Barbosa du Bocage (1765-1805), que teve produção literária intensa justamente na década de 1780, fixou em seus *Sonetos* eróticos o léxico libertino corrente em português em fins do século XVIII. Da mesma maneira, a poesia de António Lobo de Carvalho (1730-1787),[2] com forte conteúdo licencioso, indicou-nos caminhos na linguagem transgressora à moral da época. Acessoriamente, consultamos a literatura erótica, embora mais alusiva, de Manuel Ignacio da Silva Alvarenga (1749-1814). Os dicionários de língua portuguesa contemporâneos de *Os 120 dias de Sodoma*[3] ainda não registram tabuísmos relativos ao sexo, mas foram úteis para abonar o vocabulário escatológico recorrente na obra. Mais de metade das seiscentas paixões narradas pelas alcoviteiras são acompanhadas de ingestão de excrementos e perversões escatológicas que não raro terminam em violências sangrentas.

Sade tem a habilidade literária de atribuir aos personagens falas condizentes com sua classe social e personalidade. A linguagem dos quatro libertinos é a da corte de Luís XIV, mas aqui e ali o bispo recorre às expressões religiosas, o magistrado, às jurídicas. Procuramos manter as distinções entre o linguajar castiço dos fidalgos, o popularesco das cafetinas e serviçais, o familiar e por vezes infantil das crianças confinadas no castelo.

Certos vocábulos mais literários foram mantidos, como "manes" e "tríbade". Convém notar que, se as paixões e manias aqui descritas incluem crueldades como olhos vazados, pés cortados, unhas arrancadas, estupros e queimaduras, Sade emprega uma só vez o substantivo "tortura". A ele prefere "maus-tratos" ou "tormentos", correntes nas paixões classificadas como criminosas e assassinas. É aí que se encontra a quintessência do sadismo de Sade.

Esse termo, entendido como lubricidade acompanhada de crueldade, figurou pela primeira vez num dicionário em 1834.[4] Nem por isso seu inventor foi minimamente poupado. Mais de setenta anos depois de ter escrito *Os 120 dias de Sodoma*, Sade permanecia o louco que "prega não só a orgia, como o roubo, o parricídio, o sacrilégio, a profanação de túmulos, o infanticídio"; e que "previu crimes que o código penal não previu; imaginou torturas que a Inquisição não adivinhou".[5] Hoje se reconhece, porém, que é em *Os 120 dias de Sodoma* que a literatura sadiana atinge o paroxismo do gozo pelo sofrimento, "em que tudo pode e deve ser dito, exibido, no pior cinismo das palavras e dos gestos".[6] É esse realismo cru com que Sade desvenda os fantasmas da sexualidade humana a base do valor literário da obra. A ser lida, ainda que inspire horror e fascínio.

Notas

1. *Oeuvres, Sade*, v. 1. Michel Delon (Org.). Gallimard, 1990 (Bibliothèque de la Pléiade).
2. Cf. *Poesias joviaes e satyricas*, de António Lobo de Carvalho. Cadix, 1852.
3. *Diccionario da lingua portugueza*, de Antonio de Moraes Silva. Lisboa, 1789; *Novo diccionario crítico e etymologico da lingua portuguesa*, de Francisco Solano Constâncio. Paris, 1836.
4. *Dictionnaire universel de la langue française*, de Boiste. Paris, 1834.
5. *Dictionnaire de la conversation et de la lecture — Inventaire raisonné des notions générales les plus indispensables à tous. Par une société de savants et de gens*

      de lettres sous la direction de M. W. Duckett, tomo XV. Paris, 1857.
6.   Cf. "Introduction" de Michel Delon, *Oeuvres, Sade*, v. I., op. cit., p. LII.

Os 120 dias de Sodoma
ou a Escola
da Libertinagem

Introdução

As guerras consideráveis que Luís XIV teve de travar durante todo o seu reino, exaurindo as finanças do Estado e as faculdades do povo, trouxeram consigo o segredo de enriquecer uma multidão de sanguessugas sempre à espreita das calamidades públicas que eles mesmos provocam, em vez de apaziguar, e isso justamente para lucrar tirando mais vantagens. O fim desse reino, por sinal tão sublime, talvez seja uma das épocas do Império francês em que mais se viram essas fortunas obscuras, que só brilham por causa de um luxo e uma devassidão tão ocultos como elas. Foi por volta do final desse reino, e pouco antes de o Regente ter tentado, no famoso tribunal conhecido como Câmara de Justiça, que essa malta de tratantes devolvesse o que tinha levado, que quatro deles imaginaram o singular episódio de libertinagem que vamos relatar. Estaria errado quem imaginasse que só a plebe se dedicou a essas pilhagens; os fidalgos estavam à frente delas. O duque de Blangis e seu irmão, o bispo de ***, que tinham ambos feito com isso fortunas imensas, são provas incontestes de que a nobreza, assim como os outros, não desdenhava os meios de enriquecer por esse caminho. Esses dois ilustres personagens, intimamente ligados tanto pelos prazeres como pelos negócios ao célebre Durcet e ao presidente De Curval, foram os primeiros que imaginaram a libertinagem cuja história escrevemos e, depois de a terem comunicado aos dois amigos, os quatro formaram os atores dessas famosas orgias.

Fazia mais de seis anos que esses quatro libertinos, unidos por semelhança de riquezas e gostos, tinham imaginado estreitar os laços por casamentos em que a devassidão era motivo bem maior que todos os outros que em geral fundamentam esses laços; e os arranjos entre eles foram os seguintes. O duque de Blangis, viúvo de três mulheres, sendo que com uma tivera duas filhas, reparou que o presidente De Curval andava querendo se casar com sua filha mais velha, apesar das familiaridades que ele sabia muito bem que o pai praticara com ela, e então o duque, digo, imaginou de repente essa tripla aliança.

— Você quer Julie como esposa — ele disse a Curval —; dou-a sem hesitar e só imponho uma condição: é que não terá ciúme quando ela, embora sua mulher, continuar a ter comigo as mesmas condescendências que sempre teve, e ademais, que estaremos juntos para convencer nosso amigo comum Durcet a me dar a filha dele, Constance, pela qual, lhe confesso, nutri mais ou menos os mesmos sentimentos que você por Julie.

— Mas — disse Curval —, certamente não ignora que Durcet, tão libertino quanto você...

— Sei tudo o que se pode saber — retrucou o duque. — Mas será que essas coisas nos inibem, na nossa idade e com nosso modo de pensar? Acredita que eu queira uma mulher para ser minha amante? Quero-a para servir aos meus caprichos, para esconder, encobrir uma infinidade de debochezinhos secretos que o manto do hímen oculta maravilhosamente. Em suma, quero-a assim como você quer minha filha: pensa que ignoro seu objetivo e seus desejos? Nós, libertinos, pegamos mulheres para serem nossas escravas; a qualidade delas de esposas as torna mais submissas que as amantes, e você sabe como o despotismo é precioso nos prazeres que saboreamos.

Nesse meio-tempo, Durcet entrou. Os dois amigos lhe

contaram sua conversa e o tratante, encantado com uma abertura que lhe dava condições de confessar os sentimentos que também nutria por Adélaïde, filha do presidente, aceitou o duque como genro, contanto que ele mesmo se tornasse o de Curval. Os três casamentos não tardaram a se concluir, os dotes foram imensos e os contratos, idênticos. O presidente, tão culpado quanto os dois amigos, confessara, sem aborrecer Durcet, seu casinho secreto com a própria filha, e assim os três pais, querendo cada um conservar seus direitos e ampliá-los ainda mais, concordaram que as três jovens, ligadas a seus esposos só pelos bens e pelo nome, não pertenceriam de corpo mais a um que aos outros três, mas igualmente a cada um, sob pena de receberem as punições mais severas se ousassem infringir alguma das cláusulas a que estariam sujeitas.

Estavam em véspera de fechar o acordo quando o bispo de ***, já unido pelo prazer com os dois amigos de seu irmão, propôs introduzir uma quarta pessoa na aliança, se quisessem deixá-lo participar dos outros três arranjos. Essa pessoa, que era a segunda filha do duque, e por conseguinte sua sobrinha, lhe pertencia bem mais do que se imaginava. Ele mantivera relações com a cunhada, e os dois irmãos sabiam sem a menor dúvida que a vida dessa moça chamada Aline dependia, com toda a certeza, mais do bispo que do duque: o bispo, que se encarregara de cuidar de Aline desde o berço, não a vira, como bem se imagina, chegar à idade dos encantos sem querer desfrutá-los. Assim, quanto a isso estava em pé de igualdade com os confrades, e o que propunha no contrato causaria o mesmo estrago e a mesma degradação; mas, como os atrativos da donzela e sua meiga juventude ainda se impunham sobre os das três companheiras, ninguém hesitou em aceitar o negócio. O bispo, assim como os três outros, cedeu, mantendo seus direitos, e cada um de nossos quatro personagens assim ligados viu-se, portanto, marido de quatro mulheres.

Portanto, desse arranjo resultou — o que convém recapitular para facilidade do leitor — que o duque, pai de Julie, tornou-se esposo de Constance, filha de Durcet; que Durcet, pai de Constance, tornou-se marido de Adélaïde, filha do presidente; que o presidente, pai de Adélaïde, tornou-se marido de Julie, filha mais velha do duque; e que o bispo, tio e pai de Aline, tornou-se marido das três outras, cedendo essa Aline aos amigos e ressalvando os direitos que continuava a se reservar sobre ela.

Foram para uma propriedade magnífica do duque, situada no Bourbonnais, celebrar essas venturosas núpcias, e deixo aos leitores imaginar as orgias que ali se passaram. A necessidade de descrever outras nos proíbe o prazer que teríamos em descrever aquelas. Ao retornarem, a associação de nossos quatro amigos ficou ainda mais estável, e, como convém dar a conhecer muito bem esses arranjos lúbricos, creio que um pequeno pormenor servirá para iluminar o caráter dessas libertinagens, enquanto não retomarmos cada uma em separado para desenvolvê-las melhor ainda.

A sociedade criara um fundo comum administrado em rodízio por um deles durante seis meses; mas as verbas desse fundo, que só devia servir aos seus prazeres, eram imensas. A grande fortuna de todos permitia-lhes coisas muito singulares a esse respeito, e o leitor não deve se espantar quando lhe dissermos que dois milhões por ano eram atribuídos unicamente aos prazeres da boa mesa e da lubricidade.

Quatro famosas cafetinas para as mulheres e igual número de mercúrios* para os homens não tinham outra tarefa além de lhes proporcionar, tanto na capital como nas províncias, tudo o que, num e noutro gênero, melhor

---

* Mercúrio, mensageiro dos deuses e intermediário dos amores de Júpiter, tinha no século XVIII o sentido de alcoviteiro, cafetão.

podia satisfazer-lhes a sensualidade. Juntos, faziam regularmente quatro ceias por semana em quatro diferentes casas de campo, situadas em quatro extremidades diferentes de Paris. A primeira dessas ceias, destinada apenas aos prazeres da sodomia, só admitia homens. Ali se viam regularmente dezesseis jovens de vinte a trinta anos cujas imensas faculdades permitiam a nossos quatro heróis saborear, vestidos de mulher, os prazeres mais sensuais. Esses jovens eram escolhidos apenas em função do tamanho do membro, e tornava-se quase necessário que esse membro sublime fosse de tal magnificência que jamais tivesse conseguido penetrar numa mulher. Era uma cláusula essencial, e, como nada se poupava em matéria de despesas, só raramente não era cumprida. Mas, para provar ao mesmo tempo todos os prazeres, juntava-se a esses dezesseis maridos igual número de rapazes muito mais moços e que deviam fazer as vezes de mulheres. Estes eram escolhidos tendo de doze a dezoito anos e deviam ter frescor, aparência, graças, presença, inocência e candura bem superiores a tudo o que nossos pincéis conseguiriam pintar. Nenhuma mulher era aceita nessas orgias masculinas, em que se realizava tudo o que de mais luxurioso Sodoma e Gomorra um dia inventaram. A segunda ceia era dedicada às moças de boa família que, obrigadas a renunciar à sua orgulhosa ostentação e à insolência corrente de sua classe, deviam se entregar, dependendo das quantias recebidas, aos caprichos mais proibidos e até, muitas vezes, aos ultrajes que nossos libertinos gostavam de lhes infligir. Via de regra eram doze, e como Paris não podia fornecer variedade nesse gênero com a frequência necessária, essas noitadas eram intercaladas com outras, nas quais só se admitiam, sempre em número igual ao das mulheres distintas, desde as esposas de procuradores até as de oficiais. Há mais de quatro mil ou cinco mil mulheres em Paris, numa ou noutra dessas classes, cuja necessidade ou luxo obriga a participar dessas orgias; basta saber como encontrá-las para ser bem servido, e nossos libertinos, que tinham amplamente esses meios, costumavam descobrir milagres nessa classe peculiar. Mas, por mais honrada que fosse, a mulher devia se submeter a tudo, e a libertinagem, que jamais tolera limites, achava-se singularmente excitada ao obrigar a horrores e infâmias quem parecia, por natureza e convenção social, dever estar isento de tais provações. Elas iam lá, deviam fazer tudo, e como nossos quatro celerados tinham todos os gostos da mais crapulosa e insigne libertinagem, esse consentimento essencial a seus desejos não era um detalhe de somenos. A terceira ceia era destinada às criaturas mais vis e imundas que podiam encontrar. Para quem conhece a vastidão do deboche, esse requinte parecerá muito simples; é muito voluptuoso chafurdar, por assim dizer, na imundície com criaturas de certa classe; aí se encontra o abandono mais completo, a devassidão mais monstruosa, o aviltamento mais total, e esses prazeres, comparados com os que provamos na véspera, ou com as criaturas distintas que nos fizeram saboreá-los, conferem muito condimento tanto num como noutro excesso. Ali, como o deboche era o mais total, nada era esquecido para torná-lo variado e picante. Ali compareciam cem putas no espaço de seis horas, e nem todas costumavam sair inteiras. Mas não precipitemos as coisas; esse requinte tem a ver com episódios a que ainda não chegamos. A quarta ceia era reservada às virgens. Só eram aceitas aquelas entre sete e quinze anos. Pouco importava a condição, tratava-se apenas de aparência: queriam um aspecto adorável e a certeza de que eram virgens, o que devia ser comprovado. Incrível requinte da libertinagem. Não é que quisessem, decerto, colher todas aquelas rosas, e nem conseguiriam, pois sempre eram oferecidas cerca de vinte, e de nossos quatro libertinos só dois estavam em condições de proceder a esse ato, pois um dos dois outros, o banqueiro, já não sentia nenhuma ereção, e o bispo só conseguia gozar de um jeito que, admito, pode desonrar uma virgem mas sempre a deixa bastante inteira. Pouco importa, era preciso que as vinte virgindades lá estivessem, e as que não eram danificadas por eles tornavam-se, na sua frente, a presa de certos criados igualmente devassos que sempre estavam em seu séquito por mais de uma razão. Independentemente dessas quatro ceias, havia toda sexta-feira uma outra secreta e particular, bem menos concorrida que as quatro outras, embora talvez infinitamente mais cara. Nesta, só eram admitidas quatro mocinhas de boa família, sequestradas da casa dos pais na base da astúcia e do dinheiro. As esposas de nossos libertinos quase sempre participavam dessas libidinagens, e sua extrema submissão, seus cuidados e serviços sempre as tornavam mais picantes. A respeito da comida servida nessas ceias, é inútil dizer que reinava a abundância, tanto quanto o requinte; nem uma única dessas refeições custava menos de dez mil francos, e nelas se apresentava tudo o que a França e o estrangeiro podem oferecer de mais raro e sofisticado. Ali havia vinhos e licores igualmente finos e abundantes, frutas de todas as estações mesmo durante o inverno e, pode-se garantir, em suma, que a mesa do primeiro monarca da Terra decerto não era servida com tanto luxo e magnificência. Agora, recuemos um pouco e retratemos ao leitor, o melhor possível, cada um desses quatro personagens em particular, não em beleza, não de maneira a seduzir ou cativar, mas com as próprias pinceladas da natureza, que apesar de toda a sua desordem costuma ser sublime, mesmo quando é mais depravada. Pois, ousemos dizer de passagem, se o crime não tem esse gênero de delicadeza que se encontra na virtude, não é ele sempre mais elevado, não tem ele incessantemente um caráter de grandeza e sublimidade com que vence e sempre vencerá os atrativos monótonos e efeminados da virtude? Os senhores hão de argumentar com a utilidade disso ou daquilo? Acaso nos cabe escrutar as leis da natureza, acaso nos cabe decidir se o vício lhe é igualmente tão necessário quanto a virtude, e se assim a natureza nos inspira, talvez em dose igual, o pendor para um ou outra, de acordo com suas necessidades respectivas? Mas continuemos.

O DUQUE DE BLANGIS, dono, aos dezoito anos, de uma fortuna já imensa, e que desde então aumentou muito com suas extorsões, sofreu todos os inconvenientes que surgem em profusão em torno de um jovem rico e de prestígio, que nada precisa recusar a si mesmo: quase sempre, em tal caso, o tamanho das forças torna-se o dos vícios, e a pessoa renuncia tanto menos quanto maiores forem as facilidades de tudo obter. Se o duque tivesse recebido da natureza certas qualidades elementares, talvez elas tivessem contrabalançado os perigos de sua posição, mas essa estranha mãe, que por vezes parece se entender com a fortuna para que esta favoreça todos os vícios que dá a certos seres de quem espera cuidados muito diferentes daqueles que a virtude supõe — e isso porque precisa de uns tanto quanto de outros —, a natureza, digo, ao destinar Blangis a uma riqueza imensa, lhe atribuíra, exatamente, todos os ímpetos e inspirações necessários a seu abuso. Junto com um espírito muito negro e perverso, dera-lhe a alma mais celerada e mais dura, acompanhada de distúrbios nos gostos e caprichos, dos quais nascia a terrível libertinagem que era uma singular tendência do duque. Nascido falso, duro, imperioso, bárbaro, egoísta, igualmente pródigo nos prazeres como avaro quando devia ser útil, mentiroso, guloso, bêbado, medroso, sodomita, incestuoso, assassino, incendiário, ladrão, nem uma só virtude compensava tantos vícios. Que digo? Não só não reverenciava nenhuma, como tinha horror a todas, e volta e meia o ouviam dizendo que um homem, para ser verdadeiramente feliz neste mundo, devia não só se entregar a todos os vícios, como nunca se permitir uma virtude, e que o negócio era não apenas sempre fazer o mal, como, até mesmo, nunca fazer o bem.

— Há um monte de gente — dizia o duque — que só se inclina para o mal se for movido por sua paixão; quando se recupera da perdição, a alma, tranquila, retoma calmamente o caminho da virtude, e assim, passando a vida entre combates e erros, entre erros e remorsos, essa gente termina seus dias sem que se possa dizer exatamente que papel representou na Terra. Essas criaturas — continuava — devem ser infelizes: sempre pairando, sempre indecisas, toda a sua vida detestando de manhã o que fizeram de noite. Certas de se arrepender dos prazeres que saboreiam, estremecem ao praticá-los, de modo que se tornam ao mesmo tempo virtuosas no crime e criminosas na virtude. Meu caráter mais firme — acrescentava nosso herói — jamais se desmentirá assim. Nunca hesito em minhas escolhas, e, como sempre tenho a certeza de encontrar o prazer no que faço, nunca o arrependimento vem atenuar seu atrativo. Firme nos meus princípios porque neles me formei solidamente desde meus mais tenros anos, sempre ajo de acordo com eles. Fizeram-me conhecer o vazio e o nada da virtude; odeio-a, e jamais me verão retornar a ela. Convenceram-me de que o vício só servia para levar o homem a sentir essa vibração moral e física, fonte das mais deliciosas volúpias; a elas me entrego. Muito cedo pus-me acima das quimeras da religião, absolutamente convencido de que a existência do criador é um absurdo revoltante em que nem as crianças mais acreditam. Não tenho a menor necessidade de constranger meus instintos a fim de agradar a um criador. Foi da natureza que os recebi, e eu a irritaria se a eles resistisse; se me deu os maus, é que, a seu ver, tornavam-se assim necessários. Em suas mãos sou apenas uma máquina que ela mexe conforme sua vontade, e não há nenhum de meus crimes que não a sirva; quanto mais me aconselha a praticá-los, mais precisa deles; eu seria um idiota se resistisse. Portanto, contra mim só tenho as leis, mas as desafio; meu ouro e meu prestígio colocam-me acima desses flagelos vulgares que só devem atingir o povo.

Caso se objetasse ao duque que todos os homens tinham, porém, ideais de justiça e de injustiça que só podiam ser fruto da natureza, já que os encontrávamos igualmente em todos os povos e até nos que não eram civilizados, ele respondia categórico que esses ideais eram sempre relativos, que o mais forte sempre achava muito justo o que o mais fraco olhava como injusto, e que, trocando os dois de lugar, ambos mudavam igualmente, e ao mesmo tempo, de modo de pensar; donde concluía que só era realmente justo aquilo que dava prazer e injusto o que dava tristeza; que quando pegava cem luíses no bolso de um homem fazia algo muito justo para ele, embora o homem roubado devesse considerá-lo com outros olhos; que, portanto, como todos esses ideais eram arbitrários, bem louco seria quem se deixasse acorrentar por eles. Era com raciocínios dessa espécie que o duque legitimava todos os seus defeitos, e, como era muito inteligente, seus argumentos pareciam decisivos. Moldando, então, o comportamento a partir de sua filosofia, o duque entregara-se sem freio desde a mais tenra juventude aos desmandos mais vergonhosos e extraordinários. Seu pai morreu moço e deixou-lhe, como eu disse, uma fortuna imensa, mas estabeleceu a cláusula de que o rapaz permitiria à mãe usufruir, a vida inteira, de grande parte do dinheiro. Essa condição logo desagradou a Blangis, e o celerado, vendo que só o veneno poderia livrá-lo dessa submissão, resolveu usá-lo imediatamente. Mas o patife, que então estreava na carreira do vício, não ousou agir pessoalmente: recrutou uma de suas irmãs, com quem vivia uma ligação criminosa, para se encarregar da execução, dando-lhe a entender que, se conseguisse, a faria usufruir de parte da fortuna da qual seria dono graças àquela morte. A moça, porém, se horrorizou com esse gesto, e o duque, vendo que seu segredo mal confiado talvez fosse traído, logo decidiu juntar à vítima aquela que ele desejara tornar cúmplice. Levou-as para uma de suas propriedades, de onde as duas infelizes jamais retornaram. Nada encoraja tanto como um primeiro crime impune. Depois dessa experiência, o duque rompeu todas as peias. Assim que uma criatura qualquer opunha a seus desejos o mais leve obstáculo, logo o veneno era empregado. Dos assassinatos necessários, ele passou aos assassinatos de volúpia: imaginou esse desgraçado desvio que nos faz sentir prazer com os sofrimentos do outro; sentiu que uma comoção violenta praticada em qualquer adversário provocava no sistema nervoso uma vibração cujo efeito, ao excitar os espíritos animais que correm no fundo desses nervos, obriga-os a pressionar os nervos erectores e a produzir, mediante esse choque, o que se chama de sensação lúbrica. Por conseguinte, passou a cometer roubos e assassinatos, unicamente em nome da esbórnia e da libertinagem, assim como outros, para inflamar as mesmas paixões, se contentam em frequentar prostitutas. Aos vinte e três anos, fez com seus três companheiros de vício, a quem inculcara sua filosofia, a brincadeira de irem assaltar uma diligência no meio da estrada, violar igualmente os homens e as mulheres, assassiná-los depois, se apoderarem do dinheiro que com certeza não lhes fazia falta e ir os três, na mesma noite, ao baile da Opéra para ter um álibi. Esse crime aconteceu de fato: duas formosas senhoritas foram violentadas e massacradas nos braços da mãe; juntou-se a isso uma infinidade de outros horrores, e ninguém ousou desconfiar dele. Cansado de uma esposa adorável que seu pai lhe dera antes de morrer, o jovem Blangis não demorou em juntá-la aos manes da mãe, da irmã e de todas as outras vítimas, para então se casar com uma moça muito rica mas publicamente desonrada, e que ele sabia muito bem que era amante de seu irmão. Tratava-se da mãe de

Aline, uma das atrizes do nosso romance e de quem falamos acima. Essa segunda esposa, logo sacrificada como a primeira, deu lugar a uma terceira, que em pouco tempo também o foi, como a segunda. Dizia-se na sociedade que era a enormidade de sua constituição que matava assim todas as suas mulheres, e, como esse gigantismo era exato em todos os pontos, o duque deixou se formar uma opinião que ocultava a verdade. De fato, esse colosso assustador dava ideia de um Hércules ou de um centauro: o duque media mais de um metro e oitenta, tinha membros de muita resistência e energia, articulações vigorosas, nervos elásticos... Juntem a isso um rosto másculo e orgulhoso, grandes olhos pretos, belas sobrancelhas castanhas, o nariz aquilino, belos dentes, ar saudável e viçoso, ombros largos, um peito compacto embora perfeitamente torneado, lindos quadris, nádegas sublimes, as mais belas coxas do mundo, um temperamento de ferro, uma força de cavalo e o membro de um verdadeiro jumento, espantosamente peludo, dotado da faculdade de perder esperma sempre que assim desejasse, mesmo com a idade de cinquenta anos que tinha então, uma ereção quase contínua naquele membro cujo tamanho era de vinte centímetros de circunferência por trinta de comprimento — e terão o retrato do duque de Blangis como se vocês mesmos o tivessem desenhado. Mas se essa obra-prima da natureza era violenta em seus desejos, como é que ficava, santo Deus!, quando se juntava a embriaguez da volúpia? Não era mais um homem, era um tigre em furor. Ai de quem, então, servisse suas paixões: gritos pavorosos, blasfêmias atrozes se soltavam de seu peito dilatado, chamas pareciam sair de seus olhos, ele babava, relinchava, poderia ser confundido com o próprio deus da lubricidade. Então, fosse qual fosse a maneira de gozar, suas mãos necessariamente sempre se perdiam, e mais de uma vez o viram nitidamente estrangular uma mulher no instante de sua pérfida descarga. Recuperado, a indiferença mais completa quanto às infâmias que acabava de se permitir logo substituía a perversão, e dessa indiferença, dessa espécie de apatia, nasciam quase de imediato novas faíscas de volúpia. Na juventude, o duque chegara a gozar dezoito vezes num dia, sem que o vissem, na última perda, mais esgotado que na primeira. Apesar de seu meio século, sete ou oito vezes no mesmo dia ainda não o assustavam. Fazia vinte e cinco anos que se habituara à sodomia passiva e aguentava os ataques com o mesmo vigor com que ele mesmo os praticava, ativamente, no instante seguinte, quando lhe aprouvesse mudar de papel. Suportara numa aposta até cinquenta e cinco investidas num só dia. Dotado, como dissemos, de força prodigiosa, uma só mão lhe bastava para violentar uma moça, conforme provara diversas vezes. Um dia, apostou sufocar um cavalo entre as pernas, montou-o e o animal morreu no instante previsto. Seus excessos à mesa eram ainda maiores, se possível, que os da cama. Era inimaginável a imensidão de vitualhas que engolia. Fazia regularmente três refeições, e as três, muito longas e muito fartas, e sua dose corrente era sempre dez garrafas de vinho de bourgogne; chegara a beber trinta e apostava com quem quisesse alcançar cinquenta. Mas, como sua embriaguez assumia as cores de suas paixões, logo que os licores ou vinhos esquentavam sua alma ele se enfurecia; tinha de ser amarrado. E, apesar de tudo — quem diria? —, uma criança atrevida seria capaz de apavorar esse colosso, de tal forma é verdade que a alma costuma responder mal ao corpo que a envolve; e, quando, para se livrar do inimigo, ele já não conseguia recorrer às manhas ou à traição, tornava-se tímido e covarde, e a ideia do combate menos perigoso, mas em igualdade de forças, o faria fugir para os confins da Terra. No entanto, seguindo o costume, ele estivera em uma ou duas campanhas militares, mas se desonrara tanto, que logo abandonou o serviço militar. Sustentando sua torpeza com tanto espírito quanto descaramento, afirmava, altivo, que, como a covardia não passava de seu desejo de conservação, era completamente impossível qualquer pessoa sensata recriminá-lo por esse defeito.

Mantendo exatamente os mesmos traços morais, adaptando-os a uma constituição física infinitamente inferior à que acaba de ser descrita, temos o retrato do BISPO DE ***, irmão do duque de Blangis. Mesma negritude na alma, mesmo pendor para o crime, mesmo desprezo pela religião, mesmo ateísmo, mesma velhacaria, mas o espírito mais flexível e mais hábil, e mais arte em derrubar vítimas, e uma compleição mais esguia e leve, corpo pequeno e franzino, saúde instável, nervos muito delicados, maior requinte nos prazeres, faculdades medíocres, um membro muito ordinário, pequeno até, mas se poupando com tanta arte e perdendo sempre tão pouco, que sua imaginação permanentemente inflamada o habilitava a sentir prazer com a mesma frequência do irmão; aliás, sensações de tamanha sutileza e uma excitação tão prodigiosa, no gênero nervoso, que ele costumava desfalecer no momento da descarga e quase sempre desmaiava ao soltá-la. Tinha quarenta e cinco anos, feições muito delicadas, olhos bem bonitos, mas uma boca feia e dentes feios, o corpo branco; sem pelo, bunda pequena mas bem-feita, e o membro, de doze centímetros de circunferência por quinze de comprimento. Idólatra da sodomia ativa e passiva, mais ainda desta última, passava a vida a ser enrabado, e esse prazer, que nunca exige grande dispêndio de força, combinava muito bem com a modéstia de seus meios. Falaremos mais adiante de seus outros gostos. Com respeito aos da mesa, levava-os quase tão longe quanto o irmão, mas conferia-lhes um pouco mais de sensualidade. O reverendíssimo, tão celerado quanto o irmão mais velho, tinha aliás, como ele, traços que decerto o igualavam às famosas façanhas do herói que acabamos de retratar. Vamos nos contentar em citar um; bastará ler o que se segue para mostrar ao leitor do que um homem desses era capaz e o que sabia e podia fazer.

Um de seus amigos, homem poderoso e rico, mantivera outrora uma união com uma moça de família, com quem teve dois filhos, uma menina e um menino. No entanto, nunca pôde se casar com ela, e a senhorita tornou-se mulher de outro. O amante dessa pobre coitada morreu moço, mas dono de imensa fortuna; não tendo nenhum parente com quem se preocupar, imaginou deixar todos os bens aos dois infelizes frutos de sua relação ilícita. No leito de morte, contou o projeto ao bispo e o encarregou desses dois dotes imensos, que dividiu em duas bolsas iguais e entregou ao bispo, recomendando-lhe que educasse aqueles dois órfãos e transmitisse a cada um o que lhe cabia, logo que tivessem alcançado a idade prescrita por lei. Ao mesmo tempo, ordenou ao prelado investir os valores de seus pupilos até lá, a fim de duplicar a fortuna. E também afirmou que tencionava deixar a mãe eternamente na ignorância do que fazia por seus filhos, e exigia categoricamente que nunca falasse disso com ela. Tomadas as providências, o moribundo fechou os olhos e o reverendíssimo viu-se dono de quase um milhão em dinheiro e de duas crianças. O celerado não hesitou muito em decidir: o moribundo falara só com ele, a mãe devia ignorar tudo, as crianças tinham quatro ou cinco anos. O biltre anunciou que seu amigo, ao expirar, deixara os bens para os pobres, e já no mesmo dia se apossou deles. Mas não bastava arruinar aquelas duas pobres crianças. O bispo, que jamais cometia um crime sem logo imaginar outro, muniu-se da autorização do amigo e foi retirar as crianças do pensionato sombrio onde eram educadas e colocou-as como criados seus, decidindo-se desde então a fazer os dois, em breve, servirem às suas pérfidas volúpias. Esperou-os até os treze anos. O garotinho foi o primeiro; serviu-se dele, domesticou-o para todos os seus deboches, e como ele era lindíssimo, divertiu-se com ele por quase oito dias. Mas a menina não se saiu tão bem: chegou muito feia à idade fixada, sem que nada segurasse, porém, o lúbrico furor de nosso celerado. Satisfeitos os seus desejos, ele temeu que, deixando-as vivas, aquelas crianças acabassem descobrindo alguma coisa do segredo que lhes dizia respeito. Levou-as para uma propriedade de seu irmão e, certo de reencontrar num novo crime as centelhas de lubricidade que o gozo acabava de fazê-lo perder, imolou as duas às suas paixões ferozes e acompanhou a morte com detalhes tão apimentados e cruéis que sua volúpia renasceu em meio aos tormentos que lhes infligiu. Infelizmente, o segredo continua muito bem guardado, e não há libertino um pouco entranhado no vício que não saiba a influência que o assassinato exerce sobre os sentidos e como determina voluptuosamente um orgasmo. É uma verdade contra a qual convém que o leitor se previna antes de empreender a leitura de uma obra que vai desenvolver muito esse mecanismo.

Tranquilo desde então diante de todos os acontecimentos, o reverendíssimo retornou a Paris para gozar do fruto de suas malvadezas, sem o menor remorso de ter desrespeitado as intenções de um homem sem condições, por sua situação, de sentir dor ou prazer.

O PRESIDENTE DE CURVAL era o decano do grupo. Com quase sessenta anos e singularmente gasto pela libertinagem, praticamente só tinha um esqueleto a oferecer. Era alto, seco, magro, olhos cavos e apagados, boca lívida e enfermiça, queixo levantado, nariz comprido. Coberto de pelos como um sátiro, com costas achatadas, nádegas moles e caídas que mais pareciam dois esfregões sujos flutuando no alto das coxas, tinha a pele tão machucada pelas chicotadas que era possível torcê-la com os dedos sem que ele sentisse. No meio de tudo isso exibia, sem que fosse preciso afastar as nádegas, um orifício imenso cujo diâmetro enorme, cheiro e cor mais lembravam um buraco de latrina do que um olho do cu; e, para cúmulo dos atrativos, um dos pequenos hábitos desse porco de Sodoma era deixar sempre aquela parte em tal estado de imundície que em torno dela se via o tempo todo uma rodinha de sujeira de duas polegadas de espessura. Abaixo de uma barriga tão enrugada quanto lívida e flácida avistava-se, numa floresta de pelos, um instrumento que, em estado de ereção, podia ter cerca de vinte centímetros de comprimento por dezoito de circunferência; mas esse estado era, agora, muito raro, e só uma furiosa sequência de coisas conseguia provocá-lo. No entanto, isso ainda acontecia pelo menos duas ou três vezes por semana, e então o presidente enfiava-o indistintamente em todos os buracos, embora o do traseiro de um jovem lhe fosse infinitamente mais precioso. O presidente submetera-se à circuncisão, cerimônia que facilita muito o gozo e à qual todos os voluptuosos deveriam se submeter, e assim a cabeça de seu caralho nunca estava coberta. Mas um dos objetivos da operação é deixar mais limpa essa parte: faltava muito para que isso acontecesse com Curval, pois, tão suja essa parte quanto a outra, aquela cabeça descoberta, já naturalmente muito grossa, tinha ali pelo menos mais uma polegada de circunferência. Toda a pessoa do presidente era igualmente suja, pois a isso juntava gostos para lá de imundos, e ele se tornava um personagem cuja proximidade, um bocado fedorenta, poderia não agradar a todos: mas seus colegas não eram gente de se escandalizar por tão pouco e nem sequer lhe falavam disso. Poucos homens tinham sido tão licenciosos e debochados como o presidente; mas, indiferente a tudo, absolutamente embrutecido, só lhe restavam então a depravação e a devassidão da libertinagem. Precisava de mais de três horas de excessos, e dos excessos mais infames, para conseguir um deleite voluptuoso. Quanto ao orgasmo, embora costumasse ocorrer bem mais que a ereção, e praticamente uma vez por dia, era difícil ou só vinha graças a coisas tão singulares, e volta e meia tão cruéis e imundas, que os agentes de seus prazeres costumavam desistir; daí nascia nele uma certa cólera lúbrica que, às vezes, por seus efeitos, dava mais resultado que seus esforços. Curval estava tão atolado no lamaçal do vício e da libertinagem que se tornara como que impossível conversar sobre outras coisas. Tinha o tempo todo, tanto na boca como no coração, as expressões mais nojentas e as entremeava, com a maior energia, de blasfêmias e imprecações vindas do verdadeiro horror que sentia, a exemplo de seus confrades, por tudo o que se referisse à religião. Esse desarranjo do espírito, ampliado ainda mais pela embriaguez quase contínua em que gostava de ficar, dera-lhe nos últimos anos um ar de imbecilidade e prostração que, ele dizia, provocava suas mais apreciadas delícias. Tendo nascido tão guloso quanto beberrão, só ele tinha condições de enfrentar o duque e, ao longo desta história, vamos vê-lo realizar proezas nesse gênero que com toda a certeza hão de espantar nossos mais conhecidos comilões. Fazia dez anos que Curval já não exercia seu cargo, pois não só perdera as condições de fazê-lo como até, creio, mesmo que pudesse, o teriam dispensado até sua morte.

Curval levara uma vida muito libertina, as perversões de toda espécie lhe eram familiares, e os que o conheciam de perto desconfiavam muito de que a fortuna imensa de que dispunha se devesse só a dois ou três assassinatos execráveis. Seja como for, é muito verossímil, pela história que se segue, que tais extravagâncias tinham o dom de sacudi--lo poderosamente, e foi por essa aventura, que, infelizmente, teve certa repercussão, que ele foi excluído do Tribunal. Vamos contá-la para dar ao leitor uma ideia de seu caráter.

Morava na vizinhança de seu palacete um pobre carregador que, pai de uma menina mimosa, sofria do ridículo de ter sentimentos. Já vinte vezes mensagens de todos os tipos haviam tentado corromper aquele infeliz e sua mulher com propostas sobre sua jovem filha, sem conseguir abalá-los; Curval, que estava na origem dessas embaixadas e se irritava com a multiplicação das recusas, já não sabia como agir para desfrutar da menina e submetê-la a seus libidinosos caprichos, quando imaginou, simplesmente, submeter o pai ao suplício da roda e levar a garota para a cama. O recurso foi tão bem concebido como executado. Dois ou três pilantras contratados pelo presidente meteram-se na história; e antes do fim do mês o desgraçado carregador foi implicado num crime imaginário que parecia ter sido cometido à sua porta e o levou de imediato às masmorras da Conciergerie.* O presidente, como bem se imagina, logo se encarregou desse caso, e, como não desejava que o processo se arrastasse, em três dias, graças às suas patifarias e a seu dinheiro, o pobre carregador foi condenado a morrer na roda, sem jamais ter cometido outro crime além de querer manter a honra e conservar a da filha. Nesse meio-tempo, recomeçaram as solicitações. Foram encontrar a mãe, comunicaram-lhe que só cabia a ela salvar o marido, e que se satisfizesse o presidente era óbvio que ele livraria o marido da sorte terrível que o esperava. Já não era possível hesitar. A mulher se aconselhou: sabia-se muito bem a quem se dirigia, pois os conselheiros tinham sido aliciados e responderam, sem tergiversar, que ela não devia hesitar nem um instante. Aos prantos, a infortunada levou pessoalmente a filha à presença do juiz; este prometeu tudo o que se quisesse, mas estava muito longe de querer manter a palavra. O celerado não só temia que o marido salvo fosse fazer barulho ao ver o preço pago em troca de sua vida, como ainda considerava uma delícia bem mais picante receber o que desejava sem ser obrigado a respeitar nada. Isso inspirou a seu espírito ce-

---

* A prisão do Estado, em Paris.

nas de crueldade que aumentavam sua pérfida lubricidade; e cis como agiu para encenar toda a infâmia no auge da excitação. Seu palacete ficava em frente a um lugar onde às vezes se executam criminosos em Paris, e, como o delito fora cometido naquele bairro, conseguiu que a execução fosse na praça em questão. Na hora marcada, mandou que fossem à sua casa a mulher e a filha do pobre-diabo. Todas as janelas que davam para a praça estavam bem fechadas, de maneira que dos aposentos onde ele mantinha suas vítimas nada se via do que ali aconteceria. O canalha, que sabia a hora exata da execução, escolheu esse momento para desvirginar a menina, nos braços da mãe, e tudo foi organizado com tanta habilidade e exatidão que o sem-vergonha gozou na bunda da menina no instante em que o pai expirava. Assim que o negócio terminou:

— Venham ver — disse às suas duas princesas, abrindo uma janela para a praça —, venham ver como mantive minha palavra.

E as infelizes viram, uma o pai, outra o marido, expirando sob o ferro do carrasco. Ambas caíram desmaiadas, mas Curval previra tudo: aquele desfalecimento era a agonia delas, que estavam, ambas, envenenadas e nunca mais reabriram os olhos. Apesar da precaução que ele tomou para envolver toda essa ação nas sombras do mais profundo mistério, alguma coisa transpirou; ignorou-se a morte das mulheres, mas desconfiou-se fortemente de que ele praticara prevaricação com o marido. O motivo foi parcialmente conhecido, e tudo aquilo resultou, enfim, na sua exclusão. A partir daí, como já não tinha de manter o decoro, Curval se atirou em novo oceano de desatinos e crimes. Mandou buscar vítimas em todo lado, para imolá-las à perversidade de seus gostos. Por um requinte de crueldade atroz, e no entanto bem fácil de entender, era sobre a classe mais desgraçada que mais gostava de exercer sua pérfida fúria. Tinha várias mulheres que lhe conseguiam noite e dia, nos sótãos e casebres, tudo o que a miséria podia oferecer de mais desvalido, e, a pretexto de prestar socorro, ou ele envenenava as vítimas, o que era um de seus mais deliciosos passatempos, ou as atraía para casa e as imolava pessoalmente à perversidade de seus gostos. Homens, mulheres, crianças, tudo servia para a sua fúria pérfida, e cometia excessos que teriam mil vezes levado sua cabeça a um cadafalso, não fossem seu prestígio e seu ouro, que mil vezes o pouparam disso. Bem se imagina que essa criatura tinha tão pouca religião como seus dois colegas; sem dúvida, também a detestava soberanamente, mas outrora fizera ainda mais para extirpá-la dos corações, pois, aproveitando-se do talento que tinha para escrever, era autor de várias obras cujos efeitos foram prodigiosos, e esses êxitos, que ele relembrava incessantemente, ainda eram uma de suas mais queridas volúpias.

Quanto mais multiplicamos os objetos de nossos prazeres...

Coloque aí o retrato de Durcet, como está no caderno 18, encadernado de cor-de-rosa, e depois, terminando esse retrato com estas palavras do caderno: "... os anos doentios da infância", continue assim:*

DURCET tem cinquenta e três anos, é pequeno, baixo, gordo, muito corpulento, tem um rosto agradável e fresco, a pele muito alva, todo o corpo, e principalmente os quadris e as nádegas, idênticos aos de uma mulher; sua bunda é empinada, gorda, firme e roliça, mas incrivelmente aberta pelo hábito da sodomia; seu membro é extraordinariamente pequeno: mal chega a cinco centí-

---

* Sade tinha o costume de anotar seus manuscritos dirigindo-se a si mesmo, para assinalar as mudanças a serem feitas e os erros a corrigir, provavelmente visando uma próxima cópia.

metros de circunferência por dez de comprimento; endurecê-lo, já não consegue; seus orgasmos são raros e muito difíceis, pouco abundantes e sempre precedidos de espasmos que o jogam num certo furor que o leva ao crime; tem peito de mulher, uma voz doce e agradável, e é muito decente em sociedade, embora sua cabeça seja pelo menos tão depravada quanto a dos confrades; colega de escola do duque, ainda se divertem juntos, diariamente, e um dos grandes prazeres de Durcet é ter o ânus coçado pelo membro enorme do duque.

Esses são, em poucas palavras, caro leitor, os quatro celerados com quem vou fazê-lo passar alguns meses. Retratei-os o melhor que pude para que você os conheça a fundo e para que nada o espante no relato de suas diferentes perversões. Foi-me impossível entrar nos detalhes particulares de seus gostos; eu prejudicaria o interesse e o plano principal desta obra caso os divulgasse. Mas, à medida que o relato avançar, bastará segui-los com atenção para destrinchar facilmente seus pecadilhos habituais e certa mania voluptuosa que tanto encantam cada um deles. Tudo o que agora se pode dizer, grosso modo, é que em geral eram suscetíveis ao gosto pela sodomia, que os quatro se faziam enrabar regularmente e que os quatro idolatravam os cus. O duque, porém, diante da enormidade de seu instrumento e provavelmente mais por crueldade que por gosto, ainda fodia bocetas com o maior prazer. O presidente também, às vezes, mas era raro. Quanto ao bispo, detestava-as tão sobejamente que só o aspecto delas o deixava sem tesão por seis meses. Na vida só fodera uma, a da cunhada, e com vistas a ter um filho que um dia pudesse lhe proporcionar os prazeres do incesto; vimos como teve sucesso. Quanto a Durcet, idolatrava o cu com tanto ardor quanto o bispo, mas dele desfrutava de forma acessória; seus ataques favoritos se dirigiam a um terceiro templo. A continuação da história nos revelará esse mistério.

Terminemos os retratos essenciais para a compreensão desta obra e proporcionemos agora aos leitores uma ideia das quatro esposas desses respeitáveis maridos.

Que contraste! CONSTANCE, mulher do duque e filha de Durcet, era uma mulher alta, esbelta, parecia uma pintura, modelada como se as Graças tivessem tido prazer em embelezá-la. Mas a elegância da silhueta nada tirava de seu frescor: nem por isso deixava de ser cheinha e roliça, e as formas mais deliciosas, mantidas sob uma pele mais branca que os lírios, acabavam nos levando a imaginar, volta e meia, que o próprio Amor tivera o cuidado de criá-la. Seu rosto era um pouco comprido, suas feições, extraordinariamente nobres, mais majestade que gentileza e mais grandeza que delicadeza. Os olhos eram grandes, negros e cheios de fogo, a boca, extremamente pequena e ornamentada com os mais belos dentes que se possam imaginar; tinha a língua delgada, estreita, do mais belo encarnado, e o hálito era mais doce que o próprio aroma da rosa. Tinha o colo cheio, bem redondo, da alvura e da firmeza do alabastro; as ancas, extraordinariamente arqueadas, levavam, por uma queda deliciosa, à bunda mais perfeita e artisticamente recortada que a natureza produziu há tempos. Era rechonchuda na medida exata, não muito gorda, mas firme, branca, cheia e só se entreabrindo para exibir o buraquinho mais limpo, mais engraçadinho e mais delicado; um matiz do rosa suave coloria aquela bunda, formoso asilo dos mais doces prazeres da lubricidade. Mas, santo Deus!, como perdeu em tão pouco tempo tantos atrativos! Quatro ou cinco ataques do duque logo murcharam todas as suas graças, e Constance, depois do casamento, logo não foi mais que a imagem de um belo lírio que a tempestade acaba de desfolhar. Duas coxas redondas e perfeitamente torneadas sustentavam outro templo, menos delicioso talvez, mas que oferecia ao espectador tantos atrativos que meu pincel em vão tentaria pintá-los. Constance era mais ou menos virgem quando o duque a desposou, e seu pai, único homem que havia conhecido, a deixara, como se disse, absolutamente inteira desse lado. Os mais belos cabelos pretos, caindo nos ombros em cachos naturais, e até os lindos pelos da mesma cor que sombreavam aquela bocetinha voluptuosa, tornavam-se um novo enfeite que eu me sentiria culpado em omitir e conferiam àquela criatura angelical, beirando os vinte e dois anos, todos os encantos que a natureza consegue prodigalizar a uma mulher. A todas essas graças Constance juntava um espírito justo, agradável e até mais elevado do que deveria ser na triste situação em que o destino a colocara, pois sentia todo o horror daquilo e provavelmente teria sido muito mais feliz se percebesse menos as coisas. Durcet, que a educara mais como cortesã que como filha e que só se preocupara em lhe dar talentos, bem mais que bons costumes, jamais conseguira, porém, destruir em seu coração os princípios de honestidade e virtude que a natureza parecia ter lhe gravado prazerosamente. Não tinha religião, nunca ninguém lhe falara disso, nunca ninguém sofrera porque ela não se dedicava a nenhuma prática religiosa, mas nada disso eliminara seu pudor, sua modéstia natural, independentes das quimeras religiosas e que, numa alma honesta e sensível, se apagam tão dificilmente. Nunca deixara a casa do pai, e o facínora a fizera servir, desde seus doze anos, a seus crapulosos prazeres. Ela os achou bem diferentes dos que o duque desfrutava; seu físico alterou-se sensivelmente diante dessa enorme diferença, e no dia seguinte de ser desvirginada pelo duque, que recorreu à sodomia, ela caiu seriamente doente: pensou-se que seu reto estava arrebentado. Mas sua juventude, sua saúde e o efeito de certos unguentos salutares logo devolveram ao duque o uso daquela via proibida, e a pobre Constance, obrigada a se acostumar àquele suplício diário que não era o único, restabeleceu-se por completo e se habituou a tudo.

ADÉLAÏDE, mulher de Durcet e filha do presidente, era uma beldade talvez superior a Constance, mas de um gênero absolutamente diferente. Tinha vinte anos, era baixa, magra, extremamente esguia e delicada, parecia uma pintura e tinha os mais belos cabelos louros que se possam ver. Um ar de interesse e sensibilidade, espalhado por toda a sua pessoa e principalmente em suas feições, dava-lhe um jeito de heroína de romance. Seus olhos, extraordinariamente grandes, eram azuis; expressavam ao mesmo tempo ternura e decência. Duas grandes sobrancelhas finas, mas singularmente traçadas, ornamentavam uma fronte pequena mas com tanta nobreza e tão atraente que se diria que ela era o próprio templo do pudor. O nariz estreito, um pouco apertado no alto, descia insensivelmente em formato meio aquilino. Os lábios eram finos, rodeados do mais vivo encarnado, e a boca, um pouco grande, era o único defeito da fisionomia celestial e só se abria para mostrar trinta e duas pérolas que a natureza parecia ter semeado entre rosas. Tinha o pescoço comprido, unido ao corpo de modo singular, e por um hábito bastante natural a cabeça vivia inclinada para o ombro direito, sobretudo quando ela escutava; mas quanta graça lhe conferia essa pose interessante! O busto era pequeno, muito redondo, firme e alto, mas mal continha algo com que encher a mão; era como duas maçãzinhas que o Amor, de brincadeira, levara para o jardim de sua mãe. O peito era um pouco apertado, e por isso muito delicado. O ventre era liso e como que de cetim; um púbis louro pouco fornido servia de peristilo ao templo onde Vênus parecia exigir sua homenagem. Esse templo era estreito, a ponto de ser impossível introduzir mesmo um dedo sem fazê-la gritar, e no entanto, graças ao presidente, fazia quase dez anos que a pobre criança não era mais virgem, nem ali nem do lado delicioso que ainda nos resta retratar. Quantos atrativos possuía aquele segundo templo, que curva de quadris, que recorte de nádegas, que alvura e encarnado reunidos! Mas o conjunto era um pouco pequeno. Delicada em todas as formas, Adélaïde era mais o esboço do que o modelo da beleza; parecia que a natureza desejava apenas indicar em Adélaïde o que pronunciara tão majestosamente em Constance. Entreabria-se aquela bunda deliciosa e então um botão de rosa se oferecia, e era em todo o seu frescor e no encarnado mais suave que a natureza queria apresentá-lo. Mas como era estreito, como era pequeno! Só a muito custo é que o presidente conseguira, e jamais pôde renovar esses ataques, a não ser duas ou três vezes. Durcet, menos exigente, deixava-a mais sossegada quanto a esse objeto, mas desde que ela era sua mulher, quantas outras amabilidades cruéis, quantas outras submissões perigosas cobrava em troca desse pequeno benefício! E aliás, entregue aos quatro libertinos, submetida ao arranjo feito entre eles, quantas cruéis investidas ainda devia aguentar, tanto as do gênero imposto por Durcet como todas as outras! Adélaïde tinha o espírito que seu rosto deixava supor, isto é, romanesco ao extremo; os lugares solitários eram os que procurava com mais prazer e onde costumava verter lágrimas involuntárias, lágrimas que não estudamos o suficiente e que o pressentimento parece arrancar da natureza. Havia pouco, perdera uma amiga a quem idolatrava, e essa perda terrível vivia presente em sua imaginação. Como conhecia o pai maravilhosamente bem e sabia a que extremo ele levava a devassidão, estava convencida de que sua jovem amiga se tornara vítima das maldades do presidente, porque ele jamais conseguira convencê-la a conceder-lhe certas coisas, e não faltava verossimilhança a esse fato. Imaginava que algum dia fariam o mesmo com ela, o que não era improvável. O presidente não lhe demonstrara a mesma atenção, no que se refere à religião, que Durcet demonstrara com Constance, pois deixara nascer e se desenvolver o preconceito, imaginando que seus discursos e seus livros o destruiriam facilmente. Enganou-se: a religião é o alimento de uma alma como a de Adélaïde. Por mais que o presidente pregasse, por mais que a fizesse ler, a jovem continuou a ser devota, e todos aqueles desregramentos que ela não partilhava, que odiava e dos quais era vítima estavam bem longe de enganá-la sobre as quimeras que formavam a felicidade de sua vida. Escondia-se a fim de rezar para Deus, esgueirava-se para cumprir seus deveres de cristã e nunca deixava de ser punida muito severamente, pelo pai ou pelo marido, assim que um e outro se davam conta disso. Adélaïde suportava tudo com paciência, convencida de que um dia o Céu a recompensaria. Seu caráter, aliás, era tão suave como seu espírito, e sua bondade, uma das virtudes que a tornavam mais detestada pelo pai, atingia excessos. Curval, irritado com essa espécie vil da indigência, só procurava humilhá-la, aviltá-la mais, ou encontrar vítimas nessa indigência; sua generosa filha, ao contrário, teria dispensado a própria subsistência para ficar com a dos pobres, e várias vezes foi vista indo levar escondido para eles todas as quantias destinadas aos próprios prazeres. Por fim, Durcet e o presidente a repreenderam e a morigeraram tão bem que corrigiram esse abuso e lhe retiraram de vez todos os meios de praticá-lo. Adélaïde, não tendo mais que suas lágrimas para oferecer ao infortúnio, ainda ia espalhá-las sobre seus males, e seu coração impotente mas sempre sensível não conseguia deixar de ser virtuoso. Um dia soube que uma mulher infeliz ia prostituir a filha com o presidente, obrigada a isso pela extrema necessidade. O devasso, radiante, já se preparava para esse gozo, do gênero que mais amava; Adélaïde vendeu em segredo um de seus vestidos e mandou dar imediatamente o dinheiro à mãe, desviando-a, com esse pequeno auxílio e um sermão, do crime que ia cometer. O presidente veio a saber (sua filha ainda não estava casada) e descarregou sobre ela tamanhas violências que ela ficou quinze dias de cama, e tudo isso sem que nada conseguisse deter o efeito dos gestos afetuosos dessa alma sensível.

JULIE, mulher do presidente e filha mais velha do duque, teria ofuscado as duas anteriores sem um defeito capital para muita gente e que talvez tenha sido a única coisa que firmou a paixão de Curval por ela, de tal forma é verdade que os efeitos das paixões são imprevisíveis e que sua desordem, fruto do fastio e da saciedade, só pode ser comparada a seus excessos. Julie era alta, bem-feita, embora muito gorducha, com os mais belos olhos castanhos, o nariz arrebitado, as feições salientes e graciosas, os mais bonitos cabelos castanhos, o corpo branco e com as mais deliciosas gordurinhas, uma bunda que poderia ter servido de modelo àquela que Praxíteles esculpiu, a boceta quente e estreita, provocando um prazer tão agradável quanto pode provocar um lugar desses, as pernas bonitas e os pés que eram uma formosura. Mas tinha a boca mais feia, os dentes mais infectos e o resto do corpo mais habitualmente sujo — e em especial os dois templos da lubricidade — que nenhum outro ser, repito, nenhum outro além do presidente, dado às mesmas deficiências e talvez as apreciando; nenhum outro, com certeza, e apesar de todos os seus atrativos, teria tolerado Julie. Mas Curval era louco por isso: seus mais divinos prazeres eram colhidos naquela boca fedorenta, ele entrava em delírio quando fodia com ela, e quanto à sujeira natural, longe de ser reprovada, ao contrário o excitava, pois, afinal, obtivera de Julie um absoluto divórcio com a água. A esses defeitos Julie juntava outros, mas com certeza menos desagradáveis: era muito gulosa, tinha uma tendência à embriaguez, pouca virtude, e creio que, se tivesse ousado, o meretrício a teria assustado bem pouco. Criada pelo duque num abandono total dos princípios e dos costumes, adotava bastante bem essa filosofia e, de todos os pontos de vista, haveria sem dúvida como transformá-la num sujeito;* mas, por um efeito ainda mais bizarro da libertinagem, é corrente que uma mulher com nossos defeitos nos agrade bem menos em nossos prazeres do que uma que tem apenas virtudes: uma se parece conosco, não a escandalizamos; a outra se aterroriza, o que é um autêntico atrativo a mais. O duque, apesar da enormidade de sua compleição, desfrutara da própria filha mas precisou esperar que ela tivesse quinze anos, e ainda assim não conseguiu impedir que ficasse muito estragada com a aventura, e de tal forma que, ao desejar casá-la, fora obrigado a suspender seus gozos e se contentar em ter prazeres menos perigosos com ela, embora igualmente cansativos: Julie pouco se deliciava com o presidente, cujo membro, sabemos, era muito grosso, e aliás, por mais suja que fosse, por negligência, tinha horror àquela imundície da orgia como a do presidente, seu querido esposo.

ALINE, irmã caçula de Julie e na verdade filha do bispo, estava muito longe dos hábitos, caráter e defeitos da irmã. Era a caçula das quatro: tinha apenas dezoito anos, um rosto pequeno e malicioso, rosado e quase travesso, um narizinho arrebitado, olhos castanhos cheios de vivacidade e expressão, uma boca deliciosa, um corpo muito bem-feito embora um pouco grande, bem cheinha, a pele meio morena mas suave e bela, a bunda um pouco grande mas bem torneada, as nádegas mais voluptuosas que se pudessem

---

* Sujeito: pessoa submetida aos caprichos do libertino. Sade emprega alternadamente, nas páginas que se seguem, *sujeito* e *objeto*, sem distinção de gênero.

oferecer aos olhos de um libertino, um púbis castanho e bonito, a boceta meio baixa, ou, como dizem, à inglesa, mas muito apertadinha; e quando a exibiram à assembleia, era completamente virgem. E ainda o era por ocasião dessa orgia cuja história escrevemos, e veremos como suas primícias foram arrebentadas. Quanto às do cu, fazia oito anos que o bispo as colhia, tranquilamente, todo dia, mas sem fazer com que sua querida filha tomasse gosto, e, apesar de seu ar esperto e arreitado, ela só se prestava a isso por obediência, e ainda não demonstrara que partilhasse o mais leve prazer nas infâmias de que era vítima diariamente. O bispo a deixara numa ignorância profunda; mal sabia ler e escrever, e ignorava por completo o que fosse religião. Seu espírito era natural, de criança, respondia de modo engraçado, brincava, adorava a irmã, detestava solenemente o bispo e morria de medo do duque, mais que do fogo. No dia das núpcias, quando se viu no meio de quatro homens, chorou e, aliás, fez tudo o que lhe mandaram fazer, sem prazer e sem mau humor. Era sóbria, muito limpa e não tinha outro defeito além da grande preguiça, e a indolência reinava em todos os seus atos e em toda a sua pessoa, apesar do aspecto de vivacidade que seus olhos anunciavam. Abominava o presidente tanto quanto seu tio, e Durcet, que, porém, não a poupava, era o único por quem não aparentava sentir repugnância.

Esses eram, pois, os oito principais personagens com quem vamos fazê-lo, meu caro leitor, conviver. Agora é tempo de lhe revelar o objetivo dos prazeres singulares que eles propunham.

É aceito entre os verdadeiros libertinos que as sensações comunicadas pelo órgão do ouvido são as que mais deleitam e que deixam as impressões mais profundas. Por isso, nossos quatro celerados, que queriam a volúpia entranhada em seu coração tão forte e profundamente quanto ela conseguisse penetrar, tinham imaginado algo muito peculiar para alcançar esse objetivo. Tratava-se do seguinte: depois de se cercarem de tudo o que melhor satisfizesse pela lubricidade os outros sentidos, ouviriam contar, nos mínimos detalhes e por ordem, todos os diferentes excessos da orgia, todas as suas ramificações, todas as suas conveniências, em suma, o que se chama, em linguagem libertina, todas as paixões. Não se imagina a que ponto o homem as inventa quando sua imaginação se inflama. A diferença entre os homens, exagerada em todas as outras manias, em todos os outros gostos, era ainda bem maior nesse caso, e quem conseguisse descrever em detalhes esses excessos talvez fizesse um dos mais belos trabalhos sobre os costumes, e até mesmo um dos mais interessantes. Portanto, tratava-se de, primeiro, encontrar criaturas capazes de dar conta de todos esses excessos, analisá-los, desenvolvê-los, pormenorizá-los, graduá-los e conferir a tudo isso o interesse de uma narrativa. Por conseguinte, essa foi a decisão que tomaram. Depois de pesquisas e um sem-número de informações, encontraram quatro mulheres já um pouco velhuscas (era disso que precisavam, pois aqui a experiência era o mais essencial), quatro mulheres, como eu ia dizendo, que tivessem passado a vida no mais extravagante deboche e fossem capazes de narrar com exatidão todas essas aventuras. E como se dedicaram a escolher as dotadas de certa eloquência e de um tipo de inteligência adequada ao que se exigia, as quatro se entenderam e relembraram, e ficaram prontas para contar, cada uma graças às aventuras de sua vida, todas as devassidões mais extraordinárias do deboche. Seguiriam uma ordem tal que, por exemplo, a primeira incorporaria ao relato dos acontecimentos de sua vida as cento e cinquenta paixões mais simples e os desregramentos menos rebuscados ou os mais ordinários, a segunda, em idêntica estrutura, contaria o mesmo número de paixões mais singulares, de um ou vários homens com várias mulheres; a terceira também devia introduzir em sua história cento e cinquenta manias das mais criminosas e ultrajantes às leis, à natureza e à religião; e como todos esses excessos levam ao crime, e esses crimes cometidos pela libertinagem têm variedades ao infinito e são tantos quantos forem os diversos suplícios que a imaginação inflamada do libertino adotar, a quarta deveria juntar aos acontecimentos de sua vida o relato minucioso de cento e cinquenta dessas diferentes torturas. Enquanto isso, os nossos libertinos, cercados, como eu disse antes, por suas mulheres e depois por vários outros objetos em todos os gêneros, escutariam, excitariam a mente e acabariam por apagar, com suas mulheres ou com esses diferentes objetos, o incêndio que as narradoras tivessem produzido. Sem a menor dúvida, não há nada mais voluptuoso nesse projeto do que a maneira luxuriosa com que se procedeu, e são tanto o método como os diferentes relatos que vão formar este livro; conforme o exposto, aconselho a todos os devotos largá-lo imediatamente se não quiserem se escandalizar, pois estão vendo que o plano é pouco casto, e ousamos responder de antemão que a execução o será bem menos ainda.

Como as quatro atrizes de que tratamos aqui têm um papel muito essencial nessas memórias, acreditamos, ainda que devendo pedir desculpas ao leitor, que também somos obrigados a retratá-las. Elas contarão, elas agirão: será possível, depois disso, que não sejam conhecidas? Que ninguém espere retratos de beleza, embora seja plausível que tenha havido projetos de recorrerem física e moralmente a essas quatro criaturas. Mas o que importava era apenas o espírito e a experiência delas, e nesse sentido era impossível que os homens fossem mais bem servidos do que foram.

MADAME DUCLOS era o nome da encarregada do relato das cento e cinquenta paixões simples. Era uma mulher de quarenta e oito anos, ainda bastante vistosa, com grandes restos de beleza, olhos muito bonitos, pele bem branca e uma das bundas mais belas e gordinhas que se pudessem ver, a boca fresca e limpa, seios sublimes e bonitos cabelos castanhos, cintura grossa, mas alta, e todo o jeito e o tom de moça criada em ambiente saudável. Como se verá, passara a vida em lugares onde tivera possibilidade de estudar o que ia contar, e via-se que àquilo se dedicara com inteligência, entusiasmo e interesse.

MADAME CHAMPVILLE era uma mulher alta de uns cinquenta anos, magra, bem-feita, o mais voluptuoso jeito no olhar e na presença; fiel imitadora de Safo, tinha sua expressão até nos menores movimentos, nos gestos mais simples e em suas menores palavras. Arruinara-se por sustentar mulheres e sem esse gosto, ao qual costumava sacrificar o que ganhava na rua, poderia ter vivido folgadamente. Por muito tempo foi mulher pública e de uns anos para cá, por sua vez, praticava o ofício de alcoviteira, mas se restringira a uns poucos clientes, todos libertinos de confiança e certa idade; nunca recebia jovens, e esse comportamento prudente e lucrativo melhorava um pouco os seus negócios. Tinha sido loura, mas um tom mais comportado começava a colorir sua cabeleira. Os olhos ainda eram muito bonitos, azuis e de uma expressão muito agradável. A boca era bela, ainda viçosa e não lhe faltando nenhum dente; sem busto, ventre chato, nunca tivera filhos; o púbis era um pouco alteado e o clitóris, saliente, chegava a mais de sete centímetros quando estava inchado: coçando-a ali, logo se tinha a certeza de vê-la desmaiar, sobretudo se o serviço lhe fosse prestado por uma mulher. Sua bunda era muito flácida e gasta, inteiramente caída e murcha, e de tal forma insensível pelos hábitos libidinosos que sua história nos explicará, que ali se podia fazer tudo o que se quisesse sem que ela sentisse. Uma coisa bem peculiar, e com certeza muito rara, em Paris sobretudo, é que era virgem desse lado, como uma moça que sai do convento, e talvez, sem a maldita orgia de que participou, com gente que só queria coisas extraordinárias e a quem, por conseguinte, ela agradou, talvez, digo, sem aquela orgia essa virgindade peculiar tivesse morrido com ela.

A MARTAINE, mamãe* corpulenta de cinquenta e dois anos, bem viçosa e saudável e dotada do mais gordo e belo traseiro que se pudesse ter, representava exatamente o contrário dessas aventuras. Passara a vida naquela orgia sodomita com a qual estava tão familiarizada que só esta lhe proporcionava prazer absoluto. Como um defeito de nascença (ela era tapada) a impedira de conhecer outra coisa, entregara-se a esse prazer levada pela impossibilidade de sentir qualquer outro e pelos primeiros hábitos, e assim limitava-se a essa lubricidade em que, afirma-se, ela ainda era deliciosa, enfrentando tudo, nada temendo. Os instrumentos mais monstruosos não a assustavam, e ela até os preferia; a continuação destes relatos há talvez de nos mostrá-la ainda combatendo valorosamente sob os estandartes de Sodoma como a mais intrépida sem--vergonha. Tinha feições bastante graciosas, mas ares de langor e declínio começavam a murchar seus atrativos, e sem suas gordurinhas que ainda a sustentavam poderia parecer muito acabada.

Quanto à DESGRANGES, era o vício e a luxúria personificados; alta, magra, com cinquenta e seis anos, aparência

---

* A literatura da época de Sade se refere ao tratamento de "mamãe" dado pelas prostitutas adolescentes à cafetina, para realçar, junto aos clientes, seu aspecto infantil e dependente. Rétif de La Bretonne classifica em *Le Pornographe* (1769) as prostitutas francesas e se refere às que vivem "com as mamães".

lívida e descarnada, olhos apagados, lábios mortos, era o retrato do crime, pronta para perecer por falta de forças. Outrora tinha sido morena; até diziam que tivera um belo corpo; pouco depois, não era mais do que um esqueleto que só conseguia inspirar nojo. Sua bunda murcha, usada, marcada, rasgada, mais parecia papel imitando mármore do que pele humana, e o buraco era tão largo e enrugado que os mais grossos instrumentos podiam penetrar a seco, sem que ela os sentisse. Para cúmulo do encanto, essa generosa atleta de Citera, ferida em vários combates, tinha uma teta a menos e três dedos cortados; mancava e faltavam-lhe seis dentes e um olho. Ficaremos sabendo talvez em que gênero de ataques fora tão maltratada; o que há de muito certo é que nada a corrigira, e se o corpo era a imagem da feiura, a alma era o receptáculo de todos os vícios e de todas as perversidades mais inauditas. Incendiária, parricida, incestuosa, sodomita, tríbade, assassina, envenenadora, culpada de estupros, roubos, abortos e sacrilégios, podia-se afirmar, de verdade, que não havia um só crime no mundo que aquela safada não tivesse cometido ou mandado cometer. Sua ocupação atual era a cafetinagem; era uma das fornecedoras titulares da sociedade e, como juntava à grande experiência um linguajar bastante agradável, fora escolhida para representar o quarto papel de historiadora, isto é, aquele em cujo relato devia haver mais horrores e infâmias. Quem, melhor que uma criatura que fizera todas elas, podia representar esse personagem?

Encontradas essas mulheres, e encontradas como, de todos os pontos de vista, eles desejavam, foi preciso cuidar dos acessórios. Primeiro, quiseram se cercar de uma infinidade de criaturas luxuriosas dos dois sexos, mas, quando perceberam que o único lugar onde essa festança lúbrica poderia ser comodamente realizada era o próprio castelo na Suíça que pertencia a Durcet, e para o qual

ele despachara a pequena Elvire, e, quando ponderaram
que poderia ser indiscreto e perigoso levar tanta gente,
reduziram para trinta e dois o total de sujeitos, incluindo as historiadoras; a saber: quatro dessa categoria, oito
meninas, oito meninos, oito homens dotados de membros
monstruosos para as volúpias da sodomia passiva e quatro criadas. Mas quiseram sofisticação em tudo isso; um
ano inteiro se passou nos detalhes, gastaram uma fábula,
e eis as precauções tomadas para as oito meninas a fim
de se obter tudo o que a França podia fornecer de mais
delicioso. Dezesseis cafetinas inteligentes, cada uma com
duas auxiliares, foram enviadas para as dezesseis principais províncias da França, enquanto uma décima sétima
trabalhava nesse mesma busca em Paris apenas. Cada alcoviteira teve um encontro marcado numa propriedade
do duque, perto de Paris, e todas deviam ir lá na mesma
semana, dez meses exatos depois de terem partido: deram-lhes esse tempo para procurar. Cada uma devia levar
nove pessoas, o que perfazia um total de cento e quarenta
e quatro, e só oito deviam ser escolhidas. Era recomendado às cafetinas só levar em conta o nascimento, a virtude
e a mais deliciosa aparência. Deviam fazer suas buscas
principalmente em casas de gente honrada e não deviam
pegar nenhuma menina que não tivesse sido comprovadamente sequestrada ou de um convento de noviças de
escol, ou do seio da família, e de uma família eminente.
Tudo o que não fosse superior à burguesia e que, nessas
classes altas, não fosse muito virtuoso, integralmente virgem e de perfeita beleza, era recusado, sem misericórdia.
Espiões vigiavam as iniciativas dessas mulheres e informavam de imediato ao grupo o que elas estavam fazendo. Por cada sujeito, tal como se desejava, recebiam trinta
mil francos, e com todas as despesas a ser reembolsadas.
Foi inacreditável o que isso custou. Em relação à idade,
era fixada entre doze e quinze anos, e tudo o que estava
acima ou abaixo era impiedosamente recusado. Enquanto

isso, nas mesmas circunstâncias, com os mesmos meios e as mesmas despesas, e fixando igualmente a idade entre doze e quinze, dezessete agentes de sodomia também percorriam a capital e as províncias; e o encontro deles estava marcado para um mês depois da escolha das meninas. Quanto aos jovens que, de agora em diante, designaremos com o nome de fodedores, o tamanho do membro foi o único critério: não se queria nada abaixo de vinte e cinco ou trinta centímetros de comprimento por vinte de circunferência. Oito homens trabalharam para isso em todo o reino, e o encontro foi marcado um mês depois daquele dos rapazinhos. Embora a história de como os escolhidos foram recebidos não seja da nossa conta, não é, porém, descabido dizer uma palavra a respeito disso aqui, para que se conheça melhor ainda o gênio de nossos quatro heróis. Parece-me que tudo o que pode mostrá-lo e jogar luz sobre um encontro tão extraordinário como o que vamos descrever não pode ser visto como supérfluo.

 Quando chegou a época do encontro das meninas, todos foram à propriedade do duque. Algumas cafetinas não conseguiram cumprir a exigência do total de nove, outras perderam algumas pessoas pelo caminho, fosse por doença, fosse por fuga, e ao encontro só chegaram cento e trinta. Mas quantos atrativos, meu Deus! Creio que nunca se viram tantos reunidos. Treze dias foram dedicados a esse exame, e cada dia dez eram examinadas. Os quatro amigos formavam uma roda, em cujo centro aparecia a menina, primeiro vestida como estava no dia do rapto. A cafetina que a desencaminhara contava sua história: se faltava alguma condição de nobreza e virtude, a menina era despachada de imediato, sem apelação nem qualquer auxílio, e sem ser confiada a ninguém, e a alcoviteira perdia tudo o que tivesse gastado com ela. Uma vez que a cafetina tinha fornecido os detalhes, mandavam-na se retirar e interrogavam a menina para saber se o que acabava de ser dito era verdade. Se estivesse tudo certo, a cafetina tornava a entrar e arregaçava a roupa da menina, por trás, a fim de expor à assembleia suas nádegas; era a primeira coisa que queriam examinar. Ao menor defeito nessa parte, era despachada na mesma hora; ao contrário, se nada faltasse a esse encanto, mandavam-na ficar nua e, nesse estado, ela passava e repassava, cinco ou seis vezes seguidas, de um a outro dos nossos libertinos. Era virada e revirada, apalpada, aberta, sua virgindade era examinada, mas tudo era feito a sangue-frio e sem que a ilusão dos sentidos fosse perturbar a inspeção. Feito isso, a criança se retirava, e ao lado de seu nome, escrito num bilhete, os examinadores punham "aceita" ou "rejeitada", e assinavam; em seguida, esses bilhetes eram jogados numa caixa, sem que os quatro comunicassem entre si as suas impressões; uma vez todas examinadas, abria-se a caixa: para que uma menina fosse aceita, precisava ter a seu favor, no seu bilhete, os quatro nomes dos amigos. Se um só faltasse, era logo rejeitada, e todas, inexoravelmente, como eu disse, iam embora a pé, sozinhas e sem guia, exceto uma dúzia talvez, com quem nossos libertinos se divertiram quando as escolhas foram feitas, e que depois entregaram às cafetinas. Dessa primeira rodada, houve cinquenta meninas excluídas. As outras oitenta foram reexaminadas, mas com muito mais rigor e severidade: o menor defeito logo se tornava motivo de exclusão. Uma delas, linda como o dia, foi mandada embora porque tinha um dente um pouco mais alto que os outros; mais de vinte o foram porque eram apenas filhas de burgueses. Trinta pularam fora nessa segunda rodada: portanto, só sobraram cinquenta. Decidiram proceder a um terceiro exame só depois de terem perdido um pouco de porra, justamente graças a essas cinquenta pessoas, e a fim de que a perfeita calma dos sentidos resultasse numa escolha mais assentada e segura. Cada amigo se cercou de um grupo de doze ou treze meninas. Os componentes de cada grupo agiram de forma variada; eram dirigidos pelas cafetinas.

Alternaram tão artisticamente os gestos, prestaram-se tão bem a tudo, houve, em suma, tanta lubricidade praticada que o esperma jorrou, a cabeça se acalmou e mais trinta desapareceram nessa rodada. Sobraram apenas vinte; ainda eram doze a mais. Eles se acalmaram por outros meios, que, acreditavam, podiam deixá-los indiferentes, mas as vinte se mantinham: e o que se poderia suprimir num número de criaturas tão especialmente celestiais que pareciam a própria obra da divindade? Portanto, como todas tinham igual beleza, foi preciso procurar algo capaz de, pelo menos, garantir a oito delas certa superioridade sobre as outras doze, e o que o presidente propôs era bastante digno de toda a perturbação de sua cabeça. Pouco importa, o expediente foi aceito; tratava-se de saber qual delas melhor faria uma coisa que lhes pediriam para fazer várias vezes. Quatro dias bastaram amplamente para resolver a questão, e doze foram, enfim, despachadas, mas não em branco, como as outras; divertiram-se com elas oito dias completos e de todas as maneiras. Em seguida foram, como eu disse, entregues às cafetinas, que logo enriqueceram com a prostituição de meninas tão distintas como aquelas. Quanto às oito eleitas, foram postas num convento até o dia da partida, e, para se reservar o prazer de desfrutá-las na hora certa, até lá ninguém tocou nelas.

Não me atreverei a pintar essas beldades: todas eram tão igualmente superiores que meus pincéis se tornariam necessariamente monótonos. Vou me contentar em fornecer seus nomes e afirmar, sem faltar com a verdade, que é de todo impossível representar tal união de graças, encantos e perfeições, e, que se a natureza quisesse dar ao homem uma ideia do que consegue criar de mais sábio, não lhe apresentaria outros modelos.

A primeira chamava-se AUGUSTINE: tinha quinze anos, era filha de um barão do Languedoc e fora sequestrada de um convento de Montpellier.

A segunda chamava-se FANNY: era filha de um conselheiro do Parlamento da Bretanha e fora sequestrada no próprio castelo do pai.

A terceira chamava-se ZELMIRE: tinha quinze anos, era filha do conde de Terville, que a idolatrava. Ele a levara à caça numa de suas terras da Beauce e a deixara sozinha um instante, na floresta, onde logo foi sequestrada. Era filha única e, com quatrocentos mil francos de dote, devia se casar no ano seguinte com um nobre muito ilustre. Foi a que mais chorou e se entristeceu com o horror de sua sorte.

A quarta chamava-se SOPHIE: tinha catorze anos e era filha de um fidalgo muito rico que vivia em sua propriedade no Berry. Fora sequestrada durante um passeio ao lado da mãe, que, querendo defendê-la, foi atirada num rio em que a filha a viu expirar, diante de seus olhos.

A quinta chamava-se COLOMBE: era de Paris e filha de um conselheiro do Parlamento; tinha treze anos e fora sequestrada à noite ao voltar com uma governanta para o convento, na saída de um baile infantil. A governanta foi apunhalada.

A sexta chamava-se HÉBÉ: tinha doze anos, era filha de um capitão de cavalaria, nobre que vivia em Orléans. A jovem fora seduzida e sequestrada no convento onde a educavam; duas freiras tinham sido subornadas em troca de dinheiro. Era impossível ver algo mais sedutor e gracioso.

A sétima chamava-se ROSETTE: tinha treze anos, era filha do tenente-general de Chalon-sur-Saône. Seu pai acabara de morrer; ela estava no campo, na casa da mãe, perto da cidade, e foi sequestrada por falsos ladrões, diante dos próprios olhos dos parentes.

A última chamava-se MIMI ou MICHETTE: tinha doze anos, era filha do marquês de Sénanges e fora sequestrada nas terras do pai, no Bourbonnais, durante um passeio de caleche que a deixaram fazer em companhia de apenas duas ou três mulheres do castelo, que foram assassinadas.

Vê-se que os preparativos dessas volúpias custaram belas quantias e muitos crimes. Para pessoas assim, os tesouros significavam pouco, e, quanto aos crimes, vivia-se então num século em que eles não precisavam ser investigados nem punidos como o foram desde então. Assim sendo, deu tudo certo, e tão certo que nossos libertinos nunca foram inquietados com perseguições e praticamente não houve investigações.

Chegou a hora do exame dos jovens rapazes. Sendo mais fácil consegui-los, o número deles foi maior. Os alcoviteiros apresentaram cento e cinquenta, e com certeza não exagero ao afirmar que eles, no mínimo, igualavam as meninas tanto pelo delicioso rosto como pelas graças infantis, candura, inocência e nobreza. Receberam trinta mil francos por cada um, o mesmo preço das meninas, mas os contratadores nada arriscavam pois, como essa caça era mais delicada e bem mais ao gosto de nossos sequazes, ficara decidido que não se deixaria de reembolsar nenhuma despesa, e que na verdade mandariam embora aqueles com quem não se arranjassem mas, como se serviriam deles, seriam igualmente pagos. O exame foi como o das meninas. Inspecionaram dez por dia, com a precaução muito sábia e um pouco negligenciada com as meninas, com a precaução, eu ia dizendo, de sempre ejacularem graças aos dez apresentados, antes de se proceder ao exame. O presidente quase foi excluído, pois desconfiavam da depravação de seus gostos; na escolha das meninas, pensaram ter sido enganados por sua maldita tendência à infâmia e à degradação. Ele prometeu se controlar e, se cumpriu a palavra, não foi sem dificuldade, pois quando a imaginação danificada ou depravada se habituou a tais ultrajes ao bom gosto e à natureza, ultrajes que lhe agradam tão deliciosamente, é muito difícil reconduzi-la ao bom caminho: parece que o desejo de servir a esses gostos lhe tira a faculdade de ser dona de seus julgamentos. Desprezando o que é de fato bonito e só apreciando o que é horroroso, a imaginação se expressa assim como pensa, e o retorno a sentimentos mais verdadeiros lhe parece um erro cometido contra princípios dos quais se afastaria a contragosto. Cem jovens foram unanimemente aceitos desde que se encerraram as primeiras sessões, e foi preciso rever cinco vezes esses julgamentos para se chegar aos poucos que deviam ser aprovados. Três vezes seguidas sobraram cinquenta, até que foram obrigados a apelar para meios peculiares a fim de destruir, de certa forma, os ídolos que o prestígio ainda embelezava, independentemente do que se fizesse, e ficar apenas com os que queriam aceitar. Imaginaram vesti-los de meninas: vinte e cinco foram eliminados com essa artimanha que, atribuindo ao sexo idolatrado as roupagens daquele de que já estavam fartos, deixou-os deprimidos e quase destruiu toda a ilusão. Mas nada conseguiram fazer para desempatar o escrutínio em torno desses últimos vinte e cinco. Por mais que fizessem, por mais que perdessem porra, por mais que só escrevessem o nome de cada um nos bilhetes no exato instante da ejaculação, por mais que apelassem para o método usado com as meninas, os mesmos vinte e cinco continuavam ali, e então tomaram a decisão de tirar à sorte. Seguem-se os nomes dos que sobraram, idade, família e o relato de sua aventura, pois quanto aos retratos desisto: as feições do Amor em pessoa decerto não eram mais delicadas, e os modelos em quem Albani iria escolher as feições de seus anjos divinos eram decerto bem inferiores.

ZÉLAMIR tinha treze anos; era filho único de um fidalgo do Poitou, que o educava em sua propriedade cercado de cuidados. Tinha sido enviado a Poitiers para ver uma parente, escoltado por um só doméstico, e nossos vigaristas que o aguardavam assassinaram o doméstico e pegaram a criança.

CUPIDON era da mesma idade; estava no colégio de La Flèche; filho de um fidalgo das redondezas dessa cidade, onde fazia seus estudos. Espiaram-no e o sequestraram durante um passeio que os estudantes organizaram no domingo. Era o mais bonito de todo o colégio.

NARCISSE tinha doze anos; era cavaleiro de Malta. Tinha sido criado em Rouen, onde o pai exercia um cargo honroso e compatível com a nobreza. Estavam-no levando para o colégio Louis-le-Grand, em Paris; foi sequestrado na estrada.

ZÉPHIRE, o mais delicioso dos oito, a supor que a excessiva beleza deles tivesse facilitado a escolha, era de Paris, onde estudava num famoso internato. O pai era um oficial-general, que fez tudo no mundo para reavê-lo sem que nada fosse possível. Tinham seduzido o dono do internato em troca de dinheiro, e ele entregara sete, dos quais seis foram rejeitados. O menino tinha virado a cabeça do duque, que exclamou que, se fosse preciso dar um milhão para enrabá-lo, daria no mesmo instante. Reservou-se a virgindade do menino, que lhe foi concedida. Ó meiga e delicada criança, que desproporção! E que destino escabroso te foi preparado!

CÉLADON era filho de um magistrado de Nancy. Foi educado em Lunéville, aonde tinha ido visitar uma tia. Acabara de fazer catorze anos. Foi o único a ser seduzido pelas manhas de uma moça de sua idade, que conseguiram que fosse vê-lo: a safadinha o atraiu para a cilada, fingindo amor por ele; o rapaz estava mal vigiado e o truque deu certo.

ADONIS tinha quinze anos. Foi raptado no colégio de Le Plessis, onde fazia seus estudos. Era filho do presidente de um tribunal superior, que por mais que tivesse dado queixa e se mexido nunca mais voltou a ouvir falar do filho, pois as precauções tinham sido muito bem tomadas. Curval, que fazia dois anos andava louco por ele, o conhecera na casa do pai, e foi quem forneceu os meios e informações necessárias para pervertê-lo. Ficaram muito espantados com tamanho bom gosto numa cabeça tão

depravada, e Curval, muito orgulhoso, aproveitou o se
questro para mostrar aos confrades que, como viam, às
vezes ele ainda era sensato. A criança o reconheceu e chorou, mas o presidente o consolou garantindo-lhe que seria
ele a deflorá-lo e, ao ministrar esse consolo perfeitamente
tocante, ia-lhe sacudindo no traseiro o seu enorme instrumento. De fato, foi o que pediu à assembleia, e o que
conseguiu sem dificuldade.

HYACINTHE tinha catorze anos; era filho de um oficial
reformado de uma cidadezinha da Champagne. Pegaram-
-no durante a caça, que ele adorava e à qual o pai cometia
a imprudência de deixá-lo ir sozinho.

GITON tinha treze anos. Foi raptado em Versailles, entre os pajens da grande estrebaria régia. Era filho de um
homem de posses do Nivernais, que acabava de levá-lo
para lá não havia nem seis meses. Raptaram-no muito
simplesmente quando ele passeava sozinho, pela aveni-
da de Saint-Cloud. Tornou-se a paixão do bispo, a quem
suas primícias foram destinadas.

Essas foram as divindades masculinas que nossos libertinos prepararam para sua lubricidade; veremos, no devido
tempo e lugar, o que fizeram com eles. Sobravam cento e
quarenta e dois sujeitos, mas não brincaram com essa caça
como brincaram com a outra: nenhum foi despachado sem
ter servido. Nossos libertinos passaram um mês com eles
no castelo do duque. Como estavam na véspera da partida, todos os acordos diários e corriqueiros já iam sendo
desrespeitados, o que se tornou uma diversão até o momento da partida. Quando se fartaram amplamente, imaginaram um modo agradável de se livrar deles: vendê-los a
um corsário turco. Por esse truque, todos os laços estariam
rompidos e recuperava-se parte das despesas. O turco foi
pegá-los perto de Mônaco, para onde os mandaram em pequenos pelotões, e levou-os como escravos; destino medo-

nho, sem dúvida, mas que nem por isso deixou de divertir imensamente nossos quatro desalmados.

Chegou a hora de escolher os fodedores. Os rejeitados dessa categoria não se preocuparam; apanhados numa idade razoável, tinham a garantia de ser recompensados pela viagem, pelas dificuldades, e voltariam para casa. Aliás, para seus oito alcoviteiros foi muito mais fácil, já que as medidas estavam mais ou menos estabelecidas e as condições não faziam nenhuma diferença. Portanto, chegaram cinquenta. Entre os vinte mais bem equipados, foram escolhidos os oito mais jovens e bonitos, e, como desses oito só serão mencionados os quatro mais avantajados, vou me contentar em falar destes.

HERCULE, realmente constituído como o deus cujo nome lhe deram, tinha vinte e seis anos e era dotado de um membro de vinte e um centímetros de circunferência e quarenta de comprimento. Nunca tinha se visto nada mais bonito e majestoso do que esse instrumento quase sempre duro e que, com oito esguichos, como ficou provado, enchia até a beira um recipiente de meio litro. Aliás, ele era muito meigo e com uma fisionomia muito interessante.

ANTÍNOO, assim chamado porque, a exemplo do efebo de Adriano, juntava à mais bela pica do mundo a bunda mais voluptuosa, o que é muito raro, era dono de um instrumento de vinte centímetros de circunferência por trinta de comprimento. Tinha trinta anos e o mais lindo rosto do mundo.

REBENTA-CU tinha uma pica tão agradavelmente torneada que para ele se tornava quase impossível enrabar sem arrebentar o cu, e daí lhe vinha o nome que usava. A cabeça de seu caralho parecia um coração de boi, tinha vinte e um centímetros de circunferência; o membro tinha apenas vinte, mas era tão torto que, rigorosamente, rasgava o ânus quando penetrava, e essa qualidade, preciosíssima para libertinos tão enfastiados como os nossos, o fez singularmente procurado.

PICA-PRO-CÉU, assim chamado porque sua ereção, por mais que ele fizesse, era eterna, tinha um instrumento de vinte e oito centímetros de comprimento por dezenove de circunferência. Tinham recusado uns maiores que o dele porque dificilmente endureciam, ao passo que este, por mais esporros que soltasse num dia, ficava empinado ao menor toque.

Os outros quatro eram mais ou menos do mesmo tamanho e do mesmo aspecto. Durante quinze dias os libertinos se divertiram com os quarenta e dois sujeitos reprovados que, depois de os fartarem e os deixarem exaustos, foram mandados embora, bem pagos.

Só restava escolher as quatro criadas, e isso era sem dúvida o mais pitoresco. O presidente não era o único com gostos depravados; seus três amigos, e Durcet principalmente, eram um tanto chegados a essa maldita mania devassa e debochada, que faz com que se ache atrativo mais picante num objeto velho, repugnante e sujo do que naquilo que a natureza criou de mais divino. Decerto, seria difícil explicar essa fantasia, mas ela existe em muitas pessoas. A desordem da natureza traz uma espécie de pimenta que age sobre o sistema nervoso com talvez tanto ou mais força quanto suas belezas mais singulares. Aliás, está provado que é o horror, a vilania, a coisa medonha que agrada quando o caralho endurece: ora, onde isso melhor se encontra do que num objeto viciado? Sem dúvida, se a coisa suja é o que agrada no ato da lubricidade, quanto mais suja, mais agradará, e com toda certeza é mais suja no objeto viciado do que no objeto intacto ou perfeito. Quanto a isso não há o que discutir. Aliás, a beleza é a coisa simples, a feiura é a coisa extraordinária, e todas as imaginações inflamadas sempre preferem na lubricidade, sem dúvida, a coisa extraordinária à coisa simples. A beleza, o frescor só impressionam, sempre, de maneira simples; a feiura, a degradação causam um impacto muito mais forte, a comoção é bem maior, portanto a excitação deve ser mais profunda. Assim, não espanta que, depois disso, muita gente prefira para o gozo uma velha, feia e até fedorenta a uma moça fresca e bonita, e também pouco espanta, eu ia dizendo, que um homem prefira para seus passeios o sol árido e feroz das montanhas às trilhas monótonas das planícies. Todas essas coisas dependem de nossa constituição, de nossos órgãos, da maneira como são afetados, e não temos controle para mudar nossos gostos a esse respeito, assim como não o temos para variar as formas de nosso corpo. Seja como for, era esse, como dissemos, o gosto dominante, tanto do presidente como, na verdade, de praticamente seus três confrades, pois todos foram unânimes quanto à escolha das criadas, escolha que, porém, como há de se ver, denotava muito bem essa desordem e essa depravação que acabamos de descrever. Assim, mandaram buscar em Paris, cercando-se de cuidados, as quatro criaturas para ocupar essa função, e, por mais repugnante que seja o retrato delas, o leitor me permitirá, porém, esboçá-lo: é de fato essencial para a orgia cujo desenvolvimento é um dos principais objetivos deste livro.

A primeira chamava-se MARIE. Tinha sido criada de um famoso bandido recém-executado no suplício da roda, e por causa dele fora chicoteada e marcada a ferrete. Tinha cinquenta e oito anos, quase mais nenhum cabelo, o nariz torto, os olhos apagados e remelentos, a boca larga e, a bem da verdade, guarnecida dos trinta e dois dentes, mas que eram amarelos como enxofre; era alta, esquálida, tivera catorze filhos e, como dizia, sufocara todos eles, temendo transformá-los em maus sujeitos. Sua barriga encrespava-se como as ondas do mar e seu traseiro era comido por um abscesso.

A segunda chamava-se LOUISON. Tinha sessenta anos, era baixa, corcunda, zarolha e coxa, mas tinha uma bela bunda para sua idade e a pele ainda bastante bonita. Era má como o diabo, e sempre disposta a cometer todos os horrores e excessos que lhe pediam.

THÉRÈSE tinha sessenta e dois anos. Era alta, magra, parecia um esqueleto, nem mais um cabelo na cabeça, nem um dente na boca e exalava por esse orifício do corpo um cheiro capaz de derrubar. Tinha a bunda crivada de feridas e os músculos tão prodigiosamente moles que era possível enrolar sua pele em torno de um bastão; o olho daquele belo cu parecia a boca de um vulcão, de tão largo, e pelo cheiro era uma verdadeira latrina; durante toda a sua vida, dizia ela, Thérèse não limpara a bunda, daí que ficasse perfeitamente demonstrado que ainda havia ali merda de sua infância. Quanto à vagina, era o receptáculo de todas as imundícies e de todos os horrores, um verdadeiro sepulcro cuja fetidez fazia desmaiar. Tinha um braço torto e mancava de uma perna.

FANCHON era o nome da quarta. Seis vezes tinha sido condenada ao enforcamento, à revelia, e não existia um só crime na Terra que não tivesse cometido. Aos sessenta e nove anos, era baixinha e gorda, nariz achatado, vesga, quase sem testa, não tendo na goela fedorenta mais que dois dentes velhos prestes a cair; uma erisipela lhe cobria o traseiro, e hemorroidas do tamanho de um punho lhe pendiam do ânus; um cancro pavoroso devorava sua vagina e uma de suas coxas era toda queimada. Vivia embriagada três quartos do ano, e na sua bebedeira, com o estômago se enfraquecendo, vomitava por todo lado. O olho do seu cu, apesar do monte de hemorroidas que o guarnecia, era tão largo que naturalmente ela bufava, peidava, e volta e meia fazia mais que isso, sem se dar conta.

Independentemente do serviço da casa durante a temporada de luxúria que lhes propunham, essas quatro mulheres ainda deviam participar de todas as reuniões para os diversos cuidados e tarefas de lubricidade que poderiam lhes ser exigidas.

Depois de tomadas todas essas providências e já iniciado o verão, eles só se preocuparam com o transporte das diversas coisas que deviam, nos quatro meses da estadia na propriedade de Durcet, tornar a residência cômoda e agradável. Mandaram levar uma profusão de móveis e espelhos, gêneros alimentícios, vinhos, licores de todas as espécies, enviaram operários, e pouco a pouco foram levando os sujeitos que Durcet, que fora na frente, recebia, alojava e instalava paulatinamente. Mas é tempo de fazer ao leitor, aqui, uma descrição do famoso templo destinado a tantos sacrifícios luxuriosos durante os quatro meses planejados. Ele verá com que esmero tinham escolhido um retiro afastado e solitário, como se o silêncio, a distância e o sossego fossem os veículos poderosos da libertinagem e como se tudo o que, graças a essas qualidades, confere um terror religioso aos sentidos devesse, evidentemente, emprestar à luxúria um atrativo a mais. Vamos descrever esse retiro, não como era antigamente, mas no estado de embelezamento e solidão ainda mais perfeitos em que os cuidados dos quatro amigos o deixaram.

Para alcançá-lo, primeiro se precisava chegar a Basileia; cruzava-se o Reno, e em seguida a estrada se estreitava a ponto de ser necessário abandonar as carruagens. Pouco depois, entrava-se na Floresta Negra, onde se penetrava cerca de quinze léguas por uma estrada difícil, tortuosa e absolutamente impraticável sem guia. Mais ou menos nessa altura surgia um feio povoado de carvoeiros e guardas-florestais. Ali começa o território da propriedade de Durcet, e o povoado lhe pertence. Como os habitantes desse vilarejo são quase todos ladrões ou contrabandistas, foi fácil para Durcet fazer amigos ali, e a primeira ordem que lhes deu foi a rigorosa recomendação de não deixarem chegar ao castelo quem quer que fosse depois do dia 1º de novembro, data em que o grupo devia estar inteiramente reunido. Ele armou seus fiéis vassalos, concedeu-lhes certos privilégios que solicitavam fazia tempo e a barreira foi fechada. De fato, a descrição seguinte vai mostrar como, com essa porta bem fechada, tornava-se difícil chegar a Silling, nome do castelo de Durcet. Mal se passava pela carvoaria, começava-se a escalar uma montanha quase tão alta como o monte São Bernardo mas de acesso infinitamente mais difícil, pois só a pé se chega ao cume. Não é que as mulas não consigam ir até lá, mas precipícios cercam de tal maneira, e por todo lado, a trilha a seguir, que é o maior perigo arriscar-se ir montado nos animais. Seis dos que transportaram os gêneros alimentícios e os apetrechos morreram ali, assim como dois operários que quiseram montar duas mulas. Levam-se quase cinco boas horas para chegar ao topo da montanha, que possui outra singularidade, a de ter se tornado, pelas precauções tomadas, uma barreira intransponível que só mesmo os pássaros eram capazes de cruzar. Esse curioso capricho da natureza é uma fenda de mais de sessenta metros no topo da montanha, entre as vertentes setentrional e meridional, de modo que sem recorrer a muito engenho é impossível escalar a montanha e tornar a descê-la. Durcet mandou juntar essas duas partes, que abrem um precipício de mais de trezentos metros de profundidade, com uma belíssima ponte de madeira, derrubada assim que as últimas bagagens chegaram; e a partir de então já não havia a menor possibilidade de comunicar-se com o castelo de Silling. Pois, descendo pela vertente setentrional, chega-se a uma pequena planície de dois hectares cercada por todos os lados de rochedos a pique cujos cumes tocam as nuvens, rochedos que envolvem a planície como um biombo e não deixam o menor espaço entre si. Portanto, essa passagem, chamada de caminho da ponte, é a única por onde se pode descer e comunicar-se com a pequena planície, e, uma vez destruída, não há mais um só habitante da terra, de nenhuma espécie imaginável, capaz de alcançar aquele lugar. Ora, é no meio dessa pequena planície tão bem cercada, tão bem defendida, que se encontra o castelo de Durcet. Um muro de nove metros de altura o rodeia; depois do muro, um fosso cheio de água e profundíssimo protege ainda mais um último recinto que forma uma galeria circular; por uma poterna baixa e estreita penetra-se enfim num grande pátio interno em torno do qual se erguem todos os aposentos. Esses aposentos muito amplos, muito bem mobiliados graças às últimas providências tomadas, dão, no primeiro andar, para uma enorme galeria. Observe-se que retratarei os aposentos não como eram antigamente, mas como acabavam de ser arrumados e atribuídos em relação ao plano concebido. Da galeria penetrava-se numa sala de jantar muito bonita, mobiliada com armários em forma de torres que, comunicando-se com as cozinhas, ofereciam a facilidade de os pratos serem servidos quentes, rapidamente e sem se necessitar de nenhum mordomo. Dessa sala de jantar, guarnecida de tapetes, estufas, otomanas, excelentes poltronas e tudo capaz de torná-la tão confortável como agradável, passava-se a um salão de estar, simples, sem rebuscamento, mas extremamente aconchegante e com excelentes móveis. Esse salão se comunicava com uma saleta de reunião, destinada às narrações das historiadoras: era, por assim dizer, o campo de batalha dos combates planejados, a sede das assembleias lúbricas, e, como tinha sido decorado para esse fim, merece uma pequena descrição específica. Era de forma semicircular. No vão arredondado, havia quatro nichos com espelhos muito grandes e, em cada um, uma excelente otomana; esses quatro nichos, por sua disposição, ficavam bem em frente ao diâmetro que cortava o círculo. Havia um trono alteado por quatro pés, encostado na parede que formava o diâmetro. Era para a historiadora: posição que a colocava não só bem em frente aos quatro nichos destinados aos seus ouvintes, como também não a afastava muito deles, pois o círculo era pequeno e lhes possibilitava não perder uma palavra da narração; então ela se instalava como um ator no palco, e, nos nichos, os ouvintes estavam como que num anfiteatro. Ao pé do trono havia degraus em que deviam ficar os sujeitos da orgia, levados para servir e acalmar a excitação dos sentidos provocada pelos relatos: aqueles degraus, assim como o trono, eram cobertos por tapetes de veludo preto enfeitados com franjas douradas, e os nichos eram forrados de um tecido parecido e igualmente rico, mas de cor azul-escura. Ao pé de cada nicho havia uma portinha que dava para uma saleta* contígua, destinada à circulação dos sujeitos que eram desejados e estavam nos degraus, caso não se quisesse executar diante de todos a volúpia para a qual se chamava o sujeito. Essas saletas tinham canapés e todos os outros móveis necessários às impurezas de toda espécie. Dos dois lados do trono havia uma coluna que batia no teto; ambas eram destinadas a prender o sujeito a ser submetido à punição por alguma falta. Todos os instrumentos necessários para essa correção estavam pendurados na coluna, e essa visão imponente servia para manter a subordinação tão essencial nas orgias dessa espécie; pois é da submissão que nasce quase todo o encanto da volúpia na alma dos carrascos. Esse salão comunicava-se com um gabinete que se constituía, desse lado, no último aposento do castelo. Era uma espécie de alcova; totalmente isolado e secreto, muito quente, muito escuro de dia, destinava-se aos combates frente a frente ou a outras volúpias secretas que serão explicadas em seguida. Para passar à outra ala devia-se recuar e, uma vez na galeria que tinha ao fundo uma capela muito bonita, passar para a ala paralela que terminava o círculo do pátio interno. Ali havia uma antecâmara lindíssima que se

---

* No original: *garde-robe*. O termo designa a saleta onde se guardavam as roupas ou o gabinete onde ficava a cadeira com um orifício no meio, que servia de latrina.

comunicava com quatro belos aposentos, cada um com uma alcova e um gabinete de toalete. Belíssimas camas com baldaquino, de adamascado de três cores, e um mobiliário do mesmo estilo ornavam esses aposentos cujas alcovas ofereciam tudo o que pode desejar a lubricidade mais sensual, e mesmo a mais requintada. Esses quatro quartos, muito bem aquecidos e excelentes, foram destinados aos quatro amigos, que ficaram perfeitamente instalados. Como, pelas combinações feitas, suas mulheres deveriam ocupar os mesmos aposentos que eles, não lhes atribuíram locais particulares. O segundo andar oferecia idêntica quantidade de quartos, ou quase, mas divididos de modo diferente. Primeiro se encontrava, de um lado, um vasto apartamento ornamentado com oito nichos, cada um com uma caminha; era o aposento das meninas, contíguo a dois quartinhos para duas das velhas que deviam cuidar delas; adiante, dois lindos quartos iguais, destinados a duas historiadoras. Completando-se a volta, encontrava-se um idêntico apartamento com oito nichos em alcova para os oito rapazes, tendo, da mesma maneira, dois quartos para as duas aias destinadas a vigiá-los, e, em seguida, mais dois quartos parecidos, para as duas outras historiadoras. Oito lindos cubículos, acima desses que acabamos de descrever, formavam o alojamento dos oito fodedores, embora destinados a dormir muito pouco em suas camas. No térreo ficavam as cozinhas, com seis celas para as seis criaturas destinadas ao serviço, das quais três famosas cozinheiras. Tinham-nas preferido a homens para uma orgia como aquela, e creio que estavam certos. Eram ajudadas por três moças robustas, mas nenhuma delas devia comparecer aos prazeres, nada daquilo estava destinado a elas, e se as regras impostas foram infringidas foi porque nada segura a libertinagem e porque o verdadeiro modo de ampliar e multiplicar os desejos é querer lhes impor limites. Uma dessas três criadas devia cuidar do numeroso gado levado para lá, pois, com exceção das quatro velhas destinadas ao serviço interno, não havia mais nenhum doméstico além das três cozinheiras e de suas ajudantes. Mas a depravação, a crueldade, a repulsa, a infâmia, todas essas paixões previstas ou sentidas tinham, na prática, erigido outro local que urge esboçar, já que as leis essenciais ao interesse da narrativa nos impedem descrevê-lo por inteiro. Uma fatídica pedra se erguia, artisticamente, no degrau do altar do pequeno templo cristão que mencionamos na galeria; ali havia uma escada em caracol, muito estreita e íngreme, a qual, por trezentos degraus, descia às entranhas da terra até um calabouço abobadado, fechado por três portas de ferro e no qual se encontrava tudo o que a arte mais cruel e a barbárie mais requintada podem inventar de mais atroz, tanto para aterrorizar os sentidos como para proceder a horrores. E ali, que sossego! Quão seguro não devia se sentir o facínora que o crime levou para lá, junto com uma vítima! Sentia-se como que em casa, estava fora da França, em país seguro, no fundo de uma floresta desabitada, num reduto dessa floresta que, pelas medidas tomadas, só os pássaros do céu conseguiam alcançar, e ali estava no fundo das entranhas da terra. Ai dela, cem vezes ai da criatura desgraçada que, num abandono daquele, se encontrasse à mercê de um celerado sem lei e sem religião, que se divertisse com o crime e que ali não tivesse outro interesse além de suas paixões, e outros limites a respeitar além das leis imperiosas de suas pérfidas volúpias! Não sei o que acontecerá, mas o que posso dizer por ora, sem estragar o interesse do relato, é que, quando se fez a descrição daquilo ao duque, ele esporrou três vezes seguidas.

Por fim, estando tudo pronto, tudo perfeitamente arrumado, os sujeitos já instalados, o duque, o bispo, Curval e suas mulheres, seguidos pelos quatro outros fodedores, puseram-se a caminho (Durcet e sua mulher, bem como os restantes, tinham tomado a dianteira e ido antes, como dissemos) e não sem dificuldades infinitas chegaram ao castelo na noite de 29 de outubro. Durcet, que fora encontrá-los, mandou destruir a ponte da montanha assim que passaram. Mas não foi só isso: depois de examinar o local, o duque resolveu que, como todos os mantimentos estavam lá dentro e não havia mais nenhuma necessidade de sair, convinha, para evitar os ataques externos pouco temidos e as evasões internas, estas sim mais preocupantes, convinha, dizia eu, mandar emparedar todas as portas pelas quais se entrava no castelo, a fim de ficarem de uma vez por todas como numa cidadela sitiada, sem a menor saída, seja para o inimigo, seja para o desertor. A ordem foi cumprida; embarricaram-se a tal ponto que já não era sequer possível reconhecer onde antes estavam as portas, e instalaram-se ali dentro de acordo com os arranjos que acabamos de ler. Os dois dias que ainda faltavam até o 1º de novembro foram dedicados ao descanso dos sujeitos, para que pudessem aparecer frescos tão logo começassem as cenas de devassidão, e os quatro amigos trabalharam num código de leis, assinado pelos chefes e promulgado diante dos sujeitos logo depois de redigido. Antes de entrar na matéria, é essencial fazermos nosso leitor conhecê-las, ele que, conforme a descrição exata que lhe fizemos do conjunto, agora só terá de seguir o relato, leve e voluptuoso, sem que nada perturbe sua compreensão ou venha confundir sua memória.

REGULAMENTOS

A hora de levantar será, todo dia, dez da manhã. Nesse momento, os quatro fodedores que não estiveram de plantão durante a noite irão fazer uma visita aos amigos e cada um levará um menino; passarão sucessivamente de um quarto a outro. Agirão conforme a vontade e os desejos dos amigos, mas no início os meninos que levarem deverão apenas ser vistos, pois está decidido e combinado que as oito virgindades das bocetas das meninas só serão rompidas no mês de dezembro, e as de seus cus, assim como dois dos cus dos oito meninos, só o serão no mês de janeiro, e isso a fim de deixar que a volúpia se exacerbe com o aumento de um desejo sempre inflamado e nunca satisfeito, estado que deve necessariamente levar a certo furor lúbrico, que os amigos se empenham em provocar como uma das situações mais deliciosas da lubricidade.

Às onze horas, os amigos irão ao aposento das meninas. Lá é que será servido o café da manhã, consistindo em chocolate ou torradas molhadas no vinho da Espanha, ou outros fortificantes reconstituintes. Essa refeição será servida pelas oito meninas nuas, ajudadas pelas duas velhas Marie e Louison, destinadas ao serralho das meninas, já que as duas outras devem sê-lo ao dos meninos. Se os amigos desejarem cometer despudores com as meninas durante o café da manhã, antes ou depois, elas se prestarão a isso com a resignação que lhes é solicitada e à qual não faltarão sem um duro castigo. Mas está combinado que não haverá sessões secretas e extraordinárias nesse momento, e quem quiser fazer alguma libidinagem o fará a sós, mas diante de todos que assistirem ao café da manhã.

Essas meninas terão como regra geral sempre se ajoelhar, toda vez que virem ou encontrarem um amigo, e assim permanecerão até que a mandem se levantar. Só elas, as esposas e as velhas serão submetidas a essas leis. Todos os outros estão dispensados, mas todos serão obrigados a sempre chamar de "Excelência" cada um dos amigos. Antes de sair do quarto das meninas, o amigo que estiver de serviço naquele mês (a intenção é que cada mês um amigo cuide de todos os pormenores e que cada um, por sua vez, faça o mesmo de acordo com a seguinte ordem: Durcet em novembro, o bispo em dezembro, o presidente em janeiro e o duque em fevereiro), portanto, o amigo que estiver no seu mês, antes de sair do aposento das meninas examinará todas elas, uma após outra, para ver se estão no estado que lhes foi solicitado, o que será comunicado às velhas toda manhã e regulado conforme a necessidade de mantê-las neste ou naquele estado. Como é terminantemente proibido ir a outra latrina que não seja a da capela, adaptada e destinada a isso, é proibido ir lá sem autorização especial, a qual costuma ser recusada, obviamente, e o amigo que estiver de serviço examinará com cuidado, logo após o café da manhã, todos os banheiros privativos das meninas, e, num ou noutro caso de infração às duas regras acima descritas, a delinquente será condenada a pena dolorosa.

Dali se passará ao apartamento dos meninos, para fazer as mesmas inspeções e igualmente condenar os delinquentes à pena capital. Os quatro meninos que, de manhã, não tiverem ido ver os amigos, então os receberão quando eles forem aos seus quartos e tirarão as calças na frente deles; os quatro outros ficarão em pé sem fazer nada, à espera das ordens que lhes serão dadas. As excelências farão ou não safadezas com esses quatro que ainda não tinham visto neste dia, e o que fizerem será em público: é proibido o tête-à-tête nesse momento. À uma hora, os meninos ou as meninas, tanto grandes como pequenos, que tiverem sido autorizados a ir fazer suas necessidades urgentes, isto é, as grandes (e essa autorização será concedida muito raramente e, no máximo, a um terço deles), estes, eu ia dizendo, irão à capela onde tudo foi arrumado artisticamente para as volúpias desse gênero. Ali encontrarão os quatro amigos, que os aguardarão até as duas horas e nunca mais tarde que isso, e que disporão deles como julgarem conveniente para as volúpias que desejarem praticar. Das duas às três horas, serão servidas as duas primeiras mesas que jantarão à mesma hora, uma no grande aposento das moças, outra no dos meninos. As três criadas da cozinha é que servirão essas duas mesas. A primeira será composta de oito meninas e quatro velhas; a segunda, das quatro esposas, de oito meninos e quatro historiadoras. Durante esse jantar, os cavalheiros irão para o salão de estar, onde conversarão até as três horas. Pouco antes desse horário, os oito fodedores aparecerão na sala, o mais preparados e enfeitados que puderem. Às três horas será servido o jantar dos patrões, e os oito fodedores serão os únicos a gozar da honra de ser admitidos entre eles. Esse jantar será servido pelas quatro esposas nuas, auxiliadas pelas quatro velhas vestidas de magas. Elas é que retirarão as travessas das torres onde as criadas as puserem e que as entregarão às esposas, as quais as colocarão sobre a mesa. Durante o jantar, os oito fodedores poderão apalpar o quanto quiserem o corpo nu das esposas, sem que estas possam recusar ou se defender; poderão até chegar aos insultos e se servir da pica empinada para apostrofá-las com todas as invectivas que lhes aprouver.

Sairão da mesa às cinco horas. Então, apenas os quatro amigos (os fodedores se retirarão até a hora da assembleia geral), os quatro amigos, dizia eu, passarão ao salão, onde meninos e duas meninas, que variarão todo dia, lhes servirão, nus, café e licores. Ainda não será nesse momento que poderão se permitir volúpias; terão de se contentar com simples apalpadelas. Um pouco antes das seis horas, as quatro crianças que acabaram de servir se retirarão para ir se vestir. Às seis em ponto, os cavalheiros passarão ao grande gabinete destinado às narrações e ao que foi retratado acima. Cada um se instalará no seu nicho, e esta será a ordem observada para os outros: no trono de que falamos ficará a historiadora; nos degraus ao pé do trono serão instaladas dezesseis crianças, dispostas de maneira a que quatro, isto é, duas meninas e dois meninos, fiquem de frente para um dos nichos; e, assim por diante, cada nicho terá um quarteto à sua frente: esse quarteto será especialmente atribuído ao nicho diante do qual estará, sem que o nicho ao lado possa ter pretensões a seu respeito; e esses quartetos serão mudados todos os dias, nunca o mesmo nicho terá o mesmo. Cada criança do quarteto terá uma guirlanda de flores artificiais no braço, que ficará presa ao nicho, de sorte que, quando o dono do nicho quiser esta ou aquela criança de seu quarteto, bastará puxar a guirlanda e a criança acorrerá, jogando-se sobre ele. Acima do quarteto, haverá uma velha responsável por ele e sob as ordens do chefe do nicho desse quarteto. As três historiadoras que estiverem de folga naquele mês ficarão sentadas numa banqueta, ao pé do trono, sem nenhuma atribuição, mas às ordens de todos. Os quatro fodedores destinados a passar a noite com os amigos poderão faltar à assembleia; ficarão em seus quartos, cuidando dos preparativos para essa noite que sempre exige proezas. Quanto aos quatro outros, cada um estará aos pés de um dos amigos no nicho, e esse amigo será instalado no sofá ao lado de uma das esposas, em rodízio. Essa esposa estará sempre nua; o fodedor vestirá colete e calção de tafetá cor-de-rosa; a historiadora do mês estará com roupas de cortesã elegante, bem como suas três companheiras; e os meninos e as meninas dos quartetos estarão sempre vestidos diferente e elegantemente, um quarteto à asiática, um à espanhola, outro à turca, um quarto à grega, e no dia seguinte outra coisa, mas todas essas roupas serão de tafetá e gaze: nada jamais apertará a parte de baixo do corpo, e um alfinete a ser tirado bastará para deixá-los nus. Quanto às velhas, estarão alternadamente como irmãs de caridade, freiras, fadas, magas e, às vezes, viúvas. As portas dos gabinetes dando para os nichos estarão sempre entreabertas, e o gabinete, muito aquecido com estufas, terá todos os móveis necessários às diferentes orgias. Quatro velas queimarão em cada gabinete, e cinquenta no salão. Às seis horas em ponto, a historiadora começará sua narração, que os amigos poderão interromper a qualquer instante que lhes apetecer. A narração dura até as dez horas da noite e, como seu objetivo é inflamar a imaginação, e durante esse período todas as lubricidades são permitidas, exceto, porém, as que desrespeitarem o acordo fechado para as deflorações, o qual será sempre perfeitamente cumprido. No mais, todos farão tudo o que quiserem com o fodedor, a esposa, o quarteto e a velha do quarteto, e até com as historiadoras, se tiverem alguma fantasia, e isso, no seu nicho ou no gabinete de que cada um depende. A narração será suspensa enquanto durarem os prazeres daquele cujas necessidades a interromperem, e será retomada quando ele terminar. Às dez horas, será servida a ceia. As esposas, historiadoras e oito meninas irão prontamente cear entre si, à parte; as mulheres nunca serão admitidas na ceia dos homens, e os amigos cearão com os quatro fodedores que não estiverem de serviço à noite e com quatro meninos. Os outros quatro servirão, ajudados pelas velhas. Ao saírem da ceia, passarão ao salão de assembleia para celebrar as chamadas orgias. Ali todos se reencontrarão, tanto os que tiverem ceado à parte como os que tiverem ceado com os amigos, mas sempre excetuando os quatro fodedores do serviço da noite. O salão estará particularmente aquecido e iluminado por lustres. Todos estarão nus: historiadoras, esposas, meninas, meninos, velhas, fodedores, amigos, todos misturados, todos espojados sobre o chão de ladrilhos, e, a exemplo dos animais, farão trocas, incestos, adultérios, sodomizações e, sempre à exceção das deflorações, se entregarão a todos os excessos e debauches mais capazes de inflamar as cabeças. Quando as deflorações tiverem de ser feitas, este será o momento de proceder a elas, e, logo que uma criança tiver sido desvirginada, poderão brincar com ela, quando e como quiserem. Às duas em ponto da madrugada, as orgias cessarão. Cada fodedor destinado ao serviço da noite irá buscar, trajando elegantes roupões, o amigo com quem se deitará, e que levará uma das esposas, ou um dos deflorados, quando for o caso, ou uma historiadora, ou uma velha, para passar a noite entre a esposa e seu fodedor, e tudo isso a seu bel-prazer e preso apenas à cláusula de se submeter a arranjos sensatos, que poderão variar de uma noite para outra.

São estes a ordem e o esquema de cada dia. Independentemente disso, cada uma das dezessete semanas que deve durar a temporada no castelo será marcada por uma festa. Primeiro, serão os casamentos (de que falaremos a seu tempo e lugar). Mas como os primeiros casamentos serão entre as crianças mais novas, e como elas não conseguirão consumá-los, em nada atrapalharão a ordem estabelecida para os desvirginamentos. Os casamentos entre adultos só se farão depois das deflorações, portando não prejudicarão a ordem, pois esses adultos só gozarão do que já tiver sido colhido.

As quatro velhas responderão pelo comportamento das quatro crianças. Quando cometerem erros, elas se queixarão ao amigo que estiver de plantão no mês, e de comum acordo procederão às correções todo sábado à noite, na hora das orgias. Até lá será feita uma rigorosa lista. Quanto aos erros cometidos pelas historiadoras, serão punidos com a metade dos castigos das crianças, porque seu talento é útil e os talentos sempre devem ser respeitados. Quanto aos das esposas ou das velhas, serão sempre o dobro daqueles das crianças. Todo sujeito que expressar uma recusa ao que lhe for pedido, mesmo se estiver na impossibilidade de fazê-lo, será punido com grande severidade: cabia-lhe prever e tomar suas precauções. O menor riso ou a menor desatenção, ou falta de respeito e de submissão, nas sessões de libertinagem, será uma das falhas mais graves e mais cruelmente punidas. Todo homem flagrado com uma mulher será punido com a perda de um membro, quando não tiver recebido a autorização de desfrutar dessa mulher. O menor ato religioso por parte de um dos sujeitos, seja qual for, será punido com a morte. É rigorosamente imposto aos amigos só empregar em todas as assembleias as palavras mais lascivas e debochadas, e as expressões mais sujas, fortes e blasfematórias.

O nome de Deus nunca será pronunciado senão acompanhado de xingamentos ou imprecações, que serão repetidos com a maior frequência possível. Quanto ao tom, será sempre o mais brutal, duro e imperioso com as mulheres e os meninos, mas submisso, canalha e depravado com os homens; os amigos, fazendo com eles o papel de mulheres, devem olhá-los como seus maridos. Um cavalheiro que desrespeitar essas regras, ou decidir ter o menor lampejo de razão e, sobretudo, passar um só dia sem se deitar bêbado, pagará dez mil francos de multa.

Quando um amigo precisar fazer alguma necessidade grande, uma mulher, da categoria que ele julgar apropriada, será obrigada a acompanhá-lo para se ocupar dos cuidados que lhe serão indicados durante o ato.

Nenhum dos sujeitos, homens ou mulheres, poderá executar tarefas de limpeza, sejam quais forem, e menos ainda as que se seguem às necessidades maiores, sem autorização expressa do amigo que estiver de serviço naquele mês, e, se esta lhe for negada e eles as executarem assim mesmo, a punição será das mais rigorosas. As quatro esposas não terão nenhum tipo de prerrogativa em relação às outras mulheres; ao contrário, sempre serão tratadas com mais rigor e desumanidade, e muitas vezes serão empregadas nos trabalhos mais vis e difíceis, como a limpeza das latrinas comuns e particulares, instaladas na capela. Essas latrinas só serão esvaziadas a cada oito dias e sempre por elas, que serão rigorosamente castigadas se resistirem ou trabalharem mal.

Se um sujeito tentar uma fuga durante a assembleia, será instantaneamente punido com a morte, seja quem for.

As cozinheiras e suas ajudantes serão respeitadas, e qualquer excelência que infringir essa lei pagará mil luíses de multa. Quanto a essas multas, serão todas especialmente destinadas, no regresso à França, ao custeio das despesas de uma nova festança, no gênero desta ou em outro.

Com essas providências tomadas e os regulamentos promulgados no dia 30, o duque passou a manhã do dia 31 a conferir tudo, a ordenar ensaios gerais de tudo e, em especial, a examinar com cuidado o lugar, para verificar se não poderia ser tomado de assalto ou favorecer alguma evasão. Depois de admitir que só sendo pássaro ou diabo para sair e entrar ali, prestou contas à sociedade de sua missão e passou a noite do dia 31 a arengar as mulheres. Todas se reuniram, pela ordem, no salão das narrações, e, depois de subir na tribuna ou na espécie de trono destinado à historiadora, eis aproximadamente o discurso que fez:
— Seres fracos e acorrentados, destinados unicamente aos nossos prazeres, espero que não tenham tido a ilusão de que esse império tão ridículo como absoluto que podem ter em sociedade lhes fosse conferido neste local. Mil vezes mais submissas do que escravas, só devem esperar a humilhação, e a obediência deve ser a única virtude que lhes aconselho praticar: é a única que convém à situação em que se encontram. Não pensem, sobretudo, em fazer nenhum comércio com seus encantos. Demasiado indiferentes como somos a tais armadilhas, bem devem imaginar que conosco essas iscas não funcionam. Lembrem-se incessantemente de que nos serviremos de todas vocês, mas nem uma única deve se vangloriar de conseguir, sequer inspirar, o sentimento de piedade. Indignados com os altares capazes de nos arrancar alguns grãos de incenso, nosso orgulho e nossa libertinagem os quebram tão logo a ilusão satisfaz os sentidos, e em nós o desprezo quase sempre seguido de ódio substitui no mesmo instante o prestígio da imaginação. Aliás, o que vocês oferecem que já não saibamos de cor? O que oferecem que não pisoteamos, em geral no próprio instante do delírio? É inútil esconder que seu serviço será rude, penoso e rigoroso, e as menores faltas serão no mesmo instante castigadas com penas corporais e dolorosas. Portanto, devo recomendar-lhes o esmero, a submissão e uma abnegação total de si mesmas para escu-

tar apenas os nossos desejos: que eles sejam as suas únicas leis, que acorram ao encontro deles, antecipem-se e os façam nascer. Não porque tenham muito a ganhar com esse comportamento, mas apenas porque teriam muito a perder ao não observá-lo. Examinem sua situação, o que são, o que somos, e que estas reflexões as façam tremer. Eis que vocês estão fora da França, na profundeza de uma floresta inabitável, mais para lá de montanhas escarpadas cujas passagens logo foram interrompidas depois que as transpuseram. Estão trancadas numa cidadela inexpugnável; ninguém sabe que estão aqui; foram subtraídas aos seus amigos, aos seus pais, já estão mortas para o mundo e só para nosso prazer é que respiram. E quais são os seres a quem agora estão subordinadas? Criaturas profunda e reconhecidamente nefandas, que só têm como deus a lubricidade, e como leis a depravação, e como freio a libertinagem; uns devassos sem deus, sem princípios, sem religião, dos quais o menos criminoso está conspurcado por mais infâmias do que vocês seriam capazes de mencionar e aos olhos de quem a vida de uma mulher, que digo, de uma mulher?, de todas as que habitam a superfície do globo é tão indiferente quanto a destruição de uma mosca. Haverá poucos excessos, com certeza, que não praticamos: que nenhum as repugne, prestem-se a eles sem pestanejar e enfrentem todos com paciência, submissão e coragem. Se infelizmente alguma sucumbir à intempérie de nossas paixões, que aceite bravamente a decisão; não estamos neste mundo para existir para sempre, e o que pode acontecer de mais venturoso a uma mulher é morrer jovem. Lemos para vocês regulamentos muito sensatos e muito adequados à sua segurança e aos nossos prazeres; escutem-nos cegamente, e esperem tudo de nossa parte se nos irritarem com seu mau comportamento. Algumas têm laços conosco, eu sei, que as orgulham talvez e pelos quais esperam indulgência. Cometeriam um grande erro se contassem com isso: nenhum laço é sagrado aos olhos de pessoas como nós, e quanto mais eles assim lhes parecer mais o seu rompimento excitará a perversidade de nossa alma. Portanto, é a vocês, filhas, esposas, que me dirijo neste momento, não esperem nenhuma prerrogativa de nossa parte; avisamos que serão tratadas até com mais rigor que as outras, justamente para fazê-las ver como são desprezíveis aos nossos olhos os laços com que nos consideram talvez acorrentados a vocês. De resto, não esperem que sempre especifiquemos as ordens que queremos fazê-las cumprir: um gesto, um olhar, muitas vezes um simples sentimento interno de nossa parte as advertirão, e serão tão punidas por não os terem adivinhado e pressentido quanto seriam se, depois de notificadas, tivéssemos sentido uma desobediência de sua parte. Cabe-lhes interpretar nossos gestos, olhares, movimentos, decifrar sua expressão, e sobretudo não se enganar quanto aos nossos desejos. Pois suponhamos, por exemplo, que nosso desejo fosse ver uma parte de seu corpo e que viessem desajeitadamente oferecer outra: sintam a que ponto o equívoco desarranjaria nossa imaginação e considerem os riscos que há em esfriar a cabeça de um libertino que, imaginemos, esperasse apenas uma bunda para esporrar e a quem viessem imbecilmente apresentar uma boceta. De modo geral, sempre ofereçam muito pouco a parte da frente; lembrem-se de que essa parte infecta que a natureza só criou por insensatez é sempre a que mais nos dá nojo. E até quanto às suas bundas há precauções a tomar, tanto para dissimular, ao oferecê-las, o antro odioso que as acompanha, como para evitar fazer-nos ver em certos momentos esse cu num estado em que outros desejariam sempre encontrá-lo. Devem me ouvir e receberão, aliás, das quatro aias, instruções posteriores que acabarão de lhes explicar tudo. Em suma, tremam, adivinhem, evitem, e com isso, se não forem pelo menos muito afortunadas, talvez não serão totalmente infelizes. Aliás, nada de chamego entre vocês, nenhuma ligação, nada dessa imbecil amizade de moças que, amolecendo de um lado o coração, torna-o de outro mais intratável e menos disposto à simples humilhação para a qual as destinamos. Pensem que não é propriamente como criaturas humanas que as olhamos, mas apenas como animais alimentados para o serviço que esperamos, e que esmagamos aos pontapés quando se negam a isso. Viram a que ponto proibimos a vocês tudo o que pode aparentar um ato religioso; previno-as de que haverá poucos crimes mais severamente punidos do que esse. Sabemos muito bem que ainda há entre vocês algumas idiotas que não conseguem admitir a ideia de abjurar esse deus infame e abominar sua religião: estas serão cuidadosamente examinadas, não escondo, e não haverá extremos de que as pouparemos se, infelizmente, forem apanhadas em flagrante. Que se convençam, essas tolas criaturas, que se convençam, portanto, de que a existência de Deus é uma loucura que hoje não tem na terra inteira vinte seguidores, e que a religião que ele invoca não passa de uma fábula ridiculamente inventada por velhacos cujo interesse em nos enganar é atualmente mais que visível. Em suma, vocês mesmas poderão decidir: se houvesse um deus, e se esse deus tivesse poder, permitiria que a virtude que o honra e que professam fosse sacrificada como vai ser ao vício e à libertinagem? Permitiria, esse deus todo-poderoso, que uma fraca criatura como eu, que diante dele não seria mais do que um ácaro aos olhos do elefante, permitiria ele, digo, que essa fraca criatura o insultasse, ridicularizasse, desafiasse, enfrentasse e ofendesse, como faço com prazer a todo instante do dia?

Feito esse pequeno sermão, o duque desceu do púlpito e, com exceção das quatro velhas e das quatro historiadoras que bem sabiam que ali estavam mais como sacrificadoras, e sacerdotisas do que como vítimas, com exceção dessas oito, digo, todas se debulharam em lágrimas, e o duque, constrangendo-se muito pouco com isso, deixou-as conjecturar, tagarelar, queixar-se entre si, bem certo de que as oito espiãs dariam conta de tudo muito bem, e foi passar a noite com Hercule, que do grupo dos fodedores se tornara seu mais íntimo e favorito amante, pois o pequeno Zéphire continuava a ocupar em seu coração o primeiro lugar como amante. O dia seguinte devia encontrar, desde a manhã, as coisas sendo ultimadas conforme tinham sido planejadas, e assim cada um fez o mesmo naquela noite, e, tão logo soaram dez horas da manhã, abriu-se a cena da libertinagem para não mais ser perturbada em nada do que tinha sido prescrito, até o dia 28 de fevereiro.

E agora, amigo leitor, prepare o seu coração e o seu espírito para o relato mais impuro que jamais foi feito desde que o mundo existe, pois livro semelhante não se encontra nem entre os antigos nem entre os modernos. Imagine que todo prazer honesto ou aconselhado por essa besta de que você fala incessantemente sem conhecê-la, e a que você chama de natureza, imagine que esses prazeres, digo eu, serão rigorosamente excluídos desta coletânea e que, quando porventura aqui estiverem, serão sempre acompanhados de algum crime ou coloridos por alguma infâmia. Sem dúvida, muitos desses desvios que você verá pintados lhe desagradarão, sabemos, mas haverá alguns que o inflamarão a ponto de lhe custar a porra, é disso que precisamos. Se não tivéssemos dito tudo, analisado tudo, não poderíamos imaginar o que é de seu agrado. Cabe a você pegar o que lhe agrada e deixar o resto; outro fará o mesmo; e aos poucos tudo terá encontrado o seu devido lugar. Aqui está a história de um magnífico banquete em que seiscentos pratos diferentes se oferecem ao seu apetite. Acaso você vai comer todos? Não, provavelmente, mas esse número prodigioso amplia os limites de sua escolha e, radiante com esse aumento de possibilidades, você não se atreve a ralhar com o anfitrião que o regala. Faça o mesmo aqui: escolha o que quiser e deixe o resto, sem reclamar desse resto só porque não tem o dom de agradar-lhe. Pense que agradará a outros, e seja filósofo. Quanto à diversidade, esteja certo de que é autêntica; estude bem a diversidade das paixões que parecem se assemelhar a outras, sem nenhuma diferença, e verá que essa diferença existe e que, por menor que seja, só ela tem, justamente, esse requinte, esse tato que distingue e caracteriza o gênero de libertinagem de que tratamos. Aliás, fundimos essas seiscentas paixões no relato das historiadoras: é mais uma coisa de que o leitor deve estar avisado. Teria sido muito monótono pormenorizá-las de outra maneira, uma a uma, sem fazê-las entrar no corpo do relato. Mas, como um leitor pouco versado nessas matérias poderia talvez confundir as paixões descritas com uma aventura ou um simples acontecimento da vida da narradora, diferenciamos com cuidado cada paixão com uma anotação à margem, acima da qual consta o nome que é possível lhe dar. Essa marca mostra a linha exata em que começa o relato da paixão, e sempre há uma alínea onde ela termina. Mas como há muitos personagens em ação nessa espécie de drama, apesar do cuidado que tivemos de, nesta introdução, descrever e designar todos eles, vamos fazer um índice com o nome e a idade de cada ator e um leve esboço de seu retrato. Quando o leitor encontrar um nome que lhe seja desconhecido nos relatos, poderá recorrer a esse índice e, mais acima, aos retratos extensos, caso o leve esboço não baste para relembrar o que terá sido dito.

PERSONAGENS DO ROMANCE DA ESCOLA DA LIBERTINAGEM

O DUQUE DE BLANGIS, cinquenta anos, parece um sátiro, dotado de um membro monstruoso e de uma força prodigiosa. Podemos olhá-lo como o receptáculo de todos os vícios e de todos os crimes. Matou a mãe, a irmã e três de suas mulheres.

O BISPO DE *** é seu irmão; cinquenta e cinco anos, mais magro e delicado que o duque, uma boca feia. É velhaco, hábil, fiel partidário da sodomia ativa e passiva; despreza totalmente qualquer outra espécie de prazer; fez morrer cruelmente duas crianças para quem um amigo deixara uma fortuna considerável aos seus cuidados. Tem o sistema nervoso tão sensível que quase desmaia ao gozar.

O PRESIDENTE DE CURVAL, sessenta anos. É um homem alto e seco, magro, olhos fundos e apagados, boca repugnante, é a imagem ambulante da crápula e da libertinagem, horrivelmente sujo com sua pessoa, e a isso atribuindo volúpia. Foi circuncidado: sua ereção é rara e difícil, mas ocorre, e ainda ejacula quase todo dia. Seu gosto o leva de preferência aos homens; no entanto, não despreza uma virgem. Tem como singularidade nos gostos amar tanto a velhice como tudo o que a ela se assemelhe em matéria de porcaria. É dotado de um membro quase tão grande como o do duque. Há uns anos, está como que embotado pela devassidão e bebe muito. Deve sua fortuna apenas a assassinatos e é pessoalmente culpado de um crime pavoroso, contado em detalhes no seu retrato. Ao ejacular, sente uma espécie de cólera lúbrica que o leva a crueldades.

DURCET, banqueiro, cinquenta e três anos, grande amigo e colega de escola do duque. É baixo, gorducho e atarracado, mas seu corpo é viçoso, bonito e branco. Tem aspecto de mulher, de quem tem todos os gostos; privado pela modéstia de seu instrumento de dar prazer à mulher, imita-a e deixa-se foder a qualquer momento do dia. Gosta bastante do gozo na boca; é a única modalidade que, quando ele é o agente, consegue lhe dar prazer. Seus únicos deuses são os prazeres, aos quais está sempre pronto a tudo sacrificar. É fino, engenhoso, e cometeu muitos crimes. Envenenou a mãe, a mulher e a sobrinha para amealhar fortuna. Sua alma é firme e estoica, absolutamente insensível à piedade. Já não tem ereção e suas ejaculações são muito raras. Seus instantes de delírio são precedidos por uma espécie de espasmo que o atira numa raiva lúbrica, perigosa para aqueles ou aquelas que servem essas paixões.

CONSTANCE é mulher do duque e filha de Durcet. Tem vinte e dois anos; é uma beleza romana, mais majestade que delicadeza, cheinha, embora bem-feita, corpo maravilhoso, bunda singularmente torneada e podendo servir de modelo, cabelos e olhos muito pretos. Tem espírito e sente muito bem todo o horror de sua sorte. Tem um grande fundo de virtude natural que nada conseguiu destruir.

ADÉLAÏDE, mulher de Durcet e filha do presidente. É uma linda boneca, de vinte anos; é loura, tem olhos muito meigos e de um belo azul-vivo; tem todo o jeito de heroína de romance. O pescoço comprido e bem destacado, e a boca meio grande é seu único defeito. Um busto pequeno e uma bunda pequena, mas tudo isso é delicado, branco e bem-feito. De espírito romanesco, coração meigo, tremendamente virtuosa e devota, esconde-se para cumprir os deveres de cristã.

JULIE, mulher do presidente e filha mais velha do duque. Tem vinte e quatro anos, é gorda, roliça, belos olhos castanhos, bonito nariz, feições marcadas e agradáveis, mas uma boca horrorosa. Tem pouca virtude e até mesmo grandes disposições para a sujeira, a embriaguez, a gula e a putaria. O marido a ama pelo defeito da boca: essa peculiaridade entra nos gostos do presidente. Nunca lhe inculcaram princípios nem religião.

ALINE, sua irmã caçula, pensa ser filha do duque, embora seja de fato filha do bispo com uma das mulheres do duque. Tem dezoito anos, uma fisionomia muito atraente e muito agradável, cheia de frescor, olhos castanhos, nariz arrebitado, jeito traquinas, embora indolente e preguiçosa. Não parece ter muito caráter e detesta com sinceridade todas as infâmias de que a fazem vítima. O bispo a desvirginou por trás quando ela tinha dez anos. Deixaram-na numa ignorância crassa, não sabe ler nem escrever, detesta o bispo e tem muito medo do duque. Adora a irmã, é sóbria e limpa, responde com graça e infantilidade; sua bunda é um encanto.

A DUCLOS, primeira historiadora. Tem quarenta e oito anos, grandes restos de beleza, muito frescor, a mais bela bunda que se possa ver. Morena, cheia, muito carnuda.

A CHAMPVILLE tem cinquenta anos. É magra, bem-feita e tem olhos lúbricos; é tríbade, o que nela tudo deixa anunciar. Seu atual ofício é a cafetinagem. Foi loura, tem olhos bonitos, clitóris comprido e muito sensível, uma bunda muito usada de tanto serviço, e no entanto é virgem por trás.

A MARTAINE tem cinquenta e dois anos. É cafetina; é uma matrona gorda, viçosa e saudável; é tapada pelo lado da frente e nunca conheceu mais do que o prazer de Sodoma, para o qual parece ter sido especialmente criada, pois apesar da idade tem a mais bela bunda possível: muito gorda e tão acostumada com as introduções que aguenta os instrumentos mais volumosos sem piscar. Ainda tem feições bonitas, mas que começam a murchar.

A DESGRANGES tem cinquenta e seis anos. É a mais celerada que algum dia existiu. É alta, magra, pálida, foi morena; é a imagem personificada do crime. Sua bunda murcha parece papel marmorizado e o orifício é imenso. Tem uma teta, três dedos e seis dentes a menos: *fructus belli*. Não existe um só crime que não tenha cometido ou mandado cometer. Tem o linguajar agradável, espirituoso, e atualmente é uma das cafetinas titulares da sociedade.

MARIE, a primeira das aias, tem cinquenta e oito anos. Foi chicoteada e marcada a ferrete; foi empregada de ladrões. Os olhos baços e remelentos, o nariz torto, os dentes amarelos, uma nádega roída por um abscesso. Pariu e matou catorze filhos.

LOUISON, a segunda aia, tem sessenta anos. É pequena, corcunda, caolha e manca, mas ainda tem uma bunda muito bonita. Está sempre pronta para os crimes e é extremamente má. Essas duas primeiras são responsáveis pelas meninas e as duas seguintes, pelos meninos.

THÉRÈSE tem sessenta e dois anos, lembra um esqueleto, sem cabelos nem dentes, uma boca fedorenta, a bunda crivada de feridas, o buraco exageradamente largo. É de uma sujeira e de uma fedentina atrozes; tem um braço torço e manqueja.

FANCHON, com sessenta e nove anos, foi seis vezes condenada à forca, à revelia, e cometeu todos os crimes imagináveis. É vesga, tem nariz chato, é baixota, gorda, sem testa, e só tem dois dentes. Uma erisipela cobre sua bunda, um pacote de hemorroidas lhe sai do buraco, um cancro devora sua vagina, ela tem uma coxa queimada e um tumor que rói seu seio. Vive bêbada e vomita, e caga por todo lado, a toda hora, sem se dar conta.

Harém das meninas

AUGUSTINE, filha de um barão de Languedoc, quinze anos, carinha delicada e esperta.

FANNY, filha de um conselheiro da Bretanha, catorze anos, o jeito suave e meigo.

ZELMIRE, filha do conde de Tourville, senhor de Beauce, quinze anos, o ar nobre e a alma muito sensível.

SOPHIE, filha de um fidalgo de Berry, feições encantadoras, catorze anos.

COLOMBE, filha de um conselheiro do Parlamento de Paris, treze anos, grande frescor.

HÉBÉ, filha de um oficial de Orléans, o ar muito libertino e olhos formosos; tem doze anos.

ROSETTE e MICHETTE, ambas com o aspecto de belas virgens. Uma tem treze anos e é filha de um magistrado de Chalon-sur-Saône; a outra tem doze e é filha do marquês de Sénanges: foi raptada na casa do pai, no Bourbonnais.

A aparência delas, o resto de seus atrativos e principalmente suas bundas estão acima de qualquer imaginação. Foram as escolhidas entre cento e trinta.

Harém dos meninos

ZÉLAMIR, treze anos, filho de um fidalgo do Poitou.

CUPIDON, mesma idade, filho de um fidalgo de perto de La Flèche.

NARCISSE, doze anos, filho de um homem bem colocado de Rouen, cavaleiro de Malta.

ZÉPHIRE, quinze anos, filho de um oficial-general de Paris; está destinado ao duque.

CÉLADON, filho de um magistrado de Nancy; tem catorze anos.

ADONIS, filho de um presidente de tribunal superior de Paris, destinado a Curval.

HYACINTHE, catorze anos, filho de um oficial de reserva da Champagne.

GITON, pajem do rei, doze anos, filho de um fidalgo do Nivernais.

Nenhuma pluma é capaz de descrever as graças, feições e encantos secretos dessas oito crianças, é impossível retratá-los, e foram escolhidas, como se sabe, entre um grande número de outras.

Oito fodedores

HERCULE, vinte e seis anos, bastante bonito mas muito mau sujeito; favorito do duque; caralho de vinte centímetros de circunferência por quarenta de comprimento; ejacula muito.

ANTÍNOO tem trinta anos, homem muito bonito; seu caralho tem vinte centímetros de circunferência por trinta de comprimento.

REBENTA-CU, vinte e oito anos, ar de sátiro e caralho torto; a cabeça ou glande é enorme: tem vinte e um centímetros de circunferência, e o corpo do membro, vinte centímetros por quarenta de comprimento; esse caralho majestoso é completamente arqueado.

PICA-PRO-CÉU tem vinte e oito anos, é muito feio, mas saudável e vigoroso; grande favorito de Curval, tem um caralho de dezoito centímetros de circunferência por vinte e oito de comprimento, e o tem sempre em riste.

Os quatro outros, de vinte e dois ou vinte e cinco a vinte e oito centímetros de comprimento por dezenove ou vinte de circunferência, têm entre vinte e cinco e trinta anos.

Fim da introdução.
   Omissões que fiz nesta introdução:
1º É preciso dizer que Hercule e Pica-Pro-Céu são, um, muito mau sujeito, e o outro, muito feio, e que nunca nenhum dos oito conseguiu gozar com homem ou mulher.
2º Que a capela serve de banheiro, e detalhá-la de acordo com esse uso.
3º Que as cafetinas e os cafetões, durante a expedição, tinham pistoleiros às suas ordens.
4º Detalhar um pouco os seios das criadas e falar do tumor de Fanchon. Também descrever um pouco mais o rosto das dezesseis crianças.

Primeira Parte

AS CENTO E CINQUENTA PAIXÕES SIMPLES, OU DE PRIMEIRA CLASSE, QUE COMPÕEM OS TRINTA DIAS DE NOVEMBRO PREENCHIDOS PELA NARRAÇÃO DA DUCLOS, E QUE SÃO ENTREMEADAS COM OS ACONTECIMENTOS ESCANDALOSOS DO CASTELO, EM FORMA DE DIÁRIO, DURANTE ESSE MÊS.

PRIMEIRO DIA

Em 1º de novembro levantaram-se às dez horas da manhã, como estava prescrito nos regulamentos, do qual não se afastariam nem um milímetro, conforme tinham jurado mutuamente. Os quatro fodedores que não tinham dividido o leito dos amigos levaram, quando estes se levantaram, Zéphire ao duque, Adonis a Curval, Narcisse a Durcet e Zélamir ao bispo. Os quatro eram muito tímidos, ainda muito encabulados, mas, encorajados pelo guia, cumpriram muito bem o seu dever, e o duque gozou. Os três outros, mais reservados e menos pródigos em esperma, penetraram tanto quanto ele, mas sem muito empenho. Às onze horas passaram ao aposento das mulheres, onde as jovens sultanas apareceram nuas e assim serviram o chocolate. Marie e Louison, que presidiam aquele harém, as auxiliavam e dirigiam. Foram apalpadas, muito beijadas, e as oito coitadinhas, vítimas da mais insigne lubricidade, enrubesceram, esconderam-se com as mãos, tentaram defender seus encantos, e logo mostraram tudo, assim que viram que seus pudores irritavam e zangavam os amos. O duque, que logo voltou a sentir tesão, comparou a circunferência de sua engenhoca com a cintura fina e leve de Michette, e só havia sete centímetros de diferença. Durcet, que estava de serviço no mês, fez as inspeções e visitas prescritas. Hébé e Colombe foram flagradas em falta, e seu castigo foi anotado e fixado imediatamente para o sábado seguinte, na hora das orgias. Choraram, mas ninguém se enterneceu. Dali passaram para os meninos. Os quatro que não puderam comparecer de manhã, a saber, Cupidon, Céladon, Hyacinthe e Giton, tiraram as calças seguindo a ordem, e os outros se divertiram um instante em olhá-los. Curval beijou na boca os quatro e o bispo os masturbou um pouquinho, enquanto o duque e Durcet faziam outra coisa. As visitas terminaram e ninguém foi pego em falta. A uma hora, os amigos se trasladaram para a capela, onde, como se sabe, estavam instalados os sanitários. Como as necessidades eram previstas para a noite, muitas autorizações foram recusadas e ali só estavam Constance, a Duclos, Augustine, Sophie, Zélamir, Cupidon e Louison. Todos os outros tinham pedido autorização e receberam ordens para se segurar até de noite. Nossos quatro amigos, postados em volta da cadeira dedicada a esse fim, mandaram aquelas sete criaturas se sentar na latrina, uma depois da outra, e retiraram-se depois de se fartar do espetáculo. Desceram ao salão onde, enquanto as mulheres jantavam, eles conversaram até a hora de lhes ser servida a refeição. Cada um dos quatro amigos se pôs entre dois fodedores, seguindo a regra imposta de nunca aceitarem mulheres à sua mesa, e as quatro esposas nuas, auxiliadas pelas velhas vestidas de irmãs de caridade, serviram a mais magnífica e suculenta comida que fosse possível preparar. Ninguém era mais delicado e mais hábil do que as cozinheiras que tinham levado, e eram tão bem pagas e tão bem abastecidas que tudo só podia sair às mil maravilhas. Essa refeição devia ser mais leve do que a ceia, e contentaram-se com quatro serviços fantásticos, cada um composto de doze pratos. O vinho de bourgogne veio com os aperitivos, serviram o bordeaux com as entradas, o champanhe com os assados, o hermitage com o segundo prato, o tokay e o madeira à sobremesa. Pouco a pouco as mentes se inflamaram. Os fodedores, a quem se havia atribuído, nesse momento, todos os direitos sobre as esposas, as maltrataram um pouco. Constance até chegou a ser um pouco empurrada, um pouco espancada, por não ter levado imediatamente um prato a Hercule, o qual, vendo-se nas boas graças do duque, acreditou que poderia levar a insolência a ponto de espancar e molestar a mulher dele, e o duque apenas riu. Curval, completamente embriagado na sobremesa, jogou um prato na cara de sua mulher, o que teria rachado sua cabeça se ela não tivesse se esquivado. Durcet, ao ver um vizinho com tesão, já não fez cerimônia; embora à mesa, desabotoou a calça e apresentou sua bunda. O vizinho enfiou nele e, feita a operação, recomeçaram a beber como se nada fosse. O duque logo imitou com Pica-Pro-Céu a pequena infâmia de seu velho amigo e apostou, embora o caralho do outro fosse enorme, beber três garrafas de vinho enquanto fosse enrabado. Que prática, que calma, que sangue-frio na libertinagem! Ele ganhou a aposta, e como não as bebia em jejum, pois essas três garrafas chegavam depois de mais outras quinze, levantou-se um pouco zonzo. O primeiro objeto que se apresentou a ele foi sua mulher, chorando com os maus-tratos de Hercule, e ver isso o animou a tal ponto que logo se entregou com ela a excessos que ainda não podemos contar. O leitor vê como estamos atrapalhados neste início para pôr ordem na nossa matéria, e há de nos perdoar por ainda deixar muitos detalhezinhos debaixo de um véu. Enfim, passaram ao salão, onde novos prazeres e novas volúpias esperavam nossos campeões. Ali, o café e os licores lhes foram servidos por um quarteto encantador: era composto dos meninos Adonis e Hyacinthe e das meninas Zelmire e Fanny. Thérèse, uma das aias, os comandava, pois era regra que em qualquer lugar em que houvesse duas ou mais crianças, uma aia devia comandá-las. Nossos quatro libertinos, meio bêbados, mas decididos a observar as leis, contentaram-se com beijos e apalpadelas que sua cabeça libertina soube temperar com todos os requintes da devassidão e da lubricidade. Por instantes pensou-se que o bispo ia perder porra com as coisas mais que extraordinárias que exigia de Hyacinthe, enquanto Zelmire o masturbava. Seus nervos já estremeciam e uma crise de espasmo tomava conta de todo o seu corpo, mas ele se conteve, jogou para longe os objetos tentadores prestes a derrotar seus sentidos e, sabendo que ainda havia tarefas a fazer, reservou-se para o final do dia. Beberam seis diferentes tipos de licores e três espécies de cafés, e, como enfim chegasse a hora, os dois casais se retiraram para ir se vestir. Nossos amigos fizeram quinze minutos de sesta e passaram ao salão do trono. Esse era o nome dado ao aposento destinado às narrações. Os amigos instalaram-se nos canapés, o duque tendo a seus pés o querido Hercule, ao lado dele, nua, Adélaïde, mulher de Durcet e filha do presidente; à frente, correspondendo ao seu nicho e, como foi explicado, a este ligado por guirlandas, estava o quarteto em trajes pastoris formado por Zéphyr, Giton, Augustine e Sophie, presididos por Louison como velha camponesa a representar o papel de mãe deles. Curval tinha a seus pés Pica-Pro-Céu, no canapé, Constance, mulher do duque e filha de Durcet, e o quarteto dos quatro jovens espanhóis, cada sexo vestido com seu traje o mais elegantemente possível, a saber: Adonis, Céladon, Fanny e Zelmire, presididos pela aia Fanchon. O bispo tinha a seus pés Antínoo, a sobrinha Julie no canapé e quatro selvagens quase nus formando o quarteto: eram, vestidos de rapazes, Cupidon e Narcisse e, como moças, Hébé e Rosette, presididos por uma velha amazona representada por Thérèse. Durcet tinha Rebenta-Cu como fodedor, perto dele Aline, filha do bispo, e na frente quatro pequenas sultanas, sendo que aqui os meninos estavam vestidos de meninas, e esse disfarce levava ao auge as figuras encantadoras de Zélamir, Hyacinthe, Colombe e Michette. Uma velha escrava árabe, representada por Marie, dirigia o quarteto. As três historiadoras, magnificamente vestidas como moças de boa família de Paris, sentaram-se ao pé do trono, num banco posto ali para isso, e Madame Duclos, narradora do mês, com um penhoar muito leve e elegante, muita maquiagem e diamantes, colocou-se no estrado e começou assim a história dos acontecimentos de sua vida, em que devia introduzir os pormenores das cento e cinquenta primeiras paixões, designadas pelo nome de *paixões simples*:

— Não é tarefa simples, excelências, pronunciar-se diante de um círculo como o dos senhores. Acostumados a tudo o que as letras produzem de mais fino e delicado, como poderão suportar o relato disforme e grosseiro de uma pobre criatura como eu, que nunca recebeu outra educação além da que a libertinagem lhe deu? Mas sua indulgência me tranquiliza; exigem de mim apenas a naturalidade e a verdade, e a esse título com certeza ousarei aspirar aos seus elogios. Minha mãe tinha vinte e cinco anos quando me pôs no mundo, e eu era sua segunda filha; a primeira era uma menina seis anos mais velha. Ela não nascera em família ilustre. Era órfã de pai e mãe; ficara órfã muito jovem, e como seus pais moravam perto dos Recoletos, em Paris, quando se viu abandonada e sem nenhum recurso obteve desses bons padres a primeira autorização para pedir esmola na igreja deles. Mas, como tinha um pouco de juventude e frescor, logo agradou e, aos poucos, da igreja subiu para os quartos, de onde não demorou a descer grávida. Era a tais aventuras que minha irmã devia a luz, e é mais que provável que meu nascimento não tenha outra origem. Os bons padres, no entanto, contentes com a docilidade de minha mãe e vendo como ela fazia a comunidade frutificar, a recompensaram por seus trabalhos concedendo-lhe o aluguel das cadeiras da igreja; logo que conseguiu esse cargo graças à permissão de seus superiores, minha mãe casou com um aguadeiro da casa, que nos adotou de imediato, a minha irmã e a mim, sem a mais leve repugnância. Nascida na igreja, eu morava, por assim dizer, bem mais na igreja do que na nossa casa. Ajudava minha mãe a arrumar as cadeiras, auxiliava os sacristãos em suas diferentes tarefas, teria servido a missa se necessário, embora ainda não tivesse alcançado meu quinto ano de vida. Um dia em que voltava de minhas santas ocupações, minha irmã me perguntou se eu não tinha encontrado o padre Laurent... "Não", eu lhe disse. "Pois é", respondeu, "ele está de olho em você, eu sei; quer que você veja o que me mostrou. Não fuja, olhe bem para ele, sem se assustar; não tocará em você, mas vai lhe mostrar uma coisa muito engraçada, e, se você deixar, vai recompensá-la. Somos mais de quinze, aqui nos arredores, a quem ele mostrou a mesma coisa. É o grande prazer dele, e ele deu a todas nós um presente." Como bem imaginam, senhores, não precisei de mais nada não só para não fugir do padre Laurent, como até para procurá-lo. O pudor fala bem baixinho na idade que eu tinha, e seu silêncio, ao sairmos das mãos da natureza, não é a prova certa de que esse sentimento artificial resulta bem menos dessa mãe primeira do que da educação? No mesmo instante voei para a igreja e, quando atravessava um patiozinho entre a entrada da igreja e o convento, dei bem de cara com o padre Laurent. Era um religioso de seus quarenta anos, com uma fisionomia muito bonita. Ele me manda parar:

"Aonde vai, França̧on?", me perguntou. "Arrumar as cadeiras, padre." "Bem, bem, a sua mãe as arrumará. Venha, venha a este quarto", ele me disse, puxando-me para um cantinho, "vou lhe mostrar uma coisa que você nunca viu." Segui-o, ele fechou a porta atrás de nós e, depois de me postar bem à sua frente: "Olhe, França̧on", ele me diz, tirando da cueca uma pica monstruosa, diante da qual pensei em cair para trás de pavor, "olhe, minha filha", continuou, se masturbando, "algum dia viu algo parecido?... É o que se chama um caralho, minha filha, sim, um caralho... Serve para foder, e o que você vai ver, e que vai escorrer daqui a pouco, é o sêmen de que você foi feita. Mostrei para a sua irmã, mostro para todas as meninas da sua idade; traga-me umas, faça como a sua irmã que me apresentou mais de vinte... Mostrarei o meu caralho e farei a porra esguichar na cara delas... É a minha paixão, minha filha, não tenho outra... e você vai ver." E ao mesmo tempo me senti toda coberta por um orvalho branco que me sujou inteira, e umas gotas até acertaram os meus olhos, porque minha cabecinha estava bem na altura dos botões da sua calça. Enquanto isso, Laurent gesticulava. "Ai! Que linda porra... a linda porra que estou perdendo", ele exclamava. "Como ela te cobriu toda!" E, acalmando-se aos poucos, tornou a guardar tranquilamente seu instrumento e deu no pé, enfiando-me na mão doze soldos* e me recomendando que lhe levasse minhas amiguinhas. Minha maior pressa, como imaginam facilmente, foi ir contar tudo à minha irmã, que me enxugou por todo lado com o maior cuidado para não deixar rastro e que, por ter me proporcionado aquela pequena fortuna, me pediu a metade do meu ganho. Como esse exemplo me instruiu, não deixei de buscar o máximo de meninas

---

* Um soldo equivalia a cinco centavos de franco. Na época, um servente ganhava de 20 a 25 soldos e um pedreiro, de 30 a 40 soldos.

que consegui para o padre Laurent, na esperança de uma partilha semelhante. Mas levei uma que ele já conhecia, e que recusou, dizendo, ao me dar três soldos à guisa de estímulo: "Nunca as vejo duas vezes, minha filha, traga as que não conheço e nunca as que lhe disserem que já estiveram comigo". Empenhei-me: em três meses fiz o padre Laurent conhecer mais de vinte meninas novas, com as quais empregou, para seu prazer, exatamente os mesmos métodos que usara comigo. Além da cláusula de escolher desconhecidas para ele, observei também aquela que me recomendou expressamente, relativa à idade: não tinha que ser abaixo dos quatro anos nem acima dos sete. E minha pequena fortuna ia muitíssimo bem quando minha irmã, percebendo que eu estava competindo com ela, ameaçou contar tudo à nossa mãe se eu não parasse aquele belo comércio, e então deixei o padre Laurent.

"No entanto, como minhas funções sempre me conduziam aos arredores do convento, no dia em que completei sete anos encontrei um novo amante cuja mania, embora muito infantil, tornava-se um pouco mais séria. Ele se chamava padre Louis; era mais velho que Laurent e tinha um não sei quê de bem mais libertino. Agarrou-me na porta da igreja quando eu entrava e me exortou a subir para o seu quarto. Primeiro me fiz de difícil, mas, quando me assegurou que minha irmã, três anos antes, também tinha subido e que, todo dia, recebia meninas de minha idade, segui-o. Mal chegamos à sua cela, ele a fechou cuidadosamente, serviu um xarope num copinho, me fez engolir, e ao todo foram três grandes copos. Findo esse preparativo, o reverendo, mais meigo que seu confrade, começou a me beijar enquanto me apalpava, desabotoou minha saia e, levantando minha camisa sob o colete, apesar de minhas parcas defesas, passou a mão em todas as partes da frente que ele acabava de descobrir e, depois de apalpá-las e observá-las, perguntou se eu não estava com vontade de mijar. Singularmente sentindo essa necessidade pela forte dose de bebida que ele acabava de me mandar engolir, falei que estava morrendo de vontade, mas não queria fazer aquilo na frente dele. 'Ah! Diachos, sim, sua espertinha', disse o safado, 'ah! diachos, sim, vai fazer na minha frente e, pior, em cima de mim. Veja', disse, tirando das calças o caralho, 'aqui está a coisa que você vai molhar; tem que mijar aqui em cima.' Então, me pegando e me pondo em cima de duas cadeiras, com uma perna em cada uma, afastou-as o mais possível e depois me mandou agachar. Comigo nessa pose, colocou uma bacia debaixo de mim, instalou-se num banquinho na altura da bacia, com a sua coisa na mão, bem debaixo da minha boceta. Com uma das mãos segurava minhas ancas, com a outra se masturbava, e como minha boca, nessa posição, estava na mesma altura da sua, beijava-a. 'Ande, menina, mije', ele disse, 'ensope agora o meu caralho com esse licor mágico que, quando escorre quente, tem tanto poder sobre os meus sentidos. Mije, meu coração, mije e tente molhar a minha porra.' Louis se animava, se excitava, era fácil ver que essa operação especial era a que mais agradava aos seus sentidos. O mais doce êxtase foi coroá-la no exato instante em que as águas que enchiam o meu estômago escorreram na maior abundância, e nós dois enchemos ao mesmo tempo a bacia, ele de porra e eu de urina. Terminada a operação, Louis me fez mais ou menos o mesmo discurso de Laurent; quis que a sua putinha virasse uma cafetina, e dessa vez, como eu estava pouco ligando para as ameaças de minha irmã, consegui bravamente para Louis tudo o que eu conhecia em matéria de meninas. Ele fez com todas a mesma coisa, e como tornava a vê-las duas ou três vezes, sem repugnância, e sempre me pagava à parte, independentemente do que eu conseguia tirar das minhas amiguinhas, em seis meses me vi com uma quantiazinha que gastei como bem entendi, com a única precaução de escondê-la de minha irmã."

— Duclos — interrompeu o presidente —, não lhe avisaram que os seus relatos precisam dos menores detalhes e dos mais numerosos? Que só podemos julgar que a paixão que conta tem a ver com os costumes e o caráter dos homens na medida em que não dissimular nenhuma circunstância? Que as menores circunstâncias, aliás, vêm ao encontro infinitamente do que esperamos de seus relatos para a excitação de nossos sentidos?

— Sim, excelência — disse a Duclos —, fui avisada para não descartar nenhum pormenor e entrar nas menores minúcias sempre que servissem para esclarecer as personalidades ou os comportamentos. Terei cometido alguma omissão quanto a essa preferência?

— Sim — disse o presidente —, não tenho a menor ideia de como é o caralho do seu segundo recoleto, e nenhuma ideia de como ele esporra. Aliás, ele masturbou a sua boceta e você pegou o caralho dele? Viu só quantos detalhes desprezados?

— Desculpe — disse a Duclos —, vou já reparar meus erros e prestar atenção no futuro. O padre Louis tinha um membro muito comum, mais comprido que grosso e, no geral, de aspecto banal. Lembro até que custava para endurecer, e só ganhou certa consistência no instante da crise. Não masturbou minha boceta, contentou-se em alargá-la tanto quanto pôde com os dedos para que a urina escorresse melhor. Aproximou o caralho, pertinho, duas ou três vezes, e seu gozo foi denso, curto, e sem outras palavras depravadas a não ser: "Ai! Porra, mije logo, minha filha, mije logo; lindo chafariz, mije logo, mije logo, não vê que estou gozando?". E entremeava tudo isso com beijos na minha boca que nada tinham de muito libertino.

— É isso mesmo, Duclos — disse Durcet —, o presidente tinha razão; no primeiro relato não consegui imaginar nada, e agora imagino o seu homem.

— Um momento, Duclos — disse o bispo, ao ver que ela ia recomeçar. — Estou sentindo uma necessidade um pouco mais forte que a de mijar; estou apertado, e sinto que preciso resolver isso.

E, ao mesmo tempo, puxou Narcisse para junto de si. Saía fogo dos olhos do prelado, seu caralho batia na barriga, ele espumava, era uma porra contida que queria sair de qualquer maneira, o que só seria possível por meios violentos. Arrastou a sobrinha e o menino para o quarto. Tudo parou: o gozo era visto como importante demais para que tudo não fosse suspenso quando alguém o desejasse e para que tudo não concorresse para torná-lo delicioso. Mas dessa vez a natureza não respondeu aos votos do prelado, e minutos depois que se trancou no quarto saiu furioso, no mesmo estado de ereção, e dirigiu-se a Durcet, que estava de serviço naquele mês:

— Você vai me arrumar uma punição para esse malandro no sábado — disse-lhe, atirando violentamente a criança para longe dele —, e que seja severa, por favor.

Então, viram muito bem que, sem a menor dúvida, o menino não conseguira satisfazê-lo, e Julie foi contar o caso, baixinho, ao pai.

— Ora essa, pegue outro — disse-lhe o duque —, escolha nos nossos quartetos, se o seu não lhe satisfaz.

— Ah! Agora minha satisfação está muito longe do que eu desejava fazia pouco — disse o prelado. — Todos sabem aonde nos leva um desejo insatisfeito. Prefiro me conter, mas que não poupem esse malandro — continuou —, é o que recomendo.

— Ah! Respondo-lhe que ele vai levar uma lição — disse Durcet. — É bom que o primeiro a ser apanhado dê o exemplo aos outros. Estou aborrecido por vê-lo nesse estado; tente outra coisa, peça a alguém para fodê-lo.

— Monsenhor — disse a Martaine —, sinto-me muito disposta a satisfazê-lo, se Vossa Grandeza desejasse...

— Ah! Não, essa não — disse o bispo —, então não sabe que há mil ocasiões em que a gente não quer um cu de mulher? Vou esperar, vou esperar... Que a Duclos continue; de noite a coisa recomeça; acabo achando um como eu quero. Continue, Duclos.

E, como os amigos deram boas risadas da franqueza libertina do bispo ("*há mil ocasiões em que a gente não quer um cu de mulher*"), a historiadora retomou seu relato nestes termos:

— Eu acabava de completar sete anos quando, um dia em que, como de hábito, tinha levado a Louis uma de minhas amiguinhas, encontrei na casa dele outro padre, seu colega. Como isso nunca tinha acontecido, surpreendi-me e quis me retirar, mas Louis me tranquilizou e entramos corajosamente, minha amiguinha e eu. "Olhe, padre Geoffroi", disse Louis ao amigo, empurrando-me para perto dele, "não disse que ela era boazinha?" "Sim, é mesmo", disse Geoffroi, me pegando no colo e me beijando. "Quantos anos você tem, minha filha?" "Sete anos, padre." "Quer dizer, cinquenta menos que eu", disse o bom padre, me beijando de novo. E durante esse pequeno monólogo, preparavam o xarope que, como de hábito, nos fizeram engolir, cada uma três copos grandes. Mas, como eu não estava acostumada a beber aquilo quando levava caça para o Louis, porque ele só dava para quem eu levava, e em geral eu não ficava ali e me retirava imediatamente, espantei-me com a precaução dessa vez, e no tom da mais ingênua inocência lhe disse: "E por que então o senhor me faz beber, padre? Será que quer que eu mije?" "Sim, minha filha", disse Geoffroi, que continuava a me prender entre as coxas e já passava a mão pela frente, "sim, queremos que você mije, é comigo que vai se passar a aventura, talvez um pouco diferente da que lhe aconteceu aqui. Venha para a minha cela, vamos deixar o padre Louis com a sua amiguinha, e vamos cuidar de nós. Vamos nos reencontrar quando nossas tarefas tiverem terminado." Saímos; Louis me disse baixinho para ser bem boazinha com seu amigo, pois não teria do que me arrepender. A cela de Geoffroi não era muito longe da de Louis e chegamos sem ser vistos. Mal entramos, Geoffroi, tendo se escondido, me mandou tirar a saia. Obedeci; ele mesmo levantou minha combinação até acima do umbigo, e, depois de me sentar na beira da cama, afastou minhas coxas o máximo possível, enquanto eu me abaixava, de modo a deixar à mostra toda a minha barriga e meu corpo se manter apoiado no traseiro. Pediu-me para ficar bem firme naquela posição e começar a mijar assim que ele desse um tapinha de leve na minha coxa. Então, me observando um instante naquela pose e sempre se esforçando para afastar com a mão os beicinhos da boceta, com a outra desabotoou a calça e começou a sacudir com gestos rápidos e violentos um membro pequeno, escuro e bem mirrado que não parecia muito disposto a responder ao que, pelo visto, exigiam dele. Para convencê-lo com mais sucesso, nosso homem dispôs-se a agir segundo seu hábito predileto e lhe proporcionar o mais alto grau de apalpadelas: ajoelhou-se entre as minhas pernas, examinou mais um instante lá dentro do buraquinho que eu lhe apresentava, pôs ali a boca, várias vezes, resmungando entre os dentes certas palavras luxuriosas que não guardei, porque então eu não as entendia, e continuou a sacudir o membro, que nem por isso se comoveu. Finalmente, seus lábios grudaram-se hermeticamente na minha boceta, recebi o sinal combinado e, derramando na boca do sujeito o supérfluo das minhas entranhas, inundei-a com ondas de urina, que ele engoliu com a mesma rapidez com que eu as lançava em sua goela. De repente, o membro esticou e a cabeça altiva lançou-se bem pertinho da minha coxa. Senti que ele a regava, orgulhoso, com as marcas estéreis de seu débil vigor. Tudo tinha sido tão bem compassado que ele engolia os últimos pingos no exato momento em que a pica, toda confusa com a vitória, chorava lágrimas de sangue. Geoffroi se levantou cambaleando e tive a impressão de que dedicava ao seu ídolo, uma vez extinto o incenso, um culto fervoroso tão religioso como quando o delírio, em homenagem inflamada, ainda mantinha a sua glória. Um tanto brusco, deu-me doze soldos, abriu a porta sem me pedir, como os outros, que lhe levasse meninas (aparentemente, abastecia-se em outro lugar), mostrou-me o caminho da cela de seu amigo e me mandou para lá, aonde não podia me levar porque a hora de seu ofício o apressava, e trancou-se na cela sem me dar tempo de responder.

— Ah! Mas, realmente — disse o duque —, tem uma porção de homens que não suportam de jeito nenhum o instante em que a ilusão se perde. Parece que o orgulho sofre quando o homem se deixa ver por uma mulher em tal estado de fraqueza, e que a repulsa nasce do constrangimento que então ele sente.

— Não — disse Curval, que era masturbado por Adonis de joelhos e passava a mão em Zelmire —, não, meu amigo, o orgulho não tem nada a ver com isso, mas o objeto que fundamentalmente não tem valor, a não ser aquele que a nossa lubricidade lhe atribui, mostra-se por inteiro, tal como é, quando a lubricidade se extingue. Quanto mais violenta a excitação, mais o objeto se enfeia quando essa excitação já não o sustenta. Da mesma forma, ficamos mais ou menos cansados depois de mais ou menos exercício, e esse fastio que então sentimos é apenas o sentimento de uma alma saciada à qual a felicidade desagrada porque acaba de cansá-la.

— Mas desse fastio — disse Durcet — costuma nascer um projeto de vingança cujas consequências funestas já vimos.

— Isso é outra coisa — disse Curval —, e, como a continuação dessas narrações talvez nos ofereça exemplos do que você está dizendo, não apressemos com dissertações o que os fatos naturalmente produzirão.

— Presidente, diga a verdade — pediu Durcet —: estando prestes a enlouquecer, creio que no instante presente prefere se preparar para o prazer do gozo a dissertar sobre o fastio.

— De jeito nenhum... nem uma palavra sobre isso — disse Curval —, mantenho o maior sangue-frio... É bem verdade — continuou, beijando Adonis na boca — que este menino é um encanto... mas não é possível fodê-lo; não conheço nada pior do que as leis de vocês... Temos de ficar reduzidos a coisas... a coisas... Vamos, vamos, continue, Duclos, pois sinto que farei loucuras, e quero que minha ilusão se mantenha ao menos até que eu vá me deitar.

O presidente, que via que a ferramenta começava a se rebelar, mandou as duas crianças para seus lugares e, voltando a se deitar ao lado de Constance, que talvez, por mais bonita que fosse, não o excitasse tanto, tornou a solicitar a Duclos que continuasse, e ela obedeceu prontamente nestes termos:

— Fui encontrar minha coleguinha. A operação de Louis estava terminada, e nós duas, medianamente contentes, saímos do convento, eu quase decidida a não mais voltar. O tom de Geoffroi humilhara meu amor-próprio e, sem aprofundar de onde vinha a repulsa, não gostava nem da causa nem das consequências. No entanto, estava escrito no meu destino que eu ainda teria certas aventuras naquele convento, e o exemplo de minha irmã, que, como me disse, negociara com mais de catorze, devia me convencer de que eu ainda estava longe de encerrar minhas agruras. Foi disso que me dei conta, três meses depois dessa última aventura, pelas solicitações feitas por um daqueles bons reverendos, homem de seus sessenta anos. Não houve artimanha que ele não inventasse para me decidir a ir ao seu quarto. Uma delas teve tanto êxito, enfim, que lá me vi numa bela manhã de domingo, sem saber como nem por quê. O velho descarado, que se chamava padre Henri, me trancou assim que me viu entrar e me beijou com todo o gosto. "Ah, safadinha", exclamou no auge da alegria, "então te apanhei, desta vez você não escapa." Fazia muito frio; meu narizinho estava pingando, como é bastante comum em crianças. Quis assoá-lo. "Ah! Não, não", disse Henri, se opondo, "sou eu que vou fazer essa operação, minha filha." E me deitou na cama com a cabeça meio inclinada, sentou ao meu lado e puxou minha cabeça para o seu colo. Até parecia que nessa posição ele devorava com os olhos a secreção do meu nariz. "Ah! Que ranhosinha bonita", disse meio extasiado, "que eu vou chupar!" Então, curvando-se sobre a minha cabeça e metendo na boca todo o meu nariz, não só devorou aquele monco que me cobria, como até dardejou, lúbrico, a ponta da língua nas minhas narinas, alternadamente, e com tanta arte que provocou dois ou três espirros que redobraram o ranho escorrendo, que ele desejava e devorava tão ávido. Mas desse aí, senhores, não me peçam detalhes: nada mostrou, ou porque não fez nada ou fez tudo dentro da cueca, e não me dei conta de nada, e na multidão de seus beijos e lambidas nada marcou um êxtase mais forte, e por isso acho que não gozou. Também não arregaçou minhas roupas, e nem passou a mão em mim, e garanto-lhes que a fantasia do velho libertino podia ser realizada com a moça mais honesta e mais ingênua, e ela não imaginaria a menor lubricidade.

"Não aconteceu o mesmo com aquele que o acaso me ofereceu no próprio dia em que eu completava nove anos. Padre Étienne era o nome do libertino, já tinha dito várias vezes à minha irmã para me levar à casa dele, e ela me propusera ir vê-lo (sem, porém, querer me levar, temendo que nossa mãe, que já desconfiava de alguma coisa, viesse a saber), quando me vi enfim cara a cara com ele, num canto da igreja, perto da sacristia. Mostrou-se tão solícito, alegou razões tão persuasivas que não me fiz de rogada. Padre Étienne tinha uns quarenta anos, era viçoso, brincalhão e vigoroso. Mal chegamos ao seu quarto, perguntou-me se sabia bater punheta. 'Infelizmente, não!', eu lhe disse, corando, 'e nem entendo o que quer me dizer.' 'Pois bem! Vou lhe ensinar, minha filha', disse, me beijando com muito gosto tanto na boca como nos olhos; 'meu único prazer é instruir as meninas, e as lições que dou a elas são tão excepcionais que nunca esquecem. Comece por tirar as saias, pois, se lhe ensino como deve me dar prazer, é justo que lhe ensine ao mesmo tempo como deve fazer para recebê-lo, e nada vai nos atrapalhar nessa lição. Bem, comecemos por você. O que está vendo aqui', disse, pondo a minha mão no púbis, 'se chama boceta, e eis o que deve fazer para sentir aí umas coceguinhas deliciosas: tem que esfregar de leve, com um dedo, esse altinho que sente aqui e que se chama clitóris.' Depois, me fazendo repetir: 'Aí, minha filha, assim, enquanto uma das mãos trabalha aqui, um dedo da outra se introduz imperceptivelmente nessa greta deliciosa...'. E depois, guiando minha mão: 'Assim, isso... Pois é! Não sente nada?', continuou, me fazendo observar sua lição. 'Não, padre, juro', respondi com ingenuidade. 'Ai, céus! É que você ainda é muito pequena, mas daqui a dois anos vai ver o prazer que dá.' 'Espere', eu disse, 'acho que estou sentindo alguma coisa.' E eu esfregava, tanto quanto conseguia, os lugares que ele me indicara... De fato, umas leves coceirinhas voluptuosas vinham me convencer de que a receita não era uma quimera, e o grande uso que, desde então, fiz desse caridoso método acabou de me convencer mais de uma vez da habilidade de meu mestre. 'Agora é minha vez', disse Étienne, 'pois os seus prazeres excitam os meus sentidos, e preciso partilhá-los, meu anjo. Veja', disse, me fazendo agarrar um instrumento tão monstruoso que minhas duas mãozinhas mal conseguiam se fechar em torno dele, 'veja, minha filha, isto se chama um caralho, e este movimento', continuava, dirigindo meu pulso com gestos rápidos, 'este movimento se chama uma punheta. Assim, neste momento, você vai me bater punheta. Vá, minha filha, vá, vá com toda a força. Quanto mais rápidos e contínuos forem os seus movimentos, mais apressará o instante de me deixar inebriado. Mas observe uma coisa essencial', acrescentou, sempre guiando meus solavancos, 'observe que deve sempre deixar a cabeça descoberta. Jamais a cubra com essa pele que chamamos de prepúcio: se ela cobrir essa parte chamada glande, todo o meu prazer vai murchar. Vamos, minha filha', continuava meu mestre, 'vamos ver se faço em você o que você vai fazer em mim.' E apertando-se contra meu peito ao dizer isso, enquanto eu continuava a agir, pôs as mãos com tanto jeito, mexeu os dedos com tanta arte, que no final o prazer me agarrou, e, decididamente, é a ele que devo a minha primeira lição. Então, como minha cabeça começou a rodar, parei a labuta, e o reverendo, que estava longe de terminar a sua, aceitou desistir um instante do seu prazer para cuidar só do meu. E, quando me fez saboreá-lo totalmente, me mandou recomeçar o trabalho que meu êxtase me obrigara a interromper e pediu categoricamente que eu não mais me distraísse e só cuidasse dele. Foi o que fiz, com todo o empenho. Era justo: eu lhe devia algum reconhecimento. Fui fazendo com tanto gosto e observando tão bem o que ele me solicitara, que o monstro, vencido pelas vibrações bem repetidas, vomitou enfim todo o seu furor e me cobriu com todo o seu veneno. Então, Étienne pareceu transportado pelo delírio mais voluptuoso. Beijava minha boca com ardor, mexia e masturbava minha boceta e o desvario de suas palavras anunciava melhor ainda sua desordem. Os f... e os p... entrelaçados às palavras mais meigas caracterizavam esse delírio, que durou muito tempo e do qual o galante Étienne, bem diferente do confrade engolidor de urina, só saiu para me dizer que eu era um amor, para me pedir para voltar a vê-lo, e que sempre me trataria como ia fazer: enfiou-me um pequeno escudo* na mão, levou-me de volta ao lugar onde me apanhara e me deixou embevecida e encantada com aquela nova boa fortuna. Reconciliando-me com o convento, tomei a decisão de, no futuro, voltar lá com frequência, convencida de que, quanto mais avançasse na idade, mais agradáveis aventuras encontraria. Mas tampouco era esse o meu destino: acontecimentos mais importantes me esperavam num novo mundo, e ao voltar para casa soube de notícias que logo foram perturbar o enlevo em que acabava de ficar com o feliz resultado de minha última história."

Nesse instante, ouviu-se uma sineta no salão: ela anunciava que a ceia estava servida. Por conseguinte, Duclos, que todos aplaudiram pelo início interessante de sua história, desceu da tribuna, e depois de arrumarem um pouco a desordem em que estavam foram se ocupar de novos prazeres, indo apressados buscar os que Comos** oferecia. A refeição devia ser servida pelas oito meninas nuas. Estavam prontas quando todos mudaram de salão, pois tiveram o cuidado de sair alguns minutos antes. Os convivas deviam ser vinte: os quatro amigos, os oito fodedores e os oito meninos. Mas o bispo, ainda furioso com Narcisse, não quis aceitar sua presença na festa, e, como tinham combinado manter amabilidades mútuas e recíprocas, ninguém pensou em pedir que se revogasse a sentença, e o garotinho foi trancado, sozinho, num quarto escuro à espera das orgias em que o monsenhor, talvez, fizesse as pazes com ele. As esposas e as historiadoras foram prontamente cear à parte, a fim de estar prontas para as orgias; as velhas comandaram o serviço das oito meninas e todos se sentaram à mesa. Essa ceia, muito mais far-

* Isto é, cinco vezes mais que os parceiros anteriores da Duclos.
** Divindade latina dos festejos e dos banquetes.

ta que o jantar, foi servida com muito mais magnificência, brilho e esplendor. Primeiro, houve um serviço de sopa de marisco e vinte pratos de hors-d'oeuvre. Vinte entradas os substituíram e logo foram, por sua vez, substituídas por vinte outras entradas finas, compostas apenas de peitos de aves, caças apresentadas de todas as formas. Sucedeu-se um serviço de assado em que foi servido tudo o que se pode imaginar de mais raro. Em seguida, chegou a vez da pastelaria fria, que logo deu lugar a vinte e seis pratos de todos os aspectos e formas. Estes foram retirados e se substituiu o que acabava de sair por uma seleção completa de doces frios e quentes. Por fim chegou a sobremesa, que ofereceu uma quantidade prodigiosa de frutas, apesar da estação, e depois os sorvetes, o chocolate e os licores, que foram tomados à mesa. Quanto aos vinhos, variaram a cada serviço: no primeiro, o bourgogne, no segundo e no terceiro, duas diferentes espécies de vinhos da Itália, no quarto, o vinho do Reno, no quinto, vinhos do Ródano, no sexto, o champanhe espumante e vinhos gregos de duas qualidades com dois diferentes serviços. As cabeças se inflamaram prodigiosamente. Na ceia, assim como no jantar, ninguém tinha autorização para repreender as criadas: elas eram a quintessência do que a sociedade oferecia e deviam ser um pouco mais poupadas, mas em compensação foi permitido praticar com elas uma alucinante dose de impurezas. O duque, embriagado, disse que agora só queria beber a urina de Zelmire e engoliu dois grandes copos que a mandou encher depois de mandá-la subir na mesa e ficar de cócoras sobre o seu prato.

— Que belo esforço — disse Curval —, esse de engolir xixi de virgem!

E, puxando Fanchon para perto de si:

— Venha, sua puta — disse-lhe —, é na própria fonte que eu quero beber.

E enfiando a cabeça entre as pernas da velha feiticeira, engoliu sôfrego as torrentes impuras da urina envenenada que ela lhe jogou no estômago. Por fim a conversa esquentou, trataram de diferentes temas de costumes e filosofia, e deixo ao leitor pensar se a moral saiu mais depurada de tudo aquilo... O duque lançou-se num elogio à libertinagem e provou que ela estava na natureza e que, quanto mais as perversões fossem multiplicadas, melhor a serviriam. Sua opinião foi acatada e aplaudida por todos, e levantaram-se para pôr em prática os princípios que acabavam de enunciar. Estava tudo pronto no salão das orgias: as mulheres já estavam lá, nuas, deitadas sobre pilhas de almofadas no chão, misturadas com os jovens putinhos saídos da mesa para isso, pouco antes da sobremesa. Nossos amigos foram para lá cambaleando, duas velhas os despiram e eles caíram no meio do rebanho como lobos que assaltam um redil. O bispo, cujas paixões eram cruelmente excitadas pelos obstáculos que antes encontrara, apoderou-se do cu sublime de Antínoo enquanto era enrabado por Hercule, e, vencido por essa sensação e pelo serviço importante e tão desejado que Antínoo certamente lhe prestou, descarregou enfim torrentes de sêmen tão precipitadas e acres que desmaiou de êxtase. Os vapores de Baco acabaram de acorrentar os sentidos embotados pelo excesso de luxúria, e nosso herói passou do desmaio a um sono tão profundo que foram obrigados a levá-lo para a cama. O duque, por sua vez, se regalou. Curval, lembrando-se da oferta que a Martaine fizera ao bispo, intimou-a a concretizá-la e se fartou, enquanto era enrabado. Mil outros horrores, mil outras infâmias acompanharam e se seguiram a essas, e nossos três bravos campeões — pois o bispo já não era deste mundo —, nossos valorosos atletas, eu ia dizendo, escoltados pelos quatro fodedores de serviço à noite, que não estavam lá e foram pegá-los, se retiraram com as mesmas mulheres que tinham possuído sobre os canapés, durante a narração. Vítimas desgraçadas de suas brutalidades, nas quais muito provavelmente fizeram mais ultrajes do que carícias e às quais, sem dúvida, deram mais repulsa do que prazer. Esta foi a história do primeiro dia.

SEGUNDO DIA

Levantaram-se na hora habitual. O bispo, inteiramente refeito de seus excessos e muito escandalizado desde as quatro horas da manhã por o terem deixado dormir sozinho, tocara a sineta para que Julie e o fodedor que lhe era destinado fossem ocupar seus postos. Chegaram no mesmo instante, e o libertino tornou a afundar nos seus braços, em meio a novas impurezas. Depois do pequeno almoço, como de costume, Durcet visitou o aposento das meninas, e outras delinquentes, apesar de tudo o que se dissera, apareceram. Michette era culpada por uma espécie de erro, e Augustine, a quem Curval mandara que se mantivesse o dia todo em certo estado, encontrava-se no estado absolutamente contrário: já não se lembrava, pedia desculpas e prometia que aquilo nunca mais aconteceria; mas o quadrunvirato foi inexorável, e as duas foram inscritas na lista dos castigos do primeiro sábado. Como estavam especialmente descontentes com a falta de jeito de todas aquelas meninas na arte da masturbação, e impacientes com o que tinham tolerado na véspera, Durcet propôs que toda manhã, durante uma hora, eles lhes dessem aulas sobre o tema, e que um deles, em rodízio, se levantasse uma hora mais cedo, pois esse exercício estava previsto entre nove e dez horas. Decidiram que quem executasse a tarefa se sentaria tranquilamente numa poltrona no meio do harém e que cada menina, conduzida e guiada pela Duclos, a melhor punheteira que o castelo abrigava, iria sentar ao lado dele, para que a Duclos dirigisse sua mão, seus gestos, e lhe ensinasse a maior ou menor velocidade a dar aos movimentos, dependendo do estado do paciente, e que prescreveria as poses e atitudes durante a operação; seriam estabelecidas punições regulamentadas para quem, ao final da primeira quinzena, não conseguisse praticar à perfeição essa arte sem precisar de mais aulas. Foi-lhes, sobretudo, rigorosamente recomendado que, seguindo os princípios do recoleto, durante a operação sempre deixassem a glande descoberta, e que, enquanto isso, a mão inoperante se ocupasse o tempo todo de apalpar as redondezas, seguindo as diferentes fantasias de quem estivessem cuidando. Essa proposta do banqueiro agradou a todos. A Duclos, mandatada, aceitou receber em seu aposento um consolo no qual elas sempre poderiam exercitar o pulso, para assim obter a agilidade necessária. Hercule foi encarregado de fazer o mesmo com os meninos. Nessa arte eram sempre bem mais jeitosos que as meninas, pois se trata apenas de fazer com os outros o que fazem consigo mesmos, portanto só precisaram de uma semana para se tornarem os mais deliciosos punheteiros do mundo. Entre eles, naquela manhã nenhum cometeu erro, e como o exemplo de Narcisse, na véspera, resultara em recusa a quase todas as autorizações, na capela só estavam a Duclos, dois fodedores, Julie, Thérèse, Cupidon e Zelmire. Curval sentiu um enorme tesão; tinha se aquecido espantosamente de manhã, com Adonis, durante a visita dos meninos, e pensaram que ele ia gozar ao ver Thérèse e os dois fodedores operarem, mas se conteve. O jantar foi como de costume, mas o querido presidente, que durante a refeição bebeu e fez notáveis putarias, voltou a se inflamar na hora do café, servido por Augustine e Michette, Zélamir e Cupidon, dirigidos pela velha Fanchon, a quem, singularmente, tinham mandado ficar nua como as crianças. Desse contraste nasceu a nova fúria lúbrica de Curval, que se entregou a algumas seletas safadezas com a velha e Zélamir, que por fim lhe valeu a perda de sua porra. O duque, com o caralho em riste, apertou Augustine contra si, berrou, soltou palavrões, delirou, e a pobre pequena,

toda trêmula, não parou de recuar, como a pomba diante
da ave de rapina que a espreita e está prestes a agarrá-la.
Contentou-se, porém, com alguns beijos libertinos e em
lhe dar uma primeira lição, uma prévia do que ela iria
começar a aprender no dia seguinte. E, como os dois outros, menos animados, já tinham iniciado a sesta, nossos
dois campeões os imitaram e só acordaram às seis horas
para passar ao salão de histórias. Todos os quartetos da
véspera estavam mudados, em relação tanto aos sujeitos
como aos trajes, e nossos amigos tinham como companheiras nos sofás: o duque, Aline, filha do bispo e conse-
quentemente sua sobrinha; o bispo, a cunhada Constance, mulher do duque e filha de Durcet; Durcet, Julie, filha
do duque e mulher do presidente; e Curval, para acordar e se animar um pouco: a filha Adélaïde, mulher de
Durcet, uma das criaturas deste mundo com quem sentia
mais prazer em implicar por causa de sua virtude e de sua
devoção. Começou com ela, fazendo umas brincadeiras
perversas, e depois de lhe ordenar que mantivesse durante
toda a sessão uma pose que agradava a seus gostos, mas
muito incômoda para a pobre mulherzinha, ameaçou-a
com todos os efeitos de sua raiva se ela se mexesse um
só instante. Quando estava tudo pronto, Duclos subiu na
tribuna e retomou assim o fio de sua narração:

— Havia três dias que minha mãe não aparecia em
casa quando seu marido, preocupado bem mais com seus
pertences e dinheiro do que com a criatura, resolveu entrar no quarto dela, onde costumavam guardar o que tinham de mais precioso. Mas qual não foi seu espanto
quando, em vez do que procurava, só encontrou um bilhete de minha mãe, que lhe dizia para ir cuidar da vida e
esquecer a perda que teria, porque ela estava decidida a se
separar dele para sempre e, não tendo dinheiro, precisava
pegar tudo o que estava levando; e que, aliás, ele só devia

culpar a si mesmo e a seus maus-tratos por ela o estar abandonando, e que ela lhe deixava duas filhas que valiam tanto quanto o que levava. Mas o pobre homem estava muito longe de achar que uma coisa valia a outra, e graciosamente nos mandou embora, pedindo-nos para nem sequer dormir em casa, o que foi a prova inconteste de que não fazia as contas como a minha mãe. Bem pouco aflitas com uma despedida que dava à minha irmã e a mim plena liberdade para nos entregarmos à vontade ao generozinho de vida que começava a nos agradar tanto, só pensamos em levar nossos mirrados pertences e em nos despedirmos do querido padrasto tão depressa como ele gostaria de se despedir de nós. Retiramo-nos de imediato para um quartinho das redondezas, minha irmã e eu, esperando ter tomado uma decisão sobre nosso destino. Ali, os primeiros pensamentos foram sobre a sorte de nossa mãe. Não duvidamos nem um momento de que ela estava no convento, decidida a viver secretamente com algum padre ou a ser sustentada em algum canto dos arredores, e mantínhamos essa opinião sem maiores preocupações quando um frade do convento veio nos trazer um bilhete que mudou nossas conjecturas. O bilhete dizia, em substância, que o melhor conselho que podiam nos dar era ir, tão logo anoitecesse, ao convento, à casa do próprio padre superior que escrevia o bilhete; ele nos esperaria na igreja até as dez da noite e nos levaria aonde estava nossa mãe, cuja felicidade atual e tranquilidade ele nos faria partilhar com prazer. Exortava-nos vivamente a não faltar, e sobretudo a dissimular nossas providências com todo o cuidado, porque era essencial que nosso padrasto nada soubesse do que faziam tanto para minha mãe como para nós. Minha irmã, que nessa época completara quinze anos e que, por isso, tinha mais espírito e mais juízo que eu, com apenas nove, depois de despachar o mensageiro do bilhete e responder que pensaria no assunto, não deixou de se surpreender com todas essas manobras.

"Françon", ela me disse, "não vamos lá. Tem alguma coisa por trás disso. Se essa proposta fosse sincera, por que minha mãe não teria juntado um bilhete, ou pelo menos não o teria assinado? E com quem minha mãe estaria no convento? O padre Adrien, seu melhor amigo, já não está lá há uns três anos. Desde essa época ela só vai lá de passagem, e não tem mais nenhuma relação por lá. Por qual acaso teria escolhido esse retiro? O padre superior não é, e nunca foi, seu amante. Eu sei que ela o divertiu duas ou três vezes, mas não é homem para se prender a uma mulher só por causa disso, pois não há ninguém mais inconstante e até mais brutal com as mulheres, uma vez passado seu capricho. Portanto, de onde vem tanto interesse dele pela nossa mãe? Tem alguma coisa por trás disso, estou lhe dizendo. Jamais gostei desse velho: é perverso, é duro, é brutal. Uma vez me atraiu para seu quarto, onde estava com três outros, e depois do que aconteceu comigo jurei nunca mais pisar lá de novo. Se acredita em mim, vamos deixar para lá todos esses monges safados. Já não é hora de esconder de você, Françon, que tenho uma conhecida, e ouso dizer uma boa amiga: chamam-na Madame Guérin. Há dois anos a frequento, e desde então não houve uma semana em que ela não me propôs uma boa sessão, mas não essas sessões de doze soldos como as que fazemos no convento: não houve nenhuma que não tenha me rendido três escudos. Olhe, aqui está a prova", continuou minha irmã, me mostrando uma bolsa onde havia mais de dez luíses, "está vendo que eu tenho do que viver. Pois bem, se quiser seguir meu conselho, faça como eu. A Guérin vai receber você, que ela viu há oito dias, quando foi me buscar para uma festa; e me encarregou de propor o mesmo a você, dizendo que, por mais novinha que você for, ela sempre encontrará onde colocá-la. Faça como eu, estou lhe dizendo, e em breve estaremos podres de ricas. Aliás, é tudo o que posso lhe dizer, pois, se esta noite pagarei a sua despesa, não conte mais comigo, minha querida. Neste mundo é cada um por si. Ganhei isso com meu corpo e meus dedos; faça o mesmo. E se o pudor a constranger vá para o diabo, e não venha me procurar; porque depois do que estou lhe dizendo aqui, posso vê-la com dois palmos de língua para fora e não lhe darei nem um copo de água. Quanto à minha mãe, muito longe de estar aborrecida com a sua sorte, seja ela qual for, juro que me alegro, e só faço votos de que a puta esteja tão longe que eu não torne a vê-la em toda a minha vida. Sei quanto me atrapalhou na minha profissão e, enquanto me dava belos conselhos, essa rameira fazia três vezes pior. Minha querida, que o diabo a leve e, sobretudo, não traga de volta! É tudo o que desejo." Para lhes falar a verdade, eu não tinha o coração mais meigo nem a alma muito mais firme do que minha irmã, e com muita boa-fé dividi todas as invectivas com que ela arrasou essa excelente mãe; e, agradecendo a minha irmã pela amiga que me apresentaria, prometi que a seguiria até a casa dessa mulher e que, se ela me adotasse, deixaria de viver às suas custas. Quanto à recusa em ir ao convento, concordei com ela. "Se de fato está feliz, melhor para ela", eu disse; "nesse caso também podemos estar, sem precisar ir dividir sua sorte. E, se é uma cilada que nos armam, é mais que necessário evitá-la." Nisso, minha irmã me beijou. "Ora essa", disse ela, "agora estou vendo que você é uma boa menina. Vá, vá, esteja certa de que faremos fortuna. Sou bonita, você também; ganharemos o que quisermos, minha querida. Mas não devemos nos prender, lembre-se. Hoje um, amanhã outro, é preciso ser puta, minha filha, puta na alma e no coração. Quanto a mim", continuou, "agora já sou, e tanto que, veja você, não há confessionário, nem padre, nem conselho, nem ameaça que consiga me tirar do vício. Eu iria, santo Deus!, mostrar minha bunda na beira da estrada com tanta tranquilidade como beberia um copo de vinho. Imite-me, Françon, com benevolência ganhamos tudo dos homens; no início a profissão é um pouco dura, mas a gente se habitua. Há tantos gostos quanto homens há. Um quer uma coisa, o outro quer outra, mas pouco importa, estamos ali para obedecer e nos submeter: logo tudo passa e o dinheiro fica." Eu estava perturbada, confesso, ao ouvir palavras tão depravadas na boca de uma moça tão jovem e que sempre achei tão decente. Mas, como meu coração estava de acordo com o seu espírito, logo a deixei saber que não só estava disposta a imitá-la em tudo como, até mesmo, a fazer ainda pior, se necessário. Encantada comigo, beijou-me de novo, e como estava ficando tarde mandamos buscar um frango e bom vinho; ceamos e dormimos juntas, decididas a ir, já na manhã seguinte, nos apresentar na casa da Guérin e pedir que nos recebesse entre as suas pensionistas. Foi durante essa ceia que minha irmã me ensinou tudo o que eu ainda ignorava sobre a libertinagem. Exibiu-se para mim totalmente nua, e posso garantir que era uma das mais belas criaturas que então havia em Paris. A mais linda pele, as gordurinhas mais agradáveis, e apesar disso o corpo mais ágil e interessante, os olhos azuis mais bonitos, e todo o resto muito agradável. Assim, mais tarde eu soube como a Guérin fazia absoluta questão de tudo isso, e com que prazer a chamava para os seus fregueses que, jamais cansados dela, a pediam de novo, sem parar. Mal fomos para a cama, lembramo-nos de que tínhamos feito muito mal em esquecer de dar uma resposta ao padre superior, que talvez se irritasse com a nossa negligência; precisávamos tratá-lo bem enquanto estivéssemos no seu bairro. Mas como reparar o esquecimento? Passava das onze horas e resolvemos deixar as coisas caminharem como fosse possível. Tudo indica que o padre tomara muito a peito a aventura, e daí era fácil imaginar que agia mais para si do que para a pretensa felicidade de que nos falava, pois, mal deu meia-noite, bateram devagarinho à nossa porta. Era o padre superior em pessoa. Esperava-nos, disse, fazia duas horas; deveríamos ao menos ter lhe enviado uma resposta. E, depois de se sentar perto da nossa cama, disse-nos que nossa mãe estava decidida a passar o resto de seus dias num apartamentozinho secreto que tinham no convento, onde lhe preparavam a melhor comida do mundo, temperada por todos os figurões da casa, que iam passar a metade do dia com ela e outra moça, amiga de minha mãe; que só dependia de nós ir lá para aumentar esse número, mas que, como éramos muito novas para nos decidir, ele só nos contrataria por três anos, ao fim dos quais jurava devolver nossa liberdade, e mil escudos para cada uma; que fora encarregado por minha mãe de nos garantir que lhe daríamos um verdadeiro prazer se fôssemos dividir sua solidão. "Senhor padre", disse descaradamente minha irmã, "agradecemos sua proposta. Mas na idade em que estamos não temos vontade de ir nos trancar num claustro para virar putas de padres; já fomos, demais." O padre reiterou seu pedido; falou com tanto ardor e entusiasmo que bem provava a que ponto desejava que a coisa desse certo. Vendo, enfim, que não conseguia nenhum resultado, jogou-se quase em furor sobre minha irmã. "Pois bem, sua putinha!", disse-lhe, "então me satisfaça mais uma vez, antes de eu ir embora." E, desabotoando a calça, montou em cima dela, que não se opôs, convencida de que, deixando-o satisfazer sua paixão, se livraria dele mais cedo. E o devasso, prendendo-a com os joelhos, foi sacudir um instrumento duro e bastante grosso a uns milímetros do rosto de minha irmã. "Que lindo rosto", exclamou, "que carinha bonita de puta! Pois vou inundá-lo de porra! Ai, céus!" E no instante em que as comportas se abriram o esperma esguichou e todo o rosto de minha irmã, principalmente o nariz e a boca, ficou coberto das provas da libertinagem do nosso homem, cuja paixão, talvez, não teria sido satisfeita por tão pouco se o seu projeto tivesse dado certo. E depois de jogar um escudo em cima da mesa e reacender sua lanterna: "Vocês são umas imbecizinhas, são umas vacas", disse-nos, "e não têm onde cair mortas. Possa o céu castigá-

-las por isso, jogando-as na miséria, e possa eu ter o prazer de vê-las ali, para a minha vingança: são meus últimos votos." Minha irmã, que limpava o rosto, logo lhe retribuiu todas essas idiotices, e, como nossa porta se fechou para só abrir de manhã, pelo menos passamos sossegadas o resto da noite. "O que você viu", disse minha irmã, "é uma de suas paixões favoritas. Ele ama loucamente gozar em cima do rosto das moças. Se parasse por aí... bem; mas o degenerado tem muitos outros gostos, e uns tão perigosos que meu medo é que..." Mas minha irmã, que o sono ia pegando, adormeceu sem terminar a frase, e como o dia seguinte trouxe outras aventuras não pensamos mais nessa. Levantamo-nos de manhãzinha, nos arrumamos nos trinques e fomos para a casa de Madame Guérin. Essa heroína morava na Rue Soli, num apartamento muito limpo no primeiro andar, que ela dividia com seis senhoritas altas de dezesseis a vinte e dois anos, todas muito viçosas e bonitas. Mas não reclamem, por favor, que eu só as descreva, senhores, quando chegar a hora. A Guérin, encantada com o projeto que levava minha irmã à casa dela, pois fazia tempo que desejava isso, recebeu e abrigou as duas, com o maior prazer. "Por mais novinha que esta criança pareça", disse minha irmã, me mostrando, "ela lhe servirá muito bem, sou a avalista. É doce, boazinha, tem excelente caráter e a mais decidida putaria na alma. A senhora tem muitos devassos entre os seus conhecidos que querem crianças, aqui está uma, *comme il faut*... empregue-a." Então, virando-se para mim, a Guérin perguntou se eu estava disposta a tudo. "Sim, senhora", respondi com um arzinho descarado que lhe agradou, "a tudo, para ganhar dinheiro." Fomos apresentadas às nossas novas companheiras, que já conheciam muito bem minha irmã e, por amizade a ela, prometeram cuidar de mim. Jantamos todas juntas, e essa foi, em suma, senhores, minha primeira instalação num bordel. Eu não demoraria muito a ter cliente. Já na mesma noite chegou-nos um velho negociante, enrolado num sobretudo, com quem a Guérin me juntou para a minha estreia. "Ah! Para isso", disse ela ao velho libertino, apresentando-me, "o sr. Duclos quer uma sem pelo: dou-lhe minha palavra de que ela não tem nenhum." "De fato", disse o velho excêntrico deitando o olho em mim, "ela me parece bem criança. Quantos anos você tem, minha filha?" "Nove anos, senhor." "Nove anos... Muito bem, muito bem, Madame Guérin, a senhora sabe, é assim que gosto delas. Mais novas ainda, se tivesse: vou acabar pegando-as ao saírem da ama de leite, palavra!" E a Guérin retirou-se, rindo do comentário, e nos trancaram, nós dois. Então o velho libertino se aproximou, beijou-me duas ou três vezes na boca. Guiando a minha mão, fez-me tirar da braguilha um instrumento que estava tudo menos rijo e, sempre agindo sem falar muito, tirou as minhas saias, me deitou num sofá, com a blusa levantada até o peito, montou nas minhas coxas, afastando-as o mais possível, com uma das mãos entreabriu quanto pôde a minha bocetinha, enquanto com a outra bateu punheta com a máxima energia. "Ah, que passarinho tão bonito", dizia, agitando-se e suspirando de prazer, "adoraria ficar com ele, se ainda conseguisse! Mas já não consigo; por mais que faça, nem em quatro anos a merda do caralho vai endurecer. Abra, abra, minha filha, afaste bem." E quinze minutos depois, no final, vi meu homem suspirar com mais força. Alguns "puta merda" vieram emprestar energia às suas palavras; e senti toda a beira da boceta encharcada de esperma quente e espumoso que o safado, sem conseguir despejar lá dentro, pelo menos se esforçou para enfiar com os dedos. Mal acabou, partiu como um raio, e eu ainda estava tentando me limpar quando meu galante já abria a porta da rua. Essa é a história, senhores, que me valeu o nome de Duclos: era costume naquela casa que cada moça adotasse o nome do primeiro cliente, e me submeti à moda.

— Um momento — disse o duque. — Não quis interromper antes que fizesse uma pausa, mas, já que a está fazendo, explique-me um pouco duas coisas: a primeira, se teve notícias de sua mãe, e se algum dia soube o que foi feito dela. E a segunda, se as causas de antipatia que sentiam por ela, sua irmã e a senhora, eram naturais ou tinham uma razão. Isso tem a ver com a história do coração humano, e é disso particularmente que tratamos.

— Excelência — respondeu Duclos —, nem minha irmã nem eu jamais tivemos a menor notícia dessa mulher.

— Bem — disse o duque —, nesse caso está claro, não é, Durcet?

— Incontestável — respondeu o banqueiro. — Não há como duvidar nem um instante, e vocês foram bem felizes por não caírem na esparrela, pois nunca mais teriam se recuperado.

— É inacreditável — disse Curval — como essa mania se espalha.

— Pudera! É que ela é uma delícia — disse o bispo.

— E o segundo ponto? — disse o duque, dirigindo-se à historiadora.

— O segundo ponto, excelência, isto é, o motivo de nossa antipatia, eu teria, palavra, bem mais dificuldade em explicar; mas era tão violenta nos nossos dois corações que confessamos uma à outra que nos sentiríamos capazes de envenená-la, se não tivéssemos conseguido nos livrar dela de outra maneira. Nossa aversão estava no auge, e, como ela não nos dera nenhum motivo, é muito verossímil que esse sentimento em nós fosse mais que obra da natureza.

— E quem duvida? — disse o duque. — Todo dia vemos a natureza nos inspirar a inclinação mais violenta para o que os homens chamam de crime, e, se vocês a tivessem envenenado vinte vezes, esse ato teria sido apenas o resultado desse pendor da natureza para cometerem esse crime, pendor que lhes era significado por tão forte antipatia. É uma loucura imaginar que devemos algo à mãe. E em que, então, se basearia essa gratidão? Só por ela ter esporrado quando alguém a fodia? Certamente, há razão para isso! Quanto a mim, só vejo nisso motivos de ódio e desprezo. Acaso ela nos dá a felicidade ao nos dar à luz?... Pois sim! Joga-nos num mundo repleto de escolhos, e cabe a nós safarmo-nos como for possível. Lembro-me de que outrora tive uma que me inspirava mais ou menos os mesmos sentimentos que Duclos tinha pela sua: eu a abominava. Assim que pude, despachei-a para o outro mundo, e em toda a minha vida nunca saboreei volúpia tão profunda como a do dia em que ela fechou os olhos para nunca mais abri-los.

Nesse momento ouviram-se soluços terríveis num dos quartetos; era, exatamente, naquele do duque. Examinaram e viram a jovem Sophie debulhando-se em lágrimas. Dotada de um coração diferente daquele dos celerados, a conversa lhe trazia ao espírito a lembrança querida de quem a dera à luz, morrendo para defendê-la quando ela foi raptada, e não era sem derramar muitas lágrimas que essa ideia cruel se oferecia à sua terna imaginação.

— Ah, raios me partam! — disse o duque —, eis uma excelente coisa. Está chorando pela sua mamãe, não é, minha ranhosinha? Venha cá, venha cá para que eu a console.

Inflamado, e depois das preliminares e dessas palavras, e do que provocaram, o libertino mostrou um caralho fulminante, que parecia querer esporrar. Enquanto isso, Marie (era a aia desse quarteto) levou a menina. Suas lágrimas corriam abundantes, a fantasia de noviça que usava neste dia parecia dar ainda mais encanto àquela dor que a embelezava. Era impossível ser mais bonita.

— Deus de uma figa! — disse o duque levantando-se como um frenético —, que lindo bocadinho eu vou devorar! Quero fazer o que a Duclos acaba de dizer: quero lambuzar de porra essa boceta... Dispam-na!

E todos, em silêncio, esperaram o fim dessa leve escaramuça.

— Ai, senhor, senhor — exclamou Sophie, jogando-se aos pés do duque —, respeite ao menos a minha dor! Choro a sorte de uma mãe que me foi muito querida, morreu me defendendo e nunca mais a verei. Tenha piedade de minhas lágrimas e me deixe repousar, ao menos nesta única noite.

— Ai, porra! — disse o duque mexendo no caralho que ameaçava o céu —, nunca imaginei que esta cena fosse tão voluptuosa. Mas dispa-se; dispa-se logo.

E Aline, que estava no sofá do duque, chorava aos prantos, assim como a meiga Adélaïde, que se ouvia gemer no nicho de Curval; este, longe de partilhar a dor dessa bela criatura, a repreendia violentamente por ter saído da posição em que a pusera e, aliás, observava com o mais profundo interesse o desfecho daquela cena deliciosa. Enquanto isso, despem Sophie sem a menor consideração por sua dor; colocam-na na posição que Duclos acabava de descrever e o duque anuncia que vai esporrar. Mas como fazer? O que Duclos acabava de contar era executado por um homem que já não tinha tesão, e a porra de seu caralho flácido podia ser dirigida para onde ele quisesse. Ali já não era a mesma coisa: a cabeça ameaçadora do instrumento do duque não queria se desviar do céu que aparentava ameaçar; seria preciso, por assim dizer, pôr a menina em cima. Não se sabia como fazer, e quanto mais obstáculos surgiam mais o duque, irritado, blasfemava e rogava pragas. Por fim, a Desgranges foi ajudar. Nada relativo à libertinagem era desconhecido dessa feiticeira velha. Ela agarrou a menina e a sentou em seu colo com tanto jeito que, fosse qual fosse a posição do duque, a ponta do caralho encostaria na vagina. Duas criadas foram segurar as pernas da criança, que, tivesse ela de ser desvirginada, nunca teria apresentado a vagina de modo tão bonito. E mais ainda: precisava-se de uma mão jeitosa para fazer a torrente esguichar e ser dirigida ao seu destino. Blangis não queria arriscar a mão de uma criança desajeitada numa operação tão importante.

— Pegue Julie — disse Durcet —, e ficará contente; ela começa a bater punheta como um anjo.

— Ai, porra! — disse o duque —, ela não vai conseguir, essa putinha, eu a conheço; basta eu ser seu pai para ela sentir um medo terrível.

— Aconselho-lhe um menino, vá por mim — disse Curval —, pegue Hercule, o pulso dele é vibrante.

— Só quero a Duclos — disse o duque —, é a melhor de todas as nossas punheteiras, permitam que largue um instante seu posto e venha.

Duclos apresenta-se, muito orgulhosa dessa preferência tão acentuada. Arregaça as mangas até o cotovelo e, apanhando o enorme instrumento da excelência, começa a sacudi-lo, com a cabeça sempre de fora, e a mexê-lo com tanta arte, a agitá-lo com solavancos tão rápidos e ao mesmo tempo tão proporcionais ao estado em que via seu paciente, que afinal a bomba explode exatamente no buraco que devia atingir, encharcando-o; o duque grita, solta palavrão, esbraveja. Duclos não se perturba; seus gestos são determinados em razão do grau de prazer que proporcionam. Antínoo, posto ali com esse propósito, faz o esperma penetrar delicadamente na vagina, à medida que escorre, e o duque, vencido pelas mais deliciosas sensações, vê, expirando de volúpia, amolecer aos poucos, entre os dedos da punheteira, o membro fogoso cujo ardor acaba de inflamá-lo tão poderosamente. Joga-se para trás no sofá, a Duclos volta para o seu lugar, a criança se limpa, se consola e retorna ao quarteto, e o relato continua, deixando os espectadores convencidos de uma verdade da qual estavam, creio, imbuídos já havia tempo: a de que a ideia do crime sempre consegue inflamar os sentidos e levar à lubricidade.

— Fiquei muito surpresa — disse Duclos retomando o fio de seu discurso — de ver todas as minhas companheiras rirem ao me encontrar e perguntar se eu tinha me limpado, e mil outros comentários que provavam que sabiam muito bem o que eu acabava de fazer. Não me deixaram muito tempo sossegada, e minha irmã, levando-me para um quarto ao lado daquele onde em geral se faziam as farras e no qual eu tinha sido trancada, mostrou-me um buraco que ficava acima do sofá e pelo qual se via facilmente tudo o que acontecia. Disse-me que aquelas senhoritas se divertiam ao ver dali o que os homens faziam com suas companheiras, e que eu decidiria fazer o mesmo quando bem entendesse, contanto que o buraco não estivesse ocupado, pois esse respeitável orifício, dizia-me, costumava servir para mistérios sobre os quais eu seria instruída a tempo e a hora. Não fiquei nem oito dias sem aproveitar aquele prazer, e certa manhã em que um cliente foi perguntar por uma tal Rosalie, uma das mais belas louras da casa, fiquei curiosa em observar o que iam fazer com ela. Escondi-me, e eis a cena que testemunhei. O homem com quem ia ficar não tinha mais que vinte e seis ou trinta anos. Assim que ela entrou, ele a pôs sentada num banquinho muito alto, destinado a essa cerimônia. Mal sentou, ele soltou todos os grampos que prendiam sua cabeleira e deixou flutuando até o chão uma floresta de cabelos louros magníficos que ornavam a cabeça dessa bela moça. Pegou no bolso um pente, penteou-os, desembaraçou-os, mexeu neles, beijou-os, entremeando cada gesto com um elogio à beleza daquela cabeleira que o ocupava tão exclusivamente. Por fim, tirou das calças um caralhinho franzino e muito duro, que ele enrolou prontamente nos cabelos de sua dulcineia e, masturbando-se com as madeixas, gozou passando a outra mão em volta do pescoço de Rosalie, e, prendendo-lhe a boca nos seus beijos, desembrulhou seu instrumento morto. Vi os cabelos da minha colega todos pegajosos de porra; ela os limpou, prendeu-os de novo e nossos amantes se separaram.

"Um mês depois, foram buscar minha irmã para um personagem que nossas senhoritas me disseram para ir ver, porque ele também tinha uma fantasia um tanto barroca. Era um homem de seus cinquenta anos. Assim que entrou, sem preliminares, sem carícias, mostrou o traseiro para a minha irmã, que, já conhecendo a cerimônia, o faz se deitar numa cama, apossa-se daquela bunda velha, mole e enrugada, enfia seus cinco dedos no orifício e começa a sacudi-lo com uma força tão furiosa que a cama estalava. Enquanto isso, nosso homem, sem jamais mostrar outra coisa, se agita, se sacode, segue os movimentos que ela lhe provoca, aos quais se presta com lubricidade, e exclama que está esporrando, goza com o maior dos prazeres. Na verdade, a agitação tinha sido violenta, pois minha irmã estava suando em bicas. Mas que coisa tão sem graça, e que falta de imaginação!

"Se aquele que me foi apresentado pouco depois não era tão detalhista, pelo menos parecia mais voluptuoso, e a meu ver a mania dele tinha um colorido mais libertino. Era um homem gordo, com seus quarenta e cinco anos, baixo, atarracado, mas bem-disposto e vigoroso. Como ainda não tinha visto homem com aquele gosto, meu primeiro impulso, assim que ficamos a sós, foi me arregaçar até o umbigo. Um cão a quem se apresentasse um chicote não faria cara mais apavorada: "Ai, Deus me livre, minha filha, deixemos essa boceta aí, por favor". E ao mesmo tempo puxou minhas saias com mais rapidez do que eu as tinha levantado. 'Essas putinhas assim', continuou, mal-humorado, 'só têm bocetas para mostrar! Por sua causa talvez eu não consiga gozar esta noite... até tirar da cabeça essa boceta fodida.' E, ao dizer isso, virou-me e levantou metodicamente meus saiotes por trás. Nessa posição, ele mesmo me guiando e mantendo minhas saias levantadas, para ver o rebolado da minha bunda ao andar, levou-me para a cama, em que me deitou de bruços. Então examinou meu traseiro com a atenção mais escrupulosa, sempre tapando, com a mão, a boceta à vista, que ele parecia temer mais que o fogo. Por fim, depois de me advertir de que eu devia dissimular tanto quanto possível essa indigna parte (uso a expressão dele), ficou muito tempo, lúbrico, passando as mãos no meu traseiro. Abria-o, fechava de novo, às vezes punha a boca nele, e uma ou duas vezes a senti colada no olhinho; mas ainda não tocava em si mesmo, e nada mostrava. Aparentemente apressado, preparou-se para o desfecho da operação. 'Deite-se bem no chão', ele me disse, jogando umas almofadas, 'aí, pronto, assim... as pernas bem abertas, a bunda um pouco empinada e o buraco mais aberto que conseguir. O mais possível', continuou, vendo a minha docilidade. E então pegou um banquinho, colocou-o entre minhas pernas e foi sentar ali, de modo que seu caralho, que finalmente tirou da cueca e sacudiu, ficou por assim dizer na altura do buraco que ele incensava. E aí seus movimentos foram ganhando rapidez. Com uma das mãos masturbava-se, com a outra afastava minhas nádegas, e uns elogios temperados com muitos xingamentos compunham o seu discurso: 'Ai! Santo Deus, que belo cu', exclamava, 'que lindo buraquinho, e como vou encharcá-lo!'. E cumpriu a promessa. Senti-me toda molhada; o libertino pareceu aniquilado com o êxtase, de tal forma é verdade que a homenagem prestada a esse templo é sempre mais ardente do que a prestada ao outro. E retirou-se depois de prometer que voltaria a me ver, já que eu satisfazia tão bem os seus desejos. De fato, voltou no dia seguinte, mas sua inconstância o fez preferir minha irmã. Fui observá-los e vi que usava exatamente os mesmos métodos, e que minha irmã se prestava àquilo com a mesma complacência."

— Sua irmã tinha uma bunda bonita? — perguntou Durcet.

— Uma só característica o fará julgar, excelência — disse Duclos. — Um famoso pintor, encarregado de fazer uma Vênus com belas nádegas, a solicitou como modelo no ano seguinte, depois de procurar entre todas as cafetinas de Paris, dizia ele, sem encontrar nada que valesse a pena.

— Muito bem, já que ela tinha quinze anos e que temos aqui moças dessa idade, compare o traseiro dela — continuou o banqueiro — com algumas bundas que tem diante dos olhos.

Duclos deu uma olhada para Zelmire e disse que era impossível encontrar, não só pela bunda, mas até pelo rosto, quem mais se parecesse em todos os pontos com sua irmã.

— Vamos, Zelmire — disse o banqueiro —, venha então me apresentar suas nádegas.

Ela estava, justamente, no quarteto que era o seu. A menina encantadora se aproxima, trêmula. Colocam-na ao pé do sofá, deitada de barriga para baixo e com umas almofadas alteando a anca; o buraquinho aparece todo. O sem-vergonha, já com a pica endurecendo, beija e apalpa o que lhe apresentam. Manda Julie masturbá-lo; ela obedece. Suas mãos se perdem em outros objetos, a lubricidade o embriaga, seu instrumentozinho, sob as sacudidelas voluptuosas de Julie, parece num instante endurecer, o devasso xinga, a porra escorre, e toca a sineta para a ceia.

Como essa mesma profusão reinava em todas as refeições, ter descrito uma é ter descrito todas. Mas, como quase todos tinham esporrado, nesta sentiam necessidade de recuperar forças, e por isso beberam muito. Zelmire, que era chamada de irmã da Duclos, foi extremamente festejada nas orgias e todos quiseram beijar sua bunda. O bispo deixou sua porra ali, os três outros voltaram a sentir tesão, e todos foram se deitar como na véspera, isto é, cada um com as mulheres que tinham possuído nos canapés e mais os quatro fodedores que não tinham aparecido desde o jantar.

TERCEIRO DIA

O duque levantou-se às nove horas. Era o primeiro que se prestaria às aulas que a Duclos daria às meninas. Aboletou-se numa poltrona e durante uma hora experimentou os diversos toques, masturbações, poluções e poses variadas de cada uma daquelas meninas, orientadas e guiadas pela mestra, e, como é fácil imaginar, seu temperamento fogoso viu-se furiosamente excitado com tal cerimônia. Precisou de inacreditáveis esforços para não perder sêmen, mas, muito senhor de si, soube se conter e foi se gabar, triunfante, de que acabava de suportar uma investida que ele desafiava os amigos a aguentar com a mesma fleugma. Isso ensejou apostas e uma multa de cinquenta luíses cobrada de quem gozasse durante as aulas. No lugar do almoço e das inspeções, a manhã foi dedicada a regulamentar o quadro das dezessete orgias projetadas para o fim de cada semana, bem como a fixar, em última instância, os desvirginamentos, que eles se acharam mais capazes de estatuir depois de terem conhecido um pouco mais os sujeitos. Como esse quadro regulava rigorosamente todas as operações da campanha, pensamos ser necessário fornecer uma cópia ao leitor. Pareceu-nos que, sabendo o destino dos súditos, terá mais interesse neles nas restantes operações.

Quadro dos projetos para o resto da temporada

No dia 7 de novembro, finda a primeira semana, proceder-se-á pela manhã ao casamento de Michette e Giton, e os esposos, a quem a idade não permite unir, como também ocorre com os três himeneus seguintes, serão separados já na própria noite, e sem mais nenhuma consideração por essa cerimônia que só terá servido para divertir durante o dia. Na mesma noite proceder-se-á ao castigo dos sujeitos inscritos na lista do amigo de serviço nesse mês.

No dia 14, proceder-se-á da mesma maneira ao casamento de Narcisse com Hébé, com as mesmas cláusulas supracitadas.

No 21, idem, ao de Colombe com Zélamir.

No 28, igualmente, ao de Cupidon com Rosette.

No 4 de dezembro, como as narrações da Champville devem se prestar às expedições seguintes, o duque deflorará Fanny.

No 5, essa Fanny será casada com Hyacinthe, que desfrutará de sua jovem esposa diante da assembleia. Esta será a festa da quinta semana e, à noite, os castigos como de hábito, porque os casamentos serão celebrados de manhã.

No 8 de dezembro, Curval deflorará Michette.

No 11, o duque deflorará Sophie.

No 12, para celebrar a festa da sexta semana, Sophie se casará com Céladon e com as mesmas cláusulas do casamento supracitado. Isso já não se repetirá para os seguintes.

No 15, Curval deflorará Hébé.

No 18, o duque deflorará Zelmire, e no 19, para celebrar a festa da sétima semana, Adonis se casará com Zelmire.

No 20, Curval deflorará Colombe.

No 25, dia de Natal, o duque deflorará Augustine, e no 26, para a festa da oitava semana, Zéphire se casará com Augustine.

No 29, Curval deflorará Rosette, e os arranjos acima terão sido providenciados para que Curval, menos membrudo que o duque, fique com as mais novinhas.

No 1º de janeiro, primeiro dia em que as narrações da Martaine tiverem criado condições para se sonhar com novos prazeres, proceder-se-á às deflorações sodomitas na seguinte ordem:

Em 1º de janeiro, o duque enrabará Hébé.

No 2, para celebrar a nona semana, Hébé, que foi desvirginada pela frente por Curval e por trás pelo duque, será entregue a Hercule, que com ela gozará como estiver prescrito, diante da assembleia.

No 4, Curval enrabará Zélamir.

No 6, o duque enrabará Michette, e no 9, para celebrar a festa da décima semana, Michette, que terá sido desvirginada na boceta por Curval e no cu pelo duque, será entregue a Rebenta-Cu para gozar com ela etc.

No 11, o bispo enrabará Cupidon.

No 13, Curval enrabará Zelmire.

No 15, o bispo enrabará Colombe.

No 16, para a festa da décima primeira semana, Colombe, que terá sido desvirginada na boceta por Curval e no cu pelo bispo, será entregue a Antínoo, que dela gozará etc.

No 17, o duque enrabará Sophie.

No 21, o bispo enrabará Narcisse.

No 22, o duque enrabará Rosette.

No 23, para a festa da décima segunda semana, Rosette será entregue a Pica-Pro-Céu.

No 25, Curval enrabará Augustine.

No 28, o bispo enrabará Fanny.

No 30, para a festa da décima terceira semana, o duque desposará Hercule como marido e Zéphire como mulher, e o casamento se realizará, bem como os três seguintes, diante de todos.

Em 6 de fevereiro, para a festa da décima quarta semana, Curval se casará com Rebenta-Cu no papel de marido e com Adonis como mulher.

Em 13 de fevereiro, para a festa da décima quinta semana, o bispo se casará com Antínoo no papel de marido e com Céladon como mulher.

Em 20 de fevereiro, para a festa da décima sexta semana, Durcet se casará com Pica-Pro-Céu no papel de marido e com Hyacinthe como mulher.

Quanto à festa da décima sétima semana, que cai em 27 de fevereiro, véspera do encerramento das narrações, será celebrada com sacrifícios, e a seleção das vítimas será feita pelos cavalheiros *in petto*.

Mediante esses arranjos, já em 30 de janeiro todas as deflorações estarão feitas, exceto as dos quatro meninos que os cavalheiros devem desposar como mulheres e que se reservam intactos até lá, a fim de fazer a diversão durar até o fim da temporada. À medida que os objetos forem desvirginados, substituirão as esposas nos canapés durante as narrações e nas noites, ao lado das excelências, alternadamente e à sua escolha, junto com os quatro últimos frangotes que as excelências se reservarão como mulheres, no último mês. Do momento em que uma menina ou um menino desvirginado tiver substituído uma esposa no canapé, esta será repudiada. A partir de então, cairá no descrédito geral e só terá lugar entre as criadas. Quanto a Hébé, com a idade de doze anos, a Michette, com a idade de doze anos, a Colombe, com a idade de treze anos, e a Rosette, com a idade de treze anos, à medida que forem entregues aos fodedores e examinadas por eles, cairão igualmente no descrédito, e só serão admitidas para as volúpias duras e brutais, e tomarão lugar ao lado das esposas repudiadas e serão tratadas com o mais extremo rigor. E já em 24 de janeiro as quatro se encontrarão na mesma situação.

Por esse quadro vê-se que o duque terá se encarregado das deflorações das bocetas de Fanny, Sophie, Zelmire, Augustine, e dos cus de Hébé, Michette, Giton, Rosette e Zéphire; que Curval terá assegurado as deflorações das bocetas de Michette, Hébé, Colombe, Rosette e dos cus de Zélamir, Zelmire, Sophie, Augustine e Adonis; que Durcet, que não fode nada, terá tido uma única defloração, a do cu de Hyacinthe, que ele desposará como mulher; e que o bispo, que só fode no cu, terá tido as deflorações sodomitas de Cupidon, Colombe, Narcisse, Fanny e Céladon.

O dia inteiro se passou tanto na organização desses arranjos como na tagarelice sobre eles, e, como ninguém foi encontrado em falta, tudo correu sem percalços até a hora da narração, em que, como as disposições eram as mesmas, embora sempre variadas, a famosa Duclos subiu à tribuna e retomou nestes termos sua narração da véspera:

— Um rapaz cuja mania era, a meu ver, bem pouco libertina, mas que nem por isso deixava de ser muito singular, apareceu na casa de Madame Guérin pouco tempo depois da última aventura que lhes contei ontem. Ele precisava de uma ama jovem e fresca; mamava nela e gozava nas coxas da boa mulher enquanto se entupia de seu leite. Seu caralho me pareceu bem medíocre e toda a sua pessoa, bastante franzina, e seu gozo foi tão suave como toda a sua operação.

"Apareceu outro, no dia seguinte, no mesmo quarto, cuja mania com certeza vai lhes parecer mais divertida. Queria que a mulher fosse enrolada num véu que escondesse hermeticamente todo o seu seio e seu rosto. A única parte do corpo que desejava ver, e que queria que fosse uma maravilha, era a bunda; todo o resto lhe era indiferente, e com toda a certeza ficaria louco de raiva se pusesse os olhos em outro lugar. Madame Guérin lhe mandou vir uma mulher de fora, de uma feiura amarga e com quase cinquenta anos, mas cujas nádegas eram talhadas como as da Vênus. Nada mais belo podia se oferecer à vista. Eu queria ver aquela operação. A velha aia, toda embiocada, foi imediatamente deitar de bruços na beira da cama. Nosso libertino, homem de uns trinta anos e que me pareceu estar de túnica, levanta suas saias até acima dos rins, extasia-se ao ver as belezas que lhe são oferecidas, a seu gosto. Apalpa, abre aquele fantástico traseiro, o beija com ardor, e como sua imaginação se inflama bem mais pelo que supõe do que pelo que, sem dúvida, teria visto de fato se a mulher tivesse se despido, e mesmo sendo ela bonita, ele imagina estar se arranjando com a própria Vênus, e ao fim de um percurso muito curto seu instrumento, que endureceu de tantas sacudidelas, espirra uma chuva benigna sobre todo o maravilhoso traseiro exposto aos seus olhos. A ejaculação foi viva e impetuosa. Ele estava sentado diante do objeto de seu culto; uma das mãos o abria enquanto a outra o poluía, e exclamou dez vezes: 'Que bela bunda! Ah! Que delícia inundar de porra uma bunda dessa!'. Levantou-se assim que terminou e deu o fora, sem sequer demonstrar o menor desejo de saber com quem tivera relação.

"Um pouco depois foi um padre jovem que pediu a minha irmã. Era moço e bonito, mas mal se conseguia enxergar seu caralho, de tão pequeno e mole que era. Deitou-a quase nua num canapé, ajoelhou-se entre as coxas dela, segurando as nádegas com as duas mãos e coçando o lindo olhinho do traseiro. Enquanto isso, a boca se dirigiu para a boceta de minha irmã. Fez-lhe cócegas no clitóris, com a língua, e tão admiravelmente, e num ritmo tão compassado e tão igual a seus dois movimentos, que em três minutos a mergulhou no delírio. Vi sua cabeça caída, os olhos desvairados, e a danadinha berrou: 'Ai, meu padre querido, o senhor me faz morrer de prazer'. O costume do padre era, exatamente, engolir o líquido que sua libertinagem fazia escorrer. Não deixou de fazê-lo, e sacudia-se, agitava-se, enquanto ia para cima do canapé no qual estava minha irmã, e o vi espalhar pelo chão as marcas inequívocas de sua virilidade. No dia seguinte foi a minha vez, e posso lhes garantir, senhores, que foi uma das mais doces operações de que participei na vida. O malandro do padre ficou com as minhas primícias, e a primeira porra que perdi foi em sua boca. Mais apressada que minha irmã em lhe devolver o prazer que ele me dava, apanhei mecanicamente seu caralho vacilante e minha mãozinha retribuiu aquilo que sua boca me fizera saborear tão deliciosamente."

Aqui o duque não pôde deixar de interromper. Incrivelmente aquecido pelas poluções a que se entregara de manhã, pensou que esse gênero de lubricidade, executada com a deliciosa Augustine, cujos olhos alertas e marotos anunciavam uma sensualidade muito precoce, o faria perder uma porra que sentia pinicar fortemente nos colhões. Ela era do seu quarteto, ele a apreciava bastante e caberia a ele desflorá-la; chamou-a. Nesta noite, vestia-se de domadora de marmota* e estava um encanto com essa fantasia. A aia lhe arregaçou as saias e a instalou na posição que Duclos descrevera. O duque, primeiro, agarrou as nádegas, ajoelhou-se, meteu um dedo na entrada do ânus, que ele coçou levemente, pegou o clitóris que essa criança boazinha já tinha muito acentuado e o chupou. As moças do Languedoc têm muito apetite, e Augustine era uma prova disso: seus lindos olhos se animaram, ela suspirou, suas coxas se abriram automaticamente; e o duque ficou muito feliz em obter uma porra jovem que acaso corresse pela primeira vez. Mas ninguém consegue duas felicidades seguidas. Há libertinos tão empedernidos no vício que, quanto mais simples e delicada é a coisa que fazem, menos sua maldita cabeça se excita. Nosso querido duque era desses; engoliu o esperma daquela criança deliciosa sem que o seu quisesse escorrer. Viu-se o instante, pois nada é mais inconsequente do que um libertino, o instante, dizia eu, em que ele iria acusar aquela pobre coitadinha, que, toda envergonhada por ter cedido à natureza, escondia a cabeça entre as mãos e tentou fugir e retornar ao seu lugar.

— Que ponham outra — disse o duque, lançando olhares furiosos para Augustine —, vou chupá-las todas, nem que não perca a minha porra.

---

* Até o final do século XIX jovens da Savoia percorriam cidades apresentando nas ruas marmotas amestradas que dançavam ao som de flautas.

Levam Zelmire, a segunda menina do seu quarteto e que lhe estava igualmente destinada. Tinha a mesma idade de Augustine, mas a tristeza com a situação em que vivia ia acorrentando dentro dela toda a capacidade de sentir um prazer que, talvez sem isso, a natureza lhe teria igualmente permitido provar. Arregaçam sua roupa até o alto de duas coxinhas mais brancas que o alabastro; ela mostra um púbis delicadinho e saliente, coberto de uma ligeira penugem que mal começa a nascer. Instalam-na; obrigada a se submeter, obedece mecanicamente, mas, por mais que o duque se esforce, nada acontece. Ele se levanta, furioso, depois de quinze minutos e, precipitando-se para o seu quarto com Hercule e Narcisse:

— Ah! diachos! — diz. — Estou vendo muito bem que não é essa a prenda de que preciso — prossegue, falando das duas meninas — e que só vou conseguir com este aqui.

Ignoram-se os excessos a que se entregou, mas em poucos instantes ouviram-se gritos e berros que provavam que tivera sua vitória e que, para esporrar, os meninos eram veículos sempre mais seguros do que as meninas mais adoráveis. Enquanto isso, o bispo também levara para o quarto Giton, Zélamir e Pica-Pro-Céu, e, como os ímpetos de sua ejaculação também soaram aos ouvidos, os dois irmãos que, tudo indica, tinham mais ou menos praticado os mesmos excessos, voltaram para escutar mais tranquilamente o resto da narração, que nossa heroína retomou nestes termos:

— Quase dois anos se passaram sem que aparecessem na casa da Guérin outros personagens, ou então eram pessoas com gostos comuns demais para serem narrados, ou como aqueles de quem acabo de falar; foi quando mandaram que eu me arrumasse e, sobretudo, lavasse bem a boca. Obedeço, e desço quando me avisam. Um homem de uns cinquenta anos, gordo e socado, estava com Guérin. "Olhe, aí ela está, cavalheiro", disse. "Tem só doze anos e é limpa e bem cuidada como se saísse do ventre da mãe; isso posso lhe garantir." O freguês me examina, me faz abrir a boca, verifica meus dentes, respira meu hálito e, sem dúvida contente com tudo, passa comigo ao templo destinado aos prazeres. Sentamo-nos bem pertinho, um em frente ao outro. Nada mais sério do que o meu galante, nada mais frio e fleugmático. Espiava-me, observava-me de olhos semicerrados, e eu não conseguia entender aonde tudo aquilo ia chegar, quando afinal, quebrando o silêncio, disse-me para produzir na boca o máximo de saliva que conseguisse. Obedeço, e quando julga que minha boca está cheia, joga-se com ardor no meu pescoço, passa o braço em volta da minha cabeça a fim de prendê-la e, grudando os lábios nos meus, suga, puxa, chupa e engole apressado tudo o que eu tinha juntado daquele líquido enfeitiçante que parecia cobri-lo de êxtase. Puxa minha língua com o mesmo furor e, assim que a sente seca e percebe que não há mais nada na minha boca, me manda recomeçar a operação. Renova a sua, refaço a minha, e assim oito ou dez vezes seguidas. Chupou minha saliva com tamanho furor que senti um aperto no peito. Pensei que pelo menos umas centelhas de prazer iam coroar seu êxtase; enganava-me. Sua fleugma, que só se dissipava um pouco nos instantes das chupadas ardentes, voltava ao que era assim que ele acabava, e, quando lhe disse que não aguentava mais, ele recomeçou a me espiar de soslaio, a me encarar, como tinha feito no começo, levantou-se sem dizer uma palavra, pagou à Guérin e saiu.

— Ah! Santo Deus, Santo Deus! — disse Curval —, então sou mais feliz que ele, pois estou gozando.

Todas as cabeças se levantam, e todos podem ver o querido presidente fazendo com Julie, sua mulher, que neste dia era sua companheira de canapé, o mesmo que

Duclos acabava de contar. Sabia-se que adorava essa paixão, com mais uns poucos detalhes que Julie lhe proporcionava da melhor maneira possível e que talvez a jovem Duclos não tivesse tão bem fornecido ao seu galante, pelo menos a crer nos requintes que aquele exigia e que o presidente não desejava.

— Um mês depois — disse Duclos, a quem tinham mandado continuar — tive um chupador que pegava um caminho absolutamente oposto. Era um velho padre que, depois de ter me beijado e acariciado o traseiro por mais de meia hora, enfiou a língua no buraco, penetrou-a bem espetada, virou-a e revirou-a toda com tanta arte que tive impressão de senti-la no fundo de minhas entranhas. Mas ele, menos fleugmático, enquanto abria as minhas nádegas com uma das mãos, com a outra batia punheta cheio de volúpia, e esporrou puxando para si o meu ânus com tanta violência, e o esfregando tão lúbrico, que compartilhei seu êxtase. Ao terminar, examinou mais uma vez minhas nádegas, encarou aquele olhinho que acabava de alargar, não pôde deixar de dar seus beijos, mais uma vez, e deu no pé, garantindo-me que voltaria a me solicitar com frequência e que estava muito contente com minha bunda. Cumpriu a palavra, e durante quase dois meses veio me fazer três ou quatro vezes por semana a mesma operação, à qual ele me habituara tão bem que já não a realizava sem me fazer suspirar de prazer. Episódio, aliás, que me pareceu lhe ser um tanto indiferente, pois fiquei com a impressão de que nunca o notou, nem se preocupou com isso. Quem sabe até, de tal maneira os homens são extraordinários, isso não lhe teria desagradado.

Aqui, Durcet, inflamado com esse relato, quis, como o velho padre, chupar um olho do cu, mas não o de uma menina. Chama Hyacinthe; era, de todos, o que mais lhe agradava. Instala-o, beija seu cu, bate-lhe uma punheta, lambe-o. Pelo estremecimento de seus nervos, pelo espasmo que sempre precedia o gozo, acredita-se que a sua minhoquinha muito feia, que Aline sacudia o melhor possível, ia enfim derramar o sêmen, mas o banqueiro não era tão pródigo nessa matéria: nem sequer ficou de pica dura. Sugerem-lhe que mude de objeto, Céladon é oferecido e nada adianta. Uma feliz sineta que anunciava a ceia foi salvar a honra do banqueiro.

— Não é culpa minha — ele disse, rindo, a seus colegas. — Como veem, eu ia conquistar a vitória; é essa maldita ceia que vai atrasá-la. Vamos mudar de volúpia. Voltarei mais ardoroso ainda aos combates do amor quando Baco tiver me coroado.

A ceia, tão suculenta como alegre, e lúbrica como de costume, foi seguida de orgias em que se cometeram várias infâmias. Houve muitas bocas e cus chupados, mas uma das coisas com que mais se divertiram foi esconder o rosto e o peito das meninas e apostar que as reconheceriam só examinando suas nádegas. O duque se enganou algumas vezes, mas os três outros estavam tão habituados com o cu que não se enganaram nem uma vez. Foram se deitar, e o dia seguinte trouxe novos prazeres e algumas novas reflexões.

QUARTO DIA

Como os amigos estavam querendo identificar a todo instante do dia quais os jovens, fossem meninas, fossem meninos, cujas deflorações lhes caberiam, decidiram que eles usariam, em todos os seus diversos trajes, uma fita nos cabelos a indicar a quem pertenciam. Por conseguinte, o duque adotou o rosa e o verde, e quem tivesse uma fita rosa na frente lhe pertenceria pela boceta, assim como quem usasse uma verde atrás seria dele pelo cu. A partir daí, Fanny, Zelmire, Sophie e Augustine prenderam um laço rosa num dos lados do penteado, e Rosette, Hébé, Michette, Giton e Zéphire colocaram um verde na parte de trás do cabelo, como provas dos direitos que o duque tinha sobre seus cus. Curval escolheu o preto para a frente e o amarelo para trás, de modo que Michette, Hébé, Colombe e Rosette sempre usariam, no futuro, um laço preto na frente, e Sophie, Zelmire, Augustine, Zélamir e Adonis colocariam um amarelo no carrapito. Durcet marcou apenas Hyacinthe, com uma fita lilás atrás, e o bispo, que só tinha para si as cinco virgindades sodomitas, ordenou a Cupidon, Narcisse, Céladon, Colombe e Fanny que usassem um violeta atrás. Nunca, quaisquer que fossem suas roupas, nunca deveriam tirar as fitas, e num só olhar para uma daquelas jovens criaturas com tal cor na frente e outra atrás identificava-se de imediato quem tinha direitos sobre seu cu e quem tinha sobre sua boceta. Curval, que passara a noite com Constance, queixou-se tremendamente de manhã. Não se sabe muito bem o motivo de suas queixas; basta tão pouco para desagradar a um libertino! Mas tanto havia algo que ele ia pô-la de castigo no sábado seguinte quando essa bela pessoa declarou que estava grávida, pois Curval, o único de quem se podia desconfiar, além de seu marido, só a conhecera carnalmente no começo desses encontros, isto é, quatro dias antes. Essa notícia divertiu bastante nossos libertinos pelas volúpias clandestinas que logo perceberam que ela podia lhes proporcionar. O duque nem acreditava. Seja como for, o fato lhe valeu a isenção da pena que, sem isso, deveria ter sofrido por ter desagradado a Curval. Queriam deixar a pera amadurecer, uma mulher grávida os divertia, e o que se prometiam para mais adiante ainda divertia bem mais lubricamente sua pérfida imaginação. Ela foi dispensada do serviço da mesa, dos castigos e de alguns outros servicinhos que seu estado tornava menos voluptuosos quando os executava; mas continuou a ter de ir para o canapé e, até nova ordem, a dividir a cama de quem quisesse escolhê-la. Foi Durcet que, naquela manhã, se prestou aos exercícios das poluções, e, como seu caralho era extraordinariamente pequeno, deu mais trabalho às alunas. E que faina! Mas o pequeno banqueiro, que exercera a noite inteira a função de mulher, jamais conseguiu aguentar a de homem. Fechou-se em copas, intratável, e a arte daquelas oito alunas graciosas, dirigidas pela mais hábil mestra, nem sequer chegou a fazê-lo levantar o nariz. Saiu dali triunfante, e, como a impotência sempre dá um pouco desse certo mau humor que se chama implicância, suas inspeções foram espantosamente severas. Rosette, entre as meninas, e Zélamir, entre os meninos, foram as vítimas: uma não estava como a haviam mandado ficar — esse enigma se explicará — e o outro infelizmente se desfizera do que tinham lhe pedido para guardar. Só apareceram nos lugares públicos a Duclos, Marie, Aline e Fanny, dois fodedores da segunda classe e Giton. Curval, que neste dia sentia imenso tesão, esquentou-se muito com Duclos. O jantar, em que as conversas foram muito libertinas, não o acalmou, e o café servido por Colombe, Sophie, Zéphire e seu querido amigo Adonis acabou de incendiar a sua cabeça. Agarrou este último e, jogando-o de costas sobre um sofá, meteu nele, xingando, seu membro enorme entre as coxas, por trás, e como o enorme instrumento ultrapassava mais de seis polegadas pelo lado da frente, mandou que o rapazinho tocasse punheta com toda a força nessa parte saliente, e começou ele mesmo a masturbar o menino em torno do pedaço de carne pelo qual o mantinha espetado. Enquanto isso, apresentava à assistência um cu tão sujo como largo, cujo olho impuro acabou tentando o duque. Vendo aquele cu ao seu alcance, cravou ali dentro seu nervoso instrumento, continuando a chupar a boca de Zéphire, operação que iniciara antes que lhe ocorresse a ideia que executava. Curval, que não esperava um ataque

desses, blasfemou de alegria. Sapateou, abriu-se, prestou-
-se àquilo. Nesse instante, a jovem porra do menino encantador que ele masturbava começa a pingar na cabeça
enorme de seu instrumento em furor. A porra quente com
que ele se sente molhado, as reiteradas metidas do duque
que também começava a esporrar, tudo o arrasta, tudo
o determina, e torrentes de um esperma espumoso vão
inundar o cu de Durcet, que fora se postar ali, bem na
frente dele, para que, conforme dizia, nada se perdesse,
e cujas nádegas alvas e roliças foram suavemente encharcadas por um leite mágico que ele teria preferido sentir
nas entranhas. Enquanto isso, o bispo não estava ocioso;
chupava, um após outro, os olhos dos cus divinos de Colombe e Sophie; mas, cansado talvez de certos exercícios
noturnos, não deu nem sequer uma prova de existência, e,
como todos os libertinos que o capricho e o fastio tornam
injustos, puniu duramente aquelas duas deliciosas crianças
pelos fracassos muito merecidos de sua débil natureza. Todos cochilaram uns instantes, e quando chegou a hora da
narração foram ouvir a amável Duclos, que retomou seu
relato da seguinte maneira:

— Tinha havido algumas mudanças na casa de Madame Guérin — disse nossa heroína. — Duas moças
muito bonitas acabavam de encontrar uns trouxas que
as sustentariam e que elas enganavam, como nós todas
fazemos. Para substituir essa perda, nossa querida mamãe lançara os olhos na filha de um taberneiro da Rue
Saint-Denis, com treze anos de idade, uma das mais lindas criaturas que se pudesse ver. Mas a pessoinha, tão
comportada como piedosa, resistia a todas as seduções,
quando a Guérin, depois de usar um meio muito hábil
para um dia atraí-la à sua casa, logo a pôs nas mãos do
personagem excêntrico cuja mania vou lhes descrever. Era
um eclesiástico de cinquenta e cinco ou cinquenta e seis

anos, mas saudável e vigoroso e a quem não se dariam quarenta. Nenhum ser no mundo tinha um talento mais peculiar do que esse homem para arrastar mocinhas para o vício, e, como era sua arte mais sublime, ele também a transformou no seu único prazer. Toda a sua volúpia consistia em desarraigar os preconceitos da infância, em fazer se desprezar a virtude e em pintar o vício com as mais belas cores. Nada era negligenciado: quadros sedutores, promessas lisonjeiras, exemplos deliciosos, tudo era praticado, tudo era habilmente apresentado, tudo artisticamente proporcional à idade, ao tipo de temperamento da criança, e nunca a manobra dava errado. Em apenas duas horas de conversa, tinha a certeza de transformar em puta a menina mais comportada e mais ajuizada, e nos trinta anos em que exercia esse ofício em Paris, conforme confessou a Madame Guérin, uma de suas melhores amigas, teve no seu catálogo mais de dez mil mocinhas seduzidas e jogadas na libertinagem por seu intermédio. Prestava tais serviços a mais de quinze cafetinas, e, quando não o solicitavam, fazia pesquisas por conta própria, corrompia tudo o que encontrava e em seguida enviava tudo para sua clientela. Pois o que há de mais extraordinário e o que faz, senhores, com que lhes conte a história desse personagem singular, é que jamais gozava do fruto de seus trabalhos; fechava-se a sós com a criança e saía muito inflamado de todas as engrenagens que seu espírito e sua eloquência lhe provocavam. Tinha-se absoluta certeza de que a operação excitava seus sentidos, mas era impossível saber onde ou como se satisfazia. Mesmo quando era minuciosamente examinado, nunca se viu nele mais do que um fogo prodigioso no olhar ao fim de seu discurso, alguns gestos com a mão sobre a braguilha, que anunciava uma ereção decidida, produzida pela obra diabólica que ele cometia, mas nunca mais que isso. Ele chegou e o trancaram com a jovem filha do taberneiro. Observei-o; foi longo o tête-à-tête, a que o sedutor imprimiu um espantoso tom patético, a criança chorou, se animou, pareceu entrar numa espécie de entusiasmo. Foi o instante em que os olhos do personagem mais se inflamaram e em que notamos os gestos na calça. Pouco depois, levantou-se, a criança lhe estendeu os braços como para beijá-lo, ele a beijou como um pai e nisso não pôs nem um pingo de lubricidade. Saiu, e três horas depois a menina chegava à casa de Madame Guérin com a sua bagagem.

— E o homem? — perguntou o duque.
— Desapareceu assim que terminou a lição — respondeu Duclos.
— Sem voltar para ver o resultado de seu trabalho?
— Não, excelência, ele tinha certeza do resultado; nunca havia falhado com nenhuma.
— Aí está um personagem de fato extraordinário — disse Curval. — O que deduz disso, senhor duque?
— Deduzo — este respondeu — que se inflamava unicamente com a sedução e que esporrava dentro da calça.
— Não — disse o bispo —, não acertou; aquilo era apenas um preparativo para suas devassidões, e ao sair dali aposto que ia consumar outras maiores.
— Maiores? — disse Durcet. — E que volúpia mais deliciosa poderia proporcionar a si mesmo além de gozar da própria obra, já que era o seu criador?
— Pois bem — disse o duque —, aposto que adivinhei: aquilo, como diz, não passava de um preparativo: ele inflamava a cabeça ao corromper meninas e ia enrabar meninos... Era um invertido, aposto.
Perguntaram à Duclos se ela não tinha nenhuma prova do que se suspeitava, e se ele também não seduzia os meninotes. Nossa historiadora respondeu que não tinha nenhuma prova, e, apesar da asserção muito verossímil do duque, todos ficaram em suspenso sobre o caráter desse pregador estranho, e, quando se convenceram de que

sua mania era realmente deliciosa, mas que era preciso consumar a obra ou fazer depois coisa pior, a Duclos retomou assim o fio de sua narração:

— Já no dia seguinte à chegada de nossa jovem noviça, que se chamava Henriette, apareceu um devasso cuja fantasia nos pôs no batente, a ela e a mim, as duas ao mesmo tempo. Esse novo libertino não tinha outro prazer além de observar por um buraco todas as volúpias um pouco estranhas que se passavam no quarto vizinho. Gostava de flagrá-las e assim, nos prazeres dos outros, encontrava um alimento divino para sua lubricidade. Instalou-se no quarto de que lhes falei e ao qual eu costumava tanto ir, assim como minhas companheiras, para espiar e me divertir com as paixões dos libertinos. Fui destinada a diverti-lo enquanto ele examinaria o que se passava no outro quarto, onde estavam a jovem Henriette e o lambedor de olho do cu de quem lhes falei ontem. A paixão muito voluptuosa desse depravado era o espetáculo que o meu espião observaria, e, para melhor excitá-lo e tornar a cena mais quente e agradável de ver, avisaram ao depravado que a menina que lhe estavam dando era uma estreante e com ele é que faria sua primeira função. Ele se convenceu facilmente, pelo ar de pudor e meninice da pequena taberneira. Assim, ficou tão arreitado e lúbrico como era possível ficar em seus exercícios libidinosos e estava bem longe de pensar que os dois eram observados. Quanto ao meu homem, com o olho grudado no buraco, uma das mãos na minha bunda e a outra no caralho, que ele mexia pouco a pouco, parecia regular o êxtase pelo do outro que ele espionava. "Ah! Que espetáculo!", dizia de vez em quando... "Que bela bunda a dessa garotinha, e como esse descarado a beija bem!" Por fim, depois que o amante de Henriette gozou, o meu me pegou nos braços, beijou-me um instante, me virou, apalpou, lambeu lubricamente meu traseiro e me encharcou as nádegas com as provas de sua virilidade.

— Batendo punheta nele mesmo? — perguntou o duque.

— Sim, excelência — continuou Duclos —, e batendo punheta, garanto-lhe, num caralho que pela inacreditável modéstia nem vale a pena detalhar.

— O personagem que apareceu em seguida — continuou Duclos — talvez não merecesse estar na minha lista, se não tivesse me parecido digno de ser citado aos senhores pela circunstância, a meu ver muito peculiar, em que desfrutava de seus prazeres, aliás bastante simples. Isso lhes mostrará a que ponto a libertinagem degrada no homem todos os sentimentos de pudor, virtude e honestidade. Este não queria ver, queria ser visto. E, sabendo que havia homens cuja fantasia era flagrar as volúpias dos outros, pediu à Guérin para esconder um homem com esse gosto, que lhe oferecesse o espetáculo de seus prazeres. A Guérin avisou ao homem que eu acabava de divertir, dias antes, junto ao buraco; e, sem lhe dizer que o outro sabia muito bem que seria visto, o que perturbaria suas volúpias, o levou a crer que ele ia flagrar, muito à vontade, o espetáculo que iriam lhe oferecer. O espião foi trancado no quarto do buraco, com minha irmã, e fui encontrar o outro. Era um rapaz de vinte e oito anos, belo e vigoroso. Instruído sobre o lugar do buraco, instalou-se sem dissimulação bem em frente e me pôs ao seu lado. Masturbei-o. Assim que ficou de pica empinada, levantou-se, mostrou-a ao espião, virou-se, mostrou a bunda, arregaçou minhas roupas, mostrou a minha, ajoelhou-se diante dela, esfregou o meu ânus com a ponta do nariz, abriu-o bem, mostrou tudo, deliciado e rigoroso, e gozou se masturbando, enquanto me mantinha de bunda de fora, na frente do buraco, de tal maneira que quem o ocupasse visse ao mesmo tempo, nesse instante decisivo, tanto minhas nádegas como o caralho em fúria do meu amante. Se este se deliciou, Deus sabe o que o outro sentiu. Minha irmã disse que ele estava nas nuvens, e confessava nunca ter tido tanto prazer, e depois disso as nádegas dela ficaram encharcadas, pelo menos tanto quanto as minhas.

— Se o rapaz tinha um belo caralho e uma bela bunda — disse Durcet —, havia razão para esporrar maravilhosamente.
— Então, isso deve ter sido uma delícia — disse Duclos —, pois o caralho era muito comprido, bastante grosso, e a bunda, tão suave, tão roliça, tão lindamente feita quanto a do próprio Amor.
— A senhora abriu as nádegas dele? — perguntou o bispo —, e fez o espião ver o olho?
— Sim, monsenhor — disse Duclos —, e ele fez ver o meu, e eu abri o dele, que o apresentou com a maior lubricidade do mundo.
— Vi uma dúzia de cenas assim em minha vida — disse Durcet —, que de fato me custaram a porra. Há poucas mais deliciosas que esta: falo das duas coisas, pois é tão bonito flagrar como querer sê-lo.

— Um personagem mais ou menos do mesmo gosto — continuou a Duclos — me levou às Tuileries alguns meses depois. Queria que eu agarrasse os homens e lhes fosse tocar punheta ali mesmo, diante do seu nariz, no meio de um monte de cadeiras entre as quais tinha se escondido; e, depois que toquei punheta em sete ou oito, ele se sentou num banco, numa das alamedas mais movimentadas, levantou minhas saias por trás, mostrou minha bunda aos passantes, pôs o caralho para fora e me mandou masturbá-lo na frente de todos eles, o que, embora fosse noite, causou tamanho escândalo que, quando despejou sua porra se exibindo assim, havia mais de dez pessoas em volta de nós, e tivemos de dar o fora para não sermos amaldiçoados.

"Quando contei à Guérin nossa história, ela riu e me disse que tinha conhecido um homem em Lyon, onde meninos exercem o ofício de rufiões, um homem, dizia eu, cuja mania era, no mínimo, tão espantosa quanto. Fantasiava-se como os alcoviteiros de rua, levava homens para duas moças a quem pagava e mantinha para isso e depois se escondia num canto para vê-los praticando o michê, que, dirigido pela moça subornada, lhe permitia ver o caralho e as nádegas do libertino que ela agarrava, única volúpia ao gosto de nosso falso Mercúrio e que tinha a arte de fazê-lo esporrar."

Nesta noite, a Duclos acabou bem cedo o seu relato, e empregaram o resto do tempo, antes da hora do serviço, em certas lubricidades prediletas; e, como tinham a cabeça inflamada pelo exibicionismo, não foram para o quarto, e todos se divertiram na frente de todos. O duque mandou a Duclos ficar nua em pelo, a fez se debruçar e se apoiar nas costas de uma cadeira e mandou a Desgranges tocar-lhe uma punheta em cima do traseiro de sua companheira, de modo que a cabeça do caralho roçasse no olho do cu da Duclos a cada mexida. A isso se juntaram outros episódios que a ordem das matérias ainda não nos permite revelar, e tanto assim que o olho do cu da historiadora foi completamente regado, e o duque, muito bem servido e cercado por todos os lados, gozou dando uivos que provaram a que ponto sua cabeça estava fervendo. Curval foi fodido, o bispo e Durcet, por sua vez, fizeram com os dois sexos coisas muito estranhas, e a mesa foi servida. Depois da ceia, dançaram as dezesseis jovens, quatro fodedores e as quatro esposas, formando três contradanças, mas todos os atores do baile estavam nus, e nossos libertinos, relaxadamente deitados em sofás, divertiram-se com todas as diferentes belezas que lhes eram oferecidas, uma após outra, graças às diversas posições que a dança as obrigava a tomar. Tinham a seu lado as historiadoras, que os bolinaram mais ou menos rápido, dependendo do maior ou menor prazer que eles sentiam, mas, exaustos com as volúpias do dia, ninguém gozou, e cada um foi buscar na cama as forças necessárias para se entregar, no dia seguinte, a novas infâmias.

QUINTO DIA

Foi Curval que, nesta manhã, aceitou prestar-se às masturbações da escola e, como as meninas começavam a fazer progressos, ele custou muito a resistir às sacudidelas múltiplas, às poses lúbricas e variadas daquelas oito meninas adoráveis. Mas queria se preservar, largou o posto e foram almoçar; estatuiu-se, nesta manhã, que os quatro amantes dos cavalheiros, a saber: Zéphire, favorito do duque, Adonis, amado de Curval, Hyacinthe, amigo de Durcet, e Céladon, do bispo, seriam de agora em diante aceitos em todas as refeições ao lado de seus amantes, em cujo quarto dormiriam regularmente toda noite, favor que dividiam com as esposas e os fodedores; com isso, dispensou-se uma cerimônia habitual, como se sabe, de manhã, e que consistia em os quatro fodedores que não tinham dormido com eles trazer quatro meninos. Eles passaram a ir sozinhos, e, quando as excelências passaram ao aposento dos meninotes, só foram recebidos, de acordo com as cerimônias prescritas, pelos quatro que sobravam. O duque, que fazia dois ou três dias se enrabichara pela Duclos, cuja bunda achava sublime e a fala, agradável, exigiu que ela também dormisse no seu quarto, e, como esse exemplo deu certo, Curval também admitiu no seu a velha Fanchon, que ele adorava. As outras duas ainda esperaram algum tempo até ocupar esse lugar privilegiado nos aposentos deles, de noite. Na mesma manhã combinou-se que os quatro jovens amantes que acabavam de ser escolhidos vestiriam roupas comuns, sempre que não fossem obrigados a usar o traje a caráter como nos quartetos, vestiriam, eu ia dizendo, a roupa e os acessórios que vou descrever. Era uma espécie de sobretudo reto, leve, amplo como um uniforme prussiano, mas infinitamente mais curto e indo só até o meio das coxas; esse pequeno sobretudo, afivelado no peito e nas abas como todos os uniformes, devia ser de cetim rosa forrado de tafetá branco, com as lapelas e os enfeites em cetim branco; por baixo, uma espécie de veste curta ou colete, igualmente de cetim branco, assim como a calça; mas a calça era aberta atrás, desde a cintura, de modo que passando a mão por essa fenda agarrava-se a bunda sem a menor dificuldade; só um laçarote de fita a fechava, e quem quisesse ter o menino totalmente nu nessa parte apenas soltava o laço, que era da cor escolhida pelo amigo a quem pertencia a virgindade da criança. Os cabelos, presos em cachos displicentes dos dois lados, eram atrás totalmente soltos e flutuantes e amarrados apenas com uma fita da cor prescrita. Um pó muito perfumado, entre o cinza e o rosa, coloria a cabeleira deles. As sobrancelhas muito cuidadas e em geral pintadas de preto, junto com um leve tom vermelho nas faces, acabavam de realçar o brilho de sua beleza; estavam de cabeça descoberta; meias de seda branca com costuras bordadas de rosa cobriam-lhes as pernas que um sapato cinza, amarrado por um grande laço rosa, calçava agradavelmente. Uma gravata de gaze creme voluptuosamente apertada combinava com um pequeno jabô de renda, e ao examinar assim os quatro podia-se garantir que, com certeza, nada mais formoso havia no mundo. Desde que foram assim aceitos, todas as permissões como as concedidas às vezes pela manhã lhes foram rigorosamente recusadas, mas por outro lado lhes conferiram tantos direitos sobre as esposas como tinham os fodedores: podiam maltratá-las à vontade, não só durante as refeições como até mesmo em todos os outros instantes do dia, certos de que jamais lhes diriam que estavam errados. Cumpridas essas obrigações, procedeu-se às inspeções correntes. A bela Fanny, a quem Curval mandara dizer que ficasse em determinado estado, ficou no estado contrário (a continuação nos explicará tudo isso); foi inscrita no caderno dos castigos. Entre os jovens, Giton fizera o que era proibido fazer; incluíram-no também. E, depois de executadas as funções da capela, a que foram muito poucos sujeitos, passaram à mesa. Foi a primeira refeição em que os quatro amantes eram admitidos. Cada um tomou lugar ao lado de quem o amava, que o tinha à direita, e à esquerda sentou-se o fodedor preferido. Esses pequenos convivas encantadores, além de tudo, alegraram a refeição; os quatro eram muito bonzinhos, de grande doçura, e começavam a se adaptar muito bem ao ambiente da casa. O bispo, animadíssimo neste dia, não parou de beijar Céladon durante quase toda a ceia, e a criança, que devia integrar o quarteto que servia o café, saiu um pouco antes da sobremesa. Quando o monsenhor, com a cabeça em brasa, o reviu nu em pelo no salão ao lado, não aguentou mais.

— Ai, porra! — disse esfogueado —, já que não posso enrabá-lo, pelo menos farei com ele o que Curval fez ontem com o seu puto.

E, agarrando o rapazinho, deitou-o de bruços, enfiou-lhe o caralho nas coxas. O libertino estava nas nuvens, os pentelhos de sua pica roçavam no olho lindinho que ele adoraria perfurar; uma de suas mãos apertava as nádegas do delicioso amorzinho, a outra masturbava seu caralho. Grudava a boca na do belo menino, chupava o ar de seu peito, engolia a saliva. O duque, para excitá-lo com o espetáculo de sua libertinagem, colocou-se na frente dele, lambendo o olho do cu de Cupidon, o segundo dos meninos que serviam o café nessa noite. Curval foi, diante de seus olhos, ser masturbado por Michette, e Durcet lhe ofereceu a bunda aberta de Rosette. Todos trabalhavam para lhe proporcionar o êxtase a que ele aspirava; aconteceu, seus nervos estremeceram, os olhos se esfoguearam; pareceria assustador para qualquer outro que não conhecesse os efeitos terríveis de sua volúpia. Finalmente a porra escapou e escorreu pelas nádegas de Cupidon, que no último instante alguém teve o cuidado de colocar debaixo do seu coleguinha para receber as provas de virilidade que, no entanto, não lhe eram devidas.

Chegou a hora das narrações e todos se arrumaram. Por um curioso arranjo, neste dia os pais tinham as filhas em seus canapés; ninguém se assustou, e Duclos recomeçou, nestes termos:

— Como não exigiram um relato exato do que me aconteceu dia após dia na casa de Madame Guérin, mas simplesmente dos fatos algo estranhos que marcaram certos dias, guardarei silêncio a respeito de várias histórias pouco interessantes de minha infância, que só ofereceriam repetições monótonas do que já ouviram, e lhes direi que eu acabava de completar dezesseis anos, não sem imensa experiência na profissão que exercia, quando me coube herdar um libertino cuja fantasia diária merece ser relatada. Era um austero presidente, com cerca de cinquenta anos, e que, a crer em Madame Guérin, que me disse conhecê-lo havia muitos anos, exercia regularmente toda manhã a fantasia que vou lhes contar. Sua cafetina habitual acabara de se aposentar e o recomendara aos cuidados de nossa querida mamãe, e foi comigo que ele começou na casa dela. Instalava-se sozinho no buraco de que lhes falei. No

meu quarto, bem ao lado, estava um carregador, homem
da Savoia, homem do povo, enfim, mas limpo e saudável;
era tudo o que ele desejava: a idade e a aparência não con-
tavam. Fiquei diante dos olhos dele, bem pertinho do buraco, batendo punheta nesse bom campônio, ciente de tudo e
que achava muito agradável ganhar assim um dinheirinho.
Depois de ter me prestado, sem nenhuma restrição, a tudo
o que o querido homem podia desejar de mim, o fiz gozar
num pires de porcelana e, deixando-o ali tão logo soltou
a última gota, passei às pressas para o outro quarto. Meu
homem me espera em êxtase, joga-se sobre o pires, engole
a porra quentinha; a dele escorre; com uma das mãos eu
excito sua ejaculação, com a outra recebo preciosamente o
que cai e, a cada jato, levando bem depressa minha mão à
boca do sem-vergonha, faço-o, o mais rápido e jeitosamente
que consigo, engolir a sua porra à medida que a derrama.
Era só isso. Ele não me tocou nem me beijou, nem sequer
arregaçou minha roupa, e, levantando-se da poltrona com
tanta indiferença como o calor que acabava de mostrar, pegou a bengala e retirou-se, dizendo que eu batia punheta
muito bem e que tinha entendido perfeitamente o seu gênero. No dia seguinte levaram outro homem, pois era preciso
trocá-lo todos os dias, bem como a mulher. Minha irmã
o serviu; ele saiu contente, para recomeçar no outro dia; e
enquanto estive com Madame Guérin não o vi nem uma só
vez abandonar essa cerimônia às nove em ponto da manhã,
sem que jamais tivesse levantado a roupa de uma só moça,
embora houvessem lhe mostrado umas encantadoras.

— Ele queria ver a bunda do carregador? — perguntou
Curval.

— Sim, excelência — respondeu Duclos —, quando
divertíamos o homem cuja porra ele comia, era preciso
virá-lo e revirá-lo, e o matuto também tinha que virar e
revirar a moça em todas as direções.

— Ah! Era o que eu imaginava — disse Curval —, e não entenderia de outro modo.

— Pouco depois — continuou Duclos — vimos chegar ao harém uma moça de uns trinta anos, bem bonita, mas ruiva como Judas. Primeiro pensamos que era uma nova colega, mas logo ela esclareceu que vinha para um só michê. O homem a quem se destinava essa nova heroína chegou em seguida. Era um grande financista de muito boa aparência, e a peculiaridade do seu gosto, já que era a ele que se destinava uma moça que provavelmente nenhum outro quereria, essa peculiaridade, dizia eu, deu-me a maior vontade de ir observá-los. Mal se instalaram no mesmo quarto, a moça se despiu toda e nos mostrou um corpo muito branco e roliço. "Vamos, pule, pule!", disse-lhe o financista, "aqueça-se, sabe muito bem que quero você suando." E eis a ruiva dando cambalhota, correndo pelo quarto, saltando como uma cabrinha, e nosso homem a examiná-la, masturbando-se, e tudo isso sem que eu conseguisse adivinhar o objetivo da aventura. Quando a criatura estava suando em bicas, aproximou-se do libertino, levantou um braço e o fez cheirar seu sovaco, cujo suor pingava por todos os pelos. "Ah! É isso mesmo, isso mesmo!", disse o nosso homem farejando com ardor aquele braço todo pegajoso bem diante do seu nariz, "que cheiro, estou radiante!" Depois, ajoelhou-se na frente dela, cheirou-a e aspirou igualmente a vagina e o olho do cu; mas sempre voltava às axilas, fosse porque essa parte lhe satisfizesse mais, fosse porque ali encontrasse melhor aroma; era sempre para lá que a boca e o nariz se dirigiam com mais ardor. Finalmente, um caralho bem comprido mas meio magro, que ele sacudia vigorosamente fazia mais de uma hora sem nenhum resultado, resolve arrebitar a cabeça. A moça toma posição, o financista vem por trás lhe meter sua cobrinha debaixo do sovaco, ela aperta o braço, formando naquele local, tive a impressão, um cantinho bem apertado. Enquanto isso, naquela pose ele desfruta da visão e do odor da outra axila; agarra-a, enterra ali o seu focinho inteiro e esporra lambendo, devorando essa parte que lhe dá tanto prazer.

— E essa criatura — diz o bispo — precisava ser obrigatoriamente ruiva?
— Obrigatoriamente — disse Duclos. — Essas mulheres, e o reverendíssimo não ignora, têm nessa parte um cheiro infinitamente mais violento, e o sentido do olfato era sem dúvida o que, se atiçado por aromas fortes, melhor despertava nele os órgãos do prazer.
— Sei, sei — retrucou o bispo —, mas, com os diabos, me parece que eu teria preferido cheirar aquela mulher no cu a farejá-la debaixo do braço.
— Ah! Ah! — disse Curval —, um e outro têm muitos atrativos, e garanto que, se você tivesse provado, veria que é delicioso.
— Quer dizer, senhor presidente — disse o bispo —, que esse ragu aí também o diverte?
— Ora, ora, eu provei — disse Curval —, e com certos detalhes que acrescentei! E garanto que nunca fiz isso sem largar porra.
— Muito bem! Esses detalhes, adivinho quais são. Ia cheirando o cu, não é mesmo?... — retrucou o bispo.
— Ah! Bem, bem — o duque interrompeu. — Não o leve a fazer sua confissão, monsenhor, ele nos diria coisas que ainda não devemos ouvir. Continue, Duclos, e não deixe esses tagarelas lhe fazerem concorrência.

— Havia — retomou nossa narradora — mais de seis semanas que a Guérin proibia terminantemente minha irmã de se lavar e exigia, ao contrário, que ela se mantivesse no estado mais sujo e impuro que pudesse, sem que adivinhássemos a razão, quando enfim chegou um velho devasso verruguento que, com cara de bêbado, perguntou grosseiramente à madame se a puta estava bem suja. "Ah! Garanto", disse a Guérin. Juntam-se os dois, trancados, e vou voando para o buraco; mal me instalo, vejo minha irmã nua, escanchada sobre um grande bidê repleto de champanhe, e ali, nosso homem, armado de uma grande esponja, a limpava, a encharcava, recolhendo com cuidado as menores gotas que escorriam de seu corpo ou da esponja. Fazia tanto tempo que minha irmã não lavava nenhuma parte do corpo, porque era categoricamente proibido limpar até mesmo o traseiro, que o champanhe logo ficou marrom e sujo, e, tudo indica, com um cheiro que não devia ser muito agradável. Mas quanto mais aquele líquido parecia estragado por causa das imundícies, mais agradava ao nosso libertino. Ele o prova, acha-o delicioso; pega um copo e, em meia dúzia de bons tragos, engole o vinho repugnante e putrefato em que acaba de lavar um corpo coberto há tanto tempo de sujeiras. Depois de beber, agarra minha irmã, deita-a de barriga para baixo e despeja em suas nádegas e no buraco bem aberto as torrentes do sêmen impudico que os detalhes impuros de sua mania nojenta faziam fervilhar.

"Mas uma outra, bem mais suja ainda, iria dali a pouco oferecer-se a meus olhares. Tínhamos na casa uma dessas mulheres a quem chamamos de andarilhas, em jargão de bordel, e cuja profissão é correr noite e dia para ir desencavar nova caça. Essa criatura, com mais de quarenta anos, juntava a seus atrativos, muito chochos e que nunca tinham sido mais sedutores, o defeito horroroso de feder nos pés. Essa era, positivamente, a característica que convinha ao marquês de ***. Ele chega, apresentam-lhe a dona Louise (era o nome da heroína), que ele acha deliciosa; logo que a agarra no santuário dos prazeres manda que se descalce. Louise, a quem se recomendara não trocar de meias nem de sapato por mais de um mês, oferece ao marquês um pé infecto que teria feito qualquer outro vomitar: mas justamente o que esse pé tinha de mais sujo e nojento é que inflamava o nosso homem. Agarra-o, beija-o com ardor, sua boca afasta um a um cada dedo e a língua vai colher com o maior entusiasmo em cada intervalo aquela imundície preta e fedorenta que a natureza deposita e que a falta de asseio pessoal multiplica. Não só o leva à boca, como engole tudo, saboreia, e a porra que perde se masturbando durante essa expedição torna-se a prova inequívoca do extremo prazer que aquilo lhe dá."

— Oh! Essa aí, eu não entendo — disse o bispo.
— Então vou ter que pôr a mão na massa para que entenda — disse Durval.
— O quê! Teria esse gosto?... — disse o bispo.
— Olhe para mim — disse Curval.
Levantam-se, cercam-no e veem esse inacreditável libertino, que reunia todos os gostos da mais crapulosa lascívia, agarrado ao pé repugnante de Fanchon, a criada velha e porca que descrevemos acima, e desmaiando de luxúria ao chupá-lo.
— Pois eu entendo tudo isso — disse Durcet. — É preciso tomar distância para ouvir todas essas infâmias; a saciedade as transforma em libertinagem, que as executa na mesma hora. Estamos fartos de coisa simples, a imaginação se ressente, e a modéstia de nossos meios, a fraqueza de nossas faculdades, a corrupção de nosso espírito nos conduzem a abominações.

— Essa era sem dúvida a história — disse Duclos, recomeçando — do velho comandante des Carrières, um dos melhores clientes da Guérin. Esse só queria mulheres estropiadas, ou pela libertinagem, ou pela natureza, ou pela mão da Justiça. Em suma, recebia apenas caolhas, cegas, mancas, corcundas, pernetas, manetas, desdentadas, mutiladas de alguns membros ou flageladas e marcadas a ferro ou claramente aviltadas por algum outro ato de justiça; e sempre, além disso, de idade mais madura. Na cena que flagrei, tinham lhe dado uma mulher de cinquenta anos, marcada a ferro como ladra pública e, além do mais, caolha. Essa dupla degradação pareceu-lhe um tesouro. Tranca-se com ela, manda-a ficar nua, beija embevecido em seus ombros os sinais inequívocos do aviltamento, chupa com ardor cada sulco daquela ferida que ele chamava de honrosa. Feito isso, toda a sua chama se concentrou no olho do cu, e ele entreabriu as nádegas, beijou deliciosamente o buraco murcho ali no meio, chupou-o muito tempo e, voltando a se postar escanchado sobre a moça de bruços, esfregou o caralho nas marcas a ferro que ela trazia da Justiça, elogiando-a por ter merecido esse triunfo; e, debruçado sobre o seu traseiro, consumou o sacrifício beijando de novo o altar em que acabava de prestar, assim, uma longa homenagem, e derramou uma porra abundante sobre aquelas marcas lisonjeiras que tão bem o tinham excitado.

— Raios me partam — disse Curval, que naquele dia estava com o espírito perturbado pela lubricidade —, vejam, meus amigos, vejam por esta pica arrebatada a que ponto me excita o relato dessa paixão.

E chamando a Desgranges:

— Venha, safada impura — disse-lhe —, venha, você que se parece tanto com essa que acaba de ser descrita, venha me dar o mesmo prazer que ela deu ao comandante.

A Desgranges se aproxima, Durcet, amigo desses excessos, ajuda o presidente a despi-la. Primeiro, ela faz certas objeções; duvidam do que diz e ralham com ela por esconder uma coisa que vai torná-la mais querida pela sociedade. Afinal suas costas murchas aparecem e mostram, com um L e um C,* que ela sofreu duas vezes a operação degradante cujos vestígios, porém, inflamam tão cabalmente os impudentes desejos de nossos libertinos. O resto desse corpo gasto e flácido, aquela bunda de tafetá furta-cor, aquele buraco infecto e largo que aparece ali no meio, aquela mutilação de um mamilo e de três dedos, aquela perna curta que a faz mancar, aquela boca desdentada, tudo isso excita, anima os nossos dois libertinos. Durcet a chupa pela frente, Curval por trás, e, enquanto objetos da maior beleza e do mais extremo frescor estão ali, diante de seus olhos, prontos para satisfazer a seus mais leves desejos, é com aquilo que a natureza e o crime desonraram, murcharam, é com o objeto mais sujo e mais nojento que nossos dois devassos em êxtase vão saborear os mais deliciosos prazeres... Depois disso, alguém que explique o homem! Os dois parecem disputar aquele cadáver antecipado como dois dogues encarniçados sobre uma carcaça, e depois de terem se entregado aos mais imundos excessos descarregam enfim a porra, e, apesar da exaustão que esse prazer lhes causa, talvez tivessem recomeçado no mesmo gênero de devassidão e infâmia se a hora da ceia não os convocasse para ir cuidar de outros prazeres. O presidente, desesperado por ter perdido porra e que, nesses casos, nunca se reanimava a não ser pelas comilanças e bebedeiras, empanturrou-se como um verdadeiro porquinho. Quis que o pequeno Adonis batesse punheta em Pica-Pro-Céu e o fez engolir o esperma. E, não contente com essa infâmia logo executada, levantou-se, disse que sua imaginação lhe sugeria coisas mais deliciosas que aquilo e, sem outras explicações, arrastou Fanchon, Adonis e Hercule para a alcova do fundo e só reapareceu nas orgias; mas num estado tão incrível que ainda foi capaz de praticar

* Ladra e Cafetina.

mil outros horrores, um mais singular que o outro, que
a ordem essencial que nos propusemos ainda não nos
permite descrever para nossos leitores. Foram se deitar, e
Curval, o inconsequente Curval cujo par naquele dia era
a divina Adélaïde, sua filha, com quem poderia passar
a noite mais deliciosa, foi encontrado na manhã seguinte espojando-se em cima da repugnante Fanchon, com
quem praticara novos horrores a noite inteira, enquanto Adonis e Adélaïde, sem ter onde dormir, estavam um
numa caminha bem longe, a outra no soalho, em cima de
um colchão.

SEXTO DIA

Era a vez de o monsenhor ir se apresentar para as masturbações; foi. Se os discípulos da Duclos fossem homens,
tudo indica que o reverendo não teria resistido. Mas uma
gretazinha no baixo ventre era, a seu ver, um tremendo
defeito, e, ainda que as próprias Graças o tivessem cercado, essa maldita greta se oferecendo era o suficiente para
acalmá-lo. Portanto, resistiu como um herói; acho até que
nem ficou de pica tesa, e as operações continuaram. Era
fácil ver que estavam loucos para apanhar em falta as oito
meninas, a fim de se proporcionarem no dia seguinte, o
funesto sábado dos castigos, a fim de se proporcionarem,
dizia eu, o prazer de castigá-las, todas elas. Já eram seis;
a doce e bela Zelmire foi a sétima, e, de boa-fé, será que
tinha merecido? Ou o prazer da correção que propunham
lhe aplicar não teria derrotado a verdadeira equidade?
Deixemos o caso para a consciência do sábio Durcet e
contentemo-nos em narrar. Uma belíssima esposa também foi engrossar a lista dos delinquentes; era a meiga
Adélaïde. Durcet, seu marido, queria dar o exemplo,
conforme dizia, perdoando-lhe menos que a outra, e era
com ele em pessoa que ela acabava de cometer uma falta.

Ele a levara a certo lugar onde os serviços que devia lhe prestar, depois de determinadas funções, não eram nem de longe limpos. Nem todos são depravados como Curval, e, embora ela fosse sua filha, não tinha de maneira nenhuma os seus gostos. Resistiu, ou se comportou mal, ou talvez tenha sido apenas implicância de Durcet: o fato é que foi inscrita no livro das penitências, para grande contentamento da assembleia. A inspeção feita entre os meninos não deu em nada, e passaram aos prazeres secretos da capela, tão mais picantes e singulares que até se negava autorização a quem pedisse para ser admitido e praticá-los ali. Naquela manhã, lá só estavam Constance, dois dos fodedores subalternos e Michette.

No jantar, Zéphire, com quem iam ficando cada dia mais satisfeitos, tanto pelos encantos que pareciam embelezá-lo mais e mais como pela libertinagem notória que ele demonstrava, Zéphire, digo, insultou Constance, que, embora já não servisse, sempre aparecia no jantar. Chamou-a de fazedora de crianças e deu-lhe uns tapas na barriga para lhe ensinar, dizia, a pôr ovo com seu amante, e depois beijou o duque, o acariciou, masturbou um pouco seu caralho e soube tão bem excitar-lhe a mente que Blangis jurou que não passaria a tarde sem que o molhasse de porra. E o rapazinho o agastava ao dizer que lhe lançava esse desafio. Como estava de serviço no café, ausentou-se na sobremesa e apareceu nu para servir ao duque. Este, assim que saiu da mesa, muito animado, começou com algumas travessuras; chupou-lhe a boca e o caralho, colocou-o numa cadeira à sua frente, com o traseiro na altura de sua boca, e o lambeu assim por quinze minutos. No final, seu caralho se revoltou, ergueu a cabeça altaneira, e o duque viu à perfeição que a homenagem exigia, enfim, incenso. No entanto, tudo isso era proibido, exceto o que tinham feito na véspera. Então o duque resolve imitar seus colegas. Curva Zéphire sobre um canapé, assesta-lhe seu negócio nas coxas, mas aconteceu o que tinha acontecido com Curval: o instrumento ultrapassou em dez polegadas.

— Faça como eu fiz — disse-lhe Curval —, masturbe o menino com o caralho, regue a sua glande com a porra dele.

Mas o duque achou mais divertido enfiar em dois ao mesmo tempo. Pediu a seu irmão para que instalasse Augustine; ela grudou a bunda nas coxas de Zéphire, e o duque, fodendo por assim dizer ao mesmo tempo uma menina e um menino, para conferir a isso ainda mais lubricidade masturbou o caralho de Zéphire em cima das lindas nádegas redondas e alvas de Augustine e as encharcou com essa porrazinha infantil que, como bem se imagina, arreitada por coisa tão bonita, não demorou a escorrer em abundância. Curval, que achou a cena agradável e via o cu do duque entreaberto e suplicando um caralho como fazem todos os cus de depravados no instante em que a pica endurece, foi lhe devolver o que recebera na antevéspera, e mal o querido duque sentiu os voluptuosos abalos dessa intrusão, sua porra, partindo quase ao mesmo tempo que a de Zéphire, foi inundar pela retaguarda as redondezas do templo cujas colunas Zéphire regava. Mas Curval não gozou e, retirando do traseiro do duque seu instrumento orgulhoso e nervoso, ameaçou o bispo, que do mesmo modo se masturbava entre as coxas de Giton, de lhe impor aventura igual à que acabava de impor ao duque. O bispo o desafia, o combate se inicia; o bispo é enrabado e vai deliciosamente perder, entre as coxas da bela criança que ele acaricia, uma porra libertina provocada por tanta volúpia. Enquanto isso, Durcet, espectador benévolo, tendo consigo apenas Hébé e a aia, quase morria de bebedeira mas não perdia tempo e entregava-se em silêncio a infâmias que ainda somos obrigados a manter ocultas. Finalmente tudo serenou, todos dormiram, e nossos atores foram acordados às dezoito horas, indo para os novos prazeres que Duclos preparava para eles. Naquela noite, os quartetos tinham trocado de sexo entre si: as meninas estavam vestidas de marujos, e os meninos, de costureirinhas. Olhar para eles foi um encanto; nada aquece a lubricidade como essa pequena troca voluptuosa: gostamos de encontrar num menino o que o torna parecido com uma menina; e a menina é bem mais interessante quando exibe, para agradar, o sexo que gostaríamos que ela tivesse. Neste dia, cada um deles tinha a própria esposa no canapé; elogiaram-se mutuamente com uma ordenação tão religiosa que, todos estando prontos para ouvir, Duclos retomou, como veremos, a continuação de suas lúbricas histórias:

— Havia na casa de Madame Guérin uma moça de seus trinta anos, loura, um pouco gorda, mas particularmente alva e viçosa. Chamava-se Aurore; tinha a boca formosa, os dentes belos e a língua voluptuosa, mas, quem diria, fosse por defeito de educação, fosse por fraqueza de estômago, essa boca adorável tinha o defeito de deixar escapar a todo instante uma chuva de arrotos; e, mais ainda quando ela comia muito, às vezes durante uma hora não parava de dar arrotos que teriam feito girar um moinho. Há razão em dizer que não existe defeito que não tenha um admirador, e a bela moça, justamente por esse, tinha um admirador dos mais ardorosos. Era um sábio e sério doutor da Sorbonne que, cansado de provar na escola, sem nenhum resultado, a existência de Deus, ia às vezes se convencer, no bordel, da existência da criatura. Avisava antes, e nesse dia Aurore comia como uma condenada. Curiosa com esse devoto tête-à-tête, vou voando para o buraco e, reunidos os amantes, e depois de carícias preliminares, todas dirigidas à boca, vejo nosso retórico pôr delicadamente a querida colega numa cadeira, sentar na frente dela e lhe depositar entre as mãos suas relíquias, no estado mais deplorável: "Ande, minha bela pequena", ele lhe diz, "ande: você conhece os meios de me tirar deste estado de langor; pegue-as depressa, imploro, pois estou apressado para gozar". Aurore recebe numa das mãos o instrumento molengo do doutor, com a outra pega a sua cabeça, cola a boca na dele, e ei-la despejando-lhe entre os maxilares uns sessenta arrotos, um atrás do outro. Nada é capaz de descrever o êxtase do servidor de Deus. Estava nas nuvens, aspirava, engolia tudo o que ela lhe lançava, diríamos que ficaria consternado em perder o mais leve bafo e, enquanto isso, suas mãos deslizavam pelo seio e debaixo das anáguas de minha colega. Mas aquelas libidinagens eram apenas episódicas; o objeto único e capital era a boca, que o esmagava com suspiros. Finalmente seu caralho, inchado pelas titilações voluptuosas que a cerimônia o faz sentir, descarrega na mão de minha colega, e ele vai embora anunciando que nunca sentira tanto prazer.

"Um homem mais extraordinário exigiu de mim, algum tempo depois, uma peculiaridade que não merece passar em silêncio. A Guérin, nesse dia, me fizera comer quase à força, tão copiosamente quanto eu tinha visto, dias antes, minha colega jantar. Teve o cuidado de me mandar servir tudo o que sabia que eu mais adorava no mundo, e ao sair da mesa me avisou tudo o que eu devia fazer com o velho libertino que ia encontrar e fez-me engolir na mesma hora três grãos de emético diluídos num copo de água quente. Chega o devasso; era um assíduo de bordel que eu já tinha visto várias vezes, sem me preocupar muito com o que ele ia fazer no nosso. Beija-me, enfia uma língua suja e nojenta na minha boca, que acaba provocando, por seu fedor, o efeito do vomitório. Vê que estou de estômago revirado e fica em êxtase: 'Coragem, menina', exclama, 'coragem! Não vou perder nem uma gota'. Avisada de tudo o que devia fazer, sento-o num sofá, inclino sua cabeça num dos braços. Suas coxas estavam afastadas; desabotoo sua calça, agarro um instrumento curto e mole que não anuncia nenhuma ereção, sacudo-o, ele abre a boca. Enquanto o masturbo e suas mãos impudicas apertam a minha bunda, lanço-lhe à queima-roupa, na boca, toda a digestão imperfeita de um jantar que o emético me fez vomitar. Nosso homem está nas nuvens, extasia-se, engole, vai ele mesmo buscar em meus lábios a ejaculação impura que o embriaga, não perde uma gota, e, quando pensa que a operação vai terminar, me provoca novo engulho fazendo cócegas com sua língua; e seu caralho, que eu mal toco, de tão destruída que estou com minha crise, esse caralho que talvez só se excite com essas infâmias, incha, ergue-se sozinho e deixa, chorando entre meus dedos, a prova insuspeita das impressões que aquela imundície lhe proporciona."

— Ai, santo Deus! — diz Curval —, aí está uma paixão deliciosa, mas ainda poderíamos refiná-la.
— Como? — indaga Durcet com voz entrecortada pelos suspiros da lubricidade.
— Como? — retruca Curval. — Ora bolas, pela escolha da moça e dos quitutes.
— Da moça... Ah! Entendo, você gostaria de uma Fanchon.
— Ah, sem dúvida!
— E os quitutes? — continuou Durcet, que Adélaïde masturbava.
— Os quitutes? — retrucou o presidente. — Deus do céu, forçando-a a vomitar de novo em mim o que eu iria lhe dar da mesma maneira.
— Quer dizer — continuou o banqueiro, cuja cabeça começava a enlouquecer de vez —, que você lhe vomitaria na boca o que ela teria de engolir e tornaria a pôr para fora na sua?
— Exatamente.
E os dois saíram para seus aposentos, o presidente com Fanchon, Augustine e Zélamir, e Durcet com a Desgran-

ges, Rosette e Pica-Pro-Céu, e os outros foram obrigados a esperar quase meia hora para continuar os relatos da Duclos. Finalmente, reapareceram.

— Você acaba de fazer umas imundícies — disse o duque a Curval, que foi o primeiro a entrar.

— Algumas — disse o presidente —, é a felicidade da vida, e, quanto a mim, só estimo a volúpia pelo que tem de mais imundo e repugnante.

— Mas pelo menos teve porra espalhada?

— Nem um pingo — disse o presidente —, então acha que somos iguais a você e temos porra a perder a todo minuto? Deixo esses esforços para você e para campeões vigorosos como Durcet — continuou ao vê-lo entrar, mal se aguentando de tanta exaustão.

— É verdade — disse o banqueiro —, não aguentei. Essa Desgranges é tão suja nas palavras e no comportamento, tem uma facilidade tão grande para fazer o que a gente quer...

— Vamos, Duclos — disse o duque —, continue, pois se não lhe cortarmos a palavra esse indiscretozinho vai nos dizer tudo o que fez, sem pensar em como é horroroso se vangloriar assim dos favores que acabamos de receber de uma mulher bonita.

E a Duclos, obedecendo, retomou assim a sua história:

— Já que estes cavalheiros gostam tanto dessas brincadeiras — disse a nossa historiadora —, aborrece-me que não tenham contido seu entusiasmo, pois o efeito teria sido mais visível depois do que ainda tenho para lhes contar esta noite. O que o sr. presidente alegou que faltava para aperfeiçoar a paixão que acabo de contar encontra-se, palavra por palavra, nesta que se segue. Fico triste por ele não ter me dado tempo de terminar. O velho presidente de Saclanges oferece, sem tirar nem pôr, as singularidades que o sr. de Curval parece desejar. Escolheu-se, para enfrentá-lo, a decana do nosso capítulo. Era uma moça alta e gorda de seus trinta e seis anos, verruguenta, embriagada, blasfema e popularesca, malcriada, embora muito bonita. Chega o presidente; servem-lhe uma ceia; os dois se embriagam, os dois perdem o juízo, os dois vomitam um na boca do outro, os dois engolem e devolvem mutuamente o que pegam do outro. Caem, por fim, sobre os detritos da ceia, nas imundícies com que acabam de sujar o chão. Então me recrutam, pois minha colega já perdera os sentidos e a força. Era aquele, porém, o momento importante do libertino. Encontro-o no chão, com o caralho empinado e duro como uma barra de ferro; agarro o instrumento, o presidente balbucia e xinga, me puxa para si, chupa minha boca e esporra como um touro, se virando e revirando e continuando a patinhar na porqueira.

"Essa mesma moça nos ofereceu, pouco depois, o espetáculo de uma fantasia no mínimo igualmente imunda. Um monge gordo, que lhe pagava muito bem, foi se pôr a cavalo sobre sua barriga; as coxas da minha colega estavam tão abertas quanto possível e presas em móveis grandes para que não pudessem se mexer. Nessa posição, serviram várias iguarias em cima do baixo-ventre da moça, tudo cru e fora do prato. O sujeito pega os pedaços com a mão, enfia-os na boceta aberta de sua dulcineia, vira-os e revira-os e só os come depois de estarem completamente impregnados dos sais que a vagina produz."

— Aí está uma maneira absolutamente nova de jantar — disse o bispo.

— E que não lhe agradaria, não é, monsenhor? — disse Duclos.

— Não! Com os diabos — respondeu o servidor da Igreja —, não gosto de boceta o suficiente para isso.

— Pois bem! — continuou nossa historiadora —, então escute esta com que vou encerrar minhas narrações desta noite. Tenho certeza de que vai diverti-lo mais.

"Fazia oito anos que eu estava com Madame Guérin. Acabava de completar dezessete anos, e em todo esse período não houve um dia em que eu não visse chegar, toda manhã, um certo cobrador dos impostos do rei, por quem tinham muita consideração. Na época, era um homem de uns sessenta anos, gordo, baixote e muito parecido, em todos os aspectos, com o sr. Durcet. Tinha, como ele, vigor e umas gordurinhas. Todo dia precisava de uma moça diferente, e as da casa só lhe serviam na falta de algo melhor, ou quando a estranha faltava ao encontro. O sr. Dupont, era o nome do nosso financista, era tão difícil na escolha das moças como nos seus gostos. Não queria de jeito nenhum que fosse uma puta, a não ser que alguém forçasse a moça a sê-lo, como acabo de dizer: queria operárias, moças do comércio, sobretudo vendedoras de modas. A idade e a cor eram igualmente regulamentadas: queria as louras, de quinze a dezoito anos, nem acima nem abaixo, e mais que todas as qualidades deviam ter uma bunda bem-feita e tão excepcionalmente lisa que a menor espinha no buraco tornava-se motivo de exclusão. Quando eram virgens, pagava o dobro. Nesse dia lhe entregariam uma jovem rendeira de dezesseis anos, cuja bunda passava por ser um verdadeiro modelo; mas ele não sabia que aquele era o presente que queriam lhe oferecer, e, como a moça mandou dizer que naquela manhã não podia se desvencilhar dos pais e que não esperassem por ela, a Guérin, que sabia que Dupont nunca tinha me visto, me mandou imediatamente vestir-me como burguesa, pegar um fiacre no alto da rua e descer diante da casa dela quinze minutos depois que Dupont tivesse entrado, desempenhando bem meu papel e me fazendo passar por uma aprendiz de modas. Mas, acima de todos os cuidados, o mais importante foi me encher o estômago, imediatamente, com meia libra de anis, que engoli com um copázio de líquido balsâmico que ela me deu e cujo efeito devia ser o que os senhores vão saber daqui a pouco. Tudo foi executado da melhor maneira; felizmente tivemos algumas horas para nós, e por isso nada faltou. Chego com ares bem ingênuos. Apresentam-me ao financista, que, primeiro, me olha de soslaio, atento, mas, como eu me preparara com a mais escrupulosa atenção, não conseguiu descobrir nada em mim que desmentisse a história que lhe fabricavam. 'Ela é virgem?', perguntou Dupont. 'Não por aqui', disse Guérin, pondo a mão na minha barriga, 'mas pelo outro lado respondo por ela.' E mentia, descaradamente. Pouco importa, nosso homem foi enganado, e era disso que se precisava. 'Levante as roupas, levante!', disse Dupont. E a Guérin levantou minhas saias por trás, debruçando-me um pouco sobre ela, e assim deixou à vista para o libertino o templo inteiro de sua homenagem. Ele espia, apalpa minhas nádegas, abre-as com as duas mãos e, contente sem dúvida com o exame, diz que o cu é bom e que se contentará com isso. Em seguida, me faz umas perguntas sobre minha idade, o ofício que exerço, e, contente com minha pretensa inocência e o ar de ingenuidade que demonstro, faz-me subir ao seu apartamento, pois tinha um só para si na Guérin, um em que ninguém entrava a não ser ele e não podia ser observado de lugar nenhum. Assim que entramos, fecha cuidadosamente a porta e, tendo me observado mais um instante, pergunta num tom e de um jeito um tanto brutal, característica que conservou durante toda a cena, pergunta, digo eu, se é mesmo verdade que nunca tinham me fodido no cu. Como era meu papel ignorar uma expressão dessas, pedi que repetisse, ele reclamou que eu não o ouvia e quando, por seus gestos, me fez entender o que queria dizer de uma maneira que não havia como não entendê-lo, respondi com ar de pavor e pudor que ficaria muito envergonhada se algum dia tivesse me prestado a semelhantes infâmias. Então me mandou tirar apenas as saias e, mal obedeci, deixando minha anágua ainda esconder a parte da frente, ele a levantou no traseiro o mais que pôde e a prendeu no corpete, e como, ao me despir, minha echarpe tinha caído e todo o meu seio estava à mostra, ele se zangou. 'Que o diabo carregue essas tetas!', exclamou. 'Ora! Quem está lhe pedindo mamas? Está aí uma coisa que me impacienta com todas essas criaturas: é sempre essa mania impudente de me mostrar as tetinhas.' E, me apressando em cobri-las, aproximei-me como para pedir desculpas, mas, ao ver que eu lhe mostrava a frente na pose que eu ia fazer, enfureceu-se mais uma vez: 'Ei! Fique como a coloco, que diachos', disse, agarrando meus quadris e me pondo de novo de modo a só lhe apresentar o traseiro, 'fique assim, ora essa! Ninguém quer a sua boceta, nem o seu regaço; aqui só se precisa do seu cu.' Ao mesmo tempo levantou-se e me levou para a beira da cama, em que me instalou meio deitada de bruços, e depois, sentando-se numa poltrona muito baixa, entre minhas pernas, ficou, por esse arranjo, com a cabeça na altura exata da minha bunda: espia-me mais um instante e depois, achando que eu ainda não estava na posição certa, levanta-se de novo para pôr uma almofada sob a minha barriga, o que empurra minha bunda mais para trás; torna a se sentar, examina, e tudo isso com o sangue-frio e a fleugma da libertinagem bem pensada. Logo depois agarra minhas nádegas, abre-as, põe a boca aberta no buraquinho, colando-a hermeticamente, e em seguida, conforme a ordem que recebi e a necessidade urgente que eu sentia, solto-lhe no fundo da goela o peido mais sonoro que ele deve ter recebido na vida. Retira-se, furioso: 'Como assim, sua insolentezinha', me diz, 'tem o atrevimento de peidar na minha boca?' E logo a recoloca ali: 'Sim, senhor', digo, largando um segundo petardo, 'é assim que trato quem beija o meu cu.' 'Pois bem! Peide, então peide, safadinha! Já que não consegue se segurar, peide tanto quanto quiser e tanto quanto puder.' A partir daí, já não me contenho, nada é capaz de expressar a necessidade que a droga que engoli me deu de soltar aqueles traques; e que nosso homem, em êxtase, recebe ora na boca, ora nas narinas. Depois de uns quinze minutos desse exercício, ele enfim se deita num sofá, me puxa, sempre com o nariz enfiado na minha bunda, me manda bater-lhe punheta nessa posição, continuando um exercício que lhe provoca prazeres tão divinos. Eu peido, masturbo, sacudo um caralho mole e nem mais comprido nem mais gordo que o dedo; de tanto sacudir e peidar, finalmente o instrumento endurece. O auge do prazer de nosso homem, no instante da crise, me é anunciado por uma perversidade redobrada. É sua própria língua que, agora, provoca meus peidos; é ela que ele espeta no fundo do meu ânus para provocar os traques, é sobre ela que quer que os solte, e fica desvairado, perde a cabeça, percebo, e o instrumento feiosinho vai regar tristemente meus dedos com sete ou oito gotas de um esperma claro e amarronzado que afinal lhe devolve a razão. Mas, como sua brutalidade tanto fomentava o desvario como logo o substituía, mal me deu tempo de me recompor. Rosnava, resmungava, me oferecia, em suma, a imagem odiosa do vício que satisfez a paixão e dessa inconsequente descortesia que, mal finda a magia, tenta se vingar, desprezando o culto usurpado pelos sentidos."

— Eis um homem que prefiro a todos os que o precederam — disse o bispo... — E sabe se no dia seguinte ele teve sua noviçazinha de dezesseis anos?

— Sim, monsenhor, teve-a, e no outro dia, uma virgem de quinze anos, muito mais bonita. Como poucos homens pagavam tanto, poucos eram tão bem servidos.

Como essa paixão inflamou as cabeças tão acostumadas a desvarios dessa espécie e os lembrava de um gosto que incensavam tão unanimemente, não quiseram esperar mais tempo para pô-la em prática. Cada um apanhou o que pôde, um pouco por toda parte. Chegou a ceia; foi entremeada por quase todas as infâmias que acabavam de ouvir; o duque fez Thérèse se embriagar e vomitar em sua boca; Durcet fez todo o harém soltar peidos e recebeu mais de sessenta naquela noite. Quanto a Curval, por cuja mente passavam extravagâncias de toda ordem, disse que queria fazer suas orgias sozinho e foi se trancar na alcova do fundo, com Fanchon, Marie, a Desgranges e trinta garrafas de champanhe. Os quatro tiveram de ser carregados: encontraram-nos nadando nas torrentes de suas porcarias e o presidente dormindo com a boca grudada na de Desgranges, que ainda vomitava ali dentro. Os três outros tinham feito, em gêneros parecidos ou diferentes, pelo menos tanto quanto; também tinham passado suas orgias a beber, feito seus machos se embriagar, vomitar, as meninas peidar, tinham feito o diabo a quatro, e sem a Duclos, que se mantivera sóbria e pôs ordem em tudo e foi deitá-los, é muito provável que a aurora de dedos róseos, ao entreabrir as portas do palácio de Apolo, os tivesse encontrado mergulhados em suas imundícies, bem mais como porcos do que como homens. Precisando apenas de repouso, cada um deles deitou sozinho e foi recuperar nos braços de Morfeu um pouco de força para o dia seguinte.

SÉTIMO DIA

Os amigos já não se preocupam em ir se prestar toda manhã, durante uma hora, às lições da Duclos. Cansados dos prazeres da noite, temendo, aliás, que essa operação os fizesse perder porra bem de manhãzinha, e considerando, ademais, que essa cerimônia os deixaria indiferentes às volúpias e aos objetos que pensavam usufruir, combinaram que toda manhã um dos fodedores os substituiria, alternadamente. Procederam às inspeções. Só faltava uma menina para que todas tivessem de se submeter aos castigos: era a bela e interessante Sophie, acostumada a cumprir todos os seus deveres. Por mais ridículos que pudessem lhe parecer, ela, porém, os respeitava, mas Durcet, que prevenira Louison, sua vigilante, soube tão bem fazê-la cair na cilada que ela foi declarada faltosa e, por isso, inscrita no livro fatal. A doce Aline, igualmente examinada de bem perto, também foi julgada culpada, e assim a lista da noite foi composta pelas oito meninas, duas esposas e quatro meninos. Tomados esses cuidados, só pensaram em preparar o casamento a ser celebrado na festa planejada para o fim da primeira semana. Neste dia, não foi dada nenhuma autorização para as necessidades públicas na capela, a excelência vestiu-se pontificalmente e foram para o altar. O duque, que representava o pai da noiva, e Curval, que representava o do noivo, levaram um, a Michette, o outro, a Giton. Os dois estavam maravilhosamente vestidos em trajes de gala, mas com os sinais trocados, isto é, o menino se vestia de menina e a menina, de menino. Infelizmente, pela ordem que prescrevemos para essas matérias, somos obrigados a retardar um pouco mais o prazer que, sem dúvida, teria o leitor em saber os detalhes da cerimônia religiosa; mas logo chegará o momento em que poderemos revelá-los. Passaram ao salão e foi à espera do jantar que nossos quatro libertinos, trancados a sós com aquele adorável casalzinho, os mandaram se despir e os obrigaram a cometer juntos tudo o que a idade deles permitia em matéria de cerimônias matrimoniais, com exceção, porém, da introdução do membro viril na vagina da menina; isso poderia ter sido feito, já que o menino endurecia a pica bastante bem, mas não foi permitido a fim de que nada abrisse uma flor destinada a outros usos. No mais, porém, deixaram-nos se tocar, se acariciar: a jovem Michette provocou poluções no maridinho, e Giton, com a ajuda de seus mestres, masturbou bastante bem sua mulherzinha. Enquanto isso, os dois começavam a sentir perfeitamente a escravidão em que estavam, e a volúpia, mesmo aquela que suas idades lhes permitiam sentir, nasceu em seus coraçõezinhos. Jantaram; os noivos participaram do banquete, mas no café, como as cabeças estavam excitadas, foram postos nus em pelo, como estavam Zélamir, Cupidon, Rosette e Colombe, que serviam o café naquele dia. E, como foder nas coxas se tornara moda naquele momento do dia, Curval apanhou o marido, o duque apanhou a mulher, e gozaram nas coxas dos dois. O bispo, que desde a hora do café aferrava-se na bunda encantadora de Zélamir, que ele chupava e mandava peidar, logo enfiou nele da mesma maneira, enquanto Durcet fazia suas vilaniazinhas prediletas no formoso cu de Cupidon. Nossos dois principais atletas não esporraram e, logo possuindo um, a Rosette e o outro, a Colombe, enfiaram neles por trás, na posição do galgo, e entre as coxas, assim como acabavam de fazer com Michette e Giton, mandando que essas crianças adoráveis masturbassem, com suas lindas mãozinhas e de acordo com as instruções recebidas, aquelas monstruosas pontas de picas que apareciam do outro lado, abaixo de suas barrigas; enquanto isso, os libertinos coçavam à vontade os frescos e deliciosos olhos de cus de seus pequenos objetos de prazeres. Ninguém, no entanto, espalhou porra; sabiam que haveria tarefas deliciosas à noite e pouparam-se. A partir daí os direitos dos jovens esposos desapareceram, e o casamento deles, embora feito de acordo com todas as normas, não passou de uma brincadeira. Cada um deles entrou nos quartetos que lhes eram destinados e foram escutar a Duclos, que retomou assim a sua história:

— Um homem mais ou menos com os mesmos gostos do financista com que terminei meus relatos de ontem à noite vai, se acharem conveniente, começar os de hoje. Era um magistrado do Conselho de uns sessenta anos que juntava à singularidade de suas fantasias a de só querer mulheres de mais idade que ele. A Guérin deu-lhe uma cafetina decrépita, amiga sua, cujas nádegas enrugadas não ofereciam mais do que um velho pergaminho desses de enrolar fumo. Esse era, porém, o objeto que devia servir às homenagens do nosso libertino. Ele se ajoelha diante daquela bunda decrépita, beija-a amorosamente; ela peida na cara dele, que se extasia e abre a boca, ela peida de novo, sua língua vai buscar com entusiasmo o traque macio que a outra lhe entrega. Enquanto isso, ele não consegue resistir ao delírio para onde o arrasta essa operação. Tira da cueca um membrozinho velho, pálido e enrugado como a divindade que ele incensa. "Ah! Peide, então peide, minha amiga!", exclama, se masturbando com todas as suas forças, "peide, meu coração, só os seus peidos é que, espero, poderão quebrar o feitiço deste velho instrumento enferrujado." A cafetina redobra o esforço, e o libertino inebriado de volúpia perde entre as coxas da sua deusa duas ou três pobres gotas de esperma às quais devia todo o seu êxtase.

Ó terrível efeito do exemplo! Quem diria! No mesmo instante, e como se tivessem trocado uma senha, nossos quatro libertinos convocam as aias de seus quartetos. Possuem seus velhos e feios cus, solicitam peidos, conseguem, e estariam prestes a ficar tão felizes quanto o alto magistrado do Conselho se a lembrança dos prazeres que os esperam nas orgias não os contivesse. Mas se lembram, param por aí, despacham suas vênus, e Duclos continua:

— Não insistirei muito na seguinte, senhores — disse a amável moça —; sei que ela tem poucos adeptos entre os senhores, mas me mandaram dizer tudo, e obedeço. Um homem muito jovem e com um rosto muito bonito teve a fantasia de me lamber a boceta durante minhas regras. Eu estava deitada de frente, de coxas abertas; ele estava ajoelhado diante de mim e chupava, levantando minhas ancas com as duas mãos para que a greta ficasse mais a seu alcance. Engoliu a porra e o sangue, pois a isso se dedicou tão habilmente, e era tão bonito, que gozei. Masturbava-se, estava no sétimo céu, parecia que nada no mundo podia lhe dar tanto prazer, e o gozo mais quente e ardoroso, produzido enquanto continuava a operar, logo veio me convencer disso. No dia seguinte, viu Aurore, pouco depois minha irmã, e passou nós todas em revista em um mês, ao fim do qual provavelmente mandou que o mesmo se repetisse em todos os outros bordéis de Paris.

"Essa fantasia, os senhores hão de convir, não é, porém, mais singular do que a de um homem outrora amigo da Guérin e de quem por muito tempo ela havia sido a fornecedora. Ela nos garantiu que toda a volúpia dele consistia em comer fetos abortados. Avisavam-lhe sempre que uma moça estivesse nesse caso; ele acorria e engolia o embrião, desmaiando de volúpia."

— Conheci esse homem — disse Curval —, sua vida e seus gostos são o que há de mais certo no mundo.

— Que seja — disse o bispo —, mas o que conheço de tão certo como o seu homem é que não vou imitá-lo.

— Por quê? — disse Curval. — Estou convencido de que isso pode produzir uma esporrada, e se Constance quiser me deixar agir, já que dizem que ela está grávida, prometo-lhe fazer com que o senhor seu filho chegue antes da hora, e mastigá-lo como uma sardinha.

— Ah! Todos conhecem o seu horror às mulheres grávidas — respondeu Constance —, bem se sabe que o senhor só se desfez da mãe de Adélaïde porque ela engravidou uma segunda vez, e se Julie acredita em mim, ela que se cuide.

— É bem verdade — disse o presidente — que não gosto de progenitura, e que quando a bicha está prenhe inspira-me uma furiosa repugnância, mas imaginar que matei minha mulher por isso é engano seu. Aprenda, vagabunda que você é, que não preciso de motivo para matar uma mulher, e menos ainda uma vaca como você, que eu bem impediria de fazer seu vitelo se me pertencesse.

Constance e Adélaïde caíram no choro, e essa circunstância começou a revelar o ódio secreto que o presidente tinha por aquela adorável esposa do duque, que, bem longe de apoiá-la nessa discussão, respondeu a Curval que ele devia saber à perfeição que ele tampouco gostava de progenitura e que, por mais que estivesse grávida, Constance ainda não dera à luz. Aqui, as lágrimas de Constance redobraram; estava no canapé de Durcet, seu pai, que, como único consolo, disse-lhe que, se não se calasse imediatamente, ia pô-la para fora aos pontapés na bunda, mesmo em seu estado. A pobre coitada fez recaírem sobre o coração magoado as lágrimas pelas quais era repreeendida, e contentou-se em dizer: "Ai de mim, meu Deus! Sou uma pobre coitada, mas é meu destino, tenho de cumpri-lo". Adélaïde, que se debulhava em lágrimas, viu que o duque, em cujo canapé ela estava, implicava com ela para fazê-la chorar mais, e conseguiu secar suas lágrimas, e, quando terminou essa cena um pouco trágica, embora muito gratificante para a alma celerada de nossos libertinos, Duclos retomou, nos seguintes termos:

— Havia na Guérin um quarto construído muito agradavelmente e que sempre servia apenas a um só homem. Tinha um teto duplo, com um entressolho muito baixo no qual só se podia ficar deitado e onde se instalava o libertino da espécie peculiar a cuja paixão eu servi. Trancava-se com uma moça naquela espécie de alçapão, e sua cabeça ficava de tal maneira que correspondesse ao buraco que se abria para o quarto de cima. A moça, encerrada com o homem em questão, não tinha outra função além de tocar-lhe punheta, e eu, lá em cima, devia fazer o mesmo com outro homem. O buraco, muito dissimulado, estava aberto como que por descuido, e eu, fingindo amor à limpeza e para não estragar o soalho, devia manusear meu homem e fazer a porra cair pelo buraco, portanto em cima do rosto do outro, que estava exatamente naquela abertura. Tudo tinha sido construído com tanta arte que nada se notava, e a operação dava muito certo: quando o freguês recebia no nariz a porra de quem era masturbado lá em cima, juntava sua porra àquela, e pronto, estava tudo feito.

"Nesse meio-tempo, a velha de quem acabo de lhes falar há pouco reapareceu, mas para trombicar com outro campeão. Este, homem de seus quarenta anos, a mandou tirar a roupa e em seguida lambeu todos os buracos de sua velha carcaça; cu, boceta, boca, narina, sovaco, orelha, nada foi esquecido, e o perverso, a cada chupada, engolia tudo o que recolhia. Não se limitou a isso, pois a fez mastigar fatias de doces que em seguida engoliu, na própria boca, depois de trituradas por ela; e a fez conservar na boca por muito tempo goles de vinho com os quais ela bochechou, com os quais gargarejou, e que ele engoliu da mesma forma; e enquanto isso seu caralho estava numa ereção tão prodigiosa que a porra parecia prestes a escapar sem que fosse necessário provocá-la. Ele enfim a sentiu pronta para sair e, precipitando-se de novo sobre a velha, enfiou a língua no olho de seu cu, metendo pelo menos o equivalente a várias polegadas, e gozou como um furioso."

— Ah, diachos! — disse Curval. — Então é preciso ser jovem e bonita para fazer a porra correr? Mais uma vez, em qualquer gozo a coisa suja é que atrai a porra: portanto, quanto mais suja for a coisa, mais voluptuosamente a porra se espalha.

— São os sais — disse Durcet —, que, ao exalar do objeto que serve a nossa volúpia, vêm excitar nossos espíritos animais e pô-los em funcionamento; ora, quem duvida de que tudo o que é velho, sujo ou fedorento tem maior quantidade desses sais e, por isso, mais meios de excitar e determinar nossa ejaculação?

Ainda discutiram um pouco essa tese, de um lado e outro, e, como havia muito trabalho a fazer depois da ceia, mandaram servir um pouco mais cedo, e na sobremesa as meninas, todas condenadas a penitência, passaram de novo ao salão onde deviam ser justiçadas com os quatro meninos e as duas esposas igualmente condenadas, o que fazia um total de catorze vítimas, a saber: as oito meninas já citadas, mais Adélaïde e Aline e os quatro meninos, Narcisse, Cupidon, Zélamir e Giton. Nossos amigos, inebriados com a volúpia tão forte das paixões que os aguardavam, acabaram de excitar a mente com uma prodigiosa quantidade de vinhos e licores e saíram da mesa para passar ao salão, onde os pacientes os esperavam, em tal estado de embriaguez, fúria e lubricidade que, com certeza, ninguém desejaria estar no lugar dos infelizes delinquentes. Naquele dia, só deviam ir às orgias os culpados e as quatro velhas para servi-los. Todos estavam nus, todos tremiam, todos choravam, todos aguardavam sua sorte, quando o presidente, sentado numa poltrona, perguntou a Durcet o nome e a falta de cada sujeito. Durcet, tão bêbado como o colega, pegou o caderno e quis ler, mas tudo parecia turvo. Ao não conseguir fazê-lo, o bispo o substituiu e, embora tão empilecado como o confrade, mas aguentando melhor o vinho, leu em voz alta, um por um, o nome de cada culpado e seu erro; e logo o presidente pronunciava uma penitência compatível com as forças e a idade do delinquente, no entanto sempre muito dura. Concluída essa cerimônia, seguiu-se a execução. Estamos desesperados porque a ordem de nosso plano nos impede de descrever aqui essas correções lúbricas, mas que nossos leitores não nos levem a mal. Eles sentem, como nós, a impossibilidade em que estamos de satisfazê-los neste momento; podem ter certeza de que nada perderão. A cerimônia foi muito longa: havia catorze sujeitos a punir, e a isso se misturavam episódios muito divertidos. Tudo foi delicioso, sem dúvida, já que nossos quatro celerados esporraram e se retiraram tão cansados, tão ébrios tanto de vinhos como de prazeres, que, sem a ajuda dos quatro fodedores que foram pegá-los, jamais conseguiriam voltar para seus aposentos, onde, apesar de tudo o que acabavam de fazer, novas lubricidades os aguardavam. O duque, que naquela noite iria dormir com Adélaïde, não a quis. Ela estava entre as castigadas e fora tão bem corrigida por ele que, depois de derramar porra em sua homenagem, já não quis saber dela; fazendo-a dormir no chão, sobre um colchão, deu o seu lugar a Duclos, sempre e mais que nunca gozando de suas boas graças.

OITAVO DIA

Os exemplos da véspera se impuseram, e no dia seguinte não se encontrou, nem se poderia encontrar, ninguém em falta. As aulas com os fodedores continuaram, e como não houve nenhum acontecimento até o café, só relataremos o dia a partir daí. O café foi servido por Augustine, Zelmire, Narcisse e Zéphire. As fodas nas coxas recomeçaram; Curval agarrou Zelmire, e o duque, Augustine, e depois de terem admirado e beijado seus lindos traseiros, que neste dia, não sei bem por quê, tinham graças, atrativos e uma vermelhidão antes não observada, depois, dizia eu, de nossos libertinos terem beijado bem, acariciado bem aqueles cuzinhos deliciosos, exigiram peidos. O bispo, que agarrava Narcisse, já os tinha obtido; ouviam-se os que Zéphire lançou na boca de Durcet... Por que não imitá-los? Zelmire também conseguira, mas Augustine, por mais que fizesse, por mais que se esforçasse, por mais que o duque a ameaçasse com um castigo no sábado próximo, semelhante ao que sofrera na véspera, nada saiu, e a pobre menina já chorava quando finalmente um pum foi satisfazê-lo. Ele respirou e, contente com esse sinal de docilidade da linda criança, de quem gostava bastante, fincou-lhe seu enorme instrumento nas coxas e, retirando-o na hora do gozo, regou por completo as duas nádegas. Curval fez o mesmo com Zelmire, mas o bispo e Durcet se contentaram com o que se chama esfrega-esfrega. E, feita a sesta, passaram ao salão, onde a bela Duclos, vestida neste dia com tudo o que melhor fazia esquecer sua idade, pareceu realmente bela sob as luzes, e tanto assim que nossos libertinos, inflamados por sua causa, não permitiram que continuasse se, do alto da tribuna, não mostrasse a bunda à assembleia.

— Ela tem mesmo um belo traseiro — disse Curval.

— Pois é, meu amigo — disse Durcet —, garanto a você que vi poucos melhores.

E, recebidos esses elogios, nossa heroína baixou as saias, sentou e retomou o fio de sua história da maneira como o leitor vai lê-la, caso se dê ao trabalho de continuar, o que lhe aconselhamos para o interesse de seus prazeres.

— Uma reflexão e um acontecimento foram a causa, excelências, de já não se situar no mesmo campo de batalha o que me resta contar agora. A reflexão é muito simples: ela nasceu do estado miserável de minha bolsa. Fazia nove anos que eu estava com Madame Guérin, e, embora gastasse muito pouco, não tinha nem cem luíses na minha frente. Essa mulher, extremamente hábil e cuidando muito bem de seus interesses, sempre dava um jeito de guardar pelo menos dois terços das receitas e ainda impunha grandes descontos sobre o outro terço. Essa manobra me desagradava, e, vivamente solicitada por outra cafetina, chamada Fournier, para ir morar com ela, e sabendo que essa Fournier recebia em casa velhos devassos de mais bom gosto e bem mais ricos que os da Guérin, decidi me despedir dela e ir para a casa da outra. Quanto ao acontecimento que ajudou minha reflexão, ele foi a perda de minha irmã; eu me ligara fortemente a ela e não consegui ficar mais tempo numa casa em que tudo me fazia lembrar dela, embora eu não a encontrasse. Fazia quase seis meses que essa querida irmã era visitada por um homem importante, seco e moreno, cuja fisionomia me desagradava infinitamente. Trancavam-se juntos e não sei o que faziam, pois nunca minha irmã quis me contar, e não se punham onde eu poderia vê-los. Seja como for, uma bela manhã ela vem ao meu quarto, me beija e diz que sua fortuna está feita, que está sendo sustentada por aquele homem de quem eu não gostava, e tudo o que eu soube foi que era à beleza de suas nádegas que ela devia o que ia ganhar. Feito isso, deu-me seu endereço, fez as contas com a Guérin, beijou a nós todas e partiu. Como imaginam, não deixei de ir dois dias depois ao endereço indicado, mas ali ninguém nem mesmo sabia o que eu queria dizer. Logo vi que minha irmã fora enganada, pois imaginar que desejasse me privar do prazer de vê-la era algo que eu não podia supor. Quando me queixei à Guérin do que me acontecia, vi que ela sorriu maldosamente e se negou a se explicar: portanto, concluí que estava por dentro do mistério de toda a aventura, mas não queria revelá-lo. Tudo isso me afetou e me fez tomar a decisão, e, como não terei outra oportunidade de falar-lhes sobre essa querida irmã, vou dizer, senhores, que, por mais buscas que tenha feito, por mais providências que tenha tomado para descobri-la, foi-me perfeitamente impossível algum dia saber que fim levou.

— Bem creio — disse então a Desgranges —, pois ela já não existia vinte e quatro horas depois de tê-la deixado. Ela não te enganava, ela mesma é que foi enganada, mas a Guérin sabia do que se tratava.

— Pelos céus! O que está me informando — disse então a Duclos. — Infelizmente, embora privada de vê-la, ainda me alegrava que ela pudesse existir.

— Muito erradamente — retrucou a Desgranges —, mas ela não mentiu: foi a beleza de suas nádegas, a superioridade surpreendente de seu traseiro que lhe valeu a aventura em que se vangloriava de amealhar fortuna e onde só encontrou a morte.

— E o grande homem seco? — perguntou Duclos.

— Era apenas o intermediário da aventura, não trabalhava por conta própria.

— No entanto — disse Duclos —, fazia seis meses que a via assiduamente.

— Para enganá-la — retrucou Desgranges —, mas retome o seu relato; esses esclarecimentos poderiam entediar os cavalheiros, e essa história me diz respeito, vou explicá-la direitinho.

— Obrigado por sua ternura, Duclos — disse-lhe secamente o duque, ao ver que ela custava a conter algumas lágrimas involuntárias —, aqui não conhecemos esses queixumes, e ainda que toda a natureza desabasse não soltaríamos um suspiro. Deixe as lágrimas para os imbecis e as crianças, e que jamais emporcalhem as faces de uma mulher sensata a quem estimamos.

Diante dessas palavras, nossa heroína se conteve e logo retomou o relato.

— Devido às duas causas que acabo de explicar, pois, tomei minha decisão, senhores, e como a Fournier me ofereceu melhor moradia, uma mesa muito mais farta, orgias bem mais agradáveis embora mais penosas, mas sempre meio a meio e sem nenhum desconto, decidi-me de imediato. Madame Fournier ocupava na época uma casa inteira e cinco jovens e lindas moças compunham o seu harém; fui a sexta. Os senhores hão de considerar que vale a pena que eu proceda aqui como com Madame Guérin, isto é, só lhes descreva minhas colegas na medida em que representarem um personagem. Já no dia seguinte à minha chegada, deram-me o que fazer, pois na casa da Fournier era um entra e sai de fregueses, e volta e meia fazíamos, cada uma, cinco ou seis michês por dia. Mas só vou falar, assim como fiz até agora, das funções que podem excitar sua atenção pelo que têm de picante ou de singularidade.

"O primeiro homem que vi em minha nova casa foi um pagador de rendas, de uns cinquenta anos. Ele me mandou ajoelhar, com a cabeça debruçada sobre a cama, e já instalado e também na cama, ajoelhado em cima de mim, masturbou o caralho na minha boca, mandando que a mantivesse bem aberta. Não perdi nem uma gota, e o safado se divertiu prodigiosamente com as contorções e os esforços para vomitar que esse gargarejo nojento me provocou.

"Querem, senhores — continuou a Duclos —, que eu mencione de uma vez, embora ocorridas em tempos diferentes, as quatro aventuras do mesmo gênero que também tive na casa de Madame Fournier? Esses relatos, eu sei, não desagradarão ao sr. Durcet, que me ficará agradecido por eu entretê-lo, no resto da noite, com uma preferência que ele aprecia e que me deu a honra de conhecê-lo pela primeira vez."

— O quê? — disse Durcet —, vai me fazer representar um papel na sua história?

— Se considerar que é conveniente, senhor — respondeu a Duclos —, trato apenas de advertir esses cavalheiros até chegar o fato que lhe diz respeito.

— E o meu pudor... Ora essa!, diante de todas as moças você vai, assim, revelar minhas torpezas?

E, depois que todos riram do divertido receio do banqueiro, Duclos recomeçou assim:

— Um libertino, bem mais velho e bem mais repugnante do que esse que acabo de citar, veio me oferecer o segundo formato dessa mania. Mandou-me deitar nua em pelo na cama, esticou-se em cima de mim, no sentido contrário, pôs sua pica na minha boca e a língua na minha boceta, e nessa pose exigiu que eu lhe devolvesse as titilações de volúpia que pretendia que sua língua me proporcionaria. Chupei-o o mais que pude. Ali, ele estava me desvirginando; lambeu, chafurdou e, sem dúvida, se esforçou em todas essas manobras, infinitamente mais por ele do que por mim. Seja como for, fiquei indiferente, muito feliz por não ter sentido um nojo horroroso, e o libertino gozou; operação que, depois do pedido da Fournier, que me avisara de tudo, operação, digo, que o levei a fazer com a maior lubricidade possível, apertando os lábios, suando, espremendo na boca o suco que ele soltava e passando a mão na sua bunda para lhe fazer cócegas no ânus, algo que ele me mandava fazer e, por sua vez, ele também fazia o melhor possível... Terminado o ato, nosso homem deu no pé, garantindo para a Fournier que ainda não tinham lhe fornecido moça que melhor soubesse contentá-lo.

"Pouco depois dessa aventura, eu, curiosa em saber o que ia fazer na casa uma velha bruxa de mais de setenta anos, com jeito de quem estava esperando freguês, fiquei sabendo que de fato era o que ela ia fazer. Morrendo de curiosidade de ver como conseguiriam que um traste daquele ainda servisse, perguntei às minhas colegas se uma delas não teria um quarto de onde eu pudesse assistir, como havia na Guérin. Uma me respondeu que sim, levou-me e, como havia lugar para duas, nos instalamos, e eis o que vimos e ouvimos, pois os dois quartos só eram separados por um tapume, e era muito fácil não perder nem uma palavra. A velha foi a primeira a chegar; olhou-se no espelho, arrumou-se, sem dúvida como se pensasse que seus encantos ainda fariam algum sucesso. Minutos depois vimos chegar o Dáfnis daquela nova Cloé. Ele tinha no máximo sessenta anos; era um pagador de rendas, homem muito abastado e que preferia gastar seu dinheiro com umas muxibentas de refugo como aquela do que com moças bonitas, e isso devido a esse gosto peculiar que os senhores compreendem, como afirmam, e que sabem tão bem explicar. Ele avança, olha de alto a baixo para a sua dulcineia, que lhe faz uma profunda reverência. 'Nada de tantos salamaleques, velha rameira', diz o devasso, 'e tire a roupa... Mas, vejamos primeiro, você tem dentes?' 'Não, senhor, não me resta nem um único', diz a velha, abrindo a boca infecta... 'olhe, se preferir.' Então nosso homem se aproxima e, agarrando-lhe a cabeça, cola em seus lábios um dos mais ardorosos beijos que vi alguém dar na vida; não só beijava, como chupava, devorava, enfiava amorosamente a língua lá no fundo da goela putrefata, e a boa velha, que fazia tempos não participava de uma festa daquela, lhe retribuía tudo com uma ternura... que me seria difícil descrever aos senhores. 'Vamos', disse o financista, 'fique nua.' E enquanto isso ele também desabotoa as calças e põe para fora um membro escuro e enrugado que não prometia engrossar tão cedo. Nesse meio-tempo, a velha já está nua e vai descaradamente oferecer ao amante um velho corpo amarelo e enrugado, seco, pelancudo e descarnado, cuja descrição, sejam quais forem suas fantasias a respeito, lhes daria imenso horror. Mas, longe de sentir nojo, nosso libertino se extasia; agarra-a, puxa-a para a cadeira onde se masturbava esperando que ela se despisse, enfia mais uma vez a língua na sua boca e, virando-a, presta imediatamente sua homenagem ao reverso da medalha. Eu o vi nitidamente apertar as nádegas, mas que estou dizendo?, as nádegas? Os dois trapos murchos que de suas ancas caíam em ondulações sobre as coxas. Afinal, tais como eram, ele as abriu, grudou voluptuosamente os lábios na cloaca infame que escondiam, enfiou a língua várias vezes, e tudo isso enquanto a velha tentava dar um pouco de consistência ao membro morto que ela sacudia. 'Vamos aos fatos', disse o apaixonado platônico, 'sem minha mania predileta todos os seus esforços serão inúteis. Avisaram a você?' 'Sim, senhor.' 'E sabe o que tem de engolir?' 'Sei, meu tutu, sei, meu pintinho, vou engolir, vou devorar tudo o que você fizer.'

"E ao mesmo tempo o libertino a instala na cama, com a cabeça no travesseiro, e nessa posição mete-lhe no bico seu instrumento molengo, o enfia até os colhões, torna a agarrar as duas pernas da amada, pondo-as nos ombros, e assim aninha toda a sua fuça nas nádegas da dona. A língua volta para o fundo daquele buraco delicioso; a abelha que chupa o néctar da rosa não chuparia com mais volúpia. Enquanto isso, a velha chupa e o nosso homem se agita. 'Ai, porra!', exclama ao fim de quinze minutos desse exercício libidinoso, 'chupe, chupe, vagabunda, chupe e engula, está escorrendo, meu Deus! Está escorrendo, não está sentindo?'

"E depois, beijando tudo o que se oferece a ele, coxas, vagina, nádegas, ânus, tudo é lambido, tudo é chupado. A velha engole, e o pobre caduco, que se retira tão mole como entrou e que, tudo indica, esporrou sem ereção, vai embora correndo, todo envergonhado de seu desvario, e chega à porta muito rápido para evitar ver, de cabeça fria, o objeto medonho que acaba de seduzi-lo."

— E a velha? — perguntou o duque.

— A velha tossiu, cuspiu, se assoou, se vestiu o quanto antes e foi embora.
"Poucos dias depois, chegou a vez dessa colega que me proporcionara o prazer de ver aquela cena. Era uma moça de uns dezesseis anos, loura e com a mais interessante fisionomia do mundo; não deixei de ir vê-la no batente. O homem com quem a puseram era, no mínimo, tão velho

quanto o pagador de rendas. Ele a pôs de joelhos entre as pernas, prendeu sua cabeça agarrando suas orelhas e lhe meteu na boca uma pica que me pareceu mais suja e nojenta que um trapo arrastado na sarjeta. Minha pobre colega, vendo aquela carne repugnante se aproximar de seus lábios frescos, quis se jogar para trás, mas não era à toa que o nosso homem a segurava pelas orelhas, como a um cachorro. 'Ande logo, sua vaca, está se fazendo de difícil?' E, como ameaçou chamar a Fournier, que com certeza lhe recomendara muita condescendência, conseguiu vencer suas resistências. Ela abre os lábios, recua, abre-os mais ainda e finalmente engole, aos soluços, aquela relíquia infame na mais formosa boca. A partir daí, foram só xingamentos do celerado. 'Ah, vagabunda!', ele dizia, furioso, 'você está cheia de não me toques para chupar o caralho mais bonito da França? Acha que a gente vai se lavar no bidê todo dia de propósito para você? Ande, chupe, sua puta! Chupe a bala!' E, inflamando-se com esses sarcasmos e com o nojo que inspira à minha colega (de tal maneira é verdade, cavalheiros, que o nojo que nos provocam torna-se um ferrão que aguilhoa o gozo dos senhores), o libertino entra em êxtase e deixa na boca da pobre moça provas inequívocas de sua virilidade. Menos condescendente que a velha, ela não engole nada, e, muito mais enojada do que a outra, vomita no mesmo instante tudo o que tinha no estômago, enquanto nosso libertino, endireitando-se e sem prestar muita atenção, zombava entre os dentes do resultado cruel de sua libertinagem.

"Então foi a minha vez, porém mais feliz que as duas anteriores, era ao próprio Amor que eu estava destinada, e só me restou, depois de satisfazê-lo, a surpresa de encontrar gostos tão esquisitos num rapaz tão agradável. Ele chega, me manda ficar nua, deita-se na cama, me ordena agachar-me sobre seu rosto e tentar fazer gozar, com a minha boca, um caralho medíocre, mas do qual se vangloria e cuja porra me suplica para engolir assim que a sentir escorrer. 'Mas enquanto isso não fique de braços cruzados', acrescentou o libertinozinho, 'que a sua boceta inunde a minha boca de urina, que prometo engolir assim como você vai engolir a minha porra, e que essa bela bunda peide diante do meu nariz.' Ponho-me a trabalhar e executo ao mesmo tempo minhas três tarefas, com tanta arte que a minhoquinha logo descarrega toda a sua fúria na minha boca, enquanto a engulo e o meu adônis faz o mesmo com a urina que o inunda, e tudo isso soltando os puns com que não paro de perfumá-lo."

— Na verdade — disse Durcet —, a senhorita bem que poderia ter dispensado revelar assim aos senhores as criancices da minha juventude.
— Ah! Ah! — disse o duque rindo. — Ah!, você que hoje em dia mal ousa olhar para uma boceta, naquele tempo as mandava mijar?
— É verdade — disse Durcet —, e me envergonho, é um horror ter de se recriminar torpezas desse gênero; é justamente agora, meu amigo, que sinto todo o peso dos remorsos... Bundas deliciosas — exclamou, entusiasmado, e, beijando a de Sophie, que puxara para si a fim de apertá-la um pouquinho —, bundas divinas. Como me critico pelo incenso que vos apresentei! Ó bundas deliciosas, prometo-vos um sacrifício expiatório, faço o juramento em vossos altares de que nunca mais na vida hei de me extraviar!
E, como aquele belo traseiro o excitou um pouco, o libertino pôs a noviça numa posição muito indecente sem dúvida, mas na qual podia, como vimos acima, fazê-la mamar a sua minhoquinha enquanto chupava o ânus mais fresco e voluptuoso. Durcet, porém, era indiferente àquele prazer, que só raramente o revigorava; por mais que o chupassem, por mais que ele retribuísse, teve de se retirar no mesmo estado de moleza e, xingando e soltan-

do pragas contra a moça, disposto a recomeçar em algum momento mais feliz os prazeres que por ora a natureza lhe recusava. Nem todos estavam tão infelizes. O duque, que passara ao seu quarto com Colombe, Zélamir, Rebenta--Cu e Thérèse, fez ouvirem seus uivos, que provavam sua felicidade, e Colombe, que saiu dali cuspindo com toda a força, já não deixou dúvida sobre o templo que ele havia incensado. Quanto ao bispo, deitado com toda a naturalidade no canapé, com as nádegas de Adélaïde diante do nariz e o caralho em sua boca, desfalecia ao fazer a jovem peidar, enquanto Durval, em pé, fazia Hébé tocar sua enorme trombeta e perdia porra num absoluto desvario.

A ceia foi servida. O duque quis defender, na ceia, que, se a felicidade consistia na total satisfação de todos os prazeres dos sentidos, era difícil ser mais feliz do que eles.

— Essas palavras não são de um libertino — disse Durcet. — Como é possível que consiga ser feliz se satisfazendo a todo instante? A felicidade não consiste na fruição, mas em desejar, em quebrar os freios que se opõem a esse desejo. Ora, acaso encontra-se tudo isso aqui, onde basta desejar para ter? Juro — ele disse — que, desde que estou aqui, minha porra não correu uma só vez pelos objetos que nos cercam; jamais se espalhou a não ser pelos que aqui não estão. E, de resto, além disso — acrescentou o banqueiro —, a meu ver falta uma coisa essencial para nossa felicidade: o prazer da comparação, prazer que só pode nascer do espetáculo dos infelizes, o que não vemos aqui. Ao ver quem não goza do que eu tenho e que sofre é que nasce o encanto de podermos dizer: "Sou, portanto, mais feliz que ele". Em qualquer lugar onde os homens forem iguais e essas diferenças não existirem, jamais existirá a felicidade. É a história de um homem que só conhece bem o preço da saúde quando está doente.

— Nesse caso — disse o bispo —, sentiria um gozo real ao ir contemplar as lágrimas dos esmagados pela miséria?

— Com toda a certeza — disse Durcet —, talvez não exista no mundo volúpia mais sensual do que essa de que está falando.

— Como assim? Sem ir aliviá-los? — perguntou o bispo, que estava muito contente em fazer Durcet estender-se sobre um tema tão ao gosto de todos e que, sabiam, ele era tão capaz de tratar a fundo.

— O que chama de aliviar? — perguntou Durcet. — Para mim, a volúpia que nasce dessa doce comparação entre o estado deles e o meu já não existiria se eu os aliviasse, pois então, ao tirá-los do estado de miséria, eu os faria provar um instante de felicidade que, assimilando-os a mim, retiraria todo o prazer da comparação.

— Bem, depois disso — disse o duque — seria preciso, para melhor estabelecer essa diferença essencial à felicidade, seria preciso, digo eu, agravar ainda mais a situação deles.

— Quanto a isso, nenhuma dúvida — disse Durcet —, e eis o que explica as infâmias pelas quais me criticaram a vida toda. As pessoas que não conhecem meus motivos me chamavam de duro, feroz e bárbaro, mas, pouco ligando para todas as denominações, segui meu caminho, admito que cometi o que os idiotas chamam de atrocidades; mas provoquei gozos com as comparações deliciosas, e fui feliz.

— Confesse o fato — disse-lhe o duque —, admita que aconteceu com você, mais de vinte vezes, arruinar infelizes, só para servir, nesse sentido, aos gostos perversos que aqui admite.

— Mais de vinte vezes? — disse Durcet. — Mais de duzentas, meu amigo, e poderia, sem exagero, citar mais de quatrocentas famílias hoje reduzidas à mendicância e que assim se encontram só por minha causa.

— Ao menos tirou proveito disso? — perguntou Curval.

— Quase sempre, mas também muitas vezes só o fiz por certa maldade que costuma despertar em mim os órgãos da lubricidade. Sinto tesão em fazer o mal, encontro no mal um atrativo assaz picante para despertar em mim todas as sensações do prazer, e a ele me entrego só por si mesmo, e sem nenhum outro interesse que não seja o próprio mal.

— Não imagino nada como esse gosto — disse Curval. — Quando estava no Parlamento, cem vezes dei meu voto para enforcar uns desgraçados que eu sabia muito bem serem inocentes e nunca me entreguei a essa injustiçazinha sem sentir dentro de mim uma comichão voluptuosa, em que os órgãos do prazer nos colhões se incendiaram muito depressa. Imaginem o que senti quando fiz coisa pior.

— É certo — disse o duque, que começava a excitar os miolos ao se esfregar em Zéphire — que o crime tem encanto suficiente para inflamar por si só todos os sentidos, sem nos sentirmos obrigados a recorrer a nenhum outro expediente, e ninguém sabe tanto quanto eu que os crimes, mesmo os mais afastados da libertinagem, são os mais capazes de dar tesão. Eu, que lhes falo, fiquei de pica retesada ao roubar, ao assassinar, ao incendiar, e estou absolutamente certo de que não é o objeto da libertinagem que nos anima, mas a ideia do mal; que, por conseguinte, é só pelo mal que sentimos tesão, e não pelo objeto, de tal modo que, se esse objeto for desprovido da possibilidade de nos fazer praticar o mal, já não sentiremos tesão por ele.

— Nada mais verdadeiro — disse o bispo —, e daí nascem a certeza do maior prazer pela coisa mais infame e o sistema do qual não devemos nos afastar, que é que, quanto mais quisermos fazer o crime gerar prazer, mais o crime terá de ser horroroso. E quanto a mim, senhores — acrescentou —, se me é permitido citar a mim mesmo, confesso-lhes que estou no ponto de já não ter essa sensação de que falam, de já não experimentá-la com os pequenos crimes, digo, e se o que cometo não reúne tanta negrura, tanta atrocidade, tanta patifaria quanto possível, já não nasce nenhuma sensação.

— Bem — disse Durcet —, será possível cometer crimes como os concebemos e como você está cogitando? Quanto a mim, confesso que, a esse respeito, minha imaginação sempre esteve além dos meus meios; sempre imaginei mil vezes mais do que fiz, e sempre me queixei da natureza que, ao me dar o desejo de ultrajá-la, sempre me retirava os meios para isso.

— Há apenas dois ou três crimes a cometer no mundo — disse Curval — e, cometidos estes, tudo está dito; o resto é inferior e não nos faz sentir mais nada. Quantas vezes, diachos, não desejei que se pudesse atacar o sol, privar dele o universo, ou dele se servir para incendiar o mundo? Isso, sim, seriam crimes, e não os pequenos desmandos a que nos entregamos, que se limitam a metamorfosear, ao fim de um ano, uma dúzia de criaturas em montes de terra.

E depois disso, como as cabeças se acenderam, conforme duas ou três moças já sentiam, e como as picas começavam a se levantar, saíram da mesa para ir despejar em lindas bocas as torrentes do líquido cujas pinicadas muito agudas os levavam a proferir tantos horrores. Naquela noite limitaram-se aos prazeres da boca, mas inventaram cem maneiras de variá-los e, quando ficaram bem fartos, foram tentar encontrar em algumas horas de descanso as forças necessárias para recomeçar.

NONO DIA

Nesta manhã, Duclos avisou que achava prudente oferecer às moças outros plastrões* para o exercício da masturbação que não os fodedores, ou acabar com as aulas,

---

* Soldados que representam o inimigo em manobras militares.

achando-as suficientemente instruídas. Disse, com muita razão e probabilidade, que empregar aqueles jovens conhecidos pelo nome de fodedores podia resultar em namoros que era prudente evitar, que aliás esses jovens não valiam rigorosamente nada para aquele exercício, considerando que logo esporravam, e que aquilo faria desfalcar os prazeres esperados pelos cus daqueles senhores. Decidiu-se então que as aulas seriam suspensas, e mais ainda porque já havia entre elas quem masturbasse maravilhosamente. Augustine, Sophie e Colombe poderiam competir em habilidade e leveza de pulso com as mais famosas punheteiras da capital. De todas, Zelmire era a mais desajeitada: não que não fosse rápida e muito jeitosa em tudo o que fazia, mas seu caráter meigo e melancólico não lhe permitia esquecer suas mágoas, e vivia triste e pensativa. Na inspeção do almoço, naquela manhã, sua aia acusou-a de ter sido flagrada, na noite da véspera, rezando para Deus antes de se deitar. Chamaram-na, interrogaram-na, perguntaram-lhe qual era o assunto de suas preces. Primeiro ela se recusou a dizer, depois, vendo-se ameaçada, confessou, chorando, que rezava a Deus para livrá-la dos perigos que corria, e sobretudo antes que tivessem atentado contra a sua virgindade. Então o duque declarou que ela merecia a morte e a fez ler o artigo específico dos regulamentos a esse respeito.

— Pois bem — ela disse —, matem-me! Pelo menos Deus, que eu invoco, terá piedade de mim. Matem-me antes de me desonrar; e ao menos essa alma que lhe consagro voará pura até seu seio. Hei de me livrar do tormento de ver e ouvir tantos horrores todo dia.

Uma resposta em que reinava tanta virtude, candura e amabilidade fez nossos libertinos sentirem um prodigioso tesão; alguns eram de opinião de que ela devia ser imediatamente desvirginada, mas o duque, lembrando-lhes os compromissos invioláveis assumidos, contentou-se em condená-la, unanimemente com seus confrades, a uma violenta punição no sábado seguinte e, enquanto isso, ir de joelhos chupar por quinze minutos o caralho de cada amigo, com a advertência que lhe foi dada de que, em caso de reincidência, perderia mesmo a vida e seria julgada com todo o rigor das leis. A pobre criança foi cumprir a primeira parte da penitência, mas o duque, excitado com a cerimônia, e que, depois da sentença proferida, lhe apertara incrivelmente o traseiro, espalhou como um perverso todo o seu sêmen naquela linda boquinha, ameaçando estrangulá-la se rejeitasse uma gota, e a pobre menininha engoliu tudo, não sem furiosa repugnância. Os três outros, por sua vez, foram chupados mas não perderam nada, e, depois das cerimônias correntes de inspeção dos meninos e da capela, que naquela manhã rendeu pouco pois a quase todos fora negada a autorização, jantaram e passaram ao café, servido por Fanny, Sophie, Hyacinthe e Zélamir. Curval imaginou foder Hyacinthe nas coxas e obrigar Sophie a ir, entre as coxas de Hyacinthe, chupar a parte de seu caralho que chegasse até o outro lado. A cena foi divertida e voluptuosa; ele se masturbou e fez o menino esporrar na cara da menina, e o duque, que por causa do comprimento de seu caralho era o único capaz de imitar essa cena, arranjou-se da mesma maneira com Zélamir e Fanny. Mas o menino ainda não esporrava; assim, foi privado de um momento muito agradável que fazia Curval gozar. Depois deles, Durcet e o bispo apanharam quatro crianças e também se fizeram chupar, mas ninguém gozou, e depois de uma curta sesta passaram ao salão de histórias, onde, com todos acomodados, a Duclos retomou assim o fio de suas narrações:

— Com qualquer outro que não os senhores — disse essa amável moça — eu temeria iniciar as narrações pelo assunto que vai nos ocupar toda esta semana. Por mais crapuloso que seja, conheço muito bem os seus gostos e não receio desagradar-lhes; ao contrário, estou mais que convencida de que seus ouvidos estão habituados a isso, de que seus corações amam e desejam esse assunto, no qual entro sem mais delongas. Tínhamos na casa de Madame Fournier um velho cliente a quem chamávamos de cavaleiro, não sei por que nem como, cujo costume era ir regularmente toda noite à casa para uma cerimônia tão simples quanto bizarra: desabotoava a cueca e cada uma de nós, por sua vez, tinha de ir defecar ali dentro. Ele logo a reabotoava e saía muito depressa, levando aquele fardo. Enquanto o abastecíamos, masturbava-se um pouco, mas nunca o víamos gozar e também não sabíamos aonde ia com aquele cagalhão dentro das calças.

— Oh, diachos! — disse Curval, que nunca ouvia uma coisa sem ter desejo de imitá-la —, quero que caguem na minha calça e quero guardar isso a noite toda.

E, ordenando a Louise que lhe fosse prestar esse serviço, o velho libertino deu à assembleia a efetiva representação do gosto cujo relato acabava de ouvir.

— Vamos, continue — disse ele, fleugmático, à Duclos, instalando-se no canapé —, só vejo a bela Aline, minha adorável companheira noturna, que poderá ficar incomodada com esse negócio, pois, quanto a mim, arranjo-me muito bem com isso.

E Duclos retomou nestes termos:

— Avisada de tudo o que devia se passar na casa do libertino para a qual me enviaram — disse ela —, vesti-me de rapaz e, tendo apenas vinte anos, belos cabelos e um lindo rosto, aquela roupa me caiu às maravilhas. Antes de partir, tomei a precaução de fazer na minha calça o que o sr. presidente acaba de fazer na dele. Meu homem me espera na cama, me aproximo, ele me beija na boca duas ou três vezes, muito lúbrico, diz que sou o mais lindo rapazinho que já viu e, enquanto me elogia, tenta desabotoar minha calça. Procuro me defender um pouco, com a única intenção de inflamar seus desejos, ele me aperta, consegue o que quer, e como descrever o êxtase que o invade assim que percebe o pacote que eu carrego, e como minhas nádegas estão todas borradas? "Como assim, malandrinho", ele me diz, "você cagou nas calças?... Mas onde já se viu fazer uma porcaria dessa?" E, logo em seguida, sempre me segurando por trás e com as calças arriadas, ele se masturba, se sacode, gruda-se nas minhas costas e lança sua porra no cagalhão, enfiando a língua na minha boca.

— Ah, essa não! — disse o duque. — Ele não mexeu em nada, não passou a mão em nada daquilo que você sabe?
— Não, excelência — disse a Duclos —, conto-lhe tudo e não escondo nenhuma circunstância. Mas tenha um pouco de paciência, e gradualmente chegaremos ao que quer dizer.

"'Vamos ver um sujeito muito engraçado', me diz uma colega; 'esse aí não precisa de moça, diverte-se sozinho.' Dirigimo-nos para o buraco, informadas de que no quarto contíguo, aonde ele devia ir, havia, debaixo de uma cadeira sem fundo, um penico que tinham nos mandado encher fazia quatro dias, e ali devia haver, no mínimo, mais de uma dúzia de cocôs. Nosso homem chega; era um velho subarrendatário de uns setenta anos. Tranca-se, vai direto para o penico que ele sabe conter os perfumes cujos prazeres pediu. Pega-o e, sentado numa poltrona, examina amorosamente por uma hora todas as riquezas de que o tornamos dono. Aspira, toca, remexe, parece tirá-los, uns depois dos outros, para ter o prazer de melhor contemplá-los. No final, extasiado, tira da braguilha um velho trapo escuro que ele sacode com todas as suas forças; uma das mãos toca punheta, a outra é enfiada no penico e leva àquele instrumento festejado um repasto capaz de inflamar seus desejos; mas nem assim ele se ergue. Há momentos em que a natureza é tão rebelde que os excessos que mais nos deliciam nada conseguem dela extrair. Por mais que fizesse, nada se levantou; mas, de tantos vaivéns, feitos com a mesma mão que acabava de afundar no próprio excremento, a ejaculação espirra: ele se retesa, joga-se para trás, cheira, aspira, esfrega a pica e goza em cima do monte de merda que acaba de deliciá-lo.

"Houve outro que ceou a sós comigo e quis à mesa doze pratos cheios da mesma iguaria, misturada com as da ceia. Farejava-as, aspirava uma a uma, e depois da comida me ordenou masturbá-lo em cima daquela que lhe pareceu a mais bela.

"Um jovem magistrado do Conselho pagava uma quantia pelas lavagens que quiséssemos receber. Quando foi minha vez de ir vê-lo, recebi sete, que ele me aplicou com a própria mão. Assim que eu conseguia prender uma por alguns minutos, tinha de subir numa escadinha, embaixo da qual ele se instalava, e eu soltava em cima do seu caralho, que ele masturbava, toda a lavagem com que ele acabava de molhar minhas entranhas."

Não é difícil imaginar que toda essa noite se passou entre imundícies mais ou menos do gênero das que acabavam de ouvir, e nisso acreditaremos tanto mais facilmente porque esse gosto era geral entre nossos quatro amigos, e, embora Durval fosse quem o levasse mais longe, nem por isso os três outros eram menos apaixonados. Os oito cagalhões das meninas foram postos entre os pratos da ceia, e, com certeza, nas orgias os amigos ultrapassaram tudo isso com os meninos, e foi assim que se encerrou este nono dia, cujo fim eles viram chegar com mais prazer ainda na medida em que já se encantavam com o dia seguinte, quando ouviriam, sobre o tema que tanto adoravam, relatos um pouco mais circunstanciados.

DÉCIMO DIA

> *Lembre-se de melhor ocultar no começo o que vai esclarecer aqui.*

Quanto mais avançamos, mais podemos esclarecer nosso leitor sobre certos fatos que fomos obrigados a lhe esconder no começo. Agora, por exemplo, podemos lhe dizer qual era o objetivo das inspeções da manhã nos quartos das crianças, o motivo que as levavam a ser punidas quando se encontrava algum delinquente nessas inspeções e quais eram as volúpias provadas na capela: era terminantemente proibido aos sujeitos, de qualquer sexo, ir ao banheiro sem autorização expressa, a fim de que as necessidades assim conservadas pudessem ser fornecidas a quem as desejasse. A inspeção servia para verificar se alguém tinha desrespeitado essa ordem: o amigo de serviço no mês inspecionava cuidadosamente todos os penicos, e, se encontrasse um cheio, o sujeito era no mesmo instante inscrito no livro das punições. No entanto, conferiam-se facilidades àqueles ou àquelas que já não conseguiam se segurar: podiam ir um pouco antes do jantar à capela, onde se instalara um banheiro, adaptado de modo a que nossos libertinos pudessem usufruir o prazer propiciado pela satisfação dessa necessidade; e os outros que tivessem conseguido prender aquele pacote o perdiam durante o dia da maneira que mais agradasse aos amigos, e, pelo menos e com toda a certeza, sempre de um modo cujos detalhes vamos ouvir, já que esses pormenores corresponderão a todas as maneiras de se realizar esse gênero de volúpia. Ainda havia outro motivo de punição: ei-lo. O que se chama cerimônia do bidê não agradava propriamente aos nossos quatro amigos: Curval, por exemplo, não tolerava que os sujeitos que fossem se meter com ele se lavassem; Durcet era igual, e por isso um e outro advertiam a aia dos sujeitos com quem previam se divertir no dia seguinte para que os proibisse de fazer qualquer ablução ou lavagem, de qualquer natureza que fosse, enquanto os dois outros, que não odiavam isso, embora não lhes fosse nada essencial como era para os dois primeiros, se prestavam à execução da cerimônia. E se, depois da advertência de que devia permanecer impuro, um sujeito se atrevesse a se limpar, era no mesmo instante incluído na lista dos castigos. Naquela manhã, foi o caso de Colombe e Hébé. Tinham cagado na véspera, durante as orgias, e, sabendo que serviriam o café no dia seguinte, Curval, que contava se distrair com as duas e até chegara a avisar que teriam de peidar, recomendara que deixassem as coisas no estado em que se encontravam. Quando as crianças foram se deitar, não fizeram nada disso. Na inspeção, Durcet, prevenido, ficou muito surpreso ao encontrá-las na maior limpeza; elas se desculparam, dizendo que não tinham se lembrado, mas nem por isso deixaram de ser inscritas no livro das punições. Naquela manhã não se concedeu nenhuma autorização para a capela. (O leitor deverá se lembrar disso, para o que dissermos no futuro.) Previam muito bem a necessidade que teriam daquilo à noite, durante a narração, e queriam reservar tudo para aquele momento. No mesmo dia, também mandaram suspender as aulas de masturbação dadas aos meninos; já eram inúteis, pois todos batiam punheta como as mais hábeis putas de Paris. Zéphire e Adonis eram os melhores, sobretudo pela habilidade e ligeireza, e poucos caralhos não ejaculariam até sair sangue se masturbados por mãozinhas tão ágeis e deliciosas. Nada de novo aconteceu até o café; este foi servido por Giton, Adonis, Colombe e Hébé. Essas quatro crianças, prevenidas, estavam entupidas de todas as drogas que mais provocam gases, das quais Curval, que se propusera peidar, recebeu grande quantidade. O duque foi chupado por Giton, cuja boquinha não conseguia apertar a enorme pica que lhe era apresentada. Durcet fez uns horrorezinhos seletos com Hébé, e o bispo fodeu Colombe nas coxas. Bateram seis horas, passaram ao salão onde, estando tudo arrumado, a Duclos começou a contar o que vamos ler:

— Acabava de chegar à casa de Madame Fournier uma nova colega que, pelo papel que vai representar nos detalhes da paixão que se seguirá, merece ser descrita, pelo menos em linhas gerais. Era uma jovem operária das modas, abusada pelo sedutor da casa da Guérin, de quem lhes falei, e que também trabalhava para a Fournier. Tinha catorze anos, cabelos castanhos, olhos escuros e cheios de fogo, o rostinho mais voluptuoso que se pudesse ver, a pele branca como lírio e suave como cetim, bastante bem-feita mas um pouco gorda, leve inconveniente do qual resultava o traseiro mais viçoso e mais engraçadinho, mais roliço e mais branco que talvez houvesse em Paris. O homem que vi, pelo buraco, mandarem para ela era sua estreia, pois ainda era virgem, e com certeza de todos os lados. Portanto, uma iguaria como essa só podia ser entregue a um grande amigo da casa: o velho padre de Fierville, tão conhecido por suas riquezas como por suas devassidões, gotoso até a ponta dos dedos. Ele chega, todo embiocado, instala-se no quarto, inspeciona todos os utensílios que lhe serão necessários, prepara tudo, e a menina aparece; chamavam-na Eugénie. Um pouco assustada com a figura grotesca de seu primeiro amante, baixa os olhos e enrubesce. "Aproxime-se, aproxime-se", diz o libertino, "e me deixe ver suas nádegas." "Senhor...", diz a criança, chocada. "Ora bolas, vamos, vamos", disse o velho libertino; "não há nada pior do que essas noviçazinhas; não imaginam que a gente queira ver uma bunda. Vamos, arregace a roupa, arregace!" E, por fim, a menina vai avançando, temendo desagradar à Fournier, a quem prometera ser muito condescendente, e arregaça-se um pouco, por trás. "Mais alto, ora, mais alto", diz o velho devasso. "Acha que eu mesmo vou me dar ao trabalho de fazer isso?" E no final aparece toda a bela bunda. O padre a espia, manda-a se endireitar, se inclinar, apertar as pernas, afastá-las, e a encostando na cama ele coça um pouco, grosseiramente, toda a própria genitália, que pôs para fora, grudada na linda bunda de Eugénie como para se eletrizar, como para atrair para si um pouco do calor da bela criança. Dali passa aos beijos, ajoelha-se para agir mais à vontade, segura com as duas mãos aquelas lindas nádegas o mais abertas possível, e tanto sua língua como sua boca vão remexer os seus tesouros. "Não me enganaram", diz, "você tem um cu muito bonito. Faz tempo que cagou?" "Há pouco, senhor", diz a menina. "Antes de eu subir a Madame me fez ter esse cuidado." "Ah! Ah!... de modo que não há mais nada nas entranhas", diz o devasso. "Pois bem, vamos ver." E então, apanhando a seringa, enche-a de leite, volta para perto da menina, ajeita a cânula e enfia o clister. Eugénie, avisada, se presta a tudo, mas, assim que o remédio chega ao ventre, ele se deita bem esticado no canapé, ordena-lhe que se ponha escanchada em cima dele e lhe despeje na boca todo o seu negocinho. A tímida criatura se coloca como ele mandou, se espreme, o libertino se masturba, e sua boca, hermeticamente grudada no buraquinho, não lhe deixa perder uma gota do líquido precioso que escorre. Engole tudo com o cuidado mais rigoroso, e quando chega ao último gole sua porra escapa e o afunda no delírio. Mas que mau humor é esse, que repugnância é essa que, em quase todos os verdadeiros libertinos, se segue ao declínio de suas ilusões? Empurrando brutalmente a menina para longe, o padre, mal termina, ajeita-se, diz que o enganaram ao lhe afirmarem que mandariam aquela criança cagar, mas que com toda a certeza ela não cagara e ele tivera que engolir a metade de seu cocô. Convém observar que o senhor padre só queria mesmo era o leite. Esbraveja, blasfema, xinga, diz que não vai pagar, que nunca mais vai voltar; indaga se valeu mesmo a pena deslocar-se de casa por umas fedelhazinhas como aquela! E vai embora soltando mil outros palavrões, que terei ocasião de lhes contar durante uma outra paixão em que eles são o essencial, em vez de contá-los aqui, quando seriam apenas um insignificante acessório.

— Caramba — diz Curval —, aí está um homem bem delicado: zangar-se porque recebeu um pouco de merda? E aqueles que a comem!
— Paciência, paciência, excelência — disse Duclos —, permita que o meu relato vá na ordem que o senhor mesmo exigiu e verá que voltaremos aos libertinos singulares de quem está falando.

Esta tira foi escrita em vinte noites, das sete às dez horas, e foi concluída neste 12 de setembro de 1785. Leia o resto no verso da tira. O que se segue é a continuação, a partir do fim deste lado da tira.

— Dois dias depois, foi minha vez. Tinham me avisado, e fazia trinta e seis horas que eu me prendia. Meu herói era um velho capelão do rei, atacado de gota como o anterior. Eu só devia me aproximar dele já nua, mas a parte da frente e os seios deviam estar cobertos com o maior cuidado; tinham me feito essa recomendação com grande rigor e me garantiram que se, infelizmente, ele acabasse descobrindo o menor detalhe dessas partes eu jamais conseguiria fazê-lo gozar. Aproximo-me, ele examina atentamente meu traseiro, pergunta minha idade, se é verdade que estou morrendo de vontade de cagar, de que espécie é minha merda, se é mole, se é dura, e mil outras perguntas que pareciam animá-lo, pois aos poucos, enquanto conversava, sua pica se ergue, o que ele me mostrou. Essa pica, de cerca de dez centímetros de comprimento por cinco ou oito de circunferência, tinha, apesar de sua pele brilhosa, um aspecto tão modesto e tão lastimável que quase se precisava de óculos para ter uma vaga ideia de sua existência. Agarrei-a, porém, a pedido do meu homem, e, vendo que minhas sacudidas excitavam intensamente seus desejos, ele foi capaz de consumar o sacrifício. "Mas é mesmo verdadeira, minha filha", ele me diz, "essa vontade de cagar que você me anuncia? Pois não gosto de ser enganado. Vejamos, vejamos se realmente tem merda no cu." E ao dizê-lo, me enfia o dedo do meio da mão direita lá no fundo, enquanto com a esquerda sustenta a ereção que eu provocara no seu caralho. Aquele dedo lembrando uma sonda não precisou ir longe para se convencer da necessidade real que eu garantia sentir. Mal tocou, extasiou-se: "Ai, benzadeus!", disse, "ela não está me enganando, a galinha vai pôr e eu acabo de sentir o ovo". Encantado, o devasso logo me beija o traseiro, e, vendo que estou apertada e que não aguento mais me segurar, manda-me subir numa espécie de máquina muito parecida com essa que os senhores têm na capela: ali, meu traseiro, totalmente exposto, podia lançar a merda num vaso posicionado um pouco abaixo, a dois ou três dedos de seu nariz. Essa máquina tinha sido feita por ele, que a usava com frequência, pois não passava um dia sem ir à casa da Fournier para uma aventura dessas, tanto com estranhas como com as moças da casa. Uma poltrona colocada debaixo do círculo que sustentava minha bunda era o trono do personagem. Assim que me vê na posição, instala-se e me manda começar. Alguns peidos são o prelúdio; ele os aspira. Finalmente, aparece a merda; ele se extasia. "Cague, minha filha, cague, meu anjo!", exclama, muito inflamado. "Mostre-me direitinho a merda saindo do seu belo cu." E o ajudava; seus dedos, apertando o ânus, facilitavam a explosão; masturbava-se, observava, inebriava-se de volúpia, e como, no final, o excesso do prazer o transportou e o deixou perfeitamente fora de si, seus gritos, suspiros, apalpadelas, tudo me convence de que está atingindo a última fase do prazer, do que me certifico virando a cabeça e vendo seu instrumento em miniatura lançar umas gotas de esperma no mesmo vaso que eu acabava de encher. Esse aí saiu sem mau humor; até me garantiu que me faria a honra de me rever, embora eu estivesse convencida do contrário, sabendo, aliás, que ele nunca via duas vezes a mesma moça.

— Mas entendo isso — disse o presidente, que beijava a bunda de Aline, sua companheira de canapé —; só mesmo estando onde estamos, só mesmo estando reduzido a essa penúria que nos aflige para mandar um mesmo cu cagar mais de uma vez.

— Senhor presidente — diz o bispo —, o senhor exibe certo tom de voz entrecortado que me leva a crer que está ficando de pica dura.

— Ah! Nem me fale — retomou Curval —, estou beijando as nádegas da senhorita sua filha, que não tem nem sequer a bondade de me conseguir um único peido.

— Então estou mais feliz que o senhor — disse o bispo —; pois eis que a senhora sua esposa acaba de me fazer o mais belo cagalhão e o mais copioso...

— Vamos, silêncio, senhores, silêncio! — disse o duque, cuja voz parecia abafada por alguma coisa que cobria sua cabeça —; silêncio, diachos! Estamos aqui para ouvir e não para agir.

— Então quer dizer que você não está fazendo nada — disse-lhe o bispo — e que é para escutar que está todo esparramado debaixo de três ou quatro cus?

— Ora, ora, ele tem razão. Continue, Duclos, será

mais sensato escutar do que fazer besteiras, precisamos nos preservar.

E Duclos ia recomeçar quando se ouviram os berros usuais e as blasfêmias de praxe dos esporros do duque, o qual, cercado por seu quarteto, perdia porra lubricamente, masturbado por Augustine, que, diz ele, lhe provoca uma polução deliciosa, e fazendo com Sophie, Zéphire e Giton um monte de travessurinhas muito parecidas com a relatada.

— Ai, céus — disse Curval —, não aguento esses maus exemplos. Não conheço nada capaz de me fazer esporrar tanto quanto alguém esporrando, e aí está essa putinha — diz, falando de Aline — que há pouco não conseguia nada e agora faz tudo o que se quer. Não faz mal, vou aguentar. Ah!, por mais que você cague, sua vagabunda, por mais que você cague, não vou esporrar!

— Bem vejo, senhores — disse Duclos —, que, depois de tê-los pervertido, cabe-me chamá-los à razão, e para conseguir isso vou retomar meu relato sem esperar as suas ordens.

— Ah! Não, não — disse o bispo —, não sou tão reservado quanto o senhor presidente; a porra está me pinicando e precisa sair.

E, ao dizer isso, viram-no fazer na frente de todo mundo coisas que a ordem que nos impusemos ainda não nos permite revelar, mas cuja volúpia fez muito depressa correr o esperma que pinicava e começava a incomodar seus colhões. Quanto a Durcet, absorto na bunda de Thérèse, ninguém o ouviu, e tudo indica que a natureza lhe recusava o que concedia aos dois outros, pois em geral ele não ficava mudo quando ela lhe oferecia seus favores. Depois disso, a Duclos, vendo então tudo calmo, retomou assim suas lúbricas aventuras:

— Um mês depois, vi um homem que, para uma operação muito semelhante a essa que acabo de lhe contar, quase era preciso violar. Cago num prato e levo-o bem diante do seu nariz, numa poltrona onde ele estava lendo, sem parecer prestar atenção em mim. Ele me xinga, me pergunta como sou insolente a esse ponto, para fazer coisas assim na frente dele, mas já começa a cheirar a merda, olha-a e a remexe. Peço desculpas por minha liberdade, ele continua a me dizer umas cretinices e goza, com a merda diante do nariz, observando que me reencontraria e que um dia eu ia ter relações com ele.

"Um quarto homem só empregava, para uma festa dessas, mulheres de setenta anos. Eu o vi servir-se de uma que tinha pelo menos oitenta. Estava deitado num canapé; a matrona, escanchada em cima dele, lhe depositou seu cocô velho sobre a barriga, masturbando um velho caralho enrugado que quase não gozou.

"Havia na casa da Fournier outro móvel muito original: era uma espécie de cadeira com um buraco onde um homem podia se instalar, de tal maneira que seu corpo passasse para o outro quarto e só a sua cabeça ficasse no lugar do penico. Eu estava no quarto do corpo e, ajoelhada entre suas pernas, chupava-lhe a pica o melhor possível, durante a operação. Ora, essa cerimônia singular consistia em um homem do povo, contratado para isso sem saber nem aprofundar o que faria, entrar pelo lado onde estava a cadeira, sentar-se nela e evacuar a merda que, por esse artifício, cairia justamente em cima do rosto do paciente que eu despachava. Mas era preciso que esse homem fosse de fato um camponês, e escolhido em meio ao que a devassidão podia oferecer de mais horroroso; além disso, tinha de ser velho e feio. Antes, mostravam-no para o paciente, e sem todos esses predicados ele não queria. Não vi nada, mas ouvi: o instante do choque foi o do gozo do meu homem, sua porra se lançou para dentro de minha goela à medida que a merda lhe cobria o rosto, e o vi sair dali num estado que me comprovou que fora bem servido. Terminada a operação, o acaso me fez encontrar o cavalheiro que acabava de servi-lo: era um homem bom e honesto da Auvergne, servente de pedreiro, maravilhado em lucrar um escudinho com uma cerimônia que, apenas o fazendo se livrar do supérfluo de suas tripas, se tornava para ele infinitamente mais doce e agradável do que carregar uma escada. Era medonho, de tanta feiura, e parecia ter mais de quarenta anos."

— Arrenego! — disse Durcet. — É disso mesmo que preciso.

E, passando para seu quarto com o fodedor mais velho, Thérèse e a Desgranges, ouviram-no berrando minutos depois, sem que, ao voltar, ele quisesse comunicar ao grupo os excessos a que acabava de se entregar.

Serviram a ceia, que foi, no mínimo, tão libertina como de hábito. E como os amigos tiveram a fantasia, depois dessa ceia, de se arrumar cada um de seu lado, em vez de se divertirem todos juntos como costumavam fazer, o duque ocupou a alcova do fundo com Hercule, a Martaine, sua filha Julie, Zelmire, Hébé, Zélamir, Cupidon e Marie. Curval tomou conta do salão de histórias, com Constance, que tremia toda vez que tinha de estar com ele e a quem ele estava muito longe de tranquilizar, com Fanchon, a Desgranges, Rebenta-Cu, Augustine, Fanny, Narcisse e Zéphire. O bispo passou ao salão de reuniões com a Duclos, que nesta noite cometeu uma infidelidade com o duque para se vingar da que ele lhe fazia ao levar Martaine, Aline, Pica-Pro-Céu, Thérèse, Sophie, a formosa pequena Colombe, Céladon e Adonis. Quanto a Durcet, continuou na sala de jantar, cuja mesa foi retirada antes de jogarem tapetes e almofadas no soalho. Ali se trancou com Adélaïde, sua querida esposa, Antínoo, Louison, Champville, Michette, Rosette, Hyacinthe e Giton. Uma lubricidade redobrada, mais que qualquer outra razão, sem dúvida ditara esse arranjo, pois as cabeças se inflamaram tanto naquela noite que — foi opinião unânime — ninguém quis ir se deitar, mas em compensação o que foi feito de imundícies e infâmias em cada quarto não dá para imaginar. Quando o dia raiava, quiseram voltar para a mesa, embora tivessem bebido muito durante a noite. Todos se instalaram, indistintamente, e as cozinheiras que foram acordadas mandaram ovos mexidos, *chincara*,* sopa de cebola e omeletes. Beberam mais, mas Constance estava numa tristeza que nada conseguia amainar. O ódio a Curval crescia ao mesmo tempo que seu pobre ventre. Ela acabava de sofrer nas orgias daquela noite, com exceção dos chutes, porque tinham combinado deixar sua gravidez terminar, de sofrer, dizia eu, com exceção dos chutes, todos os maus-tratos imagináveis. Quis se queixar a Durcet, seu pai, e ao duque, seu marido, que a mandaram para o diabo e lhe disseram que ela devia mesmo ter algum defeito que eles não percebiam, para desagradar a esse ponto o mais virtuoso e honrado ser humano: foi tudo o que ela conseguiu. E todos foram se deitar.

DÉCIMO PRIMEIRO DIA

Levantaram-se muito tarde e, suprimindo de vez naquele dia todas as cerimônias de praxe, sentaram-se à mesa ao sair da cama. O café, servido por Giton, Hyacinthe, Augustine e Fanny, foi bem tranquilo. No entanto, Durcet quis a todo custo fazer Augustine peidar, e o duque, que Fanny lhe fizesse um boquete. Ora, como do desejo ao ato era sempre um passo para aquelas cabeças, satisfizeram-se. Felizmente, Augustine estava preparada; deu quase doze peidos na boca do pequeno banqueiro, que

---

* Talvez *chipolata*, as salsichas italianas já mencionadas em livros da época. Cf. *Oeuvres de Sade*. Paris, Gallimard, 1990, p. 1161.

por pouco não lhe provocaram tesão. Quanto a Curval e ao bispo, limitaram-se a passar a mão nas nádegas dos dois meninos, e se dirigiram todos ao salão de histórias.

— "Olhe aqui", me disse um dia a pequena Eugénie, que começava a se familiarizar conosco e que seis meses de bordel tinham deixado ainda mais bonita, "olhe, Duclos", ela me disse enquanto se arregaçava, "como Madame Fournier quer que eu fique com a bunda o dia todo." E, ao dizer isso, mostrou-me uma camada de merda de uma polegada de espessura que cobria inteiramente seu lindo buraquinho. "E o que ela quer que você faça com isso?", perguntei. "É para um velho que vem esta noite", ela disse, "e quer me encontrar com merda no cu." "Pois então", eu disse, "ele vai ficar contente, já que é impossível ter mais que isso." E ela me disse que, depois de ter cagado, a Fournier a borrara toda, de propósito. Curiosa de ver essa cena, assim que chamaram a linda criaturinha fui voando para o buraco. Era um monge, mas um desses que a gente chama de mandachuva, da ordem dos cistercienses, gordo, alto, vigoroso e se aproximando dos sessenta. Acaricia a menina, beija-a na boca, pergunta se está bem limpa, levanta-lhe a roupa para verificar em pessoa um estado constante de limpeza que Eugénie garantia, embora ela soubesse que fosse o contrário, mas tinham lhe dito para falar assim. "Como, safadinha!", diz o monge, ao ver o estado das coisas; "como ousa me dizer que está limpa com um cu imundo desse jeito? Você precisava estar há mais de quinze dias sem lavar a bunda. Olhe só o trabalho que isso vai me dar; pois, afinal, quero vê-lo limpo, e portanto, agora, eu é que vou ter de cuidar disso." E, ao dizê-lo, encostou a moça contra uma cama e se ajoelhou, em frente às nádegas, abrindo-as com as duas mãos. Primeiro, parece apenas observar a situação; mostra-se surpreso; aos poucos, apodera-se daquilo, sua língua se aproxima, ele solta os pedaços, seus sentidos se inflamam, sua pica se retesa, o nariz, a boca, a língua, tudo parece trabalhar ao mesmo tempo, seu êxtase parece tão delicioso que mal lhe resta a capacidade de falar; finalmente, a porra sobe: ele agarra o caralho, sacode-o e acaba, ao esporrar, de limpar tão completamente aquele ânus que já não parecia que em algum momento pudesse estar sujo. Mas o libertino não parava aí, e essa mania voluptuosa era, para ele, apenas uma preliminar. Levanta-se, beija de novo a menina, expõe-lhe um cu sujo, enorme e horroroso que manda ela apertar e sodomizar; a operação torna a deixá-lo com tesão, ele agarra a bunda de minha colega, cobre-a de mais beijos e, como o que fez depois não é da minha conta, nem entra nestas narrações preliminares, os senhores hão de concordar que eu deixe por conta de dona Martaine a função de lhes falar dos desregramentos de um celerado que ela conheceu muito bem, e até para evitar todas as perguntas dos senhores, às quais eu não poderia, de acordo com suas próprias leis, responder, vou passar a outros pormenores.

— Só um momentinho, Duclos — disse o duque. — Vou falar em meias palavras, e assim as suas respostas não infringirão nossas leis. O do monge era grande, e era a primeira vez que Eugénie...
— Sim, excelência, era a primeira vez, e o do monge era tão grande quanto o seu.
— Ai, porra! — disse Durcet. — Que bela cena, como eu gostaria de ter visto isso!

— Talvez tivesse sentido idêntica curiosidade — disse Duclos, recomeçando — pelo personagem que me passou pelas mãos uns dias depois. Munida de um vaso contendo oito ou dez cagalhões recolhidos aqui e ali, e cujos autores ele ficaria muito aborrecido de conhecer, eu precisava, com minhas mãos, esfregá-lo inteiramente com aquela pomada perfumada. Nada foi poupado, nem mesmo o rosto, e, quando cheguei ao caralho, que ao mesmo tempo eu masturbava, o porco infame, que se olhava assim num espelho, cheio de condescendência, me deixou na mão as provas de sua triste virilidade.

"Finalmente, ei-nos, senhores, diante da homenagem que se vai prestar ao verdadeiro templo. Tinham me dito para me preparar; havia dias que me reservava. Era um comendador de Malta que, para essa operação, via toda manhã uma moça nova; a cena se passava na casa dele. 'Que belas nádegas', disse, beijando o meu traseiro; 'mas, minha filha', continuou, 'não é suficiente ter um belo rabo, ainda é preciso que esse belo cu se ponha a cagar. Está com vontade?' 'Estou morrendo de vontade, senhor', respondi. 'Ah, céus! Que delícia', disse o comendador; 'é o que se chama fazer a vontade do freguês; mas minha filha, gostaria de cagar no penico que vou lhe apresentar?' 'Senhor, eu cagaria em qualquer lugar, palavra de honra, tal é a vontade que sinto, e até na sua boca...' 'Ah! Na minha boca! Que coisa deliciosa! Pois então, é justamente este o único vaso que tenho a lhe oferecer.' 'Muito bem! Passe-me, passe-me bem depressa, pois não estou aguentando mais', respondi. E ele se instala, eu monto em cima dele; enquanto opero, bato-lhe uma punheta; ele segura meus quadris e recebe, mas pondo para fora pouco a pouco tudo o que lhe atiro no bico. Enquanto isso, chega ao êxtase assim que meu punho consegue fazer jorrar a torrente de sêmen que ele perde; masturbo-o, acabo de cagar, nosso homem se extasia e o deixo, encantado comigo, a julgar pelas bondades que disse à Fournier ao lhe pedir outra para o dia seguinte.

"Quem se seguiu a ele, com mais ou menos os mesmos incidentes, a isso acrescentou o detalhe de conservar mais tempo os pedaços na boca. Reduzia-os a um líquido, com o qual bochechava muito tempo, e só os cuspia já como água.

"Um quinto homem tinha uma fantasia ainda mais esquisita, se é possível. Queria encontrar quatro cagalhões sem uma só gota de urina no penico de uma cadeira com um buraco. Ficava trancado, sozinho, no quarto onde estava esse tesouro: nunca levava uma moça com ele, e era preciso tomar o maior cuidado para que tudo estivesse bem fechado, para que ele não pudesse ser visto de nenhum lado. Então ele agia: mas lhes dizer como é impossível, pois nunca ninguém o viu. Tudo o que se sabe é que, quando voltávamos para o quarto depois dele, encontrávamos o penico totalmente vazio e extremamente limpo: mas o que fazia com os quatro cocôs, acho que até o próprio diabo teria dificuldade em dizer. Tinha a facilidade de jogá-los nas latrinas, mas talvez fizesse outra coisa. O que leva a crer que não fazia essa outra coisa que os senhores poderiam supor é que deixava por conta da Fournier a tarefa de fornecer os quatro cagalhões, sem nunca se informar de quem vinham nem nunca fazer nenhuma recomendação. Um dia, para ver se o que íamos dizer o alarmaria, alarme que poderia ter nos dado alguma luz sobre o destino dos cagalhões, nós lhe dissemos que os daquele dia eram de várias pessoas doentes e atacadas de sífilis. Ele riu conosco, sem se zangar, o que, porém, é provável que tivesse acontecido se empregasse os cagalhões para outra coisa que não jogá-los fora. Quando quisemos, vez por outra, levar mais longe as perguntas, mandou que nos calássemos, e nunca soubemos mais nada.

"É tudo o que tenho para contar esta noite — disse Duclos —, à espera de que amanhã eu entre numa nova ordem de coisas, pelo menos com relação à minha existência; pois, no que toca a esse gosto encantador que as excelências idolatram, ainda me restam pelo menos dois ou três dias, senhores, durante os quais terei a honra de entretê-los."

As opiniões se dividiram sobre o destino dos cagalhões do homem de quem se acabava de falar, e, enquanto argumentavam, mandaram que providenciassem alguns; e o duque, que queria que todos vissem o apreço que tinha pela Duclos, fez ver a toda a sociedade a maneira libertina como se divertia com ela e a facilidade, o jeito, a prontidão, acompanhada das mais lindas palavras, com que ela praticava a arte de satisfazê-lo. A ceia e as orgias foram muito tranquilas, e, como não houve nenhum acontecimento consequente até a noite seguinte, é pelos relatos da Duclos que vamos começar a história do décimo segundo dia.

DÉCIMO SEGUNDO DIA

— O novo estado em que vou entrar — disse a Duclos — me obriga a levá-los por um instante, senhores, a pormenores sobre minha pessoa. Imaginamos melhor os prazeres que descrevemos quando o objeto que os proporciona é conhecido. Eu acabava de completar vinte e um anos. Era morena, mas a pele era de um branco muito agradável. A montanha dos cabelos que cobriam minha cabeça descia em cachos flutuantes e naturais até o meio das coxas. Tinha os olhos que os senhores estão vendo e que sempre todos acharam bonitos. Meu corpo era um pouco cheinho, embora eu fosse alta, solta e desembaraçada. Quanto ao meu traseiro, essa parte tão interessante para os libertinos atuais, todos admitiam ser superior a tudo o que se pode ver de mais sublime no gênero, e poucas mulheres em Paris tinham um tão deliciosamente torneado: era cheio, redondo, bem gordinho e muito bem--feito, sem que essas gordurinhas diminuíssem em nada sua elegância; o mais leve movimento descobria no mesmo instante aquela pequena rosa que os senhores tanto apreciam, e que, também penso, é o atrativo mais delicioso de uma mulher. Embora fizesse muito tempo que eu estava na libertinagem, era impossível ser mais viçosa, tanto pelo bom temperamento que a natureza me deu como por minha extrema sabedoria sobre os prazeres que poderiam estragar meu viço ou prejudicar minha índole. Gostava muito pouco dos homens e tive apenas um relacionamento. Em mim, só a cabeça era de libertina, mas o era extraordinariamente, e, depois de ter lhes descrito meus atrativos, é muito justo que fale um pouco de meus vícios. Amei as mulheres, senhores, não escondo. Não tanto, porém, como minha querida colega, Madame Champville, que com certeza lhes dirá que se arruinou por causa delas; mas sempre as preferi aos homens para os meus prazeres, e os que me proporcionaram sempre tiveram sobre meus sentidos um domínio mais forte que as volúpias masculinas. Além disso, tive o defeito de gostar de roubar: é inacreditável a que ponto levei essa mania. Absolutamente convencida de que todos os bens devem ser iguais na terra, e que só a força e a violência se opõem a essa igualdade, primeira lei da natureza, tentei corrigir o destino e restabelecer o equilíbrio da melhor forma possível. E sem essa maldita mania talvez ainda estivesse com o mortal benfeitor de quem vou lhes falar.

— E roubou muito na vida? — perguntou Durcet.
— Espantosamente, senhor; se nem sempre tivesse gastado o que roubava, hoje seria muito rica.
— Mas fez isso com alguma circunstância agravante? — continuou Durcet. — Houve arrombamento de porta, abuso de confiança, trapaça manifesta?
— Houve tudo o que pode haver — disse Duclos. — Não pensei que devesse informá-los desses fatos, para não perturbar a ordem da minha narrativa, mas, já que vejo que isso pode diverti-los, no futuro não me esquecerei de lhes contar. Sempre me criticaram por ter juntado outro defeito a esse, o de ter muito mau coração; mas será culpa

minha? Não é da natureza que herdamos nossos vícios ou perfeições?, e posso amolecer esse coração que ela fez insensível? Ao que eu saiba, nunca na vida chorei, nem por meus males, menos ainda pelos dos outros. Amei minha irmã e a perdi sem a menor dor: os senhores foram testemunhas da indiferença com que acabo de saber de sua morte. Eu veria, graças a Deus, o universo perecer e não derramaria nem uma lágrima.

— Assim é que se deve ser — disse o duque —; a compaixão é a virtude dos idiotas, e, bem examinando, vemos que é sempre ela que nos faz perder volúpias. Mas, com esse defeito, deve ter cometido crimes, pois a insensibilidade leva direto a isso, não é?

— Excelência — disse a Duclos —, as regras que o senhor prescreveu para os nossos relatos me impedem de entretê-los com muitas coisas; o senhor deixou essa tarefa por conta de minhas companheiras. Mas tenho apenas uma palavra a lhe dizer: quando, aos seus olhos, elas se apresentarem como celeradas, é absolutamente certo que nunca vali mais que elas.

— Eis o que se chama fazer justiça a si mesma — disse o duque. — Vamos, continue; temos de nos contentar com o que nos disser, já que nós mesmos a limitamos, mas lembre-se de que quando estivermos a sós não a dispensarei de seus maus comportamentozinhos particulares.

— Não esconderei nada, excelência. Que, depois de me ouvir, o senhor não se arrependa de ter concedido um pouco de benevolência a uma criatura tão má. E recomeço.

"Apesar de todos esses defeitos e, mais que tudo, de desconhecer totalmente o sentimento humilhante da gratidão, que eu só admitia como um peso injurioso à humanidade e que degrada por completo o orgulho que recebemos da natureza, apesar de todos esses defeitos, dizia, minhas companheiras gostavam de mim e, de todas, eu era a mais procurada pelos homens. Essa era a minha situação quando um cobrador de impostos do rei, chamado D'Aucourt, foi fazer um michê na casa da Fournier. Como era um de seus clientes, embora mais com moças de fora do que com as da casa, tinham grandes considerações por ele, e a madame, que queria a todo custo que nos conhecêssemos, me avisou dois dias antes que guardasse para ele tudo o que os senhores sabem e que ele amava mais que nenhum homem que eu já tinha visto; os senhores vão ver tudo nos pormenores. D'Aucourt chega e, me olhando de cima a baixo, ralha com Madame Fournier por não ter lhe apresentado mais cedo uma criatura tão linda. Agradeço-lhe a sinceridade e subimos. D'Aucourt era um homem de seus cinquenta anos, gordo, forte, de rosto afável, vivo, e, o que mais me agradava nele, com uma doçura e uma honestidade de caráter que me encantaram desde o primeiro momento. "Você deve ter a mais bela bunda do mundo", me diz D'Aucourt puxando-me, metendo a mão sob as minhas saias e dirigindo-a imediatamente para o traseiro: 'Sou um especialista, e as moças do seu feitio quase todas têm uma bela bunda. Pois é! Eu não dizia?', continuou, assim que a apalpou um instante. 'Como é fresca, como é roliça!' E me virou depressa, depois de levantar com a mão minhas saias até os quadris, e com a outra apalpá-la. E sentiu-se no dever de admirar o altar ao qual dirigiria seus votos. 'Caramba!', exclamou, 'é de fato uma das mais belas bundas que já vi na vida, e olhe que vi muitas... Abra... Vejamos esse morango... que eu vou chupar... que eu vou devorar... É realmente uma bunda lindíssima esta aqui, de verdade... ah! Diga, minha filha, foi avisada?' 'Sim, senhor.' 'Disseram-lhe que eu mandava cagar?' 'Sim, senhor.' 'Mas e sua saúde?', retruca o financista. 'Ah! É perfeita, senhor.' 'É que levo a coisa um pouco longe', continuou 'e se você não estivesse perfeitamente saudável eu correria risco.' 'Pode fazer absolutamente tudo o que quiser, senhor', eu lhe disse. 'Respondo por mim como por uma criança que acaba de nascer; pode agir com total segurança.' Depois desse preâmbulo, D'Aucourt me fez debruçar-me sobre ele, sempre segurando minhas nádegas afastadas, e, colando a boca na minha, chupou minha saliva por quinze minutos. Ele retomava fôlego para soltar uns "porra!" e logo recomeçava a chupar, amorosamente. 'Cuspa, cuspa na minha boca', me dizia de vez em quando, 'encha-a bem de saliva.' E então eu sentia sua língua passando pelas minhas gengivas, enfiando-se bem lá no fundo e parecendo atrair tudo o que encontrava. 'Pronto', disse ele, 'estou de pica dura, vamos trabalhar.' Então recomeçou a observar minhas nádegas, me mandando dar uma ajudinha ao seu caralho. Peguei num instrumento da grossura de três dedos juntos e medindo uns treze centímetros, e que estava muito duro e furioso. 'Tire suas saias', disse-me D'Aucourt, 'vou tirar minhas calças; de um lado e outro as bundas têm de estar muito à vontade para a cerimônia que vamos realizar.' Depois, quando me viu obedecendo: 'Levante bem a blusa', continuou, 'prenda debaixo do corpete e descubra completamente o traseiro... Deite-se de bruços na cama.' Então, sentou-se numa cadeira e recomeçou a acariciar minhas nádegas, cuja visão parecia inebriá-lo. Por instantes as afastou, e senti sua língua penetrar bem fundo para verificar, dizia ele, de maneira incontestável, se era mesmo verdade que a galinha estava com vontade de pôr ovo: restituo suas próprias palavras. No entanto, eu não encostava nele; ele mesmo sacudia ligeiramente aquele membrozinho seco que eu acabava de pôr para fora. 'Vamos, minha filha', disse, 'mãos à obra; a merda está pronta, já senti, lembre-se de cagar pouco a pouco e sempre esperar que eu tenha devorado um pedaço para soltar outro. Minha operação é longa, mas não a apresse. Um tapinha na sua bunda lhe avisará quando se espremer, mas que seja sempre aos pedacinhos.' Então, instalando-se muito à vontade diante do objeto de seu culto, cola a boca e lhe deposito quase de imediato um pedaço de cocô do tamanho de um ovinho. Ele o chupa, vira-o e revira-o mil vezes na boca, mastiga-o, saboreia-o, e, dois ou três minutos depois, vejo-o claramente engoli-lo. Recomeço: mesma cerimônia, e, como minha vontade era prodigiosa, dez vezes seguidas sua boca se enche e se esvazia sem que ele pareça estar saciado. 'Acabou-se, senhor', digo-lhe no final; 'agora vou me espremer à toa.' 'Ah, é, minha filha, acabou-se? Bem, então eu tenho que esporrar, sim, esporrar limpando esse belo cu. Ah, meu Deus! Que prazer você me dá! Nunca comi merda mais deliciosa, vou reconhecer isso diante de toda a terra. Dê, dê, meu anjo, me dê esse belo cu para eu chupar, para devorá-lo de novo.' E, enfiando um palmo de língua e se esfregando, o libertino derrama sua porra nas minhas pernas, não sem uma profusão de palavras sujas e xingamentos, necessários, foi minha impressão, para completar seu êxtase.

"Quando terminou, sentou, me fez sentar ao seu lado e, me olhando com interesse, perguntou se eu não estava cansada da vida de bordel e se teria prazer em encontrar alguém que aceitasse me tirar dali. Vendo-o interessado, fiz-me de difícil e, para evitar um detalhe que nada teria de interessante para os senhores, depois de uma hora de discussão me deixei convencer, e ficou decidido que já no dia seguinte eu iria viver com ele à razão de vinte luíses por mês, mais a comida; que, como era viúvo, eu poderia sem inconveniente ocupar um entressolho de seu palacete; que ali teria uma moça para me servir e a companhia de três amigos seus e de suas amantes, com quem se reunia para ceias libertinas quatro vezes por semana, ora na casa de um, ora de outro; que minha única ocupação seria comer muito e sempre o que me serviriam, porque fazendo o que ele fazia era essencial que me mandasse comer segundo seus preceitos, comer bem, digo eu, dormir bem, para que as digestões fossem fáceis, me purgar regularmente todos os meses e lhe cagar na boca duas vezes por dia; que esse total não devia me assustar porque, me entupindo de comida como ele ia receitar, talvez eu tivesse mais vontade de fazer três do que duas vezes. Como primeira garantia do negócio, o financista me entregou um diamante lindíssimo, me beijou, me disse para providenciar todas as minhas contas com a Fournier e me preparar na manhã seguinte, quando ele mesmo viria me buscar. Minha despedida logo foi feita; meu coração não se lastimava de nada, pois ignorava a arte de se afeiçoar, mas meus prazeres sentiam saudades de Eugénie, com quem, fazia seis meses, eu tinha relações muito íntimas, e parti. D'Aucourt me recebeu às mil maravilhas e me instalou, ele mesmo, no lindo apartamento que devia ser minha morada; e logo me senti perfeitamente em casa. Estava condenada a fazer quatro refeições, das quais se excluía uma infinidade de coisas que, porém, eu adorava, como peixe, ostras, produtos salgados, ovos e laticínios de todo tipo; mas eu era tão bem recompensada com outras coisas que, na verdade, queixar-me teria sido birra de minha parte. A base do meu cardápio corrente consistia numa imensidão de peitos de aves, caça desossada servida de todas as maneiras, pouca carne vermelha, nenhuma espécie de gordura, muito pouco pão e fruta. Tinha de comer esses tipos de carnes mesmo de manhã, no pequeno almoço, e à noite, como lanche; nessas horas, eram-me servidas sem pão, e aos poucos D'Aucourt pediu que me abstivesse do pão, a ponto de, nos últimos tempos, eu não comer mais nenhum, e também nenhuma sopa. Desse regime resultavam, como ele previra, duas evacuações por dia, muito brandas, muito moles e com um gosto mais delicioso, ele afirmava, o que não podia acontecer com uma alimentação corrente; e eu devia acreditar, pois ele era um especialista. Nossas operações se faziam quando ele acordava e quando ia se deitar. Os detalhes eram mais ou menos os mesmos que lhes contei: ele sempre começava chupando muito tempo minha boca, que eu sempre tinha de apresentar no estado natural, sem nunca estar lavada; só depois é que podia enxaguá-la. Aliás, nem sempre ele gozava. Nosso arranjo não exigia nenhuma fidelidade de sua parte: D'Aucourt me tinha em casa como prato de resistência, como o melhor pedaço de carne, mas nem por isso deixava de ir toda manhã divertir-se em outro lugar. Dois dias antes de minha chegada, seus colegas de esbórnia foram cear na casa dele. Cada um dos três nutria, na preferência que analisamos, um gênero de paixão diferente, embora igual no fundo; como elas devem ser numerosas na nossa coletânea, os senhores me permitirão que eu insista um pouco nas fantasias a que se entregavam. Os convivas chegaram. O primeiro era um velho conselheiro do Parlamento, de seus sessenta anos, chamado D'Erville; sua amante era uma mulher de quarenta anos, muito bonita, e cujo único defeito era ser um pouco gorda; chamavam-na Madame du Cange. O segundo era um militar da reserva, de quarenta e cinco a cinquenta anos, chamado Desprès; sua amante era uma linda criatura de vinte e seis anos, loura, com o mais lindo corpo que se pudesse ver; chamava-se Marianne. O terceiro era um velho padre de sessenta anos, chamado Du Coudrais, e cuja amante era um jovem rapaz de dezesseis anos, belo como o dia e que ele fazia passar por seu sobrinho.* A ceia foi servida no entressolho, que eu ocupava parcialmente. A refeição foi tão alegre quanto delicada, e observei que a senhorita e o rapazinho estavam mais ou menos no mesmo regime que eu. Durante a ceia os temperamentos se revelaram. Era impossível ser mais libertino que D'Erville; seus

---

* Esses quatro personagens representam a elite do Antigo Regime, assim como os quatro libertinos do castelo de Silling: D'Aucourt é banqueiro, como Durcet; D'Erville, parlamentar como o presidente; Desprès, antigo militar como o duque; e Du Coudrais, eclesiástico como o bispo.

olhos, palavras, gestos, tudo prenunciava a devassidão, tudo pintava a libertinagem. Desprès aparentava mais sangue-frio, mas a luxúria era igualmente a alma de sua vida. Quanto ao padre, era o mais orgulhoso ateu que se podia ver: as blasfêmias voavam de seus lábios quase a cada palavra. Quanto às senhoritas, imitavam os amantes, eram tagarelas, mas bastante agradáveis. Quanto ao rapaz, pareceu-me tão tolo quanto bonito, e a Du Cange, que aparentava estar meio caída por ele, por mais que lhe lançasse de vez em quando olhares meigos, o outro não desconfiava de nada. À sobremesa, todas as conveniências se perderam e as frases se tornaram tão porcas como os atos. D'Erville felicitou D'Aucourt por sua nova aquisição e lhe perguntou se eu tinha uma bela bunda e se cagava bem. 'Benzadeus!', disse o meu banqueiro, 'a você caberá conferir; sabe que entre nós todos os bens são comuns e que emprestamos de tão bom grado nossas amantes como nossas bolsas.' 'Ah, Deus meu!', disse D'Erville, 'aceito.' E logo me pegou pela mão e me propôs passar a um quarto. Como eu hesitasse, a Du Cange me disse descaradamente: 'Vá, vá, senhorita, aqui não fazemos cerimônia; enquanto isso, cuidarei do seu amante'. E, como D'Aucourt, cujos olhos consultei, me fez um sinal de aprovação, então segui o velho conselheiro. É ele, senhores, que vai lhes oferecer, assim como os dois seguintes, os dois episódios sobre a preferência de que tratamos e que devem compor a melhor parte de minha narração desta noite.

"Logo que me vi trancada com D'Erville, muito inflamado pelos vapores de Baco, ele me beijou na boca com o maior arrebatamento e me soltou três ou quatro arrotos de vinho de Aï,* que por pouco não me fizeram rejeitar pela boca o que logo me pareceu ter ele uma vontade danada de ver sair por outro lado. Arregaçou minha roupa, examinou meu traseiro com toda a lubricidade de

---

* Renomado champanhe da época.

um consumado libertino, depois me disse que não se espantava com a escolha de D'Aucourt, pois eu tinha uma das mais belas bundas de Paris. Pediu-me para começar com uns peidos, e, quando recebeu uma meia dúzia, recomeçou a me beijar na boca, me apalpando e abrindo com força as nádegas. 'A vontade está chegando?', perguntou. 'Já chegou', disse-lhe. 'Pois então, bela criança', retrucou, 'cague neste prato.' E tinha, para isso, levado um prato de porcelana branca, que segurou enquanto eu me espremia, e ele examinava escrupulosamente o cocô sair do meu traseiro, espetáculo delicioso que o inebriava de prazer, como dizia. Assim que fiz, ele pegou o prato e cheirou, deliciado, a iguaria voluptuosa que ali estava, mexeu, beijou, cheirou o cagalhão, e depois, dizendo-me que não aguentava mais e que a lubricidade o arrebatava só de ver um cagalhão mais delicioso do que qualquer outro que tinha visto na vida, pediu-me para chupar seu caralho. Embora essa operação nada tivesse de muito agradável, o medo de zangar D'Aucourt, desobedecendo ao seu amigo, me fez aceitar tudo. Ele se instalou numa poltrona, com o prato em cima de uma mesa ao lado, sobre a qual reclinou metade do corpo, com o nariz em cima da merda; esticou as pernas, coloquei-me numa cadeira mais baixa perto dele, tirei de sua braguilha um tantinho de pica muito molenga em vez de um membro de verdade, vi-me, apesar de minha repugnância, a chupar a bela relíquia, esperando que ao menos tomasse um pouco de consistência na minha boca: enganei-me. Assim que a apanhei, o libertino começou sua operação; devorou, mais que comeu, o lindo ovinho bem fresco que eu acabava de lhe oferecer: foi coisa de três minutos, durante os quais seus retesamentos, gestos, contorções, me anunciaram uma volúpia das mais ardentes e expressivas. Mas, por mais que ele fizesse, nada endureceu, e o instrumentozinho vagabundo, depois de ter chorado de despeito dentro da minha boca, retirou-se mais envergonhado que nunca e deixou seu mestre nesse abatimento, nesse abandono, nessa exaustão, funesta consequência das volúpias.

"Voltamos. 'Ah! Arrenego', disse o conselheiro —; nunca vi cagar assim.' Quando retornamos, só estavam o padre e seu sobrinho, e, como operavam, posso logo contar-lhes os pormenores. Por mais que todos do grupo trocassem suas amantes, Du Coudrais, sempre contente, nunca pegava outra e nunca cedia a sua. Para ele seria impossível, disseram-me, divertir-se com uma mulher; era a única diferença que havia entre D'Aucourt e ele. Aliás, comportava-se da mesma maneira para a cerimônia, e quando aparecemos o rapazinho estava de bruços numa cama, apresentando o cu ao querido tio que, em frente, de joelhos, recebia tudo amorosamente na boca e ia engolindo, enquanto masturbava um caralho bem pequenininho que vimos pendurado entre suas coxas. O padre gozava, apesar de nossa presença, jurando que aquele menino cagava todo dia, cada vez melhor.

"Marianne e D'Aucourt, que se divertiam juntos, logo apareceram e foram seguidos por Desprès e Du Cange, que, diziam, apenas tinham se esfregado. 'Porque', disse Desprès, 'ela e eu somos velhos conhecidos, enquanto você, minha bela rainha, que vejo pela primeira vez, me inspira o mais ardente desejo de uma diversão completa.' 'Mas, senhor', eu lhe disse, 'o conselheiro pegou tudo; não tenho mais nada a lhe oferecer.' 'Pois então', disse-me, rindo, 'não lhe peço nada, sou eu quem fornecerá tudo; só preciso dos seus dedos.' Curiosa para ver o que significava esse enigma, sigo-o e, assim que nos trancamos, ele pede para beijar minha bunda só por um minuto. Ofereço-a, e depois de dois ou três chupões no buraquinho ele desabotoa a calça e me pede para lhe devolver o que acabou de me oferecer. A posição em que ficou me dava certas suspeitas; estava escanchado numa cadeira, inclinado sobre o espaldar e tendo debaixo de si um vaso para encher. Em vista disso, ao vê-lo pronto para fazer ele mesmo a operação, perguntei que necessidade tinha de eu lhe beijar o cu. 'A maior, meu coração', respondeu, 'pois meu cu, o mais caprichoso de todos os cus, jamais caga a não ser quando o beijam.' Obedeço, mas sem me arriscar, e ele, ao se dar conta: 'Mais perto, porra! Mais perto, senhorita', diz-me imperiosamente. 'Então está com medo de um pouco de merda?' Afinal, por condescendência, levei os lábios às imediações do buraco; mas, mal os sentiu, começou a despejar, e a irrupção foi tão violenta que uma de minhas faces ficou toda borrada. Precisou de um só jato para encher o prato; nunca na vida eu tinha visto um cagalhão daqueles: enchia sozinho uma saladeira bem funda. Nosso homem apanha aquilo, deita-se na beira da cama, me apresenta o cu todo merdoso e me manda masturbá-lo com força enquanto vai subitamente repassar para as suas entranhas o que acaba de despejar. Por mais sujo que estivesse aquele traseiro, tive de obedecer. Sem dúvida sua amante lhe faz isso, pensei; não devo me fazer de mais difícil que ela. Enfio três dedos no buraco lamacento que se apresenta; nosso homem está nas nuvens, afunda em seus próprios excrementos, chafurda, alimenta-se daquilo, uma de suas mãos segura o prato, a outra sacode uma pica que se anuncia muito majestosa entre suas coxas. Enquanto isso, redobro meus cuidados, o que dá resultado; por seu ânus se apertando, me dou conta de que os músculos erectores estão prestes a lançar o sêmen; não me perturbo, o prato se esvazia e meu homem esporra. De volta ao salão, encontrei meu inconstante D'Aucourt com a bela Marianne. O safado tinha passado pelas duas. Só lhe restava o pajem, com quem creio que também teria se arrumado muito bem, se o ciumento padre consentisse em cedê-lo. Quando todos se reuniram, falaram em ficar nus e fazer, uns na frente dos outros, algumas extravagâncias. Fiquei muito feliz com a proposta, porque ia me permitir ver o corpo de Marianne, que eu estava louca para examinar. Era delicioso, firme, branco, bem cuidado, e sua bunda, que belisquei duas ou três vezes de brincadeira, me pareceu uma verdadeira obra-prima. 'De que serve uma moça tão bonita', disse eu a Desprès, 'para o prazer que o senhor parece apreciar?' 'Ah!', respondeu, 'você não conhece todos os nossos mistérios.' Foi-me impossível saber mais, e, embora eu tenha vivido mais de um ano com eles, nem um nem outro quiseram me esclarecer coisa alguma, e sempre ignorei o resto de seus entendimentos secretos, que, fossem quais fossem, não impedem que o gosto que seu amante satisfez comigo seja uma paixão completa e digna, sob todos os aspectos, de figurar nesta coletânea. Aliás, fosse o que fosse, só seria episódico, e foi ou certamente será contado nas nossas noitadas. Depois de algumas libidinagens um tanto indecentes, alguns peidos, mais uns restinhos de cocôs, muitas frases e grandes impiedades por parte do padre, que, ao dizê-las, parecia conferir-lhes uma de suas mais perfeitas volúpias, todos se vestiram e foram se deitar. Na manhã seguinte compareci, como de hábito, no despertar de D'Aucourt, sem que nos recriminássemos, nem um nem outro, nossas pequenas infidelidades da véspera. Ele me disse que, depois de mim, não conhecia moça que cagasse melhor que Marianne. Fiz-lhe umas perguntas sobre o que ela praticava com um amante que se bastava a si mesmo, mas ele me disse que era um segredo que nem um nem outro jamais quiseram revelar. E retomamos, meu amante e eu, nossa vidinha corrente. Eu não estava tão presa à casa de D'Aucourt a ponto de não me ser autorizado sair de vez em quando. Ele confiava plenamente, dizia, em minha honestidade; eu devia ver o perigo a que o exporia maltratando minha saúde, e ele me deixava senhora de tudo. Por isso guardei-lhe fé e respeito no que se referia a essa saúde pela qual ele tinha egoisticamente tanto interesse, mas quanto a tudo o mais senti-me autorizada a fazer mais ou menos o que me rendesse dinheiro. E por isso, muito solicitada pela Fournier para ir fazer uns michês em casa dela, entreguei-me a todos aqueles com que ela me garantiu um lucro honesto. Já não era uma moça de sua casa: era uma senhorita mantida por um cobrador de impostos do rei e que, para agradar-lhe, aceitava ir passar uma hora em sua casa... Reparem como isso era lucrativo. Foi durante essas infidelidades passageiras que encontrei o novo adepto de merda de quem vou falar."

— Um momento — disse o bispo —; não quis interrompê-la antes que fizesse uma pausa, mas, já que fez, esclareça-nos, por obséquio, sobre os dois ou três objetos essenciais desse último encontro. Quando celebraram as orgias depois dos encontros a sós, o padre, que até então só tinha acariciado o seu mancebo, foi infiel a ele e se esfregou em você, e os outros não fizeram o mesmo com suas mulheres, em troca de fazer uns afagos no rapaz?

— Monsenhor — disse Duclos —, nunca o padre largou o menino; mal e mal deu umas olhadas para nós, embora estivéssemos ao lado dele, e nuas. Mas divertiu-se com as bundas de D'Aucourt, Desprès e D'Erville; beijou-as, lambeu-as; D'Aucourt e D'Erville lhe cagaram na boca, e ele engoliu mais da metade de cada cocô. Quanto às mulheres, não tocou nelas. O mesmo não ocorreu com os outros três amigos, no que se refere ao jovem mancebo; beijaram-no, lamberam-lhe o olho do cu, e Desprès se trancou com ele para sei lá que operação.

— Bem — disse o bispo —, está vendo que não tinha contado tudo, e que isso que não contou constitui mais uma paixão, já que oferece a imagem do gosto de um homem que pede a outros homens, embora idosos, que lhe caguem na boca.

— Isso é verdade, monsenhor — diz Duclos —; sinto ainda mais o meu erro, mas não me zango, já que graças a isso minha noite terminou, pois já estava se alongando muito. Uma certa sineta que vamos ouvir me convencerá de que eu não teria tempo de concluir a noite com a história que ia iniciar, e com a permissão dos senhores vamos adiá-la para amanhã.

De fato, a sineta tocou, e, como ninguém tinha esporrado naquela noite e todas as picas estavam muito tesas, foram cear, prometendo compensar nas orgias. Mas o duque não conseguiu esperar tanto e, depois de ordenar a Sophie que fosse lhe apresentar suas nádegas, fez essa bela moça cagar e engoliu o cocô à guisa de sobremesa. Durcet, o bispo e Curval, todos igualmente ocupados, mandaram fazer a mesma operação, um a Hyacinthe, o segundo a Céladon e o terceiro, a Adonis. Este não conseguiu satisfazê-lo e foi inscrito no livro fatal de punições, e Curval, xingando como um celerado, vingou-se no cu de Thérèse, que lhe largou à queima-roupa o cocô mais completo que fosse possível ver. As orgias foram libertinas, e Durcet, desistindo dos cagalhões da juventude, disse que só queria, para a sua noite, aqueles de seus três velhos amigos. Contentaram-no, e o libertinozinho gozou como um garanhão ao devorar a merda de Curval. A noite foi pôr um pouco de paz em tanta intemperança e restituir aos nossos libertinos desejos e forças.

DÉCIMO TERCEIRO DIA

O presidente, que naquela noite dormia com a filha Adélaïde, tinha se divertido com ela até o instante de seu primeiro sono, e a abandonara em cima de uma almofada no chão, perto de sua cama, para dar seu lugar a Fanchon, que ele sempre queria ter a seu lado quando a lubricidade o acordava, o que acontecia quase toda noite. Pelas três da madrugada ele acordava sobressaltado, xingava e blasfemava como um celerado. Vinha-lhe então um certo furor lúbrico que, às vezes, se tornava perigoso. Por isso é que gostava de ver aquela velha Fanchon perto de si, pois ela descobrira a melhor arte de acalmá-lo, fosse oferecendo-se, fosse apresentando-lhe imediatamente algum dos objetos que dormiam no seu quarto. Naquela noite o presidente, que logo se lembrou de certas infâmias feitas à filha ao pegar no sono, mandou chamá-la imediatamente para recomeçá-las, mas ela não estava lá. Que se imaginem a perturbação e o rebuliço que um acontecimento desse logo provoca. Curval se levanta furibundo, pergunta pela filha; acendem as velas, procuram-na, investigam, ninguém aparece. O primeiro gesto foi passar ao aposento das moças; inspecionam todas as camas, e a interessante Adélaïde se encontra, enfim, sentada de penhoar ao lado da cama de Sophie. Esses dois encantos de moças, unidas pela mesma índole de ternura, devoção, sentimentos de virtude, candura e afabilidade, tinham se tomado pela mais bela afeição e consolavam-se mutuamente sobre o destino tenebroso que as esmagava. Até então ninguém desconfiara, mas o que se seguiu revelou que não era a primeira vez que aquilo acontecia e soube-se que a mais velha mantinha a outra nos melhores sentimentos e a exortava sobretudo a não se afastar da religião e de seus deveres com um Deus que, um dia, as consolaria por todos os seus males. Deixo o leitor julgar o furor e os ímpetos de Curval quando descobriu a bela missionária. Agarrou-a pelos cabelos e, cobrindo-a de injúrias, arrastou-a para seu quarto, onde a prendeu à coluna da cama e a deixou até a manhã seguinte, refletindo sobre sua afronta. Cada um dos amigos acorreu para ver a cena, e imagina-se facilmente com que pressa Curval mandou inscrever as duas delinquentes no livro de punições. O duque era favorável a uma correção imediata, e a que propunha não era suave; mas o bispo lhe fez alguma objeção muito razoável sobre o que ele queria fazer, e Durcet se contentou em inscrevê-las. Não havia como culpar as velhas, pois naquela noite os cavalheiros as tinham feito dormir em seus quartos. Isso esclareceu, portanto, essa falha da administração, e deram um jeito para que, no futuro, sempre ficasse pelo menos uma velha, assiduamente, com as meninas e outra com os meninos. Voltaram a se deitar, e Curval, cuja cólera tornara mais cruelmente despudorado, fez com a filha coisas que ainda não podemos contar, mas que, precipitando-lhe a porra, ao menos o levaram a dormir tranquilo. No dia seguinte, as frangas estavam tão apavoradas que não se encontrou nenhuma delinquente, e, entre os meninos, só o pequeno Narcisse, a quem Curval proibira, desde a véspera, de limpar o cu, pois queria tê-lo cheio de merda no café que naquele dia a criança devia servir; mas infelizmente ele se esquecera da ordem e limpara o ânus com muito esmero. Por mais que dissesse que seu erro era reparável, já que estava com vontade de cagar, mandaram-no que se segurasse, e mesmo assim foi inscrito no livro fatal; o temível Durcet foi executar a cerimônia logo em seguida, diante de seus olhos, fazendo-o sentir toda a enormidade de seu erro, pois talvez só lhe faltasse isso para que o senhor presidente não conseguisse esporrar. Constance, a quem já não incomodavam por causa de seu estado, a Desgranges e Rebenta-Cu foram os únicos que tiveram permissão para a capela, e todos os outros receberam ordem de se reservar para a noite. O acontecimento da noite foi a conversa do jantar; ralharam com o presidente por deixar assim os pássaros fugirem da gaiola; o champanhe lhe devolveu a alegria, e passaram ao café. Narcisse e Céladon, Zelmire e Sophie o serviram. Esta última estava muito envergonhada; perguntaram-lhe quantas vezes aquilo tinha acontecido, ela respondeu que era apenas a segunda e que a sra. De Durcet lhe dava tão bons conselhos que, na verdade, era muito injusto punir as duas por isso. O presidente garantiu-lhe que o que ela chamava bons conselhos eram muito maus na sua situação e que a devoção que a outra lhe metia na cabeça só serviria para que fosse punida todos os dias; que ali onde estava não devia haver outros mestres e outros deuses além dele e de seus três colegas, outra religião além da de servi-los e obedecer-lhes cegamente em tudo. E, enquanto lhe passava uma descompostura, a fez ajoelhar-se entre suas pernas e ordenou que chupasse seu caralho, o que a coitadinha executou toda trêmula. O duque, sempre partidário das fodas nas coxas, à falta de algo melhor, enrabava Zelmire dessa maneira, fazendo-a cagar em sua mão e comendo tudo à medida que recebia, e tudo isso enquanto Durcet fazia Céladon esporrar na sua boca e o bispo mandava Narcisse cagar. Fizeram uns minutos de sesta e, acomodando-se no salão de histórias, Duclos retomou assim o fio de sua história:

— O galante octogenário que a Fournier me destinava era, senhores, um auditor fiscal, baixote, gordinho e com um rosto muito desagradável. Ele instala um vaso entre nós dois, que nos postamos de costas um para o outro e cagamos ao mesmo tempo, ele pega o vaso, com os dedos mistura os dois cocôs e engole, enquanto o faço gozar em minha boca. Mal olhou meu traseiro. Não o beijou. Mas seu êxtase nem por isso foi menos intenso; bateu os pés no chão, xingou enquanto engolia e gozava, e retirou-se dando-me quatro luíses* por essa estranha cerimônia.

"Enquanto isso, meu financista ia tendo cada dia mais confiança em mim e mais amizade, e essa confiança, da qual não demorei a abusar, logo se tornou a causa de nossa eterna separação. Um dia que me deixou sozinha em seu quarto, observei que, antes de sair, enchia sua bolsa pegando dinheiro numa gaveta muito grande e repleta de ouro. Oh!, que butim, pensei comigo mesma. E, tendo desde esse instante concebido a ideia de me apoderar da-

---

* Quatro vezes mais que o preço médio de um michê nos bordéis. Cf. *Les Cent vingt journées de Sodome*, op. cit., p. 1165.

quela quantia, observei com muito cuidado tudo o que me permitiria apropriar-me dela. D'Aucourt não trancava a gaveta, mas levava a chave do quarto, e, como vi que a porta e a fechadura eram muito frágeis, imaginei que precisaria de um esforço bem pequeno para arrombar facilmente uma e outra. Adotado esse plano, fiquei o tempo todo de olho no primeiro dia em que D'Aucourt se ausentasse até de noite, como acontecia duas vezes por semana, dia de bacanal privada, quando ia com Desprès e o padre para coisas que a Madame Desgranges lhes dirá talvez, mas que não são da minha conta. Esse instante favorável logo se apresentou. Os criados, tão libertinos como o patrão, nunca deixavam de ir para suas farras naquele dia, de modo que me vi praticamente sozinha na casa. Louca de impaciência para executar meu plano, vou logo até a porta do gabinete, com um soco consigo escancará-la, vou voando para a gaveta, cuja chave está ali: eu sabia. Tiro tudo o que encontro; havia nada menos do que três mil luíses. Encho os bolsos, vasculho as outras gavetas; um escrínio luxuosíssimo se oferece a mim, agarro-o; mas o que encontrei nas outras gavetas daquela famosa secretária?... Ó sortudo D'Aucourt! Que felicidade para você que a sua imprudência só tenha sido descoberta por mim! Havia ali, senhores, coisas para o suplício da roda, é tudo o que posso lhes dizer. Independentemente dos recados claros e expressivos que Desprès e o padre lhe dirigiam sobre suas bacanais secretas, havia todos os instrumentos que podiam servir a essas infâmias... Mas paro por aqui; os limites que os senhores me prescreveram impedem-me contar mais, e a Desgranges lhes explicará tudo isso. Quanto a mim, feito o meu roubo, dei no pé, trêmula por dentro diante de todos os perigos que talvez eu tivesse corrido ao frequentar aqueles celerados. Mudei-me para Londres, e, como minha temporada nessa cidade onde vivi seis meses em grande estilo não lhes ofereceria, senhores, nenhum dos detalhes que são os únicos que lhes interessam, permitam que eu pule essa parte dos acontecimentos de minha vida. Em Paris, eu só mantivera contato com a Fournier, e, como ela me instruía sobre o escândalo que o financista armava por esse triste roubo, resolvi, no final, fazer com que se calasse, escrevendo-lhe secamente que quem encontrara o dinheiro também encontrara outra coisa e que, se ele resolvesse continuar suas perseguições, eu concordaria com isso, mas, perante o mesmo juiz a quem entregasse o que havia nas gavetas pequenas, eu o intimaria a entregar o que havia nas grandes. Nosso homem se calou, e, como seis meses depois a orgia dos três acabou sendo conhecida e eles mesmos passaram para um país estrangeiro, eu já não tinha nada a temer, e voltei para Paris. E será que devo confessar meu mau procedimento, senhores? O fato é que voltei tão pobre quanto saíra, tanto assim que fui obrigada a recomeçar com a Fournier. Como eu tinha apenas vinte e três anos, aventuras não me faltaram. Vou deixar as que não são de nossa alçada e retomar, com sua permissão, senhores, só as que sei que agora têm algum interesse.

"Oito dias depois de meu regresso, instalaram no apartamento destinado aos prazeres um tonel inteiro de merda. Chega meu adônis; é um santo eclesiástico, mas tão entediado com esses prazeres que só era capaz de se comover com o excesso que vou descrever. Ele entra; estou nua. Ele olha de relance minhas nádegas e, depois de tocá-las um tanto brutalmente, me manda despi-lo e ajudá-lo a entrar no tonel. Ponho-o nu, seguro-o, o velho porco entra no seu elemento, e por um buraco preparado para isso ele faz logo em seguida seu caralho sair, quase retesado, e me manda masturbá-lo apesar das imundícies e dos horrores que o cobrem. Executo, ele mergulha a cabeça no tonel, chafurda, engole, berra, goza, e dali vai se jogar numa banheira, onde o deixo nas mãos de duas criadas da casa, que o limparam em quinze minutos.

"Pouco depois apareceu outro. Fazia oito dias que eu

tinha cagado e mijado num vaso cuidadosamente conservado; esse prazo era necessário para que o cocô ficasse no ponto que nosso libertino desejava. Era um homem de seus trinta e cinco anos e que eu desconfiava estar nas finanças. Pergunta-me, ao entrar, onde está o penico; apresento-o, ele cheira: 'É verdade', me diz, 'que foi feito há oito dias?' 'Posso garantir, senhor', digo-lhe, 'e veja como já está quase mofado.' 'Oh! É disso que preciso', me diz; 'nunca será demais para mim. Deixe-me ver, por obséquio', continuou, 'o belo cu que cagou isso.' Apresento-o. 'Vamos', ele diz, 'ponha-o bem de frente, de maneira que eu possa vê-lo ao devorar a obra que ele criou.' Nós nos ajeitamos, ele prova, extasia-se, afunda-se de novo na operação e devora num minuto aquela iguaria deliciosa, só interrompendo para observar minhas nádegas, mas sem nenhum outro tipo de gesto, pois nem sequer tirou da calça o caralho.

"Um mês depois, o libertino que se apresentou só quis ter relação com a própria Fournier. E que objeto ele escolhia, santo Deus! Tinha ela então sessenta e oito anos feitos; uma erisipela comia toda a sua pele e oito dentes podres que enfeitavam sua boca lhe davam um cheiro tão fétido que era impossível estar perto dela. Mas eram esses próprios defeitos que encantavam o amante com quem ficaria. Curiosa com essa cena, vou voando para o buraco: o adônis era um velho médico, mas mais moço que ela. Assim que a agarra, beija-a na boca uns quinze minutos, depois, fazendo-a apresentar uma bunda velha e enrugada, que parecia a teta de uma vaca velha, beija-a e a chupa com avidez. Trazem uma seringa e três meias garrafas de licor; o partidário de Esculápio esguicha, com a seringa, a anódina bebida nas entranhas de sua Íris, que a recebe e guarda; enquanto isso, o médico não para de beijá-la, lambê-la em todas as partes do corpo. "Ah! Meu amigo", diz enfim a velha matrona, "não aguento mais, não aguento mais! Prepare-se, meu amigo, preciso devolver." O estudante de

Salerno* se ajoelha, tira da calça um trapinho escuro e enrugado, que ele masturba enfaticamente; a Fournier lhe põe sua bunda velha na boca, se espreme, o médico bebe, sem dúvida algum cocô se mistura ao líquido, tudo passa, o libertino esporra e cai para trás, morto de bebedeira. Era assim que esse debochado satisfazia ao mesmo tempo duas paixões: a embriaguez e a lubricidade."

— Um momento — disse Durcet —; esses excessos sempre me dão tesão. Desgranges — continuou —, imagino-a com uma bunda exatamente igual à que Duclos acaba de pintar: venha-me esfregá-la no rosto.

A velha cafetina obedeceu.

— Largue, largue! — disse-lhe Durcet, cuja voz parecia sufocada sob a dupla de nádegas terríveis. — Largue, vagabunda! Se não for líquido, será sólido, e vou engolir de qualquer maneira.

E a operação se conclui enquanto o bispo faz o mesmo com Antínoo, Curval com Fanchon e o duque com Louison. Mas nossos quatro atletas, que já eram uns ases em todos esses excessos, a eles se entregaram com a fleugma costumeira, e os quatro cagalhões foram engolidos sem que nem uma só gota de porra fosse derramada por nenhum.

— Pronto, agora acabe, Duclos — disse o duque —; se não estamos mais sossegados, pelo menos estamos menos impacientes e mais em condições de ouvi-la.

— Infelizmente, senhores — disse nossa heroína —, o que me resta contar esta noite é simples demais, creio, para o estado em que os vejo. Pouco importa, chegou a vez desta história, ela merece ter seu lugar.

---

* Perífrase para designar um médico, em alusão à Escola Médica Salernitana, primeira escola de medicina, fundada no século IX em Salerno.

"O herói da aventura era um velho brigadeiro do exército do rei. Era preciso pô-lo nu, depois enfaixá-lo como a uma criança; nesse estado eu devia cagar na frente dele, num prato, e fazê-lo comer meu cocô com a ponta dos meus dedos, à guisa de papinha. Tudo é executado, nosso libertino engole tudo e goza na fralda imitando os gritos de um bebê."

— Então vamos recorrer às crianças — disse o duque —, já que você nos deixa com uma história de crianças. Fanny — continua —, venha me cagar na boca, e lembre-se de chupar meu caralho enquanto opera, pois ele precisa esporrar.

— Que assim se faça conforme o requerido — disse o bispo. — Aproxime-se, então, Rosette; você ouviu o que se ordena a Fanny; faça o mesmo.

— Que essa mesma ordem seja executada — disse Durcet a Hébé, que também se aproxima.

— Então, tem que seguir a moda — disse Curval. — Augustine, imite suas companheiras e faça, minha filha, faça escorrer ao mesmo tempo minha porra na sua goela e a sua merda na minha boca.

Tudo foi executado, e desta vez todos jorraram; ouviram-se por todo lado peidos merdosos e esporros, e, satisfeita a lubricidade, foram todos contentar o apetite. Mas nas orgias houve mais requinte, e as crianças foram se deitar. Essas horas deliciosas foram empregadas só com os quatro fodedores de elite, as quatro aias e as quatro historiadoras. Ficaram completamente bêbados e praticaram horrores de uma imundície tão imensa que eu não poderia descrevê-las sem prejudicar os quadros menos libertinos que ainda tenho para oferecer aos leitores. Curval e Durcet foram levados, sem sentidos, mas o duque e o bispo, com sangue-frio, como se nada tivessem feito, ainda foram se entregar no resto da noite às suas volúpias costumeiras.

DÉCIMO QUARTO DIA

Percebeu-se neste dia que o tempo ia favorecer ainda mais os projetos infames de nossos libertinos, ao subtraí-los, melhor que sua própria precaução, dos olhos do universo inteiro. Caíra uma tempestade de neve que, cobrindo o vale ao redor, parecia defender o abrigo de nossos quatro celerados até mesmo da aproximação dos animais; pois, quanto aos humanos, já não havia nem sequer um que conseguisse se atrever a chegar até eles. Não se imagina como a volúpia é servida por essas seguranças e pelo que se faz quando se pode dizer: "Estou sozinho aqui, estou no fim do mundo, longe de todos os olhos e sem que nenhuma criatura possa chegar a mim; acabam-se os freios, acabam-se as barreiras". A partir de então, os desejos se lançam com uma impetuosidade que não conhece limites, e a impunidade que os favorece aumenta deliciosamente toda a embriaguez. Ali não se tem mais que Deus e a consciência; ora, qual a força do primeiro freio aos olhos de um ateu de coração e de reflexão? E que domínio pode ter a consciência sobre quem tão bem se acostumou a vencer seus remorsos que estes se tornam, para ele, quase prazeres? Pobre rebanho, entregue ao dente assassino desses celerados, como tremerias se a experiência que te falta te permitisse recorrer a essas reflexões! Aquele dia era o da festa da segunda semana; só se preocuparam em celebrá-la. O casamento que devia se realizar era o de Narcisse e Hébé, mas o que havia de cruel é que os noivos estavam, ambos, na lista dos que seriam punidos naquela mesma noite. Assim, do seio dos prazeres do hímen era preciso passar às amarguras da escola; que tristeza! O pequeno Narcisse, inteligente, reparou nisso, mas nem assim deixaram de proceder às cerimônias correntes. O bispo oficiou, uniram-se os noivos e permitiram-lhes fazer, um diante do outro e na frente de todos, o que bem entendessem. Mas quem acreditaria? A ordem já estava sendo executada, e o rapazinho, que se instruía muito bem, embevecido com o corpo de sua mulherzinha e não conseguindo enfiar nela, ia, porém, desvirginá-la com os dedos se o deixassem fazer. Opuseram-se a tempo, e o duque, agarrando-a, fodeu-a nas coxas imediatamente, enquanto o bispo fazia o mesmo com o noivo. Jantaram, os noivos foram aceitos no festim, e, como os mandaram comer prodigiosamente, os dois, ao sair da mesa, satisfizeram cagando, um, a Durcet, a outra, a Curval, que engoliram deliciados aquelas pequenas digestões infantis. O café foi servido por Augustine, Fanny, Céladon e Zéphire. O duque ordenou a Augustine que masturbasse Zéphire, e, a este, que lhe cagasse na boca ao mesmo tempo que ele gozava. A operação deu maravilhosamente certo, e tanto assim que o bispo quis que Céladon fizesse o mesmo: Fanny o masturbou, e o rapazinho recebeu ordens de cagar na boca do monsenhor ao mesmo tempo que ele sentiria a porra escorrer. Mas nesse caso o resultado não foi tão brilhante; a criança não conseguiu cagar enquanto ele esporrava, e, como isso era apenas uma prova e os regulamentos nada ordenavam a respeito, não lhe infligiram nenhuma punição. Durcet fez Augustine cagar, e o bispo, que estava de pica tesa, foi chupado por Fanny enquanto ela lhe cagava na boca; ele gozou e, como seu clímax tinha sido violento, brutalizou um pouco Fanny, mas infelizmente não pôde puni-la, por mais vontade que tivesse de fazê-lo. Não havia ninguém tão implicante como o bispo. Mal gozava, de bom grado gostaria de ver no inferno o objeto de seu prazer; sabiam disso, e não havia nada que as moças, as esposas e os meninos temessem tanto como fazê-lo perder porra. Depois da sesta, passaram ao salão, em que todos tomaram assento e a Duclos retomou assim o fio de sua narração:

— Eu ia às vezes fazer umas funções na cidade, e, como em geral eram mais lucrativas, a Fournier tentava subtrair de mim o máximo que podia. Enviou-me um dia à casa de um velho cavaleiro de Malta, que me abriu uma espécie de armário repleto de gavetinhas, cada uma com um vaso de porcelana em que havia um cocô. Esse velho devasso tinha um arranjo com uma de suas irmãs, abadessa num dos maiores conventos de Paris. Essa boa moça, quando solicitada, enviava-lhe toda manhã caixas cheias do cocô de suas mais lindas pensionistas. Ele arrumava tudo aquilo por ordem de chegada, e quando entrei me mandou pegar tal número, que me indicou e que era o mais antigo. Apresentei-o a ele. "Ah!", disse, "é o de uma menina de dezesseis anos bela como o dia. Bata-me punheta enquanto vou comê-lo." Toda a cerimônia consistia em sacudi-lo e lhe apresentar as nádegas enquanto ele devorava e, depois, em pôr no mesmo prato o meu cocô, no lugar do que ele acabava de engolir. Ele me observou evacuar, limpou o meu cu com a língua e esporrou chupando o meu ânus. Em seguida, as gavetas se fecharam, eu fui paga e nosso homem, a quem eu fiz essa visita de manhã bem cedinho, tornou a dormir, como se nada fosse.

"Outro, a meu ver mais extraordinário (era um velho monge), entra, pede oito ou dez cagalhões das primeiras pessoas que aparecessem, meninas ou meninos, tanto fazia. Mistura-os, amassa-os, morde-os e esporra devorando pelo menos a metade, enquanto o chupo.

"Um terceiro foi, sem dúvida, quem mais me deu nojo na vida. Manda-me abrir bem a boca. Eu estava nua, deitada no chão sobre um colchão, e ele, escanchado em cima de mim; o patife joga-me seu cocô na goela e volta para comê-lo em minha boca, regando minhas tetas com porra."

— Ah! Ah! Esse aí é engraçado — disse Curval —; puxa vida, justamente, estou com vontade de cagar, preciso tentar. Quem pegarei, senhor duque?

— Quem? — retrucou Blangis —; aconselho Julie, minha filha, palavra de honra; ela está aí, ao seu alcance, você gosta de sua boca, sirva-se!

— Obrigada pelo conselho — disse Julie, resmungando —; o que fiz ao senhor para dizer essas coisas de mim?

— Arre! Já que isso a aborrece — disse o duque —, e já que se trata de uma boa menina, vamos pegar a senhorita Sophie; é viçosa, é bonita, tem só catorze anos.

— Que seja; Sophie, tudo bem — disse Curval, cuja pica turbulenta começava a gesticular.

Fanchon se aproxima da vítima; o coração dessa pobrezinha miserável se sobressalta de antemão. Curval ri, aproxima o traseiro feio e sujo daquele rostinho mimoso e nos dá a ideia de um sapo que vai destruir uma rosa. Masturbam-no, a bomba parte. Sophie não perde uma migalha, e o crápula vai de novo mamar o que expeliu e engole tudo em quatro bocados, enquanto o masturbam em cima do ventre da pobrezinha desgraçada que, feita a operação, vomita tripas e bofes no nariz de Durcet, que, entusiasmado, vai receber aquilo e se masturbar sendo coberto de vômito.

— Vamos, Duclos, continue — diz Curval —, e alegre-se com o efeito dos seus discursos; está vendo que funcionam.

Então Duclos recomeçou nestes termos, toda encantada no fundo da alma por ter tanto êxito com seus relatos:

— O homem que vi depois daquele cujo exemplo acaba de seduzi-los — disse Duclos — queria de qualquer maneira ser apresentado a uma mulher com indigestão. Por isso a Fournier, que não tinha me avisado de nada, me mandou engolir no jantar uma certa droga que amoleceu minha digestão e a tornou fluida, como se minhas fezes fossem consequência de algum remédio. Nosso homem chega e, depois de uns beijos preliminares no objeto de seu culto, cuja retenção eu não conseguia aguentar por causa das cólicas que começavam a me atormentar, deixa-me livre para operar. O jato parte, eu seguro seu caralho, ele desfalece, engole tudo, pede mais; forneço-lhe uma segunda dose, logo seguida de uma terceira, e a minhoca libertina deixa enfim nos meus dedos provas nada equívocas da sensação que ele teve.

"No dia seguinte despachei um personagem cuja mania barroca terá talvez alguns adeptos entre os senhores. Colocaram-no primeiro no quarto ao lado daquele onde costumávamos trabalhar, e onde havia o buraco tão cômodo para as observações. Ele se arranjava sozinho. Outro ator me esperava no quarto ao lado: era um cocheiro de fiacre encontrado ao acaso, avisado de tudo. Como eu também estava, nossos personagens trabalharam bem. Tratava-se de fazer o Faetonte* cagar bem defronte do buraco, a fim de que o libertino escondido nada perdesse da operação. Recebo o cocô num prato, ajudo para que saia inteiro, afasto as nádegas, aperto o ânus, nada esqueço de tudo o que pode fazer cagar comodamente. Assim que meu homem fez, agarro sua pica e a faço esporrar em cima de sua merda, e tudo isso sempre à vista do nosso observador. Finalmente, com o pacote pronto, vou para o outro quarto. 'Tome, engula depressa, senhor', exclamei, 'está quentinho!' Ele não se faz de rogado; agarra o prato, me oferece o caralho, que eu masturbo, e o safado engole tudo o que lhe apresento, enquanto sua porra espirra com os movimentos elásticos da minha mão diligente."

— E que idade tinha o cocheiro? — pergunta Curval.
— Uns trinta anos — diz Duclos.
— Ah! Isso não é nada — respondeu Curval. — Dur-

---

* Apelido popular dado aos cocheiros, em referência a Faetonte, herói da mitologia que foi o vencedor de corridas de bigas nos jogos em homenagem a Poseidon.

cet lhe dirá, quando quiser, que conhecemos um homem que fazia a mesma coisa, e positivamente nas mesmas circunstâncias, mas com um homem de sessenta ou setenta anos, que devia ser escolhido entre tudo o que o populacho tem de mais crapuloso.

— Mas só assim é que é bonito — disse Durcet, cujo instrumentozinho começava a levantar o nariz desde a aspersão de Sophie —; aposto, quando quiserem, fazer o mesmo com o decano dos inválidos.

— Você está com tesão, Durcet — disse o duque —, conheço-o: quando começa a falar porcaria, é que sua porrinha está fervilhando. Veja! Não sou o decano dos inválidos, mas para satisfazer a sua intemperança lhe ofereço o que tenho nas entranhas, e acho que vai ser copioso.

— Ah, santo Deus! — diz Durcet. — Que sorte eu tenho, meu caro duque.

O duque ator se aproxima, Durcet se ajoelha ao lado das nádegas que vão enchê-lo de alegria; o duque se espreme, o banqueiro engole, e o libertino, transportado por esse excesso de devassidão, solta a porra jurando que nunca sentiu tanto prazer.

— Duclos — diz o duque —, venha me devolver o que dei para Durcet.

— Excelência — respondeu nossa historiadora —, o senhor sabe que eu já fiz, hoje de manhã, e que o senhor mesmo engoliu.

— Ah! É verdade, é verdade — diz o duque. — Então, Martaine, preciso recorrer a você, pois não quero um cu de criança: sinto que minha porra vai sair, mas só se lançará a muito custo, e por isso quero algo singular.

Mas Martaine estava no caso da Duclos; Curval a fizera cagar de manhã.

— Como, deus do céu! — disse o duque —, então não vou encontrar nem um cagalhão esta noite?

E então Thérèse adiantou-se e foi oferecer o cu mais sujo, mais largo e mais fedorento que se pudesse ver.

— Ah! Desta vez passa — disse o duque, se postando —, e se, na desorientação em que estou, esse cu infame não der resultado, já não sei a quem hei de recorrer!

Thérèse se espreme, o duque recebe; o incenso era tão horrendo como o templo do qual exalava, mas quem tem tesão como tinha o duque nunca é do excesso de sujeira que se queixa. Inebriado de volúpia, o celerado engole tudo e esguicha na cara da Duclos, que o masturba, as provas mais incontestáveis de seu másculo vigor. Passaram à mesa, as orgias foram dedicadas às penitências. Naquela semana havia sete delinquentes: Zelmire, Colombe, Hébé, Adonis, Adélaïde, Sophie e Narcisse. A meiga Adélaïde não foi poupada. Zelmire e Sophie também ficaram com algumas marcas dos tratamentos que sofreram, e sem mais detalhes, já que as circunstâncias ainda não nos permitem, todos foram se deitar e pegar nos braços de Morfeu as forças necessárias para de novo sacrificarem a Vênus.

DÉCIMO QUINTO DIA

Raramente o dia seguinte aos castigos oferecia culpados. Neste dia não houve nenhum, mas, sempre severos quanto às permissões para cagar de manhã, só deram autorização a Hercule, Michette, Sophie e Desgranges, e Curval pensou em gozar ao ver esta última em ação. Fizeram poucas coisas no café, contentaram-se em apalpar bundas e chupar alguns olhos de cu e, tendo chegado a hora, foram prontamente se instalar na sala de história, onde a Duclos retomou o relato nestes termos:

— Acabava de chegar à casa da Fournier uma menina de uns doze ou treze anos, mais um fruto das seduções daquele homem singular de quem lhes falei. Mas desconfio que havia muito tempo que ele não fazia nenhuma orgia com moça tão engraçadinha, tão fresca e bonita. Era loura, alta para sua idade, parecia uma pintura, o rosto meigo e voluptuoso, os mais belos olhos que se possam ver, e toda a sua pessoa encantadora formava um conjunto suave e interessante que a tornava de fato adorável. Mas a que aviltamento tantos encantos seriam entregues, e que estreia vergonhosa não lhe preparavam! Era filha de uma roupeira do Palácio, muito bem de vida, e certamente estava fadada a um destino mais feliz que o de ser puta. Porém, nosso homem, quanto mais fazia, com pérfidas seduções, suas vítimas ignorarem a felicidade, mais sentia prazer. A pequena Lucile estava destinada a satisfazer desde sua chegada aos caprichos sujos e asquerosos de um homem que, não contente em ter o gosto mais crapuloso, ainda queria exercê-lo com uma virgem. Ele chega: era um velho tabelião podre de rico e que tinha, ao lado da riqueza, toda a brutalidade conferida a uma velha alma pela avareza e pela luxúria. Mostram-lhe a criança; por mais bonita que fosse, o primeiro gesto dele é de desdém; resmunga, xinga entre os dentes que já não é possível encontrar uma moça bonita em Paris; pergunta, afinal, se é mesmo virgem, garantem-lhe que sim, propõem mostrar-lhe: "Eu, ver uma boceta, Madame Fournier, eu, ver uma boceta? Nem pense nisso; acaso já me viu cogitar ver muitas delas desde que venho à sua casa? Sirvo-me delas, é verdade, mas creio que de uma maneira que não prova grande afeição por elas". "Pois então, senhor", disse a Fournier, "nesse caso, confie no que dizemos, e garanto que ela é virgem, como uma criança que acaba de nascer." Sobem, e, como os senhores imaginam, curiosa em ver um encontro desses, vou me instalar no buraco. A pobre pequena Lucile sentia uma vergonha que só se poderia descrever com as expressões superlativas usadas para pintar a impudência, a brutalidade e o mau humor de seu sexagenário amante. "E então! O que é que está fazendo aí, em pé, como uma idiota?", ele lhe diz, em tom brusco. "Tenho que dizer para arregaçar a roupa?

Eu já não devia ter visto sua bunda há pelo menos duas horas?... Pois é! Ande logo!" "Mas, senhor, o que devo fazer?" "Arre, porra! Isso é coisa que se pergunte?... O que é que tem que fazer? Tem que levantar a roupa e me mostrar a bunda." Lucile obedece, trêmula, e deixa à mostra uma bundinha branca e bonitinha como seria a da própria Vênus. "Hum... que bela medalha", diz o brutal... "Venha cá..." E depois, agarrando com força suas nádegas, e abrindo-as: "Tem absoluta certeza de que nunca lhe fizeram nada por aqui?" "Oh, senhor, nunca ninguém me tocou." "Solte um peido, ande!" "Mas, senhor, não consigo." "Pois bem, faça um esforço." Ela obedece, um leve sopro escapa e vai ecoar na boca envenenada do velho libertino, que se delicia murmurando: "Está com vontade de cagar?" "Não, senhor." "Bem! Pois eu estou, e copiosamente, é bom ficar sabendo. Portanto, prepare-se para satisfazer minha vontade... tire essas saias." Elas desaparecem. "Ponha-se neste sofá, com as coxas bem para o alto e a cabeça bem para baixo." Lucile se instala, o velho tabelião a ajeita e a coloca de modo que suas pernas muito afastadas deixem a linda bocetinha o mais aberta possível, e tão na altura do traseiro do nosso homem que ele pode usá-la como um penico. Era essa a sua celestial intenção, e, para tornar aquele vaso mais cômodo, começa arreganhando-a com as duas mãos, com toda a força de que é capaz. Instala-se, espreme-se, um cocô acaba caindo no santuário onde o próprio Amor não desprezaria ter um templo. Ele se vira e, com os dedos, enfia na vagina entreaberta tanto quanto consegue do excremento sujo que acaba de largar. Instala-se de novo, solta um segundo, depois um terceiro, e repete sempre a mesma cerimônia de introdução. Finalmente, no último, faz isso com tanta brutalidade que a menina dá um grito e perde talvez, nessa operação nojenta, a flor preciosa com que a natureza a enfeitara só para fazer as vezes de hímen. Era esse o instante do gozo de nosso libertino. Depois de encher a menina e a linda bocetinha de merda, de enfiá-la e reenfiá-la ali, essa foi sua delícia suprema. Tira da braguilha, sempre se agitando, uma espécie de caralho; por mais mole que esteja, sacode-o e consegue, ocupando-se de sua tarefa repugnante, jogar no chão gotas de um esperma escasso e murcho, cuja perda ele devia lastimar pois só decorria daquelas infâmias. Terminada a função, vai embora; Lucile se lava, e temos dito.

"Algum tempo depois me desencavaram um cuja mania me pareceu mais nojenta ainda. Era um velho conselheiro de tribunal superior. Eu tinha não só de olhá-lo cagar, como de ajudá-lo, facilitar com meus dedos o escoamento da matéria apertando, abrindo, comprimindo de propósito o ânus, e, feita a operação, limpar com minha língua e todo o cuidado a parte que acabava de se sujar."

— Ah, com os diabos! Aí está, de fato, uma tarefa bem cansativa — disse o bispo. — Será que as quatro damas que você vê aqui, e que são nossas esposas, filhas ou sobrinhas, não têm essa incumbência todos os dias? E para que diachos serviria, pergunto-lhe, a língua de uma mulher se não para limpar as bundas? Quanto a mim, só conheço esse uso. Constance — prossegue o bispo, dirigindo-se a essa bela esposa do duque que estava então no seu sofá —, mostre um pouco à Duclos a sua habilidade nessa matéria; pronto, aqui está o meu cu, imundo, não foi limpo desde de manhã, eu guardava para você... Vamos, exiba seus talentos.

E a pobre coitada, tão acostumada a esses horrores, os executa como mestra consumada. O que não produzem, oh, céus, o medo e a escravidão!

— Ah, santo deus! — disse Curval, apresentando seu buraco horroroso e imundo à encantadora Aline —, você não vai ser o único a dar o exemplo aqui. Ande, putinha! — disse a essa moça bela e virtuosa —, supere a sua colega.

E ela obedece.
— Bem, continue, Duclos — diz o bispo —, só queríamos lhe mostrar que o seu homem não exigia nada de muito extraordinário e que uma língua de mulher só serve mesmo para limpar um cu.

A amável Duclos começou a rir e continuou o que se lê:

— Permitam-me, excelências — disse —, interromper um instante o relato das paixões para contar-lhes um fato sem ligação com o assunto. Só diz respeito a mim, mas, como os senhores me mandaram narrar os acontecimentos interessantes de minha história mesmo quando não se referissem ao relato dos gostos, pensei que este era do tipo que não devia ser silenciado. Fazia muito tempo que eu estava com Madame Fournier e tinha me tornado a mais antiga do seu harém e aquela em quem ela tinha mais confiança. Era eu que, no geral, combinava os michês e recebia o dinheiro. Essa mulher fez as vezes de mãe para mim, me socorreu em diferentes necessidades, me escreveu fielmente para a Inglaterra, me abriu, amiga, sua casa em meu retorno, quando minha perturbação me levou a desejar novo asilo. Vinte vezes me emprestou dinheiro e com frequência sem exigir devolução. Chegara o momento de lhe provar minha gratidão e responder à sua extrema confiança em mim, e os senhores hão de julgar como minha alma se abria à virtude com muita facilidade. A Fournier adoece, e sua primeira providência é mandar me chamar. "Duclos, minha filha, gosto muito de você", diz, "como sabe, e vou prová-lo com a extrema confiança depositada em você neste momento. Penso que, apesar de briguenta, você é incapaz de enganar uma amiga; aqui estou, muito doente, velha, e por isso não sei o que será feito disto aqui. Tenho parentes que vão cair em cima de minha herança; quero, pelo menos, frustrá-los se pensam em ficar com cem mil francos que tenho em ouro neste cofrinho. Tome, minha filha", ela diz, "aqui estão, entrego-os a você, exigindo que disponha deles como vou prescrever." "Oh, querida mãezinha", digo, estendendo-lhe os braços, "essas precauções me entristecem; com toda a certeza são inúteis, mas, se infelizmente se tornarem necessárias, juro que cumprirei rigorosamente suas intenções." "Acredito, minha filha", ela me diz; "e foi por isso que pus os olhos em você. Este cofrezinho contém, portanto, cem mil francos em ouro; tenho alguns escrúpulos, minha querida amiga, alguns remorsos pela vida que levei, pela quantidade de moças que joguei no crime e arranquei de Deus. Por isso, quero me valer de dois meios para que a divindade me seja menos severa: a esmola e a oração. As duas primeiras partes desta quantia, que você estipulará em quinze mil francos cada uma, deverão ser entregues uma aos capuchinhos da rua Saint-Honoré, para que esses bons padres rezem perpetuamente uma missa para a salvação da minha alma; a outra, de idêntico valor, você entregará, assim que eu tiver fechado os olhos, ao padre da paróquia, a fim de que ele a distribua em esmolas entre os pobres do bairro. A esmola é excelente, minha filha; nada redime tanto, aos olhos de Deus, os pecados que cometemos na Terra. Os pobres são filhos dele, que ama todos os que os aliviam; nunca lhe agradamos mais do que com esmolas. É a forma verdadeira de ganhar o céu, minha filha. Quanto à terceira parte, formada por sessenta mil libras, você a entregará, logo depois de minha morte, ao chamado Petignon, aprendiz de sapateiro, na rua du Bouloir. Esse coitado é meu filho, ele não desconfia, é um bastardo adulterino; quero dar a esse órfão infeliz, ao morrer, as marcas de minha ternura. Quanto às dez mil libras restantes, minha querida Duclos, peço-lhe que as guarde como um pequeno sinal de meu afeto por você e para indenizá-la do trabalho que vai lhe dar o destino do resto. Que essa pequena quantia possa ajudá-la a arrumar um bom partido e largar essa profissão indigna que praticamos, em que não há salvação nem esperança de consegui-la." Internamente encantada em ter uma quantia tão grande, e muito decidida a deixá-la num só quinhão e só para mim, temendo me embrulhar nas divisões, debulhei-me em lágrimas artificiais nos braços da velha matrona, renovando-lhe minhas juras de fidelidade, e só então cuidei dos meios de impedir que um cruel retorno à saúde a fizesse mudar de decisão. Esse meio se apresentou já no dia seguinte: o médico receitou um emético e, como era eu que cuidava dela, foi a mim que entregou o remédio, observando-me que havia duas doses e que eu tomasse bastante cuidado em separá-las, porque a mataria se desse tudo ao mesmo tempo; e que só ministrasse a segunda dose caso a primeira não fizesse muito efeito. Prometi ao esculápio prestar toda a atenção possível, mas, mal ele virou as costas, bani de meu coração todos esses sentimentos fúteis de gratidão que teriam detido uma alma fraca, afastei qualquer arrependimento e fraqueza e, considerando apenas meu ouro, o doce encanto de possuí-lo e as cócegas deliciosas que sentimos sempre que projetamos uma má ação, prognóstico certo do prazer que ela propiciará, me concentrando apenas nisso, digo eu, despejei de imediato as duas doses num copo de água e apresentei a bebida à minha doce amiga, que as engoliu com firmeza e logo encontrou a morte que eu tentava lhe dar. Não consigo descrever o que senti quando vi minha missão dar certo. Cada vômito com que sua vida se exalava produzia uma sensação de fato deliciosa em todo o meu organismo: eu a escutava, observava, me sentia totalmente inebriada. Ela me estendia os braços, me dirigia um último adeus, e eu gozava, e já fazia mil planos para aquele ouro que ia possuir. Não demorou muito; a Fournier morreu na mesma noite e me vi dona da bolada.

— Duclos — disse o duque —, diga a verdade: você se masturbou? A sensação fina e voluptuosa do crime atingiu o órgão da volúpia?

— Sim, excelência, confesso; e gozei cinco vezes seguidas já na mesma noite.

— Porque é verdade — disse o duque aos gritos —, porque é verdade que o crime tem por si só um atrativo desses, e que independentemente de qualquer volúpia pode ser suficiente para inflamar todas as paixões e nos atirar no mesmo delírio que os atos de lubricidade! E então?...

— Então, senhor duque, mandei enterrar honrosamente a patroa, herdei o dinheiro do bastardo Petignon, não mandei rezar missas nem muito menos distribuí esmolas, ação a que sempre tive horror, por mais que a Fournier achasse uma boa coisa. Afirmo que é preciso que haja infelizes no mundo, que a natureza os quer, exige, e que é ir contra suas leis pretender reconstruir o equilíbrio se ela desejou a desordem.

— Com que então, Duclos — disse Durcet —, você tem princípios! Estou muito feliz em vê-la falar disso; qualquer alívio dado ao infortúnio é um crime real contra a ordem da natureza. A desigualdade que ela conferiu aos indivíduos prova que essa discordância lhe agrada, já que a estabeleceu e deseja tanto nas fortunas como nos corpos. E, assim como é permitido ao fraco repará-la pelo roubo, é igualmente permitido ao forte restabelecê-la pela recusa de seu socorro. O universo não subsistiria por sequer um instante se a semelhança entre todos os seres fosse perfeita; é dessa dessemelhança que nasce a ordem que tudo conserva e conduz. Portanto, é preciso evitar perturbá-la. Aliás, acreditando fazer o bem a essa categoria infeliz de homens, faço muito mal a outra, pois o infortúnio é o viveiro onde o rico vai buscar os objetos de sua luxúria e de sua crueldade; privo-o dessa fonte de prazer ao impedir com meus socorros que essa categoria se entregue a ele. Por isso, com minhas esmolas só favoreci parcamente uma parte da raça humana e prejudiquei imensamente a outra. Assim, não só julgo a esmola uma coisa má em si, como também a considero um crime real contra a natureza, que, ao nos indicar as diferenças, não teve a menor pretensão de que as perturbássemos. Portanto, bem longe de amparar o pobre, consolar a viúva e proteger o órfão, se ajo de acordo com as verdadeiras intenções da natureza, não só os deixarei no estado em que ela os colocou como também a ajudarei em seus desígnios, prolongando-lhes esse estado e me opondo vivamente a que mudem, e creio que para isso todos os meios são permitidos.

— Como? — disse o duque. — Até roubá-los ou arruiná-los?

— Com certeza — disse o banqueiro —; até aumentando o número deles, pois essa classe serve a outra, e, ao multiplicá-los, se eu causar algum mal a uma, farei muito bem à outra.

— Esse é um sistema um tanto duro, meus amigos — disse Curval. — Porém dizem que é tão bom fazer o bem aos infelizes!

— É um abuso! — Durcet retrucou —, esse deleite não tem a ver com o outro. O primeiro é quimérico, o outro é real; o primeiro decorre dos preconceitos, o outro é baseado na razão; um, pelo órgão do orgulho, a mais falsa de todas as nossas sensações, pode afagar por instantes o coração; o outro é um verdadeiro prazer do espírito e inflama todas as paixões justamente porque contraria as opiniões comuns. Em suma, um me dá tesão — disse Durcet —, e com o outro sinto muito pouca coisa.

— Mas temos sempre de referir tudo a nossos sentidos? — indagou o bispo.

— Tudo, meu amigo — disse Durcet —; só eles é que devem nos guiar em todas as ações da vida, porque só eles têm um órgão realmente imperioso.

— Mas milhares e milhares de crimes podem nascer desse sistema — disse o bispo.

— Ah, que me importa o crime — disse Durcet —, contanto que eu me delicie. O crime é um modo da natureza, um jeito de mover o homem. Por que não deseja que eu me deixe mover tanto por ele quanto pela virtude? Ela precisa de um e de outro, e sirvo-lhe igualmente bem tanto num quanto no outro. Mas eis-nos numa discussão que nos levaria longe demais. A hora da ceia está chegando e Duclos está muito longe de ter concluído o seu trabalho. Prossiga, moça adorável, e saiba que acaba de nos confessar aqui uma ação e sistemas que merecem para sempre nossa estima, assim como a de todos os filósofos.

— Minha primeira ideia, logo que a boa patroa foi enterrada, foi assumir eu mesma a casa dela e mantê-la nas mesmas condições. Comuniquei o projeto às minhas colegas, e todas, Eugénie sobretudo, que continuava a ser minha bem-amada, prometeram me considerar como se eu fosse a mamãe delas. Eu já não era tão nova assim e poderia aspirar a esse título: tinha quase trinta anos e todo o juízo necessário para dirigir o convento. Assim, senhores, não é mais na condição de mulher da vida que vou terminar o relato de minhas aventuras, mas na de abadessa, bastante jovem e ainda bem bonita para cuidar da minha clientela, como muitas vezes me aconteceu e como terei o cuidado de observar sempre que for o caso. Todos os fregueses da Fournier passaram para mim, e tive o segredo de atrair outros, novos, tanto pela limpeza de meus aposentos como pela estrita submissão de minhas moças a todos os caprichos dos libertinos, e pela feliz escolha de meus sujeitos.

"O primeiro cliente que me chegou foi um velho tesoureiro de França, amigo de longa data da Fournier. Dei-lhe a jovem Lucile, com quem pareceu muito entusiasmado. Sua mania costumeira, tão suja quanto desagradável para a menina, consistia em cagar bem na cara de sua dulcineia, borrar-lhe todo o rosto com seu cocô e depois beijá-la e chupá-la nesse estado. Lucile, por amizade a mim, deixou o velho sátiro fazer tudo o que queria, e ele se soltou em cima de sua barriga, beijando e rebeijando sua obra nojenta.

"Pouco depois chegou outro, que Eugénie pegou. Ele mandava trazer um barril cheio de merda, onde mergulhava a moça nua e lambia todas as partes de seu corpo, engolindo a merda, até deixá-la tão limpa como a pegara. Esse era um famoso advogado, homem rico e muito conhecido e que, só possuindo para o prazer com as mulheres umas parcas qualidades, a isso remediava com esse tipo de libertinagem, que amara a vida toda.

"O marquês de ***, velho freguês da Fournier, veio pouco depois de sua morte me assegurar sua solidariedade. Garantiu que continuaria indo à minha casa e para me convencer já na mesma noite encontrou Eugénie. A paixão desse velho libertino consistia, primeiro, em beijar loucamente a boca da moça. Engolia o máximo de sua saliva, depois beijava sua bunda por quinze minutos, a mandava peidar e finalmente pedia o grande negócio. Assim que ela fazia, ele guardava o cocô na boca e mandava a moça se debruçar para abraçá-lo com uma das mãos e masturbá-lo com a outra, enquanto saboreava o prazer dessa masturbação coçando o buraquinho ainda cheio de merda; a senhorita tinha de comer o cocô que ele acabava de lhe soltar na boca. Embora pagasse muito bem por essa preferência, encontrava pouquíssimas moças que se prestassem a isso. Eis por que o marquês veio me cortejar; tinha tanta vontade de se manter como meu cliente quanto eu tinha de que ele o fosse."

Nesse instante, o duque, fogoso, disse que, embora tivesse soado a hora da ceia, queria realizar essa fantasia antes de passar à mesa. E eis como agiu: mandou Sophie se aproximar, recebeu seu cocô na boca, depois obrigou Zélamir a ir comer o cocô de Sophie. Essa mania poderia ter sido um prazer para qualquer outro, mas não para uma criança como Zélamir; não tinha suficiente formação para sentir toda a delícia daquilo, em que viu apenas nojo, e mostrou-se cerimonioso. Mas, como o duque o ameaçou com toda a sua cólera se ele hesitasse um só minuto, obedeceu. A ideia foi vista como tão divertida que todos o imitaram, mais ou menos, pois Durcet afirmava que era preciso dividir os favores e que não era justo que os meninos comessem a merda das meninas enquanto as meninas nada teriam para si, e por isso mandou Zéphire cagar em sua boca e obrigou Augustine a ir comer a marmelada, o que essa menina bela e interessante fez, vomitando até o sangue. Curval imitou a novidade e recebeu o cocô de seu querido Adonis, que Michette foi comer, não sem imitar a repugnância de Augustine. Quanto ao bispo, imitou seu irmão e fez a delicada Zelmire cagar, obrigando Céladon a ir engolir a geleia. Houve detalhes asquerosos muito interessantes para libertinos, aos olhos de quem os tormentos que infligem são deleites. O bispo e o duque gozaram, os dois outros não conseguiram ou não quiseram, e passaram todos à ceia. Ali louvaram, surpreendentemente, o gesto da Duclos.

— Ela teve o bom senso de sentir — disse o duque, que a protegia espantosamente — que a gratidão era uma quimera e que seus laços jamais deveriam deter ou suspender os efeitos do crime, porque o objeto que nos serviu não tem o menor direito sobre nosso coração; agiu só para ele, e apenas sua presença já é uma humilhação para uma alma forte, e é preciso odiá-lo ou se desvencilhar dele.

— Isso é tão verdadeiro — disse Durcet — que jamais se verá um homem inteligente tentar angariar gratidão. Absolutamente certo de, assim, criar inimigos, nunca trabalhará para isso.

— Quem nos serve não se esforça em nos dar prazer — o bispo o interrompeu —, trabalha para se pôr acima de nós, graças aos favores que nos proporciona. Ora, pergunto-me o que merece um favor desses. Ao nos servir, ele não diz: "Sirvo-o porque quero lhe fazer bem"; diz apenas: "Presto-lhe esse obséquio para rebaixá-lo e me pôr acima de você".

— Essas reflexões provam, portanto — disse Durcet —, o abuso dos serviços que são prestados e como é absurda a prática do bem. Mas dizem que o fazemos para nós mesmos: ou seja, para aqueles cuja fraqueza de alma pode se prestar a esses pequenos prazeres, mas os que, como nós, repugnam esses pequenos prazeres, palavra de honra, são uns tolos se agirem assim.

Como essa conversa inflamou as cabeças, beberam muito e celebraram orgias, em que nossos inconstantes libertinos preferiram pôr as crianças para dormir e passar parte da noite bebendo só com as quatro velhas e as quatro historiadoras e praticando, cada um mais que o outro, infâmias e atrocidades. Como entre aquelas doze interessantes pessoas não havia sequer uma que não tivesse merecido várias vezes a corda e a roda, deixo o leitor pensar e imaginar o que foi dito. Das palavras passaram aos atos, o duque se inflamou, e não sei nem por que nem como, mas se disse que Thérèse ficou por algum tempo com marcas daquela noite. Seja como for, deixemos nossos atores passar dessas bacanais ao casto leito de suas esposas, preparado para eles naquela noite, e vejamos o que aconteceu no dia seguinte.

DÉCIMO SEXTO DIA

Todos os nossos heróis levantaram-se refeitos como se tivessem chegado do confessionário, exceto o duque, que começava a se esgotar. Acusaram a Duclos: é verdade que essa moça captara toda a arte de lhe proporcionar volúpias e que ele confessara só esporrar lubricamente com ela. É fato que, para essas coisas, tudo depende rigorosamente do capricho, e que idade, beleza ou virtude, nada disso tem valor, pois se trata apenas de um certo tato que costuma ser demonstrado bem mais por beldades em seu outono do que por aquelas sem experiência que a primavera ainda coroa com todos os seus dons. Também havia na sociedade outra criatura que ia ficando muito amável e interessante: era Julie. Já demonstrava imaginação, deboche e libertinagem. Bastante política para sentir que precisava de proteção, bastante falsa para afagar justamente aqueles com quem, no fundo, pouco se preocupava, tornara-se amiga da Duclos na tentativa de continuar nas boas graças de seu pai, cujo prestígio na sociedade ela conhecia. Sempre que era sua vez de dormir com o duque, aproximava-se tanto da Duclos, empregava tanta habilidade e condescendência, que o duque sempre tinha certeza de conseguir esporros deliciosos que essas duas criaturas se esforçavam em provocar nele. No entanto, ele sentia um tremendo fastio com a filha, e talvez sem o auxílio da Duclos, que a apoiava com todo o seu prestígio, ela jamais poderia ter sido bem-vista por ele. Seu marido, Curval, estava mais ou menos na mesma situação, e, embora ela ainda conseguisse, com a boca e beijos impuros, provocar alguns esporros nele, o fastio não estava longe: parecia nascer do próprio fogo de seus beijos impudicos. Durcet a estimava bem pouco, e ela não o fizera gozar nem duas vezes desde que estavam todos reunidos. Portanto, só lhe restava o bispo, que gostava muito de sua linguagem libertina e achava que sua bunda era a mais bela do mundo. É verdade que era bem-feita, como a da própria Vênus. Portanto, ela se refugiou nesse atributo, pois queria agradar de qualquer maneira, a qualquer preço; como sentia extrema necessidade de proteção, queria a dele. Neste dia só apareceram na capela Hébé, Constance e a Martaine, e de manhã ninguém foi pego em falta. Depois que os três sujeitos depositaram suas fezes, Durcet quis fazer o mesmo. O duque, que desde a manhã dava voltas em torno daquele traseiro, aproveitou esse momento para se satisfazer, e trancaram-se na capela só com Constance, que reservaram para esse serviço. O duque se satisfez, e o pequeno banqueiro cagou tudo em sua boca. Os cavalheiros não pararam por aí, e Constance contou ao bispo que os dois tinham feito infâmias juntos por meia hora, sem parar. Como eu disse, eram amigos de infância e desde então não paravam de relembrar seus prazeres de estudantes. Quanto a Constance, de pouco serviu naquele encontro a sós; no máximo limpou as bundas, chupou e masturbou alguns caralhos. Passaram ao salão onde, depois de um pouco de conversa entre os quatro amigos, se anunciou o jantar. Este foi esplêndido e libertino como de costume, e depois de umas apalpadelas e de beijos dissolutos, e várias frases escandalosas que os condimentaram, todos passaram ao salão, onde encontraram Zéphire e Hyacinthe, Michette e Colombe, para servir o café. O duque fodeu Michette nas coxas, e Curval fez o mesmo com Hyacinthe; Durcet mandou Colombe cagar e o bispo meteu a pica na boca de Zéphire. Curval, relembrando uma das paixões contadas na véspera pela Duclos, quis cagar na greta de Colombe; a velha Thérèse, que estava no grupo do café, a instalou e Curval agiu. Mas, como produzia fezes prodigiosas e proporcionais à montanha de alimentos com que se empanturrava todo dia, quase tudo vazou no chão e, por assim dizer, foi só superficialmente que ele embosteou aquela linda bocetinha virgem, que não parecia destinada pela natureza a prazeres tão sujos. O bispo, deliciosamente masturbado por Zéphire, perdeu sua porra filosoficamente, juntando ao prazer que sentia o maravilhoso quadro de que era espectador. Estava furioso; ralhou com Zéphire, ralhou com Curval, brigou com todo mundo. Fizeram-no engolir um copázio de elixir para reparar suas forças. Michette e Colombe o deitaram num sofá para a sesta e não o largaram mais. Ele acordou bem recuperado, e, para lhe reconstituir ainda mais as forças, Colombe o chupou um pouquinho: seu instrumento empinou o nariz, e todos passaram ao salão de histórias. Neste dia Julie ocupava seu canapé; como gostava bastante dela, vê-la ali devolveu-lhe um pouco de bom humor. O duque tinha Aline, Durcet tinha Constance, e o presidente, a própria filha. Com tudo pronto, a bela Duclos instalou-se em seu trono e começou assim:

— É falso dizer que o dinheiro ganho com um crime não traz felicidade. Nenhuma regra é tão falsa, rebato eu. Tudo prosperava na minha casa; nunca a Fournier tinha visto tantos clientes. Foi então que me passou pela cabeça uma ideia, um pouco cruel, reconheço, mas que, ouso me gabar, senhores, não lhes desagradará em determinado ponto. Pareceu-me que, quando não se fazia a alguém o bem que se devia fazer, havia certa volúpia maldosa em lhe fazer o mal, e minha pérfida imaginação me inspirou essa impertinência libertina contra o próprio Petignon, filho de minha benfeitora, a qual me encarregara de entregar ao infeliz uma fortuna muito atraente, decerto, e que eu já começava a dissipar em loucuras. Eis como surgiu a ocasião. Aquele coitado aprendiz de sapateiro, casado com uma pobre moça de sua condição, tinha como único fruto do desafortunado casamento uma mocinha de seus doze anos, que fora descrita como alguém que reunia os traços da infância e todos os atributos da mais meiga beleza. Essa criança criada pobremente, mas com todo o cuidado que permitia a indigência dos pais, cujas delícias fazia, me pareceu uma excelente captura a fazer. Petignon nunca ia à minha casa, ignorava os direitos que tinha sobre ela. Mas, assim que a Fournier me falou do filho, meu primeiro cuidado foi me informar sobre ele e seu círculo, e foi assim que soube que possuía um tesouro em casa. Ao mesmo tempo, o marquês de Mesanges, famoso libertino e cuja profissão a Desgranges decerto terá mais de uma vez oportunidade de mencionar, dirigiu-se a mim para lhe arrumar uma virgem com menos de treze anos, e a qualquer preço. Não sei o que queria fazer, pois não tinha fama de ser homem muito rigoroso nessa matéria, mas impunha como cláusula, depois que sua virgindade tivesse sido constatada por especialistas, comprá-la de minhas mãos por determinada quantia, e a partir daí não teria que dar satisfações a ninguém, considerando, conforme dizia, que a criança sairia do país e talvez nunca mais voltasse à França. Como o marquês era um de meus clientes, e breve os senhores o verão, em pessoa, entrar em cena, tudo fiz para satisfazê-lo, e a menina de Petignon me pareceu positivamente aquilo de que precisava. Mas como tirá-la de casa? A criança nunca saía, era educada na própria casa, vigiada com sensatez e circunspecção, o que não me deixava nenhuma esperança. Por ora eu não poderia empregar aquele famoso desencaminhador de meninas de quem falei: na época, ele estava no campo, e o marquês me apressava. Portanto, só encontrei uma maneira, e essa maneira servia no mais alto grau a maldadezinha secreta que me levava a cometer esse crime, pois o agravava. Decidi provocar umas desavenças entre marido e mulher, tentar prender os dois, e assim a menina ficaria menos protegida ou em casa de amigos, e seria fácil atraí-la para minha cilada. Portanto, lancei para cima deles um procurador amigo meu, homem de pulso e que eu considerava seguro para esses golpes engenhosos. Ele se informa, desenterra uns credores, açula-os, apoia-os, em suma, em oito dias marido e mulher estão na cadeia. A partir daí tudo se torna fácil; uma andarilha jeitosa logo se aproximou da menina abandonada na casa de pobres vizinhos; ela veio para minha casa. Tudo correspondia à aparência: era a pele mais suave e mais branca, os peitinhos mais redondos, mais bem-feitos... Era difícil, em suma, encontrar uma criança mais bonita. Como ela me renderia quase vinte luíses, pagas todas as despesas, e como o marquês queria pagar uma quantia certa e depois do pagamento não queria nem ouvir falar nem ter de lidar com ninguém, deixei-a por cem luíses. Como para mim era essencial que nunca se ouvisse falar de minhas iniciativas, contentei-me em ganhar sessenta luíses no negócio, e ainda passei vinte para meu procurador a fim de embaralhar as pistas, de maneira que o pai e a mãe da criança por muito tempo não pudessem ter notícias da filha. Tiveram; era impossível esconder a fuga. Os vizinhos, acusados de negligência, se desculparam como puderam, e, quanto ao querido sapateiro e à sua esposa, meu procurador agiu tão bem que jamais conseguiram remediar o mal, e ambos morreram na prisão depois de quase onze anos de cativeiro. Eu ganhava duplamente com essa pequena desgraça, já que ela me garantia a posse segura da criança que eu tinha vendido e, ao mesmo tempo, me assegurava a posse de sessenta mil francos que eu recebera em troca. Quanto à menina, o marquês me dissera a verdade: nunca mais ouvi falar dela, e tudo indica que Madame Desgranges concluirá a sua história. É hora de trazê-los para a minha e para os fatos diários que podem lhes oferecer os detalhes voluptuosos cuja lista iniciamos.

— Ah, meu Deus! — disse Curval —, gosto loucamente de sua prudência. Há nela uma perversidade refletida, uma ordem que me agrada em altíssimo grau; aliás, a malícia de ter dado o pontapé final numa vítima que antes você só tinha acidentalmente esfolado, isso parece um requinte de infâmia a ser colocado entre nossas obras-primas.

— Quanto a mim, talvez tivesse feito pior — disse Durcet —, pois, afinal, essas pessoas poderiam ter conseguido a soltura: tem muito idiota no mundo que só pensa em aliviar gente assim, e enquanto elas vivessem seriam uma preocupação para você.

— Excelência — continuou a Duclos —, quando não se tem no mundo o crédito que o senhor tem, e para nossas safadezas temos de empregar gente de segunda categoria, a circunspecção costuma ser de rigor, e então não nos atrevemos a fazer tudo o que adoraríamos fazer.

— É verdade — disse o duque —; ela não podia fazer mais que isso.

E a amável criatura continuou assim sua narração:

— É um horror, excelências — disse a bela moça —, ter de continuar a entretê-los sobre torpezas semelhantes a essas de que falo há vários dias. Mas os senhores exigiram que eu reunisse tudo o que podia se referir a elas, e não deixo nada debaixo de véus. Mais três exemplos dessas imundícies atrozes, e passaremos a outras fantasias. O primeiro que citarei é o de um velho administrador de patrimônio, com uns setenta anos. Mandava a mulher ficar nua em pelo e, depois de lhe acariciar rapidamente as nádegas com mais brutalidade que delicadeza, obrigava-a a cagar na frente dele, no chão, no meio do quarto. Quando tinha se deliciado com a perspectiva, ia, por sua vez, largar seu cocô no mesmo lugar, e depois, misturando-os com as mãos, obrigava a moça a ir de gatinhas comer a gororoba, sempre lhe apresentando o traseiro, que ela devia ter tido o cuidado de deixar bem merdoso. Durante a cerimônia, masturbava-se e esporrava quando tudo tinha sido comido. Poucas moças, como os senhores imaginam, aceitavam se submeter a tais imundícies, e no entanto ele queria moças jovens e viçosas... Eu as encontrava porque em Paris se acha tudo, mas cobrava mais por elas.

"O segundo exemplo dos três que me restam a contar nesse gênero exigia, da mesma maneira, uma furiosa docilidade da moça; mas, como o libertino queria que ela fosse extremamente jovem, era mais fácil encontrar crianças para se prestarem a essas coisas do que moças feitas.

Dei àquele que vou lhes citar uma floristazinha de treze a catorze anos, muito bonita. Ele chegava, mandava a menina tirar apenas o que a cobria da cintura para baixo; apalpava-a um pouco no traseiro, a mandava peidar, depois aplicava em si mesmo quatro ou cinco lavagens que ele obrigava a menininha a receber na boca e a engolir à medida que a torrente caísse em sua garganta. Enquanto isso, como estava montado sobre o peito dela, com uma das mãos masturbava um caralho bem grande e com a outra amassava o montinho dela, que para isso não devia ter nem um só pelo. Este de quem lhes falo quis recomeçar mais uma vez, depois de seis, porque o esporro custava a chegar. A menina, que vomitava sem parar, lhe suplicou que parasse, mas ele riu na cara dela e continuou a função, e só na sexta vez é que vi sua porra escorrer.

"Um velho banqueiro vem finalmente nos fornecer o último exemplo dessas porqueiras tomadas como item principal, pois os previno de que, como item acessório, ainda as veremos muitas vezes. Queria uma mulher bonita, mas de quarenta a quarenta e cinco anos e cujo peito fosse extremamente flácido. Assim que ficou com ela, mandou-a se despir só da cintura para cima e, depois de apertar brutalmente suas mamas: 'Ah, que belas tetas de vaca!', exclamou. 'Para que umas tripas assim podem servir, senão para limpar o meu cu?' Em seguida apertou-as, torceu uma e outra, puxou-as, amassou-as, cuspiu em cima, e algumas vezes meteu o pé enlameado nelas, sempre dizendo que o peito era uma coisa muito infame e que ele não imaginava a que a natureza destinara aquelas peles e por que tinha assim estragado e desonrado o corpo da mulher. Depois de todas essas frases esquisitas, ficou nu em pelo. Mas, Deus! Que corpo! Como descrevê-lo, senhores? Não era mais que uma úlcera, pingando pus sem parar, dos pés à cabeça, cujo cheiro fétido se sentia até no quarto vizinho, onde eu estava. Essa era, porém, a bela relíquia que se devia chupar."

— Chupar? — disse o duque.

— Sim, senhores — disse a Duclos —, chupar dos pés à cabeça, sem deixar de passar a língua nem num só pedacinho do tamanho de um luís de ouro. Por mais que a moça que eu lhe dera estivesse avisada, assim que viu aquele cadáver ambulante recuou de pavor. "Como é que é, vagabunda", ele disse, "será que está com nojo de mim? Mas tem que me chupar, sua língua tem que lamber todas as partes do meu corpo. Ah! Não se faça de enojada! Outras além de você o fizeram; vamos, ande, nada de não me toques."

"Há muita razão em dizer que o dinheiro obriga a tudo; a pobre coitada que eu lhe dera estava na mais negra miséria e podia ganhar dois luíses: fez tudo o que ele quis, e o velho podagro, deslumbrado em sentir uma língua sobre seu corpo medonho e adoçar a aspereza que o devorava, se masturbava voluptuosamente durante a operação. Quando ela terminou, e, como os senhores bem imaginam, não sem essa desafortunada ter sentido um asco terrível, quando ela terminou, digo, ele a mandou se deitar de frente, no chão, montou em cima dela, cagou sobre suas tetas e, apertando-as uma após outra, limpou com elas o traseiro. Mas esporro, não vi nenhum, e soube algum tempo depois que ele precisava de várias operações dessas para conseguir um; e, como era um homem que nunca ia duas vezes ao mesmo lugar, não mais o vi, e na verdade fiquei muito contente."

— Palavra de honra — disse o duque —, acho a conclusão da operação desse homem muito sensata, e nunca imaginei que as tetas pudessem realmente servir para outra coisa além de limpar bundas.

— É verdade — disse Curval, que esfregava, brutal, as da meiga e delicada Aline —, é verdade, é certo que as mamas são uma coisa muito infame. Sempre que as vejo, fico furioso; ao vê-las sinto um certo fastio, uma certa repugnância... Só a boceta me faz sentir algo pior.

E ao mesmo tempo dirigiu-se ao seu quarto, arrastando Aline pelos seios e fazendo-se seguir por Sophie e Zelmire, as duas moças do seu harém, e por Fanchon. Não se sabe muito bem o que fez, mas ouviu-se um grito agudo de mulher, e pouco depois os berros de seu gozo. Voltou; Aline chorava e segurava um lenço que lhe cobria o seio, e como todos esses episódios jamais causavam sensação, no máximo um riso, Duclos retomou incontinenti o fio de sua história:

— Alguns dias depois, eu mesma me encarreguei — disse ela — de um velho monge, cuja mania, mais cansativa para a mão, não era porém tão repugnante para o coração. Entregou-me um traseiro gordo e feio cujas peles eram como pergaminho; eu tinha de amassar aquela bunda, manuseá-la, apertá-la com toda a força, mas, quando cheguei ao buraco, nada parecia violento o suficiente para ele; tinha de pegar as peles dessa parte, esfregá-las, beliscá-las, apertá-las fortemente entre os dedos, e só com o vigor dessa operação é que ele espalhava sua porra. Aliás, durante a operação ele mesmo se masturbava, e nem sequer levantou minha roupa. Mas esse homem devia estar tremendamente acostumado com essa manobra, pois seu traseiro, aliás flácido e caído, era coberto por uma pele grossa como couro.

"No dia seguinte, depois dos elogios que sem dúvida fez no convento a meu modo de agir, ele me levou um colega, em quem eu tinha de dar palmadas com toda a força na bunda; mas este, mais libertino e mais escrutinador, observava cuidadosamente, antes, as nádegas da mulher; e minha bunda foi beijada, lambida dez ou doze vezes seguidas, sendo os intervalos preenchidos por palmadas na dele. Quando sua pele ficou escarlate, sua pica endureceu, e posso afirmar que era um dos mais belos instrumentos que eu já tinha manejado, então depositou-o em minhas mãos, ordenando-me que o masturbasse enquanto continuava a lhe dar palmadas com a outra mão."

— Se não me engano — disse o bispo —, chegamos ao tema das fustigações passivas.

— Sim, monsenhor — disse a Duclos —, e, como minha tarefa de hoje está terminada, queira concordar com que eu adie para amanhã o começo das preferências dessa natureza, que nos ocuparão muitas noites seguidas.

Como ainda restava quase meia hora antes da ceia, Durcet disse que, para abrir o apetite, queria receber umas lavagens; duvidaram disso, e todas as mulheres tremeram, mas a sentença estava proferida, já não havia como voltar atrás. Therèse, que neste dia o servia, garantiu que sabia aplicá-las maravilhosamente bem; da afirmação passou à prova, e, assim que o banqueirozinho ficou com as entranhas carregadas, comunicou a Rosette que ela tinha que ir lá e abrir o bico. Houve alguns resmungos, algumas dificuldades, mas ela teve de obedecer, e a pobrezinha engoliu duas, ainda que fosse para vomitá-las em seguida, o que, como se imagina, não demorou. Felizmente chegou a ceia, pois com certeza ele ia recomeçar. Mas, como essa notícia mudou o ânimo de todos os espíritos, foram cuidar de outros prazeres. Nas orgias, largaram umas fezes em cima das tetas e fizeram muitos cus cagar; o duque comeu na frente de todo mundo o cocô da Duclos, enquanto essa bela moça o chupava e as mãos do devasso se perdiam por vários lados; sua porra saiu em abundância, e, depois que Curval o imitou com a Champville, falaram enfim de ir se deitar.

DÉCIMO SÉTIMO DIA

A terrível antipatia do presidente por Constance manifestava-se diariamente. Passara a noite com ela por um arranjo particular com Durcet, a quem ela se destinava, e no dia seguinte fez as queixas mais amargas.

— Já que por causa de seu estado — disse — não querem mais submetê-la aos castigos correntes, temendo que dê à luz antes da hora em que nos dispomos a receber esse fruto, raios me partam, que pelo menos se dê um jeito de punir essa puta quando ela faz besteiras.

Mas que se veja um pouco o que é o maldito espírito dos libertinos. Quando se analisa esse erro prodigioso, ó leitor, imagine o que era: tratava-se de, infelizmente, ter se virado de frente quando o outro lhe pedia o traseiro, e esses erros eram imperdoáveis. Mas o que há de ainda pior é que ela negava o fato; alegava, com bastante fundamento, que era uma calúnia do presidente, o qual só tentava acabar com ela, e que eles jamais se deitavam sem que ele inventasse essas mentiras. Mas como as leis a esse respeito eram categóricas, e como nunca acreditavam nas mulheres, a questão foi saber como no futuro puniriam essa mulher sem risco de estragar seu fruto. Resolveram que a cada delito seria obrigada a comer um cagalhão, e por isso Curval exigiu que começasse na mesma hora. Aprovaram. Estavam então no almoço, no aposento das meninas; ela recebeu ordem de ir lá, o presidente cagou no meio do quarto e a instaram a ir de gatinhas devorar o que aquele homem cruel acabava de fazer. Ela se jogou de joelhos, pediu desculpas, nada o comoveu; pois a natureza pusera bronze naquelas entranhas, em vez de um coração. Nada mais agradável do que todas as caretas que a pobre mocinha fez antes de obedecer, e Deus sabe como se divertiram. Por fim, foi preciso tomar uma decisão; ela pôs os bofes pela boca no meio da função, e mesmo assim teve de acabá-la, até engolir tudo. Cada um dos nossos celerados, excitado com a cena, era masturbado por uma menina, e Curval, singularmente inflamado com a operação e masturbado às mil maravilhas por Augustine, sentiu-se prestes a despejar e chamou Constance, que mal acabava seu triste almoço:

— Venha, puta — disse-lhe —, quando se come peixe é preciso pôr molho; este aqui é branco, venha pegá-lo.

Ela ainda teve de enfrentar isso. E Curval, que enquanto operava fazia Augustine cagar, abriu as comportas na boca dessa pobre esposa do duque, ao mesmo tempo que engolia a merdinha fresca e delicada da interessante Augustine. Foram feitas as inspeções; Durcet encontrou merda no penico de Sophie. A jovem se desculpou dizendo que se sentira indisposta.

— Não — disse Durcet, manipulando o cocô —, não é verdade: fezes de indigestão são moles, e isto é um cocô muito saudável.

E, pegando logo seu funesto caderno, inscreveu o nome da afável criatura, que foi esconder as lágrimas e deplorar sua situação. Tudo o mais estava em ordem, mas, no quarto dos meninos, Zélamir, que cagara na véspera durante as orgias e a quem tinham mandado não limpar a bunda, lavara-a sem autorização. Tudo isso eram crimes capitais: Zélamir foi inscrito na lista. Ainda assim, Durcet lhe beijou a bunda e se fez chupar um pouquinho; depois passaram à capela, onde viram cagar dois fodedores subalternos, Aline, Fanny, Thérèse e a Champville. O duque recebeu na boca o cocô de Fanny e o comeu, o bispo, o de Champville, e o presidente, o de Aline, que ele mandou juntar ao de Augustine, com quem tinha esporrado. A cena de Constance inflamara as cabeças, pois fazia muito tempo que não tinham se permitido esses pecadilhos de manhã. No jantar, falaram de moral. O duque disse que não entendia como as leis na França castigavam a libertinagem, já que a libertinagem, ao ocupar os cidadãos, os distraía das cabalas e revoluções; o bispo disse que as leis não eram contra propriamente a libertinagem, mas contra seus excessos. Então os analisaram, e o duque provou que nenhum deles era perigoso, não havia nenhum que pudesse ser suspeito para o governo, e que portanto era não só cruel como absurdo querer criticar essas minudências. Das palavras passaram aos atos. O duque, meio bêbado, jogou-se nos braços de Zéphire e por uma hora chupou a boca desse belo menino, enquanto Hercule, aproveitando a situação, enfiava no ânus do duque seu enorme instrumento. Blangis deixou-se levar e sem outra ação, sem outro gesto senão beijar, trocou de sexo sem se dar conta. Seus companheiros se dedicaram, por sua vez, a outras infâmias, e todos foram tomar café. Como acabavam de fazer muitas loucuras, o café transcorreu em paz, e talvez tenha sido o único de toda a viagem em que não se espalhou porra. Duclos, já em seu estrado, esperava o grupo, e quando todos se acomodaram anunciou-se da seguinte maneira:

— Eu acabava de ter uma perda em minha casa que me era extremamente sensível: Eugénie, que eu amava apaixonadamente e que me era utilíssima por suas extraordinárias condescendências com tudo o que podia me render dinheiro, Eugénie, digo, acabava de me ser sequestrada da mais curiosa maneira. Um doméstico, tendo pagado a quantia combinada, viera buscá-la, dizia ele, para uma ceia no campo, da qual ela traria sete ou oito luíses. Eu não estava em casa quando isso aconteceu, pois nunca a teria deixado sair com um desconhecido; mas só se dirigiram a ela, que aceitou... Nunca mais a revi na vida.

— Nem reverá — disse Desgranges —; a orgia que lhe propuseram foi a última de sua vida, e caberá a mim revelar essa parte do romance da bela moça.

— Ah! Meu Deus! — disse Duclos —, uma moça tão bonita, de vinte anos, o rosto mais fino e agradável!

— E acrescente — disse Desgranges — o mais belo corpo de Paris: todos esses atrativos lhe foram funestos. Mas prossiga, não atropelemos as circunstâncias.

— Foi Lucile — disse a Duclos — que a substituiu, tanto em meu coração como em minha cama, mas não nas tarefas da casa; pois faltava muito para que tivesse a mesma submissão e condescendência. Seja como for, foi em suas mãos que entreguei pouco depois o prior dos beneditinos, que de vez em quando ia me fazer uma visita e em geral se divertia com Eugénie. Depois que esse bom padre masturbava a boceta com a língua e chupava bem a boca, ela devia chicoteá-lo ligeiramente com umas varas, só no caralho e nos colhões, e ele gozava sem endurecê-lo, só com ela esfregando, só com a aplicação das varas nessas partes. Seu maior prazer, então, consistia em ver a moça fazer saltar no ar, com a ponta das varas, as gotas de porra que saíam do caralho.

"No dia seguinte, encarreguei-me eu mesma de um a quem devia aplicar cem vergastadas bem contadas no traseiro; antes, ele beijava a bunda, e, enquanto eu batia nele, ele mesmo se masturbava.

"Um terceiro me quis de novo, algum tempo depois. Mas a todos os gestos ele conferia mais cerimônia: eu era avisada com oito dias de antecedência e tinha de passar todo esse tempo sem lavar nenhuma parte do corpo, principalmente a boceta, o rabo, a boca; e, a partir da advertência, tinha de pôr de molho num vaso cheio de urina e merda pelo menos três feixes de varas. Finalmente, ele chegou; era um velho coletor de gabelas, homem abastado, viúvo sem filhos, que costumava fazer essas esbórnias. A primeira coisa que quis saber foi se eu tinha sido rigorosa na abstinência das abluções que me prescrevera;

garanti que sim e, para se convencer, ele começou a me aplicar um beijo nos lábios que decerto o satisfez, pois subimos e eu sabia que, se por aquele beijo que me dava, e estando eu em jejum, ele percebesse que eu teria me lavado de alguma forma, não quereria consumar a função. Portanto, subimos; ele olha as varas no vaso onde as pus, depois manda que me dispa, vem atento cheirar todas as partes do meu corpo que mais expressamente me proibira lavar. Como eu tinha sido muito rigorosa, sem dúvida encontrou o cheirinho que desejava, pois vi que se excitava e exclamava: 'Ah! Porra! É isso mesmo, é isso mesmo que eu quero!'. Então fui eu que apertei o traseiro dele; era igualzinho a couro curtido, tanto pela cor como pela dureza da pele. Depois de ter acariciado, apalpado, entreaberto aquele traseiro enrugado, agarro as varas e, sem limpá-las, começo a lhe aplicar dez vergastadas com toda a força; não só ele não fez nenhum gesto, como até minhas pauladas não pareceram sequer aflorar aquela inexpugnável cidadela. Depois dessa primeira investida, enfiei-lhe três dedos no ânus e comecei a sacudi-lo com toda a força; mas nosso homem era igualmente insensível em qualquer lugar: nem sequer estremeceu. Terminadas essas duas primeiras cerimônias, foi ele que agiu: encostou a barriga na cama, ajoelhou-se, abriu minhas nádegas e passou a língua alternadamente nos dois buracos, os quais, com certeza, seguindo suas ordens, não deviam estar muito cheirosos. Depois que chupou bem, tornei a açoitá-lo e sodomizá-lo, ele tornou a se ajoelhar e me lambeu, e assim por diante pelo menos quinze vezes. Finalmente, instruída sobre meu papel e me regulando de acordo com o estado de sua pica, que eu com o maior cuidado observava sem tocar, numa de suas ajoelhadas largo o meu cocô em cima do seu nariz. Ele cai para trás, me diz que sou uma insolente e goza se masturbando e soltando gritos que seriam ouvidos da rua, sem a precaução que eu tomara para impedir que ecoassem. Mas o cocô caiu no chão; ele apenas o viu e cheirou, não o colheu na boca e não tocou nele. Tinha recebido pelo menos duzentas chicotadas e, posso dizer, sem que ninguém notasse, sem que sua bunda encarquilhada pelo longo costume tivesse a menor marca."

— Oh, raios me partam! — disse o duque. — Aí está uma bunda, presidente, que pode competir com a sua.
— Sem a menor dúvida — disse Curval balbuciando, porque Aline o masturbava —, sem a menor dúvida o homem de quem se fala tem, positivamente, minhas nádegas e meus gostos, pois aprovo infinitamente a ausência do bidê, mas gostaria que ela fosse mais antiga: gostaria que não se tivesse chegado perto da água por pelo menos três meses.
— Presidente, está ficando duro — disse-lhe o duque.
— Acha? — disse Curval. — Sabe, palavra de honra, pergunte a Aline, ela lhe dirá o que está acontecendo, pois, quanto a mim, estou tão acostumado com esse estado que nunca me dou conta nem de quando termina nem de quando começa. Tudo o que posso garantir é que, no momento em que lhe falo, gostaria de uma puta muito impura; gostaria que desentupisse em cima de mim a latrina de suas tripas, que seu cu fedesse bastante a merda e que sua boceta cheirasse a peixe. Ei, você aí, Thérèse!, cuja sujeira data do Dilúvio, você que, desde o batismo, não limpou a bunda, e cuja boceta infame tresanda a três léguas, venha trazer tudo isso bem diante do meu nariz, por favor, e acrescente um cocô, se quiser.

Thérèse se aproxima; com seus encantos sujos, asquerosos e murchos, ela esfrega o nariz do presidente, e deposita além disso o cocô desejado; Aline o masturba, o libertino goza; e Duclos retoma assim a sequência de sua narração:

— Um solteirão, que a cada dia recebia uma moça diferente para a operação que vou contar, me solicitou por intermédio de uma amiga que fosse vê-lo, e ao mesmo tempo me instruíram sobre o cerimonial praticado de costume na casa desse devasso. Chego, ele me examina com esse olhar fleugmático conferido pelo hábito da libertinagem, olhar seguro que, num minuto, aprecia o objeto que lhe é oferecido. "Disseram-me que você tem uma bela bunda", diz, "e, como eu tenho, há quase sessenta anos, um fraco indubitável por belas nádegas, quis ver se você confirmava a sua reputação... Levante a roupa." Essa frase enérgica era uma ordem mais que suficiente: não só ofereço a medalha como a aproximo o máximo que consigo do nariz desse libertino de profissão. Primeiro, fico em pé; aos poucos me inclino e mostro-lhe o objeto de seu culto sob todas as formas que mais podem lhe agradar. A cada movimento, eu sentia as mãos do safado passeando pela superfície e aperfeiçoando a cena, para consolidá-la ou torná-la mais favorável para ele. "O buraco é bem largo", diz, "você deve ter se prostituído furiosa e sodomiticamente na vida." "Infelizmente, senhor", digo, "vivemos num século em que os homens são tão caprichosos que, para agradar-lhes, temos de nos prestar um pouco a tudo." Então senti sua boca colar hermeticamente no fundo de minhas nádegas e sua língua tentar penetrar no buraco. Agarrei a ocasião com habilidade, como me fora recomendado, e fiz deslizar sobre sua língua o pum mais nutrido e macio. O método não lhe desagradou nadinha, mas nem por isso se deixou comover; finalmente, depois de meia dúzia, ele se levanta, me leva para o canto da cama, me mostra um balde de faiança onde estavam de molho quatro punhados de varas; acima do balde havia vários chicotes pendurados em pregos de cabeça dourada. "Arme-se", diz o devasso, "de uma e outra dessas armas; aqui está minha bunda; como vê, é seca, magra e muito endurecida; toque nela." E assim que obedeci: "Está vendo que é um velho couro endurecido pelas pancadas e que só se excita com os excessos mais inacreditáveis. Vou me manter nessa posição", diz, deitando-se virado para os pés da cama, de barriga para baixo e com as pernas no chão; "sirva-se desses dois instrumentos, um depois do outro, ora as varas, ora o chicote. Vai ser demorado, mas você terá um sinal claro de quando o desfecho se aproximar: assim que perceber que está acontecendo com esta bunda algo extraordinário, fique pronta para imitar o que você a vir fazer; mudaremos de lugar, eu me ajoelharei na frente de suas belas nádegas, você fará o que me tiver visto fazer, e gozarei. Mas, sobretudo, não se impaciente, porque, aviso mais uma vez, vai demorar muito." Eu começo, mudo de lugar, como ele me recomendou. Mas que fleugma, santo Deus! Fiquei suando em bicas; para espancar mais à vontade, ele me mandara arregaçar a manga até o ombro. Fazia mais de quarenta e cinco minutos que eu o espancava com toda a força, ora com as varas, ora com o chicote, e não via minha tarefa avançar. Nosso devasso, imóvel, não se mexia mais do que se estivesse morto; parecia saborear calado os movimentos internos da volúpia que recebia dessa operação, mas nenhum vestígio externo, nenhuma aparência de que ela se manifestasse, quando nada, em sua pele. Afinal, bateram duas horas, e eu estava na labuta desde as onze; de repente, vejo-o levantar os quadris, afastar as nádegas; passo e repasso as varas por certos lugares, continuo a espancá-lo; ele solta um cagalhão, eu o açoito, minhas chicotadas vão fazer a merda voar e cair no chão. "Vamos, coragem", digo, "estamos chegando a bom porto." Então nosso homem se levanta, furioso; sua pica dura e rebelde estava grudada na barriga. "Imite-me", ele me diz, "imite-me, preciso que me dê merda para que eu lhe dê porra." Curvo-me prontamente no lugar onde ele estava, ele se ajoelha como dissera, ponho um ovo em sua boca, que fazia quase três dias guardava exatamente para isso. Ao recebê-lo, sua porra sai e ele se joga para trás uivando de prazer, mas sem engolir e sem sequer guardar por mais de um segundo o cocô que eu acabava de lhe dar. Aliás, com exceção dos senhores, que sem dúvida são modelos do gênero, vi poucos homens terem crispações mais agudas; quase desmaiou ao espalhar a porra. A sessão me valeu dois luíses.

"Mas mal cheguei em casa encontrei Lucile às voltas com outro velhote, que, sem lhe ter feito nenhum afago preliminar, se fazia simplesmente fustigar do alto dos quadris até os tornozelos com varas de molho no vinagre, e depois das vergastadas dirigidas com a máxima força de seu braço ele terminava a operação fazendo-se chupar. A moça ficava de joelhos na sua frente, assim que ele desse o sinal balançava os velhos colhões gastos em cima de suas tetas e botava a engenhoca molenga dentro da boca, onde o pecador arrependido não demorava a chorar seus pecados."

E como Duclos terminou aí o que tinha a dizer naquela noite, e a hora da ceia ainda não tinha chegado, eles fizeram algumas safadezas para aguardar.

— Você deve estar exausto, presidente — disse o duque a Curval. — Já o vi ter hoje dois esporros, e você não está acostumado a perder num dia tamanha quantidade de porra.

— Apostemos uma terceira — disse Curval, que passava a mão na bunda da Duclos.

— Oh, tudo o que quiser — disse o duque.

— Mas imponho uma condição — disse Curval —, é que tudo me será permitido.

— Ah, não — retrucou o duque —, você bem sabe que há coisas que prometemos não fazer antes do momento em que nos forem contadas. Sermos fodidos é uma delas: antes de fazer isso devíamos esperar que nos citassem, na ordem estabelecida, algum exemplo dessa paixão; e no entanto, com as exibições de todos os senhores, passamos por cima disso. Há vários prazeres particulares que também deveríamos nos ter proibido até que nos fossem narrados, e que toleramos, contanto que se passem em nossos quartos ou alcovas. Você mesmo, há pouco, se dedicou a um deles com Aline: terá sido à toa que ela soltou um grito lancinante, e agora está com o lenço cobrindo o seio? Pois bem! Pois bem, então escolha, ou entre esses prazeres misteriosos, ou entre os que nos permitimos publicamente, e que a sua terceira vez venha de só uma dessas coisas, e aposto cem luíses que não conseguirá.

Então o presidente perguntou se podia passar para a alcova do fundo com os sujeitos que bem lhe aprouvessem; aceitaram, com a única condição de que Duclos estaria presente e de que só confiariam nela para certificar aquele esporro.

— Está bem — disse o presidente —, aceito.

E, para começar, a Duclos lhe deu, diante de todo mundo, quinhentas chicotadas; feito isso, ele levou consigo sua querida e leal amiga Constance, a quem pediram, porém, que ele nada fizesse que pudesse prejudicar a gravidez; ele juntou sua filha Adélaïde, Augustine, Zelmire, Céladon, Zéphire, Thérèse, Fanchon, a Champville, a Desgranges e a Duclos, e mais três fodedores.

— Ah, porra! — disse o duque —, não combinamos que você se serviria de tantos sujeitos!

Mas o bispo e Durcet, tomando o partido do presidente, garantiram que não tinham tratado do número. Então, o presidente e sua tropa se trancaram, e meia hora depois, a qual o bispo, Durcet e Curval não passaram, com o que lhes sobrava de sujeitos, a rezar para Deus, meia hora depois, digo, Constance e Zelmire voltaram chorando, e logo foram seguidas pelo presidente com o resto da tropa, amparado pela Duclos, que deu testemunho de seu vigor e certificou que, com toda a justiça, ele merecia uma coroa de louros. O leitor não levará a mal se não lhe revelarmos o que o presidente fez: as circunstâncias ainda não nos permitem; mas ganhou a aposta, e era isso o essencial.

— Aqui estão cem luíses — ele disse, ao recebê-los —, que me servirão para pagar uma multa a que temo em breve ser condenado.

Esta é mais uma coisa que pedimos ao leitor que nos permita explicar apenas quando acontecer, mas que ele se limite a ver como esse celerado previa de antemão seus erros e como se importava com a punição que deviam merecer, sem se dar ao menor trabalho de preveni-los ou evitá-los. Como só se passaram coisas absolutamente banais desde esse instante até começarem as narrações do dia seguinte, vamos imediatamente transportar o leitor para lá.

DÉCIMO OITAVO DIA

Duclos, bela, enfeitada e ainda mais brilhante do que nunca, começou assim os relatos de sua décima oitava noite:

— Eu acabava de adquirir uma criatura grande e alta chamada Justine; tinha vinte e cinco anos, um metro e sessenta e sete de altura, robusta como uma garçonete de bar e, aliás, com belas feições, linda pele e o mais bonito corpo do mundo. Como em minha casa abundavam esses velhos devassos que só encontram algum sinal de prazer nos suplícios que lhes infligem, pensei que uma pensionista dessa podia ser de boa ajuda. Já no dia seguinte à sua chegada, para pôr à prova seus talentos fustigadores, que tinham sido imensamente elogiados, coloquei-a com um velho comissário de bairro, que era preciso fustigar com toda a força, do peito aos joelhos e do meio das costas à barriga da perna, e isso até que pingasse sangue por todo lado. Feita a operação, o libertino simplesmente levantava a roupa da donzela e soltava seu cocô em cima das nádegas dela. Justine se comportou como uma verdadeira heroína de Citera, e nosso sem-vergonha veio me confessar que eu possuía um tesouro e que em toda a sua vida não tinha sido fustigado como por essa safadinha.

"Para lhe mostrar como a considerava importante, juntei-a, alguns dias depois, com um velho inválido de Citera que se fazia flagelar por mais de mil chicotadas em todas as partes do corpo, indistintamente, e quando tudo estava ensanguentado a moça tinha de urinar na própria mão e esfregar com sua urina todas as partes mais machucadas do corpo. Aplicada essa loção, recomeçava a tarefa; então ele gozava, a moça recolhia com cuidado, na mão, a porra que ele soltava e o friccionava uma segunda vez com esse novo bálsamo. Êxitos idênticos teve minha nova aquisição, e cada dia maiores elogios; mas já não era possível empregá-la com o campeão que agora lhes apresento.

"De feminino, esse homem singular só queria a roupa; de fato, queria mesmo é que fosse um homem e, me explicando melhor, era por um homem vestido de mulher que o devasso queria ser espancado. Só vendo de que arma se servia! Não imaginem os senhores que fossem varas; era com um molho de caniços de vime que se devia dilacerar barbaramente suas nádegas. Na verdade, como esse negócio cheirava um pouco a sodomia, eu não deveria me envolver; mas, como era um velho cliente da Fournier, homem sinceramente ligado desde sempre à nossa casa, e como, por sua situação, poderia nos prestar algum favor, não me fiz de difícil; disfarcei um rapazinho de dezoito anos que às vezes nos fazia compras e tinha um rosto muito bonito e o apresentei, armado com o molho de vime. Nada mais agradável do que a cerimônia (como bem imaginam, quis vê-la). Ele logo observou sua suposta donzela e, sem dúvida achando-a muito a seu gosto, começou com cinco ou seis beijos na boca, o que cheirava a herético* a

---

* A expressão é aqui empregada no sentido literal, pois no século XVIII a sodomia era considerada um desvio herético passível de morte na fogueira.

uma légua de distância; feito isso, mostrou suas nádegas e sempre aparentando, por suas palavras, achar que o rapazinho era uma moça, disse-lhe para apalpá-las e amassá-las com força; o rapazinho, por mim muito bem instruído, fez tudo o que ele pedia. 'Ande', disse o devasso, 'me chicoteie, e, sobretudo, não me poupe.' O rapaz apanha o monte de varas e logo deixa cair, com um braço vigoroso, cinquenta chicotadas nas nádegas que lhe são apresentadas; o libertino, já fortemente marcado pelas varas, joga-se sobre sua masculina fustigadora, levanta-lhe a roupa, com uma mão verifica o seu sexo, com a outra agarra, ávido, suas nádegas. Primeiro, não sabe que templo incensar: no final, opta pela bunda, onde cola a boca ardorosa. Oh!, que diferença entre o culto prestado pela natureza e aquele que supostamente a ultraja! Santo Deus, se esse ultraje fosse real, a homenagem teria tanto ardor? Nunca uma bunda de mulher foi beijada como a do rapaz; três ou quatro vezes a língua do devasso desapareceu por inteiro em seu ânus. Por fim, reinstalando-se: 'Ó querida criança!', exclamou, 'continue a sua operação'. Recomeça o flagelo; mas, como ele estava mais animado, aguenta esse segundo ataque bem mais forte. Fica ensanguentado; e nisso seu caralho se ergue e ele manda o jovem objeto de seus arroubos agarrá-lo depressa. Enquanto este o manuseia, o outro quer lhe prestar um serviço idêntico; arregaça mais suas roupas, mas dessa vez o que quer é o caralho; toca-o, masturba-o, sacode-o e logo o mete na boca. Depois dessas carícias preliminares, apresenta-se uma terceira vez para as vergastadas. Essa última cena o deixa no auge da fúria; joga seu adônis na cama, deita em cima dele, aperta ao mesmo tempo seu caralho e o dele, cola a boca nos lábios do belo menino e, depois de conseguir excitá-lo com suas carícias, lhe proporciona o divino prazer no exato instante em que também o saboreia; os dois gozam ao mesmo tempo. Nosso libertino, encantado com a cena, tentou dissipar meus escrúpulos e me fez prometer que muitas vezes eu lhe proporcionaria o mesmo prazer, fosse com aquele, fosse com outros. Quis trabalhar pela sua conversão, garanti-lhe que tinha moças deliciosas que o espancariam igualmente bem: ele não quis nem olhar para elas."

— Acredito — disse o bispo. — Quando se tem, decididamente, o gosto pelos homens, é impossível mudar; a distância é tão extrema que não se sente tentação pela prova.

— Monsenhor — disse o presidente —, o senhor expõe aí uma tese que mereceria uma dissertação de duas horas.

— E que sempre se concluiria com vantagem para a minha asserção — disse o bispo —, porque é irreplicável que um rapaz vale mais que uma moça.

— Incontestavelmente — retrucou Curval —, mas eu poderia lhe dizer que há certas objeções a esse sistema e que, para prazeres de determinado tipo, como, por exemplo, aqueles de que nos falarão Martaine e Desgranges, uma moça vale mais que um rapaz.

— Nego — disse o bispo —; e até para esses a que você se refere o rapaz vale mais que a moça. Considere-o pela perspectiva do mal, que é quase sempre o verdadeiro encanto do prazer, e o crime lhe parecerá maior com uma criatura totalmente da sua espécie do que com outra de espécie diferente, e a partir daí a volúpia é dupla.

— Sim — disse Curval —, mas esse despotismo, esse domínio, essa delícia que nasce do abuso decorrente da força contra o fraco...

— Até isso continua a existir — respondeu o bispo. — Se a vítima é mesmo sua, esse domínio que, em tais casos, você acredita mais certo existir com uma mulher do que com um homem resulta apenas do preconceito, vem apenas do costume que, comumente, submete mais aquele sexo aos seus caprichos do que o outro. Mas rejeite por instantes esses preconceitos de opinião e veja se o outro sexo está perfeitamente acorrentado a você: nesse caso, terá a sensação de um crime maior, e necessariamente a sua lubricidade deve dobrar.

— Penso como o bispo — disse Durcet —, e, desde que se tenha certeza de que o domínio está bem estabelecido, creio que é ainda mais delicioso exercer o abuso da força com seu semelhante do que com uma mulher.

— Senhores — disse o duque —, gostaria que adiassem suas discussões para o momento da comida, e que não empregassem estas horas, destinadas a escutar as narrações, com sofismas.

— Ele tem razão — disse Curval. — Vamos, Duclos, recomece.

E a amável diretora dos prazeres de Citera retomou nos seguintes termos:

— Um velho escrivão do Parlamento — disse — vem me visitar certa manhã, e, como já no tempo da Fournier ele estava acostumado a só ver a mim, não quis mudar de hábito. Tratava-se de masturbá-lo e, ao mesmo tempo, ir lhe dando gradualmente umas bofetadas, isto é, primeiro devagarinho, depois um pouco mais forte, à medida que seu caralho ganhava consistência, e por fim com força, quando ele esporrava. Eu tinha entendido tão bem a mania desse personagem que, na vigésima bofetada, fazia sua porra sair.

— Na vigésima! — disse o bispo — Caramba! Eu não precisaria de tantas para brochar de repente!

— Está vendo, meu amigo — disse o duque —, cada um tem sua mania; nunca devemos criticar nem nos surpreender com a mania de ninguém. Vamos, Duclos, mais uma e termine.

— A que me falta narrar esta noite — disse Duclos — foi contada por uma amiga; fazia dois anos que ela vivia com um homem que só sentia tesão depois que lhe tivessem aplicado vinte petelecos no nariz, puxado as orelhas até sangrar, mordido a bunda, o caralho e os colhões. Excitado com as duras titilações dessas preliminares, ficava de pica dura como um garanhão e esporrava, xingando como um diabo, quase sempre na cara daquela de quem acabava de receber tão curioso tratamento.

Depois de tudo o que acabava de ser dito, e como os senhores só tinham inflamado os miolos com o que se referia às fustigações masculinas, nesta noite imitaram apenas essa fantasia. O duque foi espancado até sangrar por Hercule, Durcet por Pica-Pro-Céu, o bispo por Antínoo e Curval por Rebenta-Cu; o bispo, que não tinha feito nada durante o dia, esporrou nas orgias, dizem, e comendo o cocô de Zélamir, que o conservava fazia dois dias. E foram se deitar.

DÉCIMO NONO DIA

Logo de manhã, depois de algumas observações sobre a merda dos sujeitos destinados às lubricidades, resolveram que deviam experimentar uma coisa que Duclos mencionara em suas narrações: quero dizer, o racionamento de pão e de sopa em todas as mesas, exceto na dos cavalheiros. Esses dois alimentos foram retirados; ao contrário, as aves e a caça foram redobradas. Não precisaram de oito dias para perceber uma diferença essencial nos excrementos: estavam mais moles, mais derretidos, de uma delicadeza infinitamente superior, e acharam que o conselho de D'Arcourt à Duclos era o de um libertino verdadeiramente consumado nessas matérias. Alegaram que talvez aquilo resultasse em certa alteração nos hálitos.

— Ah! Pouco importa! — disse Curval, a quem o duque objetava. — É muito malvisto dizer que, para provocar prazeres, a boca de uma mulher ou de um rapaz deva ser absolutamente saudável. Deixemos as manias de lado, e admito que quem deseja uma boca fedorenta age apenas por depravação, mas admita, por sua vez, que uma boca sem o menor cheiro não dá nenhum prazer ao ser beijada: sempre deve haver uma pitada de sal, um toque picante em todos esses prazeres, e esse picante só existe num pouco de sujeira. Por mais limpa que seja a boca, o amante que a chupa faz ali, com toda a certeza, uma sujeira, sem desconfiar de que é essa própria sujeira que lhe agrada. Reforçando um pouco esse gesto, vai querer que a boca tenha algo de impuro: é muito bom que não cheire a podridão ou a cadáver, mas que não tenha cheiro de leite nem de criança: afirmo que assim deve ser a boca. Portanto, o regime que faremos ser seguido terá, no máximo, o inconveniente de alterar um pouco a boca, mas sem estragar, e é só disso que se precisa.

As inspeções pela manhã não deram em nada; eles já estavam mais obedientes. Ninguém pediu licença para ir de manhã ao banheiro, e passaram à mesa. Adélaïde, de serviço, foi solicitada por Durcet a peidar dentro de uma taça de vinho de Champagne e, como não conseguiu, foi no mesmo instante inscrita no livro fatal por esse marido bárbaro que, desde o início da semana, só buscava uma ocasião de flagrá-la em erro. Passaram ao café, servido por Cupidon, Giton, Michette e Sophie. O duque fodeu Sophie nas coxas, fazendo-a cagar em sua mão e borrando o rosto, o bispo fez o mesmo com Giton, e Curval com Michette; quanto a Durcet, meteu o dele na boca de Cupidon, depois de fazê-lo cagar. Ninguém esporrou, e no final da sesta foram escutar Duclos.

— Um homem que ainda não tínhamos visto — disse essa moça amável — veio nos propor uma cerimônia bem esquisita: tratava-se de prendê-lo no terceiro degrau de uma escada de pintor; nesse terceiro degrau amarramos seus pés, e o resto do corpo, na altura onde batia, enquanto as mãos foram amarradas para cima no alto da escada. Para essa cena, ele ficou nu; tínhamos de flagelá-lo com toda a força, e com a parte grossa das varas quando as pontas estivessem gastas. Como estava nu, não era preciso tocá-lo, nem ele mesmo se tocava; mas, ao fim de certa dose de pancadaria, seu instrumento monstruoso tomou impulso, o vimos balançar entre os degraus como o badalo de um sino e pouco depois, impetuoso, lançar sua porra no meio do quarto. Então o soltamos, ele pagou, e assunto encerrado.

"No dia seguinte nos mandou um amigo, cujo caralho e colhões, nádegas e coxas deveríamos espetar com uma agulha de ouro; só gozaria quando estivesse sangrando. Eu mesma me encarreguei dele, e, como ele me mandava ir cada vez mais fundo, foi enfiando quase toda a agulha na glande que vi jorrar sua porra em minha mão. Depois de lambê-la, atirou-se em minha boca, chupou-a prodigiosamente, e ponto final.

"Um terceiro, outro conhecido dos dois primeiros, me mandou flagelá-lo com cardos em todas as partes do corpo, indistintamente. Deixei-o sangrando; ele se olhou num espelho e ao se ver nesse estado largou a porra, sem tocar em nada, sem apalpar nada, sem nada exigir de mim.

"Essas extravagâncias me divertiam muito, e eu sentia uma volúpia secreta em realizá-las; assim, todos os que se entregavam a elas ficavam encantados comigo. Foi mais ou menos na época dessas três cenas que um nobre dinamarquês, que me foi encaminhado para sessões de prazer diferentes e que não eram de minha competência, teve a imprudência de ir à minha casa com dez mil francos em diamantes, outros tantos em joias e quinhentos luíses em dinheiro. A caça era boa demais para deixá-la escapar: entre Lucile e mim, o fidalgo foi roubado até o último centavo. Ele quis dar queixa, mas como eu subornava fortemente a polícia, e como naquele tempo com ouro se fazia o que se queria, mandaram o fidalgo se calar e seus bens me pertenceram, a não ser algumas joias que tive de ceder aos beleguins para desfrutar tranquilamente do resto. Nunca tinha me acontecido praticar um roubo sem que uma felicidade se manifestasse no dia seguinte: essa boa fortuna foi um novo cliente, um desses clientes cotidianos que se podem chamar de prato de resistência de um bordel. O cliente era um velho cortesão que, cansado das homenagens que recebia no palácio dos reis, gostava de mudar de papel com as putas. Foi comigo que quis começar; eu tinha de mandá-lo repetir a lição e a cada erro ele era condenado a se ajoelhar e receber, ora nas mãos, ora no traseiro, vigorosos golpes com uma palmatória de couro como aquelas que os mestres usam na sala de aula. Cabia-me perceber quando estivesse bem fogoso; então eu agarrava seu caralho e o sacudia com muito jeito, sempre ralhando com ele, chamando-o de libertinozinho, sujeitinho malvado e outras invectivas infantis que o faziam gozar com muita volúpia. Cinco vezes por semana uma cerimônia dessa devia ser executada em minha casa, mas sempre com uma moça diferente e previamente informada, e em troca eu recebia vinte e cinco luíses por mês. Eu conhecia tantas mulheres em Paris que foi fácil prometer-lhe o que pedia, e cumprir; tive por dez anos em meu pensionato esse aluno adorável, que nessas alturas resolveu ir tomar outras aulas no inferno.

"Enquanto isso eu ia entrando nos anos, e, embora minha aparência fosse do tipo de se conservar, eu começava a perceber que só mesmo por capricho os homens queriam fazer michê comigo. No entanto, ainda tinha belos clientes, embora já com trinta e seis anos (e as outras aventuras de que participei aconteceram a partir dessa idade até os quarenta anos).

"Mesmo que já tivesse, como eu ia dizendo, trinta e seis anos, o libertino cuja mania vai encerrar esta noite só queria saber de mim. Era um padre de seus sessenta anos, pois eu só recebia pessoas de certa idade, e qualquer mulher que queira fazer fortuna em nossa profissão me imitará, com toda a certeza. O santo homem chega e, assim que estamos juntos, pede para ver minhas nádegas. 'Eis a mais bela bunda do mundo', diz; 'mas infelizmente não é ela que vai me fornecer a pitança a ser devorada. É esta', diz, pondo suas nádegas entre minhas mãos: 'é esta que vai fornecê-la... Faça-me cagar, por favor'. Pego um vaso de porcelana, que coloco sobre os joelhos, o padre se instala na altura certa, aperto seu ânus, abro-o um pouco e faço com ele, em suma, todos os diferentes gestos que, imagino, devem apressar a evacuação. Ela chega; um enorme cagalhão enche o prato, ofereço-o ao libertino, que o agarra, joga-se ali em cima, devora-o e goza depois de quinze minutos com a mais violenta fustigação ministrada por mim, justamente naquela bunda que acaba de pôr um ovo tão bonito. Tudo é engolido; ele cronometrou tão bem a tarefa que a ejaculação só chegou quando comia o último bocado. O tempo todo em que o chicoteei eu não parei de excitá-lo com frases do tipo: 'Ande logo, seu safadinho, seu sujinho! Então é assim que você come merda? Ah! Vou lhe ensinar, pilantrinha, como fazer essas infâmias!'. E foi por esses métodos e palavras que o libertino chegou ao auge do prazer."

Aqui, Curval quis dar à sociedade, antes da ceia, o real espetáculo do que Duclos acabara de descrever só por alto. Chamou Fanchon, a mandou cagar e o libertino tudo devorou, enquanto a velha bruxa o cobria de pancada. Essa lubricidade inflamou as cabeças, todo mundo quis merda, e então Curval, que não esporrara, misturou ao seu cocô o de Therèse, que ele mandou cagar imediatamente. O bispo, acostumado a imitar as delícias do outro, fez o mesmo com a Duclos, o duque com Marie, e Durcet com Louison. Era atroz, inaudito, repito, servirem-se de velhas bruacas como aquelas, quando tinham às suas ordens objetos tão bonitos: mas, como se sabe, a saciedade nasce da abundância, e é em meio a volúpias que se consegue o deleite graças aos suplícios. Feitas essas imundícies, que só custaram um esporro, o do bispo, foram se sentar à mesa. Para fazer tantas porcarias, só quiseram nas orgias as quatro velhas e as quatro historiadoras, e mandaram embora todo o resto. Tanto disseram, tanto fizeram, que com isso todos gozaram, e nossos libertinos foram se deitar nos braços da exaustão e da embriaguez.

VIGÉSIMO DIA

Algo muito divertido aconteceu na noite da véspera: o duque, completamente bêbado, em vez de ir para o quarto, foi se meter na cama da jovem Sophie, e, por mais que essa criança lhe tivesse dito alguma coisa, pois sabia que o que ele fazia ia contra as regras, ele não desistiu, continuou a afirmar que estava na sua cama com Aline, que devia ser sua mulher naquela noite. Mas ele podia ter com Aline certas intimidades que ainda lhe eram proibidas com Sophie; e, quando quis pô-la na posição adequada para se divertir à vontade, a pobre criança, com quem ainda ninguém tinha feito nada parecido, sentiu a enorme cabeça da pica do duque bater à porta estreita de seu jovem traseiro, querendo arrombá-lo, e a pobre menina começou a dar gritos horrorosos e a fugir nua pelo quarto. O duque foi atrás dela, xingando como um diabo, e sempre a confundindo com Aline: "Idiota", ele lhe dizia, "então é a primeira vez?". E, acreditando agarrá-la na fuga, caiu na cama de Zelmire, pensando ser a sua, e beijou essa moça imaginando que Aline recobrara a razão. Com ela usou o mesmo método que com a outra, porque, decididamente, o duque queria alcançar seu objetivo; mas, logo que Zelmire se deu conta do projeto, imitou a colega, deu um grito terrível e fugiu. Enquanto isso, Sophie, que tinha sido a primeira a dar no pé, vendo muito bem que não havia outro jeito de esclarecer aquele quiproquó a não ser indo buscar uma luz e alguém de sangue-frio que pudesse pôr ordem em tudo, foi buscar a Duclos. Mas esta, que saíra das orgias bêbada como uma gambá, estava estendida quase sem sentidos no meio da cama do duque e não conseguiu lhe dar nenhuma solução. Desesperada, sem saber a quem recorrer em tal circunstância, e ouvindo todas as suas companheiras gritarem por socorro, ousou entrar no quarto de Durcet, que dormia com Constance, sua filha, e lhe disse o que estava acontecendo. Constance, de qualquer maneira, ousou se levantar, apesar dos esforços que Durcet, bêbado, fazia para segurá-la, dizendo que queria esporrar. Ela pegou uma vela e foi ao quarto das meninas: encontrou-as todas de camisola no meio do quarto e o duque correndo atrás ora de umas, ora de outras, e sempre pensando que se tratava da mesma, que ele dizia ser Aline e ter se tornado uma feiticeira naquela noite. Constance enfim lhe mostrou seu erro. Pediu licença para levá-lo de volta ao seu quarto, onde encontraria Aline muito submissa a tudo o que exigisse dela, e o duque, caindo de bêbado e de muito boa-fé, e cujo único objetivo era enrabar Aline, deixou-se conduzir; essa bela moça o recebeu e se deitaram. Constance se retirou e tudo voltou à calma com as meninas. Riram muito, todo o dia seguinte, dessa aventura noturna, e o duque alegou que se infelizmente, em tal caso, tivesse arrebentado uma virgindade não deveria ser multado porque estava bêbado: garantiram-lhe que se enganava e que teria sido, sim, senhor, obrigado a pagar. Almoçaram no aposento das sultanas, como de costume, e todas confessaram que tinham sentido um medo danado. No entanto, não se encontrou nenhuma delas em falta, apesar do alvoroço; tudo também estava em ordem com os rapazes, e como o jantar, assim como o café, nada ofereceu de extraordinário, passaram ao salão de histórias, onde Duclos, recuperada dos excessos da véspera, divertiu a assembleia, nesta noite, com os cinco seguintes relatos:

— Fui novamente eu, excelências — disse —, que servi à função que vou lhes contar. Era um médico; seu primeiro cuidado foi inspecionar minhas nádegas, e, como achou-as sublimes, passou mais de uma hora a não fazer outra coisa senão beijá-las. Por fim, confessou suas pequenas fraquezas: tratava-se de cagar; eu sabia, e tinha me preparado para isso. Enchi um vaso de porcelana branca que me servia para essas expedições; assim que ele se apodera do meu cocô, joga-se em cima dele e o devora; mal o vejo nessa ocupação, me armo de um nervo de boi (esse era o instrumento com que devia acariciar o seu traseiro), o ameaço, espanco, ralho com ele por causa das infâmias que pratica, e o libertino, sem me escutar, goza enquanto engole, e vai embora com a rapidez de um raio, jogando um luís em cima da mesa.

"Pouco depois entreguei outro nas mãos de Lucile, que teve bastante dificuldade para fazê-lo gozar. Primeiro, a merda que iam lhe apresentar precisava ser de uma velha pobretona e, para que ele se convencesse, a velha era obrigada a operar na frente dele. Dei-lhe uma de setenta anos, cheia de úlceras e erisipela, e que, fazia quinze anos, não tinha nem mais um dente nas gengivas: 'Que bom, excelente', ele disse, 'é assim que gosto'. Depois, trancando-se com Lucile e o cocô, essa moça, tão jeitosa como condescendente, tinha de excitá-lo a comer a merda infame. Ele a cheirava, olhava, tocava, mas custava muito a se decidir a ir além. Então Lucile, apelando para o que desse e viesse, põe a pá no fogo da lareira e, retirando-a rubra, anuncia que vai lhe queimar as nádegas para induzi-lo a fazer o que exige, se ele nao se decidir logo de uma vez. Nosso homem estremece, tenta de novo: idêntico nojo. Então Lucile, já sem poupá-lo, abaixa suas calças e, vendo uma bunda feia, toda encarquilhada, toda escoriada por operações semelhantes, queima-lhe de leve as nádegas. O devasso xinga, Lucie recomeça e acaba por queimá-lo com força no meio do traseiro; a dor, enfim, decide por ele, e ele dá uma mordida; ela torna a excitá-lo com outras queimaduras, e no final tudo é comido. Foi esse o instante do esporro, e vi poucos mais violentos; deu gritos lancinantes, rolou pelo chão; julguei-o frenético ou atacado de epilepsia. Encantado com nossos bons modos, o libertino me prometeu tornar-se freguês, mas com a condição de que eu lhe desse a mesma moça e sempre velhas diferentes. 'Quanto mais asquerosas forem', ele me disse, 'mais lhe pagarei. A senhora não imagina', acrescentou, 'até onde levo a depravação nessa matéria; nem eu mesmo me atrevo a perceber.'

"Um de seus amigos, que ele me mandou no dia seguinte, a levava, porém, a meu ver, bem mais longe; com a única diferença de que, em vez de queimar suas nádegas, era preciso espancá-lo fortemente com tenazes em brasa, com essa única diferença, digo, de que precisava do cocô do mais velho, sujo e nojento de todos os carregadores. Um velho mordomo de oitenta anos, que fazia muitíssimo tempo tínhamos na casa, surpreendentemente lhe agradou para essa operação; ele engoliu, deliciado, o cagalhão quentinho, enquanto Justine o espancava com pinças em que mal se podia tocar de tão escaldantes. E ainda tinha de beliscar-lhe grandes nacos de carne e quase assá-los.

"Um outro pedia para ser espetado nas nádegas, no ventre, nos colhões e na pica com uma grande sovela de sapateiro, e isso mais ou menos com as mesmas cerimônias, ou seja, até que tivesse comido um cocô que eu lhe apresentava dentro de um penico, sem que ele quisesse saber de quem era.

"Não se pode imaginar, senhores, até onde os homens levam o delírio no fogo de sua imaginação. Pois não vi um que, sempre seguindo os mesmos princípios, exigia que eu o moesse de pancada com uma bengala na bunda, até que tivesse comido o cagalhão que ele mandava tirar, na sua frente, do próprio fundo da fossa do esgoto? E seu pérfido esporro só escorria em minha boca, durante essa expedição, quando tinha devorado aquela imundície toda."

— Tem de tudo — disse Curval, passando a mão nas nádegas da Desgranges. — Estou convencido de que se pode ir ainda mais longe que isso.

— Mais longe? — disse o duque, que apertava com certa força o traseiro de Adélaïde, sua mulher neste dia. — E que diachos quer que se faça?

— Pior — disse Curval —, pior! E acho que nessas coisas nunca se faz o suficiente.

— Penso igual a ele — disse Durcet, que Antínoo enrabava —, e sinto que minha cabeça ainda seria mais requintada com todas essas porcarias.

— Aposto que sei o que Durcet quer dizer — disse o bispo, que ainda não estava operando.

— E que diabo é isso então? — disse o duque.

Então o bispo se levantou, falou baixo com Durcet, que disse que era isso, e o bispo foi depois falar com Curval, que disse: "Sim, é isso mesmo", e com o duque, que exclamou: "Ah! Porra, essa eu nunca teria descoberto". Como esses cavalheiros não se explicaram mais, não nos foi possível saber o que quiseram dizer. E, se soubéssemos, creio que bem faríamos em mantê-lo sempre oculto, por pudor, pois há uma porção de coisas que basta assinalar, em nome de uma prudente circunspecção; podemos encontrar ouvidos castos, e estou infinitamente convencido de que o leitor já nos agradece toda a circunspecção que lhe demonstramos; quanto mais ele avançar, mais perto estaremos desse objeto digno de seus mais sinceros louvores, o que já quase podemos garantir. Enfim, diga-se o que se disser, cada um tem que salvar sua alma: e de qual punição, neste mundo e no outro, não seria digno aquele que, sem nenhuma moderação, se divertisse por exemplo em divulgar todos os caprichos, todos os gostos, todos os horrores secretos a que os homens estão sujeitos no fogo de sua imaginação? Seria revelar segredos que devem ficar enterrados para a felicidade da humanidade; seria empreender a corrupção geral dos costumes e precipitar seus irmãos em Jesus Cristo em todos os desregramentos a que poderiam levar tais quadros; e Deus, que vê o fundo de nosso coração, esse Deus poderoso que fez o céu e a terra e que deve nos julgar um dia, Ele é que sabe se desejaríamos ouvi-Lo nos criticar por tais crimes!

Concluíram-se alguns horrores já iniciados. Curval, por exemplo, fez Desgranges cagar; os outros, ou a mesma coisa com diferentes sujeitos, ou outras, que não valiam mais que essas, e passaram à ceia. Nas orgias, Duclos, depois de ouvir esses cavalheiros dissertarem sobre o novo regime supracitado, e cujo objetivo era tornar a merda mais abundante e delicada, disse-lhes que, para apreciadores como eles, ela estava surpresa de ver que ignoravam o verdadeiro segredo para ter cagalhões muito abundantes e delicados. Interrogada sobre como deviam fazer, disse que o único modo era provocar imediatamente no sujeito uma leve indigestão, proibindo-o de comer coisas prejudiciais ou pouco saudáveis, mas obrigando-o a comer precipitadamente fora das horas das refeições. A experiência foi feita já na mesma noite: foram acordar Fanny, com quem ninguém tinha se incomodado nessa noite e que fora se deitar depois da ceia, obrigaram-na a comer de imediato quatro enormes biscoitos, e na manhã seguinte ela forneceu um dos maiores e mais belos cocôs que já tinham conseguido. Portanto, adotaram esse sistema, com a recomendação, porém, de se suprimir o pão, o que Duclos aprovou e que só podia melhorar os frutos que o outro segredo produziria. Não houve dia em que não provocaram, assim, semi-indigestões nas meninas e nos lindos meninos, e não se imagina o que obtiveram. Digo isso de passagem para que, se algum apreciador quiser se valer desse segredo, que esteja firmemente convencido de que não há outro melhor. O resto da noite não produziu nada de extraordinário, e foram se deitar a fim de se preparar, no dia seguinte, para as núpcias brilhantes de Colombe e Zélamir, celebração da festa da terceira semana.

VIGÉSIMO PRIMEIRO DIA

Seguindo os costumes de praxe, ocuparam-se logo de manhã dessa cerimônia, mas, não sei se de propósito ou não, a jovem esposa foi considerada culpada já bem cedinho: Durcet garantiu que encontrara merda no seu penico. Ela se defendeu, disse que a velha é que tinha ido fazer aquilo, para puni-la, e que volta e meia lhe armavam essas ciladas quando desejavam puni-la. Por mais que dissesse, não foi ouvida, e, como seu maridinho já estava na lista, divertiram-se muito com o prazer de castigar os dois. No entanto, os jovens nubentes foram conduzidos com pompa, depois da missa, ao grande salão da assembleia, onde a cerimônia devia se encerrar antes da hora da comida. Os dois eram da mesma idade, e entregou-se a menina nua ao marido, permitindo a este fazer o que bem entendesse. Nada é eloquente como o exemplo; era impossível receber exemplos piores e mais contagiosos. Assim, o jovem pula como uma flecha sobre sua mulherzinha e, como estava de pica muito dura, embora ainda não gozasse, teria inevitavelmente enfiado nela; mas, por mais apertada que fosse a brecha, os senhores consideravam questão de honra que nada alterasse aquelas ternas flores que eles queriam colher sozinhos. Por isso, o bispo refreou o entusiasmo do rapaz, aproveitou ele mesmo sua ereção e o fez enfiar em seu cu o instrumento muito bonito e já muito formado que Zélamir ia meter em sua jovem cara-metade. Que diferença para o rapaz! E que distância entre o cu muito largo do velho bispo e a bocetinha estreita de uma virgenzinha de treze anos! Mas ali ele estava lidando com gente que não admitia discussão. Curval agarrou Colombe e a fodeu nas coxas, pela frente, lambendo-lhe os olhos, a boca, as narinas e todo o rosto. Enquanto isso, devem sem dúvida ter lhe prestado alguns favores, pois gozou, e Curval não era homem de perder porra por umas bobagens dessas. Jantaram; os noivos foram aceitos no café, assim como tinham sido no jantar, e neste dia o café foi servido pela elite dos sujeitos, quero dizer, por Augustine, Zelmire, Adonis e Zéphire. Curval, que queria se endurecer de novo, quis merda a todo custo, e Augustine lhe soltou o mais belo cocô que se podia fazer. O duque foi chupado por Zelmire, Durcet por Colombe, e o bispo por Adonis. Este cagou na boca de Durcet, quando ele despachou o bispo. Mas nada de porra, o que ia se tornando raro; eles não tinham se poupado no início e, como sentiam a extrema necessidade que dela teriam no final, poupavam-se agora. Passaram ao salão de histórias, onde a bela Duclos, convidada a mostrar o traseiro antes de começar, o expôs libertinamente aos olhos da assembleia e retomou assim o fio de seu discurso:

— Mais um traço de meu caráter, senhores — disse a bela moça —, e, depois que o conhecerem o suficiente, poderão julgar o que vou esconder do relato e me dispensar de discorrer mais sobre mim mesma. A mãe de Lucile acabava de cair numa miséria negra, e foi pelo maior acaso do mundo que essa moça adorável, que não tivera mais notícias da mãe desde que fugira de casa, soube de seu triste infortúnio. Uma de nossas andarilhas, à espreita de uma mocinha que um cliente meu pedia para a mesma finalidade da moça que o marquês de Mesanges levou, isto é, comprá-la para nunca mais se ouvir falar dela, uma de nossas andarilhas, como eu dizia, veio me contar, quando eu estava na cama com Lucile, que encontrara uma mocinha de quinze anos, donzela com toda a certeza, linda de dar gosto e se parecendo, sem tirar nem pôr, com a senhorita Lucile. Mas que estava em tal petição de miséria que seria preciso guardá-la alguns dias para engordá-la antes de vendê-la. E então descreveu a velha com quem a encontrara e o horrendo estado de indigência em que se encontrava essa mãe. Por suas feições, pelos detalhes de idade e aparência, por tudo o que se referia à criança, Lucile teve um pressentimento secreto de que podiam muito bem ser sua mãe e sua irmã: sabia que, ao fugir, deixara a menina bem pequena com a mãe, e me pediu licença para ir tirar a limpo suas suspeitas. Aqui, meu espírito infernal me sugeriu um horrorzinho cujo efeito inflamou tão depressa meu físico que, fazendo nossa andarilha sair logo, e sem conseguir acalmar o incêndio de meus sentidos, pedi a Lucile que me masturbasse. Em seguida, parando no meio da operação: "O que quer ir fazer na casa dessa velha", disse-lhe, "e qual é o seu objetivo?" "Ora essa!", disse Lucile, que ainda não tinha um coração como o meu, "vai ser preciso... ajudá-la, se eu puder, e principalmente se for minha mãe." "Imbecil", digo, empurrando-a, "vá, vá sozinha sacrificar-se aos seus indignos preconceitos populares, e perca, por não se atrever a enfrentá-los, a mais bela ocasião de excitar os seus sentidos com um horror que poderá fazer você gozar por dez anos!" Espantada, Lucile me olhou, e então vi muito bem que eu precisava lhe explicar uma filosofia que ela estava longe de entender. Foi o que fiz, levei-a a compreender como são vis os laços que nos acorrentam aos autores de nossos dias; demonstrei-lhe que a mãe, por ter nos carregado em seu seio, em vez de merecer de nós algum reconhecimento, só merecia ódio, já que, apenas para seu prazer e arriscando-se a nos expor a todas as desgraças que podiam nos atingir no mundo, mesmo assim nos pariu, com o único intuito de satisfazer sua brutal lubricidade. Acrescentei tudo o que se podia dizer para demonstrar esse argumento ditado pelo bom senso e aconselhado pelo coração, quando não é absorvido pelos preconceitos da infância. "E o que lhe importa", acrescentei, "que essa criatura seja feliz ou infeliz? Sente alguma coisa pela situação dela? Afaste esses laços vis cujo absurdo acabo de demonstrar, isole inteiramente essa criatura, separe-a totalmente de você, e verá que o infortúnio dela não só deve lhe ser indiferente como pode até se tornar muito voluptuoso, se você o redobrar. Pois, afinal, você deve ter ódio dela, o que está demonstrado, e você se vinga; faz o que os imbecis chamam de má ação, e sabe a influência que o crime sempre teve sobre os sentidos. Portanto, aí estão dois motivos de prazer nos ultrajes que quero que você faça: tanto as delícias da vingança como as que sempre sentimos ao praticar o mal." Fosse porque empreguei com Lucile mais eloquência do que emprego aqui para lhes contar o fato, fosse porque seu espírito, já muito libertino e corrompido, logo advertiu seu coração sobre a volúpia de meus princípios, o fato é que gostou deles, e vi suas belas faces se colorirem com essa chama libertina que sempre aparece quando se rompe um freio. "Pois bem!", disse-me, "o que devo fazer?" "Vamos nos divertir", respondi, "e conseguir dinheiro com isso. Quanto ao prazer, é certo, se adotar meus princípios; quanto ao dinheiro, é igualmente certo, já que posso pôr sua velha mãe e sua irmã para servir em duas diferentes funções que serão muito lucrativas para nós." Lucile aceita, eu a masturbo para incitá-la ainda mais ao crime, e só então nos dedicamos aos preparativos. Cuidemos, antes de mais nada, de lhes contar os detalhes do primeiro plano, pois se enquadra naquela preferência que devo narrar, embora o atropele um pouco para seguir a ordem dos acontecimentos. E, quando estiverem informados sobre esse primeiro conjunto de meus projetos, vou esclarecê-los sobre o segundo.

"Havia um homem na alta sociedade, riquíssimo, muito prestigiado e com um espírito tão desregrado que ultrapassa tudo o que se possa dizer. Como só o conhecia com o título de conde, os senhores hão de compreender que, por mais informada que eu esteja sobre seu nome, só o designarei por esse título. O conde estava no auge da força de suas paixões, tendo no máximo trinta e cinco anos, e era homem sem fé, sem lei, sem Deus, sem religião, e sobretudo dotado, como os senhores, de invencível horror ao que se chama sentimento de caridade; dizia que compreendê-lo era mais forte que ele e que não admitia ser possível ultrajar a natureza a ponto de perturbar a ordem que ela conferira às diferentes categorias de seus indivíduos, elevando um, graças a auxílios, ao lugar do outro, e gastando nesses auxílios absurdas e revoltantes quantias bem mais agradavelmente gastas com seus prazeres. Imbuído desses sentimentos, ia ainda mais longe; não só encontrava um prazer real na recusa do auxílio como também aperfeiçoava esse mesmo prazer com ultrajes ao infortúnio. Uma de suas volúpias, por exemplo, era mandar localizar com muita atenção esses asilos tenebrosos onde a indigência faminta come um pão regado de lágrimas, ganho com o suor do rosto. Sentia tesão não só em ir desfrutar da amargura dessas lágrimas como até... como até em agravar sua razão de ser e, se pudesse, arrancar o pobre sustento dos dias desses desafortunados. E esse gosto não era uma fantasia, era um furor, pois, como dizia, não conhecia delícias mais profundas e nada podia excitar, inflamar sua alma como essa extravagância. Não era, garantiu-me um dia, fruto da depravação: desde a infância tivera essa extraordinária mania, e seu coração, eternamente empedernido diante das inflexões queixosas da desgraça, jamais concebera sentimentos mais ternos.

Como é essencial que conheçam o sujeito, os senhores precisam saber primeiro que o mesmo homem tinha três paixões diferentes: a que vou lhes contar, uma que a Martaine explicará, chamando-o por seu título, e outra ainda mais atroz que a Desgranges sem dúvida reservará para o final de seus relatos, como uma das mais fortes que com certeza ela tem a contar. Mas comecemos pelo que me diz respeito. Logo que avisei ao conde que eu descobrira um asilo desafortunado e os dependentes que abrigava, ele ficou radiante. Mas, como negócios da maior importância para sua fortuna e promoção, que ele negligenciava menos ainda na medida em que os via como uma espécie de apoio para seus desregramentos, como, digo, seus negócios iam ocupá-lo por quase quinze dias e ele não queria perder a menina, preferiu perder algo do prazer que esperava dessa primeira cena e garantir a segunda. Por isso, mandou-me no mesmo instante raptar a criança, fosse qual fosse o preço, e entregá-la no endereço que me indicou. E, para não deixá-los mais tempo no suspense, senhores, esse endereço era o da Desgranges, que o abastecia nessas terceiras funções secretas. Em seguida, marcamos o dia. Até lá, fomos encontrar a mãe de Lucile, tanto para preparar o reencontro com a filha como para descobrir o modo de raptar a irmã. Lucile, bem instruída, só encontrou a mãe para insultá-la, dizer-lhe que era a causa de ter ela se jogado na libertinagem, e mil outras acusações parecidas que dilaceravam o coração da pobre mulher e perturbavam todo o prazer que sentia em reencontrar a filha. Tive a impressão de identificar esse começo com os nossos planos e comuniquei à mãe que, assim como eu tirara sua filha mais velha da libertinagem, me oferecia para tirar a segunda. Mas a proposta não funcionou; a infeliz chorou e disse que por nada no mundo lhe arrancariam o único amparo que lhe restava, a segunda filha; que estava velha, inválida, recebia cuidados dessa criança, e privá-la disso seria arrancar-lhe a vida. Aqui confesso, para minha vergonha, senhores, que senti um impulsozinho no fundo do coração que me levou a notar que minha volúpia aumentaria com o requinte de horror que, no caso, eu poria no crime; e, tendo avisado à mãe que dali a poucos dias sua filha voltaria para mais uma visita, com um homem de prestígio que poderia lhe prestar grandes favores, nos retiramos e me ocupei apenas de empregar meus meios correntes para me tornar amante dessa mocinha. Eu a examinara bem, ela valia a pena; quinze anos, um lindo porte, uma pele belíssima e feições muito bonitas. Três dias depois ela chegou, examinei todas as partes de seu corpo e só encontrei encantos, tudo muito roliço e muito viçoso, apesar da má alimentação a que estava condenada fazia tanto tempo, e mandei entregá-la a Madame Desgranges, com quem eu fazia negócio pela primeira vez na vida. Nosso homem voltou enfim de suas ocupações; Lucile levou-o à casa da mãe, e é aqui que começa a cena que devo descrever. Encontraram a velha mãe na cama, sem lareira acesa, embora no meio de um inverno muito frio, tendo perto da cama uma vasilha de madeira em que havia um pouco de leite e onde o conde mijou ao entrar. Para impedir qualquer tumulto e tornar-se senhor do casebre, o conde pusera na escada dois grandes pilantras contratados por ele, que deviam se opor à força a qualquer subida ou descida imotivada. 'Velha bestalhona', disse-lhe o conde, 'viemos com a sua filha, que está aqui e é, palavra de honra, uma linda puta; viemos, velha bruxa, para aliviar os seus males, mas você precisa descrevê-los. Vamos', disse, se sentando e começando a apalpar a bunda de Lucile, 'ande, conte os detalhes dos seus sofrimentos.' 'Ai de mim!', disse a boa mulher, 'o senhor vem com essa safada mais para me insultar do que para me aliviar.' 'Safada?', disse o conde. 'Ousa insultar sua filha? Ande', ele disse, levantando-se e arrancando a velha de seu catre, 'fora da cama, já, e peça-lhe desculpas de joelhos pelo insulto que acaba de lhe fazer.' Não havia como resistir. 'E você, Lucile, arregace as roupas, mande sua mãe beijar sua bunda, que eu quero ter certeza de que ela vai beijar, e façam as pazes.' A insolente Lucile esfrega a bunda no velho rosto da pobre mãe, cobrindo-a de palavrões. O conde permitiu que a velha voltasse a se deitar, e retomou a conversa: 'Digo-lhe mais uma vez', continuou, 'que se me contar todos os seus queixumes vou aliviá-los.' Os desgraçados acreditam em tudo o que lhes dizem, gostam de se queixar; a velha disse tudo de que sofria, e, mais ainda, se queixou amargamente de que tinham lhe roubado a filha, acusando duramente Lucile de saber onde ela estava, já que a senhora que fora vê-la havia pouco tempo propusera cuidar dela, e daí concluía, com muita razão, que era aquela senhora que a raptara. Enquanto isso, o conde, diante da bunda de Lucile, cujas saias ele a mandara tirar, beijava de vez em quando aquele belo traseiro e se masturbava, escutava, interrogava, pedia detalhes e regulava todas as titilações de sua pérfida volúpia pelas respostas que lhe davam. Mas quando a velha disse que a ausência da filha, que com seu trabalho lhe conseguia sustento, ia levá-la insensivelmente ao túmulo, já que lhe faltava tudo e nos últimos quatro dias vivera apenas daquele pouco de leite que ele acabava de estragar, ele respondeu, dirigindo a porra para cima da velha e continuando a apertar com força as nádegas de Lucile: 'Pois bem, sua vagabunda!, pois bem, vagabunda!, você vai morrer, e não será uma grande desgraça'. E, terminando de lançar o esperma: 'Se isso acontecer, meu único remorso será eu mesmo não ter apressado a sua hora'. Mas nem tudo estava dito, o conde não era homem de se acalmar com uma esporrada.

"Lucile, que cumpria o seu papel, assim que ele gozou tratou de impedir que a velha visse suas manobras, e o conde, xeretando tudo, apanhou um copinho de prata, único vestígio do pequeno bem-estar que essa infeliz tivera outrora, e o pôs no bolso. Esse ultraje redobrado o fez sentir tesão de novo, ele tirou a velha da cama, despiu-a e mandou Lucile masturbá-lo em cima do corpo encarquilhado da velha matrona. Ela teve de deixá-lo agir, e o celerado dardejou sua porra em cima daquela carne velha, redobrando as injúrias e dizendo à pobre infeliz que podia ter absoluta certeza de que ele não pararia por aí, e que breve teria notícias dele e de sua filhinha, a qual, ele comunicava, estava em suas mãos. Chegou a essa última esporradela com arroubos de lubricidade profundamente inflamados pelo que sua pérfida imaginação já o fazia imaginar em horrores com toda aquela família desgraçada, e depois saiu. Mas, para não ter de voltar a esse assunto, escutem, senhores, até que ponto eu levava o nível de minha perversidade. O conde, vendo que podia ter confiança em mim, informou-me da segunda cena que preparava para a velha e sua filhinha; mandou-me raptá-la imediatamente e, como queria, além disso, reunir toda a família, eu também lhe cederia Lucile, cujo belo corpo mexera profundamente com ele e cuja perda ele não me escondia que planejava, bem como a das duas outras. Eu gostava de Lucile, mas gostava mais ainda de dinheiro; ofereceu-me uma quantia alucinante por essas três criaturas, e aceitei tudo. Quatro dias depois, Lucile, a irmãzinha e a velha foram reunidas: caberá a Madame Desgranges lhes contar como. Quanto a mim, retomo o fio de meus relatos interrompido por essa história, que só devia ser contada no final, por ser uma das minhas mais fortes."

— Um momento — disse Durcet —; não ouço essas coisas com sangue-frio; elas têm um domínio sobre mim difícil de descrever. Prendo minha porra desde o meio do relato, com sua licença vou perdê-la.

E correndo para o quarto com Michette, Zélamir, Cupidon, Fanny, Thérèse e Adélaïde, alguns minutos depois ouviram-no berrar, e Adélaïde voltou chorando e dizendo que era muito triste que ainda fossem inflamar a cabeça de seu marido com esses relatos, e que cabia a quem os contava ser a vítima deles. Enquanto isso, o duque e o bispo não perderam tempo, mas a maneira como operaram ainda fazia parte daquilo que as circunstâncias nos obrigam a ocultar, por isso pedimos aos nossos leitores que aceitem que puxemos a cortina e passemos logo aos quatro relatos que Duclos ainda tinha a fazer para terminar sua vigésima primeira noite.

— Oito dias depois da partida de Lucile, cuidei de um devasso dotado de uma mania muito engraçada. Avisada com vários dias de antecedência, deixei acumular em minha cadeira furada muitos cocôs, e pedi a uma de minhas senhoritas para acrescentar outros. Nosso homem chega, disfarçado de limpa-chaminés; é de manhã, ele varre o meu quarto, apanha o penico da cadeira furada, sobe para o lugar onde era despejado (função que, entre parênteses, o ocupou muito tempo); volta, mostra com que esmero o limpou e pede seu pagamento. Mas, prevenida do cerimonial, vou para cima dele com o cabo da vassoura na mão. "Seu pagamento, sem-vergonha?", digo-lhe, "tome, aqui está seu pagamento!" E tasco-lhe pelo menos doze vassouradas. Ele quer fugir, vou atrás, e o libertino, que naquele instante chegava ao êxtase, esporra por toda a escada, gritando aos brados que o estão aleijando, o estão matando, e que ele está na casa de uma marafona e não na de uma mulher honesta como pensava.

"Houve outro que queria que eu lhe enfiasse no canal da uretra um pauzinho cheio de nós que ele trazia dentro de um estojo; tinha de sacudir bastante o pauzinho, introduzi-lo três polegadas, e com a outra mão masturbar seu caralho sem cobrir a cabeça; na hora do esporro, eu retirava o pauzinho, arregaçava as saias e ele gozava em cima dos meus pentelhos.

"Um padre, que vi seis meses depois, queria que eu o deixasse pingar cera de vela derretida em cima do caralho e dos colhões; gozava só com essa sensação e sem que eu precisasse tocar nele; mas nunca ficava de pica dura, e para que a porra saísse tudo tinha que ser envolto em cera, para que já não se reconhecesse nenhuma forma humana.

"Um grande amigo dele pedia para ter as nádegas crivadas de alfinetes de ouro, e, quando seu traseiro, assim guarnecido, parecia bem mais uma escumadeira do que uma bunda, sentava-se para melhor sentir as espetadas; eu lhe apresentava as nádegas bem abertas, ele mesmo se masturbava e gozava em cima do meu olho do cu."

— Durcet — disse o duque —, gostaria muito de ver sua bela bunda gorduchinha toda coberta assim de alfinetes de ouro; tenho certeza de que seria extremamente interessante.

— Senhor duque — disse o banqueiro —, sabe que há quarenta anos é para mim uma glória e uma honra imitá-lo; tenha a bondade de me dar o exemplo e garanto que o seguirei.

— Arrenego — disse Curval, a quem ainda não tinham ouvido —, como a história de Lucile me dá tesão! Eu estava quieto, mas nem por isso deixei de pensar: olhem — disse mostrando a pica grudada na barriga —, vejam se estou mentindo. Morro de impaciência para saber o desfecho da história dessas três fulanas; agrada-me que uma mesma sepultura deva reuni-las.

— Devagar, devagar — disse o duque —, não atropelemos os acontecimentos. É porque está com tesão, senhor presidente, que gostaria que lhe falassem logo da roda e do patíbulo; o senhor se parece com muitas pessoas de toga, a respeito de quem se afirma que o caralho sempre sobe quando elas condenam à morte.

— Deixemos de lado o Estado e a toga — disse Curval —; o fato é que estou fascinado com os métodos da Duclos, que considero uma moça adorável, e que sua história do conde me deixou num estado incrível, num estado em que de bom grado iria até a estrada a fim de deter e roubar um coche.

— É preciso pôr ordem em tudo isso, presidente — disse o bispo —, do contrário aqui não ficaríamos em segurança, e o mínimo que o senhor poderia fazer seria condenar à forca nós todos.

— Não, vocês não, mas não escondo que de bom grado condenaria essas senhoritas, e principalmente a senhora duquesa, que lá está deitada como uma vaca no meu canapé, e que, só porque tem na matriz um pouco de porra modificada, imagina que não podemos mais tocá-la.

— Oh! — disse Constance —, certamente não é com o senhor que eu contaria, em meu estado, para me demonstrar esse respeito; sabe-se bem demais a que ponto o senhor detesta as mulheres grávidas.

— Ah! Imensamente — disse Curval —, é verdade.

E creio que ele ia, em seu arrebatamento, cometer algum sacrilégio contra aquele belo ventre, quando a Duclos o agarrou.

— Venha, venha, senhor presidente — ela disse —, já que fui eu que fiz o mal, quero repará-lo.

E os dois passaram para a alcova do fundo, seguidos de Augustine, Hébé, Cupidon e Thérèse. Não demorou muito para se ouvir o presidente uivar, e, apesar de todos os cuidados da Duclos, a pequena Hébé voltou aos prantos; havia até mesmo algo mais do que lágrimas, mas ainda não nos atrevemos a dizer o que era; as circunstâncias não permitem. Um pouco de paciência, amigo leitor, e em breve não lhe esconderemos mais nada. Curval, que voltava resmungando entre os dentes, dizia que todas aquelas leis o impediam de gozar como queria etc., e todos se sentaram à mesa. Depois da ceia, trancaram-se para os castigos; naquela noite, eram poucos; em falta estavam apenas Sophie,

Colombe, Adélaïde e Zélamir. Durcet, cuja cabeça, desde o início da noite, se inflamara fortemente contra Adélaïde, não a poupou; Sophie, cujas lágrimas tinham sido flagradas durante o relato da história do conde, foi punida por seu antigo delito e por este; e o casalzinho do dia, Zélamir e Colombe, foi, dizem, tratado pelo duque e por Curval com uma severidade que tinha algo de barbárie. O duque e Curval, espantosamente em transe, disseram que não queriam se deitar e mandaram vir licores, passaram a noite a beber com as quatro historiadoras e com Julie, cuja libertinagem ia crescendo dia a dia e a tornava uma criatura muito amável, que merecia figurar entre os objetos pelos quais tinham consideração. No dia seguinte, Durcet foi visitá-los e encontrou os sete caindo de bêbados; a menina estava nua entre o pai e o marido, numa atitude que não provava nem a virtude nem sequer a decência na libertinagem. Para não manter o leitor em suspense, parecia, enfim, que ambos tinham gozado com ela ao mesmo tempo. A Duclos, que tudo indica servira de coadjuvante, estava esparramada perto deles, morta de bebedeira, e os restantes estavam um em cima do outro, em outro canto, diante da grande lareira que tiveram o cuidado de alimentar a noite toda.

VIGÉSIMO SEGUNDO DIA

Dessas bacanais noturnas resultou que fizeram muito pouca coisa neste dia; esqueceram a metade das cerimônias, jantaram um tanto confusos, e só no café é que começaram a se reconhecer. Ele foi servido por Rosette e Sophie, Zélamir e Giton. Curval, para se recuperar, fez Giton cagar, e o duque engoliu o cocô de Rosette; o bispo se fez chupar por Sophie e Durcet, por Zélamir, mas ninguém gozou. Passaram ao salão; a bela Duclos, muito indisposta pelos excessos da véspera, ali ficou, mas mal conseguia abrir os olhos, e seus relatos foram tão curtos, e ela os entremeou com tão poucos detalhes, que tomamos a decisão de substitui-la e resumir para o leitor o que ela disse aos amigos.

Segundo o costume, contou cinco paixões.

A primeira foi a de um homem que pedia para ser masturbado no cu com um consolo de estanho que se enchia de água quente e que lhe aplicavam lá no fundo no momento de sua ejaculação, a qual ele mesmo provocava sem que se tocasse nele.

O segundo tinha a mesma mania, mas se procedia com um número bem maior de instrumentos; começava-se com um bem pequenininho e aumentava-se pouco a pouco, e de decimal em decimal chegava-se ao último, cujo tamanho era enorme, e ele só esporrava com esse.

Muito mais mistério era necessário para o terceiro. Logo de saída ele mandava meter no cu um imenso consolo; em seguida o retirava; cagava, comia o que acabava de soltar, e então era açoitado. Feito isso, recolocava-se o instrumento no seu traseiro e se retirava de novo. Dessa vez, era a puta que cagava e o chicoteava, enquanto ele comia o que ela acabava de fazer. Enfiava-se pela terceira vez o instrumento; dessa vez, ele largava a porra sem que se tocasse nele e ao acabar de comer a merda da moça.

Duclos falou, no quarto relato, de um homem que pedia que lhe amarrassem todas as articulações com cordinhas. Para tornar seu esporro mais delicioso, apertavam-lhe até mesmo o pescoço, e nesse estado ele largava a porra em cima do cu da puta.

E o quinto foi o de outro que mandava amarrarem fortemente sua glande com uma corda; no outro extremo do quarto, uma moça nua passava entre as coxas a ponta da corda e a puxava, apresentando as nádegas ao paciente; ele gozava assim.

A historiadora, morrendo de cansaço depois de cumprida sua missão, pediu licença para se retirar, o que lhe foi concedido. Fizeram mais umas safadezas, depois passaram à mesa, mas tudo ainda se ressentia da desordem de nossos dois atores principais. Nas orgias, foram igualmente tão comportados como era possível com tais libertinos, e todos seguiram para a cama muito tranquilos.

VIGÉSIMO TERCEIRO DIA

— É possível berrar, é possível uivar como você ao gozar? — perguntou o duque a Curval, ao revê-lo no dia 23 pela manhã. — Que diabo você viu para gritar daquele jeito? Nunca vi esporros dessa violência.

— Ei, alto lá! — disse Curval. — Logo você, que a gente ouve a uma légua, é que vem me fazer uma crítica dessa! Esses gritos, meu amigo, vêm da extrema sensibilidade do organismo: os objetos de nossas paixões causam uma comoção tão profunda no fluido elétrico que corre em nossos nervos, o choque recebido pelos espíritos animais que compõem esse fluido tem tamanho grau de violência que toda a máquina sente o abalo, e já não temos controle para abafar os gritos diante desses solavancos terríveis do prazer, assim como não poderíamos controlar as emoções poderosas da dor.

— Muito bem definido. Mas qual era o delicado objeto que punha assim seus espíritos animais em vibração?

— Eu chupava violentamente o caralho, a boca e olho do cu de Adonis, meu companheiro de cama, desesperado por ainda não lhe poder fazer mais coisas, e isso enquanto Antínoo, ajudado pela sua querida filha, Julie, trabalhava, cada um no seu gênero, para fazer evacuar esse licor cujo jorro ocasionou os gritos que feriram os seus ouvidos.

— De modo que hoje — continuou o duque — você está enfraquecido.

— De jeito nenhum — disse Curval —; caso se digne a me seguir e me dar a honra de me examinar, vai ver que me comportarei ao menos tão bem como você.

Estavam nessas conversas quando Durcet veio dizer que o almoço estava servido. Passaram ao aposento das meninas, onde viram aquelas oito encantadoras sultanazinhas nuas apresentarem xícaras e café puro. Então o duque perguntou a Durcet, o diretor do mês, por que o café puro de manhã.

— Será com leite quando você quiser — disse o banqueiro. — Está servido?

— Sim — disse o duque.

— Augustine — disse Durcet —, sirva leite ao senhor duque.

Então a moça, preparada, veio colocar sua linda bundinha sobre a xícara e soltou pelo ânus, dentro da xícara do duque, três ou quatro colheres de um leite muito claro e nem um pouco sujo. Riram muito da brincadeira, e todos pediram leite. Todas as bundas estavam preparadas como a de Augustine; era uma surpresa agradável que o diretor dos prazeres do mês queria fazer aos amigos. Fanny foi despejar o dela na xícara do bispo, Zelmire na de Curval e Michette na do banqueiro; tomaram uma segunda xícara e as quatro outras sultanas foram executar, nessas novas xícaras, a mesma cerimônia que as companheiras tinham executado nas primeiras. Acharam a brincadeira muito boa; ela aqueceu a cabeça do bispo, que quis outra coisa além do leite, e a bela Sophie foi satisfazê-lo. Embora todas estivessem com vontade de cagar, tinham lhes recomendado fortemente que se segurassem durante o exercício do leite, para, da primeira vez, darem exclusivamente leite. Passaram aos meninos: Curval fez Zélamir cagar, e o duque, Giton. Os banheiros da capela só forneceram dois fodedores subalternos, Constance e Rosette; era com uma delas que se tentara a velha história das indigestões, mas a moça teve tremenda dificuldade para se prender no café e então largou o mais belo cocô possível. Felicitaram a Duclos por seu segredo, o qual usaram todos os dias desde então, com o maior sucesso. A brincadeira do almoço animou a conversa do jantar e os levou a imaginar, no mesmo gênero, coisas sobre as quais talvez tenhamos ocasião de falar mais adiante. Passaram ao café, servido por quatro sujeitos da mesma idade: Zelmire, Augustine, Zéphire e Adonis, todos com quinze anos. O duque fodeu Augustine nas coxas, coçando-lhe o ânus, Curval fez o mesmo com Zelmire, o duque com Zéphire e o banqueiro fodeu Adonis na boca. Augustine disse que esperava que a fizessem cagar nesse momento e que não aguentava mais: era uma daquelas em quem tinham experimentado na véspera a indigestão. Curval, no mesmo instante, estendeu-lhe o bico, onde a menina adorável depositou um cocô monstruoso que o presidente engoliu em três bocados, não sem perder nas mãos de Fanchon, que o sacudia, um rio abundante de porra.

— Muito bem! — disse ele ao duque —, está vendo que os excessos da noite não causam nenhum prejuízo ao prazer do dia, e eis que o senhor duque ficou para trás!

— Não ficarei por muito tempo — disse ele, a quem Zélmire, igualmente apressada, prestava o mesmo serviço que Augustine acabava de prestar a Curval.

E no mesmo instante o duque se joga para trás, solta gritos, engole merda e goza como um furioso.

— Basta — disse o bispo —; que pelo menos dois de nós conservem suas forças para os relatos.

Durcet, que não tinha como aqueles dois senhores porra na hora que bem entendesse, consentiu de todo coração, e depois de uma pequena sesta foram se instalar no salão, onde a interessante Duclos retomou o fio de sua brilhante e lasciva história nos seguintes termos:

— Como é possível, senhores — diz a bela moça —, que haja no mundo pessoas para quem a libertinagem embotou tanto o coração, embruteceu tanto os sentimentos de honra e de delicadeza, que as vemos se alegrar e se divertir unicamente com o que as degrada e avilta? Parece que para elas o gozo só existe em meio ao opróbrio, só pode estar naquilo que as aproxima da desonra e da infâmia. No que vou contar, excelências, nos diferentes exemplos que vou lhes dar como prova de minha afirmação, não me aleguem a sensação física; sei que ela aí se encontra, mas estejam absolutamente certos de que ela só existe de alguma forma graças ao poderoso apoio que lhe dá a sensação moral, e que, se os senhores fornecessem a essas pessoas a mesma sensação física sem juntar tudo o que tiram da moral, não conseguiriam comovê-las. Amiúde ia à minha casa um homem cujo nome e cuja qualidade eu ignorava, mas que eu sabia ser, com toda a certeza, um homem de posses. O tipo de mulher com quem eu o acasalava lhe era perfeitamente indiferente: bela ou feia, velha ou moça, ele pouco se importava; queria apenas que ela bem representasse seu papel, que era o que se segue. Via de regra ele ia de manhã, entrava como por engano num quarto onde havia uma moça na cama, com as roupas levantadas até o meio da barriga e na atitude de uma mulher que se masturba. Assim que o via entrar, a mulher, como surpresa, logo se jogava para fora da cama. "O que você vem fazer aqui, sem-vergonha", ela lhe dizia; "quem lhe deu licença, safado, para vir me perturbar?" Ele pedia desculpa, a outra não o escutava e, enquanto o cobria com novo dilúvio de invectivas mais duras e picantes, caía em cima dele aos pontapés na bunda, e era tão mais fácil acertar o alvo na medida em que o paciente, longe de evitá-los, nunca deixava de se virar e apresentar o traseiro, embora aparentando evitar e querer fugir. Ela redobrava, ele pedia piedade; só recebia como resposta pontapés e injúrias; e, logo que ele se sentia excitado o suficiente, tirava de pronto o caralho de uma calça que, até então, mantivera cuidadosamente abotoada, masturbava-se ligeiramente com três ou quatro sacudidelas de mão, gozava e ia embora, enquanto ela continuava os xingamentos e os chutes.

"Um segundo, mais duro ou mais acostumado a esse tipo de exercício, só queria agir com um carregador ou um moço de fretes que estivesse contando o próprio dinheiro. O libertino entrava furtivamente, o bronco gritava 'pega ladrão'; a partir daí, choviam injúrias e pancadaria, mas com a diferença de que este, sempre de calça arriada, queria receber bem no meio da bunda nua os pontapés que lhe davam e que o agressor estivesse calçando um sapato grosseiro ferrado e todo enlameado. Na hora do gozo, não se esquivava; empertigado, com as calças bem baixas, no meio do quarto, sacudindo-se com toda a força, enfrentava os pontapés do inimigo e, nesse último instante, o desafiava e o obrigava a pedir trégua, insultando-o por sua vez e jurando que morria de prazer. Quanto mais vil fosse o homem que eu desse ao cliente, quanto mais da escória do povo fosse, quanto mais grosseiro e sujo fosse o seu sapato, mais eu o cobria de volúpia; eu devia tomar com esses requintes os mesmos cuidados que tomava para maquiar e embelezar uma mulher destinada a outro homem.

"Um terceiro queria entrar naquilo que, numa casa de tolerância, se chama serralho, no momento em que dois homens, pagos ou postos ali de propósito, estivessem brigando. Era acusado de algo, pedia perdão, jogava-se de joelhos, ninguém o escutava; e um dos dois campeões logo caía em cima dele e o cobria de bengaladas até a entrada de um quarto preparado no qual ele se refugiava; ali, uma moça o recebia, consolava, acariciava, como faria com uma criança que vem se queixar, levantava as saias e lhe mostrava o traseiro, no qual o libertino gozava.

"Um quarto homem exigia as mesmas preliminares, mas, assim que as bengaladas começavam a chover nas suas costas, masturbava-se na frente de todo mundo. Então suspendia-se um instante essa operação, embora as bengaladas e injúrias continuassem a chover, e depois, quando o viam se animar e sua porra prestes a sair, abriam uma janela, agarravam-no pela cintura e o jogavam do outro lado, em cima de uma estrumeira preparada especialmente para isso, o que reduzia a queda para no máximo uns dois metros de altura. Esse era o instante em que esporrava; seu ânimo era excitado pelos preparativos anteriores, e seu físico só se excitava com o ímpeto da queda, e era sempre em cima do estrume que a porra escorria. Não tornavam a vê-lo; saía por uma portinha no térreo, cuja chave ele tinha, e logo desaparecia.

"Um homem, pago para isso e com fama de brigão, entrava abruptamente no quarto onde o homem que nos fornece o quinto exemplo estava trancado com uma moça, cujo traseiro ele beijava, esperando a operação. O escandaloso, atracando-se com o freguês, lhe perguntava, insolente, arrombando a porta, com que direito pegava assim a sua amante, e depois, segurando a espada, o mandava se defender. O cliente, todo atrapalhado, pedia perdão, beijava o chão, beijava os pés do inimigo e jurava que ele podia pegar de volta sua amante, porque não queria brigar por uma mulher. O brigão, agora mais insolente pela frouxidão do adversário, mostrava-se mais imperioso: chamava seu inimigo de poltrão, rasteiro, pé-rapado, e ameaçava lhe cortar o rosto com o gume da espada. E, quanto mais um deles ia ficando mau, mais o outro se humilhava. Por fim, depois de alguns instantes de discussão, o agressor ofereceu um arranjo ao inimigo: 'Estou vendo muito bem que você é um ordinário', disse. 'Está perdoado, contanto que beije a minha bunda.' 'Oh! Senhor, tudo o que quiser', disse o outro, maravilhado. 'Beijaria mesmo se toda borrada, se quiser, contanto que não me faça nenhum mal.' O brigão, calando o bico, logo expôs o traseiro; o cliente, radiante, jogou-se em cima dele cheio de entusiasmo, e, enquanto o rapaz lhe largava uma dúzia de peidos no nariz, o velho devasso, no auge da alegria, soltava a porra morrendo de prazer."

— Todos esses excessos são lícitos — disse Durcet, gaguejando (porque o libertinozinho já estava endurecendo com o relato dessas torpezas). — Nada tão simples como amar o aviltamento e encontrar prazeres no desprezo. Quem ama com ardor as coisas que desonram tem prazer em ser torpe e deve sentir tesão quando lhe dizem que ele o é. A torpeza é uma fruição muito conhecida de certas almas; amamos ouvir dizer o que amamos merecer, e é impossível saber até onde isso pode chegar no homem que já não se envergonha de nada. É a história de certos doentes que se comprazem em sua caquexia.

— Tudo isso é uma demonstração de cinismo — disse Curval, passando a mão nas nádegas de Fanchon —; quem não sabe que a própria punição produz entusiasmos? E já não se viu gente sentir tesão no exato instante em que era publicamente desonrada? Todo mundo conhece a história do marquês de ***, que, logo que lhe comunicaram a sentença de que ia ser queimado em efígie,* tirou da calça o caralho e exclamou: "Porra! Cheguei ao ponto que queria, eis-me coberto de opróbrio e infâmia; me deixem, me deixem, tenho de esporrar!". E assim fez, no mesmo instante.

— São fatos — disse o duque —, mas me explique a causa.

— Ela está no nosso coração — respondeu Curval. — Quando o homem se degradou, se aviltou por excessos, fez sua alma assumir certa aparência depravada da qual

---

* Na condenação em efígie, o condenado era representado em um quadro ou um boneco, a quem se aplicava ficticiamente a execução da pena. O próprio Sade, condenado à morte à revelia, foi executado em efígie em 1772.

mais nada consegue tirá-la. Em qualquer outro caso, a vergonha serviria de contrapeso aos vícios a que seu espírito o aconselharia se entregar, mas aqui isso não é mais possível: ele apagou o primeiro sentimento, o baniu para longe; e desse estado em que se encontra, em que ninguém mais se envergonha, até o estado de amar tudo o que faz sentir vergonha, há exatamente um passo. Então, tudo o que afetava desagradavelmente uma alma preparada de outra maneira metamorfoseia-se em prazer, e a partir daí tudo o que lembra o novo estado que adotamos só pode ser voluptuoso.

— Mas que caminho é preciso trilhar no vício para chegar a esse ponto! — disse o bispo.

— Concordo — disse Curval —, mas essa caminhada é feita imperceptivelmente, e toda ela é realizada sobre flores; um excesso leva a outro; a imaginação, sempre insaciável, logo nos leva à última etapa, e, como ela fez esse percurso endurecendo o coração, este, mal chega ao fim, já não tem as virtudes de outrora, já não reconhece senão uma. Acostumado a coisas mais profundas, ele se livra prontamente das primeiras impressões frouxas e sem doçura que o inebriaram até então, e, como sente que a infâmia e a desonra serão a sequência de seus novos gestos, para já não ter de temê-las começa a se familiarizar com elas. Mal as afaga, já as ama, porque têm a ver com a natureza de suas novas conquistas, e ele já não muda.

— Então é isso que torna a correção tão difícil — diz o bispo.

— Diga impossível, meu amigo. E como é que as punições infligidas a quem você quer corrigir conseguiriam convertê-lo, se, apesar de certas privações, o estado de aviltamento característico em que você deixa quem é punido agrada-lhe, o diverte e delicia, e se ele goza dentro de si mesmo por ter ido tão longe para merecer ser tratado assim?

— Ah! Que enigma é o homem! — disse o duque.

— Sim, meu amigo — disse Curval. — E é isso que faz um homem de muito espírito dizer que mais valia fodê-lo do que compreendê-lo.

E como a ceia veio interromper nossos interlocutores, passaram à mesa sem ter feito nada naquela noite. Mas na sobremesa Curval, com um tesão dos diabos, declarou que queria arrebentar uma virgindade, ainda que devesse pagar vinte multas, e logo agarrando Zelmire, que lhe estava destinada, ia arrastá-la para a alcova quando os três amigos, jogando-se na frente dele, suplicaram que se submetesse ao que ele mesmo prescrevera; alegaram que, como eles, que tinham pelo menos idêntica vontade de infringir as leis, se submetiam, ele devia imitá-los, quando nada por condescendência. E como tinham chamado na mesma hora Julie, de quem ele gostava, ela se agarrou nele, junto com a Champville e Rebenta-Cu, e passaram os três ao salão, onde os outros amigos soltaram enfim sua porra, nas posições mais lúbricas e nos gestos mais libertinos. Nas orgias, Durcet mandou que as velhas lhe dessem duzentos ou trezentos pontapés na bunda; o bispo fez o mesmo com o duque e Curval, com os fodedores, e ninguém, antes de ir se deitar, ficou livre de perder mais ou menos porra, de acordo com o dom que recebera da natureza. Como se temia mais um retorno da fantasia defloradora que Curval acabava de anunciar, fizeram as velhas se deitar, cuidadosas, no quarto das meninas e no dos meninos. Mas esse cuidado foi desnecessário; e Julie, que com ele ficou a noite inteira, o devolveu de manhã à sociedade macio como veludo.

VIGÉSIMO QUARTO DIA

A devoção é uma verdadeira doença da alma; por mais que se faça, a gente não se corrige. Fácil de se entranhar na alma dos infelizes, porque os consola, oferece-lhes quimeras para consolá-los de seus males, é bem mais difícil extirpá-la dessas almas do que em outras. Era a história de Adélaïde: quanto mais o quadro de deboche e libertinagem se desenvolvia à sua frente, mais ela se atirava nos braços desse Deus consolador que ela esperava ter um dia como libertador dos males em que via muito bem que sua triste situação a jogaria. Ninguém sentia melhor seu estado do que ela; seu espírito lhe pressagiava, na melhor das hipóteses, tudo o que deveria se seguir ao funesto começo de que, embora ligeiramente, já era vítima; compreendia perfeitamente que, à medida que os relatos se tornassem mais fortes, os métodos dos homens com suas companheiras e com ela seriam também mais ferozes. Tudo isso, pouco importa o que lhe dissessem, a levava a buscar com avidez, na medida do possível, a companhia de sua querida Sophie. Já não ousava encontrá-la de noite; aquilo tinha dado muito na vista, e todos se opunham fortemente a que uma aventura dessa pudesse se repetir, mas logo que tinha um instante ia correndo para lá; e, nessa exata manhã sobre a qual aqui escrevemos, levantou-se bem cedinho, ao lado do bispo, com quem se deitara, e foi para o quarto das meninas conversar com sua querida Sophie. Durcet, que por causa de suas funções naquele mês também se levantava mais cedo que os outros, a encontrou e declarou que não podia deixar de prestar contas daquilo, e os amigos decidiriam sobre o caso como lhes aprouvesse. Adélaïde chorou, pois era essa sua única arma, e deixou o caso para lá; o único favor que ousou pedir ao marido foi tentar conseguir que não punissem Sophie, que não podia ser culpada já que era ela que fora encontrá-la, e não Sophie que fora ao seu quarto. Durcet disse que contaria o fato como aconteceu e nada esconderia: ninguém se enternece menos do que um castigador que tem o maior interesse no castigo. Este era o caso; não havia nada mais bonito a punir do que Sophie: por que motivo Durcet a pouparia? Reuniram-se e o banqueiro prestou contas. Era uma reincidência; o presidente lembrou que, quando estava no tribunal, seus engenhosos confrades pretendiam que uma reincidência provava que a natureza agia num homem mais fortemente que a educação e os princípios, e, por conseguinte, ao reincidir o homem atestava, por assim dizer, que não era senhor de si, portanto devia ser punido duplamente. Quis raciocinar com o mesmo princípio, com tanto discernimento como seus antigos colegas, e declarou que, por conseguinte, era preciso punir, a ela e à amiga, com todo o rigor das leis. Mas como essas leis previam a pena de morte para esse caso, e como queriam se divertir mais algum tempo com aquelas damas antes de chegarem a esse ponto, contentaram-se em mandá-las chamar, pô-las de joelhos e ler o artigo da lei, fazendo-as sentir todos os riscos que corriam expondo-se a tal delito. Feito isso, infligiram-lhes uma penitência que era o triplo da que tinham sofrido no último sábado, fizeram-nas jurar que aquilo não se repetiria, avisaram que, se isso tornasse a acontecer, empregariam todo o rigor com elas, e inscreveram-nas no livro fatal. A inspeção de Durcet pôs no livro mais três nomes: duas meninas e um menino. Isso era o resultado da nova experiência das pequenas indigestões, as quais deram ótimo efeito; mas acontecia que aquelas pobres crianças, não aguentando mais se prender, punham-se a todo instante na situação de ser punidas. Era o caso de Fanny e de Hébé, entre as sultanas, e de Hyacinthe entre os meninos: o que se encontrou em seus penicos foi enorme, e Durcet se divertiu muito tempo com aquilo. Nunca foram pedidas tantas autorizações matinais, e todos xingavam Duclos por ter ela revelado tal segredo. Apesar da profusão de autorizações pedidas, elas só foram concedidas a Constance, Hercule, dois fodedores subalternos, Augustine, Zéphire e a Desgranges. Divertiram-se com aquilo por um instante e passaram à mesa.

— Está vendo — disse Durcet a Curval — o erro que cometeu ao deixar sua filha ser instruída sobre religião?

Agora já não se consegue fazê-la renunciar a essas imbecilidades. Naquela altura, eu bem que lhe avisei.

— Eu pensava, palavra de honra, que conhecê-las seria uma razão a mais para que ela as detestasse — disse Curval —, e que com a idade ela se convenceria da idiotice dessas doutrinas infames.

— O que está dizendo é bom para as cabeças sensatas — disse o bispo —, mas não se deve fazer isso com uma criança.

— Seremos obrigados a chegar às sessões violentas — disse o duque, que bem sabia que Adélaïde o escutava.

— Chegaremos lá — disse Durcet. — E lhe respondo de antemão que, se ela tiver apenas a mim como advogado, será muito mal defendida.

— Ah! Acredito, senhor — disse Adélaïde, chorando —; seus sentimentos por mim são bem conhecidos.

— Sentimentos? — disse Durcet. — Começo, minha bela esposa, por avisá-la de que nunca os tive por nenhuma mulher, e certamente menos ainda por você, que é a minha, do que por qualquer outra. Professo a religião do ódio, assim como todos os que a praticam, e aviso que da indiferença que sinto por você passarei muito brevemente à mais violenta aversão se continuar a reverenciar infames e execráveis quimeras que desde sempre foram objeto de meu desprezo. Só mesmo tendo perdido o juízo para admitir um Deus e tendo se tornado totalmente imbecil para adorá-lo. Em suma, declaro-lhe, perante o seu pai e estes senhores, que não haverá extremo que não cometerei com você se pegá-la de novo numa falta dessa. Eu deveria tê-la feito freira se você quisesse adorar esse patife do seu Deus; assim poderia rezar para ele à vontade.

— Ah! — retrucou Adélaïde, gemendo —, freira, Deus meu! Freira, quisessem os céus que eu fosse!

E Durcet, que então estava em frente a ela, impaciente com a resposta lhe lançou uma travessa de prata na cara, que a teria matado se atingisse sua cabeça, pois o choque foi tão violento que a travessa dobrou ao meio ao bater na parede.

— Você é uma insolente criatura — disse Curval à filha, que para escapar da travessa jogara-se entre seu pai e Antínoo —; mereceria que eu lhe desse cem pontapés na barriga. — E, empurrando-a para longe com um soco: — Vá de joelhos pedir desculpas a seu marido, ou iremos fazê-la sofrer daqui a pouco a mais cruel punição.

Ela foi se jogar, aos prantos, diante de Durcet, mas este, que sentira enorme tesão ao atirar a travessa, e que dizia que nem por mil luíses gostaria de ter errado o alvo, declarou ser necessário um castigo geral e exemplar imediatamente, sem prejudicar o de sábado; pedia que, desta vez, e sem consequências, mandassem embora as crianças do café, e que a operação fosse feita na hora em que costumavam se divertir em torno do café. Todos consentiram; apenas Adélaïde e Louison e Fanchon, as duas velhas mais perversas das quatro e as mais temidas das mulheres, passaram ao salão do café, e as circunstâncias nos obrigam a puxar a cortina sobre o que aconteceu. O que há de certo é que nossos quatro heróis gozaram e permitiram que Adélaïde fosse se deitar. Cabe ao leitor fazer sua suposição e achar agradável, se lhe aprouver, que o transportemos logo para as narrações da Duclos. Tendo cada um se instalado junto a sua esposa, exceto o duque, que, naquela noite, devia ter Adélaïde e a substituiu por Augustine, todos portanto tendo se ajeitado, Duclos retomou assim o fio de sua história:

— Um dia — disse essa bela moça — em que eu afirmava a uma de minhas colegas de cafetinagem que certamente tinha visto, em matéria de flagelações passivas, tudo o que era possível ver de mais forte, posto que tinha chicoteado e visto chicotear homens com espinhos e nervos de boi, ela me disse: "Ah, pois sim! Para você se convencer de que viu mesmo tudo o que há de mais forte nesse gênero, quero lhe enviar amanhã um de meus clientes". E me avisando, de manhã, a hora da visita e o cerimonial a observar com aquele velho recebedor das postas, que se chamava, lembro-me, sr. de Grancourt, preparei todo o necessário e esperei nosso homem; era comigo que ele ia funcionar, conforme o combinado. Ele chega, e depois de nos trancarmos: "Senhor", digo, "estou desesperada com a notícia que devo lhe dar, mas o senhor está preso e não pode sair daqui. Estou desesperada porque o tribunal jogou os olhos em mim para executar a sua sentença, mas assim o quis e tenho a ordem no bolso. Quem o enviou à minha casa armou-lhe uma cilada, pois bem sabia do que se tratava, e certamente poderia ter-lhe evitado esta cena. Aliás, o senhor conhece o seu caso; ninguém se entrega impunemente aos crimes negros e medonhos que o senhor cometeu, e considero-o muito sortudo por ter se safado em troca de pena tão branda". Nosso homem ouvira minha arenga com a maior atenção, e assim que terminei ele se jogou, aos prantos, aos meus pés, suplicando que o poupasse. "Bem sei", disse, "que me descuidei muito. Ofendi violentamente Deus e a Justiça; mas, já que é a senhora, minha boa dama, que está encarregada de meu castigo, peço-lhe insistentemente que me poupe." "Senhor", digo, "cumprirei meu dever. Acaso sabe se eu mesma não fui processada, e se tenho o poder de me submeter à compaixão que me inspira? Dispa-se e seja dócil, é tudo o que posso lhe dizer." Grancourt obedeceu e num minuto ficou nu como quando veio ao mundo. Mas benzadeus! Que corpo oferecia aos meus olhos! Só se comparava a um tafetá listrado. Não havia um só lugar daquele corpo todo marcado que não mostrasse a prova de uma dilaceração. Enquanto isso, eu tinha posto na lareira umas disciplinas de ferro, armadas de ponta afiadas, que me tinham enviado de manhã com as instruções. Essa arma assassina ficou em brasa mais ou menos no mesmo instante em que Grancourt se despiu. Agarro-a e, começando a flagelá-lo, primeiro devagarinho, depois um pouco mais forte e por fim com toda a força, e isso indistintamente desde a nuca até o calcanhar, num instante deixo meu homem ensanguentado. "O senhor é um celerado", eu dizia ao bater, "um miserável que cometeu crimes de toda espécie. Para o senhor nada é sagrado, e ultimamente ainda dizem que envenenou sua mãe." "É verdade, senhora, é verdade", dizia, se masturbando, "sou um monstro, sou um criminoso; não há infâmia que não tenha cometido e não esteja disposto a cometer de novo. Sabe, seus golpes são inúteis; nunca vou me corrigir, sinto demasiada volúpia no crime; se me matasse, continuaria a cometê-lo. O crime é meu elemento, é minha vida, aí vivi e aí quero morrer." E os senhores bem sentem que, me animando com essas palavras, eu redobrava as injúrias e as pancadas. Um "porra!" lhe escapa, porém: era o sinal; diante dessa palavra, redobro de vigor e tento açoitá-lo nos lugares mais sensíveis. Ele pula como um cabrito, salta, me escapa, e vai se jogar, gozando, numa tina de água morna preparada para purificá-lo dessa cerimônia sangrenta. Ah! Depois dessa, concedi à minha colega a honra de ter visto mais que eu nessa matéria, e creio que podíamos dizer, então, que éramos as duas únicas em Paris que tínhamos visto tanto, pois nosso Grancourt jamais variava, e fazia mais de vinte anos que ia a cada três dias à casa daquela mulher para uma aventura dessa.

"Pouco depois, essa mesma amiga me enviou à casa de outro libertino cuja fantasia, creio, lhes parecerá pelo menos igualmente singular. A cena se passava em sua casinha, no Roule. Introduzem-me num quarto muito escuro, onde vejo um homem na cama e, no meio do aposento, um caixão. 'Veja só', diz-me o nosso libertino, 'um homem no leito de morte, e que não quis fechar os olhos sem mais uma vez prestar homenagem ao objeto de seu culto. Adoro bunda, e quero morrer beijando uma. Assim que eu tiver fechado os olhos, você mesma me colocará neste caixão depois de me amortalhar e o fechará com pregos. Guardo entre minhas intenções a de morrer assim, em meio ao prazer, e ser servido neste derradeiro momento pelo próprio objeto de minha lubricidade. Vamos', continuou, com voz fraca e entrecortada, 'apresse-se, pois estou nas últimas.' Eu me aproximo, me viro e lhe mostro meu traseiro. 'Ah! Que bela bunda!', ele diz, 'estou felicíssimo em levar para o túmulo a imagem de um traseiro tão bonito!' E o apalpava, o entreabria, o beijava, como o homem mais saudável do mundo. 'Ah!', diz em seguida, interrompendo sua ocupação e virando-se para o outro lado, 'eu bem sabia que não desfrutaria desse prazer por muito tempo! Estou expirando, lembre-se do que lhe recomendei.' E, ao dizê-lo, dá um grande suspiro e se enrijece, e representa tão bem seu papel que o diabo me carregue se não pensei que tinha morrido. Não perco a cabeça: curiosa de ver o fim de uma cerimônia tão divertida, trato de o amortalhar. Ele já não se mexia, e tinha um segredo para parecer assim, ou então foi minha imaginação que se impressionou, o fato é que estava rígido e frio como uma barra de ferro; só seu caralho dava alguns sinais de vida, pois estava duro e grudado na barriga, e gotas de porra pareciam exalar, sem que ele percebesse. Logo que está enrolado num lençol, levo-o para o caixão, o que estava longe de ser o mais fácil, pois ele se enrijecia de tal maneira que estava pesado como um boi. No entanto, consigo levá-lo e deitá-lo no caixão; logo em seguida, começo a recitar o ofício dos mortos e, por fim, fecho o caixão batendo os pregos. Era esse o instante da crise: mal ouve as marteladas, exclama como um furioso: 'Ah! Deus desgraçado, estou gozando! Vá embora, puta, vá embora, pois se eu a agarrar você vai morrer'. O medo me invade, lanço-me pela escada, onde encontro um criado habilidoso e a par das manias do patrão, que me dá dois luíses e entra às pressas no quarto do paciente para libertá-lo do estado em que o deixei."

— Que gosto engraçado! — disse Durcet. — Pois bem, Curval! Esse aí você admite?

— Às mil maravilhas — disse Curval —, esse personagem é um homem que quer se familiarizar com a ideia da morte e que não viu melhor maneira para isso do que ligá-la a uma ideia libertina. É absolutamente certo que esse homem morrerá passando a mão em bundas.

— O que há de certo — disse Champville — é que é um tremendo ímpio; conheço-o e terei ocasião de lhes mostrar como usa os mais sacros mistérios da religião.

— Deve ser — disse o duque —; é um homem que escarnece de tudo e quer se acostumar a pensar e agir da mesma maneira em seus últimos instantes.

— Quanto a mim — acrescentou o bispo —, vejo algo muito picante nessa paixão, e não lhes escondo que estou com tesão. Continue, Duclos, continue, pois sinto que faria alguma besteira, e hoje não quero fazer mais nenhuma.

— Muito bem — disse a bela moça —, aqui está outro, menos complicado: trata-se de um homem que me seguiu por mais de cinco anos seguidos pelo único prazer de ter o olho do cu costurado. Deitava-se de bruços numa cama, eu me sentava entre suas pernas e ali, armada de uma agulha e de uns sessenta centímetros de fio grosso encerado, costurava seu ânus em toda a volta; e a pele dessa parte do homem era tão dura e tão habituada às espetadas da agulha que minha operação não provocava uma gota de sangue. Enquanto isso, ele mesmo se masturbava e gozava como um diabo na última picada da agulha. Dissipado o êxtase, eu logo desfazia minha obra e estávamos conversados.

"Um outro pedia para ser esfregado com álcool em todas as partes do corpo onde a natureza colocara pelos, e depois eu acendia aquele líquido espirituoso, que consumia no mesmo instante todos os pelos. Ele gozava ao se ver em fogo, enquanto eu lhe mostrava minha barriga, meus pentelhos e o resto, pois esse aí tinha o mau gosto de só olhar, sempre, as frentes."

— Mas quem entre os senhores conheceu Mirecourt, hoje presidente de um superior tribunal e naquele tempo conselheiro eclesiástico?
— Eu — respondeu Curval.
— Pois bem, excelência! — disse Duclos —, sabe qual era e ainda é, creio, a paixão dele?
— Não, mas como ele passa, ou quer passar, por devoto, gostaria muito de saber.
— Pois é — Duclos continuou —, ele quer que o confundam com um asno...
— Ah, caramba! — disse o duque a Curval. — Meu amigo, isso que é um gosto de Estado! Então eu apostaria que esse homem pensa que vai julgar...
— Bem, e depois? — disse o duque.
— Depois, excelência, é preciso pegá-lo pelo cabresto, passear com ele assim uma hora pelo quarto; ele zurra, é montado, e logo que monto nele tenho que chicoteá-lo em todo o corpo com uma chibata, como para apressar o passo; ele dobra a velocidade, e como, enquanto isso, se masturba, assim que esporra solta uns gritos, dá um coice e joga a moça no ar com as quatro patas para cima.
— Oh! Essa aí é mais divertida do que lúbrica. — disse o duque. — E me diga, por favor, Duclos, esse homem lhe disse se tinha algum camarada com o mesmo gosto?
— Sim — disse a amável Duclos, entrando com espírito na brincadeira e descendo de seu estrado porque sua tarefa estava cumprida —, sim, excelência; ele me

disse que havia muitos, mas que nem todos queriam se deixar montar.

A sessão estava encerrada, e todos quiseram fazer umas besteirinhas antes da ceia; o duque apertava bastante Augustine.

— Não me espanto — ele dizia, masturbando-a no clitóris e fazendo-a agarrar seu caralho —, não me espanto que às vezes Curval tenha tentações de romper o pacto e rebentar uma virgindade, pois sinto que neste momento, por exemplo, de bom grado eu mandaria para o diabo a de Augustine.

— Qual delas? — disse Curval.

— As duas, palavra! — disse o duque. — Mas tenho que me comportar: esperando assim nossos prazeres, os tornamos muito mais deliciosos. Vamos, menina — continuou —, mostre-me suas nádegas, isso talvez mude a natureza de minhas ideias... Porra! Que bela bunda tem essa puta! Curval, o que me aconselha a fazer com ela?

— Um vinagrete — disse Curval.

— Deus te ouça! — disse o duque. — Mas, paciência... vai ver que tudo chegará a seu tempo.

— Meu queridíssimo irmão — disse o prelado com a voz entrecortada —, você está falando coisas que cheiram a porra.

— Hã! Realmente, é que morro de vontade de perdê-la.

— Ah! Que lhe impede? — disse o bispo.

— Oh! Uma porção de coisas — retrucou o duque. — Primeiro, não há merda, e eu gostaria que houvesse; e depois, não sei: tenho desejo de um monte de coisas.

— De quê? — disse Durcet, em cuja boca Antínoo cagava.

— De quê? — disse o duque. — De uma infamiazinha que preciso praticar.

E passou à alcova do fundo com Augustine, Zélamir, Cupidon, Duclos, Desgranges e Hercule, e um minuto depois ouviram-se gritos e xingamentos que provavam que o duque acabava enfim de acalmar sua cabeça e seus colhões. Não se sabe muito bem o que fez com Augustine, mas, apesar de seu amor por ela, viram-na voltar em lágrimas e com um dos dedos torcido. Sentimos muito não poder ainda explicar tudo isso, mas é certo que esses senhores, às escondidas e antes que aquilo fosse propriamente permitido, praticavam coisas que ainda não lhes tinham contado, e nisso desrespeitavam formalmente as convenções que haviam estabelecido; mas, quando uma sociedade inteira comete as mesmas faltas, é corrente perdoá-las. O duque voltou e viu com prazer que Durcet e o bispo não tinham perdido tempo e que Curval, nos braços de Rebenta-Cu, fazia deliciado tudo o que se podia fazer com todos os objetos voluptuosos que conseguia reunir perto de si.

Serviram a ceia. Seguiram-se as orgias, como de hábito, e foram se deitar. Por mais estropiada que Adélaïde estivesse, o duque, que nesta noite devia tê-la, a desejou, e, como ele voltara das orgias um pouco embriagado, como de costume, dizem que ela não foi poupada. Enfim, a noite se passou como todas as anteriores, isto é, em meio ao delírio e à devassidão; e quando a fulva Aurora foi, como dizem os poetas, abrir as portas do palácio de Apolo, esse deus, ele mesmo bastante libertino, só montou em seu carro cerúleo para ir iluminar novas luxúrias.

VIGÉSIMO QUINTO DIA

Um novo caso se formava, porém, em surdina, entre as paredes impenetráveis do castelo de Silling, mas não tinha consequências tão perigosas como o de Adélaïde e Sophie. Essa nova associação se tramava entre Aline e Zelmire; a conformidade de caráter dessas duas moças ajudara muito a ligá-las: ambas meigas e sensíveis, dois anos e meio de diferença de idade, no máximo, traços de infância, traços de bondade de caráter, em suma, as duas quase com as mesmas virtudes e os mesmos vícios, pois Zelmire, doce e terna, era desleixada e preguiçosa como Aline. Resumindo, combinavam tão bem que, na manhã do dia vinte e cinco, encontraram-nas na mesma cama, e eis como isso aconteceu. Zelmire estava destinada a Curval e dormia, como se sabe, no quarto dele; nessa mesma noite, Aline era mulher de leito de Curval; mas Curval, ao voltar das orgias, caindo de bêbado, só quis dormir com Pica-Pro-Céu, e por isso as duas pombinhas, abandonadas e unidas por esse acaso, se instalaram na mesma cama, temendo o frio, e afirmou-se que ali seus dedinhos coçaram outro lugar que não era o cotovelo. Curval, ao abrir os olhos de manhã e ver aqueles dois pássaros no mesmo ninho, perguntou o que faziam ali e, mandando que fossem imediatamente para a sua cama, cheirou-as abaixo do clitóris e reconheceu claramente que as duas ainda estavam cheias de porra. O caso era grave: aceitava-se que essas senhoritas fossem vítimas de impudicícia, mas exigia-se que entre elas houvesse decência (pois o que não exige a libertinagem em suas eternas inconsequências!), e se de vez em quando permitia-se que fossem impuras entre si devia ser tanto por ordem daqueles senhores como diante deles. Por isso, o caso foi levado ao conselho e as duas delinquentes, que não puderam ou não ousaram desmentir, receberam a ordem de mostrar como haviam feito e de exibir diante de todos qual era o talentozinho particular que tinham. Foi o que fizeram, enrubescendo muito, chorando e pedindo perdão pelo que tinham feito. Mas era tão agradável ter aquele lindo casalzinho para punir no sábado seguinte que não se imaginou perdoá-las, e foram inscritas no livro fatal de Durcet, que, entre parênteses, nessa semana já incluíra muita gente, agradavelmente. Feita essa expedição, terminaram o almoço e Durcet procedeu às inspeções. As indigestões fatais valeram mais uma delinquente: era a pequena Michette; ela dizia que não estava aguentando mais, que a fizeram comer muito na véspera e mil outras desculpas infantis que não a impediram de ser inscrita no livro. Curval, que estava cheio de tesão, pegou o penico e devorou tudo o que tinha dentro. Em seguida, jogando sobre ela olhos irados:

— Ah! Sim, valha-me Deus, safadinha — ele lhe disse.
— Ah! Sim, valha-me Deus, você vai ser castigada, e pela minha mão. Não é permitido cagar assim; bastava ter nos avisado, pelo menos; sabe muito bem que não há hora em que não estejamos prontos para receber merda.

E apalpava com força suas nádegas ao lhe dar essa lição. Os meninos estavam intactos; não foi concedida nenhuma permissão para a capela, e todos passaram à mesa. Argumentaram muito, durante o jantar, sobre a ação de Aline: pensavam que ela era uma santinha do pau oco, e, de repente, ali estavam as provas de seu apetite sexual.

— Pois é, meu amigo — disse Durcet ao bispo —, será que agora temos que julgar pela cara das meninas?

Concordaram unanimemente em que não havia nada tão enganoso e em que, como todas eram falsas, elas só usavam a inteligência para ser falsas com mais habilidade ainda. Essas palavras desviaram a conversa para as mulheres, e o bispo, que as abominava, entregou-se a todo o ódio que elas lhe inspiravam; rebaixou-as ao estado dos mais vis animais e provou que sua existência era tão absolutamente inútil no mundo que se poderia extirpar todas da Terra sem prejudicar em nada as visões da natureza, que, tendo outrora encontrado um meio de procriar sem elas, tornaria a encontrá-lo quando existissem apenas homens. Passaram ao café, servido por Augustine, Michette, Hyacinthe e Narcisse. O bispo, para quem um dos maiores prazeres era chupar a pica dos menininhos, se divertia nessa brincadeira havia alguns minutos com Hyacinthe, quando de repente exclamou, retirando sua boca cheia:

— Ah! Porra, meus amigos, isto sim é uma defloração!

Esta é a primeira vez que esse malandrinho goza, tenho certeza.

E de fato ninguém jamais tinha visto Hyacinthe gozar; até o consideravam jovem demais para já consegui-lo; mas tinha catorze anos feitos, era a idade em que a natureza costuma nos cobrir com seus favores, e nada era mais real do que a vitória que o bispo imaginava ter tido. Entretanto, quiseram verificar o fato, e todos desejavam ser testemunha da aventura, então se sentaram em semicírculo em volta do rapaz. Augustine, a mais famosa punheteira do harém, recebeu ordem de bater punheta no menino na frente da assembleia, e o jovem foi autorizado a apalpá-la e acariciá-la na parte do corpo que desejasse: nada mais voluptuoso que o espetáculo de uma mocinha de quinze anos, bela como o dia, prestar-se às carícias de um rapazinho de catorze e excitá-lo para gozar com a mais deliciosa polução! Hyacinthe, talvez auxiliado pela natureza, e mais certamente ainda pelos exemplos que tinha diante dos olhos, só tocou, apalpou e beijou a bundinha de sua punheteira, e um instante depois suas belas faces se coloriram, ele deu dois ou três suspiros e seu lindo caralhozinho lançou a um metro cinco ou seis jatos de uma porrazinha suave e branca como creme, que foi cair na coxa de Durcet, sentado bem perto dele, e que era masturbado por Narcisse, observando a operação. Com o fato bem constatado, acariciaram e beijaram a criança por todo lado; todos quiseram recolher uma porçãozinha daquele jovem esperma, e, como pareceu que para sua idade e para um início suas esporradelas não eram demasiadas, às duas que ele acabava de ter os nossos libertinos o fizeram juntar mais uma para cada um, que ele espalhou em cada boca. O duque se excitou com esse espetáculo, agarrou Augustine e a masturbou no clitóris com a língua, até que ela gozasse duas ou três vezes, o que a espertinha, cheia de fogo e apetite, fez sem demora. Enquanto o duque poluía assim Augustine, não havia nada mais agradável do que ver Durcet, indo recolher os sintomas do prazer que ele não provocara, beijar mil vezes na boca a bela criança, e engolir, por assim dizer, a volúpia que um outro fazia circular em seus sentidos. Era tarde, foram obrigados a dispensar a sesta e passar ao salão de histórias, onde a Duclos esperava fazia tempo. Assim que todos se acomodaram, ela prosseguiu o relato de suas aventuras nos seguintes termos:

— Tive a honra de lhes dizer, excelências, que é muito difícil entender todos os suplícios que o homem inventa contra si mesmo para encontrar, no seu aviltamento ou em suas dores, essas fagulhas de prazer que a idade ou a saciedade o fizeram perder. Os senhores acreditariam que uma pessoa dessa espécie, homem de sessenta anos, e singularmente indiferente a todos os prazeres da lubricidade, só os despertava em seus sentidos caso fosse queimado com uma vela em todas as partes do corpo e, sobretudo, naquelas que a natureza destina a esses prazeres? Apagávamos com força a vela nas nádegas, na pica, nos colhões e sobretudo no olho do cu; enquanto isso, ele beijava um traseiro e, depois que o fazíamos renovar ardorosamente, quinze ou vinte vezes, essa dolorosa operação, ele esporrava, chupando o ânus que a sua queimadora lhe apresentava.

"Vi outro, pouco depois, que me obrigava a me servir de uma almofaça de cavalo e esfregar todo o seu corpo, exatamente como faria com o animal que acabo de citar. Assim que seu corpo estava todo ensanguentado, eu lhe passava álcool, e essa segunda dor o fazia gozar abundantemente no meu colo: era esse o campo de batalha que ele queria regar com sua porra. Eu me ajoelhava na sua frente, apertava sua pica entre as tetas, e ele espalhava muito à vontade o acre líquido supérfluo de seus colhões.

"Um terceiro me mandava arrancar, um por um, todos

os pelos de suas nádegas. Durante a operação, masturbava-se em cima de um cocô quentinho que eu acabava de fazer. Depois, quando uma porra convencional me avisava a proximidade da crise, eu precisava, para determiná-lo, assestar-lhe em cada nádega uma tesourada que o fazia sangrar. Sua bunda era coberta de chagas, e eu mal conseguia encontrar um lugar intacto para fazer meus dois ferimentos; nesse instante, seu nariz mergulhava na merda, com a qual lambuzava toda a cara, e torrentes de esperma coroavam seu êxtase.

"Um quarto me metia o caralho na boca e me mandava mordê-lo com toda a força. Enquanto isso, eu lhe esfolava as duas nádegas com um pente de ferro de dentes pontiagudíssimos, e depois, quando sentia seu instrumento prestes a esporrar, o que me era anunciado por uma ereção muito leve e muito fraca, então, digo, eu abria violentamente suas nádegas e aproximava o olho de seu cu da chama de uma vela colocada no chão para isso. Só a sensação de queimadura dessa vela em seu ânus é que provocava a ejaculação: então eu redobrava minhas mordidas, e minha boca logo se enchia."

— Um momento — disse o bispo. — Não vou mais ouvir falar hoje de esporro na boca sem que isso me lembre da boa sorte que acabo de ter e provoque meus espíritos para prazeres do mesmo tipo.

Ao dizê-lo, puxa Pica-Pro-Céu, que nesta noite estava de serviço ao lado dele, e começa a chupar seu caralho com toda a lubricidade de um verdadeiro devasso. A porra sai, ele engole e logo renova a mesma operação com Zéphire. Sentia muito tesão e raramente as mulheres ficavam perto dele quando estava nessa crise. Infelizmente, Aline, sua sobrinha, estava.

— O que você está fazendo aqui, sua vaca — ele lhe diz —, quando o que eu quero são os homens?

Aline quer se esquivar, ele a agarra pelos cabelos e a arrasta para seu quarto com Zelmire e Hébé, as duas moças de seu harém.

— Vocês vão ver — diz aos amigos —, vocês vão ver como vou ensinar a essas vadias que me põem bocetas na mão quando o que eu quero são caralhos!

Fanchon seguiu as três donzelas, por ordem dele, e um instante depois ouviram Aline gritar loucamente, e os berros do esporro do monsenhor juntar-se aos uivos dolorosos de sua querida sobrinha. Todos voltaram... Aline chorava, apertava e contorcia o traseiro.

— Venha cá me mostrar isso! — disse-lhe o duque. — Adoro ver os vestígios da brutalidade do senhor meu irmão.

Aline mostrou sei lá o quê, pois sempre me foi impossível descobrir o que se passava naquelas alcovas infernais, mas o duque exclamou:

— Ai, porra! É delicioso! Acho que vou fazer a mesma coisa.

Mas Curval observou que era tarde e que ele tinha um plano de diversão para comunicar nas orgias que exigia toda a sua mente e toda a sua porra, e pediram à Duclos para fazer o quinto relato com o qual sua noitada devia se encerrar, e ela retomou nestes termos:

— Entre essas pessoas extraordinárias — disse a bela moça — cuja mania consiste em sofrer aviltamento e degradação, havia um certo presidente do tribunal de contas que se chamava Foucolet. É impossível imaginar a que ponto esse aí levava a mania; era preciso aplicar nele uma amostra de todos os suplícios. Eu o enforcava, mas a corda arrebentava a tempo, e ele caía em cima de um colchão; logo em seguida, eu o estendia numa cruz de santo André e fingia quebrar seus membros com uma barra de papelão; eu o marcava no ombro com um ferro quase em brasa que deixava uma ligeira vermelhidão; eu o chicoteava nas costas, exatamente como faz o carrasco, e devia entremear tudo isso de injúrias atrozes, críticas amargas aos diferentes crimes, para os quais, durante cada uma dessas operações, de camisa e com uma vela na mão, ele pedia muito humildemente perdão a Deus e à Justiça. Por fim, a sessão se concluía no meu traseiro, em que o libertino ia perder sua porra quando sua cabeça atingia o último grau de afogueamento.

— Pois bem! Você me deixa esporrar em paz, agora que a Duclos terminou? — disse o duque a Curval.
— Não, não — disse o presidente —; guarde a sua porra: estou lhe dizendo que preciso dela para as orgias.
— Oh! Sou seu criado — disse o duque —; então me considera um homem acabado e imagina que um pouco de porra que vou perder agorinha vai me impedir de ceder e de corresponder a todas as infâmias que passarão pela sua cabeça daqui a quatro horas? Não tenha medo, sempre estarei pronto; mas aprouve a meu irmão dar-me aqui um pequeno exemplo de atrocidade que eu ficaria muito aborrecido se não executasse com Adélaïde, sua querida e amável filha.

E, logo a empurrando para o quarto com Thérèse, Colombe e Fanny, as mulheres de seu quarteto, fez provavelmente aquilo que o bispo tinha feito com a sobrinha e esporrou com os mesmos detalhes, pois ouviu-se, como havia pouco, um grito terrível da jovem vítima e o uivo do devasso. Curval quis decidir qual dos dois irmãos tinha se conduzido melhor; fez as duas mulheres se aproximarem e, depois de examinar à vontade os dois traseiros, resolveu que o duque apenas imitara, mas superando. Foram se sentar à mesa, e, como alguma droga recheou de ventos as entranhas de todos os sujeitos, homens e mulheres, eles brincaram depois da ceia de soltar peidos na boca. Os quatro amigos estavam deitados de barriga para cima, nos sofás, com a cabeça recostada, e os outros iam, um após outro, lhes peidar na boca; a Duclos estava encarregada de contar e anotar, e como havia trinta e seis peidadores ou peidadoras, contra somente quatro engolidores, houve alguns que receberam até cento e cinquenta peidos. Era para essa lúbrica cerimônia que Curval queria que o duque se reservasse, mas isso era perfeitamente inútil; ele era demasiado amigo da libertinagem para que um novo excesso não tivesse sobre ele o efeito máximo, qualquer que fosse a situação que lhe propusessem, e por isso não deixou de esporrar mais uma vez diante dos traques macios da Fanchon. Quanto a Curval, foram os peidos de Antínoo que lhe custaram a porra, enquanto Durcet perdeu a sua excitado pelos de Martaine, e o bispo, excitado pelos de Desgranges. Mas as jovens beldades nada obtiveram, de tal forma é verdade que tudo deve ter uma sucessão e que é preciso que sejam sempre as pessoas crapulosas que executem as coisas infames.

VIGÉSIMO SEXTO DIA

Como nada era mais delicioso do que as punições, como nada preparava tanto os prazeres — e prazeres da espécie que eles prometeram não provar até que os relatos os desenvolvessem, permitindo que fossem praticados com mais intensidade —, imaginaram tudo para tentar fazer com que os sujeitos caíssem nos erros que proporcionassem a volúpia de puni-los. Com esse fim, os amigos reuniram-se de forma extraordinária naquela manhã para refletir sobre o assunto e acrescentaram diversos artigos aos regulamentos, cuja infração devia necessariamente ocasionar punições. Primeiro, proibiram rigorosamente às esposas, aos meninos e às meninas peidar senão na boca dos amigos; assim que tivessem vontade, deviam na mesma hora procurar um deles e ministrar-lhe o que retinham; uma pena muito pesada foi infligida aos delinquentes. Proibiram rigorosamente, da mesma maneira, o uso de bidês e de limpeza do cu: foi ordenado a todos os sujeitos, genericamente e sem nenhuma exceção, nunca se lavar e nunca, sobretudo, limpar o cu quando acabassem de cagar; quando seus cus fossem encontrados limpos, o sujeito deveria provar que era um dos amigos que o limpara, e o convocaria. Mediante isso, o amigo interrogado, como tinha a facilidade de negar o fato quando quisesse, conseguia a um só tempo dois prazeres: o de limpar um cu com a língua e o de punir o sujeito que acabava de lhe dar esse prazer... Veremos os exemplos. Em seguida, introduziu-se uma cerimônia nova: logo de manhã, no café, assim que entravam no quarto das meninas, e da mesma forma quando, em seguida, passavam ao dos meninos, cada sujeito deveria, um depois do outro, aproximar-se de um dos amigos e lhe dizer em alto e bom som: "Deus que se foda! Quer meu cu? Está cheio de merda". E aqueles e aquelas que não pronunciassem a blasfêmia e a proposta em voz alta seriam imediatamente inscritos no livro fatal. É fácil imaginar como a devota Adélaïde e sua jovem discípula Sophie custaram a pronunciar essas infâmias, e era o que os divertia enormemente. Decidido esse preceito, admitiram-se as delações; esse método bárbaro de multiplicar os vexames, aceito por todos os tiranos, foi acatado calorosamente. Ficou decidido que todo sujeito que levasse uma queixa contra outro ganharia a supressão da metade da pena no primeiro erro que cometesse; o que não comprometia ninguém, porque o sujeito que acabava de acusar outro continuava a ignorar até onde devia ir a punição que prometiam reduzir pela metade; por isso, era muito fácil lhe infligir tudo o que se queria infligir e ainda convencê-lo de que saíra ganhando. Decidiu-se e publicou-se que a delação seria acreditada sem prova, e em seguida que bastaria ser acusado por qualquer um para ser inscrito no livro no mesmo instante. Além disso, aumentou-se a autoridade das velhas, e, diante da menor queixa delas, verdadeira ou não, o sujeito era condenado incontinenti. Decretaram sobre aquele povinho, em suma, todas as vexações, toda a injustiça imaginável, certos de obter quantidades maiores de prazer à medida que a tirania fosse mais bem exercida. Feito isso, foram inspecionar os banheiros. Colombe foi considerada culpada; desculpou-se com o que a tinham mandado comer na véspera entre as refeições, ao que ela não conseguira resistir, e com o fato de que estava muito infeliz, e de que estava sendo castigada pela quarta semana seguida. Tudo isso era verdade e toda a culpa era de sua bunda, a mais viçosa, mais bem-feita e mais bonitinha que se pudesse ver. Ela objetou que não tinha se limpado, e que pelo menos isso devia lhe valer alguma coisa. Durcet examinou e, tendo de fato encontrado um imenso depósito de merda, garantiu que ela não seria tratada com tanto rigor. Curval, cheio de tesão, apoderou-se da moça e, depois de limpar completamente seu ânus, mandou buscar o cocô, que comeu sendo masturbado por ela e entremeando a refeição com muitos beijos na boca e injunções para que ela, por sua vez, engolisse tudo o que lhe desse e que ela mesma tinha fabricado. Visitaram Augustine e Sophie, às quais tinha sido recomendado, depois de suas fezes volumosas da véspera, que ficassem no estado mais impuro. Sophie estava em regra, embora tivesse dormido com o bispo, conforme lhe era exigido; mas Augustine estava na maior limpeza. Segura de sua resposta, ela se adiantou, altiva, e disse que todos sabiam que, seguindo o costume, dormira com o senhor duque, o qual, antes de dormir, a fizera ir para sua cama, onde lhe chupara o olho do cu enquanto ela lhe masturbava o caralho com a boca. Interrogado, o duque disse que não se lembrava disso (embora fosse a pura verdade), que ele adormecera com o caralho no cu da Duclos e que se devia investigar isso a fundo. Deu-se a essa verificação toda a seriedade e a gravidade possíveis; mandaram buscar Duclos, que, vendo muito bem do que se tratava, certificou tudo o que o duque avançara e afirmou que Augustine só tinha sido chamada ao leito do senhor por alguns instantes, e que ele lhe cagara na boca e depois fora comer a sua merda. Augustine quis sustentar sua tese e brigou com a Duclos, mas lhe impuseram silêncio e ela foi inscrita no livro, embora perfeitamente inocente. Passaram aos meninos, onde Cupidon foi flagrado em falta: fizera em seu penico o mais belo cocô que se pudesse ver. O duque o apanhou e o devorou enquanto o jovem chupava seu caralho. Recusaram todas as autorizações para a capela e passaram ao salão de jantar. A bela Constance, que às vezes era dispensada de servir por causa de seu estado, sentia-se bem neste dia e apareceu nua, e seu ventre, que começava a crescer, inflamou muito a cabeça de Curval, e, como viram que ele começava a apalpar um pouco rudemente as nádegas e os seios da pobre criatura, cujo horror, percebia-se, ia duplicando a cada dia, a pedido dela e por quererem conservar seu fruto pelo menos até determinado momento permitiram-lhe só reaparecer, naquele dia, na hora das narrações, das quais nunca era dispensada. Curval recomeçou a dizer horrores sobre as poedeiras de crianças e afirmou que, se fosse ele que mandasse, estabeleceria a lei da ilha de Formosa, onde as mulheres grávidas de menos de trinta anos são pisoteadas junto com seu fruto num almofariz, e mesmo que se impusesse essa lei na França a população ainda seria duas vezes maior que o necessário. Passaram ao café, servido por Sophie, Fanny, Zélamir e Adonis, mas servido de um modo muito curioso: foi pelas bocas destes que o tomaram. Sophie serviu ao duque, Fanny, a Curval, Zélamir, ao bispo, e Adonis, a Durcet. Eles pegavam a bebida em suas bocas, enxaguavam-nas e depois a devolviam na goela de quem a servia. Curval, que saíra da mesa muito inflamado, tornou a sentir tesão, e logo que essa cerimônia terminou agarrou Fanny e gozou em sua boca e a mandou engolir, se não quisesse se expor aos mais graves castigos, o que essa criança infeliz fez sem sequer pestanejar. O duque e seus dois amigos mandaram peidar ou cagar e, feita a sesta, foram ouvir Duclos, que retomou assim os seus relatos:

— Vou passar rapidamente — disse a amável moça — sobre as duas últimas aventuras que me falta contar a respeito desses homens singulares que só encontram volúpia na dor que os fazemos sentir, e depois, se acharem bom, mudaremos de assunto. O primeiro queria que, enquanto eu o masturbava nu e em pé, nos jogassem no corpo, por um buraco feito no teto e enquanto durasse a sessão, uma carga de água quase fervendo. De nada adiantou eu dizer que não tinha a mesma paixão que ele e seria igualmente vítima; ele me garantiu que eu não sentiria nenhuma dor e que essas duchas eram excelentes para a saúde. Acreditei e me deixei levar; e, como era na casa dele, não pude controlar a temperatura da água: estava quase fervendo. Não se imagina o prazer que ele sentiu ao recebê-la. Quanto a mim, enquanto operava com ele o mais depressa possível, eu gritava, confesso, como um gato escaldado: minha pele descascou e prometi a mim mesma nunca mais voltar à casa daquele homem.

— Ah, diachos! — disse o duque —, estou com uma vontade danada de escaldar assim a bela Aline!
— Excelência — esta lhe respondeu, humilde —, não sou um porco.

E a franqueza ingênua de sua resposta infantil fez todo mundo rir, e perguntaram à Duclos qual era o segundo e último exemplo no mesmo gênero que ela devia mencionar.

— Esse já não era tão penoso para mim — disse a Duclos —: tratava-se apenas de proteger a mão com uma boa luva e, depois, pegar com essa mão o cascalho escaldante dentro de uma assadeira no fogão; e com a mão cheia de cascalho quase em brasa eu devia esfregar meu homem, da nuca aos calcanhares. Seu corpo estava tão singularmente endurecido por esse exercício que parecia de couro. Quando eu chegava ao caralho, tinha de pegá-lo e masturbá-lo com um punhado de cascalho escaldante; entesava-se muito depressa; então, com a outra mão eu punha debaixo de seus colhões a pá bem avermelhada e preparada para isso. A esfregadela, por um lado, o calor com que seus testículos eram devorados, por outro, e talvez mais umas apalpadelas nas minhas nádegas, que durante a operação eu devia sempre deixar à mostra, tudo isso o fazia gozar, e ele esporrava tendo o cuidado de deixar seu esperma escorrer em cima da pá em brasa, vendo-o queimar, deliciado.

— Curval — disse o duque —, este é um homem que não me parece amar a população* mais que você.
— É também minha impressão — disse Curval —; não lhe escondo que gosto da ideia de querer queimar a porra.
— Oh! Estou vendo muito bem todas as ideias que essa aí lhe dá — disse o duque —; e ainda que esse esperma fosse germinar você o queimaria com o mesmo prazer, não é?
— Receio fortemente que sim, palavra! — disse Curval, fazendo não sei o que com Adélaïde que a fez soltar um grito violento.

---

* Alusão ao grande debate da época, sobre o crescimento da população, entre os partidários da expansão demográfica e os que, como mais tarde os malthusianos, eram favoráveis a restringi-la. Durante quase todo o século XVIII, os filósofos do Iluminismo viram no celibato dos padres e nos preceitos de castidade pregados pela Igreja riscos que levariam ao despovoamento da França.

— E o que foi que lhe deu, sua puta — disse Curval à sua filha —, para piar desse jeito?... Não está vendo que o duque me fala de queimar, humilhar, castigar a porra germinada? E o que você é, faça o favor de me dizer, senão um pouco de porra germinada saída de meus colhões? Vamos, prossiga, Duclos — acrescentou Curval —, pois sinto que as lágrimas dessa vagabunda me fariam esporrar, e não quero.

— Eis-nos — disse nossa heroína — diante de detalhes que, tendo características mais apimentadas em matéria de singularidade, talvez lhes agradem ainda mais. Os senhores sabem que, em Paris, é costume expor os mortos nas portas das casas. Havia um homem na alta sociedade que me pagava doze francos por conta de cada um desses lúgubres velórios a que eu conseguisse levá-lo durante a noite. Toda a sua volúpia consistia em se aproximar, comigo, o mais perto possível do caixão, se conseguíssemos, e ali eu devia masturbá-lo de modo a que ele ejaculasse sobre o féretro. Assim, íamos correr três ou quatro durante a noite, dependendo de quantos eu descobria, e fazíamos a mesma operação em todos, sem que ele me tocasse em outro lugar além do traseiro enquanto eu o masturbava. Era um homem de seus trinta anos, que foi meu cliente por mais de dez, durante os quais tenho certeza de que esporrou em cima de mais de dois mil caixões.

— Mas ele dizia alguma coisa durante a operação? — indagou o duque. — Dirigia alguma palavra a você ou ao morto?

— Ele xingava o morto — disse Duclos —; dizia: "Tome, sem-vergonha! Tome, patife! Tome, devasso! Leve minha porra com você para o inferno!".

— Que mania singular — disse Curval.

— Meu amigo — disse o duque —, esteja certo de que esse homem era um dos nossos e que certamente não parava por aí.

— Tem razão, excelência — disse a Martaine —, e mais uma vez terei ocasião de lhes apresentar esse ator em cena.

Então, aproveitando o silêncio, Duclos retomou assim:

— Um outro, levando muito mais longe uma fantasia mais ou menos parecida, queria que eu tivesse espiões no campo para avisá-lo toda vez que se enterrasse, e em que cemitério, uma moça morta sem doença perigosa (era o que ele mais me recomendava). Assim que eu encontrava o que ele queria, e ele sempre me pagava muito bem pela descoberta, partíamos à noite, nos introduzíamos no cemitério como podíamos e, indo de imediato para a cova indicada pelo espião, cuja terra fora revolvida recentemente, trabalhávamos depressa, nós dois, para afastar com as mãos tudo o que cobria o cadáver; e, logo que podia tocá-lo, eu o masturbava em cima da defunta, enquanto ele a apalpava toda, e sobretudo as nádegas, se conseguisse. Às vezes voltava a sentir tesão, mas então cagava e me fazia cagar sobre o cadáver, e esporrava por cima, sempre apalpando todas as partes do corpo que conseguia agarrar.

— Oh! Essa aí eu concebo perfeitamente — disse Curval —, e, se aqui devo fazer minha confissão, digo que a pratiquei algumas vezes na vida. É verdade que acrescentava alguns detalhes, que ainda não é hora de contar. Seja como for, isso me enche de tesão; abra as coxas, Adélaïde...

E não sei o que aconteceu, mas o sofá cedeu sob o peso, ouviu-se um gozo muito pronunciado e creio que, muito simples e virtuosamente, o senhor presidente acabava de cometer um incesto.

— Presidente — disse o duque —, aposto que pensou que ela estava morta.

— Sim, é verdade — disse Curval —, pois não teria esporrado sem isso.

E Duclos, vendo que mais ninguém dava uma palavra, terminou assim a sua noite:

— Para não deixá-los, senhores, com ideias tão lúgubres, vou encerrar minha noite com o relato da paixão do duque de Bonnefort. Esse jovem nobre, a quem eu diverti cinco ou seis vezes e que para a mesma operação costumava ver uma de minhas amigas, exigia que uma mulher, armada de um consolo, se masturbasse nua diante dele, tanto pela frente como por trás, durante três horas sem parar. Um relógio de pêndulo estava ali para controlar e, caso se abandonasse o serviço antes da completa revolução da terceira hora, ele não pagava. Ele está na sua frente, observa você, vira-a e revira de todos os lados, exorta-a a desmaiar de prazer e se, transportada pelos efeitos da operação, você realmente chegar a perder os sentidos de tanto prazer, com toda a certeza apressará o dele. Senão, no exato instante em que o relógio bater a terceira hora, ele se aproximará e esporrará no seu nariz.

— Palavra de honra, Duclos — disse o bispo —, não vejo por que você não preferiu nos deixar com as histórias anteriores, mas com esta. Tinham algo de picante que nos excitava poderosamente, ao contrário de uma paixão água com açúcar como essa com que você termina a sua noite, e que nada nos deixa na cabeça.

— Ela faz bem — disse Julie, que estava com Durcet —; no que me diz respeito, agradeço, pois nós todas poderemos dormir mais tranquilas quando não tivermos na cabeça essas ideias vis que a sra. Duclos expôs há pouco.

— Ah! Talvez se engane, bela Julie! — disse Durcet —, pois só me lembro do antigo quando o novo me aborrece, e, para prová-lo, tenha a bondade de me seguir.

E Durcet correu para o seu quarto com Sophie e Michette, para gozar sei lá como, mas de uma maneira que não agradou a Sophie, pois ela soltou um grito terrível e voltou vermelha como a crista de um galo.

— Ah! Essa aí — disse-lhe o duque —, você não gostaria de imaginá-la morta, pois acaba de fazê-la dar um furioso sinal de vida!

— Ela gritou de medo — disse Durcet —; pergunte a ela o que fiz, e mande-a lhe dizer baixinho.

Sophie se aproximou do duque e lhe disse.

— Ah! — este retrucou, bem alto —, não havia por que gritar tanto, nem por que gozar.

E como tocou a sineta para a ceia, interromperam as conversas e todos os prazeres para ir desfrutar dos da mesa. As orgias se celebraram com bastante tranquilidade, e foram dormir virtuosamente, sem sinais de embriaguez, o que era extremamente raro.

VIGÉSIMO SÉTIMO DIA

Logo de manhã tiveram início as delações autorizadas desde a véspera, e as sultanas, vendo que só faltava Rosette para que as oito tivessem de ser corrigidas, não deixaram de ir acusá-la. Garantiram que ela peidara a noite toda, e, como era um caso de implicância das meninas, ela ficou com todo o harém contra si e foi inscrita imediatamente. No mais, tudo se passou às mil maravilhas e, com exceção de Sophie e Zelmire, que gaguejaram um pouco, os amigos foram decididamente abordados com a nova saudação: "Deus que se foda! Quer ver meu cu? Está cheio de merda". De fato, havia merda por todo lado, pois, temendo a tentação da lavagem, as velhas tinham retirado todas as bacias, toalhas e toda a água. O regime de carne sem pão começava a afetar aquelas pequenas boquinhas que não se lavavam, e neste dia notaram que já havia uma grande diferença nos hálitos:

— Ah! Valha-me Deus — disse Curval, passando a língua em Augustine —, agora pelo menos isso passa a ter um significado! Só de beijar já fico de pica dura.

Todos concordaram, unanimemente, em que aquele regime valia muitíssimo mais. Como não houve novidade até o café, vamos logo transportar o leitor para esse momento. O café foi servido por Sophie, Zelmire, Giton e Narcisse. O duque disse que tinha absoluta certeza de que Sophie já devia esporrar e que era preciso de qualquer maneira fazer a experiência. Disse a Durcet para observá-la, e, deitando-a num sofá, ele a poluiu ao mesmo tempo na entrada da vagina, no clitóris e no olho do cu, primeiro com os dedos, depois com a língua. A natureza triunfou: quinze minutos depois, essa bela moça se perturbou, ficou vermelha, suspirou; Durcet fez todos esses movimentos serem observados por Curval e pelo bispo, que não podia acreditar que ela já gozasse, e, quanto ao duque, foi o que mais se convenceu, pois viu a bocetinha toda encharcada e a safadinha lhe molhou os lábios com a porra. O duque não conseguiu resistir à lubricidade de sua experiência; levantou-se e, curvando-se sobre a menina, gozou em cima da vulva entreaberta, introduzindo com os dedos, o mais possível, seu esperma dentro da boceta. Curval, de cabeça inflamada com o espetáculo, agarrou-a e lhe pediu outra coisa além da porra; ela arrebitou o lindo cuzinho, em que o presidente colou a boca, e o leitor inteligente adivinha facilmente o que ele recebeu. Enquanto isso, Zelmire divertia o bispo: chupava-o e masturbava seu traseiro. E tudo isso enquanto Curval era masturbado por Narcisse, cuja bunda ele beijava ardentemente. No entanto, só o duque perdeu porra: Duclos anunciara para essa noite relatos mais bonitos que os anteriores, e todos quiseram se reservar para ouvi-los. Tendo chegado a hora, passaram ao local, e eis como se expressou essa interessante moça:

— Um homem cujas amizades e cuja vida jamais conheci, senhores — ela disse —, e que só poderei descrever muito imperfeitamente, manda me chamar, por um bilhete, para ir à casa dele, na Rue Blanche-du-Rempart, às nove horas da noite. Avisava no bilhete que eu não devia ter nenhuma desconfiança e que, embora ele não se desse a conhecer, eu não teria a menor razão para me queixar. Dois luíses acompanhavam a carta, e, apesar da prudência de praxe, que com certeza deveria ter se oposto a esse encontro já que eu não conhecia quem me levava a tê-lo, arrisquei tudo, fiando-me totalmente a não sei qual pressentimento que parecia me advertir baixinho que eu não tinha nada a temer. Chego, um mordomo me avisa que devo ficar nua em pelo e que só nesse estado ele poderia me introduzir no aposento do patrão. Eu executo a ordem e logo que ele me vê no estado desejado me pega pela mão, me faz atravessar dois ou três aposentos e bate enfim a uma porta. Ela se abre, eu entro, o mordomo se retira e a porta se fecha, mas em matéria de luz não havia a menor diferença entre um forno e o lugar onde fui introduzida; nem luz nem ar entravam naquele aposento, de nenhum lado. Mal entro, um homem nu se aproxima e me agarra sem dizer uma só palavra; não perco a cabeça, convencida de que tudo aquilo tinha a ver com um pouco de porra e de que, quando esta se espalhasse, eu estaria livre de todo aquele cerimonial noturno; levo imediatamente a mão ao seu baixo ventre, disposta a fazer bem depressa o monstro perder um veneno que o tornava tão perverso. Encontro um caralho muito grande, muito duro e extremamente rebelde, mas no mesmo instante ele afasta meus dedos, parece não querer nem que o toque, nem que verifique nada, e me senta num banquinho. O desconhecido se planta ao meu lado e, pegando minhas tetas, uma depois da outra, as aperta e belisca com tanta violência que lhe digo, brusca: "Está me machucando!". Então ele para, me levanta, me deita de bruços num sofá alto e, sentado entre minhas pernas, por trás, começa a fazer com minhas nádegas o que acabava de fazer às minhas mamas: apalpa e aperta com uma violência incrível, abre e fecha, amassa e beija, mordiscando, chupa o olho do cu, e, como esses apertões reiterados eram menos perigosos desse lado do que do outro, não me opus a nada e me flagrei, ao deixá-lo agir, adivinhando qual podia ser o objetivo desse mistério em torno de coisas que me pareciam tão simples, quando de repente ouço meu homem dar gritos pavorosos: "Fuja, puta desgraçada! Fuja", ele me diz, "fuja, vagabunda! Estou gozando e não respondo por sua vida". Como podem imaginar, meu primeiro gesto foi dar no pé; vejo um tênue clarão à minha frente: era o da luz que vinha pela porta por onde eu entrara; vou para lá, encontro o mordomo que tinha me recebido, jogo-me em seus braços, ele me devolve minhas roupas, me dá dois luíses, eu saio correndo, felicíssima em me safar por tão pouco.

— Motivos não faltavam para você se sentir feliz — disse Martaine —, pois isso aí era apenas uma amostra de sua paixão corrente. Vou lhes mostrar, senhores, o mesmo homem por um lado mais perigoso — continuou essa mamãe.

— Não tão funesto como o que vou apresentar a essas excelências — disse a Desgranges —, e junto-me a Madame Martaine para garantir aos senhores que você teve muita sorte em se safar, pois esse mesmo homem tinha outras paixões muito mais esquisitas.

— Então vamos esperar conhecer toda a sua história

antes de refletir sobre isso — disse o duque —, e se apresse, Duclos, para nos contar outra e nos tirar dos miolos essa espécie de indivíduo que não deixaria de incendiá-los.

— O homem que vi em seguida, senhores — prosseguiu Duclos —, queria uma mulher que tivesse um colo muito bonito, e, como é esta uma de minhas belezas, depois que me observou ele me preferiu a todas às minhas senhoritas. Mas que uso, tanto de meu colo como de meu rosto, o insigne libertino pretendia fazer então? Deita-me num sofá, toda nua, monta sobre meu peito, põe o caralho entre minhas tetas, me manda apertá-lo o mais possível e depois de uma curta cavalgada o ordinário os inunda de porra, me lançando no rosto, na mesma hora, mais de vinte cusparadas bem copiosas.

— Pois é — disse, resmungando, Adélaïde ao duque, que acabava de cuspir no seu nariz —, não vejo necessidade de imitar essa infâmia! Vai parar com isso? — ela continuou, enxugando-se e falando ao duque, que não esporrava.

— Quando me der na veneta, minha bela criança — disse o duque —; lembre-se uma vez na vida de que você só está aqui para obedecer e se submeter a tudo. Vamos, prossiga, Duclos, pois talvez eu faça coisa pior, e, como adoro essa criança — disse, debochando —, não quero ultrajá-la de vez.

— Não sei, senhores — disse Duclos retomando o fio de seus relatos —, se ouviram falar da paixão do comandante de Saint-Elme. Havia uma casa de jogo onde todos os que iam arriscar seu dinheiro eram tremendamente roubados; mas o que há de mais extraordinário é que o

comandante ficava cheio de tesão ao trapaceá-los: a cada
jogada para fazer o adversário perder, ele gozava na cueca, e uma mulher que conheci muito bem, e que ele sus-
tentara por muito tempo, me disse que às vezes a coisa o
excitava a tal ponto que ele precisava ir buscar junto a ela
uns refrescos para o ardor que o devorava. E não ficava só
nisso: todo tipo de roubo exercia a mesma atração, e com
ele nenhum bem móvel estava em segurança: estivesse ele
à sua mesa, roubava os talheres; se no seu quarto, as joias;
perto do seu bolso, sua carteira ou seu lenço. Tudo servia,
contanto que pudesse surrupiar, e tudo o deixava de pica
dura e o fazia gozar, logo que se apossasse do bem.

"Mas nisso ele era, sem dúvida, menos extraordinário do que o presidente do Parlamento, com quem lidei
pouquíssimo tempo depois de minha chegada à casa da
Fournier e que mantive como meu cliente, pois seu caso
era um tanto delicado e ele queria que só eu fizesse michê
com ele. O presidente tinha um prediozinho alugado o
ano inteiro, na Place de la Grève; só uma velha criada o
ocupava, como porteira, e a única recomendação feita a
essa mulher era tanto ocupar o apartamento como avisar
ao presidente assim que visse na praça algum preparativo de execução. Logo o presidente mandava que eu me
aprontasse e ia me pegar, disfarçado dentro de um fiacre,
e rumávamos para o apartamentinho. A janela daquele
quarto era de tal forma que dominava completamente, e de bem perto, o cadafalso; ali nos instalávamos, o
presidente e eu, atrás de uma gelosia, em cujas ripas ele
apoiava um excelente binóculo; à espera de que a vítima aparecesse, o sequaz de Têmis se divertia na cama
me beijando as nádegas, detalhe que, entre parênteses, lhe
agradava tremendamente. Afinal, o alvoroço nos anunciava a chegada da vítima, o magistrado retomava seu lugar na janela e me mandava ir para o seu lado, exigindo
que o apalpasse e lhe batesse uma punheta de leve, com
os meus vaivéns sendo proporcionais à execução a que

ia assistir, de tal maneira que o esperma só escapasse na hora em que a vítima rendesse a alma a Deus. Com tudo arrumado, o criminoso subia no cadafalso e o presidente contemplava; quanto mais a vítima se aproximava da morte, mais o caralho do devasso enfurecia em minhas mãos. Então, os golpes eram dados: era o instante de seu gozo: 'Ah! céus', ele dizia, 'fodido seja Deus, muitas vezes! Como eu gostaria de ser o carrasco, e como teria dado o golpe melhor que isso!'. Aliás, seus prazeres eram medidos conforme o tipo do suplício: um enforcado só lhe causava uma sensação bem simples, um homem que tivesse os ossos quebrados o deixava em delírio, mas se queimavam ou esquartejavam ele desmaiava de prazer. Homem ou mulher, para ele tanto fazia: 'Só uma mulher grávida', ele dizia, 'me faria um pouco mais efeito, mas infelizmente disso não há'. 'Mas, excelência', eu lhe disse um dia, 'no seu cargo o senhor colabora para a morte dessa vítima desafortunada.' 'Com certeza', ele respondeu, 'e é o que mais me diverte: há trinta anos sou juiz, nunca dei um voto que não tivesse sido pela morte.' 'E acredita', retruquei, 'que não deve se criticar um pouco pela morte dessas pessoas, que no fundo é um crime?' 'Bem', respondeu, 'acaso se deve olhar isso assim de tão perto?' 'Mas', disse eu, 'isso é o que na sociedade se chama de horror.' 'Oh!', ele diz, 'é preciso saber tomar partido a respeito do horror de qualquer coisa que nos dá tesão, e por uma razão muito simples: é que essa coisa, por mais horrorosa que você queira imaginar, já não é tão pavorosa a partir do momento em que faz você esporrar; portanto, continua a ser um horror somente aos olhos dos outros; mas quem me garante que a opinião dos outros, quase sempre falsa a respeito de todos os objetos, não o é igualmente a respeito deste? Não há nada', prosseguiu, 'fundamentalmente bom e nada fundamentalmente mau; tudo é relativo, dependendo de nossos costumes, opiniões e preconceitos. Estabelecido esse ponto, é muito possível que uma coisa perfeitamente indiferente em si mesma seja, porém, indigna no seu entender e deliciosa no meu entender, e, partindo da dificuldade de lhe atribuir um lugar justo, se ela me agrada, se me diverte, não seria eu um louco de me privar só porque você me critica? Ora, ora, minha querida Duclos, a vida de um homem é tão pouco importante que podemos brincar com ela tanto quanto quisermos, como faríamos com a de um gato ou de um cachorro; cabe ao mais fraco se defender; ele tem, com pequenas diferenças, as mesmas armas que nós. E já que você é tão escrupulosa', meu homem acrescentava, 'o que diria então da fantasia de um de meus amigos?' E os senhores hão de permitir que esse gosto que ele me contou constitua e conclua o quinto relato de minha noite.

"O presidente me disse que esse amigo só queria ter negócio com mulheres que vão ser executadas. Quanto mais próximo está o momento em que vão morrer, mais ele lhes paga; mas tem de ser sempre depois que a sentença lhes foi comunicada. Como está a seu alcance, pelo cargo que ocupa, conseguir essas felizes coincidências, jamais perde uma, e o vi pagar até cem luíses por uns encontros desse tipo. No entanto, não goza com elas, só exige que mostrem o traseiro e caguem; alega que nada iguala o gosto da merda de uma mulher que acaba de receber uma notícia dessa. Não há nada que não tenha imaginado para conseguir esses encontros, e, ainda assim, como os senhores podem imaginar, não quer ser reconhecido. Ora faz-se passar pelo confessor, ora por um amigo da família, e suas propostas sempre se baseiam na esperança de lhes ser útil se elas forem condescendentes. 'E quando ele termina, quando se satisfaz, por onde imagina que ele acaba a operação, minha querida Duclos?', dizia-me o presidente... 'Pela mesma coisa que eu, minha querida amiga: reserva sua porra para o desfecho, e solta-a ao vê-las deliciosamente expirar.' 'Ah! Isso é que é ser um celerado!', eu lhe digo. 'Celerado?', ele interrompe... 'Deixe de lorota, minha filha! Nada que dá tesão é celerado, e o único crime no mundo é recusar algo que possa dar tesão.'"

— Sendo assim, ele não recusava nada a si mesmo — disse a Martaine —, e Madame Desgranges e eu, posso me gabar, teremos ocasião de entreter os senhores com algumas histórias lúbricas e criminais do mesmo personagem.
— Ah! Antes isso — disse Curval —, pois aí está um homem que já aprecio muito. É assim que se deve pensar sobre os prazeres, e a filosofia dele me agrada infinitamente. É inacreditável a que ponto o homem, já reprimido em todas as suas diversões, em todas as suas faculdades, tenta restringir mais ainda os limites de sua vida com preconceitos indignos. Não se imagina, por exemplo, a que ponto limitou todas as suas delícias aquele que erigiu o assassinato à categoria de crime; privou-se de cem prazeres, mais deliciosos uns que os outros, quando ousou adotar a quimera odiosa desse preconceito. E que diacho podem causar à natureza um, dez, vinte, quinhentos homens a mais ou a menos no mundo? Os conquistadores, os heróis, os tiranos impõem essa lei absurda de não ousar fazer com os outros o que não queremos que nos seja feito? Na verdade, meus amigos, não escondo, estremeço quando ouço uns idiotas ousarem me dizer que essa é a lei da natureza etc. Ó céus! Ávida por assassinatos e crimes, a natureza impõe sua lei para inspirá-los e fazer com que sejam cometidos, e a única lei que imprime no fundo de nossos corações é nos satisfazer, pouco importa às custas de quem. Mas, paciência, breve terei talvez melhor ocasião de entretê-los amplamente sobre essas matérias; estudei-as a fundo e espero, ao comunicá-las, convencê--los, como eu mesmo estou convencido, de que a única maneira de servir a natureza é seguir cegamente seus desejos, de qualquer espécie que sejam; como o vício lhe é

tão necessário como a virtude, para manter suas leis ela sabe nos aconselhar, ora com um, ora com outro, o que é necessário aos seus desígnios. Sim, meus amigos, vou entretê-los sobre tudo isso um outro dia, mas por ora preciso perder porra, pois esse diabo de homem observando as execuções da Place de la Grève me inchou os colhões.

E passou à alcova do fundo com Desgranges e Fanchon, suas duas boas amigas tão celeradas quanto ele, e os três foram seguidos por Aline, Sophie, Hébé, Antínoo e Zéphire. Não sei muito bem o que o libertino imaginou entre aquelas sete pessoas, mas foi longo; ouviram-no gritar muito: "Ande, vá, vire-se! Mas não é isso que estou lhe pedindo!", e outras frases mal-humoradas entremeadas de xingamentos que, sabia-se, ele era muito propenso a usar nessas cenas de devassidão; e afinal as mulheres reapareceram, muito vermelhas, muito descabeladas e com jeito de terem sido furiosamente amassadas em todos os sentidos. Enquanto isso, o duque e seus dois amigos não perderam tempo, mas o bispo foi o único que esporrou, e de uma maneira muito extraordinária que ainda não nos é permitido contar. Foram para a mesa, onde Curval filosofou mais um pouco, pois as paixões em nada influenciavam os seus órgãos; firme em seus princípios, era tão ímpio, tão ateu e tão criminoso no ato de perder porra quanto no fogo do prazer, e assim é que todas as pessoas sensatas deveriam ser. Nunca a porra deve ditar ou comandar os princípios; cabe aos princípios regular a maneira de perdê-la. E, que se sinta ou não tesão, a filosofia, independente das paixões, deve ser sempre a mesma. A diversão das orgias consistiu numa verificação de algo que ainda ninguém notara e que, porém, era interessante: quiseram decidir quem, entre as meninas, e quem, entre os meninos, tinha a mais bela bunda. Por conseguinte, primeiro mandaram os oito meninos formar uma fila, retos mas um pouquinho curvados: esse é a verdadeiro modo de examinar direito uma bunda e de julgá-la. O exame foi muito demorado e rigoroso; defenderam suas opiniões, trocaram outras, examinaram quinze vezes seguidas, e o prêmio foi dado por todos a Zéphire: concordaram por unanimidade em que era fisicamente impossível encontrar algo mais perfeito e mais bem-feito. Passaram às meninas; elas ficaram na mesma pose; a decisão foi, primeiro, muito demorada: era quase impossível decidir entre Augustine, Zelmire e Sophie. Augustine, mais velha, mais bem-feita que as duas outras, teria incontestavelmente vencido caso se tratasse de pintores; mas os libertinos querem mais graça do que exatidão, mais gordurinhas do que regularidade. Ela teve contra si demasiada magreza e delicadeza; as duas outras ofereciam uma carne tão viçosa e tão rechonchuda, nádegas tão brancas e tão redondas, uma queda de ancas tão voluptuosamente talhada que derrotaram Augustine. Mas como decidir entre as duas que restavam? Dez vezes as opiniões empataram. Por fim, Zelmire venceu; juntaram essas duas crianças encantadoras, beijaram-nas, apalparam-nas, masturbaram-nas a noite toda, mandaram Zelmire masturbar Zéphire, que, esporrando às mil maravilhas, deu o maior prazer a ser observado no prazer; ele, por sua vez, masturbou a mocinha, que desmaiou em seus braços; e todas essas cenas de indizível lubricidade fizeram o duque e seu irmão perder porra, mas só medianamente comoveram Curval e Durcet, que admitiram precisar de cenas menos cor-de-rosa para emocionar suas velhas almas gastas, e que todas essas brincadeiras só serviam para pessoas jovens. Finalmente, foram se deitar, e Curval, em meio a algumas novas infâmias, foi compensar aquelas meigas pastorelas de que fora testemunha.

VIGÉSIMO OITAVO DIA

Era dia de um casamento, e a vez de Cupidon e Rosette se unirem pelos laços do hímen, e por uma singularidade ainda mais funesta os dois se viam na situação de ser castigados à noite. Como nessa manhã ninguém foi flagrado em falta, empregaram toda essa parte do dia na cerimônia das núpcias, e logo que ela terminou os reuniram no salão para ver o que fariam juntos. Como os mistérios de Vênus costumavam ser celebrados diante dos olhos dessas crianças, elas tinham teoria bastante, embora nenhuma delas já tivesse servido, para saber mais ou menos executar o necessário nos objetos. Cupidon, que sentia um tremendo tesão, pôs sua pistolinha entre as coxas de Rosette, que se submeteu com toda a candura da mais absoluta inocência; o rapazinho agia tão bem que, tudo indica, estava quase conseguindo, quando o bispo, agarrando-o nos braços, o fez pôr nele aquilo que o menino, creio, teria preferido pôr na sua mulherzinha. Enquanto perfurava o cu largo do bispo, observava-a com olhos que provavam sua tristeza, mas ela mesma logo ficou ocupada, pois o duque a fodeu nas coxas. Curval foi se esfregar lubricamente na bunda do fodedorzinho do bispo e, como aquele lindo cuzinho logo ficou no estado desejado, ele o lambeu e chupou. Quanto a Durcet, fazia com a menina o mesmo que o duque tinha feito pela frente. Mas ninguém gozou, e passaram à mesa; os recém-casados, que foram admitidos ali, serviram o café com Augustine e Zélamir. E a voluptuosa Augustine, muito desconcertada por na véspera não ter levado o prêmio de beleza, deixava, como que de birra, reinar em seu penteado uma desordem que a tornava mil vezes mais interessante. Curval se sensibilizou e examinou suas nádegas:

— Não concebo — disse ele — como essa safadinha não ganhou a palma ontem, pois o diabo me carregue se existe no mundo uma bunda mais bela do que esta!

Ao mesmo tempo ele a entreabriu, e perguntou a Augustine se estava pronta para satisfazê-lo.

— Ah, sim — ela disse —, e completamente, pois não aguento mais de tanta necessidade.

Curval a deita num sofá e, ajoelhando-se diante do belo traseiro, num instante devora seu cocô.

— Macacos me mordam! — disse, virando-se para seus amigos e lhes mostrando o caralho grudado contra o ventre —, eis-me num estado em que eu faria furiosamente certas coisas.

— O quê? — indaga o duque, que gostava de levá-lo a dizer horrores quando o via nesse estado.

— O quê? — respondeu Curval —; qualquer infâmia que quiserem me propor, ainda que desmembrasse a natureza e quebrasse o universo.

— Venha, venha — disse Durcet, que o via lançar olhares furiosos para Augustine —, venha, vamos escutar Duclos, já é tempo; pois estou convencido de que se agora deixássemos você de rédea solta esta pobre franguinha passaria maus momentos.

— Ah, sim! — disse Curval, em brasa —, muitos maus momentos: é o que posso lhe garantir, firmemente.

— Curval — disse o duque, que também estava com um furioso tesão, ao acabar de fazer Rosette cagar —, que nos entreguem agora o serralho, e daqui a duas horas teremos dado boa conta dele.

O bispo e Durcet, nessas alturas mais calmos, os pegaram cada um por um braço e foi nesse estado, isto é, com as calças arriadas e o caralho em riste, que esses libertinos se apresentaram diante da assembleia já reunida no salão de histórias e pronta para escutar os novos relatos da Duclos, que, tendo previsto, pelo estado daqueles dois senhores, que breve seria interrompida, começou nestes termos:

— Um nobre da corte, de seus trinta e cinco anos, acabava de me solicitar — disse Duclos — uma das mais lindas moças que me fosse possível encontrar. Não me prevenira sobre sua mania, e para satisfazê-lo dei-lhe uma jovem

aprendiz de modista que nunca tinha participado de orgias
e era, sem contestação, uma das mais belas criaturas. Coloco-os juntos e, curiosa de observar o que vai acontecer,
vou bem depressa me postar diante do buraco. "Onde diachos Madame Duclos", ele começou dizendo, "foi procurar
uma puta ordinária como você? Na lama, com certeza!...
Você estava caçando uns soldados de serviço quando foram
buscá-la." E a jovem, envergonhada, e sem estar avisada
de nada, não sabia que atitude tomar. "Ande! Então se dispa", continuou o cortesão... "Como você é desajeitada!...
Nunca vi na vida uma puta mais feia e mais idiota... Pois
é! Vamos logo, será que hoje acabamos com isso?... Ah! É
este, afinal, o corpo que me gabaram tanto? Que tetas...
Até parecem as muxibas de uma velha vaca!" E as apertou
brutalmente. "E esse ventre! Como é enrugado!... Quer dizer que você teve vinte filhos?" "Nem um só, senhor, garanto-lhe." "Ah, sei, nem um só: é assim que todas falam, essas
rameiras; a ouvi-las, são todas virgens... Vamos, vire-se!
Que bunda infame... que nádegas moles e repugnantes...
Com certeza seu traseiro ficou assim de tanto pontapé na
bunda!" E os senhores observarão, por obséquio, que era o
mais belo traseiro que se pudesse ver. A moça, porém, começava a se perturbar; eu quase ouvia as palpitações de seu
coraçãozinho e via seus belos olhos se cobrirem de uma nu-
vem. E quanto mais ela parecia se perturbar mais o maldito
patife a mortificava. Seria impossível contar todas as cana-
lhices que lhe dirigiu; ninguém ousaria dizer outras mais
picantes à mais vil e infame criatura. Por fim, o coração
explodiu e as lágrimas rolaram: era para esse instante que o
libertino, que se poluía com todas as suas forças, reservava
o suprassumo de suas ladainhas. É impossível contar todos
os horrores que ele lhe dirigiu sobre sua pele, sua silhueta, suas feições, sobre o odor infecto que, ele alegava, seu
corpo exalava, sobre sua roupa, sobre sua inteligência: em
suma, procurou tudo, inventou tudo para desesperar seu orgulho, e esporrou em cima dela vomitando atrocidades que

um carregador não ousaria pronunciar. Dessa cena resultou algo muito divertido: é que, para a moça, foi equivalente a um sermão; ela jurou que nunca mais na vida se exporia a uma aventura dessas e oito dias depois eu soube que tinha entrado num convento para o resto de seus dias. Contei isso ao rapaz, que se divertiu imensamente e que, mais adiante, me pediu outra moça, para mais uma conversão.

"Um outro", prosseguiu Duclos, "me mandava procurar moças extremamente sensíveis e que estivessem à espera de uma notícia cujo desfecho infeliz pudesse lhes causar uma perturbação e a mais forte tristeza. Encontrar esse gênero era muito trabalhoso, porque não era fácil impressioná-lo. Nosso homem era um conhecedor, fazia tempo que jogava o mesmo jogo, e com uma olhadela via se o golpe assestado acertava no alvo. Portanto, eu não o enganava e sempre fornecia moças que, positivamente, estavam no estado de espírito que ele desejava. Um dia, mostro-lhe uma que esperava de Dijon notícias de um rapaz que ela idolatrava e que se chamava Valcourt. Coloco-os em contato. 'De onde é a senhorita?', pergunta-lhe honestamente o nosso libertino. 'De Dijon, senhor.' 'De Dijon? Ah, meu Deus, eis que acabo de receber neste instante uma carta em que me dão uma notícia que me desola.' 'E o que é?', pergunta a moça, curiosa; 'como conheço toda a cidade, essa notícia talvez me interesse.' 'Oh! Não', retruca nosso homem, 'só interessa a mim; é a notícia da morte de um rapaz por quem eu tinha o mais profundo interesse. Ele acabava de se casar com uma moça que meu irmão, que está em Dijon, lhe conseguira, uma moça por quem estava apaixonado, e no dia seguinte ao casamento ele morre, de repente.' 'O nome dele, senhor, por favor?' 'Chamava-se Valcourt; era de Paris, de tal rua, tal casa... Ah! Seguramente você não o conhece.' E no mesmo instante a moça cai para trás e desmaia. 'Ai, porra!', diz então nosso libertino, arrebatado, desabotoando a calça e se masturbando em cima dela, 'Ai, diachos, é isso mesmo que eu queria! Vamos, a bunda, a bunda! Só preciso da bunda para esporrar.' E virando-a e arregaçando suas roupas, por mais imóvel que ela estivesse, solta-lhe sete ou oito jatos de porra no traseiro e vai embora, sem se preocupar com o efeito do que disse nem como o estado em que ficara a pobrezinha."

— Ela morreu? — indagou Curval, que estava sendo fodido com violentas metidas.
— Não — disse Duclos —, mas pegou uma doença que durou mais de dez semanas.
— Oh! Que boa coisa — disse o duque. — Mas eu — prosseguiu o celerado —, eu gostaria que o nosso homem tivesse escolhido o momento das regras para lhe dar a notícia.
— Sim — disse Curval —; seja mais claro, senhor duque: está com muito tesão, o vejo daqui, e gostaria muito simplesmente que ela morresse enforcada na praça.
— Pois é, acertou em cheio! — disse o duque. — Já que é assim que você quer, eu admito, não sou muito escrupuloso quanto à morte de uma moça.
— Durcet — disse o bispo —, se não mandar esses dois patifes gozarem, esta noite vai haver gritaria.
— Ah! Santo Deus — disse Curval ao bispo —, teme pelo seu rebanho? Dois ou três a mais ou a menos, qual é a importância? Vamos, senhor duque, vamos para a alcova, e vamos juntos, e acompanhados, pois estou vendo que esses senhores não querem escândalo esta noite.

Dito e feito; e nossos dois libertinos são seguidos por Zelmire, Augustine, Sophie, Colombe, Cupidon, Narcisse, Zélamir e Adonis, escoltados por Rebenta-Cu, Pica-Pro--Céu, Thérèse, Fanchon, Constance e Julie. Um instante depois, ouviram-se dois ou três gritos de mulheres e os berros de nossos dois celerados, que despejavam sua porra juntos. Augustine voltou com o lenço tapando o nariz, por onde sangrava, e Adélaïde, com um lenço sobre o seio. Quanto a Julie, sempre um bocado libertina e jeitosa para se safar de qualquer perigo, ria como louca, e dizia que sem ela jamais teriam gozado. O grupo voltou; Zélamir e Adonis ainda estavam com as nádegas cheias de porra; e tendo garantido aos amigos que tinham se comportado com toda a decência e o pudor possível, a fim de que não pudessem lhes fazer nenhuma crítica, e que agora, perfeitamente calmos, estavam em condições de escutar, mandou-se a Duclos continuar, e ela o fez nos seguintes termos:

— Estou aborrecida — disse essa bela moça — pelo fato de o sr. de Curval ter se apressado tanto para aliviar suas necessidades, pois eu tinha duas histórias de mulheres grávidas para contar que talvez lhe dessem algum prazer. Conheço seu gosto por esse tipo de mulheres, e tenho certeza de que se ele ainda tivesse essa veleidade os dois relatos o divertiriam.

— Conte, conte — disse Curval —; não sabe que a porra nunca teve nenhum efeito sobre meus sentimentos, e que o instante em que estou mais apaixonado pelo mal é sempre aquele em que acabo de praticá-lo?

— Pois é — disse Duclos —, encontrei um homem cuja mania era ver uma mulher parir. Masturbava-se ao vê-la em meio às dores e esporrava sobre a cabeça da criança assim que conseguia vê-la.

"Um outro plantava uma mulher grávida de sete meses num pedestal isolado, a mais de quatro metros e meio de altura. Ela era obrigada a se manter ereta e sem mexer a cabeça, pois se, infelizmente, mexesse, ela e seu fruto seriam para sempre esmagados. O libertino de quem lhes falo, muito pouco sensibilizado com a situação dessa infeliz, a quem pagava para isso, ali a mantinha até gozar, e se masturbava na frente dela gritando: 'Ah! Que bela estátua, que belo ornamento, que bela imperatriz!'."

— Você teria sacudido a coluna, não é, Curval? — perguntou o duque.

— Oh! De jeito nenhum, engana-se; conheço bem demais o respeito que se deve à natureza e às suas obras. A mais interessante de todas não é a propagação de nossa espécie? Não é um tipo de milagre que devemos adorar incessantemente, e que deve nos conferir o mais terno interesse por aquelas que o fazem? Quanto a mim, jamais vejo uma mulher grávida sem me enternecer: imaginem, então, o que é uma mulher que, como um forno, faz germinar um pouco de ranho no fundo da vagina! Será que há algo tão belo, tão doce como isso? Constance, venha, por obséquio, venha para que eu beije em você o altar em que agora se opera um mistério tão profundo.

E como, decididamente, ela se achava ali, no seu nicho, ele não foi muito longe para buscar o templo que queria homenagear. Mas há razão de crer que não foi de jeito nenhum como Constance imaginava; ela não desconfiava nem da metade, pois logo a ouviram dar um grito que em nada lembrava o resultado de um culto ou de uma homenagem. E Duclos, vendo que o silêncio se sucedera à cena, terminou seus relatos com a seguinte história:

— Conheci um homem — disse a bela moça — cuja paixão consistia em ouvir as crianças dar berros. Precisava de uma mãe que tivesse um filho de três ou quatro anos no máximo; exigia que essa mãe batesse violentamente na criança, na frente dele, e, quando a criaturinha, irritada com o tratamento, começasse a gritar muito, a mãe devia pegar o caralho do devasso e o masturbar fortemente, na frente da criança, na cara de quem ele esporrava assim que a visse aos prantos.

— Aposto — disse o bispo a Curval — que esse homem gostava tanto da propagação da espécie quanto você.

— Acredito — disse Curval. — Aliás, devia ser, conforme os princípios de uma dama de muito espírito, pelo que se diz, devia ser, como eu ia dizendo, um grande celerado, pois na opinião dela todo homem que não gosta de bichos nem de crianças nem de grávidas é um monstro a ser condenado ao suplício da roda. Aí está meu processo prontinho para o tribunal dessa velha matrona — disse Curval —, pois com toda a certeza não gosto de nenhuma dessas três coisas.

E como era tarde e a interrupção tomara grande parte da noite, foram se sentar à mesa. Durante a ceia debateram as seguintes questões: para que servia a sensibilidade no homem, e se ela seria útil ou não à sua felicidade. Curval provou que ela era perigosa e que era o primeiro sentimento que se devia embotar nas crianças, acostumando-as desde muito cedo aos espetáculos mais ferozes. E como cada um debateu distintamente a questão, voltaram à opinião de Curval. Depois da ceia, o duque e ele disseram que era preciso mandar as mulheres e os meninos dormir, para fazerem as orgias só entre homens. Todos acataram esse plano, trancaram-se com os oito fodedores e passaram quase a noite inteira a se foderem e a beber licores. Foram para a cama às duas horas, quase ao raiar do dia, e a manhã seguinte trouxe os acontecimentos e os relatos que o leitor encontrará, se se der ao trabalho de ler o que se segue.

VIGÉSIMO NONO DIA

Há um provérbio (e os provérbios são excelente coisa), há um, digo, que afirma que o apetite vem enquanto se come. Esse provérbio, por mais grosseiro que seja, tem, porém, um sentido muito extenso: quer dizer que, de tanto praticar horrores, deseja-se praticar novos horrores, e que quanto mais se pratica mais se deseja praticar. Era a história de nossos insaciáveis libertinos. Por uma dureza imperdoável, por um detestável requinte de devassidão, eles haviam condenado, como se diz, suas infelizes esposas a lhes dispensar, ao saírem do banheiro, os cuidados mais vis e imundos; não se ativeram a isso, e nesse mesmo dia proclamaram uma nova lei que pareceu ser obra da libertinagem sodomita da véspera, uma nova lei, digo, que estatuía que elas serviriam, a contar do dia 1º de dezembro, de penicos para as necessidades deles, e que essas necessidades, grandes e pequenas, em suma, nunca mais seriam feitas senão em suas bocas; que toda vez que os senhores quisessem satisfazer suas necessidades, seriam seguidos por quatro sultanas para lhes prestar, feita a necessidade, o serviço que outrora lhes prestavam as esposas, e que agora não podiam mais prestar porque iam servir a algo mais importante; que as quatro sultanas oficiantes seriam Colombe para Curval, Hébé para o duque, Rosette para o bispo e Michette para Durcet; e que a menor falta numa ou noutra dessas operações, fosse a que dissesse respeito às esposas, fosse a que se referisse às quatro moças, seria punida com absoluto rigor. Logo que as pobres mulheres souberam dessa nova ordem, choraram e se desconsolaram, mas infelizmente não enterneceram ninguém. Apenas se prescreveu que cada mulher serviria a seu marido, e Aline, ao bispo, e que só para essa operação não seria permitido mudar de esposa. Duas velhas foram encarregadas de lá estarem também, em rodízio, para o mesmo serviço, e a hora foi invariavelmente marcada para a noite, ao saírem das orgias. Ficou combinado que sempre procederiam em comum; que, enquanto operassem, as quatro sultanas, à espera do serviço que deviam prestar, apresentariam as nádegas, e que as velhas iriam de um ânus ao outro para apertá-lo, abri-lo e excitá-lo, enfim, visando à operação. Promulgado esse regulamento, passaram, naquela manhã, aos castigos que não tinham sido aplicados na véspera, tendo em vista o desejo que sentiram de fazer orgias só de homens. A operação foi feita no aposento das sultanas; as oito foram despachadas, e, depois delas, Adélaïde, Aline e Cupidon, os três que também estavam na lista fatal. A cerimônia, com os detalhes e todo o protocolo de praxe nesses casos, durou quase quatro horas, ao fim das quais desceram para o jantar, com a cabeça muito inflamada, e sobretudo Curval, que, apreciando imensamente essas operações, nunca deixou de fazê-las sem a mais perfeita ereção. Quanto ao duque, tinha esporrado, bem como Durcet. Este, que começava a ficar no clima da libertinagem, muito implicante com sua querida mulher Adélaïde, não a castigou sem os violentos abalos que lhe custaram a porra. Depois do jantar passaram ao café; se quisessem, poderiam mandá-lo ser servido por bundas formosas, como as dos homens Zéphire e Giton e vários outros; poderiam, mas pelas sultanas é que era impossível. Portanto, seguindo a ordem estatuída, serviram-no simplesmente Colombe e Michette. Curval, examinando a bunda de Colombe, cujas marcas, em parte obra sua, lhe faziam nascer desejos muito especiais, pôs o caralho entre suas coxas, por trás, esfregando-se muito em suas nádegas; às vezes seu instrumento, ao voltar para trás, batia como sem querer no buraco lindinho que ele adoraria furar. Ele o olhava, o observava.

— Céus! — disse aos amigos —, dou duzentos luíses à sociedade se daqui a pouco me deixarem foder esse cu...

Mas se conteve e nem sequer gozou. O bispo fez Zéphire gozar em sua boca e perdeu porra engolindo a desse delicioso menino; quanto a Durcet, pediu a Giton que lhe desse pontapés na bunda, o fez cagar, mas o deixou virgem. Passaram ao salão de histórias, em que cada um dos pais, por um arranjo feito com bastante frequência, teve nesta noite sua filha no sofá, e escutaram, de calças arriadas, os cinco relatos de nossa querida historiadora.

— Parecia que, desde que eu cumprira rigorosamente o devoto testamento da Fournier, a felicidade afluía à minha casa: nunca tivera tantos ricos fregueses — disse a bela moça. — O prior dos beneditinos, um de meus melhores clientes, veio me dizer um dia que, tendo ouvido falar de uma fantasia muito singular, e até tendo-a visto ser executada por um amigo seu, que também muito a prezava, queria, por sua vez, executá-la, e por isso me pediu uma moça bem peluda. Dei-lhe uma criatura alta de vinte e oito anos que tinha tufos de um metro e vinte de comprimento, tanto nos sovacos como na concha. "É disso que preciso", ele me disse. E como era muito ligado a mim e várias vezes tínhamos nos divertido juntos, não se escondeu de minha vista. Mandou a moça ficar nua, recostada num sofá, com os dois braços para cima; e ele, armado de uma tesoura muito afiada, começou a tosquiar até a pele os dois sovacos da criatura. Das axilas passou à concha; tosquiou-a também, mas com tamanha precisão que nem num nem noutro lugar onde operara parecia que algum dia tivesse havido o menor vestígio de pelo. Terminado o negócio, beijou as partes que acabava de tosquiar e espalhou sua porra sobre aquele montinho tosquiado, extasiando-se com sua obra.

"Um outro exigia uma cerimônia sem dúvida bem mais estranha; era o duque de Florville. Recebi ordem de levar à casa dele uma das mais belas mulheres que eu conseguisse encontrar. Um mordomo nos recebeu e entramos no palacete por uma porta secreta. 'Vamos arrumar essa bela criatura', disse o mordomo, 'como convém que ela esteja para que o senhor duque possa se divertir... Sigam-me.' Por desvios e corredores tão escuros como imensos, chegamos enfim a um aposento lúgubre, iluminado por apenas seis velas, postas no chão em volta de um colchão de cetim preto; todo o quarto estava coberto de panos pretos, e ficamos apavoradas ao entrar. 'Tranquilizem-se', disse nosso guia, 'não lhes acontecerá o menor mal; mas prepare-se para tudo', disse à moça, 'e, em especial, execute direitinho o que vou lhe prescrever.' Mandou a moça se despir, desfez seu penteado e deixou os cabelos soltos, maravilhosos. Em seguida, deitou-a sobre o colchão, entre as velas, pediu-lhe que imitasse uma morta e, sobretudo, prestasse bem atenção para, durante toda a cena, se mexer e respirar o menos possível. 'Pois, se infelizmente meu patrão, que vai imaginar que você está realmente morta, se der conta do fingimento, sairá furioso e com certeza você não será paga.' Assim que instalou a senhorita em cima do colchão, na pose de um cadáver, fez sua boca e seus olhos ficarem com as marcas da dor, deixou os cabelos caindo sobre o seio nu, pôs perto dela um punhal e com sangue de galinha lhe lambuzou, do lado do coração, uma chaga do tamanho da mão. 'Sobretudo, não tenha o menor receio', disse de novo à moça, 'não precisa falar nada, fazer nada: é só ficar imóvel e só tomar fôlego nos momentos em que ele estiver bem longe de você. Agora, retiremo-nos', disse-me o mordomo. 'Venha, senhora; para não ficar preocupada com a sua senhorita, vou colocá-la num lugar de onde poderá ouvir e observar toda a cena.' Saímos, deixando a moça, primeiro muito aflita, mas um pouco mais sossegada com a proposta do mordomo. Ele me leva a um quarto vizinho ao aposento onde o mistério ia se celebrar, e por um tapume mal juntado, sobre o qual caía o pano preto, pude ouvir tudo. Observar era ainda mais fácil, pois o pano era de crepe: através dele eu distinguia todos os objetos como se estivesse no próprio aposento. O mordomo puxou o cordão de uma campainha; era o sinal, e minutos depois vimos entrar um homem alto, seco e magro, de seus sessenta anos. Estava inteiramente nu sob um roupão folgado de tafetá indiano. Parou assim que entrou; aqui, convém esclarecer que nossas observações eram para ele uma surpresa, pois o duque, que pensava encontrar-se absolutamente sozinho, estava muito

longe de imaginar que o víamos. 'Ah! Que belo cadáver!',
logo exclamou... 'que bela morta!... Oh! Meu Deus!',
disse, vendo o sangue e o punhal, 'acaba de ser assassinada, neste instante... Ah! Diachos, quem praticou esse crime deve estar com um tesão!' E masturbando-se: 'Como eu gostaria de tê-lo visto dar a punhalada!'. E passando a mão na barriga dela: 'Estaria grávida?... Não, infelizmente'. E continuando a apalpar: 'Que belas carnes! Ainda estão quentes... Que belo seio!'. E então curvou-se sobre ela e beijou-a na boca com inacreditável furor: 'Ainda está babando', disse... 'como gosto dessa saliva!'. E mais uma vez enfiou-lhe a língua até a goela. Era impossível melhor representar seu papel do que essa moça; estava mais imóvel que uma pedra, e, enquanto o duque esteve perto dela, não respirou. Finalmente ele a agarrou e a virou de bruços: 'Tenho que observar este belo cu', disse. E logo que o viu: 'Ai, porra, que lindas nádegas!'. E então as beijou, abriu, e o vimos nitidamente pôr a língua no buraco bonitinho. 'Esse aí, palavra de honra', exclamou, todo entusiasmado, 'é um dos mais fantásticos cadáveres que vi na vida! Ah, feliz de quem privou da vida dessa bela prostituta, e quanto prazer deve ter tido!' Essa ideia o fez gozar; estava deitado a seu lado, com as coxas apertava suas nádegas, e lhe esporrou no olho do cu dando mostras de prazer inacreditáveis e gritando como um condenado ao perder o esperma: 'Ah! É foda, foda! Adoraria tê-la matado!'. Esse foi o fim da operação. O libertino se levantou e desapareceu. Era hora de irmos pegar nossa moribunda, que não aguentava mais; a contração, o pavor, tudo absorvera seus sentidos, e estava prestes a representar na realidade a personagem que acabava de imitar tão bem. Partimos com quatro luíses que nos entregou o mordomo, que, como os senhores bem imaginam, nos roubou pelo menos a metade."

— Benzadeus! — exclamou Curval —, isto, sim, é uma paixão! Tem sal, tem algo picante nisso aí.

— Estou com o tesão de um burro — disse o duque —; aposto que esse personagem não parou por aí.

— Tenha certeza, senhor duque — disse Martaine —, às vezes ele quer algo mais real. É isso que Madame Desgranges e eu teremos ocasião de lhe mostrar.

— E que diabo você está fazendo enquanto espera? — disse Curval ao duque.

— Deixe-me, deixe-me! — disse o duque —, estou fodendo a minha filha, e a imagino morta!

— Ah, celerado! — disse Curval —, então são dois os crimes na sua cabeça.

— Ai, porra! — disse o duque —, adoraria que fossem reais!

E seu esperma impuro escapou para a vagina de Julie.

— Vamos, continue, Duclos — ele disse assim que terminou —, continue, minha querida amiga, e não deixe o presidente esporrar, pois o ouço praticando incesto com a filha: o engraçadinho anda com más ideias na cabeça; seus pais me confiaram esse homem, devo ficar de olho em seu comportamento, não quero que ele se perverta.

— Ah, já não dá mais tempo — disse Curval —, não dá mais tempo, estou gozando! Ai, por todos os deuses, que bela morta!

E o celerado, metendo na greta de Adélaïde, imaginava, assim como o duque, que estava fodendo a própria filha assassinada: inacreditável perdição do espírito do libertino, que não consegue escutar nada, ver nada sem que queira no mesmo instante imitar!

— Duclos, continue — disse o bispo —, pois o exemplo desses pilantras me seduziria, e no estado em que me encontro talvez fizesse pior que eles.

— Algum tempo depois dessa aventura, fui sozinha

à casa de outro libertino — disse Duclos —, cuja mania, talvez mais humilhante, nao era, porém, tão sombria. Recebe-me num salão cujo soalho estava enfeitado com um belíssimo tapete, me manda ficar nua e, depois, me põe de gatinhas: "Vejamos", diz, referindo-se aos dois grandes dinamarqueses que tinha a seu lado, "vejamos quem, se meus cães ou você, será mais rápido; vá buscar!". E ao mesmo tempo joga umas grandes castanhas assadas no chão e me fala como a um animal: "Traga, traga!". Eu corro de quatro patas, atrás da castanha, para entrar no espírito de sua fantasia e apanhar a castanha, mas os dois cães, lançando-se atrás de mim, logo passam na minha frente; pegam a castanha e a levam para o dono. "Você não tem o menor jeito", então ele me diz, "está com medo de ser comida por meus cães? Não tema, não vão lhe fazer o menor mal, mas por dentro vão caçoar de você vendo-a ser menos esperta que eles. Ande, vá à forra... traga!" Nova castanha lançada e nova vitória dos cães. Em suma, o jogo durou duas horas, durante as quais não fui jeitosa o suficiente para agarrar a castanha nem uma única vez e levá-la à boca de quem a lançara. Mas, que eu triunfasse ou não, jamais aqueles bichos, amestrados para aquele jogo, me machucaram; pareciam, ao contrário, brincar e se divertir comigo como se eu fosse da raça deles. "Chega", diz o patrão, "já trabalhou bastante; é preciso comer." Tocou a campainha, um criado de confiança entrou. "Traga comida para meus bichos", disse. E na mesma hora o criado trouxe uma tina de ébano, que pôs no chão e que estava cheia de uma espécie de carne moída muito delicada. "Ande", ele me disse, "coma com meus cachorros, e faça com que eles não sejam tão rápidos na comida como foram na corrida." Não havia o que responder, tive de obedecer e, sempre de quatro patas, meti a cabeça na tina; e, como tudo aquilo era muito limpo e muito bom, comecei a comer com os cães, que, muito educados, me deixaram minha parte sem a menor briga. Esse era o instante do êxtase de nosso libertino: a humilhação, o rebaixamento a que reduzia uma mulher excitava inacreditavelmente seus espíritos. "Essa vagabunda!", ele disse então, masturbando-se, "essa vadia come com os meus cães! É assim que a gente deve tratar todas as mulheres, e se assim fizéssemos elas não seriam tão impertinentes; animais domésticos como os cães, que razão temos para tratá-las de outra maneira? Ah, vaca, ah, puta!", exclamou então, avançando e me soltando sua porra no traseiro; "ah, vagabunda, pois é, eu mandei você comer com os meus cães!". Foi só isso; nosso homem desapareceu, vesti-me depressa, encontrei dois luíses no meu mantelete, quantia miserável com que o patife, sem dúvida, costumava pagar seus prazeres.

"Aqui, senhores", continuou Duclos, — "sou obrigada a recuar e contar-lhes, para terminar a noite, duas aventuras que me aconteceram na juventude. Como são um pouco fortes, teriam ficado deslocadas no meio dos episódios mais fracos pelos quais os senhores me mandaram começar; portanto, tive de mudá-las de lugar e guardá-las para o desfecho. Na época eu tinha apenas dezesseis anos e ainda estava com a Guérin; instalaram-me no gabinete interno da casa de um homem de grande distinção, me dizendo simplesmente para esperar, ficar tranquila e obedecer ao senhor que viria se divertir comigo. Mas evitaram me dizer mais que isso; eu não teria sentido tanto medo se tivesse sido avisada, e com certeza nosso libertino não teria tido tanto prazer. Havia cerca de uma hora que eu estava escondida naquele gabinete quando finalmente a porta se abre. Era o próprio senhor. 'O que está fazendo aí, safada?', ele me diz, com ar surpreso, 'a uma hora dessa, no meu apartamento? Ah, sua puta', exclamou, agarrando o meu pescoço até me fazer perder a respiração, 'ah, vagabunda, você vem para me roubar!' No mesmo instante chama alguém; um criado de confiança aparece: 'La Fleur', diz-lhe o patrão, furioso, 'aqui está uma ladra que encontrei escondida; tire toda a roupa dela e prepare-se para executar, depois, a ordem que vou lhe dar.' La Fleur obedece; num instante sou despida, jogam fora minhas roupas à medida que as tiro. 'Ande', diz o libertino ao criado, 'vá buscar um saco, costure essa puta dentro dele e vá jogá-lo no rio!' O criado sai em busca do saco. Deixo os senhores imaginarem que aproveitei esse tempinho para me jogar aos pés do patrão e suplicar que me perdoasse, garantindo que havia sido Madame Guérin, sua proxeneta habitual, que, pessoalmente, me mandara para lá, mas que eu não era uma ladra... Mas o devasso, sem nada ouvir, agarra minhas nádegas e as amassa com brutalidade: 'Ah, porra!', diz, 'então vou dar esse belo cu para os peixes comerem!'. Foi o único gesto de lubricidade que pareceu se permitir, e ainda assim sem expor aos meus olhos nada capaz de me levar a crer que a libertinagem tivesse algo a ver com a cena. O criado volta, traz um saco; por mais que eu tivesse suplicado, me botam lá dentro, costuram e La Fleur me carrega nas costas. Então ouço os efeitos do auge da crise de nosso libertino, que aparentemente começou a se masturbar logo que o outro me pôs no saco. No exato instante em que La Fleur me pegou, a porra do celerado saiu. 'No rio... no rio... está ouvindo, La Fleur', ele dizia, gaguejando de prazer; 'sim, no rio, e você vai pôr uma pedra no saco para que a puta se afogue mais depressa.' E foi só isso; saímos, passamos para um quarto contíguo, onde La Fleur descosturou o saco, me devolveu minhas roupas, me deu dois luíses, algumas provas inequívocas de um jeito de se comportar no prazer muito diferentes das de seu patrão, e voltei para a casa da Guérin, em quem passei uma descompostura por não ter me avisado; ela, para ficar em bons termos comigo, me mandou fazer, dois dias depois, a seguinte função, sobre a qual me preveniu menos ainda.

"Como na que acabo de contar, tratava-se mais ou menos de ir para a alcova do apartamento de um cobrador de impostos, mas dessa vez eu estava com o próprio mordomo, que fora me buscar na casa da Guérin por ordem de seu patrão. Enquanto esperava a chegada dele, o mordomo se divertia em me mostrar várias joias que estavam numa escrivaninha dessa alcova. 'Ah, pois é!', disse-me o honrado mensageiro, 'se a senhora pegasse alguma, não haveria o menor problema, o velho Creso é riquíssimo: aposto que nem sabe a quantidade e o tipo de joias que tem nesta escrivaninha. Acredite em mim, não se acanhe, e não tenha medo de que eu vá traí-la.' Infelizmente, eu estava muito decidida a seguir esse pérfido conselho: os senhores conhecem meus pendores, que já contei. Portanto, não me fiz de rogada e passei a mão na caixinha de ouro de sete ou oito luíses, não ousando pegar um objeto de mais valor. Era tudo o que o pilantra do mordomo queria, e para não voltar a isso eu soube, depois, que se tivesse me recusado a pegar, ele teria, sem que eu notasse, enfiado um daqueles objetos no meu bolso. Chega o patrão, que me recebe muito bem, sai o mordomo, e ficamos juntos. Este não fazia como o outro, divertia-se de verdade, e muito: beijou muito o meu traseiro, pediu para ser chicoteado, para eu lhe peidar na boca, pôs o caralho na minha, em suma, fartou-se de lubricidades de todo tipo e espécie, exceto as da frente; mas, por mais que fizesse, não gozou. A hora não tinha chegado, tudo o que ele que acabava de fazer não passava de preliminares; os senhores vão ver o desfecho. 'Ah, diachos', ele me diz, 'esqueci que um criado me espera na antecâmara para pegar uma pequena joia que acabo de prometer enviar ao seu amo. Permita-me que eu cuide dessa promessa e, assim que terminar, recomeçaremos o trabalho.' Culpada pelo pequeno delito que eu acabava de cometer por instigação daquele maldito mordomo, deixo os senhores imaginarem como essas palavras me fizeram tremer. Por um instante quis retê-lo; depois, refleti que seria melhor mostrar presença de espírito e arriscar-

-me. Ele abre a escrivaninha, procura, remexe, não acha nada do que quer e me lança olhares furiosos. 'Safada!', diz, afinal, 'só você e um mordomo que conheço bem entraram aqui recentemente; está faltando meu enfeite, portanto só você pode tê-lo apanhado.' 'Oh, senhor!', digo, tremendo, 'fique certo de que sou incapaz...' 'Ah, pois sim!', ele diz furioso (observem que a calça dele continuava desabotoada e o caralho duro, encostado na barriga; só isso é que me guiava e me impedia de ficar tão aflita, mas eu não via nem percebia mais nada), 'vamos, vagabunda, meu enfeite tem que aparecer.' Manda-me ficar nua. Vinte vezes me jogo a seus pés para lhe pedir que me poupe a humilhação de uma revista dessa: nada o comove, nada o enternece, ele mesmo arranca minhas roupas, colérico, e assim que me dispo ele remexe nos meus bolsos e, como os senhores imaginam, não demora muito a encontrar a caixa. 'Ah, sem-vergonha!', diz, 'agora tenho certeza. Vagabunda! Você vai às casas para roubá-las.' E logo chamando seu homem de confiança: 'Ande', diz-lhe, inflamado, 'vá me buscar agora mesmo o comissário!' 'Oh, senhor', exclamei, 'tenha piedade de minha juventude, fiquei seduzida, não fiz por vontade própria, me levaram a fazê-lo...' 'Pois bem!', disse o devasso, 'você exporá todas essas razões ao homem da Justiça, mas quero me vingar.' O mordomo sai; ele se joga numa poltrona, sempre com o caralho em riste e às voltas com uma grande agitação, e me dirigindo mil insultos. 'Essa vadia, essa celerada!', dizia, 'e eu que queria recompensá-la como devia, vir assim à minha casa para me roubar!... Ah, porra, vamos já ver isso...' Nesse mesmo momento, batem à porta e vejo entrar um homem de toga. 'Senhor comissário', diz o patrão, 'esta aqui é uma sem-vergonha que lhe entrego, e a entrego nua, no estado em que mandei ficar para revistá-la; aqui estão tanto a moça como as roupas, e, além disso, o enfeite roubado; e, acima de tudo, enforque-a, senhor comissário.' Foi então que se jogou na poltrona e esporrou. 'Sim, enforque-a, caralho! Que eu a veja enforcada, senhor comissário, caralho! Que eu a veja enforcada, é tudo o que exijo do senhor.' O pretenso comissário me leva, com o enfeite e meus trapos, me faz passar a um quarto contíguo, tira a toga e me deixa ver o mesmo mordomo que me recebera e me incitara ao roubo, e que a perturbação em que eu estava me impediu reconhecer. 'Pois é!', ele me diz, 'ficou com medo, hein?' 'Pobre de mim', respondi, 'não aguento mais.' 'Terminou', ele me diz, 'e aqui está o seu pagamento'. E ao mesmo tempo me entrega, da parte do patrão, o próprio enfeite que eu tinha roubado, me devolve as roupas, me faz beber um cálice de licor e me leva de volta à casa de Madame Guérin."

— Essa mania é divertida — diz o bispo —, é possível aproveitá-la para outras coisas, pondo menos delicadeza, pois vou lhes dizer que sou pouco partidário da delicadeza na libertinagem. Pondo menos, digo, pode-se aprender com esse relato a maneira segura de impedir que uma puta dê queixa, seja qual for a iniquidade dos métodos que empregarmos com ela. Assim, basta lhe armar ciladas, fazê-la cair, e, tão logo tivermos a certeza de que ela é culpada, poderemos fazer tudo o que quisermos; não há mais que temer que ela ouse dar queixa, pois morrerá de medo de ser acusada ou recriminada.

— É verdade — disse Curval — que, no lugar do financista, eu teria me permitido ir mais longe, e você bem poderia, minha encantadora Duclos, não ter se safado tão facilmente assim.

Como nesta noite os relatos foram muito longos, chegou a hora da ceia sem que tivessem tido tempo de fazer, antes, umas putarias. Portanto, foram para a mesa decididos a compensar depois da comida. Foi então que todos se reuniram e determinaram que se verificasse, enfim,

quais meninos e meninas já podiam entrar na categoria
de homens e mulheres. Para decidir, iriam masturbar
todos aqueles, de um e outro sexo, sobre quem pairava
alguma dúvida. Quanto às mulheres, estavam certos em
relação a Augustine, Fanny e Zelmire: essas três criaturi-
nhas adoráveis, entre catorze e quinze anos de idade, go-
zavam aos mais leves toques; Hébé e Michette, que ainda
tinham só doze anos, nem sequer estavam em condições
de ser testadas. Portanto, entre as sultanas se tratava de
experimentar apenas Sophie, Colombe e Rosette, a primeira com catorze anos, as duas outras, com treze. Entre os meninos, sabia-se que Zéphire, Adonis e Céladon
soltavam porra como homens feitos; Giton e Narcisse
eram jovens demais para ser testados. Só deveriam, portanto, testar Zélamir, Cupidon e Hyacinthe. Os amigos
formaram uma roda em torno de uma pilha de almofadas grandes, que eles arrumaram no chão; Champville e
Duclos foram designadas para as poluções; uma, em sua
qualidade de tríbade, devia masturbar as três meninas,
a outra, como mestre na arte de tocar punheta nas picas, devia poluir os meninos. Elas passaram para dentro
da roda formada pelas poltronas dos amigos, onde estavam as almofadas, e entregaram-lhes Sophie, Colombe,
Rosette, Zélamir, Cupidon e Hyacinthe, e cada amigo,
para se excitar durante o espetáculo, pegou uma criança
e a sentou no colo. O duque pegou Augustine, Curval
pegou Zelmire, Durcet, Zéphire, e o bispo, Adonis. A
cerimônia começou com os meninos, e Duclos, de peito
e bunda de fora, braço nu até o cotovelo, empregou toda
a sua arte para poluir, um após outro, aqueles deliciosos
ganimedes. Era impossível empregar mais volúpia; ela sacudia a mão com uma leveza... seus movimentos eram de
uma delicadeza e de uma violência... ela oferecia àqueles
jovens a boca, o seio ou as nádegas com tanta arte, que
era certo que os que não esporrassem é porque ainda não
tinham esse poder. Zélamir e Cupidon se encheram de

tesão, mas, por mais que ela fizesse, nada saiu. Quanto a Hyacinthe, a reação foi imediata, no sexto vaivém do punho: a porra pulou sobre o seio dela, e a criança desfaleceu bolinando-lhe o traseiro; pormenor que foi mais notado ainda na medida em que, durante toda a operação, ele não imaginou lhe tocar a parte da frente. Passaram às meninas. Champville, quase nua, muito bem penteada e, aliás, muito elegantemente trajada, não parecia ter mais de trinta anos, embora tivesse cinquenta. A lubricidade dessa operação, da qual, como rematada tríbade, ela esperava tirar o maior prazer, animava os grandes olhos negros, que sempre foram muito bonitos. Empregou pelo menos tanta arte em sua sessão como Duclos na dela; poluiu ao mesmo tempo clitóris, entrada da vagina e olho do cu; mas a natureza nada desenvolveu em Colombe e Rosette; não houve sequer a mais leve aparência de prazer. O mesmo não se deu com a bela Sophie: na décima titilação, ela desfaleceu no seio de Champville; suspirozinhos entrecortados, belas faces que se avivaram com o mais doce encarnado, lábios que se entreabriram e se molharam, tudo provou o delírio com que a natureza acabava de cobri-la, e ela foi declarada mulher. O duque, que sentia um extraordinário tesão, ordenou à Champville que lhe tocasse mais uma punheta, e no instante do gozo o celerado foi misturar sua porra impura com a da jovem virgem. Quanto a Curval, seu negócio se fez entre as coxas de Zelmire; e os dois outros, com os meninos que eles prendiam entre as pernas. Foram se deitar e, como a manhã seguinte não forneceu nenhum fato digno de merecer um lugar nesta coletânea, logo passaram ao salão, onde Duclos, magnificamente vestida, apareceu na tribuna para terminar, com os cinco relatos seguintes, a parte das cento e cinquenta narrações que lhe foram confiadas para os trinta dias do mês de novembro.

TRIGÉSIMO DIA

— Não sei, senhores — disse a bela moça —, se ouviram falar da fantasia, tão singular como perigosa, do conde de Lernos, mas, como a ligação que tive com ele me deu condições de conhecer a fundo suas manobras, e tendo-as achado extraordinárias, pensei que deviam entrar na lista das volúpias que os senhores me mandaram detalhar. A paixão do conde de Lernos é desencaminhar o máximo que conseguir de moças e mulheres casadas, e, independentemente dos livros a que recorre para seduzi-las, não há métodos que ele não invente para entregá-las aos homens; ora favorece suas inclinações unindo-as ao objeto de suas paixões, ora encontra-lhes amantes caso elas não tenham. Possui uma casa só para isso, onde se encontram todas as partes que ele põe em contato; une-as, garante-lhes sossego e descanso e vai desfrutar, num gabinete secreto, do prazer de vê-las frente a frente. Mas é inacreditável a que ponto multiplica essas desordens, e tudo o que põe em prática para promover esses pequenos casamentos: tem contatos em quase todos os conventos de Paris, relações com uma porção de mulheres casadas, e sabe agir tão bem que não há um só dia em que não tenha, em casa, três ou quatro encontros. Nunca deixa de flagrar suas volúpias, sem que ninguém desconfie, mas, uma vez instalado diante do orifício em seu observatório, como está sempre sozinho ninguém sabe como chega ao esporro, nem de que natureza ele é: sabe-se apenas o fato, que aí está, pois pensei que fosse digno de lhes ser contado.

"A fantasia do velho presidente Desportes talvez vá diverti-los mais. Avisada da etiqueta de praxe observada por esse libertino, chego à casa dele por volta das dez horas da manhã e, totalmente nua, vou lhe apresentar minhas nádegas para que as beije, numa poltrona onde ele estava sentado, grave, e já logo de saída peido em seu nariz. Meu presidente, irritado, levanta-se, agarra um punhado de varas que tinha a seu lado e começa a correr atrás de mim, sendo que o meu primeiro cuidado é dar no pé. 'Impertinente!', ele me diz, sempre me perseguindo, 'vou lhe ensinar a vir fazer na minha casa infâmias desse tipo!' Ele a perseguir, eu sempre a fugir. Finalmente alcanço um corredor, onde fico de cócoras, como num refúgio inexpugnável, mas logo sou agarrada; as ameaças do presidente redobram quando vê que me domina; brande as varas, ameaça me bater; encolho-me, agacho-me e fico pequenininha como um rato: esse ar de pavor e aviltamento determina, no final, o seu esporro, e o devasso o dardeja em cima do meu seio, uivando de prazer."

— Como? Sem lhe dar uma só pancada com as varas? — pergunta o duque.

— Sem sequer baixá-las para cima de mim — responde Duclos.

— Aí está um homem bem paciente — diz Curval —; meus amigos, reconheçam que não o somos tanto assim quando temos em mãos o instrumento de que fala Duclos.

— Um pouco de paciência, senhores — diz Champville —, breve vou lhes mostrar outros do mesmo gênero, e que não serão tão pacientes como o presidente de quem Madame Duclos lhes fala aqui.

E esta, vendo que o silêncio observado lhe dava a oportunidade de retomar seu relato, assim o fez, da seguinte maneira:

— Pouco tempo depois dessa aventura fui recebida pelo marquês de Saint-Giraud, cuja fantasia era colocar uma mulher nua num balanço e içá-la a grande altura. A cada balançada, passamos diante do nariz dele; ele nos espera, e nesse momento ou temos de lhe soltar peido ou receber uma palmada na bunda. Eu o satisfiz o melhor que pude; recebi umas palmadas, mas lhe soltei muitos traques. E depois que o sem-vergonha finalmente gozou, ao cabo de uma hora dessa cerimônia maçante e cansativa, o balanço parou e ele me permitiu ir embora.

"Uns três anos depois de eu me tornar a dona da casa da Fournier, veio um homem me fazer uma curiosa proposta: tratava-se de encontrar libertinos que se divertissem com sua mulher e sua filha, com a única condição de escondê-lo num canto para ver tudo o que fariam com elas. Ele as entregaria a mim, dizia, e não apenas o dinheiro que eu ganhasse com elas seria meu, como ele ainda me daria dois luíses por michê que eu as levasse a fazer. Mas, então, só uma coisa importava: é que ele queria, para sua mulher, exclusivamente homens com certos gostos, e, para a filha, homens com outra espécie de fantasia: para a mulher, homens que lhe cagassem em cima das tetas, e, para a filha, aqueles que, levantando-lhe as roupas, expusessem muito bem seu traseiro na frente do buraco por onde ele observaria, a fim de que pudesse contemplá-lo à vontade, e que em seguida eles lhe esporrassem na boca; para qualquer outra paixão que não essas duas, ele não entregaria a mercadoria. Depois de fazer esse homem prometer que responderia por qualquer consequência caso mulher e filha viessem a dar queixa por terem ido à minha casa, aceitei tudo o que ele quis e prometi que as pessoas que me trouxesse seriam atendidas como ele desejava. Já no dia seguinte trouxe-me a mercadoria: a esposa era uma mulher de trinta e seis anos, nada bonita, mas alta e bem-feita, com grande ar de doçura e modéstia; a senhorita tinha quinze anos, era loura, meio gordinha, e com a fisionomia mais meiga e agradável do mundo. 'Na verdade', disse a esposa, 'o senhor nos manda fazer umas coisas...' 'Estou com muita pena', disse o safado, 'mas tem de ser assim; acredite em mim, tomem essa decisão, pois não cederei. E, se resistirem ao menor detalhe das propostas e dos atos a que vamos submetê-las, a senhora e a senhorita, levo as duas já amanhã para os confins de uma terra de onde não voltarão nesta vida.' Então a esposa derramou umas lágrimas, e, como o homem a quem eu a destinava estava esperando, pedi que passasse ao aposento que lhe era destinado, enquanto a filha ficaria em absoluta segurança em outro quarto, com minhas moças, até que sua vez chegasse. Nesse momento cruel, ainda houve umas lágrimas, e vi muito bem que era a primeira vez que aquele marido brutal exigia uma coisa dessa de sua mulher; e infelizmente o início foi duro, pois, ademais do gosto barroco do personagem a quem a entreguei, era um velho libertino muito imperioso e muito brusco, e que não a trataria com grande respeito. 'Vamos, nada de choro', disse-lhe o marido ao entrar. 'Pense que a observo, e que se não satisfizer amplamente o homem honrado a quem é entregue eu mesmo entrarei aqui para obrigá-la.' Ela entra e passamos, o marido e eu, ao quarto de onde podíamos ver tudo. Não se imagina a que ponto aquele velho celerado inflamou a imaginação ao contemplar sua pobre esposa vítima da brutalidade de um desconhecido. Deliciava-se com cada coisa que exigiam dela; a modéstia, a candura dessa pobre mulher, humilhada com os métodos atrozes do libertino, que se divertia com isso, lhe compunham um espetáculo delicioso. Mas, quando a viu brutalmente deitada no chão, e o velho macaco a quem eu lhe entregara lhe cagar no seio, e quando viu as lágrimas, o nojo de sua mulher diante das propostas e da execução dessa infâmia, não aguentou, e a mão com que eu o masturbava foi no mesmo instante coberta de porra. Finalmente essa primeira cena terminou e, se lhe deu prazer, foi bem diferente quando pôde desfrutar da segunda. Não sem grandes dificuldades e, sobretudo, não sem grandes ameaças tínhamos conseguido que a mocinha entrasse, testemunha das lágrimas da mãe e ignorando tudo o que lhe tinham feito. A pobre menina criava dificuldades de todo tipo; finalmente se decidiu. O homem a quem eu a entregava estava perfeitamente avisado de tudo o que devia fazer; era um de meus clientes costumeiros, a quem eu gratificava com essa sorte grande e que, por gratidão, consentia em fazer tudo o que eu exigisse. 'Ah! Que bela bunda!', exclamou o pai libertino logo que o michê de sua filha a expôs inteiramente nua. 'Oh! que lindas nádegas, porra!' 'Ei, o que é isso?', perguntei, 'então é a primeira vez que está vendo?' 'Sim, isso mesmo', respondeu, 'precisei desse expediente para gozar com o espetáculo; mas, se é a primeira vez que vejo essa bela bunda, afirmo que não será a última.' Eu lhe batia uma punheta com força, ele se extasiava; mas quando viu a indignidade que se exigia da jovem donzela, quando viu as mãos de um rematado libertino passando naquele belo corpo que jamais sofrera umas apalpadelas assim, quando viu que ele a mandava se ajoelhar, forçava-a a abrir a boca, introduzia o caralho grande ali dentro e esporrava, jogou-se para trás, xingando como um possesso, jurando que nunca sentira tanto prazer na vida e deixando entre meus dedos provas inequívocas desse deleite. Está tudo dito, as pobres mulheres se retiraram, chorando muito, e o marido, entusiasmado com a cena, com certeza deu um jeito de convencê-las a lhe proporcionar com frequência o espetáculo de uma cena dessa, pois os acolhi em minha casa por mais de seis anos, e, conforme a ordem que eu recebia do marido, fiz essas duas infelizes criaturas passarem por todas as diferentes paixões cujos relatos acabo de lhes fazer, com exceção talvez de dez ou doze, que não lhes era possível satisfazer pois não aconteciam na minha casa."

— Aí estão os bons métodos de prostituir uma mulher e uma filha! — disse Curval. — Como se essas vagabundas fossem feitas para outra coisa! Acaso não nasceram para nossos prazeres e, a partir daí, não devem satisfazê-los de qualquer maneira? Tive muitas mulheres — disse o presidente —, três ou quatro filhas, das quais só me sobra, graças a Deus, a senhorita Adélaïde, que neste momento o senhor duque está fodendo, penso eu, mas se alguma dessas criaturas tivesse se negado a aceitar as prostituições a que as submeti regularmente, que eu fosse supliciado vivo, ou, o que é pior, condenado a foder só bocetas durante toda a vida se eu não lhes tivesse queimado os miolos.

— Presidente, o senhor está com tesão — disse o duque. — Suas fodidas palavras sempre o traem.

— Com tesão? Não — disse o presidente —, mas neste momento estou fazendo a senhorita Sophie cagar, e espero que sua merda deliciosa produza talvez alguma coisa. Ah! Palavra, mais do que eu pensava — disse Curval, depois de engolir o cocô. — Veja, pelo Deus que eu quero que se foda, minha pica está tomando consistência! Qual dos senhores quer passar comigo à alcova?

— Eu — disse Durcet, arrastando Aline, que ele apertava fazia uma hora.

E nossos dois libertinos, sendo seguidos por Augustine, Fanny, Colombe e Hébé, por Zélamir, Adonis, Hyacinthe e Cupidon, juntando a eles Julie e duas velhas, a Martaine e a Champville, Antínoo e Hercule, reapareceram triunfantes meia hora depois, tendo ambos perdido porra nos mais doces excessos da indecência e da libertinagem.

— Vamos — disse Curval à Duclos —, conte-nos o seu desfecho, minha querida amiga. E, se ele conseguir me dar tesão mais uma vez, você poderá se gabar de um milagre, pois, palavra de honra, faz mais de um ano que eu não perdia tanta porra ao mesmo tempo. É verdade que...

— Bem — disse o bispo —, a lhe dar ouvidos, vai ser bem pior do que a paixão que a Duclos deve nos contar. Portanto, como não se deve passar do mais forte ao mais fraco, convém que você se cale e que escutemos nossa historiadora.

Logo essa bela moça terminou seus relatos com a seguinte paixão:

— Chegou enfim o momento, senhores — disse ela —, de lhes contar a paixão do marquês de Mesanges, a quem hão de lembrar que eu tinha vendido a filha do pobre sapateiro que estava morrendo na prisão com a pobre mulher, enquanto eu gozava do legado deixado por sua mãe. Como foi Lucile que o satisfez, vou colocar, se permitirem, o relato em sua boca. "Chego à casa do marquês", me diz essa adorável criatura", pelas dez da manhã. Logo que entro, todas as portas se fecham. 'O que vem fazer aqui, sem-vergonha?', me diz o marquês, todo excitado. 'Quem permitiu que viesse me interromper?' E, como a senhora não tinha me avisado nada, imagine só a que ponto essa acolhida me assustou. 'Vamos, tire toda a roupa!', prosseguiu o marquês. 'Já que a apanhei, você não vai mais sair desta casa... você vai morrer; este é o seu último momento.' Então me debulhei em lágrimas, me joguei aos pés do marquês, mas não houve meios de dobrá-lo. E, como eu não me apressava muito para me despir, ele mesmo rasgou minhas roupas, arrancando-as à força de meu corpo. Mas o que me apavorou de vez foi vê-lo jogá-las ao fogo, à medida que as arrancava. 'Tudo isso agora é inútil', dizia, jogando numa vasta lareira, peça por peça, tudo o que pegava. 'Você não precisa mais de vestido, de mantelete, de enfeite; só precisa de um caixão.' E num piscar de olhos fiquei nua em pelo. Então o marquês, que nunca tinha me visto, contemplou um instante meu traseiro, o apalpou xingando, o entreabriu, tornou a fechar, mas não o beijou. 'Ande, puta', ele disse, 'acabou! Você vai seguir as suas roupas, e vou amarrá-la nesses suportes de lenha da lareira; sim, porra! Sim, caralho! Queimar você viva, sua rameira, ter o prazer de respirar o cheiro que vai exalar da sua carne queimada!' E ao dizer isso cai desfalecido na poltrona e esporra, dardejando a porra para cima das minhas roupas que ainda estavam queimando. Toca a campainha, um criado entra, me leva, e encontro, num quarto ao lado, com que me vestir completamente, roupas duas vezes mais bonitas do que as que ele queimara."

"Foi esse o relato que Lucile me fez; agora, falta saber se foi a isso ou a coisa pior que ele submeteu a jovem donzela que lhe vendi."

— A bem pior — disse a Desgranges —, e você fez muito em apresentar um pouco esse marquês, pois terei ocasião de falar dele a esses senhores.

— Tomara que possa — disse Duclos à Desgranges —, e vocês, minhas queridas companheiras — acrescentou, dirigindo a palavra às duas outras colegas —, fazê-lo com mais sal, espírito e graça que eu. É a vez de vocês, a minha terminou, e só me resta pedir a esses senhores que me desculpem o tédio que talvez eu lhes tenha causado pela monotonia quase inevitável de tais relatos, que, todos incorporados num mesmo quadro, têm pouco realce por si próprios.

Depois dessas palavras, a bela Duclos cumprimentou respeitosamente a companhia e desceu da tribuna, dirigindo-se para perto dos canapés daqueles senhores, onde foi unanimemente aplaudida e acariciada. Serviu-se a ceia, para a qual ela foi convidada, favor que ainda não tinha sido feito a nenhuma mulher. Ela foi tão amável na conversa como fora divertida no relato de sua história, e, como recompensa pelo prazer que proporcionara à assembleia, foi nomeada diretora-geral dos dois haréns, com a promessa, dada à parte pelos quatro amigos, de que, por maiores que fossem os extremos a que chegassem com as mulheres durante aquela viagem, ela sempre seria poupada, e muito certamente levada de volta para Paris, onde a sociedade a indenizaria amplamente pelo tempo perdido e pelos esforços que fizera para lhes proporcionar prazeres.

Curval, o duque e ela se embriagaram tanto na ceia que quase ficaram sem condições de passar às orgias. Deixaram que Durcet e o bispo as organizassem como bem entendessem e foram fazê-las à parte, na alcova do fundo, com Champville, Antínoo, Rebenta-Cu, Thérèse e Louison; pode-se garantir que ali se fizeram e se disseram pelo menos tantos horrores e infâmias quanto os dois outros amigos conseguiram, de seu lado, inventar. Às duas horas da manhã todos foram se deitar, e foi assim que terminou o mês de novembro e a primeira parte desta lúbrica e interessante narrativa, cuja segunda parte não faremos o público esperar muito, se percebermos que acolhe bem a primeira.

ERROS QUE COMETI

Revelei demais as histórias do banheiro, no início; é preciso desenvolvê-las só depois dos relatos que as mencionam.
Sodomia ativa e passiva mencionadas demais; oculte-as, até que os relatos falem delas.
Errei ao tornar Duclos sensível à morte da irmã; isso não corresponde ao resto de seu caráter; mude isso.
Se eu disse que Aline era virgem ao chegar ao castelo, cometi um erro: ela não é, e não deve ser: o bispo a deflorou por todos os lados.
E, como não pude me reler, seguramente isto deve pulular de outros erros.
Quando passar a limpo, que um de meus primeiros cuidados seja ter sempre por perto um caderno de notas, em que terei de pôr exatamente cada acontecimento e cada retrato à medida que o escrever, pois sem isso vou me embrulhar horrivelmente por causa da multidão de personagens.
Na segunda parte, parta do princípio de que Augus-

tine e Zéphire já dormem no quarto do duque desde a primeira parte, assim como Adonis e Zelmire no de Curval, Hyacinthe e Fanny no de Durcet, Céladon e Sophie no do bispo, embora nenhum deles já tenha sido deflorado.

Segunda Parte

AS CENTO E CINQUENTA PAIXÕES DE SEGUNDA CLASSE, OU DUPLAS, COMPONDO TRINTA E UM DIAS DE DEZEMBRO, PREENCHIDOS PELA NARRAÇÃO DA CHAMPVILLE, ÀS QUAIS SE JUNTOU O DIÁRIO COMPLETO DOS ACONTECIMENTOS ESCANDALOSOS DO CASTELO DURANTE ESSE MÊS. (*Plano*)

DIA PRIMEIRO DE DEZEMBRO

A Champville inicia os relatos e conta as cento e cinquenta histórias que se seguem. (Os números precedem os relatos.)
1. Só quer deflorar dos três aos sete anos, mas na boceta. É esse que deflora a Champville na idade de cinco anos.
2. Manda amarrar uma menina de nove anos toda enrolada sobre si mesma e a desvirgina na posição do galgo.
3. Quer estuprar uma menina de doze a treze anos, e só a desvirgina apontando-lhe uma pistola para o peito.
4. Quer masturbar um homem em cima da boceta de uma donzela; a porra lhe serve de pomada; depois, mete na virgem segurada pelo homem.
5. Quer desvirginar três meninas em seguida, uma no berço, uma de cinco anos, outra de sete.

DIA DOIS

6. Só quer desvirginar as que têm entre nove e treze. Seu caralho é enorme; é preciso que quatro mulheres segurem a virgem para ele. É o mesmo da Martaine, aquele que só enraba os de três anos, o mesmo do inferno.

7. Manda seu criado desvirginar, na sua frente, meninas de dez ou doze anos, e durante a operação só apalpa a bunda; aperta ora a da virgem, ora a do criado; esporra em cima da bunda do criado.

8. Quer desvirginar uma moça que deve se casar no dia seguinte.

9. Quer que o casamento se realize e quer deflorar a noiva entre a missa e a hora de deitar.

10. Quer que seu criado, homem muito esperto, vá se casar em vários lugares com meninas, que depois leva para ele. O patrão fode todas elas e depois as negocia com cafetinas.

DIA TRÊS

11. Só quer deflorar duas irmãs.

12. Casa-se com a menina, deflora-a, mas a enganou e, assim que faz o negócio, abandona-a.

13. Só fode a virgem logo depois que um homem veio deflorá-la, na sua frente; quer que ela fique com a boceta toda encharcada de esperma.

14. Deflora com um *godemiché* e esporra no buraco que acaba de abrir, sem meter lá dentro.

15. Só quer virgens de alto nível e paga por elas a peso de ouro. O duque é que confessará ter deflorado, em trinta anos, mais de mil e quinhentas.

DIA QUATRO

16. Força um irmão a foder a irmã, na frente dele, e a fode depois; antes, obriga os dois a cagarem.

17. Força um pai a foder a filha, depois que ele a desvirginou.

18. Leva a filha de nove anos ao bordel, onde a deflora, segurada por uma cafetina. Ele teve doze filhas, e foi assim que deflorou todas.

19. Só quer desvirginar as de trinta a quarenta anos.

20. Só quer desvirginar freiras, e gasta um dinheirão para consegui-las; consegue.

Isso se passa na tarde do dia quatro, e nessa mesma noite, nas orgias, o duque desvirgina Fanny, segurada pelas quatro velhas, enquanto ele é servido pela Duclos. Fode-a duas vezes seguidas; ela desmaia; fode-a, na segunda vez, quando ela está sem sentidos.

DIA CINCO

Em consequência dessas narrações, e para celebrar a festa da quinta semana, casam neste dia Hyacinthe e Fanny, e o casamento se consuma na presença de todos.

21. Quer que a mãe segure a filha; primeiro fode a mãe e depois desvirgina a criança, agarrada pela mãe. É o mesmo do dia vinte de fevereiro, a ser citado por Desgranges.

22. Só gosta de adultério; é preciso encontrar para ele mulheres comportadas e publicamente vistas como casadas; leva-as a sentir nojo dos maridos.

23. Quer que o marido prostitua a própria mulher e a agarra enquanto ele a fode. (Os amigos logo imitarão isso.)

24. Deita uma mulher casada na cama, mete-lhe na boceta, enquanto a filha dessa mulher, posta em perspectiva mais no alto, lhe dá a boceta para beijar; logo em seguida, mete na boceta da filha, beijando o olho do cu da mãe. Depois de beijar a boceta da filha, manda-a mijar; quando beija o cu da mãe, manda-a cagar.

25. Tem quatro filhas legítimas e casadas; quer foder as quatro; faz em todas um filho, quatro no total, a fim de ter o prazer de, um dia, desvirginar as crianças que fez em cada filha e que o marido acredita ser seu.

A esse respeito, o duque conta — mas isto não entra na lista, porque, não podendo ser renovada, não pode ser uma paixão —, ele conta, como eu ia dizendo, que conheceu um homem que fodia três filhas que teve com a própria mãe, das quais havia uma que ele fizera se casar com seu filho, de modo que, fodendo esta, fodia sua irmã, sua filha e sua nora, e que obrigava o filho a foder sua irmã e sua sogra. Curval conta outra, de um irmão e de uma irmã que fizeram o plano de entregar um ao outro, mutuamente, os filhos de cada um. A irmã teve um menino e uma menina, e o irmão, a mesma coisa; misturaram tudo, de modo que ora fodiam os sobrinhos, ora os filhos, e ora eram os primos-irmãos ou os irmãos e irmãs que se fodiam, enquanto os pais e as mães, isto é, o irmão e a irmã, também se fodiam mutuamente, da mesma maneira. À noite, Fanny é entregue, pela boceta, à assembleia, mas, como o bispo e o sr. Durcet não fodem boceta, é fodida apenas por Curval e pelo duque. A partir desse momento, ela usa uma fitinha na echarpe, e, depois da perda das duas virgindades, usará uma fita cor-de-rosa muito larga.

DIA SEIS DE DEZEMBRO

26. Ele se faz masturbar, enquanto uma mulher está sendo masturbada no clitóris, e ele quer esporrar ao mesmo tempo que a moça, mas esporra sobre as nádegas do homem que masturba a mulher.

27. Beija o olho de um cu enquanto uma segunda moça lhe masturba a bunda e uma terceira, o caralho; elas trocam de lugar, a fim de que cada uma seja beijada no olho do cu, que cada uma masturbe o caralho e cada uma masturbe a bunda. Elas têm de peidar.

28. Lambe uma boceta ao mesmo tempo que fode uma segunda mulher na boca e que uma terceira lhe lambe o cu, e elas se revezam, da mesma maneira que acima. As bocetas têm de esporrar, e ele engole a porra.

29. Chupa um cu borrado de merda, manda que lhe masturbem com a língua o próprio cu borrado de merda e se masturba em cima de um cu borrado de merda, e depois as três moças mudam de lugar.

30. Manda duas moças se masturbarem na frente dele e fode alternadamente as duas punheteiras, na posição do galgo, enquanto elas continuam a se esfregar saficamente.

Descobre-se neste dia que Zéphire e Cupidon se masturbam, mas ainda não se enrabaram; são castigados. Fanny é muito fornicada nas orgias.

DIA SETE

31. Quer que uma moça mais velha maltrate outra, mais nova, que a masturbe, lhe dê maus conselhos, e acabe por segurá-la enquanto ele a fode, seja ou não virgem.

32. Quer quatro mulheres; fode duas na boceta e duas na boca, tomando o cuidado de só enfiar o caralho na

boca de uma quando ele sair da boceta da outra. Enquanto isso, uma quinta o segue, masturbando-lhe o cu com um *godemiché*.

33. Quer doze mulheres, seis jovens e seis velhas, e, se possível, seis mães e seis filhas. Chupa-lhes a boceta, o cu e a boca; quando está na boceta, quer urina; quando está na boca, quer saliva; e, quando está no cu, quer peidos.

34. Emprega oito mulheres para masturbá-lo, todas em posições diferentes. Será preciso descrever isso.

35. Quer ver três homens e três moças se foderem mutuamente, em diferentes posições.

DIA OITO

36. Forma doze grupos de duas moças cada um, mas elas são postas de modo a só mostrarem a bunda; o resto do corpo fica escondido. Masturba-se ao ver todas aquelas nádegas.

37. Manda seis casais se masturbarem ao mesmo tempo, numa sala de espelhos. Cada casal é composto por duas moças que se masturbam em atitudes lúbricas e variadas. Ele está no meio do salão, olha tanto os casais como sua repetição nos espelhos, e esporra em meio àquilo tudo, masturbado por uma velha. Beijou a bunda desses casais.

38. Manda embebedar e espancar na sua presença quatro meretrizes, e quer que, quando estiverem assim bem embriagadas, lhe vomitem na boca; escolhe entre as mais velhas e as mais feias.

39. Manda uma moça fazer cocô na sua boca, sem comê-lo, e enquanto isso uma segunda moça lhe chupa o caralho e lhe masturba o cu; ao esporrar, caga na mão daquela que o socratiza.*

---

* Em francês: *socratiser*, termo que Sade explicita numa nota

40. Manda um homem cagar na sua boca e come, enquanto um menino o masturba, depois o homem o masturba e ele manda o garoto cagar.

Nesta noite, nas orgias, Curval deflora Michette, sempre com a cerimônia de praxe, ela agarrada pelas quatro velhas e ele servido por Duclos. Não se repetirá mais isso.

DIA NOVE

41. Fode uma moça na boca, na qual acabou de cagar; uma segunda está embaixo desta, com a cabeça dela entre as coxas, e uma terceira solta as fezes na cara da segunda, e ele, fodendo assim sua merda, que está na boca da primeira, vai comer a merda oferecida pela terceira sobre a cara da segunda, e depois elas trocam de lugar, de maneira que cada uma desempenhe sucessivamente os três papéis.

42. Enfrenta trinta mulheres por dia e faz todas cagarem em sua boca; come o cocô das três ou quatro mais bonitas. Renova essa função cinco vezes por semana, o que faz com que veja sete mil e oitocentas moças por ano. Quando Champville o encontra, ele tem setenta anos, e há cinquenta exerce esse ofício.

43. Vê doze toda manhã, e come a merda das doze; encontra-as todas ao mesmo tempo.

44. Mete-se num banho na banheira que trinta mulheres foram encher mijando e cagando ali dentro; esporra nadando no meio de tudo aquilo.

---

de seu livro *La Nouvelle Justine*: "Todos os libertinos sabem que chamamos assim a ação de pôr um ou vários dedos no olho do cu do paciente. Esse gesto, um dos mais essenciais em lubricidade, convém sobretudo aos velhos ou às pessoas gastas". Cf. *Les Cent vingt journées de Sodome*, op. cit., p. 1178.

45. Caga na frente de quatro mulheres, exige que olhem para ele e o ajudem a fazer cocô, que em seguida quer que elas dividam e comam; depois cada uma faz o seu, ele os mistura e engole os quatro, mas é preciso que sejam velhas de pelo menos sessenta anos.

Nesta noite, Michette é oferecida à assembleia, pelo lado da boceta; a partir daí, usa a pequena echarpe.

DIA DEZ

46. Obriga a moça A e depois a moça B a cagarem; depois força B a comer o cocô de A e A a comer o cocô de B; em seguida, as duas cagam e ele come a merda das duas.
47. Quer a mãe e três filhas, e come a merda das filhas em cima da bunda da mãe, e a merda da mãe em cima da bunda das filhas.
48. Obriga uma moça a cagar na boca da mãe e a limpar o cu com as tetas da mãe; em seguida, vai comer o cocô na boca dessa mãe, e manda, depois, a mãe cagar na boca da filha, onde vai, da mesma maneira, comer merda. (É melhor pôr um filho e sua mãe, para variar da anterior.)
49. Quer que um pai coma o cocô do filho, e ele mesmo come o do pai.
50. Quer que o irmão cague na boceta da irmã, e ele come o cocô, e depois a irmã tem que ir cagar na boca do irmão, e ele próprio come o cocô.

DIA ONZE

51. Avisa que vai falar de impiedades, e fala de um homem que quer que a puta, ao masturbá-lo, profira blasfê-

mias horrorosas; ele, por sua vez, diz outras, medonhas. Enquanto isso, seu divertimento consiste em beijar o cu; só faz isso.

52. Quer que a moça vá masturbá-lo de noite, numa igreja, sobretudo no momento em que o Santíssimo Sacramento esteja exposto. Coloca-se o mais perto possível do altar, e enquanto isso apalpa a bunda.

53. Vai se confessar unicamente para fazer seu confessor ficar de pica dura; diz-lhe infâmias, e enquanto fala se masturba no confessionário.

54. Quer que a filha vá se confessar; espera o momento em que ela sai do confessionário para fodê-la na boca.

55. Fode uma puta durante uma missa rezada em sua capela particular, e esporra durante a elevação.

Nesta noite o duque desvirgina Sophie pela boceta, e blasfema muito.

DIA DOZE

56. Compra um confessor, que lhe cede seu lugar para confessar moças do pensionato; recolhe, assim, suas confissões e lhes dá, enquanto as confessa, todos os piores conselhos de que é capaz.

57. Quer que sua filha vá se confessar com um monge que ele subornou, e se instala de modo a poder ouvir tudo; mas o monge exige que sua penitente fique com as saias arregaçadas durante a confissão, e a bunda é posta de maneira que o pai possa vê-la: assim ele ouve a confissão da filha e vê seu cu, tudo ao mesmo tempo.

58. Manda celebrar a missa para putas nuas; e enquanto vê isso se masturba em cima das nádegas de outra moça.

59. Manda sua mulher ir se confessar com um padre

subornado, que a seduz e a fode na frente do marido, que está escondido. Se a mulher se recusa, ele aparece e vai ajudar o confessor.

Neste dia celebrou-se a festa da sexta semana, com o casamento de Céladon e Sophie, que se consuma, e à noite Sophie é oferecida pelo lado da boceta, e ela usa a echarpe. Este acontecimento faz com que só se relatem quatro paixões.

DIA TREZE

60. Fode putas em cima do altar, no momento em que vai se rezar a missa; elas se sentam de bunda de fora sobre a pedra sagrada.
61. Manda pôr uma moça nua montada sobre um grande crucifixo; fode a sua boceta, na posição do galgo, e de modo que a cabeça do Cristo masturbe o clitóris da puta.
62. Peida e manda peidar dentro do cálice; ali dentro mija e manda mijar, caga e manda cagar, e acaba esporrando.
63. Obriga um rapazinho a cagar na patena, e come o cocô enquanto o menino o chupa.
64. Manda duas moças cagarem sobre um crucifixo; caga depois delas; masturbam-no em cima dos três cagalhões que cobrem a face do ídolo.

DIA CATORZE

65. Quebra crucifixos, imagens da Virgem e do Padre Eterno, caga sobre os cacos e queima tudo. O mesmo homem tem a mania de levar uma puta ao sermão, para ser masturbado durante a palavra de Deus.

66. Vai comungar, e na volta quatro putas cagam em sua boca.

67. Manda a puta ir comungar e, na volta, a fode na boca.

68. Interrompe o padre numa missa rezada em sua casa, interrompe-o, digo, para se masturbar dentro do seu cálice, obriga a filha a fazer o padre esporrar ali dentro, e o força a engolir tudo.

70.* Interrompe o padre quando a hóstia está sendo consagrada e o força a foder a puta com a hóstia.

Descobre-se neste dia que Augustine e Zelmire se masturbam juntas; as duas são rigorosamente punidas.

DIA QUINZE

71. Manda a moça peidar em cima da hóstia, também peida e depois engole a hóstia enquanto fode a puta.

72. O mesmo homem que entra num caixão que deve ser fechado com pregos, de quem a Duclos falou, força a puta a cagar em cima da hóstia; também caga e joga tudo aquilo nos sanitários.

73. Masturba com a hóstia o clitóris da puta, manda-a gozar ali em cima, depois mete a hóstia nela e fode com ela, esporrando por sua vez ali em cima.

74. Parte a hóstia com uma faca e manda que lhe enfiem os pedacinhos no cu.

75. Faz-se masturbar sobre a hóstia, em cima da qual esporra, e em seguida, a sangue-frio e depois que a porra escorreu, manda um cachorro comer tudo.

---

* A paixão de número 69 não consta do original.

Na mesma noite, o bispo consagra uma hóstia, com a qual Curval desvirgina Hébé; ele a enfia na boceta e esporra em cima. Várias outras são consagradas, e as sultanas já desvirginadas são, todas, fodidas com hóstias.

DIA DEZESSEIS

Champville anuncia que a profanação, que até há pouco consistia na coisa principal em seus relatos, não será mais do que acessória, e aquilo que, no bordel, é chamado de pequenas cerimônias, nas paixões duplas, vai ser o objeto principal. Pede que se lembrem de que tudo o que for relacionado a isso será apenas acessório, mas que a diferença que haverá entre seus relatos e os da Duclos sobre esse mesmo assunto é que a Duclos nunca falou senão de um homem com uma mulher, e ela vai sempre misturar várias mulheres com o homem.

76. É açoitado durante a missa por uma moça, fode outra na boca e esporra durante a elevação.

77. É açoitado ligeiramente na bunda por duas mulheres, com um chicote; cada uma dá dez chicotadas e, entre uma e outra, masturba o olho do cu dele.

78. É açoitado por quatro moças diferentes, ao mesmo tempo que lhe peidam na boca. Elas trocam de lugar, a fim de que todas, uma de cada vez, açoitem e peidem.

79. É açoitado por sua mulher enquanto fode sua filha, e em seguida é açoitado pela filha, fodendo a mulher. É o mesmo, de quem Duclos falou, que prostitui a filha e a mulher no bordel.

80. Faz-se chicotear por duas moças ao mesmo tempo: uma bate pela frente, a outra, por trás, e quando ele está bem no ponto fode uma enquanto a outra espanca, e depois a segunda enquanto a primeira espanca.

Na mesma noite, Hébé é ofertada pela boceta, e usa o cordãozinho, só podendo ter o grande quando tiver perdido as duas virgindades.

DIA DEZESSETE

81. É açoitado enquanto beija a bunda de um rapaz, e ao mesmo tempo fode uma moça na boca; em seguida, fode o rapaz na boca, beijando a bunda da moça e sempre recebendo os açoites de outra moça; depois faz-se açoitar pelo rapaz, fode na boca a puta que o açoitava e faz-se açoitar por aquela cuja bunda ele beijava.
82. É açoitado por uma velha, fode um velho na boca e manda a filha desse homem e dessa mulher cagar em sua boca, e depois troca, a fim de que cada um desempenhe os três papéis.
83. É açoitado masturbando-se e esporrando em cima de um crucifixo encostado na bunda de uma moça.
84. Faz-se açoitar, fodendo uma puta com uma hóstia na posição do galgo.
85. Passa em revista um bordel inteiro; todas as putas lhe sapecam o açoite, enquanto ele beija o olho do cu da cafetina, que lhe peida e caga na boca.

DIA DEZOITO

86. É açoitado por cocheiros de fiacre e moços de estrebaria, que vão passando dois a dois, e sempre mandando peidar-lhe na boca aquele que não chicoteia; enfrenta de dez a dezesseis durante a manhã.
87. Três moças o seguram; a quarta, montada em cima dele, que está de quatro, o desanca; as quatro trocam de lugar e montam em cima dele, uma após outra.
88. Põe-se no meio de seis moças, nu; pede perdão, jo-

ga-se de joelhos. Cada moça ordena uma penitência, e ele leva cem chicotadas por cada penitência recusada; a moça que tem a sua recusada é que o chicoteia. Ora, todas essas penitências são muito imundas: uma vai querer lhe cagar na boca, outra, fazê-lo lamber suas cusparadas no chão; esta, que ele lhe lamba a boceta com suas regras, aquela, os espaços entre os dedos dos pés, a outra, seu catarro etc.

89. Quinze moças passam, três a três; uma açoita, uma o chupa, a outra caga, depois a que cagou açoita, a que chupou caga e a que açoitou chupa. Ele passa assim pelas quinze; não vê nada, não ouve nada, está inebriado. É uma cafetina que dirige tudo. Ele recomeça a mesma orgia seis vezes por semana. (Essa prática é um encanto e a recomendo. É preciso que tudo se passe muito depressa; cada moça deve dar vinte e cinco chicotadas, e é no intervalo dessas vinte e cinco chicotadas que a primeira chupa e a terceira caga. Se ele quiser que cada moça dê cinquenta chicotadas, terá recebido setecentos e cinquenta, o que não é demais.)

90. Vinte e cinco putas lhe amoleçam a bunda de tanto apertá-la e beliscá-la; só o deixam quando seu traseiro está completamente insensível.

À noite, chicoteiam o duque, enquanto ele desvirgina Zelmire pela boceta.

DIA DEZENOVE

91. Manda seis moças conduzirem seu processo; cada uma desempenha um papel. Condenam-no a ser enforcado. De fato, o enforcam, mas a corda arrebenta; é o instante de seu esporro. (Relacione esta aqui com uma das de Duclos que seja parecida.)

92. Manda pôr seis velhas num semicírculo; três mo-

ças o espancam diante desse semicírculo de aias e todas cospem em sua cara.

93. Uma moça masturba seu olho do cu com o cabo das varas, outra o chicoteia nas coxas e na frente, no caralho: é assim que ele esporra sobre os peitos da que o chicoteia na frente.

94. Duas mulheres dão-lhe uma surra com nervos de boi, enquanto uma terceira, de joelhos na sua frente, o manda esporrar em cima de suas tetas.

Nesta noite, ela só conta quatro paixões, por causa do casamento de Zelmire e Adonis, que celebra a sétima semana e se consuma, tendo em vista que Zelmire tivera a boceta deflorada na véspera.

DIA VINTE

95. Ele luta com seis mulheres, fingindo que quer evitar o chicote; quer arrancar as varas de suas mãos, mas elas são mais fortes e o fustigam contra a vontade dele; está nu.

96. Passa pelas varas, entre duas fileiras de doze moças cada uma; é chicoteado no corpo todo e esporra depois de nove voltas.

97. Faz-se chicotear na planta dos pés, no caralho, nas coxas, ao mesmo tempo que, deitado num canapé, três mulheres montam em cima dele e lhe cagam na boca.

98. Três moças o chicoteiam alternadamente, uma com palmatória, outra com nervo de boi, a terceira com varas; uma quarta, ajoelhada diante dele, e cujo olho do cu um lacaio do dissoluto masturba, lhe chupa o caralho, e ele masturba o caralho do lacaio, que ele manda gozar em cima das nádegas da que lhe chupa.

99. Está entre seis moças; uma o espeta, outra o belisca, a terceira o queima, a quarta o morde, a quinta o

arranha e a sexta o chicoteia: tudo isso indistintamente, no corpo inteiro; ele esporra em meio a tudo isso.

Nesta noite Zelmire, desvirginada na véspera, tem a boceta entregue à assembleia, isto é, somente a Curval e ao duque, já que são os dois únicos do quarteto que fodem boceta. Logo que Curval fode Zelmire, seu ódio por Constance e por Adélaïde redobra; quer que Constance sirva Zelmire.

DIA VINTE E UM

100. Ele é masturbado por seu lacaio enquanto a moça está sobre um pedestal, nua; ela não pode se mexer nem perder o equilíbrio durante todo o tempo que o masturbam.

101. É masturbado pela cafetina, apertando-lhe as nádegas, enquanto a moça segura entre os dedos um toco de vela muito curto, que ela só pode largar depois que o devasso esporrar; e ele toma o maior cuidado de só fazer isso quando ela já está se queimando.

102. Manda seis moças deitarem-se de bruços sobre a mesa de jantar, cada uma com um toco de vela no cu, enquanto ele ceia.

103. Manda uma moça se ajoelhar sobre pedras pontiagudas enquanto ele ceia, e se ela se mexer durante a comida não será paga. Acima dela estão duas velas invertidas cuja cera lhe escorre bem quente nas costas e nas mamas. Ao menor movimento que ela fizer, será mandada embora sem ser paga.

104. Obriga-a a ficar numa gaiola de ferro muito apertada, durante quatro dias; ela não pode se sentar nem se deitar; ele lhe dá de comer pelas grades. (É aquele a quem a Desgranges vai se referir na dança dos perus.)

Nesta mesma noite, Curval desvirgina Colombe na boceta.

DIA VINTE E DOIS

105. Ele manda uma moça dançar, nua e enrolada num cobertor, com um gato que a fere, morde e arranha quando ela cai; ela tem de saltar, aconteça o que acontecer, até o homem esporrar.

106. Esfrega uma mulher com certa droga que provoca comichões tão violentas, que essa própria mulher se arranha e fica sangrando; observa-a fazendo isso, enquanto se masturba.

107. Suspende as regras de uma mulher com uma bebida, e ela se arrisca a contrair graves doenças.

108. Ele lhe dá um medicamento de cavalo que provoca cólicas horríveis; observa-a cagar e sofrer o dia inteiro.

109. Esfrega uma moça com mel e depois a prende numa coluna e larga em cima dela um enxame de moscões.

Nesta mesma noite, Colombe é entregue para levar na boceta.

DIA VINTE E TRÊS

110. Coloca a moça sobre um eixo que roda com prodigiosa rapidez; ela está amarrada, nua, e fica rodando até ele gozar.

111. Pendura uma moça de cabeça para baixo, até ele gozar.

112. Obriga-a a engolir uma forte dose de emético, convence-a de que está envenenada e se masturba enquanto a vê vomitar.

113. Aperta-lhe o pescoço até que ela fique toda roxa.
114. Aperta sua bunda por nove dias seguidos, três horas por dia.

DIA VINTE E QUATRO

115. Manda uma moça subir numa escada até a altura de vinte pés. Lá, um dos degraus se quebra e a moça cai, mas é em cima de colchões preparados para isso. Vai esporrar sobre seu corpo no momento da queda, e às vezes a fode nesse mesmo instante.
116. Ele lhe dá bofetadas violentas e esporra ao mesmo tempo; está numa poltrona e a moça, de joelhos à sua frente.
117. Bate-lhe com palmatórias nas mãos.
118. Violentas palmadas nas nádegas, até que seu traseiro fique ardendo.
119. Enche-a de ar com um fole de forja e esporra em seu cu.

Nesta noite Aline recebe dos quatro amigos palmadas na bunda, até que fique escarlate; uma velha a segura pelos ombros. Dão também algumas em Augustine.

DIA VINTE E CINCO

121. Procura devotas, açoita-as com crucifixos e terços, depois as coloca, como estátuas da Virgem, sobre um altar, numa pose incômoda e da qual não podem sair. Elas têm de ficar assim enquanto durar uma longuíssima missa, e durante a elevação devem soltar o cocô em cima da hóstia.
122. Faz a moça correr nua, numa noite gélida de in-

verno, no meio de um jardim, onde a intervalos há cordas esticadas para fazê-la cair.

123. Joga-a, como por descuido, assim que ela fica nua, numa bacia de água quase fervendo, e a impede de sair até que lhe tenha esporrado sobre o corpo.

124. Obriga-a a manter-se nua sobre uma coluna, no meio de um jardim, no auge do inverno, até que tenha rezado cinco padre-nossos e cinco ave-marias, ou até que ele tenha perdido a porra, a qual outra moça excita diante desse espetáculo.

125. Manda passar cola na latrina de um banheiro preparado para isso e a obriga a ir cagar; mal ela se senta, a bunda fica grudada; enquanto isso, pelo outro lado coloca-se um fogareiro em brasa debaixo do seu traseiro; ela foge e se esfola toda, deixando a pele agarrada na tampa.

Nesta noite, obrigam Adélaïde e Sophie, as duas devotas, a fazer profanações, e o duque desvirgina Augustine, por quem está apaixonado há tempos; ele esporra três vezes seguidas na sua boceta. E já na mesma noite propõe fazê-la correr nua pelos pátios, com o frio medonho que está fazendo. Propõe energicamente; ninguém aceita, porque ela é muito bonita e querem conservá-la, e porque, aliás, ainda não foi desvirginada por trás. Oferece duzentos luíses à sociedade para obrigá-la a descer como ele para o porão naquela mesma noite: recusam. Quer pelo menos que ela leve palmadas na bunda; ela recebe vinte e cinco palmadas de cada amigo. Mas o duque dá as suas violentamente e goza uma quarta vez ao dá-las. Dorme com ela e a fode mais três vezes durante a noite.

DIA VINTE E SEIS

126. Ele obriga a moça a se embriagar; ela se deita; assim

que dorme, a cama é inclinada. Ela se debruça para pegar seu penico, no meio da noite. Como não o encontra, cai porque a cama está levantada no ar e por isso ela dá uma cambalhota logo que se inclina. Cai sobre colchões preparados para isso, onde o homem a espera e a fode assim que ela cai.

127. Obriga-a a correr nua num jardim, perseguindo-a com um chicote de cocheiro com o qual é só ameaçada. Ela tem de correr até cair de cansaço: é o instante em que ele se joga em cima dela e a fode.

128. Chicoteia a moça, em doses de dez açoitadas, chegando até cem, com um chicote de seda preta; beija muito as nádegas, a cada vez.

129. Chicoteia com varas molhadas em álcool, e só esporra nas nádegas da moça quando as vê sangrando.

Champville conta apenas quatro paixões neste dia, porque é a festa da oitava semana, a qual é celebrada com o casamento de Zéphire e Augustine. Os dois pertencem ao duque e dormem no quarto dele; mas antes da celebração o duque quer que Curval chicoteie o menino, enquanto ele chicoteará a menina. É o que acontece; cada um recebe cem chicotadas, mas o duque, mais irritado que nunca com Augustine, porque ela o fez gozar muito, a chicoteia até sangrar. (Nesta noite, será preciso explicar o que são as penitências, como se procede a elas e quantas chicotadas são dadas. Você poderia fazer um quadro das faltas e ao lado, o número de chicotadas.)

DIA VINTE E SETE

130. Ele só quer chicotear menininhas de cinco a sete anos e sempre procura um pretexto, a fim de dar a impressão de castigá-las.

131. Uma mulher vai se confessar com ele, que é padre; conta todos os seus pecados, e como penitência ele lhe dá quinhentas chicotadas.

132. Fornica com quatro mulheres e dá seiscentas chicotadas em cada uma.

133. Manda que dois mordomos, que se revezam, executem a mesma cerimônia na frente dele; são requisitadas vinte mulheres, cada uma levando seiscentas chicotadas; não estão amarradas; ele se masturba ao ver a operação.

134. Só chicoteia meninos de catorze a dezesseis anos e os obriga a, depois, esporrar em sua boca. Dá cem chicotadas em cada um; sempre está com dois ao mesmo tempo.

Nesta noite, Augustine é entregue para a boceta. Curval mete-lhe duas vezes seguidas, e quer, como o duque, chicoteá-la depois. Os dois se enfurecem contra essa menina encantadora; propõem quatrocentos luíses à sociedade para que ambos se tornem donos dela já nesta mesma noite: isso lhes é recusado.

DIA VINTE E OITO

135. Manda entrar em um aposento uma moça nua; então dois homens lhe caem sobre o corpo e cada um lhe chicoteia uma nádega até sangrar; ela está amarrada. Quando termina, ele bate punheta nos homens em cima do traseiro em sangue da puta, e ele mesmo se masturba.

136. Ela está de pés e mãos atados a uma parede. Na frente dela, também presa à parede, há uma placa de aço cortante dirigida para o seu ventre. Se ela quiser escapar do chicote, terá de se jogar para a frente: e então vai se cortar; se quiser escapar da máquina, então terá de se submeter às chicotadas.

137. Açoita uma moça nove dias seguidos, cem vezes no primeiro dia, e as chicotadas vão sempre duplicando, até o nono dia inclusive.

138. Manda a puta ficar de quatro, monta sobre ela com a cara virada para suas nádegas e a apertando fortemente entre as coxas. Nessa posição, espanca-a nas nádegas e na boceta, e, como para essa operação usa um chicote, é fácil atingir com as chicotadas o interior da vagina, e é o que faz.

139. Quer uma mulher grávida; manda-a reclinar-se sobre um cilindro em que ela apoia as costas. A cabeça, fora do cilindro e jogada para trás, vai encostar numa cadeira, onde fica presa, com os cabelos soltos; suas pernas estão o mais afastadas possível, e seu ventre grande está extraordinariamente esticado; então, a boceta se arreganha violentamente. É para ali e para o ventre que ele dirige as chicotadas, e, quando vê sangue, passa para o outro lado do cilindro e vai esporrar na cara dela.

N.B. *Meus rascunhos assinalam as adoções somente para depois da defloração, e por conseguinte dizem que o duque adota, aqui, Augustine. Verifique se isso não é falso, e se a adoção das quatro sultanas não é feita desde o começo, e, a partir daí, se não está dito que elas dormem no quarto dos que as adotaram.*

O duque, nesta noite, repudia Constance, que cai no maior descrédito; porém é poupada por causa de sua gravidez, para a qual eles têm planos. Augustine passa a mulher do duque e cumpre apenas as funções de esposa no sofá e no banheiro. Constance não tem mais lugar senão entre as velhas.

DIA VINTE E NOVE

140. Quer só moças de quinze anos e as açoita até sangrar, com azevinho e urtigas; é muito exigente sobre a escolha das bundas.

141. Só açoita com um nervo de boi, até que as nádegas fiquem totalmente deformadas; vê quatro mulheres seguidas.

142. Só açoita com chicotes de pontas de ferro e só esporra quando o sangue jorra por todo lado.

143. O mesmo homem de quem Desgranges falará no dia vinte de fevereiro quer mulheres grávidas; espanca-as com um chicote de cocheiro, com o qual arranca nacos grandes de carne nas nádegas, e de vez em quando solta umas vergastadas no ventre.

Nesta noite chicoteia-se Rosette, e Curval a deflora na boceta. Descobre-se neste dia o namoro de Hercule com Julie: ela foi fodida. Quando ralham com ela, responde em termos libertinos; é tremendamente chicoteada; depois, como gostam dela, assim como de Hercule, que sempre se comportou bem, são perdoados, e os outros se divertem com eles.

DIA TRINTA

144. Ele põe uma vela a certa altura; a moça tem, no dedo médio da mão direita, um toco de vela amarrado, bem curtinho, e que vai queimá-la se ela não se apressar. Com esse toco de vela, tem de acender a que se encontra mais acima, mas, como está alto, ela precisa pular para alcançá-la, e o devasso, armado de um chicote de tiras de couro, bate nela violentamente para obrigá-la a pular mais alto ou a acender mais depressa. Se ela consegue, está tudo terminado; senão, é violentamente açoitada.

145. Açoita alternadamente a mulher e a filha, e as prostitui no bordel para que sejam açoitadas diante de seus olhos, mas não se trata do mesmo de quem já se falou.

146. Açoita com varas, desde a nuca até a barriga da perna; a moça está amarrada, ele deixa toda a sua anca sangrando.

147. Só açoita as tetas; quer que sejam muito grandes, e paga em dobro se as mulheres estiverem grávidas.

Nesta noite, Rosette é apresentada para a boceta; depois de Curval e o duque a foderem bem, é chicoteada, por eles e seus amigos, na boceta. Ela está de quatro e com uma palmatória batem-lhe lá dentro.

DIA TRINTA E UM

148. Só chicoteia na cara, com as varas; precisa de rostos lindos. É aquele de quem Desgranges falará no dia sete de fevereiro.

149. Chicoteia com varas, indiferentemente, todas as partes do corpo; nada é poupado, cara, boceta e seios incluídos.

150. Dá duzentos açoites com nervo de boi em todo o quarto traseiro de rapazinhos de dezesseis a vinte anos.

151. Está numa alcova; quatro moças o excitam e o açoitam. Quando está bem inflamado, joga-se sobre a quinta moça, nua num quarto em frente, e a espanca indiferentemente em todo o corpo com grandes golpes de nervo de boi, até esporrar; mas, para que isso seja feito mais depressa e que a paciente sofra menos, só a largam quando ele está bem perto do esporro. (Verifique por que será que há uma a mais.*)

---

* Referência à paixão 69, que não foi incluída.

Champville é aplaudida, prestam-lhe as mesmas homenagens que à Duclos, e nesta noite as duas ceiam com os amigos. Nas orgias, Adélaïde, Aline, Augustine e Zelmire são condenadas a ser açoitadas com varas em todo o corpo, exceto nos seios, mas, como ainda querem se divertir com elas pelo menos dois meses, são muito poupadas.

Terceira Parte

AS CENTO E CINQUENTA PAIXÕES DE TERCEIRA CLASSE, OU CRIMINOSAS, COMPONDO TRINTA E UM DIAS DE JANEIRO, PREENCHIDOS PELA NARRAÇÃO DA MARTAINE, ÀS QUAIS SE JUNTOU O DIÁRIO DOS ACONTECIMENTOS ESCANDALOSOS DO CASTELO DURANTE ESSE MÊS.

PRIMEIRO DE JANEIRO

1. Ele só gosta de ser enrabado, e sabe-se onde encontrar para ele caralhos bem grandes. Mas ela diz que não insiste muito nessa paixão, por ser um gosto simples demais e conhecido demais de seus ouvintes.

2. Só quer desvirginar meninas de três a sete anos, pelo cu. É o homem que a desvirginou dessa maneira: ela tinha quatro anos. Estava doente, sua mãe implorou o auxílio desse homem; que dureza a dele. É um homem podre de rico. Desvirgina duas meninas por dia; uma pela boceta, de manhã, como disse Champville no dia 2 de dezembro, e uma pelo cu, de noite, e tudo isso é independente de suas outras paixões.

Quatro mulheres seguravam Martaine quando ele a enrabou. Seu esporro demorou seis minutos e, enquanto isso, ele gaguejava. Arrebentou aquela virgindade de cu de um modo hábil e simples, embora ela só tivesse quatro anos.

3. Sua mãe vende a virgindade do irmãozinho de Martaine a outro homem, que só enraba meninos e os quer aos sete anos completos.

4. Ela tem treze anos e o irmão, quinze; vão à casa de um homem que obriga o irmão a foder a irmã e que fode alternadamente no cu ora o menino, ora a menina, enquanto estão agarrados um com o outro.

A Martaine elogia a própria bunda; pedem-lhe para mostrá-la, ela mostra, do alto da tribuna. O homem de quem acaba de falar é o mesmo da Duclos no dia 21 de novembro, o conde, e da Desgranges no dia 27 de fevereiro.

5. Manda que o fodam enquanto enraba o irmão e a irmã, é o mesmo homem de quem Desgranges falará no dia 24 de fevereiro.

Nesta mesma noite, o duque desvirgina Hébé pelo cu, ela só tem doze anos. São infinitas as dificuldades; ela é agarrada pelas quatro velhas, e ele é servido por Duclos e Champville; e, para não atrapalhar a festa do dia seguinte, Hébé é, nesta mesma noite, oferecida para ser fodida pelo cu, com o qual os quatro amigos se deliciam. Levam-na embora sem sentidos; foi enrabada sete vezes.

Que Martaine não diga de novo que ela é tapada; é falso.

DOIS DE JANEIRO

6. Ele manda quatro moças lhe peidarem na boca en-

quanto enraba uma quinta, depois troca. Todas peidam e todas são enrabadas; só goza no quinto cu.

7. Diverte-se com três rapazes; enraba e manda cagar, alternando os três, e masturba aquele que está inativo.

8. Fode a irmã no cu, enquanto o irmão caga em sua boca, depois os troca, e, durante um e outro gozo, o enrabam.

9. Só enraba moças de quinze anos, mas depois de, previamente, tê-las açoitado com violência.

10. Machuca e belisca as nádegas e o olho do cu durante uma hora, depois enraba enquanto o açoitam violentamente.

Neste dia celebra-se a festa da nona semana. Hercule se casa com Hébé e a fode na boceta. Curval e o duque enrabam, um após outro, o marido e a mulher, alternadamente.

TRÊS DE JANEIRO

11. Ele só enraba durante a missa e goza na hora da elevação.

12. Só enraba pisoteando um crucifixo e mandando a moça pisoteá-lo.

13. O homem que se divertiu com Eugénie no décimo primeiro dia da Duclos manda cagar, limpa o cu borrado, tem um caralho enorme e enraba com uma hóstia na ponta de seu instrumento.

14. Enraba um menino com uma hóstia e é enrabado com a hóstia. Na nuca do rapaz que ele enraba há outra hóstia, sobre a qual um terceiro rapaz caga. Assim, ele esporra sem mudar de cu, mas proferindo pavorosas blasfêmias.

15. Enraba o padre enquanto ele reza a missa, e de-

pois da consagração o fodedor se retira um instante; o padre enfia a hóstia no cu e o outro o enraba de novo, em cima dela.

De noite, Curval desvirgina o cu do jovem e adorável Zélamir com uma hóstia. E Antínoo fode o presidente com outra hóstia; enquanto fode, o presidente enfia uma terceira, com a língua, no olho do cu de Fanchon.

DIA QUATRO

16. Ele só gosta de enrabar mulheres muito velhas, enquanto é chicoteado.
17. Só enraba velhos, enquanto alguém o fode.
18. Tem um relacionamento regular com o filho.
19. Quer enrabar apenas monstros, ou negros, ou pessoas deformadas.
20. Para juntar o incesto, o adultério, a sodomia e o sacrilégio, enraba com uma hóstia sua filha casada.

Nesta noite, Zélamir é entregue, para levar no cu, aos quatro amigos.

DIA CINCO

21. Ele manda dois homens o foderem e açoitarem alternadamente enquanto enraba um rapaz, e um velho lhe solta na boca um cagalhão, que ele come.
22. Dois homens o fodem, alternadamente, um na boca, outro no cu; isso tem de durar três horas, contadas pelo relógio em cima da mesa. Engole a porra daquele que o fode na boca.

23. Dez homens o fodem, e ele paga um tanto por metida; aguenta até oitenta metidas sem esporrar.
24. Prostitui, para serem fodidas no cu, a mulher, a filha e a irmã, e as observa.
25. Emprega oito homens em volta dele: um na boca, um no cu, um na virilha direita, outro na esquerda; masturba um com cada mão; o sétimo está entre suas coxas, e o oitavo se masturba em cima da sua cara.

Nesta noite, o duque desvirgina Michette pelo cu e lhe causa dores pavorosas.

DIA SEIS

26. Ele manda um velho ser enrabado na sua frente; várias vezes retiram o caralho do cu do velho, colocam-no na boca do examinador, que o chupa; depois ele chupa o velho, o lambe e enraba, enquanto aquele que acabou de foder o velho o enraba, por sua vez, e é chicoteado pela governanta do devasso.
27. Aperta violentamente o pescoço de uma moça de quinze anos ao enrabá-la, a fim de lhe apertar o ânus; enquanto isso, é chicoteado com um nervo de boi.
28. Manda lhe enfiarem no cu grandes bolas de mercúrio combinadas com azougue. Essas bolas sobem e descem e, durante a comichão exagerada que provocam, ele chupa caralhos, engole porra, manda os cus das moças cagarem, engole a merda. Passa duas horas nesse êxtase.
29. Quer que o pai o enrabe, enquanto ele sodomiza o filho e a filha desse homem.

À noite, Michette é entregue, para levar no cu. Durcet pede a Martaine para dormir no seu quarto, a exemplo do duque, que tem a Duclos, e de Curval, que tem a Fanchon, essa moça exerce sobre ele o mesmo domínio lúbrico que a Duclos exerce sobre o duque.

DIA SETE

30. Ele fode um peru* cuja cabeça está metida entre as coxas de uma moça deitada de bruços, de modo que ele parece enrabar a moça. Ao mesmo tempo, é enrabado, e no momento de gozar a moça corta o pescoço do peru.
31. Fode uma cabra na posição do galgo, enquanto é chicoteado. Faz um filho nessa cabra, que por sua vez ele também enraba, embora seja um monstro.
32. Enraba bodes.
33. Quer ver uma mulher gozar, masturbada por um cão; mata o cão com um tiro de pistola, em cima da barriga da mulher, sem feri-la.
34. Enraba um cisne, metendo-lhe uma hóstia no cu, e estrangula pessoalmente o animal, ao gozar.

Nesta mesma noite, o bispo enraba Cupidon pela primeira vez.

DIA OITO

35. Manda que o ponham num cesto preparado, que só

---

* O peru aparece várias vezes nas orgias descritas por Sade. Em *L'Histoire de Juliette* ele observa: "O peru é delicioso, mas é preciso cortar seu pescoço no instante do êxtase; a compressão de suas tripas nos enche de volúpia". E acrescenta, em nota: "Encontram-se muitos em vários bordéis de Paris". Cf. *Les Cent vingt journées de Sodome*, op. cit., p. 1181.

abre em determinado lugar, onde ele coloca o olho de seu cu esfregado com porra de mulo; o cesto representa o corpo desse animal, por cuja pele é coberto. Um garanhão, treinado para isso, o enraba e, simultaneamente, dentro do cesto ele fode uma bonita cadela branca.

36. Fode uma vaca, deixa-a prenhe e fode o monstro.

37. Num cesto igualmente arranjado, manda pôr uma mulher que recebe o membro de um touro; ele se diverte com o espetáculo.

38. Tem uma serpente domesticada que se introduz no seu ânus e o sodomiza, enquanto ele enraba um gato dentro de um cesto, que, apertado de todos os lados, não pode lhe fazer nenhum mal.

39. Fode uma jumenta, sendo enrabado por um burro, dentro de máquinas preparadas, as quais detalharemos.

À noite, Cupidon é entregue para ser enrabado.

DIA NOVE

40. Ele fode uma cabra nas narinas, e ela, enquanto isso, lambe seus colhões com a língua; ao mesmo tempo, alguém lhe dá uma surra e lambe seu cu, alternadamente.

41. Enraba um carneiro, enquanto um cachorro lhe lambe o olho do cu.

42. Enraba um cachorro, cuja cabeça é cortada enquanto ele esporra.

43. Obriga uma puta a masturbar um burro em sua presença, e alguém o fode durante esse espetáculo.

44. Fode um macaco pelo cu; o animal é fechado dentro de um cesto; durante todo esse tempo atormentam o bicho, a fim de redobrar os apertos de seu ânus.

Nesta noite celebra-se a festa da décima semana, com o casamento de Rebenta-Cu e Michette, que se consuma e causa grande dor em Michette.

DIA DEZ

Ela anuncia que vai mudar de paixão e que o chicote, que mais acima, no relato de Champville, era o principal, agora é aqui somente acessório.

45. Ele manda buscar moças culpadas de alguns delitos. Vai assustá-las, dizer-lhes que vão ser presas, mas que ele se encarrega de tudo se aceitarem receber uma violenta fustigação; e, apavoradas como estão, deixam-se açoitar até sangrar.

46. Manda buscar uma mulher que tenha cabelos bonitos, com o único pretexto de examiná-los; porém, manda cortá-los,* como se ela fosse uma traidora, e goza ao vê-la deplorar essa desgraça, da qual ri muito.

47. Depois de muitas cerimônias, ela entra num quarto escuro. Não vê ninguém, mas ouve uma conversa que lhe diz respeito, a qual você terá de descrever em detalhes, e que é capaz de fazê-la morrer de pavor. No final, recebe um dilúvio de tabefes e socos, sem saber de onde vêm; ouve gritos de uma esporrada e é libertada.

48. Ela entra numa espécie de sepulcro debaixo da terra, que é iluminado apenas por lâmpadas; percebe o horror de tudo. Mal consegue observar aquilo um momento, tudo se apaga, ouve-se um barulho horrível de gritos e correntes; ela desmaia. Se não desmaiar, redobra-se o motivo do pavor com mais alguns detalhes, até que ela perca os sentidos. Logo em seguida, um homem cai em cima dela e a enraba; depois ele sai e são os cria-

---

* Cortar o cabelo dos réus e condenados era, na época, sinal de infâmia, assimilado a um suplício ignominioso.

dos que vão socorrê-la. Precisa de moças muito jovens e noviças.

49. Ela entra num lugar parecido, mas cujos detalhes você vai diferenciar um pouco. É encerrada, nua, num caixão fechado com pregos, e o homem esporra ao ouvir o barulho dos pregos.

Nesta noite, propositadamente impedem Zelmire de estar presente durante os relatos. Descem com ela para o porão do qual se falou e que foi preparado como aqueles que acabam de ser descritos. Os quatro amigos ali se encontram, todos nus e armados; ela desmaia, e enquanto isso Curval deflora seu cu. O presidente desenvolveu por essa moça sentimentos de amor misturado a fúria lúbrica, idênticos aos que o duque nutre por Augustine.

DIA ONZE

50. O mesmo homem, o duque de Florville, de quem Duclos falou na segunda história de 29 de novembro, o mesmo também da quinta história de Desgranges, em 26 de fevereiro, quer que se ponha sobre um leito de cetim preto um belo cadáver de moça que acabou de ser assassinada; ele a apalpa por todo lado e a enraba.

51. Outro quer dois cadáveres, um de moça e um de rapaz, e enraba o cadáver do rapaz beijando a bunda da moça e enfiando-lhe a língua no ânus.

52. Recebe a moça num gabinete cheio de cadáveres de cera, muito bem imitados; todos estão perfurados de diferentes maneiras. Manda a moça escolher um e diz que vai matá-la tal como o cadáver cujos ferimentos mais lhe agradam.

53. Amarra-a a um cadáver de verdade, boca contra

boca, e nessa posição a chicoteia até sangrar em todo o quarto traseiro.

* * *

Nesta noite, Zelmire é entregue para levar no cu, mas antes conduzem seu processo e lhe dizem que será morta durante a noite. Ela acredita, e em vez disso, depois que já foi bem enrabada, contentam-se em lhe dar, cada um, cem chicotadas, e Curval leva-a para dormir com ele, quando a enraba de novo.

DIA DOZE

54. Quer uma moça que esteja com suas regras. Ela chega perto dele, que está instalado numa espécie de reservatório de água gelada de mais de três metros e meio quadrados por dois e meio de profundidade; está disfarçado, de modo que a moça não o veja. Assim que ela chega ao lado do homem, ele a empurra ali dentro, e o instante da queda é o do gozo do homem; logo a retiram, mas, como está menstruada, aquilo não deixa de lhe provocar, de vez em quando, uma violenta indisposição.

55. Desce com ela nua para um poço muito profundo e a ameaça de enchê-lo de pedras; joga uns punhados de terra para apavorá-la e esporra, dentro do poço, sobre a cabeça da puta.

56. Manda uma mulher grávida entrar em sua casa e a amedronta com ameaças e injúrias; açoita-a, recomeça os maus-tratos para fazê-la abortar, ou na casa dele ou assim que voltar para a casa dela. Se ela parir na dele, paga em dobro.

57. Tranca-a num calabouço escuro, entre gatos, ratos e camundongos; convence-a de que está lá para o resto da vida e vai todo dia se masturbar à sua porta, escarnecendo dela.

58. Enfia-lhe no cu girândolas de foguetes, cujas faíscas, ao se soltarem, assam-lhe as nádegas.

Nesta noite, Curval faz com que reconheçam Zelmire como sua mulher e a desposa publicamente. O bispo os casa; ele repudia Julie, que cai no maior descrédito, mas que se sustenta por sua libertinagem e que o bispo protege um pouco, até que se declare totalmente a favor dela, como veremos. Nesta noite percebe-se mais que nunca o ódio implicante de Durcet por Adélaïde; ele a atormenta, a humilha, ela se desconsola; e o presidente, seu pai, não a apoia em nada.

DIA TREZE

59. Amarra uma moça numa cruz de santo André suspensa no ar e açoita violentamente todo o seu traseiro. Depois, solta-a e joga-a por uma janela, mas ela cai em colchões preparados; ele esporra quando a ouve cair. Conte em detalhes essa cena e o que ele lhe faz para legitimar tudo isso.
60. Obriga-a a engolir uma droga que a faz ver um quarto repleto de objetos horríveis. Vê um charco cuja água a cobre e sobe numa cadeira para evitá-la. Dizem-lhe que não tem outra decisão a tomar senão se jogar e nadar; ela se joga mas cai estatelada no chão, e em geral sente muita dor. É o instante do gozo de nosso libertino, cujo prazer, antes, foi beijar muito o traseiro.
61. Mantém a moça suspensa por uma polia no alto de uma torre; ele está ao alcance da corda, numa janela mais alta; masturba-se, balança a corda e ameaça cortá-la ao esporrar. Enquanto isso, é açoitado, e antes manda a puta cagar.
62. Ela é amarrada por quatro cordinhas finas nos quatro membros. Assim suspensa na mais cruel posição, abre-se embaixo dela um alçapão que lhe revela um braseiro ar-

dente: se as cordas arrebentarem, cairá ali. As cordas são sacudidas, e o dissoluto corta uma, no momento de gozar. Às vezes, coloca-a na mesma pose, põe-lhe um peso na altura dos rins e iça bem alto as quatro cordas, de modo que ela, por assim dizer, arrebente o estômago e esmague os rins. Ela fica assim até que ele goze.

63. Amarra-a num banquinho; uns trinta centímetros acima de sua cabeça há um punhal muito afiado, pendurado por uns fios de cabelo; se o cabelo arrebentar, o punhal, bem pontiagudo, lhe entrará no crânio. O homem se masturba na frente dela e goza com as contorções que o medo arranca de sua vítima. Depois de uma hora, liberta-a e lhe ensanguenta as nádegas com a ponta desse mesmo punhal, para mostrar que ele espetava muito bem; esporra em cima da bunda ensanguentada.

Nesta noite, o bispo deflora Colombe pelo cu e a açoita até sangrar depois de esporrar, porque não consegue suportar que uma moça o faça gozar.

DIA CATORZE

64. Enraba uma jovem noviça que não sabe de nada e, ao esporrar, desfere-lhe dois tiros de pistola nas orelhas, queimando-lhe os cabelos.

65. Manda-a sentar numa poltrona de molas; seu peso quebra todas as molas que correspondem às argolas de ferro a que está amarrada; outras molas, ao quebrar, se tornam vinte punhais espetados em seu corpo. O homem se masturba ao lhe dizer que, se ela fizer o menor movimento na poltrona, será perfurada, e quando goza faz sua porra jorrar sobre ela.

66. Ela cai, por uma báscula, num quarto forrado de preto e mobiliado com um genuflexório, um caixão e ca-

veiras. Vê ali seis espectros armados de maças, espadas, pistolas, sabres, punhais e lanças, e cada um deles prestes a furá-la num lugar diferente. Cambaleia, invade-lhe o medo; o homem entra, a agarra e açoita violentamente todo o seu corpo, depois esporra enrabando-a. Se ela está desmaiada quando ele entra, o que costuma acontecer, ele a faz voltar a si açoitando-a com varas.

67. Ela entra no quarto dentro de uma torre; no centro, vê uma grande fogueira; em cima da mesa, veneno e um punhal. Mandam que escolha um dos três gêneros de morte. Em geral escolhe o veneno: é um ópio preparado, que a faz cair num sono profundo, durante o qual o libertino a enraba. É o mesmo homem de quem falou Duclos no dia 27 e de quem Desgranges falará no dia 6 de fevereiro.

68. O mesmo homem de quem Desgranges falará no dia 16 de fevereiro faz todas as cerimônias para cortar a cabeça da moça. Quando a lâmina vai cair, um cordão puxa precipitadamente o corpo da moça, a lâmina cai no cepo, no qual o sabre penetra umas três polegadas. Se a moça não for puxada a tempo pela corda, ela morre. Ele goza ao dar esse golpe. Mas, antes, enrabou-a, com o pescoço no cepo.

À noite, Colombe é entregue para ser enrabada; ameaçam-na e fingem cortar seu pescoço.

DIA QUINZE

69. Vai enforcar a puta; ela está com os pés apoiados num banquinho, preso por uma corda segura; ele está na sua frente, instalado numa poltrona, onde é masturbado pela filha dessa mulher. Ao gozar, ele puxa a corda; a moça, já sem o apoio, fica pendurada; ele sai, os criados chegam,

soltam a moça, e graças a uma sangria ela volta a si, mas esse socorro é prestado sem que ele saiba. Ele vai dormir com a filha e a sodomiza a noite inteira, dizendo-lhe que enforcou sua mãe; não quer saber se ela voltou a si. (Diga que Desgranges falará disso.)

70. Puxa a moça pelas orelhas e passeia assim com ela, nua, pelo meio do quarto; então esporra.

71. Belisca tremendamente todo o corpo da moça, exceto o seio; deixa-a toda negra.

72. Belisca-a no colo, machuca-a e amassa-a, até que ela fique inteiramente ferida.

73. Traça-lhe nas mamas algarismos e letras com a ponta de uma agulha, mas a agulha está envenenada, o peito incha e ela sofre muito.

74. Enfia-lhe mil ou dois mil alfinetes nas tetas e goza quando ela já está com o seio todo espetado.

Neste dia flagram Julie, mais libertina que nunca, masturbando-se com a Champville. O bispo a protege mais ainda desde então e a admite em seu quarto, assim como o duque admite a Duclos, Durcet, a Martaine, e Curval, a Fanchon. Ela confessa que, depois do repúdio, como tinha sido condenada a dormir no estábulo dos animais, a Champville a retirara para o seu quarto, e desde então dormia com ela.

DIA DEZESSEIS

75. Enfia alfinetes grandes, uniformemente, em todo o corpo da moça, tetas incluídas; goza quando ela está toda espetada. (Diga que Desgranges falará disso; é a história que ela explica, a quarta do dia 27 de fevereiro.)

76. Entufa-a de bebida, depois lhe costura a boceta e o cu; deixa-a assim até vê-la desmaiando de vontade de

urinar ou de cagar, sem conseguir, ou até que a descida e o peso de suas necessidades consigam arrebentar os fios.

77. São quatro num quarto e ficam agredindo a moça com pontapés e socos, até que ela caia. Os quatro se masturbam mutuamente e esporram quando ela está no chão.

78. Tiram-lhe e devolvem-lhe o ar à vontade, graças a uma máquina pneumática.*

Para festejar a décima primeira semana, celebra-se neste dia o casamento de Colombe e Antínoo, que se consuma. O duque, que fode tremendamente Augustine na boceta, foi tomado nesta noite por um furor lúbrico contra ela: mandou Duclos segurá-la e deu-lhe trezentas chicotadas, do meio das costas à barriga da perna, e em seguida enrabou a Duclos, beijando a bunda açoitada de Augustine. Depois faz loucuras com Augustine, quer que ela jante a seu lado, só come pegando de sua boca e pratica mil outras inconsequências libertinas que descrevem o caráter desses devassos.

DIA DEZESSETE

79. Amarra a moça de bruços em cima de uma mesa e come uma omelete quente sobre suas nádegas, espetando violentamente os pedaços com um garfo muito pontudo.

* A máquina pneumática, também chamada de máquina de bombear o ar ou máquina de Boyle, servia para esvaziar ou rarefazer o ar contido num tubo ou num frasco. Uma ilustração da *Enciclopédia* de Diderot e D'Alembert descreve a máquina, que no fim do século XVIII tinha se popularizado com as experiências de Lavoisier para determinar a composição do ar e os mecanismos da respiração. Como em outras ocasiões, Sade se inspira em fatos científicos para imaginar suplícios.

80. Prende a cabeça dela em cima de um fogão com brasas até que ela desfaleça e a enraba nessa posição.

81. Tosta-lhe levemente, e pouco a pouco, a pele do seio e das nádegas com fósforos de enxofre.

82. Apaga-lhe, muitíssimas vezes seguidas, velas na boceta, no cu e nas tetas.

83. Queima-lhe, com um fósforo, os pelos das pálpebras, o que a impede de ter qualquer repouso de noite ou conseguir fechar os olhos para dormir.

Nesta noite o duque deflora Giton, que sente muita dor porque o duque é enorme, fode muito brutalmente e Giton tem só doze anos.

DIA DEZOITO

84. Ele a obriga, com a pistola no pescoço, a mastigar e engolir um carvão em brasa, e depois lhe injeta água-forte na boceta.

85. Obriga-a a dançar *les olivettes** toda nua, em volta de quatro pilastras preparadas para isso; mas o único caminho por onde pode, de pés descalços, rodear essas pilastras está guarnecido de ferros pontiagudos, pontas de pregos e cacos de vidro, e há um homem em cada pilastra, com um punhado de varas na mão, que a espanca pela frente ou por trás, dependendo da parte que ela apresenta toda vez que passa perto dele. É obrigada a correr assim e a dar algumas voltas, dependendo de se é mais ou menos jovem e bonita, sendo que as mais belas sempre são as mais humilhadas.

86. Dá-lhe violentos socos no nariz, até que ela sangre, e continua, embora ela esteja pondo sangue; goza e mistura a porra com o sangue que ela perde.

---

* Dança provençal que se segue à colheita das azeitonas.

87. Belisca suas carnes, e principalmente as nádegas, o púbis e as mamas, com tenazes de ferro muito quentes. (Diga que a Desgranges vai falar disso.)
88. Coloca sobre seu corpo nu diversos montinhos de pólvora, sobretudo nos lugares mais sensíveis, e ateia-lhes fogo.

À noite, entrega-se Giton para levar no cu, e depois da cerimônia ele é fustigado por Curval, pelo duque e pelo bispo, que o foderam.

DIA DEZENOVE

89. Enfia-lhe na boceta um cilindro de pólvora, a descoberto, sem estar revestido de papelão; ateia-lhe fogo e esporra vendo a chama. Previamente beijou a bunda.
90. Embebe-a, dos pés à cabeça, exclusivamente em álcool; ateia fogo e se diverte, até esporrar, em ver assim essa pobre moça toda em chamas. Renova duas ou três vezes a operação.
91. Aplica-lhe uma lavagem de óleo fervendo no cu.
92. Enfia-lhe um ferro escaldante no ânus e outro na boceta, depois de tê-la previamente açoitado bastante.
93. Quer pisotear uma mulher grávida, até que aborte. Previamente, açoita-a.

Nesta mesma noite, Curval deflora Sophie pelo cu, mas antes ela é chicoteada até sangrar com cem açoites por cada um dos amigos. Logo depois de esporrar em sua bunda, Curval oferece quinhentos luíses à sociedade para nesta mesma noite descer com ela ao porão e divertir-se à vontade; recusam. Ele torna a enrabá-la e, ao sair de seu cu, depois desse segundo esporro, dá-lhe um pontapé

no traseiro que vai jogá-la nos colchões a mais de quatro
metros dali. Já na mesma noite, vai se vingar em Zelmire,
que ele açoita violentamente.

DIA VINTE

94. Faz de conta que acaricia a moça que o masturba; ela
não mostra desconfiança; mas, no instante em que esporra, ele a agarra pela cabeça e a atira contra uma parede.
A pancada é tão imprevista e tão violenta que, em geral,
ela cai desmaiada.

95. São quatro libertinos juntos; julgam uma moça e
a condenam nos termos da lei: a sentença são cem bastonadas, aplicadas, vinte e cinco a vinte e cinco, por cada
um dos amigos que as distribuem assim: o primeiro, das
costas às ancas, o segundo, do quadril à barriga da perna, o terceiro, do pescoço ao umbigo, seios inclusive, e o
quarto, do baixo-ventre aos pés.

96. Dá-lhe uma espetada de alfinete em cada olho, em
cada mamilo e no clitóris.

97. Pinga-lhe lacre nas nádegas, na boceta e no peito.

98. Faz-lhe uma sangria no braço, só estanca o sangue
quando ela desmaia.

Curval propõe fazer uma sangria em Constance por
causa de sua gravidez: fazem-na, até ela desfalecer; é
Durcet quem a sangra. Nesta noite, entregam Sophie
para levar no cu, e o duque propõe aplicar-lhe uma sangria, o que não pode lhe fazer mal, ao contrário, e que
preparem morcela com seu sangue, para o almoço. É
o que fazem, e é Curval que a sangra; enquanto isso,
Duclos o masturba e só quer espetar a agulha na hora
em que sua porra escapar; dá várias picadas mas acaba
acertando. Apesar disso, Sophie agradou ao bispo, que a

adota como mulher e repudia Aline, a qual cai no maior descrédito.

DIA VINTE E UM

99. Ele a sangra nos dois braços e quer que ela fique em pé enquanto o sangue escorre; de vez em quando, estanca o sangue para açoitá-la; em seguida, reabre as feridas, e tudo isso até o desfalecimento. Só esporra quando ela cai; antes, obriga-a a cagar.

100. Sangra-a nos quatro membros e na jugular e masturba-se enquanto vê escorrerem as cinco fontes de sangue.

101. Escarifica-a ligeiramente nas carnes, e sobretudo nas nádegas, mas não nos seios.

102. Escarifica-a fortemente, e sobretudo no seio, perto do bico, e perto do olho do cu quando está em cima de sua bunda; em seguida, cauteriza as feridas com um ferro em brasa.

103. Amarram-no de quatro patas, como um animal feroz; é coberto por uma pele de tigre. Nesse estado, é excitado, açulado, açoitado, espancado e masturbado na bunda. À sua frente está uma moça muito gorda, nua, com os pés presos no chão e o pescoço preso no teto, de modo que não possa se mexer. Quando o devasso está bem inflamado, soltam-no e ele se joga como um animal feroz para cima da moça, morde-a em todas as carnes e principalmente no clitóris e no bico dos seios, que em geral arranca com os dentes. Grita, uiva como uma fera e esporra uivando. A moça tem de cagar; ele vai comer sua merda, no chão.

Nesta noite, o bispo deflora Narcisse, que é entregue aos outros neste mesmo dia, para não atrapalhar a festa do dia vinte e três. Antes de enrabá-lo, o duque o manda cagar em sua boca e ali depositar a porra dos que o precederam. Depois de enrabá-lo, dá-lhe chicotadas.

DIA VINTE E DOIS

104. Ele lhe arranca dentes e arranha as gengivas com agulhas. Às vezes, queima-as.
105. Quebra-lhe um dedo da mão, às vezes vários.
106. Esmaga-lhe vigorosamente um pé com uma martelada.
107. Destronca-lhe um punho.
108. Dá-lhe uma martelada nos dentes da frente, ao gozar. Seu prazer, antes, é chupar muito sua boca.

O duque, nesta noite, deflora Rosette no cu, e, no instante em que seu caralho o penetra, Curval arranca um dente da menina, para que sinta ao mesmo tempo duas dores terríveis. Na mesma noite, ela é entregue aos libertinos, para não atrapalhar a festa do dia seguinte. Quando Curval esporra em seu cu (e foi o último a fazê-lo), quando já fez isso, digo, derruba a menina com um violento tabefe.

DIA VINTE E TRÊS

Por causa da festa, só quatro paixões são narradas.
109. Desloca-lhe um pé.
110. Quebra-lhe um braço ao enrabá-la.
111. Quebra-lhe um osso das pernas com uma pancada de barra de ferro e a enraba depois.
112. Amarra-a numa escada de pintor, com os membros presos de um jeito estranho. Uma corda segura a escada; quando puxam a corda, a escada cai. A moça quebra ora um membro, ora outro.

* * *

    Neste dia, realiza-se o casamento de Pica-Pro-Céu e Rosette, para celebrar a décima segunda semana. Nesta noite, fazem uma sangria em Rosette, depois que ela é fodida, e em Aline, fodida por Hercule; as duas são sangradas de modo a que o sangue jorre sobre as coxas e os caralhos de nossos libertinos, que se masturbam com esse espetáculo e esporram quando as duas perdem os sentidos.

DIA VINTE E QUATRO

    113. Ele lhe corta uma orelha. (Tenha o cuidado de sempre especificar o que todas essas pessoas fazem antes.)
    114. Fende-lhe os lábios e as narinas.
    115. Fura-lhe a língua com um ferro quente, depois de tê-la chupado e mordido.
    116. Arranca-lhe várias unhas dos dedos das mãos e dos pés.
    117. Corta-lhe a pontinha de um dedo.

    E como a historiadora, interrogada, disse que uma mutilação dessas, se tratada na hora, não traz nenhuma consequência desagradável, já na mesma noite Durcet corta a ponta do dedo mindinho de Adélaïde, contra quem sua implicância lúbrica explode cada vez mais. Esporra com arroubos inauditos. Nesta mesma noite, Curval deflora Augustine no cu, embora ela fosse mulher do duque. Suplício que ela suporta. Fúria de Curval contra ela, depois; ele faz uma cabala com o duque para que ela desça ao porão já na mesma noite, e dizem a Durcet que, se ele concordar, também permitirão a Durcet dar fim em Adélaïde logo de uma vez; mas o bispo arenga e consegue que esperem mais, no próprio interesse de seus prazeres.

Curval e o duque se contentam, então, em chicotear vigorosamente Augustine, cada um pegando-a no colo para o outro açoitar.

DIA VINTE E CINCO

118. Destila quinze ou vinte gotas de chumbo derretido fervendo em sua boca e queima-lhe as gengivas com água-forte.

119. Corta-lhe a ponta da língua, depois de ter essa língua limpado seu cu borrado de merda, e, quando a mutilação está feita, enraba-a.

120. Tem uma máquina de ferro redonda que entra nas carnes e corta, e, quando é retirada, traz um pedaço redondo de carne tão profundo quanto mais se deixou descer a máquina, que vai perfurando sem parar se não for travada.

121. Torna eunuco um rapaz de dez a quinze anos.

122. Aperta e arranca com tenazes o bico dos seios e corta-os com tesoura.

Nesta mesma noite, Augustine é entregue para levar no cu. Curval, ao enrabá-la, quis beijar o peito de Constance, e ao esporrar lhe arrancou o mamilo com os dentes; mas, como fazem um curativo imediatamente, garante-se que nada acontecerá com o seu fruto. Curval diz aos colegas, que brincam com sua fúria contra essa criatura, que não é senhor dos sentimentos de fúria que ela lhe inspira. Quando, por sua vez, o duque enraba Augustine, a fúria que ele tem contra essa bela moça desata-se com a maior violência possível: se não tivessem ficado de olho, ele a teria ferido no seio ou lhe apertado o pescoço com toda a força, ao gozar. Volta a pedir à assembleia que o autorize a tornar-se dono dela, mas objetam-lhe que é preciso esperar as narrações de Desgranges. Seu irmão pede que tenha paciência até que ele mesmo lhe dê o exemplo, com Aline; que o que quer fazer antes perturbaria toda a organização dos arranjos. No entanto, como ele não aguenta mais, e como precisa de qualquer maneira praticar um suplício nessa bela moça, permitem que lhe faça um leve ferimento no braço: ele a fere nas carnes do antebraço esquerdo, chupa o sangue, goza, e procede-se ao curativo dessa ferida, de modo que, no quarto dia, não há mais nenhum sinal.

DIA VINTE E SEIS

123. Quebra uma garrafa frágil de vidro branco na cara da moça, amarrada e sem defesa; antes, chupa muito a boca e a língua.

124. Prende suas duas pernas, amarra-lhe a mão nas costas, dá-lhe na outra mão um pau para se defender, depois a ataca a grandes golpes de espada, faz-lhe várias feridas nas carnes e vai esporrar em cima das chagas.

125. Deita-a sobre uma cruz de santo André, executa a cerimônia como se fosse rompê-la, machuca três membros sem luxação e quebra, decidido, um braço ou uma perna.

126. Manda-a ficar de perfil e dispara um tiro de pistola carregada de chumbo, que passa raspando por seus dois seios; mira de modo a arrancar um dos mamilos.

127. Coloca-a agachada a vinte passos e dispara um tiro de espingarda nas nádegas.

Nesta mesma noite, o bispo deflora Fanny pelo cu.

DIA VINTE E SETE

128. O mesmo homem de quem Desgranges falará no dia

24 de fevereiro faz uma mulher grávida abortar, de tantas chicotadas no ventre; quer vê-la pôr o ovo na frente dele.

129. Torna totalmente eunuco um rapaz de dezesseis a dezessete anos. Enraba-o e o açoita.

130. Quer uma virgem; corta seu clitóris com uma navalha, depois a deflora com um cilindro de ferro quente, que ele enfia a martelo.

131. Faz abortar aos oito meses, graças a uma beberagem, a mulher, que pare imediatamente seu filho morto. Outras vezes, provoca um parto pelo buraco do cu, mas a criança sai sem vida e a mãe arrisca a sua.

132. Corta um braço.

Nesta noite, Fanny é entregue para o cu. Durcet a salva de um suplício que lhe preparavam; toma-a como mulher, faz com que o bispo os case e repudia Adélaïde, a quem se aplica o suplício destinado a Fanny, que consistia em ter um dedo quebrado. O duque a enraba enquanto Durcet quebra o dedo.

DIA VINTE E OITO

133. Ele lhe corta os dois pulsos e cauteriza com ferro quente.

134. Corta a língua desde a base e cauteriza com ferro quente.

135. Corta uma perna, e no mais das vezes manda ser cortada enquanto ele enraba.

136. Arranca todos os dentes e põe no lugar um prego em brasa, que ele enfia com martelo; faz isso ao acabar de foder a mulher na boca.

137. Arranca um olho.

Nesta noite, açoitam Julie violentamente e a picam em todos os dedos com uma agulha. Essa operação é feita enquanto o bispo a enraba, embora ele goste muito dela.

DIA VINTE E NOVE

138. Cega-a e faz desaparecer os dois olhos, deixando cair lacre dentro das cavidades.

139. Corta-lhe uma teta bem rente e cauteriza com ferro em brasa. A Desgranges dirá aqui que foi esse homem que cortou a teta que lhe falta, e ela tem certeza de que ele a comeu grelhada.

140. Corta-lhe as duas nádegas, depois de tê-la enrabado e chicoteado. Dizem também que as come.

141. Corta-lhe rente as duas orelhas.

142. Corta-lhe todas as extremidades, os vinte dedos, o clitóris, o bico dos seios, a ponta da língua.

Nesta noite, depois de ter sido vigorosamente açoitada pelos quatro amigos e enrabada pelo bispo uma última vez, Aline é condenada a ter um dedo de cada membro cortado por cada amigo.

DIA TRINTA

143. Arranca-lhe vários nacos de carne de todo o corpo, manda-os assar e a obriga a comê-los com ele. É o mesmo homem dos dias 8 e 17 de fevereiro, de Desgranges.

144. Corta os quatro membros de um rapaz, enraba o tronco, alimenta-o bem e o deixa viver assim; ora, como os membros não foram cortados muito perto do tronco, ele vive muito tempo. Assim, pode enrabá-lo durante mais de um ano.

145. Amarra fortemente a mão da moça e a deixa assim, sem alimentá-la; ao lado dela há uma faca imensa e na frente, uma excelente comida: se ela quiser se alimentar, terá de cortar a mão, senão morrerá assim. Anteriormente, ele a fodeu no cu. Observa-a por uma janela.

146. Amarra a filha e a mãe; para que uma das duas viva e deixe a outra viver, é preciso cortar a mão. Ele se diverte em ver a discussão sobre qual das duas se sacrificará pela outra.

Ela só conta quatro histórias, a fim de celebrar, nesta noite, a festa da décima terceira semana, na qual o duque, no papel de noiva, se casa com Hercule, na qualidade de marido, e também, na qualidade de homem, se casa com Zéphire, que faz o papel de mulher. O jovem puto que, como se sabe, tem a mais bela bunda dos oito meninos, é apresentado vestido de menina e, assim, fica lindo como o Amor. A cerimônia é consagrada pelo bispo e acontece na frente de todos. Só neste dia o rapazinho é deflorado; o duque sente grande prazer e muita dificuldade com isso: deixa-o sangrando. Hercule o fode o tempo todo durante a operação.

DIA TRINTA E UM

147. Ele fura seus dois olhos e a deixa trancada num quarto, dizendo-lhe que tem diante de si o que comer e que basta ir buscar. Mas, para isso, tem que passar por cima de uma placa de ferro que ela não enxerga e que está sempre em brasa. Por uma janela, ele se diverte em ver o que ela fará: se vai se queimar ou se prefere morrer de fome. Previamente, foi chicoteada.

148. Aplica-lhe o suplício da corda, que consiste em ter os membros presos a cordas e, por essas cordas, ser levan-

tada a grande altura; deixa-a cair lá do alto, na vertical: cada queda destronca e quebra todos os membros, porque se faz no ar, e a pessoa só está segura pelas cordas.

149. Abre-lhe profundas feridas nas carnes, no meio das quais destila pez fervendo e chumbo derretido.

150. Amarra-a nua e sem socorro, no instante em que ela acaba de parir; amarra na frente dela a criança, que grita e ela não tem como socorrer. Ela tem, assim, de vê-la morrer. Em seguida, açoita violentamente a mãe na boceta, dirigindo os golpes para a vagina. Em geral, é o pai da criança.

151. Entufa-a de água; em seguida, costura-lhe a boceta e o cu, bem como a boca, e a deixa assim até que a água arrebente os condutos ou até que ela pereça. (Verifique por que há uma a mais, e se houver alguma a suprimir, que seja esta última, que creio que já foi feita.*)

Nesta mesma noite, Zéphire é entregue para levar no cu, e Adélaïde é condenada a uma rude fustigação, depois da qual vão queimá-la com um ferro em brasa bem perto do interior da vagina e nas axilas e vão tostá-la um pouco em cada teta. Ela suporta tudo isso como heroína e invocando Deus, o que irrita mais ainda seus carrascos.

---

* A paixão 151 é praticamente a repetição da paixão 76.

Quarta Parte

AS CENTO E CINQUENTA PAIXÕES ASSASSINAS, OU DE QUARTA CLASSE, COMPONDO VINTE E OITO DIAS DE FEVEREIRO, PREENCHIDOS PELAS NARRAÇÕES DA DESGRANGES, ÀS QUAIS SE JUNTOU O DIÁRIO EXATO DOS ACONTECIMENTOS ESCANDALOSOS DO CASTELO DURANTE ESSE MÊS.

Estabeleça-se, primeiro, que neste mês tudo muda de aspecto; que as quatro esposas são repudiadas, que enquanto isso Julie caiu nas graças do bispo, o qual a levou na qualidade de criada, mas que Aline, Adélaïde e Constance ficaram sem eira nem beira, exceto, porém, esta última, pois permitiram a Duclos mantê-la consigo, porque querem poupar seu fruto. Mas, quanto a Adélaïde e Aline, dormem no estábulo dos animais destinados à alimentação. São as sultanas Augustine, Zelmire, Fanny e Sophie que substituem as esposas em todas as suas funções, a saber: nos banheiros, no serviço do jantar, nos sofás e na cama das excelências, à noite. De modo que, nessas alturas, eis como estão os quartos dos senhores durante as noites. Independentemente de um fodedor para cada um, e que se revezam, este é o quadro: o duque tem Augustine, Zéphire e Duclos na cama, juntamente com o fodedor; dorme no meio dos quatro, e Marie no canapé; Curval dorme da mesma maneira entre Adonis, Zelmire, um fodedor e Fanchon, e mais ninguém; Durcet dorme entre

Hyacinthe, Fanny, um fodedor e a Martaine (Verifique.), e, no sofá, Louison; o bispo dorme entre Céladon, Sophie, um fodedor e Julie, e no sofá, Thérèse. O que nos mostra que os casaizinhos Zéphire e Augustine, Adonis e Zelmire, Hyacinthe e Fanny, Céladon e Sophie, que foram todos eles casados, pertencem, cada um, ao seu dono. Só sobram quatro moças no serralho feminino, e quatro moços no masculino. Champville dorme no das meninas e Desgranges, no dos meninos. Aline, no estábulo, como dissemos, e Constance, no quarto de Duclos, sozinha, já que Duclos dorme com o duque todas as noites. O jantar é sempre servido pelas quatro sultanas representando as quatro esposas, e a ceia, pelas quatro sultanas restantes; um quarteto sempre serve o café; mas os quartetos dos relatos, diante de cada nicho de espelhos, só são agora compostos de um menino e uma menina. A cada relato, Aline e Adélaïde são amarradas nas colunas do salão de histórias de que falamos; ali ficam presas, com as nádegas diante dos canapés e, perto delas, uma mesinha guarnecida de varas, de modo que elas estão sempre prontas para receber o chicote. Constance tem autorização para permanecer sentada na fila das historiadoras. Cada velha fica perto de seu casal, e Julie, nua, perambula de um canapé a outro, para receber as ordens e executá-las imediatamente. No mais, um fodedor por canapé, sempre o mesmo. É diante desse quadro que Desgranges começa seus relatos. Num regulamento particular, os amigos estatuíram que, no correr desse mês, Aline, Adélaïde, Augustine e Zelmire seriam oferecidas à brutalidade de suas paixões e que eles poderiam, no dia prescrito, imolá-las, sozinhos ou convidando para o sacrifício o amigo que quisessem, sem que os outros se aborrecessem; que, em relação a Constance, ela serviria para a celebração da última semana, assim como será explicado no devido tempo e lugar. Quando o duque e Curval, que por esse arranjo voltarão a ficar viúvos, quiserem, para terminar o mês, retomar uma esposa para as funções, poderão fazê-lo, pegando uma das quatro sultanas restantes. Mas os pilares ficarão desguarnecidos assim que as duas mulheres que os guarneciam deixarem de existir.

Desgranges começa e, depois de avisar que agora só tratará de crimes, diz que terá o cuidado, conforme lhe recomendaram, de entrar nos menores detalhes e sobretudo de salientar os gostos correntes com que esses assassinos do deboche precediam suas paixões, a fim de que se possam julgar as relações e as ligações e observar qual é o gênero de libertinagem simples que, corrigido por cabeças sem bons costumes e sem princípios, pode levar ao crime, e a que gênero de crime. Em seguida, começa.

DIA PRIMEIRO

1. Ele gostava de se divertir com uma pobre que não comia fazia três dias; e sua segunda paixão é deixar morrer de fome uma mulher no fundo de uma masmorra, sem lhe prestar o menor socorro; observa-a e se masturba enquanto a examina, mas só goza no dia em que ela morre.

2. Sustenta-a por muito tempo, diminuindo cada dia um pouco sua porção; obriga-a antes a cagar e come a merda num prato.

3. Gostava de chupar a boca e engolir a saliva e, como segunda paixão, empareda a mulher numa masmorra, com víveres para apenas quinze dias; no trigésimo dia, entra e se masturba em cima do cadáver.

4. Mandava-a mijar e, como segunda paixão, a fez morrer em fogo brando, impedindo-a de beber e dando-lhe muita comida.

5. Chicoteava, e faz morrer a mulher impedindo-a de dormir.

Nesta mesma noite, Michette é pendurada pelos pés depois de ter comido muito, até que vomita tudo em cima de Curval, que se masturba ali embaixo e engole tudo.

DIA DOIS

6. Mandava cagar em sua boca e comia à medida que ela cagava; sua segunda paixão é alimentá-la só com miolo de pão e vinho. Ela morre ao fim de um mês.

7. Gostava de foder a boceta; provoca na mulher uma doença venérea, por injeção, mas de uma espécie tão ruim que ela acaba morrendo em muito pouco tempo.

8. Mandava vomitar em sua boca e, como segunda paixão, lhe provoca, por meio de uma bebida, uma febre malsã que a faz morrer bem depressa.

9. Mandava cagar e, como segunda paixão, aplica-lhe uma lavagem com ingredientes envenenados em água fervendo ou em água-forte.

10. Um famoso fustigador coloca uma mulher num eixo em torno do qual ela roda sem parar, até morrer.

À noite, dão um clister de água fervendo em Rosette, assim que o duque acaba de enrabá-la.

DIA TRÊS

11. Gostava de dar bofetadas e, como segunda paixão, torce-lhe o pescoço da frente para trás, de modo a que ela fique com a cara para o lado da bunda.

12. Gostava da bestialidade e, como segunda paixão, gosta de mandar deflorar uma menina, na sua frente, por um garanhão que a mata.

13. Gostava de foder o cu e, como segunda paixão,

enterra a mulher até a cintura e a alimenta assim até que a metade do corpo tenha apodrecido.

14. Gosta de masturbar o clitóris e manda um de seus criados masturbar uma moça no clitóris até ela morrer.

15. Um fustigador, aperfeiçoando sua paixão, açoita a mulher até a morte em todas as partes do corpo.

Nesta noite, o duque quer que Augustine seja masturbada no clitóris, que ela tem muito sensível, pela Duclos e pela Champville, que se revezam e a masturbam até ela perder os sentidos.

DIA QUATRO

16. Ele gostava de apertar o pescoço e, como segunda paixão, amarra a moça pelo pescoço. Na frente dela há um banquete, mas para alcançá-lo ela tem de se estrangular, ou morrerá de fome.

17. O mesmo homem que matou a irmã da Duclos, e cujo gosto é maltratar muito tempo as carnes, tritura o colo e as nádegas com uma força tão furiosa que faz a mulher morrer por esse suplício.

18. O homem de quem Martine falou no dia 20 de janeiro, e que gostava de sangrar as mulheres, mata-as à custa de repetidas sangrias.

19. Aquele cuja paixão era fazer uma mulher nua correr até cair, e de quem falamos, tem como segunda paixão trancá-la numa estufa escaldante, onde ela morre como que asfixiada.

20. Aquele de quem Duclos falou, que gostava de ser enrolado em fraldas e a quem a moça dava sua merda em vez de papinha, aperta uma mulher tão estreitamente nos cueiros que a faz morrer assim.

Nesta noite, um pouco antes de passar ao salão de histórias, encontram Curval enrabando uma das criadas da cozinha. Ele paga a multa; a moça recebe a ordem de estar presente nas orgias, em que o duque e o bispo, por sua vez, a enrabam, e ela aguenta duzentas chicotadas da mão de cada um. É uma moça gorda, da Savoia, de vinte e cinco anos, bastante formosa e com uma bela bunda.

DIA CINCO

21. Como primeira paixão, gosta da bestialidade e, como segunda, costura a moça dentro de uma pele de burro bem recente, com a cabeça de fora, alimenta-a e deixa-a ali dentro, até que a pele do animal a sufoque, ao encolher.

22. Aquele de quem Martaine falou no dia 15 de janeiro, e que gostava de enforcar, brincando, pendura a moça pelos pés e a deixa ali até que o sangue a asfixie.

23. Aquele do dia 27 de novembro, da Duclos, que gostava de embriagar a puta, faz a mulher morrer entufando-a de água com um funil.

24. Gostava de seviciar as tetas e aperfeiçoa isso encaixando as duas tetas da mulher em duas espécies de vasos de ferro; em seguida, colocam a criatura, com suas duas tetas assim protegidas, em cima de dois fogareiros, e a deixam morrer em meio a essas dores.

25. Gostava de ver uma mulher nadar e, como segunda paixão, joga-a na água e a retira semiafogada; em seguida, pendura-a pelos pés para ela expelir a água. Logo que recobra os sentidos, é novamente jogada na água, e assim várias vezes, até morrer.

Neste dia, à mesma hora da véspera, encontram o duque enrabando outra criada; ele paga a multa; a criada é requisitada para as orgias, onde todos desfrutam dela,

Durcet na boca, os outros no cu e até mesmo na boceta, pois ela é virgem, e é condenada a duzentas chicotadas por cada um. É uma moça de dezoito anos, alta e bem-feita, um pouco ruiva e com uma bunda lindíssima. Nesta mesma noite, Curval diz que é essencial sangrar de novo Constance, por causa da gravidez; o duque a enraba e Curval a sangra, enquanto Augustine o masturba em cima das nádegas de Zelmire e ele é fodido. Ele lhe dá a picada quando esporra, e não erra o alvo.

DIA SEIS

26. Sua primeira paixão era jogar uma mulher num braseiro dando-lhe um pontapé na bunda, de onde ela logo saía, sofrendo muito pouco. Ele aperfeiçoa essa paixão, obrigando a moça a ficar de pé entre duas fogueiras, sendo que uma a assa pela frente e a outra por trás; deixam-na ali até que suas gorduras derretam.

Desgranges avisa que vai falar de assassinatos que provocam morte rápida e que quase não fazem sofrer.

27. Gostava de, com as mãos, dificultar a respiração, fosse apertando o pescoço, fosse comprimindo muito tempo a mão da mulher, e aperfeiçoa isso asfixiando-a com quatro almofadões.

28. Aquele de quem Martaine falou e que mandava escolher entre três mortes (Ver o dia 14 de janeiro) queima os miolos com um tiro de pistola, sem deixar escolha; enraba, e ao gozar dispara o tiro.

29. Aquele de quem Champville falou no dia 22 de dezembro, que mandava pular dentro de um cobertor junto com um gato, precipita a moça do alto de uma torre em cima de pedras e goza ao ouvir sua queda.

30. Aquele que gostava de apertar o pescoço enquanto enrabava, e de quem Martaine falou no dia 6 de janeiro, enraba a moça, com um cordão de seda preta passado

em seu pescoço, e esporra ao estrangulá-la. (Que ela diga que essa volúpia é das mais requintadas que um libertino possa se proporcionar.)

Celebra-se, neste dia, a festa da décima quarta semana, e Curval, como mulher, desposa Rebenta-Cu no papel de marido, e, ele como homem, a Adonis no papel de mulher. Essa criança só é deflorada neste dia, na frente de todos, enquanto Rebenta-Cu fode Curval. Embriagam-se na ceia; açoitam Zelmire e Augustine nos quadris, nádegas, coxas, barriga, púbis e parte da frente das pernas; em seguida Curval obriga Adonis a foder Zelmire, sua nova esposa, e enraba os dois, um após outro.

DIA SETE

31. Originalmente ele gostava de foder uma mulher adormecida, e aperfeiçoa a paixão fazendo-a morrer com uma forte dose de ópio; fornica na boceta durante o sono da morte.

32. O mesmo homem de quem ela acaba de falar, e que joga várias vezes a moça na água, tem também a paixão de afogar uma mulher com uma pedra amarrada no pescoço.

33. Gostava de dar tabefes e, como segunda paixão, pinga-lhe chumbo derretido no ouvido enquanto ela dorme.

34. Gostava de chicotear o rosto. Champville falou dele no dia 30 de dezembro. (Verifique.) Mata imediatamente a moça com uma vigorosa martelada na têmpora.

35. Gostava de ver queimar até o fim uma vela no ânus da mulher: amarra-a na ponta de um condutor e ela cai fulminada por um raio.*

---

* Alusão ao desfecho de *Justine ou As desgraças da virtude*, em que Sade mata a personagem trespassando-a com um raio; e tam-

36. Um fustigador. Ele a coloca na posição do galgo, na boca de um canhão; a bala a estraçalha pelo cu.

Neste dia, encontraram o bispo enrabando a terceira criada. Ele paga a multa; a moça é convocada para as orgias, o duque e Curval a enrabam e lhe metem na boceta, pois ela é virgem; depois lhe dão oitocentas chicotadas: duzentas cada um. É uma suíça de dezenove anos, muito branca, muito gorda e com uma linda bunda. As cozinheiras se queixam, dizem que o serviço não poderá mais funcionar se eles ficarem importunando as criadas, e então as deixam lá até o mês de março. Nesta mesma noite, cortam um dedo de Rosette e cauterizam com fogo. Ela está entre Curval e o duque durante a operação; um fode no cu, o outro, na boceta. Na mesma noite, Adonis é entregue para levar no cu, de maneira que o duque fodeu nesta noite uma criada e Rosette na boceta, a mesma criada no cu, Rosette também no cu (eles trocaram) e Adonis. Está exausto.

DIA OITO

37. Gostava de chicotear o corpo todo com um nervo de boi, e é o mesmo de quem Martaine fala, que pôs uma moça na roda para machucar três membros e só quebrar um. Gosta de pôr a mulher no suplício da roda, mas a asfixia ali mesmo em cima da cruz.
38. Aquele de quem Martaine falou, que finge cortar o pescoço da moça, a qual é puxada por uma corda, corta--o de fato ao gozar. Ele se masturba.
39. Aquele do dia 30 de janeiro, da Martaine, que gostava de fazer escarificações, manda ir para os calabouços.

---

bém às experiências elétricas desenvolvidas nessa época. Alguns anos antes (1752) Benjamin Franklin inventara o para-raios.

40. Gostava de chicotear no ventre as mulheres grávidas, e aperfeiçoa essa paixão, deixando cair sobre o ventre de uma grávida um peso enorme que a esmaga imediatamente, a ela e a seu fruto.

41. Gostava de ver o pescoço nu de uma moça, apertá-lo, machucá-lo um pouco: enfia um alfinete na nuca, em determinado ponto, e ela morre imediatamente.

42. Gostava de queimá-la devagarinho, com uma vela pingando em várias partes do corpo. Aperfeiçoa, jogando a moça numa fornalha em brasas, que é tão violenta que ela é consumida imediatamente.

Durcet, que está cheio de tesão e foi, durante os relatos, fustigar duas vezes Adélaïde na pilastra, propõe colocá-la atravessada na lareira, e, depois que ela teve todo o tempo de tremer com a proposta e que nada falta para que a aceitem, queimam-lhe, por ser mais fácil, os biquinhos dos seios: Durcet, seu marido, um, Curval, seu pai, o outro; os dois esporram durante a operação.

DIA NOVE

43. Gostava de espetar alfinetes e, como segunda paixão, esporra cravando-lhe três vezes o punhal no coração.

44. Gostava de queimar girândolas na boceta; amarra uma moça magrinha e bem-feita a um grande foguete voador, como se ela fosse uma varinha; ela vai para os ares e cai no chão junto com o foguete.

45. O mesmo enche uma mulher de pólvora em todos os orifícios, ateia fogo e todos os membros se soltam e se despedaçam ao mesmo tempo.

46. Gostava de mandar pôr, de surpresa, um emético no que a moça comia: como segunda paixão, obriga-a

a respirar um pó misturado no fumo ou num ramo de flores, que a derruba, morta, imediatamente.

47. Gostava de lhe chicotear o seio e o pescoço: aperfeiçoa essa paixão, derrubando-a com uma pancada de barra de ferro vigorosamente aplicada na garganta.

48. O mesmo de quem falou Duclos no dia 27 de novembro e Martaine no dia 14 de janeiro. (Verifique.) Ela vai cagar na frente do devasso, que ralha com ela, persegue-a por uma galeria, surrando-a com um chicote de cocheiro. Abre-se uma porta que dá para uma escadinha, onde ela pensa estar segura e por onde se precipita, mas falta um degrau e ela cai numa banheira de água fervendo e a porta se fecha, e ela morre queimada, afogada e sufocada. Seus gostos são fazer a mulher cagar e chicoteá-la enquanto ela caga.

À noite, no final deste relato, o duque pede merda a Zelmire, mas Curval já a mandara cagar de manhã. Ela não consegue; na mesma hora é condenada a ter o cu picado com uma agulha de ouro até que a pele fique toda encharcada de sangue, e, como é o duque que é lesado com essa recusa, é ele quem opera. Curval pede merda a Zéphire: ele diz que o duque o fez cagar de manhã. O duque nega; chamam Duclos para testemunhar, que nega, embora isso fosse verdade. Por conseguinte, Curval tem direito de punir Zéphire, embora seja amante do duque, assim como este acaba de punir Zelmire, embora seja mulher de Curval. Zéphire é açoitado até sangrar por Curval e recebe seis piparotes no alto do nariz; fica sangrando, o que faz o duque rir muito.

DIA DEZ

Desgranges diz que vai falar de assassinatos, de traição,

em que a maneira é o principal, e o resultado, isto é, o assassinato, é apenas acessório. E, por isso, diz que vai primeiro mencionar os venenos.

49. Um homem, cujo gosto era foder no cu, e nunca de outra forma, envenena todas as mulheres; está na vigésima segunda. Sempre as fodia só no cu e nunca as desvirginava.

50. Um sujeito convida amigos para um festim, e sempre envenena parte dos pratos que serve.

51. O do dia 26 de novembro, de Duclos, e do dia 10 de janeiro, de Martaine, é um desalmado e finge aliviar os pobres; dá-lhes alimentos, mas que estão envenenados.

52. O devasso faz uso de uma droga que, espalhada no chão, derruba e mata os que andam ali em cima, e recorre a ela com muita frequência.

53. O libertino faz uso de outro pó que mata entre tormentos inconcebíveis; eles duram quinze dias e nenhum médico é capaz de identificá-los. Seu maior prazer é ir ver as pessoas quando ficam nesse estado.

54. Um dissoluto emprega, com homens e mulheres, outro pó cujo efeito é privar você do uso dos sentidos e deixá-lo como morto. Acreditam que você morreu, enterram-no e você morre de desespero dentro do caixão, onde, mal entrou, recobra os sentidos. Ele tenta se instalar acima de onde você está enterrado, para ver se não ouvirá uns gritos; se ouvir, ele desmaia de prazer. Fez morrer assim parte de sua família.

Mandaram Julie tomar nesta noite, de brincadeira, um pó que lhe dá cólicas terríveis; dizem-lhe que está envenenada, ela acredita, fica desesperada. Durante o espetáculo de suas convulsões e diante dela, o duque fez Augustine lhe bater uma punheta. Ela tem a infelicidade de tapar sua glande com o prepúcio, o que é uma das coisas que mais desagradam ao duque; ele ia esporrar e isso o impede. Diz que quer cortar um dedo dessa vadia e corta o da mão com que cometeu o erro, enquanto sua filha Julie, que pensa estar envenenada, acaba de fazê-lo esporrar. Julie fica curada na mesma noite.

DIA ONZE

55. Um libertino costumava ir ver seus conhecidos ou amigos e jamais deixava de envenenar as mais queridas criaturas humanas que o amigo tinha. Servia-se de um pó que causava a morte ao fim de dois dias de dores horrorosas.
56. Um homem cujo gosto era maltratar o regaço aperfeiçoava essa paixão envenenando crianças no próprio seio das amas de leite.
57. Gostava de receber na boca lavagens à base de leite e, como segunda paixão, dava outras, envenenadas, que provocavam a morte em meio a terríveis cólicas nas entranhas.
58. Um libertino, de quem ela terá ocasião de falar de novo nos dias 13 e 26, gostava de atear fogo às casas dos pobres, e sempre o fazia de modo que ficasse muita gente queimada, sobretudo crianças.
59. Outro libertino gostava de provocar a morte de parturientes, indo visitá-las com um pó cujo cheiro joga-as em espasmos e convulsões que terminam em morte.
60. Aquele de quem Duclos fala na sua vigésima oitava noite quer ver uma mulher parir; mata o bebê ao sair do ventre da mãe e diante de seus olhos, e isso, fingindo acariciá-lo.

Nesta noite, Aline é primeiro açoitada até sangrar com cem chicotadas dadas por cada amigo, e em seguida pedem-lhe merda; ela a entregara de manhã a Curval, que nega. Por conseguinte, queimam seus dois seios e cada palma da mão; deixam escorrer lacre em suas coxas e no ventre, enchem de lacre o buraco do umbigo, queimam-lhe os pentelhos com álcool. O duque procura briga com Zelmire, e Curval lhe corta dois dedos, um em cada mão. Augustine é açoitada no púbis e na bunda.

DIA DOZE

Os amigos se reúnem de manhã e decidem que, como as quatro velhas se tornaram inúteis e podiam ser facilmente substituídas em suas funções pelas quatro historiadoras, eles devem se divertir com elas e martirizá-las, uma após outra, começando já na mesma noite. Propõem às historiadoras que tomem o seu lugar; elas aceitam, com a condição de não serem sacrificadas. Prometem.

61. Os três amigos, D'Aucourt, o padre e Desprès, de quem Duclos falou no dia 12 de novembro, continuam a se divertir juntos nesta paixão: querem uma mulher grávida de oito a nove meses, abrem-lhe o ventre, arrancam a criança, queimam-na diante dos olhos da mãe, recolocam na barriga um embrulho de enxofre misturado com mercúrio e azougue, que acendem, depois tornam a costurar a barriga e a deixam assim morrer diante deles, entre dores inauditas, fazendo-se masturbar pela moça que está com eles. (Verifique o nome.)

62. Gostava de rebentar virgindades, e aperfeiçoa essa paixão fazendo grande quantidade de filhos em várias mulheres; depois, quando eles têm cinco ou seis anos, deflora-os, seja menina ou menino, e joga-os num forno ardente logo que os fodeu, no exato instante em que esporra.

63. O mesmo homem de quem Duclos falou no dia 27 de novembro, Martaine no dia 15 de janeiro, e ela mesma no dia 5 de fevereiro, e cujo gosto era enforcar zombando etc., esse mesmo, digo, esconde seus pertences nos baús

dos criados e diz que os roubaram. Tenta fazer com que sejam enforcados e, se consegue, vai se deleitar com o espetáculo; se não, tranca-os num quarto e os faz morrer estrangulando-os. Esporra durante a operação.

64. Um grande apreciador de merda, aquele de quem Duclos falou no dia 14 de novembro, tem em casa uma latrina preparada; tenta pôr ali em cima a pessoa que quer matar, e assim que ela se instala o assento afunda e atira a pessoa num fosso de merda profundíssimo, onde ele a deixa morrer.

65. Um homem de quem Martaine falou e que se divertia em ver cair uma moça do alto da escada aperfeiçoa assim sua paixão (Mas verifique qual deles.): manda pôr a moça em cima de um tablado e ao fundo há uma parede que lhe oferece um refúgio tanto mais seguro na medida em que ali está uma escada encostada. Mas ela tem de se atirar no lago, e está mais apressada ainda porque atrás do tablado existe um fogo lento que aos poucos a vai alcançando. Se o fogo agarrá-la, será consumida, e, como não sabe nadar, caso resolva evitar o fogo jogando-se na água vai se afogar. Atingida pelo fogo, toma a decisão, porém, de se atirar na água e ir pegar a escada que vê na parede. No mais das vezes, afoga-se: e aí tudo termina. Se tem a sorte de chegar à escada, sobe nela, mas um degrau lá no alto, preparado para isso, se quebra sob seus pés quando ela o alcança e a atira num buraco coberto de terra que ela não tinha visto, e que, cedendo sob seu peso, joga-a num braseiro ardente, onde ela morre. O libertino, ao contemplar o espetáculo, se masturba enquanto observa.

66. O mesmo de quem Duclos falou no dia 29 de novembro, o mesmo que deflorou a Martaine pelo cu aos cinco anos e o mesmo também de cuja paixão ela anuncia que tornará a falar (a do inferno), concluindo assim seus relatos, esse mesmo, digo, enraba uma moça de dezesseis a dezoito anos, a mais bonita que possam lhe encontrar. Um pouco antes do gozo, solta uma mola, que faz cair

sobre o pescoço nu e bem exposto da moça uma máquina de aço com dentes, e que pouco a pouco serra aos pedaços o pescoço da moça, enquanto ele se preocupa em esporrar, o que sempre demora muito.

Descobre-se, nesta noite, o namoro de um dos fodedores subalternos com Augustine. Ele ainda não fodera com ela, mas, para conseguir, propôs-lhe uma fuga e lhe mostrou como era fácil. Augustine confessa que estava prestes a lhe conceder o que ele pedia, para escapar de um lugar em que pensa estar sua vida em perigo. É Fanchon que descobre e conta tudo. Os quatro amigos se atiram inesperadamente sobre o fodedor, o amarram, garroteiam e descem com ele para o porão, onde o duque o enraba à força, sem pomada, enquanto Curval lhe corta o pescoço e os dois outros o queimam com um ferro em brasa em todas as carnes. Essa cena se passou à saída do jantar, no lugar do café; vão para o salão de histórias, como de costume, e na ceia indagam se, devido à sua descoberta da conjuração, não perdoariam Fanchon, que conforme a decisão tomada de manhã deveria ser maltratada nesta mesma noite. O bispo é contra poupá-la e diz que seria indigno deles ceder ao sentimento de gratidão, e que sempre vão vê-lo tomar partido pelas coisas capazes de provocar uma volúpia a mais para o grupo, pois é contra as que podem privá-los de um prazer. Por conseguinte, depois de punirem Augustine por ter se prestado à conjuração, primeiro obrigando-a a assistir à execução de seu amante, depois enrabando-a e dando a entender que vão também lhe cortar a cabeça, e finalmente arrancando-lhe dois dentes, operação feita pelo duque enquanto Curval enraba essa bela moça, depois de tê-la enfim bem açoitado, depois de tudo isso, digo, fazem Fanchon comparecer, mandam-na cagar, cada amigo lhe dá cem chicotadas e o duque lhe corta a teta esquerda bem rente na carne. Ela grita muito contra a injustiça do processo. "Se ele fosse justo", disse o duque, "não nos deixaria de pica dura!" Em seguida fazem-lhe um curativo, a fim de que ela possa servir a outros suplícios. Percebem que havia um pequeno começo de motim geral entre os fodedores subalternos, que esse acontecimento do sacrifício de um deles acalma perfeitamente. As três outras velhas são, assim como Fanchon, afastadas de todas as funções e substituídas pelas historiadoras e por Julie. Elas estremecem, mas a que podem recorrer para evitar esse destino?

DIA TREZE

67. Um homem que gostava muito de cu atrai uma moça, que ele diz amar, para uma orgia na água; o barco é preparado e se quebra, e a moça se afoga. Às vezes, o mesmo homem age de modo diferente: tem uma sacada preparada, num quarto muito alto, e na qual a moça se encosta: o balcão cede e ela se mata.

68. Um homem, que gostava de açoitar e enrabar depois, aperfeiçoa essa paixão atraindo uma moça para um quarto preparado. Abre-se um alçapão, ela cai numa cave, onde está o devasso; ele afunda um punhal em seus seios, na boceta e no olho do cu, no momento da queda; em seguida, atira-a, morta ou não, em outra cave, cuja entrada é fechada por uma pedra, e ela cai sobre um monte de outros cadáveres que a precederam; ali ela expira, desesperada, se já não estiver morta. E ele toma o cuidado de só apunhalá-la de leve para não matá-la, pois ela só deve morrer na última cave. Antes, ele sempre enraba, açoita e esporra. É a sangue-frio que executa essa paixão.

69. Um libertino manda uma moça subir num cavalo indômito que a arrasta e mata jogando-a num precipício.

70. Aquele de quem Martaine falou no dia 18 de janeiro, e cuja primeira paixão é queimar com rastilhos de

pólvora, aperfeiçoa isso mandando a moça se pôr sobre uma cama preparada. Logo que ela se deita, a cama afunda num braseiro ardente, mas do qual ela pode sair. Ele está ali, e à medida que a moça quer sair ele a empurra de novo, com espetadas na barriga.

71. Aquele de quem ela falou no dia 11, e que gostava de incendiar casas de pobres, tenta atraí-los para a sua casa, homem ou mulher, a pretexto de caridade; enraba-os, homem ou mulher, depois quebra seus quadris e os deixa morrer de fome numa masmorra, assim fraturados.

72. Aquele que gostava de jogar uma mulher pela janela, sobre o estrume, e de quem Martaine falou, executa o que vai se ver, como segunda paixão. Deixa a moça dormir num quarto que ela conhece e cuja janela ela sabe que é muito baixa; dão-lhe ópio; assim que pega no sono, transportam-na para um quarto muito parecido com o dela, mas cuja janela é muito alta e dá para pedras pontiagudas. Em seguida, entram precipitadamente em seu quarto, metendo-lhe um baita medo; dizem que vão matá-la. Ela, que sabe que a janela é baixa, abre-a e se joga muito depressa, mas cai sobre as pedras pontiagudas, a quase dez metros de altura, e se mata, sem que ninguém a tivesse tocado.

Nesta noite, o bispo se casa, ele como mulher, com Antínoo no papel de marido, e ele como homem, com Céladon no papel de moça, e é só nesta noite que essa criança é enrabada pela primeira vez. A cerimônia celebra a festa da décima quinta semana. O prelado quer que, como desfecho da celebração, maltrate-se fortemente Aline, contra quem sua fúria libertina estoura, surda. Ela é enforcada e desenforcada muito depressa, e todos gozam ao vê-la pendurada. Uma sangria, que Durcet lhe aplica, leva-a a se salvar e no dia seguinte não há nenhuma marca, mas aquilo a fez crescer uma polegada. Ela conta o que sentiu durante o suplício. O bispo, para quem neste dia tudo é festa, corta bem rente um seio da velha Louison: então, as duas outras veem à perfeição a sorte que lhes caberá.

DIA CATORZE

73. Um homem, cujo gosto simples era açoitar uma moça, aperfeiçoa essa paixão, retirando todos os dias uma bola de carne do tamanho de uma ervilha do corpo da moça; mas não lhe fazem curativo e, assim, ela morre em fogo brando.

Desgranges adverte que vai falar de assassinatos muito dolorosos, e que é a extrema crueldade que será o principal; recomendam-lhe então que conte, mais que nunca, os detalhes.

74. Aquele que gostava de sangrar tira todo dia meia onça de sangue, até que ela morra. Esse aí é muito aplaudido.

75. Aquele que gostava de espetar a bunda com alfinetes dá todo dia uma leve punhalada. Estanca o sangue mas não faz curativo, e assim a moça morre, lentamente.

75 bis. Um fustigador serra todos os membros, devagarinho, e um depois do outro.

76. O marquês de Mesanges, de quem Duclos falou se referindo à filha do sapateiro Petignon, e que a comprou da própria Duclos, e cuja primeira paixão era ser chicoteado quatro horas sem esporrar, tem como segunda colocar uma menina na mão de um colosso, que suspende a criança pela cabeça em cima de um grande braseiro que a queima muito lentamente; as moças têm de ser virgens.

77. Sua primeira paixão é queimar pouco a pouco as carnes do seio e das nádegas com um fósforo, e sua segunda, enrolar todo o corpo de uma moça com mechas de enxofre que ele acende uma depois da outra, e a observa morrer assim.

— Não há morte mais dolorosa — disse o duque, que confessa ter praticado essa infâmia, que o fez esporrar vigorosamente —; dizem que a mulher vive seis ou oito horas.

À noite, Céladon é entregue para levar no cu; e o duque e Curval se regalam com ele. Curval quer que se sangre Constance por causa da gravidez, e ele mesmo lhe aplica a sangria, enquanto goza no cu de Céladon; depois, corta um seio de Thérèse, enquanto enraba Zelmire, e o duque enraba Thérèse enquanto se pratica essa operação.

DIA QUINZE

78. Gostava de chupar a boca e engolir saliva, e aperfeiçoa sua paixão fazendo a moça engolir durante nove dias uma pequena dose de chumbo derretido, com um funil; ela morre no nono.

79. Gostava de torcer um dedo e, como segunda paixão, quebra todos os membros, arranca a língua, fura os olhos e deixa-a viver assim, diminuindo todo dia a comida.

80. Um sacrílego, o segundo de quem falou Martine no dia 3 de janeiro, amarra um belo rapaz com cordas numa cruz muito alta e o deixa ali, sendo comido pelos corvos.

81. Um que cheirava os sovacos e os fodia, e de quem Duclos falou, pendura uma mulher pelas axilas, amarrada de todo lado, e vai picá-la diariamente em alguma parte do corpo, para que o sangue atraia as moscas; deixa-a assim morrer pouco a pouco.

82. Um homem, apaixonado por bunda, aprimora a prática enterrando a moça num porão onde ela tem do que viver por três dias; fere-a antes, para tornar sua morte mais dolorosa. Quer virgens, e fode-lhes o cu por oito dias antes de submetê-las a esse suplício.

83. Gostava de foder em bocas e cus muito jovens:

aperfeiçoa a paixão, arrancando o coração de uma moça viva; esburaca-o, fode esse buraco quentinho, repõe no lugar o coração com a porra dentro; recostura a ferida e deixa a moça terminar seus dias sem socorro; o que, num caso desse, não demora.

Nesta noite, Curval, sempre irritado com a bela Constance, diz que se pode muito bem parir com um membro quebrado, e por isso quebram o braço direito dessa infeliz. Durcet, na mesma noite, corta um seio de Marie, que antes foi chicoteada e obrigada a cagar.

DIA DEZESSEIS

84. Um fustigador aperfeiçoa sua paixão descarnando devagarinho os ossos; chupa o tutano e joga ali dentro chumbo derretido.

Aqui, o duque exclama que não quer mais foder cus em toda a sua vida se não for esse o suplício que destina a Augustine. A pobre moça, que enquanto isso ele enrabava, lança gritos e derrama uma torrente de lágrimas. E, como ela não consegue, apesar dessa cena, que ele esporre, ele lhe dá, enquanto se masturba e esporra sozinho, uma dúzia de bofetadas que ecoam na sala.

85. Um algoz pica a moça em pedacinhos numa máquina preparada; é um suplício chinês.
86. Gostava dos desvirginamentos de meninas, e sua segunda paixão é espetar uma virgem pela boceta com uma estaca pontuda; ela está ali como que escanchada, com uma bala de canhão em cada pé, e lhe enfiam a estaca e a deixam assim morrer aos pouquinhos.
87. Um fustigador despela a moça três vezes; ele unta

a quarta pele com uma substância cáustica que a devora e a faz morrer entre dores horríveis.

88. Um homem, cuja primeira paixão era cortar um dedo, tem como segunda pegar um pedaço de carne com tenazes em brasa; corta com tesoura esse naco de carne, depois queima a ferida. Fica assim quatro ou cinco dias a tirar pedaços de carne de todo o corpo, aos poucos, e ela morre em meio às dores dessa cruel operação.

Nesta noite, castigaram Sophie e Céladon, que foram pegos se divertindo juntos. Cortam dois dedos de Sophie e outros tantos de Céladon, que sara logo. Ainda assim, depois disso servem aos prazeres do bispo. Fanchon é posta em cena novamente e, depois de a terem chicoteado com um nervo de boi, queimam a planta de seus pés, cada coxa na frente e atrás, a testa, e cada mão, e lhe arrancam os dentes que sobram. Enquanto se pratica essa operação, o duque está quase o tempo todo com o caralho no seu cu. (Diga que a lei manda não estragar as nádegas senão no dia do último suplício.)

DIA DEZESSETE

89. Aquele do dia 30 de janeiro, de Martaine, e que ela mencionou no dia 5 de fevereiro, corta as tetas e as nádegas de uma moça, come-as e põe sobre as feridas emplastros que queimam as carnes com tal violência que ela morre. Força-a a comer também sua própria carne, que ele acaba de cortar e assar.

90. Um devasso manda ferver uma menina dentro de uma marmita.

91. Um devasso a põe para assar no espeto, viva, quando acaba de enrabá-la.

92. Um homem cuja primeira paixão era mandar ca-

ralhos muito grandes enrabarem meninos e meninas na sua frente empala pelo cu e deixa a moça morrer assim, observando suas contorções.

93. Um devasso amarra uma mulher a uma roda e, sem lhe ter feito nenhum mal antes, deixa-a morrer dessa bela morte.

Nesta noite, o bispo, muito inflamado, quer que Aline seja atormentada; sua fúria contra ela está no auge. Ela aparece nua, ele a manda cagar e a enraba e, depois, sem esporrar, saindo cheio de fúria daquele belo cu, lhe dá uma lavagem de água fervendo e a obriga a evacuar, com tudo ainda fervendo, em cima do nariz de Thérèse. Em seguida, cortam todos os dedos das mãos e dos pés de Aline, os que lhe restam, quebram-lhe os dois braços, queimando-os antes com ferro em brasa. Então ela é chicoteada e lhe dão bofetadas, e depois o bispo, excitadíssimo, lhe corta um seio e esporra. Dali passam para Thérèse, queimam-lhe o interior da boceta, as narinas, a língua, os pés e as mãos, e dão-lhe seiscentos golpes com nervo de boi; arrancam o que lhe sobra de dentes e queimam sua goela por dentro da boca. Augustine, testemunha, começa a chorar; o duque a açoita na barriga e na boceta, até sangrar.

DIA DEZOITO

94. Tinha como primeira paixão escarificar as carnes e, como segunda, manda desmembrar amarrando a moça em quatro árvores.

95. Um fustigador suspende a moça numa máquina que a mergulha num fogo alto, de onde ele logo a retira, e isso dura até que ela fique, assim, toda queimada.

96. Gostava de apagar velas em suas carnes. Envolve-a

de enxofre e a faz servir de facho, tomando cuidado para que a fumaça não consiga asfixiá-la.

97. Um libertino arranca as entranhas de um rapazinho e de uma mocinha, põe as do rapaz no corpo da moça e as da moça no corpo do rapaz, depois costura as incisões, prende-os um ao outro, pelas costas, e a uma pilastra que os segura em pé, e, colocando-se entre os dois, os vê morrer assim.

98. Um homem que gostava de queimar levemente apura a paixão fazendo assar a moça numa grelha, virando-a e revirando de um lado e outro.

Nesta noite, expõem Michette à fúria dos libertinos. Primeiro, é chicoteada pelos quatro, depois cada um lhe arranca um dente; cortam-lhe quatro dedos (cada um corta um), queimam suas coxas na frente e atrás, em quatro pontos; o duque lhe amassa uma teta até que fique muito machucada, enquanto enraba Giton. Em seguida, Louison comparece. Obrigam-na a cagar, dão-lhe oitocentos açoites de nervo de boi, arrancam-lhe todos os dentes, queimam sua língua, o olho do cu, a boceta, a teta que lhe sobra e seis lugares das coxas. Quando já se deitaram, o bispo vai buscar seu irmão. Os dois levam Desgranges e Duclos; os quatro descem com Aline para o porão; o bispo a enraba, o duque também, declaram sua morte e a executam entre tormentos exorbitantes que duram até raiar o dia. Ao subir, elogiam essas duas historiadoras e aconselham aos dois outros que sempre as empreguem nos suplícios.

DIA DEZENOVE

99. Um libertino: põe a mulher sobre uma estaca cuja ponta de diamante é colocada sobre o cóccix, e os quatro

membros ficam no ar presos apenas por cordinhas; o efeito dessa dor é provocar o riso, e o suplício é atroz.

100. Um homem, que gostava de cortar um pouco de carne na bunda, aperfeiçoa essa paixão mandando serrar a moça, bem devagarinho, entre duas tábuas.

101. Um libertino que praticava com os dois sexos manda vir o irmão e a irmã. Diz ao irmão que vai fazê-lo morrer num suplício atroz cujos instrumentos lhe mostra, mas que salvará a sua vida se ele quiser, primeiro, foder a irmã e depois, estrangulá-la, na frente dele. O rapaz aceita e, enquanto fode a irmã, o libertino enraba ora o rapaz, ora a moça. Depois, o irmão, com medo da morte que lhe mencionam, estrangula a irmã. E logo em seguida, ao término da operação, abre-se um alçapão preparado e os dois, diante dos olhos do nefando, caem num braseiro ardente.

102. Um devasso exige que um pai foda a filha na frente dele. Em seguida, enraba a moça, segurada pelo pai; depois diz ao pai que a filha tem de morrer de qualquer maneira, mas que ele tem a escolha de matá-la com as próprias mãos, estrangulando-a, o que não a fará sofrer, ou, se não quiser, ele mesmo vai matá-la, mas diante dos olhos do pai e com suplícios pavorosos. O pai prefere matar a filha com uma corda apertada em seu pescoço a vê-la sofrer tormentos atrozes, mas, quando vai se preparar para fazê-lo, amarram, garroteiam e esfolam viva, na frente dele, sua filha, que em seguida rola sobre espinhos de ferro escaldantes e depois é jogada numa fogueira, e o pai é estrangulado para aprender, diz o libertino, a aceitar estrangular a filha com as próprias mãos. Depois disso, o jogam na mesma fogueira da filha.

103. Um grande apreciador de bundas e chicotes reúne mãe e filha. Diz à filha que vai matar a mãe se ela não consentir em ter as duas mãos cortadas: a menina consente; ele as corta. Então separa as duas criaturas, amarra uma corda no pescoço da filha, que põe os pés sobre um banquinho; no banquinho há outra corda cuja ponta passa para o

quarto onde está a mãe. Dizem à mãe para puxar a corda; ela puxa, sem saber o que está fazendo; levam-na imediatamente para contemplar sua obra, e no auge do desespero cortam-lhe por trás a cabeça com um golpe de espada.

Nesta mesma noite, Durcet, invejoso do prazer que tiveram, na noite anterior, os dois irmãos, quer que torturem Adélaïde, cuja vez ele garante que logo chegará. Por conseguinte, Curval, seu pai, e Durcet, seu marido, lhe beliscam as coxas com tenazes em brasa, enquanto o duque a enraba sem pomada. Furam-lhe a ponta da língua, cortam as duas pontas das orelhas, arrancam quatro dentes, em seguida a chicoteiam violentamente. Nesta mesma noite, o bispo faz uma sangria em Sophie, na frente de Adélaïde, sua querida amiga, até ela desmaiar; enraba-a enquanto ela sangra, e fica o tempo todo no seu cu. Cortam dois dedos de Narcisse, enquanto Curval o enraba; depois mandam Marie comparecer, enfiam-lhe um ferro em brasa no cu e na boceta e queimam-na com um ferro quente em seis lugares nas coxas, no clitóris, na língua, no seio que sobra, e lhe arrancam os dentes restantes.

DIA VINTE DE FEVEREIRO

104. Aquele do dia 5 de dezembro, de Champville, cujo gosto era ver o filho ser prostituído pela mãe, para depois enrabá-lo, aprimora a prática juntando mãe e filho. Diz à mãe que vai matá-la, mas que a perdoará se ela matar o filho. Se não mata, então o filho é degolado na frente dela, e, se mata, amarram-na ao corpo do filho e deixam-na assim morrer aos poucos sobre o cadáver.

105. Um rematado incestuoso junta as duas irmãs depois de tê-las enrabado; amarra-as numa máquina, cada uma com um punhal na mão; a máquina põe-se em mo-

vimento, as moças se chocam uma na outra, e assim se matam mutuamente.

106. Outro incestuoso quer a mãe e os quatro filhos; tranca-os num lugar de onde possa observar; não lhes dá nenhuma comida, a fim de ver os efeitos da fome naquela mulher e qual criança ela comerá primeiro.

107. Aquele do dia 29 de dezembro, de Champville, que gostava de chicotear mulheres grávidas, quer a mãe e a filha, ambas grávidas; amarra cada uma delas em uma placa de ferro, uma placa em cima da outra; uma mola pula, as duas placas se comprimem, e com tamanha violência que as duas mulheres são reduzidas a pó, elas e seus frutos.

108. Um homem muito dissoluto se diverte da seguinte maneira. Junta o amante e a amante: "Só há um único ser no mundo", diz ao amante, "que se opõe à sua felicidade; vou entregá-lo em suas mãos". Leva-o a um quarto escuro onde uma pessoa dorme na cama. Tremendamente excitado, o rapaz vai apunhalar essa pessoa. Logo que o faz, mostram-lhe que foi a própria amante que ele matou; ele se mata, de desespero. Se não se mata, o devasso o mata a tiros de fuzil, não ousando entrar no quarto onde está esse rapaz furioso e armado. Antes, fodeu o rapaz e a moça, na esperança de servi-los e reuni-los, e depois de gozar com eles é que armou esse golpe.

Nesta noite, para celebrar a décima sexta semana, Durcet se casa, como mulher, com Pica-Pro-Céu, no papel de marido, e, ele como homem, com Hyacinthe no papel de mulher; mas para as núpcias quer atormentar Fanny, sua esposa feminina. Por conseguinte, queimam-na nos braços e nas coxas, em seis pontos, arrancam-lhe dois dentes, açoitam-na, obrigam Hyacinthe, que a ama e é seu marido pelos arranjos voluptuosos de que se falou acima, obrigam-no, digo, a cagar na boca de Fanny, e esta, a comer a merda. O duque arranca um dente de Augustine e a fode na boca logo em seguida. Fanchon reaparece; é sangrada e, enquanto o sangue escorre pelo braço, este é quebrado; em seguida, arrancam-lhe as unhas dos pés e cortam seus dedos das mãos.

DIA VINTE E UM

109. Ela anuncia que os seguintes libertinos querem apenas assassinatos masculinos. Ele enfia um cano de espingarda, carregado com metralha grossa, no cu do rapaz que acaba de foder e dispara o tiro no momento de esporrar.

110. Obriga o rapaz a ver a amante ser mutilada diante de seus olhos e a comer a carne dela, principalmente as nádegas, os seios e o coração. Tem de comer essas iguarias ou morrerá de fome. Assim que come, se essa for sua decisão, ele lhe abre várias feridas no corpo e o deixa morrer assim, perdendo sangue, e, se não a come, morre de fome.

111. Arranca-lhe os colhões e o obriga a comê-los, sem lhe dizer nada, e depois substitui esses testículos por bolas de mercúrio, azougue e enxofre, que lhe causam dores tão violentas que ele morre. Durante essas dores, ele o enraba e as aumenta queimando-o por todo lado com mechas de enxofre, arranhando-o e cauterizando as feridas.

112. Espeta-lhe no olho do cu uma estaca muito fina e deixa-o findar assim.

113. Enraba e, enquanto sodomiza, abre-lhe o crânio, tira os miolos e os substitui por chumbo derretido.

Nesta noite, Hyacinthe é entregue para levar no cu, e é vigorosamente fustigado antes da operação. Narcisse é apresentado; cortam seus dois colhões. Mandam chamar Adélaïde; passam-lhe uma pá em brasa entre as coxas, pela parte da frente, queimam-lhe o clitóris, furam-lhe a língua, açoitam-na no regaço, cortam-lhe os dois bicos do seio, quebram-lhe os dois braços, cortam o que lhe resta de dedos, arrancam-lhe os pelos da boceta, seis dentes e um punhado de cabelos. Todos esporram, exceto o duque, que, com furioso tesão, pede para executar sozinho Thérèse. Autorizam; ele arranca todas as suas unhas com um canivete e queima seus dedos com a vela, um a um, depois lhe quebra um braço e, como ainda não consegue esporrar, enfia na boceta de Augustine e lhe arranca um dente ao largar sua porra ali dentro.

DIA VINTE E DOIS

114. Fratura um rapaz, depois o amarra na roda, onde o deixa expirar; ali o rapaz é rodado de modo a lhe mostrar as nádegas de perto, e o celerado que o suplicia manda que a mesa seja servida debaixo da roda, onde vai jantar todo dia até que o paciente tenha expirado.

115. Despela um rapaz, esfrega-o com mel e o deixa assim ser devorado pelas vespas.

116. Corta-lhe o caralho, os mamilos, e o colocam sobre uma estaca, onde lhe pregam um pé, e ele se apoia em outra estaca, onde lhe pregam a mão; deixa-o assim morrer sua bela morte.

117. O mesmo homem que fizera a Duclos comer com seus cachorros manda um leão devorar um rapaz, na sua frente, dando-lhe uma vara fina para se defender, o que apenas açula mais ainda a fera. Goza quando tudo foi devorado.

118. Entrega um rapaz a um garanhão amestrado para isso, que o enraba e o mata. O menino é coberto por uma pele de jumento e tem o olho do cu esfregado com a porra do jumento.

Na mesma noite, Giton é entregue a suplícios: o duque, Curval, Hercule e Rebenta-Cu o fodem, sem pomada; é chicoteado violentamente, arrancam-lhe quatro dentes, cortam-lhe quatro dedos (sempre quatro, um amigo oficiando de cada vez) e Durcet esmaga seu colhão entre os dedos. Augustine é açoitada pelos quatro vigorosamente; sua bela bunda fica ensanguentada; e o duque a enraba enquanto Curval lhe corta um dedo, depois Curval a enraba enquanto o duque a queima nas coxas com um ferro em brasa em seis pontos; corta-lhe também um dedo da mão, no instante do esporro de Curval; e, apesar de tudo isso, mesmo assim ela vai dormir com o duque. Quebram um braço de Marie, arrancam e queimam suas unhas e dedos. Nesta mesma noite, Durcet e Curval descem com Adélaïde para o porão, ajudados por Desgranges e Duclos. Curval a enraba pela última vez, depois a fazem perecer entre suplícios atrozes que você contará em detalhes.

DIA VINTE E TRÊS

119. Coloca um rapaz numa máquina que o puxa e vai desmembrando, ora no alto, ora embaixo; quebrado, aos pedaços, é tirado dali e recolocado assim vários dias seguidos, até a morte.

120. Manda uma bonita moça poluir e extenuar um rapaz; este fica exausto, não o alimentam, ele morre entre convulsões terríveis.

121. Faz-lhe no mesmo dia a operação da pedra, do trépano, da fístula no olho e a do ânus. Tem o cuidado de falhar em todas, e em seguida ele é abandonado assim, sem socorro, até a morte.

122. Depois de lhe cortar bem rente o caralho e os colhões, abre uma boceta no jovem com uma máquina de ferro em brasa que faz o buraco e o cauteriza imedia-

tamente; fode-o por essa abertura e o estrangula com as próprias mãos, ao esporrar.

123. Escova-o com uma almofaça de cavalo; depois de deixá-lo ensanguentado, dessa maneira, esfrega-o com álcool, a que ateia fogo, depois o escova de novo, e torna a esfregá-lo com álcool, que ele inflama, e, assim por diante, até a morte.

Nesta mesma noite, apresentam Narcisse para os maus-tratos; queimam-lhe as coxas e o caralho, esmagam-lhe os dois colhões. Pegam de novo Augustine, a pedido do duque, que está encarniçado contra ela; queimam suas coxas e axilas, enfiam-lhe na boceta um ferro quente. Ela desmaia; o duque fica mais furioso ainda; corta-lhe um seio, bebe seu sangue, quebra-lhe os dois braços e lhe arranca os pelos da boceta e todos os dentes, e corta todos os dedos das mãos, que ele cauteriza com fogo. Ainda dorme com ela, e, garante Duclos, fode-a na boceta e no cu a noite inteira, anunciando-lhe que dará cabo dela no dia seguinte. Louison comparece; quebram-lhe um braço, queimam a língua e o clitóris, arrancam todas as suas unhas e queimam-lhe a ponta dos dedos ensanguentados. Curval a sodomiza nesse estado e, em sua fúria, pisoteia e amassa com toda a força uma teta de Zelmire, quando esporra. Não contente com essa extravagância, agarra-a de novo e a açoita violentamente.

DIA VINTE E QUATRO

124. O mesmo que, na quarta história do dia 1º de janeiro de Martaine, quer enrabar o pai diante dos dois filhos, esporra com uma das mãos, apunhala um desses filhos e com a outra estrangula o segundo.

125. Um homem cuja paixão era chicotear no ventre

mulheres grávidas tem como segunda reunir seis grávidas de oito meses. Amarra todas elas, de costas uma para a outra, exibindo bem a barriga; rasga o estômago da primeira, fura o da segunda a facadas, dá cem pontapés no da terceira, cem pauladas no da quarta, queima o da quinta e passa a raspadeira no da sexta, e depois mata a golpes de maça no ventre aquela cujo suplício ainda não conseguiu matar.

Curval o interrompe com alguma cena de fúria, pois essa paixão o deixa muito inflamado.

126. O sedutor de quem falou Duclos junta duas mulheres. Exorta uma a renegar Deus e a religião para salvar a vida, mas lhe tinham cochichado algo e recomendado não fazer nada, porque se fizesse seria morta, e, não fazendo nada, não havia o que temer. Ela resiste, ele lhe queima os miolos: "Lá vai uma, para Deus!". Manda vir a segunda, que, impressionada com esse exemplo e com o que tinham lhe dito às escondidas, de que não tinha outro jeito de salvar seus dias senão renegando, faz tudo o que lhe propõem. Ele lhe queima os miolos: "Lá vai outra, para o diabo!". O celerado recomeça a brincadeirinha toda semana.

127. Um grande libertino gosta de dar bailes, mas o teto está preparado e desaba assim que a sala está cheia, e quase todo mundo morre. Se ele permanecesse sempre na mesma cidade, seria descoberto, mas volta e meia muda; só é descoberto na quinquagésima vez.

128. O mesmo de Martaine, do dia 27 de janeiro, cujo gosto é fazer abortar, põe três mulheres grávidas em três posições cruéis, de maneira a formar três conjuntos agradáveis. Observa-as parir nessa posição; em seguida, amarra cada filho no pescoço da mãe, até que a criança morra ou seja comida por elas, pois as deixa nessa posição sem alimentá-las.

128 bis. O mesmo tinha mais uma paixão: mandava que duas mulheres parissem na sua frente, lhes vendava os olhos, trocava os bebês, que só ele identificava por uma marca, depois obrigava-as a reconhecê-los. Se não se enganassem, deixava-as viver; caso se enganassem, rachava-as ao meio a golpes de espada em cima do corpo da criança que elas consideravam sua.

Nesta mesma noite, apresentam Narcisse nas orgias; acabam de lhe cortar todos os dedos das mãos. Enquanto o bispo o enraba e Durcet opera, enfiam-lhe uma agulha em brasa no canal da uretra. Mandam Giton comparecer, o enrolam como um novelo e jogam bola com ele, e lhe quebram uma perna enquanto o duque o enraba, sem esporrar. Chega Zelmire: queimam-lhe o clitóris, a língua, as gengivas, arrancam quatro dentes, queimam em seis lugares as coxas, na frente e atrás, cortam os dois mamilos, todos os dedos das mãos, e Curval a enraba nesse estado, sem esporrar. Trazem Fanchon, de quem furam um olho.

Durante a noite, o duque e Curval, escoltados por Desgranges e Duclos, descem com Augustine para o porão. Ela ainda tinha a bunda muito conservada, açoitam-na, depois cada um deles a enraba, sem esporrar; em seguida, o duque lhe abre cinquenta e seis feridas nas nádegas, e em cada uma pinga óleo fervendo. Enfia-lhe um ferro quente na boceta e no cu e a fode nas feridas, com um *condom* de pele de cão-do-mar,* que dilacerava ainda mais as queimaduras. Feito isso, descarnam-lhe os ossos e os serram em diferentes lugares. Depois deixam expostos seus nervos em quatro lugares, de modo a formarem uma cruz, prendem num torniquete a ponta de cada nervo e

---

* Peixe cartilaginoso de corpo alongado, da família dos esqualos, corrente no Mediterrâneo, sem escamas e com uma pele muito dura e enrugada.

põem a moça para rodar, o que lhe estica essas partes delicadas e a faz sofrer dores inauditas. Fazem uma pausa, para que ela sofra mais, depois recomeçam a operação, e, dessa vez, raspam os nervos com um canivete, à medida que os esticam. Feito isso, abrem-lhe um buraco na goela, pelo qual fazem passar sua língua; queimam a fogo lento a teta que lhe sobra, depois enfiam na boceta uma mão armada de um escalpelo com o qual arrebentam a parede que separa o ânus e a vagina; largam o escalpelo, enfiam de novo a mão, vão buscar suas entranhas e a forçam a cagar pela boceta; em seguida, pela mesma abertura, vão lhe arrebentar o saco do estômago. Depois, voltam-se para o rosto: cortam as orelhas, queimam o interior do nariz, cegam os olhos deixando pingar lacre fervendo dentro deles, apertam o crânio, penduram-na pelos cabelos amarrando pedras aos pés, para que ela caia e o crânio seja arrancado. Quando ela caiu, ainda respirava, e o duque fodeu sua boceta nesse estado; esporrou e ficou mais furioso ainda. Abriram-na, queimaram-lhe as entranhas no próprio ventre, passaram a mão armada do escalpelo, que foi lhe picar o coração lá dentro, em diferentes lugares. Foi aí que ela rendeu a alma. Assim pereceu aos quinze anos e oito meses uma das mais celestiais criaturas que a natureza fizera etc. O seu elogio.

DIA VINTE E CINCO

129. (Logo de manhã, o duque pega Colombe como mulher, e ela cumpre essas funções.) Um grande apreciador de bundas enraba a amante diante dos olhos do amante, e o amante, diante dos olhos da amante, depois prega o amante sobre o corpo da amante e deixa-os morrer assim um em cima do outro, boca contra boca.

Será o suplício de Céladon e Sophie, que se amam, e que é interrompido para obrigar Céladon a pingar ele mesmo lacre nas coxas de Sophie; ele perde os sentidos; o bispo o fode nesse estado.

130. O mesmo que se divertia em jogar uma moça na água e retirá-la tem como segunda paixão a de atirar sete ou oito moças num pântano e vê-las se debater: manda apresentar a elas uma barra em brasa, que elas agarram, mas ele as empurra, e para que morram com toda a certeza ele corta um membro de cada uma, antes de atirá-las.

131. Tinha como primeiro gosto fazer vomitar: aperfeiçoa-o, usando um segredo pelo qual espalha a peste numa província inteira; é inacreditável o número de pessoas que já fez morrer. Envenenava também as fontes e os rios.

132. Um homem que gostava do chicote manda pôr três mulheres grávidas numa jaula de ferro, cada uma com seu filho. Esquenta-se a jaula, por baixo; à medida que o ferro aquece, elas dão cambalhotas, pegam os filhos nos braços e acabam caindo e morrendo assim. (Já foi feita referência a isso em algum lugar, acima, veja onde.)

133. Gostava de furar com uma sovela, e aperfeiçoa a paixão trancando uma mulher grávida num tonel cheio de pontas, e depois manda rolarem fortemente o tonel num jardim.

Constance sentiu tanta tristeza com esses relatos de suplícios de mulheres grávidas quanto Curval sentiu prazer. Ela enxerga muito bem o próprio destino. Como está próximo, eles pensam que podem começar a maltratá-la: queimam-lhe as coxas em seis lugares, deixam cair lacre no seu umbigo e lhe espetam os seios com alfinetes. Giton comparece; enfiam-lhe uma agulha em brasa na pica, de lado a lado, espetam os colhões, arrancam quatro dentes. Depois chega Zelmire, cuja morte se aproxima. Enfiam-lhe um ferro em brasa na boceta, fazem seis feridas no seio e doze nas coxas, espetam com força o umbigo, ela recebe vinte bofetadas de cada amigo, arrancam-lhe quatro dentes, furam-lhe um olho, açoitam-na e a enrabam. Ao sodomizá-la, Curval, seu esposo, lhe anuncia a morte para o dia seguinte; ela se felicita dizendo que será o fim de seus sofrimentos. Rosette comparece; arrancam-lhe quatro dentes, marcam com ferro quente suas duas omoplatas, cortam suas duas coxas e a barriga da perna; depois a enrabam triturando suas tetas. Thérèse comparece, furam-lhe um olho e lhe dão nas costas cem açoites de nervo de boi.

DIA VINTE E SEIS

134. Um devasso se coloca ao pé de uma torre, num local guarnecido de pontas de ferro. Jogam em cima dele, do alto da torre, várias crianças dos dois sexos que, antes, ele enrabou: diverte-se em vê-las sendo trespassadas e em ser respingado pelo sangue delas.

135. O mesmo de quem ela falou nos dias 11 e 13 de fevereiro, e cujo gosto é incendiar, também tem a paixão de trancar seis mulheres grávidas num lugar onde ficam todas amarradas em cima de matérias combustíveis; ele ateia fogo e, se querem se salvar, ele as espera com um espeto de ferro, que enfia nelas, e as joga de novo no fogo. Enquanto isso, com elas semiassadas, o chão afunda; e caem numa grande bacia de óleo fervendo ali embaixo, onde acabam de morrer.

136. O mesmo da Duclos, que detesta tanto os pobres e que comprou a mãe de Lucile, sua irmã e ela mesma, e que também foi citado por Desgranges (Verifique.), tem como outra paixão juntar uma família pobre em cima de uma mina e vê-la explodir.

137. Um incestuoso, grande apreciador de sodomia, para unir esse crime aos de incesto, assassinato, estupro e sacrilégio, e adultério, é enrabado por seu filho com uma hóstia no cu, estupra a filha casada e mata a sobrinha.

138. Um grande partidário de bundas estrangula uma mãe ao enrabá-la; quando ela está morta, vira-a e fode-a na boceta. Ao esporrar, mata a filha em cima do seio da mãe, a punhaladas no peito, depois fode a filha no cu, embora morta; em seguida, com a convicção de que ainda não estão mortas e de que sofrerão, joga os cadáveres ao fogo e esporra ao vê-los queimar. É o mesmo de quem falou Duclos no dia 29 de novembro; aquele que gostava de ver uma moça em leito dc cetim preto; é também o mesmo da primeira história que Martaine contou no dia 11 de janeiro.

Narcisse é apresentado para os suplícios; cortam-lhe um pulso. Fazem o mesmo com Giton. Queimam Michette dentro da boceta; o mesmo com Rosette; e as duas são queimadas no ventre e nos seios. Mas Curval, que não é senhor de si apesar dos regulamentos, corta um seio inteiro de Rosette ao enrabar Michette. Em seguida, chega Thérèse, a quem dão duzentos açoites de nervos de boi no corpo, além de lhe furar um olho.

Nesta noite, Curval vai buscar o duque e, escoltado por Desgranges e Duclos, descem com Zelmire para o porão, onde os suplícios mais requintados são postos em prática para fazê-la morrer. Todos são ainda mais violentos que aqueles de Augustine e, no dia seguinte, à hora do almoço, eles ainda estão operando. Essa linda moça morre aos quinze anos e dois meses: era quem tinha a mais bela bunda do serralho das moças. E já no dia seguinte, Curval, que não tem mais mulher, pega Hébé.

DIA VINTE E SETE

Adiam para amanhã a celebração da festa da décima sétima e última semana, a fim de que essa festa acompanhe o encerramento dos relatos; e Desgranges conta as seguintes paixões:

139. Um homem de quem Martaine falou no dia 12 de janeiro, e que queimava no cu fogos de artifício, tem como segunda paixão amarrar duas mulheres grávidas em forma de bola e fazê-las ir para os ares dentro de um morteiro lança-pedras.

140. Aquele cujo gosto era escarificar obriga duas mulheres grávidas a lutarem dentro de um quarto (são observadas sem risco), a lutarem, digo, com punhais. Estão nuas; ele as ameaça com uma espingarda apontada para elas, se não quiserem lutar. Caso se matem, fazem o que ele quer; senão, ele se precipita para o quarto onde estão, de espada na mão, mata uma e esventra a outra, e lhes queima as entranhas com águas-fortes e pedaços de ferro em brasa.

141. Um homem que gostava de chicotear no ventre mulheres grávidas apura a prática prendendo a moça numa roda; debaixo, amarrada numa poltrona e sem poder se mexer, está a mãe dessa moça, de boca aberta e obrigada a receber na boca todas as sujeiras expelidas pelo cadáver e a criança, se ela parir.

142. Aquele de quem Martaine falou no dia 16 de janeiro, e que gostava de espetar a bunda, prende uma moça a uma máquina toda guarnecida de pontas de ferro; fode-a ali em cima, de maneira que ela se espete a cada metida que ele der; em seguida, vira-a e fode-a no cu para que ela também se espete do outro lado, e a empurra pelas costas para que ela fure também as tetas. Quando termina, põe em cima dela uma se-

gunda prancha igualmente guarnecida, e depois, com parafusos, aperta as duas pranchas. Ela morre assim, esmagada e furada por todo lado. Esse apertão é feito pouco a pouco; ela tem todo o tempo de morrer em meio às dores.

143. Um fustigador põe uma mulher grávida sobre uma mesa; prende-a nessa mesa, enfiando primeiro um prego em brasa em cada olho, um na boca, um em cada teta; depois queima o clitóris e os mamilos com uma vela e lentamente serra os joelhos ao meio, quebra os ossos das pernas e acaba por enfiar um prego em brasa e enorme no umbigo, que mata o filho e a ela. Ele quer uma prestes a parir.

Nesta noite, açoitam Julie e Duclos, mas para se divertir, já que as duas se incluem entre as conservadas. Apesar disso, queimam Julie em dois lugares das coxas e a depilam. Constance, que deve morrer no dia seguinte, aparece, mas ainda ignora seu destino. Queimam-lhe os dois mamilos, pingam lacre sobre sua barriga, arrancam-lhe quatro dentes e picam com uma agulha a parte branca dos olhos. Aparece Narcisse, que também deve ser imolado no dia seguinte; arrancam-lhe um olho e quatro dentes. Giton, Michette e Rosette, que também devem acompanhar Constance ao túmulo, têm, cada um deles, um olho e quatro dentes arrancados; Rosette tem os dois bicos dos seios cortados e seis nacos de carne, tanto nos braços como nas coxas; cortam-lhe todos os dedos das mãos e enfiam-lhe um ferro em brasa na boceta e no cu, enquanto Curval e o duque esporram, cada um, duas vezes. Chega Louison, a quem dão cem açoites de nervo de boi e de quem arrancam um olho, que a obrigam a engolir; ela engole.

DIA VINTE E OITO

144. Um libertino manda buscar duas boas amigas, amarra-as uma à outra, boca contra boca, e diante delas há uma excelente comida mas elas não podem pegá-la, e ele as observa devorando-se uma a outra quando a fome aperta.

145. Um homem que gostava de chicotear mulheres grávidas põe seis dessa espécie numa roda formada por círculos de ferro: isso forma uma jaula dentro da qual estão todas, cara a cara. Aos poucos, os círculos se comprimem e encolhem, e assim elas são achatadas e sufocadas, as seis, com seus frutos; mas antes ele cortou de todas uma nádega e uma teta que, em seguida, lhes coloca como uma palatina.

146. Um homem que também gostava de chicotear mulheres grávidas amarra duas, cada uma a uma percha que, graças a uma máquina, as atira uma contra a outra, entrechocando-as. De tanto se chocar, elas se matam assim, mutuamente, e ele esporra. Tenta conseguir mãe e filha ou duas irmãs.

147. O conde de quem Duclos falou e de quem Desgranges também falou no dia 26, aquele que comprou Lucile, a mãe e a irmãzinha, e de quem Martine também falou no quarto relato do dia 1º de janeiro, tem como última paixão pendurar três mulheres acima de três buracos: uma é pendurada pela língua, e o buraco que tem embaixo de si é um poço muito profundo; a segunda é pendurada pelas tetas, e o buraco que tem embaixo de si é um braseiro; a terceira tem o crânio esmagado e é pendurada pelos cabelos, e o buraco que tem embaixo de si é guarnecido de pontas de ferro. Quando o peso do corpo dessas mulheres as arrasta, quando os cabelos são arrancados juntamente com a pele do crânio, quando as tetas se rasgam e a língua é cortada, saem de um suplício apenas para passar a outro. Quando pode, ele põe ali três mulheres grávidas, ou senão uma família, e foi nisso que empregou Lucile, a irmã e a mãe.

148. A última. (Verifique por que faltam duas, estava tudo nos rascunhos.*) O ilustre senhor que se dedica à última paixão que designaremos com o nome de "inferno", foi citado quatro vezes: é o último do dia 29 de novembro de Duclos, é aquele de Champville que só deflora aos nove anos, o de Martine que deflora no cu aos três anos e aquele de quem a própria Desgranges falou, um pouco acima (Verifique onde.). É um homem de quarenta anos, estatura enorme e com o membro de um mulo; seu caralho tem perto de vinte e três centímetros de circunferência por uns trinta centímetros de comprimento. Ele é muito rico, muito distinto, muito duro e muito cruel. Para essa paixão, tem uma casa no extremo de Paris, lugar terrivelmente ermo. O aposento onde se passa sua volúpia é um grande salão muito simples, mas totalmente isolado e acolchoado; um janelão é a única abertura que se vê nesse quarto; ele dá para um vasto subterrâneo a seis metros abaixo do nível do salão, e debaixo do janelão há colchões que recebem as moças à medida que são jogadas nesse porão, cuja descrição retomaremos daqui a pouco. Ele precisa de quinze moças para essa orgia, e todas entre quinze e dezessete anos, nem mais nem menos. Seis cafetinas são empregadas em Paris e doze nas províncias para lhe procurar tudo o que é possível encontrar de mais adorável nessa idade, e as moças, à medida que são encontradas, se reúnem num viveiro, dentro de um convento de província sob seu comando; e de lá tiram-se as quinze criaturas para sua paixão, executada regularmente a cada quinze dias. Ele examina em pessoa, na véspera, as criaturas; o menor defeito faz com que sejam excluídas: quer que sejam absolutos modelos de beleza. Elas chegam, conduzidas por uma cafetina, e ficam num quarto vizinho ao salão de volúpia. São mostradas a ele, de início, nesse primeiro aposento, as quinze nuas; ele as toca,

---

* As paixões 75 e 128 possuem bis.

apalpa, examina, chupa na boca e manda todas cagarem, uma após outra, em sua boca, mas não engole. Feita essa primeira operação, com uma seriedade assustadora, marca no ombro de todas elas, com um ferro em brasa, o número correspondente à ordem em que quer que lhe sejam apresentadas. Feito isso, passa sozinho ao salão, onde fica por instantes, sem que se saiba em que emprega esse momento de solidão. Em seguida, toca uma sineta; jogam-lhe a moça número 1, mas jogam, literalmente: a cafetina lhe lança a moça, que ele recebe nos braços; está nua. Ele fecha a porta, pega umas varas e começa a açoitá-la na bunda; feito isso, a sodomiza com seu caralho enorme, e nunca precisa de ajuda. Não esporra. Retira o caralho em riste, apanha de novo as varas e açoita as costas, as coxas, pela frente e por trás, da moça, e torna a deitá-la e a deflora pela frente; em seguida, pega de novo as varas e a açoita violentamente no colo, e depois lhe agarra os dois seios e os esmaga com toda a força que tem. Feito isso, abre com uma sovela seis feridas nas carnes, sendo duas nas tetas maltratadas. Em seguida, abre a janela que dá para o subterrâneo, coloca a moça em pé virando-a de bunda, quase no meio do salão, diante da janela; dali, dá-lhe um pontapé tão violento que a faz passar pela janela e cair sobre os colchões. Mas, antes de precipitá-las assim, passa-lhes uma fita no pescoço, e essa fita significa um suplício análogo ao que ele imagina mais apropriado para todas elas, ou o que será mais voluptuoso infligir, e é inacreditável como tem habilidade e conhecimento a esse respeito. Todas as moças vão assim passando, uma depois da outra, e todas são submetidas rigorosamente à mesma cerimônia, de modo que ele tem trinta deflorações num só dia, e tudo isso sem espalhar uma gota de porra. O porão onde as moças caem está equipado com quinze diferentes sortimentos de suplícios atrozes, e um carrasco, com a máscara e o emblema de um demônio, preside cada suplício, vestido da cor atribuída a este. A fita que a moça leva no pescoço corresponde a uma das cores atribuídas a esses suplícios, e, assim que ela cai, o carrasco dessa cor se apossa dela e a leva ao suplício que ele preside; mas os suplícios só começam a ser aplicados a todas depois da queda da décima quinta moça. Logo que esta caiu, nosso homem, num estado de fúria, depois de ter enfrentado trinta deflorações sem esporrar, desce, quase nu e com o caralho retesado contra a barriga, para esse antro infernal. Então, tudo está se iniciando e todos os tormentos são infligidos, e infligidos ao mesmo tempo.

O primeiro suplício é uma roda sobre a qual está a moça, e que gira sem parar roçando num círculo guarnecido de navalhas de barbear, onde a pobre coitada se arranha e se corta em todas as direções, a cada volta; mas, como apenas roça, fica rodando pelo menos duas horas até morrer.

2. A moça está deitada a duas polegadas de uma placa em brasa que derrete lentamente.

3. Ela está presa pelo cóccix a uma peça de ferro em brasa, e cada membro seu é torcido, num destroncamento terrível.

4. Os quatro membros amarrados a quatro molas que se afastam pouco a pouco e os puxam lentamente, até que, por fim, eles se desprendem e o tronco cai sobre um braseiro.

5. Um sino de ferro em brasa lhe serve de boné sem encostar na cabeça, de maneira que seus miolos derretem lentamente e a cabeça assa, aos pedaços.

6. Ela está acorrentada, dentro de uma tina de óleo fervente.

7. Exposta diretamente a uma máquina que lhe lança seis vezes por minuto uma flecha pontiaguda no corpo, sempre num lugar diferente; a máquina só para quando ela está coberta de flechas.

8. Com os pés numa fornalha e uma maça de chumbo sobre sua cabeça que a enterra pouco a pouco, à medida que se queima.

9. Seu carrasco a espeta a todo instante com um ferro em brasa; está amarrada na sua frente; assim, ela se fere pouco a pouco em todo o corpo.

10. Ela está acorrentada a um pilar debaixo de um globo de vidro e vinte serpentes famintas a devoram aos pedacinhos, viva.

11. Ela é pendurada por uma das mãos, com duas balas de canhão nos pés; se cair, é numa fornalha.

12. Ela é empalada pela boca, de cabeça para baixo; um dilúvio de fagulhas ardentes lhe cai sobre o corpo a todo instante.

13. Nervos retirados do corpo e amarrados a cordas, que os esticam; e, enquanto isso, são perfurados por pontas de ferro escaldantes.

14. Sucessivamente atenazada e açoitada na boceta e na bunda com palmatórias de ferro guarnecidas de pedrinhas de aço em brasa, e, de vez em quando, esfolada com unhas de ferro ardentes.

15. Ela é envenenada com uma droga que lhe queima e dilacera as entranhas, causa convulsões pavorosas, a faz soltar uivos atrozes, e que deve levá-la a ser a última a morrer; esse suplício é dos mais terríveis.

Assim que desce, o celerado passeia pelo seu porão; examina por quinze minutos cada suplício, blasfemando como um condenado e cobrindo a paciente de invectivas. Quando, no final, não aguenta mais, e sua porra, por tanto tempo cativa, está prestes a escapar, joga-se numa poltrona de onde pode observar todos os suplícios. Dois dos demônios se aproximam dele, mostram-lhe suas bundas e o masturbam, e ele perde porra soltando uivos que abafam totalmente os das quinze pacientes. Feito isso, ele sai; é dado o tiro de misericórdia naquelas que ainda não morreram, seus corpos são enterrados, e está tudo terminado até a quinzena seguinte.

Aqui Desgranges termina seus relatos; é cumprimentada, festejada etc.

Houve, logo pela manhã deste dia, preparativos terríveis para a festa que planejam. Curval, que detesta Constance, foi fodê-la na boceta já cedo e lhe anunciou sua sentença, enquanto a fodia. O café foi servido pelas cinco vítimas, a saber: Constance, Narcisse, Giton, Michette e Rosette. Ali fizeram muitos horrores; durante o relato que se acaba de ler, os ouvintes foram os que se conseguiu reunir dos quartetos, sempre nus. E, assim que a Desgranges o terminou, mandaram, primeiro, comparecer Fanny, de quem cortaram os dedos que lhe sobravam nas mãos e nos pés, e ela foi enrabada, sem pomada, por Curval, pelo duque e pelos quatro primeiros fodedores. Sophie chegou; obrigaram Céladon, seu amante, a lhe queimar o interior da boceta, cortaram-lhe todos os dedos das mãos e a sangraram nos quatro membros, rasgaram-lhe a orelha direita e arrancaram-lhe o olho esquerdo. Céladon foi obrigado a auxiliar tudo isso e, com frequência, a agir pessoalmente, e à menor careta era açoitado por palmatórias com pontas de ferro. Em seguida, cearam; a refeição foi voluptuosa, e só beberam champanhes espumantes e licores. O suplício foi infligido na hora das orgias. À sobremesa, os senhores foram avisados de que estava tudo pronto; desceram e encontraram o porão muito enfeitado e muito bem-arrumado. Constance estava deitada sobre uma espécie de mausoléu, e as quatro crianças ornamentavam os quatro cantos. Como os cus estavam muito frescos, tiveram grande prazer em maltratá-los. Finalmente, começou o suplício: Curval abriu, ele mesmo, o ventre de Constance, enquanto enrabava Giton, e arrancou o fruto, já muito formado e com características do sexo masculino; depois, continuaram os suplícios nas cinco vítimas, que, todos, foram tão cruéis como variados.

No dia primeiro de março, vendo que as neves ainda não tinham derretido, decidem dar cabo de tudo o que sobra. Os amigos formam novos pares em seus quartos e resolvem oferecer uma fita verde a todos os que devem voltar para a França, com a condição de darem uma mão nos suplícios que restavam. Nada é dito às seis mulheres da cozinha, mas decidem supliciar as três criadas que realmente valem a pena e salvar as três cozinheiras, por causa de seus talentos. Por conseguinte, fazem a lista e veem que nessa altura já foram sacrificados:

Esposas: Aline, Adélaïde e Constance........................ 3
Meninas do harém: Augustine, Michette,
Rosette e Zelmire.. 4
Putos: Giton e Narcisse... 2
Fodedores: um dos subalternos................................. 1
Total:.. 10

Passe à marca da última tira do texto da frente da banda.*
Fol. 33 do texto da frente.
Aqui começam o fim e a continuação do texto no verso.

Arranjam-se, então, os novos casais.
O duque pega consigo ou sob a sua proteção:
Hercule, a Duclos e uma cozinheira............................ 4
Curval pega: Rebenta-Cu, Champville e uma
cozinheira.. 4
Durcet pega: Pica-Pro-Céu, Martaine e uma
cozinheira.. 4
E o bispo: Antínoo, a Desgranges e Julie................... 4
Total:.. 16

* Sade escreveu este manuscrito em tiras de papel de doze centímetros de largura, coladas umas nas outras e formando uma banda de 12,1 metros, em seguida enrolada. O texto ocupava frente e verso.

QUARTA PARTE   485

E decide-se que desde agora, e por obra dos quatro amigos, dos quatro fodedores e das quatro historiadoras (não querendo eles empregar as cozinheiras), prenderão todos os que restam, do modo mais traiçoeiro que conseguirem, exceto as três criadas, que só prenderão nos últimos dias; e decidem que organizarão, nos aposentos superiores, quatro prisões; que instalarão os três fodedores subalternos na mais protegida, e acorrentados; na segunda, Fanny, Colombe, Sophie e Hébé; na terceira, Céladon, Zélamir, Cupidon, Zéphire, Adonis e Hyacinthe; e na quarta, as quatro velhas; e que, como vão dar cabo de um sujeito por dia, quando quiserem prender as três criadas vão pô-las na prisão que estiver vaga. Feito isso, confiam a cada historiadora a administração de uma prisão. E as excelências vão se divertir, quando bem quiserem, com essas vítimas, ou em suas prisões ou convocando-as para as salas ou quartos; tudo isso como lhes aprouver. Por conseguinte, expedem assim, conforme acaba de ser dito, um sujeito por dia, na seguinte ordem:

Dia 1º de março, Fanchon. Dia 2, Louison. Dia 3, Thérèse. Dia 4, Marie. Dia 5, Fanny. Dias 6 e 7, Sophie e Céladon juntos, como amantes, e eles morrem, como se disse, pregados um no outro. Dia 8, um dos fodedores subalternos. Dia 9, Hébé. Dia 10, um dos fodedores subalternos. Dia 11, Colombe. Dia 12, o último fodedor subalterno. Dia 13. Zélamir. Dia 14, Cupidon. Dia 15, Zéphire. Dia 16, Adonis. Dia 17, Hyacinthe. Dia 18, de manhã, agarram as três criadas, que trancam na prisão das velhas, e dão cabo delas nos dias 18, 19 e 20.

Total: 20

Essa recapitulação mostra o emprego que fizeram de todos os sujeitos, já que havia no total quarenta e seis, a saber:
Senhores... 4
Velhas.. 4
Na cozinha.. 6

Historiadoras... 4
Fodedores.. 8
Rapazinhos.. 8
Esposas... 4
Meninas.. 8
Total:... 46

Que, destes, houve trinta imolados e dezesseis que retornam a Paris.

Conta do total:

Massacrados antes do dia 1º de março, nas
primeiras orgias... 10
Depois do dia 1º de março......................... 20
E regressam.. 16
Total... 46

Quanto aos suplícios dos vinte últimos sujeitos e à vida que levam até a partida, você os descreverá como bem entende. Dirá primeiro que os doze restantes comiam todos juntos, e os suplícios ficam à sua escolha.

NOTAS

Não se afaste em nada deste plano: tudo nele está combinado várias vezes e com a máxima exatidão.
Conte em detalhes a partida. E, no geral, misture sobretudo a moral às ceias.
Quando tiver passado a limpo, tenha um caderno, no qual colocará os nomes de todos os personagens principais e de todos os que desempenham um grande papel, tais como os que têm várias paixões e de quem você falará muitas vezes, como aquele do inferno; deixe uma margem grande ao lado dos nomes deles, e preencha essa margem com

tudo o que encontrar, copiando, de análogo a eles. Esta nota é mais que essencial, e é a única maneira de você ver sua obra com clareza e evitar as repetições. Abrande muito a primeira parte: nela tudo se desenvolve demasiado; ela deveria ser muito tênue e muito dissimulada. Sobretudo, não faça os quatro amigos praticarem nada que não tenha sido contado, e esse é um cuidado que você não tomou.

Na primeira parte, diga que o homem que fode na boca a menina prostituída pelo pai é aquele que fode com um caralho sujo e de quem ela já falou. Não se esqueça de situar em dezembro a cena das meninas servindo a ceia, indo despejar com seus cus os licores nos copos dos amigos: você anunciou isso, mas não falou no plano.

SUPLÍCIOS COMPLEMENTARES

Por meio de um tubo, introduzem-lhe um camundongo na boceta; o tubo é retirado, costura-se a boceta, e o bicho, não conseguindo sair, lhe devora as entranhas.

Fazem-na engolir uma serpente, que, da mesma maneira, vai devorá-la.

Em geral, pinte Curval e o duque como celerados fogosos e impetuosos. Foi assim que você os apresentou na primeira parte e no plano; e pinte o bispo como um celerado frio, racional e duro. Quanto a Durcet, deve ser impertinente, falso, traidor e pérfido. De acordo com isso, faça-os praticar tudo o que for semelhante a esses temperamentos. Recapitule com cuidado os nomes e qualidades de todos os personagens que as suas historiadoras designam, para evitar as repetições. Que, no caderno de seus personagens, o plano do castelo, aposento por aposento, apareça numa folha, e, na margem em branco que você deixará ao lado, coloque os tipos de coisas que você quer ver praticadas neste ou naquele aposento.

Toda essa grande banda foi começada no dia 22 de outubro de 1785 e acabada em trinta e sete dias.

Posfácio

ELIANE ROBERT MORAES

Escrito na prisão, publicado em edições clandestinas e sumariamente proibido ao longo de quase dois séculos, este livro chega às nossas mãos com o frescor de um texto contemporâneo. Liberto dos constrangimentos que lhe foram impostos no passado, o mais perturbador dos títulos do Marquês de Sade pode enfim se oferecer sem reservas à apreciação do leitor. É em pleno gozo da liberdade, portanto, que *Os 120 dias de Sodoma* vêm desafiar o século XXI.

Desafio que, sem par na tradição literária ocidental, nasceu com a própria criação da obra e se estendeu igualmente à sua extraordinária história.

Não se sabe ao certo a data em que o autor começou a trabalhar no projeto. Alguns biógrafos supõem que isso tenha ocorrido em meados de 1782, quando ele colocou ponto final no *Diálogo entre um padre e um moribundo*, considerado seu texto inaugural. Embora não se descarte a hipótese de esboços ainda mais antigos, é pouco provável que tenham sido escritos antes da primeira condenação de Sade, por crimes de libertinagem, lavrada em 1772. O ano marcou o fim de sua vida de juventude, agitada e dissoluta, para dar lugar a uma longa temporada de isolamento.

Mais grave e concentrada, essa fase teve início com o recolhimento do Marquês em seus domínios, onde ficou fora do alcance da polícia por meia década, prolongando-se pelos treze anos de detenção que se seguiram à sua captura, em 1777. É de se imaginar que o afastamento da vida mundana e as sucessivas reclusões — do castelo de Lacoste à fortaleza de Vincennes, e desta à Bastilha — tenham se combinado para gestar, na imaginação sadiana, as impressões de base que viriam a inspirar sua primeira grande obra. Afinal, a extensão e a amplitude dos *120 dias* supõem um escritor que dispunha de maturidade e tempo suficientes para se entregar a um projeto de tal magnitude.

Foi na prisão, aos 45 anos, que Sade redigiu o manuscrito definitivo. Decidido a passar a limpo suas notas, o autor fabricou uma grande tira de papel, colando uma a uma as extremidades das pequenas folhas que mantinha guardadas na cela, até completar um rolo de mais de doze metros de comprimento. Trabalhando à noite, na tentativa de escapar ao olhar dos carcereiros, cobriu a imensa tira com uma escrita microscópica, ocupando integralmente frente e verso, sem deixar qualquer espaço para margens. Iniciado, segundo ele, em 22 de outubro de 1785 e terminado em 37 dias, o original se manteve em seu poder até às vésperas da Revolução Francesa.

Depois disso, porém, nunca mais voltou a vê-lo. Tendo sido retirado às pressas da Bastilha, dez dias antes do tumultuoso Catorze de Julho, o prisioneiro foi transferido para o hospício de Charenton sem poder levar nenhum de seus pertences. Entre esses estava o precioso rolo, escondido num pequeno buraco de uma parede da cela. Até sua morte, em 1814, o Marquês lamentou a perda daquela que considerava sua obra-prima, pela qual dizia ter derramado "lágrimas de sangue".

Não só o criador, mas pessoa alguma teve notícias de *Os 120 dias de Sodoma* no decorrer do século XIX. Silêncio tão absoluto quanto eloquente, sobretudo por contrastar com a significativa repercussão que o restante da literatura sadiana conheceu no período, não obstante sua reiterada condição de clandestinidade. Convém recordar que, entre os leitores oitocentistas, destacavam-se dois grupos que cultivaram particular interesse pelos escritos proibidos do autor: os psiquiatras e os escritores.

Os primeiros vasculhavam esses livros para colecionar exemplos das patologias do sexo, já de olho na ideia de "sadismo", palavra nova na época que, dicionarizada pela primeira vez em 1834, designava as "horríveis aberrações da libertinagem". Inspirado no imaginário de Sade, o termo seria cada vez mais revisitado pela curiosidade médica, ganhando notoriedade na última década do século, quando viria a aparecer nos tratados de medicina legal de Lacassagne e no compêndio de perversões da *Psychopathia sexualis* de Krafft-Ebing.

Enquanto os psiquiatras frequentavam o Marquês para corroborar seus catálogos de "anomalias sexuais" e assim justificar a ideologia de uma "sexualidade normal", os escritores o liam com intento bem diverso, fascinados pela terrível aventura da noite que aquela obra encerrava. Considerado uma eminência parda do Romantismo, Sade reinou nos subterrâneos da sensibilidade europeia durante todo o século, excedendo o espírito romântico para inspirar outras vogas que se inauguraram então, como o satanismo, o dandismo ou a decadência. Balzac dizia não haver melhor introdução à atmosfera do romance gótico que *Justine*; Flaubert afirmava identificar-se com Minski, o antropófago de *Juliette*; Stendhal se abandonava a tais leituras para compreender os homens de gosto dos Setecentos, "que faziam do prazer sua única ocupação". A esses se somavam outros tantos nomes como os de Huysmans, Chateaubriand, Lamartine ou Lautréamont, formando uma lista de admiradores que, na França, era encabeçada por Baudelaire e, na Inglaterra, por Swinburne.

Estranho pensar que nenhum desses escritores tenha tido qualquer contato, o menor que fosse, com esta que é a pedra fundamental da obra sadiana. Mas foi o que efetivamente aconteceu. Adormecido por cem anos, o manuscrito perdido passou por pouquíssimas mãos desde sua descoberta, ocorrida numa inspeção às celas logo após a queda da Bastilha. Adquirido por uma próspera família francesa, ele permaneceu guardado a sete chaves por mais de uma geração, até ser vendido a um colecionador alemão por volta de 1900.

A data é particularmente significativa, e por diversas razões. A começar pelo fato de que ela aproxima *Os 120 dias* de *A interpretação dos sonhos*, associando duas obras capitais que apareceram no raiar do século XX para colocar o sexo no centro da experiência humana e, assim, transtornar o pensamento ocidental. Mencionados lado a lado, Freud e Sade parecem disputar o lugar de honra que lhes cabe, em pé de igualdade, na moderna história da sexualidade. Não surpreende que seus livros mais expressivos se façam conhecer exatamente na mesma década, ambos instaurando novos horizontes na paisagem sensível da época.

Esse papel inaugural do Marquês foi reforçado por Guillaume Apollinaire, que acabara de descobrir seus escritos nos porões da Biblioteca Nacional da França, conhecidos como "o inferno" por abrigar as obras malditas. Já em 1909, ao publicar uma coletânea de textos de Sade, a quem apresentava como "o espírito mais livre que jamais existiu no mundo", o poeta alertava em tom profético: "Esse homem que parecia não ter qualquer valor no século XIX pode vir a dominar o século XX".

A primeira edição de *Os 120 dias de Sodoma* foi composta em Berlim no ano de 1904. Iniciativa do psiquiatra alemão Iwan Bloch, que se reclamava editor da publicação sob o pseudônimo de Eugen Dühren, a pequena tiragem de 180 exemplares, embora repleta de erros, logo se tornou objeto de disputa entre colecionadores. Todavia, foi preciso aguardar ainda um quarto de século para que Maurice Heine, o primeiro biógrafo do Marquês, viajasse até a Alemanha com o objetivo de adquirir o manuscrito, a mando e expensas de um aristocrata francês. Devolvido ao seu país de origem, o livro conheceu enfim a primeira edição francesa na década de 1930, nada menos que um século e meio depois de sua criação.

Também aqui a data é digna de nota, pois coincide com a enorme atenção que as vanguardas europeias das primeiras décadas do século devotaram a Sade, em especial os artistas e pensadores que se reuniam em torno do surrealismo. Estes frequentaram sua literatura com vivo interesse, movidos por uma curiosidade que Robert Desnos sintetizou mais tarde ao dizer que: "todas as nossas aspirações foram essencialmente formuladas por Sade, o primeiro a considerar a vida sexual integral como base da vida sensível e inteligente". Batizado de "divino marquês", o criador de *Justine* se tornou referência fundamental na arte de Man Ray, Hans Bellmer e André Masson, na escrita de Georges Bataille, Michel Leiris e Octavio Paz, assim como no teatro de Antonin Artaud e no cinema de Luis Buñuel, além de muitos outros que não se cansaram de exaltar a violência poética de sua imaginação desvairada.

Escusado dizer que a publicação dos *120 dias* no entreguerras, quando a reflexão sobre a crueldade humana ganhou uma urgência sem precedentes, veio a conferir relevância ainda maior ao escritor setecentista. Como que reiterando o parentesco subterrâneo entre Sade e Freud, André Breton justificaria o assombro de sua geração diante daquele texto arrebatador ao postular que "uma das grandes virtudes desse livro está em colocar o quadro das injustiças sociais e das perversões humanas sob a luz das fantasmagorias e dos terrores da infância, e isso ao risco de por vezes confundir umas e outras".

Com essa vigorosa disposição de leitura consolidada no pós-guerra, além de outras edições clandestinas em circulação na Europa e da nova biografia assinada por Gilbert Lely, a profecia de Apollinaire parecia se concretizar em definitivo. Em meados do século, a França testemunhou ainda o lançamento das obras completas do Marquês, na iniciativa pioneira de Jean-Jacques Pauvert, que em 1956 acabou sendo objeto de um processo na Justiça francesa por "desacato à moral e aos bons costumes". O crescente interesse por Sade ainda caminhou por bom tempo em paralelo às proibições: nunca é demais lembrar que, mesmo com a absolvição do editor, os títulos só foram liberados para venda em livrarias francesas depois dos ecos libertários de 1968.

Se a essa altura a fortuna crítica em torno do escritor já era considerável, daí em diante ela só fez crescer. De Simone de Beauvoir a Roland Barthes, de Maurice Blanchot a Michel Foucault, de Albert Camus a Jacques Lacan, o contingente de leitores, tradutores e exegetas excedeu em muito as fronteiras francesas para precipitar a atenção de espíritos como os de Theodor Adorno, Samuel Beckett, Alberto Moravia, Pier Paolo Pasolini, Herberto Helder ou Yukio Mishima. Autorizada por nomes como esses, somados aos de uma legião de *scholars* internacionais das últimas décadas, a obra sadiana atravessou os anos Novecentos, alcançando a contemporaneidade com um prestigioso lugar de honra entre as publicações da Bibliothèque de la Pléiade e as exposições do Museu d'Orsay.

Desnecessário dizer que o polêmico original se valorizou nesse meio-tempo, ganhando, ele também, singular evidência na atualidade. Não se trata, nesse caso, apenas do valor que lhe atribuem os agentes do mundo acadêmico e cultural: circulando igualmente nas arenas do mercado, o manuscrito vem sendo objeto de transações milionárias por todo o planeta, precipitando a cobiça de colecionadores de alta estirpe, de fundos de investimentos e de instituições estatais. Definitivamente, *Os 120 dias de Sodoma* chegaram ao século XXI.

Estaríamos nós, finalmente, prontos para sua leitura?

Para responder a questão, é preciso levar em conta o convite que Sade dirige a quem o lê, formulado logo nas primeiras páginas deste volume:

> E agora, amigo leitor, prepare o seu coração e o seu espírito para o relato mais impuro que jamais foi feito desde que o mundo existe, pois livro semelhante não se encontra nem entre os antigos nem entre os modernos. Imagine que todo prazer honesto ou aconselhado por essa besta de que você fala incessantemente sem conhecê-la, e a que você chama de natureza, imagine que esses prazeres, digo eu, serão rigorosamente excluídos desta coletânea e que, quando porventura aqui estiverem, serão sempre acompanhados de algum crime ou coloridos por alguma infâmia.

Não há exagero aí. Aliás, nem é preciso percorrer o livro até o fim para se perceber que essa talvez seja, na história da literatura, a única hipérbole que corre o risco de ser verdadeira. Resta saber, contudo, se estamos preparados para tanto. Resta saber se nós, leitores do século XXI, estamos devidamente equipados, em termos mentais e físicos, para aceitar tal desafio.

Digamos que, de um ponto de vista estético, é realmente possível que a atualidade esteja mais preparada para enfrentar o texto do que estava a época de Sade. Afinal, a associação entre o "bem" e o "belo", que era basilar então, submetendo as artes à moral, perdeu sentido desde que Baudelaire publicou suas *Flores do mal*, expondo os leitores oitocentistas ao desconforto de imagens que atentavam contra o suposto "bom gosto". Esse processo se ampliou ainda mais desde que as vanguardas elegeram o poeta como seu principal patrono e levaram à risca sua aposta nos imaginários malditos. Não é difícil deduzir, portanto, que a ficção do Marquês já não deve assustar tanto como pode ter feito em outros momentos.

Além disso — ou até em decorrência disso —, o século XX parece ter nos treinado o suficiente para aceitarmos, sem maiores sobressaltos, produções estéticas de aspecto tão estranho quanto esta. Afinal, a arte e a literatura modernas nos acostumaram às formas fraturadas, às estruturas disparatadas, às justaposições inesperadas, às rupturas de gêneros e a outros tantos procedimentos outrora impensáveis e, quase sempre, expurgados dos cânones. É bem verdade que Sade parece ter ido ainda mais longe nesta enciclopédia da desmedida, e não deixa de surpreender que o tenha feito por sua conta e risco, muito antes dos experimentalismos de um Beckett ou um Joyce.

Cabe lembrar que os *120 dias* se iniciam como novela histórica, assumindo em seguida uma estrutura teatral que, por sua vez, dá lugar ao diálogo filosófico, para depois se resumir a um catálogo e terminar na forma de um balanço, expondo uma terrível contabilidade numérica. Em outras palavras: não há convenção que resista a esta composição inclassificável, que rompe com as regras de qualquer gênero literário até o ponto de se apresentar como um texto efetivamente degenerado. Não é por outro motivo que o livro logra alcançar uma notável afinidade entre forma e conteúdo, ambos degenerados, como raras vezes se testemunhou na literatura.

A tal evidência vem se somar o fato de que Sade nos legou um escrito inacabado, a rigor, um rascunho. Recorde-se que a feitura do manuscrito decorreu do intento de passar a limpo suas notas, quiçá com o objetivo de completá-las posteriormente. No limite, esse "canteiro abandonado", como bem o define Jean-Jacques Pauvert, constitui um paradoxo sem resolução: se, de um lado, os dados históricos permitem asseverar seu estado provisório, sugerindo o esboço de um projeto maior, de outro, é de se perguntar por que o autor não teria jamais retornado ao original nos quatro anos que ainda permaneceu na Bastilha. Por tal razão, Annie Le Brun propõe que se considere definitiva a forma de *Os 120 dias de Sodoma*, supondo que o escritor assim o tenha decidido ao perceber que ela "se impôs de tal modo à economia interna do projeto que tornou impossível qualquer modificação".

Foram considerações como essa que, nos últimos anos, contribuíram para uma nova compreensão do "relato mais impuro que jamais foi feito desde que o mundo existe", alterando de forma significativa a sua recepção. Daí, por certo, a impressão de que este livro chega às nossas mãos com o frescor de um texto contemporâneo. Mas isso não implica, de modo algum, qualquer pacto de fundo entre estas páginas e o nosso tempo. Sem paralelo "entre os antigos e os modernos", *Os 120 dias* não coincidem com este nem com qualquer outro tempo real, uma vez que fundam — e talvez este seja seu maior mérito — um tempo absolutamente exclusivo, só seu.

Há que se ter certo cuidado com o título deste volume e, sobretudo, evitar as armadilhas da literalidade. É bem verdade que a aventura do quarteto libertino transcorre em quatro exatos meses e que sua estada no castelo de Silling é minuciosamente descrita dia a dia. Não haveria por que colocar em xeque a duração da temporada, portanto, não fosse o fato de que ela se passa num lugar inteiramente apartado do mundo e alheio por completo às suas leis.

Afastamento radical que beneficia sobremaneira as atividades do grupo, já que os prazeres do vício só fazem se ampliar quando os libertinos podem dizer: "Estou sozinho aqui, estou no fim do mundo, longe de todos os olhos e sem que nenhuma criatura possa chegar a mim; acabam-se os freios, acabam-se as barreiras". A partir de então, completa o narrador no décimo quarto dia da campanha, "os desejos se lançam com uma impetuosidade que não conhece limites, e a impunidade que os favorece aumenta deliciosamente toda a embriaguez". Mais que tudo, ao deixar em suspenso toda e qualquer restrição ao desejo, esse isolamento precipita igualmente uma inconcebível abertura das comportas do tempo.

A volúpia, já ensinava o personagem do *Diálogo entre um padre e um moribundo*, é "o único modo que a natureza oferece para dobrar ou prolongar nossa existência". Sem a ilusão de encontrar outro mundo depois de morto, o libertino moribundo transforma seu leito de morte em palco do prazer, onde a sensação de eternidade deixa de ser uma quimera para alcançar o status de experiência. Fantasia soberana que se realiza no corpo devasso, essa experiência cumpre o que a religião mantinha apenas como promessa. Daí também que, mais tarde, a lasciva Madame de Saint-Ange vá lembrar à sua jovem discípula que só o desregramento dos sentidos pode perpetuar o indivíduo no universo. É o que ela sintetiza com singular talento em *A filosofia na alcova*, quando desafia a aluna em forma de pergunta: "Tens a loucura da imortalidade?".

Loucura a que Sade deu particular atenção ao redigir seu manuscrito, inclusive por estar, ele também, apartado do mundo nos longos anos de reclusão na Bastilha. Encerrado entre as paredes de uma cela que, por ironia, se localizava numa torre da prisão conhecida como *Tour de la liberté*, o Marquês ficou entregue aos dias sem fim de uma pena sem duração, que ele fez coincidir com o tempo de sua imaginação. Não estranha, pois, que algumas das descrições mais bizarras desta "antologia de gostos", para usar uma expressão sua, engendrem temporalidades improváveis, para não dizer absurdas. É o que se comprova, para ficar em apenas dois exemplos, na sumária paixão 31, da classe das criminosas:

> Fode uma cabra na posição do galgo, enquanto é chicoteado. Faz um filho nessa cabra, que por sua vez ele também enraba, embora seja um monstro.

Ou ainda na desconcertante paixão 137, que integra a classe das assassinas:

> Um incestuoso, grande apreciador de sodomia, para unir esse crime aos de incesto, assassinato, estupro e sacrilégio, e adultério, é enrabado por seu filho com uma hóstia no cu, estupra a filha casada e mata a sobrinha.

Ora, cumpre indagar, o que se tem aí senão maneiras inusitadas de conceber as durações temporais, fora de toda cronologia convencional? Do tempo resumido da primeira paixão, que ignora os ditames da natureza, ao tempo concomitante da segunda, que instaura um presente incondicional, o que se impõe é invariavelmente o primado do desejo sobre a realidade. Assim ocorre em toda a ficção do autor, que confirma o primado das paixões sobre o andamento de qualquer história, seja ela grafada com maiúsculas ou minúsculas.

Eis, pois, o tempo forte de Sade. Tempo passional que, sendo fiel apenas aos imperativos da volúpia, não aceita nada menos que a promessa de uma perspectiva infinita. Tem razão Gilbert Lely quando aperfeiçoa o título deste volume e alude aos "cento e vinte *e um* dias de Sodoma", numa feliz associação com o *Livro das mil e uma noites*. A expressão não só desvela o caráter noturno dos dias sadianos, adensando seu paradoxo, como lhes acrescenta uma jornada adicional, deixando a descoberto seu horizonte sem fim.

Se cabe à atualidade a criação de um novo capítulo da história deste livro, é bom saber que a tarefa continua tão complexa quanto perturbadora: livre das coações morais e estéticas de outrora, o texto agora pode ostentar o inquietante alcance de sua aposta sensível. Aos leitores, o desafio dos incansáveis e infinitos 120 dias do Marquês de Sade.

Cronologia

1740   2 DE JUNHO   Nasce em Paris Donatien Alphonse François, filho de Jean-Baptiste François Joseph, nobre provençal e conde de Sade, e de Marie Éléonore de Maillé de Carman, da família dos príncipes de Condé.

1744   Donatien é mandado para a Provença, onde mora com as tias paternas, em Avignon, e depois com o tio padre, erudito e libertino, em Saumane.

1750   Retorna a Paris, sendo matriculado no colégio Louis-le-Grand, dos jesuítas. Quatro anos depois, entra na escola dos Cavaleiros-Ligeiros, reservada à velha nobreza.

1755   Subtenente no regimento de infantaria do rei. Dois anos depois, parte com o regimento de carabineiros do conde da Provença para a Guerra dos Sete Anos, contra a Prússia. Tem início sua vida libertina.

1763   É reformado como capitão de cavalaria.
      17 DE MAIO   Casa-se em Paris com Renée-Pélagie de Montreuil, de família de pequena nobreza.
      29 DE OUTUBRO   É preso por ordem do rei no castelo de Vincennes, por deboche ultrajante e fustigações contra a jovem operária Jeanne Testard.

1764   Herda do pai o cargo de tenente-general do rei em diversas províncias da França. Relaciona-se, nestes anos, com várias atrizes. A polícia de Paris começa a vigiar seus encontros, orgias, textos.

1767   Nascimento de Louis-Marie, seu primeiro filho. Dois anos depois, nasce Donatien Claude Armand. Em 1771, nasce Madeleine-Laure.

1768 3 DE ABRIL Primeiro grande escândalo, em Arcueil. Acusado de flagelação e sacrilégio com a viúva Rose Keller. O caso tem grande repercussão e Sade é preso em Saumur, mas a família consegue soltá-lo em novembro.

1769 Leva vida mundana no castelo familiar de Lacoste, na Provença, e se cobre de dívidas, que várias vezes o fazem ser detido. Tenta retomar a carreira militar, mas é barrado por sua má reputação.

1772 Vive na Provença e organiza no castelo encenações teatrais dirigidas por ele. Inicia uma relação com a cunhada, a cônega Anne-Prospere de Launay.

27 DE JUNHO Segundo grande escândalo, em Marseille. É acusado de envenenamento, flagelações, sodomia. Foge para a Itália, sob o nome falso de conde de Mazan.

3 DE SETEMBRO Sade e seu criado são condenados à morte na fogueira, à revelia, em Aix-en-Provence.

8 DE DEZEMBRO É localizado e preso na Savoia.

1773 Foge da prisão graças ao suborno pago por sua mulher, viaja pelo sul da França e pela Itália, disfarçado de padre. Dificuldades financeiras.

1775 Retorna à França. Escreve *Voyage à l'Italie*. Em Lacoste, novos escândalos.

1777 Vai a Paris visitar a mãe gravemente doente e acaba preso no castelo de Vincennes, por manobra da sogra. Passará os treze anos seguintes nas prisões de Vincennes e da Bastilha ou internado no asilo para doentes mentais em Charenton.

1784 29 DE FEVEREIRO Transferido para a prisão da Bastilha.

1785 22 DE OUTUBRO A 28 DE NOVEMBRO Copia num rolo de 12 metros de comprimento por 12 centímetros de largura os rascunhos de *Os 120 dias de Sodoma*, sua primeira grande obra.

1789 3 DE JULHO É transferido para Charenton. Deixa na prisão da Bastilha seus móveis, livros e papéis, entre eles o rolo com o manuscrito de *Os 120 dias de Sodoma*. Duas semanas depois, a prisão é saqueada e demolida.

1790 2 DE ABRIL É solto. A esposa se nega a recebê-lo e pede o divórcio. Ele tenta encenar suas peças de teatro, e liga-

-se à atriz Marie-Constance Quesnet, com quem viverá maritalmente até o fim da vida.

1791 Publicação anônima de *Justine ou As desgraças da virtude*. No ano seguinte, seu castelo em Lacoste é saqueado, e cinco anos depois é vendido.

1792 É nomeado secretário da Section des Piques, organismo revolucionário do centro de Paris, e depois comissário para os hospitais. Como "Cidadão Sade, homem de letras", e delegado da Convenção, escreve discursos de caráter político, apresenta um projeto para renomear as ruas de Paris e uma petição anticlerical.

1793 8 DE DEZEMBRO Preso pelo Terror como politicamente suspeito. No ano seguinte, é condenado à morte por "inteligência com os inimigos da República", sendo salvo da guilhotina pela queda de Robespierre.

1795 Publicação de *Aline e Valcour*, assinada pelo Cidadão S**, e de *A filosofia da alcova*, como obra anônima.

1798 Sade e Marie-Constance Quesnet estão na miséria.

1799 Publicação de *A nova Justine*, seguida de *A história de Juliette, sua irmã*, obra ilustrada com uma centena de gravuras pornográficas.

1800 Apreensão de uma edição de *Justine*.

1801 Em nome da defesa dos bons costumes, é preso em Sainte-Pélagie, depois em Bîcetre, e enfim no asilo de Charenton.

1804 Escreve *Les Journées de Florbelle ou la Nature dévoilée*, cujo manuscrito será apreendido e em seguida destruído.

1808 Organiza com os doentes mentais de Charenton encenações teatrais, cujos convites são disputados pelos parisienses.

1814 3 DE DEZEMBRO Morte de Sade, vítima de edema pulmonar. Contrariando seu testamento, é enterrado em cerimônia religiosa, mas respeita-se seu desejo de não ter nome nem crucifixo no túmulo, cujos vestígios desapareceram.

1904 Publicação de *Os 120 dias de Sodoma* em Berlim por Eugen Dührer, pseudônimo do psiquiatra Iwan Bloch. A edição tem muitos erros de transcrição.

1929 Maurice Heine compra em Berlim, em nome do visconde de Noailles, o manuscrito de *Os 120 dias de Sodoma*. Publica-o na França, em três volumes, entre 1931 e 1935.
1947 Início da edição das *Obras completas* de Sade, por Jean-Jacques Pauvert, que dez anos depois será condenado ao confisco e destruição de várias dessas obras, apreendidas pela Justiça.
2014 O bicentenário da morte de Sade é inscrito na lista de celebrações nacionais. O Museu d'Orsay organiza uma grande exposição sobre o imaginário do Marquês de Sade.
2017 O governo francês declara o manuscrito de *Os 120 dias de Sodoma* "tesouro nacional".

LEIA MAIS PENGUIN-COMPANHIA
CLÁSSICOS

Choderlos de Laclos

As relações perigosas

Tradução de
DOROTHEÉ DE BRUCHARD

Durante alguns meses, um grupo peculiar da nobreza francesa troca cartas secretamente. No centro da intriga está o libertino visconde de Valmont, que tenta conquistar a presidenta de Tourvel, e a dissimulada marquesa de Merteuil, suposta confidente da jovem Cécile, a quem ela tenta convencer a se entregar a outro homem antes de se casar.

Lançado com grande sucesso na época, *As relações perigosas* teve vinte edições esgotadas apenas no primeiro ano de sua publicação. O livro ficou ainda mais popular depois de várias adaptações para o cinema, protagonizadas por estrelas hollywoodianas como Jeanne Moreau, Glenn Close e John Malkovich. E, também, boa parte do sucesso do romance deve-se ao fato de a história explorar com muita inteligência os caminhos obscuros do desejo. Esta edição, com tradução de Dorotheé de Bruchard, traz uma introdução da editora inglesa Helen Constantine.

WWW.PENGUINCOMPANHIA.COM.BR

LEIA MAIS PENGUIN-COMPANHIA
CLÁSSICOS

D. H. Lawrence

O amante de Lady Chatterley

Tradução de
SERGIO FLAKSMAN
Introdução de
DORIS LESSING

Poucos meses depois de seu casamento, Constance Chatterley, uma garota criada numa família burguesa e liberal, vê seu marido partir rumo à guerra. O homem que ela recebe de volta está "em frangalhos", paralisado da cintura para baixo, e eles se recolhem na vasta propriedade rural dos Chatterley, nas Midlands inglesas. Inteiramente devotado à sua carreira literária e depois aos negócios da família, Clifford vai aos poucos se distanciando da mulher e dos amigos. Isolada, Constance encontra companhia no guarda-caças Oliver Mellors, um ex-soldado que resolveu viver no isolamento após sucessivos fracassos amorosos.

Último romance escrito por D. H. Lawrence, *O amante de lady Chatterley* foi banido em seu lançamento, em 1928, e só ganhou sua primeira edição oficial na Inglaterra em 1960, quando a editora Penguin enfrentou um processo de obscenidade para defender o livro. Àquela altura, já não espantavam mais os leitores o uso de "palavras inapropriadas" e as descrições vivas e detalhadas dos encontros sexuais de Constance Chatterley e Oliver Mellors. O que sobressaía era a força literária de Lawrence, e a capacidade de capturar uma sociedade em transição, com suas novas regras e valores.

WWW.PENGUINCOMPANHIA.COM.BR

LEIA MAIS PENGUIN-COMPANHIA
CLÁSSICOS

Oscar Wilde

A importância de ser prudente e outras peças

Tradução de
SONIA MOREIRA

Poeta, romancista, ensaísta e editor, além de autor de aforismos que nunca deixaram de ser repetidos, Oscar Wilde é hoje reconhecido como o segundo maior nome da literatura inglesa, atrás apenas de William Shakespeare. Muito de sua fama se deve ao romance *O retrato de Dorian Gray*, mas foi como dramaturgo que alcançou o maior sucesso em vida, com as comédias de costumes *Uma mulher sem importância*, *Um marido ideal* e *A importância de ser prudente*, reunidas neste volume.

Nas peças que em larga medida satirizam a alta sociedade vitoriana, que jamais o aceitou de bom grado, Wilde aponta de maneira irônica para si mesmo. Há algo do autor nas observações cínicas de lorde Illingworth em *Uma mulher sem importância*, assim como no estilo de vida despreocupado de lorde Goring, o *bon vivant* que é a fonte de sensatez de *Um marido ideal*, e também no inconsequente dândi Algernon de *A importância de ser prudente*.

Com introdução e notas de Richard Allen Cave, diretor e estudioso do teatro britânico, a edição da Penguin-Companhia situa o leitor sobre o contexto em que as peças foram encenadas e as inovações que Wilde, um intelectual de grande apuro técnico, trouxe para a dramaturgia moderna.

WWW.PENGUINCOMPANHIA.COM.BR

LEIA MAIS PENGUIN-COMPANHIA
CLÁSSICOS

Nathaniel Hawthorne

A letra escarlate

Tradução de
CHRISTIAN SCHWARTZ
Introdução de
NINA BAYM
Notas de
THOMAS E. CONNOLLY

Na rígida comunidade puritana de Boston no século XVII, a jovem Hester Prynne tem uma relação extraconjugal que termina com o nascimento de uma criança ilegítima, Pearl. Desonrada e renegada publicamente, ela é obrigada a levar sempre a letra "A" de adúltera bordada em seu peito. Hester, primeira autêntica heroína da literatura norte-americana, se vale de sua força interior e convicção de espírito para criar sozinha sua filha, lidar com a volta do marido e proteger o segredo acerca da identidade de seu amante.

Aclamado desde seu lançamento como um clássico, *A letra escarlate* é um retrato dramático e comovente da submissão e da resistência às normas sociais, da paixão e da fragilidade humanas. Com uma heroína de grande ressonância e alcance, que luta por toda a vida contra uma comunidade que a condena e ignora, o primeiro romance de Nathaniel Hawthorne consagrou-se como seu texto mais popular e uma das obras-primas da literatura mundial.

Esta edição traz introdução de Nina Baym, professora da Universidade de Illinois, notas de Thomas E. Connolly e sugestões de leitura.

WWW.PENGUINCOMPANHIA.COM.BR

1ª EDIÇÃO [2018] 6 reimpressões

Esta obra foi composta em Sabon por Raul Loureiro
e impressa em ofsete pela Lis Gráfica sobre papel Pólen da
Suzano S.A. para a Editora Schwarcz em janeiro de 2025

A marca FSC® é a garantia de que a madeira utilizada na fabricação do papel deste livro provém de florestas que foram gerenciadas de maneira ambientalmente correta, socialmente justa e economicamente viável, além de outras fontes de origem controlada.